PA

I serien om Harry Hole

er indtil videre udkommet

FLAGERMUSMANDEN

KAKERLAKKERNE

RØDHALS

SORGENFRI

MAREKORS

FRELSEREN

SNEMANDEN

PANSERHJERTE

GENFÆRD

POLITI

Uden for serien

HEADHUNTERNE

JO NESBØ

PANSERHJERTE

Oversat af Allan Hilton Andersen

Modtryk

PANSERHJERTE

Oversat fra norsk efter: PANSERHJERTE

Published by agreement with Salomonsson Agency

Omslag: Henrik Koitzsch

Tryk: Nørhaven

3. udgave, 5. oplag 2013

ISBN 978-87-7053-598-4

www.modtryk.dk

Del I

Kapitel 1

Drukningen

Hun vågnede. Blinkede mod det uigennemtrængelige mørke. Gabte og trak vejret gennem næsen. Hun blinkede igen. Mærkede en tåre løbe, mærkede, hvordan den opløste saltet fra andre tårer. Men der løb ikke længere spyt ned i struben, mundhulen var tør og hård. Kinderne var udspilede af presset indefra. Fremmedlegemet i munden føltes, som om det skulle sprænge hendes hoved. Men hvad var det, hvad *var* det? Det første, hun havde tænkt, da hun vågnede, var, at hun ville ned igen. Ned i det mørke, varme dyb, som havde omsluttet hende. Den sprøjte, han havde givet hende, virkede stadigvæk, men hun vidste, at smerterne var på vej, mærkede det på de langsomme, dumpe slag, som markerede pulsslagene, og blodets rykvise bevægelse gennem hjernen. Hvor var han? Stod han direkte bag ved hende? Hun holdt vejret, lyttede. Nogen havde fortalt, at leoparden var så lydløs, at den kunne snige sig helt ind på sit bytte i mørket, og at den kunne regulere sit åndedræt, så den ånder i takt med en. Holder vejret, når man selv holder vejret. Hun syntes, hun kunne mærke hans kropsvarme. Hvad ventede han på? Hun begyndte at trække vejret igen. Og syntes i samme øjeblik, at hun fornemmede en andens åndedræt mod sin nakke. Hun hvirvlede rundt, slog ud, men ramte bare ud i luften. Hun krummede sig sammen, prøvede at gøre sig lille, at gemme sig. Nytteløst.

Hvor længe havde hun været bevidstløs?

Bedøvelsesmidlet slap sit tag. Det varede kun brøkdelen af et sekund. Men det var nok til at give hende en forsmag, et løfte. Løftet om det, der skulle komme.

Det fremmedlegeme, som var blevet lagt på bordet foran hende, havde været på størrelse med en billardkugle, af blankt metal og med udstansede små huller og figurer og tegn. Ud af et af hullerne stak en rød tråd med løkke på, som automatisk havde fået hende til at tænke på det juletræ, der skulle pyntes hos forældrene lillejuleaften om syv dage. Med blanke kugler, nisser, kurve, lys og norske flag. Om otte dage skulle de synge 'Dejlig er Jorden', og hun skulle se nevøerne og niecernes tindrende øjne, når de åbnede gaverne fra hende. Alt det hun skulle have gjort så anderledes. Alle de dage hun skulle have levet så meget mere, så meget sandere, fyldt dem op med glæde, fred og kærlighed. De steder hun kun havde rejst igennem, de steder hun var på vej til. De mænd hun havde mødt, den mand hun endnu ikke havde mødt. Det foster hun havde fået fjernet, da hun var sytten, de børn hun endnu ikke havde fået. De dage hun havde kastet i grams for de dage, hun havde troet, hun skulle få.

Så var hun holdt op med at tænke på andet end den kniv, som var blevet holdt op foran hende. Og den bløde stemme som havde fortalt hende, at hun skulle føre kuglen ind i munden. Hun havde gjort det, selvfølgelig havde hun det. Med hamrende hjerte havde hun gabt så højt, hun kunne, og skubbet kuglen ind, så tråden hang ud af munden. Metallet havde smagt bittert og salt, som tårer. Så var hendes hoved blevet tvunget bagover, og stålet havde brændt mod huden, da kniven var blevet lagt fladt mod hendes hals. Loftet og lokalet havde været oplyst af en lampe, som stod lænet op mod væggen i et af hjørnerne. Grå, nøgen beton. Bortset fra lampen indeholdt lokalet et hvidt campingbord i plast, to stole, to tomme ølflasker, to mennesker. Ham og hende. Hun havde mærket lugten af læderhandsken, da en pegefinger havde nappet let i den røde trådløkke, som hang ud af munden. Og i næste øjeblik var det, som om hendes hoved var eksploderet.

Kuglen havde udvidet sig og trykkede hårdt mod indersiden af hendes mund. Men ligegyldigt hvor meget hun gabte, var presset konstant. Han havde undersøgt hendes åbne mund med en koncentreret, engageret mine som en tandlæge, der tjekker, at tandreguleringen sidder rigtigt. Et fraværende, lille smil havde tydet på tilfredshed.

Hun havde mærket med tungen, at der stak pigge ud af kuglen, at det var dem, der pressede mod ganen, mod det bløde kød i undermunden, mod indersiden af tænderne, mod drøbelen. Hun havde prøvet at sige noget. Han havde lyttet tålmodigt til de uartikulerede lyde, som kom fra hendes mund. Han havde nikket, da hun gav op, og taget en sprøjte frem. Dråben på sprøjtespidsen havde blinket i lyset fra lommelygten. Han havde hvisket noget ind i hendes øre: "Lad være med at trække i tråden."

Så havde han stukket hende på siden af halsen. Hun havde været væk i løbet af få sekunder.

Hun lyttede til sit eget skrækslagne åndedræt, mens hun blinkede ud mod mørket.

Hun måtte foretage sig et eller andet.

Hun satte håndfladerne mod stolesædet, som var klamt af hendes egen sved, og rejste sig. Ingen stoppede hende.

Hun gik med små skridt, indtil hun stødte ind i en væg. Famlede sig langs den hen til en glat, kold flade. Metaldør. Hun trak i metalslåen. Den rokkede sig ikke ud af stedet. Låst. Selvfølgelig var den låst, hvad havde hun egentlig troet? Var det latter, hun hørte, eller kom lyden inde fra hendes eget hoved? Hvor var han? Hvorfor legede han med hende på den her måde?

Gør et eller andet. Tænk. Men for at tænke måtte hun først slippe af med den her metalkugle, før smerterne drev hende til vanvid. Hun stak tommelen og pegefingeren ind i hver sin mundvig. Mærkede på piggene. Prøvede forgæves at presse fingrene under en af dem. Hun blev overmandet af et hosteanfald og efterfølgende panik, da hun ikke kunne få vejret. Det gik op for hende, at stålpiggene havde fået kødet omkring luftrøret til at svulme op, at hun snart risikerede at blive kvalt. Hun sparkede på jerndøren, prøvede at skrige, men metalkuglen kvalte lyden. Hun gav atter op. Lænede sig mod væggen. Lyttede. Var det forsigtige skridt, hun hørte? Bevægede han sig rundt i lokalet, legede han blindebuk med hende? Eller var det bare hendes eget blod, som dunkede for ørerne? Hun prøvede at ignorere smerterne og pressede munden sammen. Det lykkedes hende kun lige at presse piggene i kuglen tilbage, før de igen pressede hendes mund op. Nu var det, som om kuglen pulserede, var blevet et hjerte af jern, en del af hende.

Gør et eller andet. Tænk.

Fjedre. Piggene var fjederbelastede.

Piggene var blevet udløst, da han havde trukket i tråden.

"Lad være med at trække i tråden," havde han sagt.

Hvorfor ikke? Hvad ville der så ske?

Hun gled ned langs væggen, indtil hun sad ned. En fugtig kulde steg op fra betongulvet. Hun ville skrige igen, men orkede ikke. Stilhed. Tavshed.

Alle de ord hun skulle have sagt i samvær med mennesker, hun elskede, i stedet for dem, som havde fyldt stilheden, når hun var sammen med folk, der var hende ligegyldige.

Der var ingen vej ud. Blot hende selv og denne vanvittige smerte, hovedet som var ved at sprænges.

"Lad være med at trække i tråden."

Hvis hun trak i den, ville piggene måske klikke tilbage, ind i kuglen, og hun ville være befriet for smerterne.

Tankerne fulgte de samme cirkler. Hvor længe havde hun været her. To timer? Otte timer? Tyve minutter?

Hvis det var så enkelt som bare at trække i tråden, hvorfor havde hun så ikke allerede gjort det? På grund af advarslen fra en tydeligvis syg person? Eller var det her en del af legen, at hun skulle lade sig narre til ikke at stoppe denne helt unødvendige smerte? Eller handlede legen om, at hun skulle trodse advarslen og trække i tråden, så ... så der skete noget forfærdeligt? Hvad ville der i så fald ske, hvad *var* den kugle for noget?

Jo, det var en leg, en grusom leg. For hun var nødt til det. Smerterne var uudholdelige, halsen svulmede op, hun ville snart blive kvalt.

Hun prøvede igen at skrige, men det blev kun til en hulken, og hun blinkede og blinkede, uden at der kom flere tårer.

Fingrene fandt tråden, som hang ned over underlæben. Hun trak forsigtigt i den, så den blev stram.

Hun fortrød alt det, hun *ikke* havde gjort, det var klart. Men hvis et liv i forsagelse havde placeret hende et andet sted end præcis her lige nu, ville hun hellere have valgt det. Hun ville bare leve. Et hvilket som helst liv. Så enkelt var det.

Hun trak i tråden.

Nålene sprang ud af enderne på piggene. De var syv centimeter lange. Fire trængte ud gennem kinderne på hver side, tre ind i bihulerne, to op i næsegangen og to ud gennem hagen. Én nål gennemborede spiserøret og én det højre øjeæble. To af nålene trængte op gennem den bageste del af ganen og ramte hjernen. Men det var ikke det, der var den direkte dødsårsag. På grund af metalkuglen, som spærrede for spiserøret, kunne hun ikke spytte det blod ud, som strømmede fra sårene og ned i munden. I stedet løb det ned i luftrøret og videre ned i lungerne og gjorde, at ilt ikke kunne optages i blodet, som igen førte til hjertestop og det, som retsmedicineren i sin rapport skulle kalde cerebral hypoksi, altså mangel på ilt i hjernen. Med andre ord: Borgny Stem-Myhre druknede.

Kapitel 2

Det forklarende mørke

Den 18. december

Dagene er korte. Udenfor er det stadig lyst, men herinde i mit klipperum er der evigt mørkt. I lyset fra arbejdslampen ser personerne på billederne på væggen så irriterende glade og intetanende ud. Så fulde af forventninger, som om det skulle være en selvfølge, at livet ligger foran dem, jævnt og ubrudt som et blikstille hav af tid. Jeg har klippet i avisen, skåret de tårevædede historier væk om familien, som er i chok, redigeret de bloddryppende detaljer om ligfundet væk. Kun taget det uundgåelige foto, som en slægtning eller en ven har givet en pågående journalist, billedet fra dengang hun var på sit højeste, da hun smilede, som om hun var udødelig.

Politiet ved ikke ret meget. Men de skal snart få mere at arbejde med.

Hvad er det, hvor ligger det, det som gør et menneske til morder? Er det medfødt, sidder det i et gen, en nedarvet mulighed, nogen har og andre ikke? Eller er det frembragt af nødvendighed, udviklet i mødet med verden, en overlevelsesstrategi, en livreddende sygdom, rationel galskab? For præcis som sygdom er kroppens feberhede skudsalve, er galskab en nødvendig retræte til et sted, hvor mennesket kan forskanse sig på ny.

Personligt mener jeg, at evnen til at dræbe er fundamental hos ethvert raskt menneske. Vores tilværelse er en kamp om goderne, og den, der ikke kan dræbe sin næste, har ingen eksistensberettigelse. At dræbe er trods alt bare at fremskynde det uundgåelige. Døden gør ingen undtagelse, og det er godt, for livet er smerte og lidelse. Sådan set er alle drab en barmhjertighedshandling. Det virker bare ikke sådan, når solen varmer ens egen hud, når vandet risler mod læberne, og man mærker sin egen idiotiske livslyst i hvert hjerteslag og er parat til at betale for selv smuler af tid med alt det, man har vundet gennem livet: værdighed, position, principper. Så er det, at man må række dybt ind, forbi det forvirrende, blændende lys.

Ind til det kolde, forklarende mørke. Og mærke den hårde kerne. Sandheden. For det var den, jeg måtte finde. Det var den, jeg fandt. Det som gør en person til morder.

Hvad med mit eget liv? Tror jeg også, at det er en ubrudt havoverflade af tid?

Slet ikke. Inden længe vil også jeg ligge på dødens losseplads, sammen med de andre rolleindehavere i dette lille drama. Men uanset hvilket stadium af forrådnelse min krop måtte være i, om så kun skelettet er tilbage, vil det have et smil om munden. For det er det her, jeg lever for nu, min eneste eksistensberettigelse, min mulighed for at blive renset, befriet for al skændsel.

Men det her er kun begyndelsen. Nu vil jeg slukke lampen og gå ud i dagslyset. Den smule, der er tilbage.

Kapitel 3

Hongkong

Regnen gav sig ikke med det første. Og heller ikke med det næste. Den gav sig overhovedet ikke. Det var vådt og mildt, uge efter uge. Jorden var mættet af vand, hovedveje sank sammen, trækfuglene lod være med at trække, og der blev meldt om insekter, man aldrig havde set så langt nordpå før. Kalenderen slog fast, at det var vinter, men Oslos parker lå ikke bare uden sne, de var ikke engang brune. De var grønne og indbydende som kunstgræsbanen i Sogn, hvor opgivende motionister havde tyet til jogging i deres Dæhlie-trikoter, mens de forgæves ventede på skiføre rundt om Sognsvand. Nytårsaften lå tågen så tæt, at lyden af raketterne nåede fra Oslo centrum og helt ud til Asker, men man så ikke engang et glimt af dem, man selv skød op fra græsset i sin egen have. Alligevel brændte nordmændene fyrværkeri af for seks hundrede kroner per husstand den aften ifølge en forbrugerundersøgelse, som også viste, at antallet af nordmænd, som realiserede drømmen om en hvid jul på Thailands hvide strande, var fordoblet på bare tre år. Men også i Sydøstasien virkede det, som om vejret gik helt amok: Truende tornadoer, som man normalt kun så på vejrkortet i tyfonsæsonen, lå nu på rad og række ud over Det kinesiske Hav. I Hongkong, hvor februar plejer at være en af årets tørreste måneder, styrtede regnen ned denne morgen, og manglende sigtbarhed gjorde, at Cathay Pacific Airways flight 731 fra London måtte tage en ekstra runde, før den lagde an til landing på Chek Lap Kok.

"Vær glad for, at vi ikke skal lande i den gamle lufthavn," sagde den kinesisk udseende passager til Kaja Solness, som klemte så hårdt om armlænet, at hendes knoer blev helt hvide. "Den lå midt inde i byen. Vi var fløjet direkte ind i en af skyskraberne."

Det var de første ord, manden havde ytret, siden de var lettet tolv timer tidligere. Kaja greb begærligt chancen for at fokusere på noget andet end det faktum, at hun befandt sig oppe i den frie og lige nu ganske turbulente luft:

"Tak, hr., det var beroligende. Er De engelsk?"

Det gav et sæt i ham, som om hun havde givet ham en lussing, og hun indså, at hun havde fornærmet ham dybt ved at foreslå, at han tilhørte de forhenværende koloniherrer: "Øh ... kinesisk, måske?"

Han rystede bestemt på hovedet: "Hongkong-kinesisk. Og De, frøken?"

Kaja Solness overvejede et kort øjeblik, om hun skulle svare: "Hokksund-norsk", men begrænsede sig til "norsk", hvilket Hongkong-kineseren funderede over et stykke tid, indtil han med et triumferende "Aha!" rettede det til "Skandinav!" og spurgte, hvad hendes ærinde i Hongkong var.

"At finde en mand," sagde hun og stirrede ned i de blygrå skyer i håb om, at fast grund snart måtte åbenbare sig.

"Aha!" gentog Hongkong-kineseren. "De er meget smuk, frøken. Og De skal ikke tro på alt det, De hører om, at kinesere kun gifter sig med andre kinesere."

Hun smilede mat. "Hongkong-kinesere, mener De?"

"Især Hongkong-kinesere," nikkede han ivrigt og holdt en ringløs hånd i vejret. "Jeg beskæftiger mig med mikrochips. Familien har fabrikker i Kina og Sydkorea. Hvad skal De lave i aften?"

"Sove, håber jeg," gabte Kaja.

"Hvad med i morgen aften?"

"Da håber jeg, at jeg har fundet ham og er på vej hjem igen."

Manden rynkede panden: "Har De *så* travlt, frøken?"

Kaja takkede nej til mandens tilbud om et lift og tog en bus, en dobbeltdækker, ind til byen. En time senere stod hun alene i en korridor i hotellet Empire Kowloon og tog nogle dybe indåndinger. Hun havde sat nøglekortet i døren til det værelse, hun havde fået tildelt, og nu manglede hun bare at åbne. Hun tvang sin hånd til at trykke dørhåndtaget ned. Så rykkede hun døren op og stirrede ind i værelset.

Der var ingen.

Selvfølgelig var der ikke det.

Hun gik ind, lod rullekufferten stå ved siden af sengen, stillede sig ved vinduet og kiggede ud. Først ned på menneskevrimmelen på gaden sytten etager under sig, så på skyskraberne, som slet ikke lignede deres graciøse eller i det mindste pompøse søstre på Manhattan, Kuala Lumpur eller i Tokyo. De her lignede termitboer, afskrækkende og imponerende på en gang, som groteske vidnesbyrd om, hvordan menneskearten er i stand til at tilpasse sig, når syv millioner skal finde plads på lidt over hundrede kvadratkilometer. Kaja mærkede trætheden glide ind over sig, sparkede skoene af og dumpede ned på sengen. Selv om det var et dobbeltværelse og hotellet firestjernet, optog den hundrede og tyve centimeter brede seng det, der var af gulvplads. Og hun tænkte på, at blandt disse termitboer skulle hun nu finde én bestemt person, en mand som alt tydede på ikke var specielt interesseret i at blive fundet.

Hun overvejede kort alternativerne: at lukke øjnene eller komme i gang. Så tog hun sig sammen og rejste sig igen. Hun tog tøjet af og gik ind under bruseren. Bagefter stod hun foran spejlet og slog uden selvtilfredshed fast, at Hongkong-kineseren havde ret: Hun *var* smuk. Det var ikke noget, hun syntes, det var en så konkret kendsgerning, som skønhed kan være. Ansigtet med de høje kindben, de ravnsorte og markerede, men fint formede øjenbryn over de næsten barnligt store øjne med grønne irisser, som strålede med en moden, ung kvindes intensitet. Det honningbrune hår, de fyldige læber, som nærmest kyssede sig selv på hendes lidt brede mund. Den lange, slanke hals, den ranke, slanke krop med små bryster, som ikke var stort mere end forhøjninger, dønninger på en havoverflade af perfekt, om end vinterbleg hud. Hofternes bløde runding. De lange ben, som havde fået to modelbureauer i Oslo til at tage turen, mens hun gik i gymnasiet i Hokksund, og kun hovedrystende godtog hendes nej. Og det, hun havde været mest glad for, var, da en af dem til afsked havde sagt: "Fint nok, men husk, søde: Du er ingen *perfekt* skønhed. Dine tænder er små og spidse. Du burde ikke smile så meget."

Efter det havde hun smilet mere end før.

Kaja tog et par kakibukser og en tynd regnjakke på og svævede vægtløst, lydløst med elevatoren ned til receptionen.

"Chungking Mansion?" spurgte receptionisten, klarede næsten at lade være med at hæve et øjenbryn og pegede: "Kimberley Road til Nathan Road og til venstre."

Alle herberger og hoteller i Interpols medlemslande har pligt til at registrere udenlandske gæster, men da Kaja havde ringet til den norske ambassadesekretær for at tjekke det sidste sted, manden hun ledte efter var blevet registreret, havde ambassadesekretæren forklaret, at Chungking Mansion hverken var et hotel eller noget *mansion* i betydningen herskabeligt hus. Det var en samling butikker, gadekøkkener, restauranter og sandsynligvis over hundrede certificerede og ucertificerede herberger med alt fra to til tyve værelser fordelt på fire store boligblokke. De værelser, som blev udlejet, kunne karakteriseres som alt fra enkle, rene og hyggelige til rottehuller og énstjernede fængselsceller. Og som det vigtigste: I Chungking Mansion kunne en mand uden for høje krav til livet sove, spise, bo, arbejde og formere sig uden nogen sinde at forlade myretuen.

I Nathan Road, en travl handelsgade med mærkevarer, glatpolerede facader og store udstillingsvinduer, fandt Kaja indgangen til Chungking Mansion. Og gik indenfor. Ind til mados fra fastfood-køkkener, hammerslag fra skomagere, muslimsk bønnemessen fra radioer og trætte blikke fra butikkerne med brugt tøj. Hun smilede hurtigt til en forvirret rygsækturist med Lonely Planet i hånden og hvide, blåfrosne lægge stikkende ud af de overoptimistiske camouflageshorts.

En uniformeret vagt så på det stykke papir, Kaja viste ham, sagde: "*Lift C*" og pegede hen ad en gang.

Køen foran elevatoren var så lang, at hun først kom med på tredje tur, hvor de stod klemt sammen i en knirkende og rystende jernkiste, som fik Kaja til at tænke på sigøjnerne, som begravede deres døde vertikalt.

Herberget havde en turbanklædt muslimsk ejer, som straks og med stor entusiasme viste hende en lille kasse af et værelse, hvor man på mirakuløs vis havde fået plads til et tv på væggen over fodenden af sengen og en gurglende aircondition over hovedgærdet. Ejerens entusiasme dalede, da hun afbrød hans markedsføring ved at vise ham et billede af en mand med navnet, som det ville være stavet i hans pas, og spurgte, hvor han var nu.

Da Kaja så hans reaktion, skyndte hun sig at oplyse, at hun var hans hustru. Ambassadesekretæren havde forklaret hende, at det at vifte med et officielt id-kort i Chungking ville være 'kontraproduktivt'. Og da Kaja for en sikkerheds skyld tilføjede, at hun og manden på billedet havde fem børn sammen, ændrede ejerens holdning sig radikalt. En ung, vestlig hedning, som allerede havde sat så mange børn i verden, aftvang hans respekt. Han sukkede tungt, rystede på hovedet og sagde på klagende staccato-engelsk: "Trist, trist, frue. De kom og tog hans pas."

"Hvem?"

"Hvem? Triaden, frue. Altid Triaden."

"Triaden?" udbrød Kaja.

Hun kendte selvfølgelig til organisationen, men hun havde vel en forestilling om, at den kinesiske mafia først og fremmest hørte hjemme i tegneserier og karatefilm.

"Sæt Dem ned, frue." Han trak skyndsomt en stol frem, som hun lod sig dumpe ned i. "De ledte efter ham, han var væk, og så tog de hans pas."

"Passet? Hvorfor det?"

Han tøvede.

"Fortæl det nu. Jeg er nødt til at vide det."

"Deres mand spillede på heste, er jeg bange for."

"Heste?"

"Happy Valley. Galopbanen. Det er noget forfærdelig noget."

"Har han spillegæld? Til Triaden?"

Han nikkede og rystede på hovedet flere gange for skiftevis at bekræfte og beklage denne kendsgerning.

"Og de tog hans pas?"

"Han skal købe sit pas tilbage med gælden, hvis han vil væk fra Hongkong."

"Han kan jo bare få et nyt pas på det norske konsulat."

Turbanen vuggede fra side til side. "Ja da. Og man kan få lavet et falskt pas for firs amerikanske dollar her i Chungking. Men det er ikke passet, som er problemet. Problemet er, at Hongkong er en ø, frue. Hvordan kom De hertil?"

"Med fly."

"Og hvordan vil De rejse herfra?"

"Med fly."

"Én lufthavn. Flybilletter. Alle navne på computer. Mange kontrolpunkter. Mange i lufthavnen, som får nogle småpenge af Triaden for at genkende ansigter. Er De med?"

Hun nikkede langsomt. "Det er svært at flygte."

Ejeren rystede leende på hovedet. "Nej, frue. Det er *umuligt* at flygte. Men man kan gemme sig i Hongkong. Syv millioner. Det er nemt at forsvinde."

Kaja mærkede søvnmangelen og lukkede øjnene. Ejeren måtte have misforstået det, for han lagde en trøstende hånd på hendes skulder og mumlede et: "Så, så."

Han tøvede. Så lænede han sig frem og hviskede: "Jeg tror, han er her endnu, frue."

"Ja, det forstår jeg."

"Nej, jeg mener her i Chungking. Jeg har set ham."

Hun løftede hovedet.

"To gange," sagde han. "På Li Yuan. Han spiser. Billig ris. De må ikke sige til nogen, at jeg har sagt det. Deres mand er en god mand. Men ballade." Han himlede med øjnene, så de næsten forsvandt op i turbanen. "*Meget* ballade."

Li Yuan var en disk, fire plastborde og en kineser, som smilede opmuntrende til hende, da hun efter seks timer, to portioner stegt ris, tre kopper kaffe og to liter vand vågnede med et ryk og løftede hovedet fra den fedtede bordplade og så på ham.

"*Tired*?" lo han og viste en ufuldstændig række fortænder.

Kaja gabte, bestilte sin fjerde kop kaffe og fortsatte med at vente. To kinesere kom hen og satte sig ved disken uden at snakke eller bestille noget. De værdigede hende ikke et blik, og det var hun glad for. Hendes krop var så stiv af at have siddet ned det sidste døgn, at smerterne skar gennem kroppen, uanset hvilken stilling hun sad i. Hun rullede hovedet fra side til side for at prøve at få gang i blodcirkulationen. Så bagover. Det knagede i nakken. Hun stirrede på de blåhvide lysstofrør i loftet, før hun sænkede hovedet igen. Og stirrede direkte på et jaget, blegt ansigt. Han var stoppet op foran et af de nedtrukne stålforhæng i korridoren og scannede Li Yuans lille etablissement. Hans blik standsede ved de to kinesere ved disken. Så hastede han videre.

Kaja fik rejst sig op, men det ene ben sov og svigtede under hende. Hun greb sin taske og haltede efter manden, så hurtigt hun kunne.

"*Welcome back*," hørte hun Li Yuan råbe efter sig.

Han havde set så tynd ud. På billederne havde han været bred og tårnhøj, og i det der talkshow i tv havde han fået den stol, han sad i, til at se ud, som om den var lavet til pygmæer. Men hun var ikke i tvivl om, at det var ham: den kortklippede, bulede isse, den markerede næse, øjnene med spindelvævet af blodårer og de alkoholvaskede, lyseblå irisser. Den faste hage med den overraskende milde, næsten smukke mund.

Hun tumlede ud på Nathan Road. I skæret fra neonlyset fik hun øje på ryggen på en skindjakke, som ragede op over menneskemængden. Det så ikke ud, som om han gik hurtigt, alligevel måtte hun småløbe for at følge med. Han drejede af fra den travle handelsgade, og hun øgede afstanden, da de kom ind i smallere og mindre befærdede gader. Hun registrerede et gadeskilt med navnet Melden Row. Det var fristende at gå hen til ham og præsentere sig, at få det overstået. Men hun havde bestemt sig for at holde sig til planen: at finde ud af, hvor han boede. Det var holdt op med at regne, og pludselig blev en flig af skyerne trukket til side, og himlen bagved var høj og fløjlssort med funklende knappenålsstjerner.

Efter at have gået i tyve minutter standsede han brat op ved et hjørne, og Kaja var bange for, at hun var blevet opdaget. Men han vendte sig ikke om, tog bare noget op af jakkelommen. Hun stirrede forbavset. En sutteflaske?

Han drejede rundt om hjørnet.

Kaja fulgte efter og kom ud på en stor, åben plads fyldt med mennesker, de fleste af dem unge. For enden af pladsen, over brede glasdøre, lyste skilte med engelsk og kinesisk skrift. Kaja genkendte titlerne på nogle af de nye film, hun aldrig ville nå at se. Hendes blik fandt hans skindjakke, og hun nåede at se, at han satte sutteflasken fra sig på den lave sokkel på en bronzeskulptur, som forestillede en galge med en tom løkke. Han fortsatte forbi to fuldt besatte bænke og satte sig på den tredje, hvor han så trak en avis frem. Efter cirka tyve sekunder rejste han sig igen, gik tilbage til skulpturen, greb sutteflasken i forbifarten, stak den tilbage i jakkelommen og fortsatte den samme vej, som han var kommet.

Det var begyndt at regne igen, da hun så ham gå ind i Chungking Mansion. Hun begyndte så småt at forberede sig på sin tale. Der var ikke længere kø ved elevatorerne, alligevel fortsatte han op ad en trappe, drejede til højre og forsvandt ind gennem en svingdør. Hun skyndte sig efter og befandt sig pludselig i en forfalden, menneskentom trappeopgang med en gennemtrængende lugt af kattepis og våd beton. Hun holdt vejret, men det eneste, hun hørte, var dryppelyde. Idet hun havde bestemt sig for at fortsætte opad, hørte hun en dør smække længere nede. Hun spurtede ned ad trapperne og fandt den eneste, som kunne have smækket, en bulet metaldør. Hun lagde hånden på dørhåndtaget, mærkede, at hun begyndte at ryste, lukkede øjnene og bandede indvendigt. Så rykkede hun døren op og trådte ind i mørket. Det vil sige: ud.

Noget løb hen over hendes fødder, men hun hverken skreg eller rørte sig.

Hun troede først, hun var kommet ind i en elevatorskakt. Men da hun kiggede op, kunne hun ane nogle sodede mure dækket af et virvar af vandrør, ledninger, forvredne metalstumper og sammenstyrtede, rustne jernstilladser. Det var ikke en gårdsplads, bare nogle kvadratmeter mellemrum mellem højhusene. Det eneste lys kom fra en lille firkant med stjerner højt oppe. Til trods for den skyfri himmel plaskede det ned mod asfalten og hendes ansigt, og det gik op for hende, at det var kondensvand fra de små, rustne airconditionkasser, som stak ud fra facaderne. Hun trak sig tilbage og lænede ryggen mod jerndøren.

Ventede.

Og til sidst lød det ud fra mørket: "*What do you want?*"

Hun havde aldrig hørt hans stemme før. Jo, hun havde hørt den i det der talkshow, da de talte om seriemordere, men det var noget helt andet at høre den i virkeligheden. Der var en slidt hæshed i den, som fik ham til at lyde ældre end de knap fyrre, hun vidste, han var. Men samtidig var der en tryg, selvsikker ro, som stemte dårligt overens med det jagede ansigt, hun havde set uden for Li Yuan. Dyb, varm.

"Jeg er norsk," sagde hun.

Der kom ikke noget svar. Hun sank et par gange. Hun vidste, at de første ord ville være de vigtigste.

"Jeg hedder Kaja Solness. Jeg har fået til opgave at finde dig. Af Gunnar Hagen."

Der kom ingen reaktion på navnet på hans chef i Drabsafdelingen. Var han gået?

"Jeg arbejder for Hagen som drabsefterforsker," sagde hun ud i mørket.

"Tillykke med det."

"Der er ikke noget at ønske tillykke med. Ikke hvis du har læst norske aviser de sidste måneder." Hun kunne have bidt tungen af sig selv. Stod hun her og prøvede at være vittig? Det måtte skyldes søvnmangel. Eller nervøsitet.

"Jeg mente tillykke med veludført opgave," sagde stemmen. "Jeg er fundet. Nu kan du rejse hjem igen."

"Vent!" råbte hun. "Vil du ikke høre, hvad jeg vil?"

"Helst ikke."

Men de ord, hun havde skrevet ned og indøvet, væltede allerede ud af hende: "To kvinder er blevet dræbt. Retsmedicinske fund tyder på, at det er samme gerningsmand. Derudover har vi ingen spor. Selv om pressen har fået minimalt med detaljer, har de for længst skreget op om, at en ny seriemorder er på spil. Enkelte har skrevet, at han måske er inspireret af Snemanden. Vi har hentet ekspertise ind fra Interpol, uden at de er kommet nogen vegne. Presset fra medierne og myndighederne ..."

"Det betyder nej," sagde stemmen.

En dør smækkede.

"Hallo? Hallo? Er du der?"

Hun famlede sig frem og fandt en dør. Åbnede den, før skrækken nåede at sætte sig fast, og stod i en anden, mørklagt trappeopgang. Hun kunne se lys længere oppe og tog tre trappetrin ad gangen. Lyset kom gennem glasset i en af svingdørene, og hun skubbede den op. Hun kom ind i en enkel, nøgen gang, hvor man havde opgivet at male den afskallede puds, og fugtigheden stod som dårlig ånde ud af væggene. Lænet op ad fugtigheden stod to mænd med cigaretter dinglende fra mundvigene, og en sød em drev hen imod hende. De så på hende med sløve blikke. For sløve, håbede hun. Den mindste af dem var sort, af afrikansk oprindelse antog hun. Den højeste var hvid og havde et pyramideformet ar i panden, som en advarselstrekant. Hun havde læst i 'Politiet', deres månedsblad, at Hongkong havde næsten tredive tusind politifolk på gaderne og blev regnet som verdens tryggeste millionby. Men det var altså på gaderne.

"*Looking for hashish, lady?*"

Hun rystede på hovedet, prøvede at smile selvsikkert, prøvede at gøre sådan, som hun havde rådet unge piger til, dengang hun havde rejst rundt på skoler: at ligne en, der vidste, hvor hun var på vej hen, ikke en, som var kommet væk fra flokken. Ikke et bytte.

De smilede tilbage. Den eneste anden døråbning i korridoren var muret til. De tog hænderne op af bukselommerne, cigaretterne ud af mundvigene.

"*Looking for fun, then?*"

"*Wrong door, that's all,*" sagde hun og vendte sig om for at gå ud igen. En hånd låste sig om hendes håndled. Rædslen føltes som sølvpapir i munden. Hun kunne det her i teorien. Hun havde øvet sig i det på en gummimåtte i en oplyst gymnastiksal med en instruktør og kolleger omkring sig.

"*Right door, lady. Right door. Fun is this way.*" Hans ånde mod hendes ansigt stank af fisk, løg og marihuana. I gymnastiksalen havde der kun været én modstander.

"*No thanks,*" sagde hun og prøvede at lyde bestemt.

Den sorte kom op på siden af hende, greb det andet håndled og sagde med en stemme, som gled ind og ud af falset: "*We will show you.*"

"*Only there's not much to see, is there?*"

De vendte sig alle tre mod svingdøren.

Hun vidste, at der stod hundrede og fireoghalvfems centimeter i hans pas, men som han stod der i døråbningen, som var bygget efter Hongkong-mål, så han ud til at være mindst to meter og ti. Og dobbelt så bred som for bare en time siden. Armene hang ned langs siderne, lidt ud fra kroppen, men han rørte sig ikke, stirrede ikke, snerrede ikke, så bare roligt på den hvide og gentog:

"*Is there, jau-ye?*"

Hun mærkede den hvides fingre stramme og derpå slække grebet om sit håndled, fornemmede den sorte flytte vægten fra fod til fod.

"*Ng-goy,*" sagde manden i døråbningen.

Hun mærkede, hvordan deres hænder tøvende slap grebet.

"Kom," sagde han og tog hende let under armen.

Hun mærkede varmen i kinderne, da de gik ud ad døren. Varme frembragt af spænding og skam. Skam over, hvor lettet hun var, hvor trægt hendes hjerne havde fungeret i situationen, hvor villigt hun havde ladet ham tage sig af to uskyldige hashpushere, som bare ville skræmme hende lidt.

Han førte hende to etager op og ind ad en svingdør, hvor han anbragte hende foran en elevatordør, trykkede på knappen med pilen, som pegede ned, stillede sig ved siden af hende og fæstnede blikket på det lysende ellevetal over elevatordøren. "Gæstearbejdere," sagde han. "De er alene og keder sig bare lidt."

"Det ved jeg godt," sagde hun trodsigt.

"Tryk G for groundfloor, drej til højre og gå så ligeud, indtil du er på Nathan Road."

"Vil du ikke godt høre, hvad jeg har at sige. Du er den eneste i Drabsafdelingen, som har specialkompetence, hvad angår seriemordere. Det var dig, der pågreb Snemanden."

"Korrekt," sagde han. Hun kunne se noget bag i hans blik bevæge sig, og han trak en finger langs kæbebenet under højre øre. "Og derefter sagde jeg op."

"Sagde op? Tog orlov, mener du."

"Jeg sagde op. Som i 'slutte'."

Først nu så hun, at hans højre kæbeben stod ud i en skæv vinkel.

"Gunnar Hagen siger, at da du forlod Oslo for seks måneder siden, indvilgede han i at give dig orlov indtil videre."

Manden smilede, og Kaja så, hvordan det fuldstændig forandrede hans ansigt: "Det er kun, fordi Hagen ikke kan få ind i sit hoved ..." Han holdt inde, og smilet forsvandt. Blikket blev rettet mod tallet på elevatordisplayet, som nu stod på fem.

"Jeg arbejder under ingen omstændigheder for politiet mere."

"Vi har brug for dig ..." Hun trak vejret dybt. Hun vidste, at hun bevægede sig på tynd is, men at hun var nødt til at handle, før han forsvandt for hende igen. "Og du har brug for os."

Han rettede blikket mod hende. "Hvad i alverden får dig til at tro det?"

"Du skylder Triaden penge. Du køber dope på gaden med en sutteflaske. Du bor ..." hun skar en grimasse, "... her. Og du har ikke noget pas."

"Jeg har det godt her. Hvad skal jeg med et pas?"

Der lød et pling, elevatordøren gled knirkende op, og stinkende, varm luft stod ud fra kroppene inde i den.

"Jeg tager den ikke!" sagde Kaja, højere end hun havde tænkt sig, og lagde mærke til ansigterne, som så på hende med en blanding af utålmodighed og åbenlys nysgerrighed.

"Jo, du gør," sagde han, lagde en hånd mod hendes lænd og skubbede hende forsigtigt, men bestemt ind. Hun var øjeblikkelig omsluttet af menneskekroppe, som spærrede hende inde og gjorde det umuligt at røre sig eller få vendt sig. Hun drejede hovedet tidsnok til at se elevatordørene glide i.

"Harry!" råbte hun.

Men han var allerede væk.

Kapitel 4
Sex Pistols

Den gamle herbergsejer satte en tænksom pegefinger mod panden lige under turbanen og så længe og vurderende på hende. Så greb han telefonen og tastede et nummer. Han sagde nogle ord på arabisk og lagde på. "Vi venter," sagde han. "Måske, måske ikke."

Kaja smilede og nikkede.

De sad og kiggede på hinanden fra hver sin side af det smalle bord, der fungerede som receptionsskranke.

Så ringede telefonen. Han tog den, lyttede og lagde på uden at sige et ord.

"Hundrede og halvtreds tusind dollar," sagde han.

"Hundrede og halvtreds?" gentog hun vantro.

"Hongkong dollar, frue."

Kaja regnede i hovedet. Det var omkring hundrede og tredive tusind norske kroner. Omtrent det dobbelte af den beløbsgrænse, hun havde fået at arbejde med.

Det var over midnat og næsten fyrre timer siden, hun havde sovet, da hun fandt ham. Hun havde gennemtrawlet H-blokken i tre timer. Havde tegnet et indre kort, mens hun bevægede sig gennem herbergerne, caféerne, snackbarerne, massageklubberne, bønneværelserne, indtil hun kom til de billigste herberger, værelser og sovesale, hvor den importerede arbejdskraft fra Afrika og Pakistan holdt til, dem som ikke havde et værelse, bare et aflukke uden dør, uden tv, uden aircondition og uden privatliv. Den sorte natportier, som lukkede Kaja ind, så længe på billedet og endnu længere på den hundreddollarseddel, hun holdt frem, før han tog den og pegede på et af aflukkerne.

Harry Hole, tænkte hun. Got you.

Han lå på ryggen på en madras og trak vejret næsten lydløst. Han havde en dyb rynke i panden, og det udstående kæbeben under højre øre var endnu tydeligere nu, da han sov. Fra de andre aflukker hørte hun mænd, som hostede og snorkede. Fra taget dryppede der vand, som ramte cementgulvet med dybe, mismodige suk. Åbningen til aflukket slap en kold, blå stribe ind fra lysstofrørene i receptionen. Hun så et klædeskab foran vinduet, en stol og en plastflaske med vand ved siden af madrassen på gulvet, det var alt. Der lugtede sødligt og bittert, som af sveden gummi. Røg steg op fra et nedbrændt skod, som lå i et askebæger ved siden af sutteflasken på gulvet. Hun satte sig på stolen og opdagede, at han holdt noget i hånden. En fedtet, gulbrun klump. Kaja havde set tilstrækkelig med hashklumper det år, hun kørte patruljevogn, til at vide, at det ikke var det.

Klokken var næsten to, da han vågnede.

Hun hørte bare en lille bitte ændring i åndedrætsrytmen, og så skinnede det hvide i hans øjne pludselig i mørket.

"Rakel?" Han havde hvisket det. Og så faldt han i søvn igen.

En halv time senere slog han brat øjnene op, for sammen, kastede sig rundt og greb efter noget under madrassen.

"Det er mig," hviskede Kaja. "Kaja Solness."

Kroppen foran hende standsede midt i bevægelsen. Så kollapsede den og faldt ned på madrassen igen.

"Hvad fanden laver du her?" stønnede han med stemmen fuld af grus.

"Henter dig," sagde hun.

Han lo lavmælt med lukkede øjne. "Henter mig? Stadigvæk?"

Hun tog en konvolut frem, bøjede sig frem og holdt den op foran ham. Han åbnede det ene øje.

"En flybillet," sagde hun. "Til Oslo."

Øjet lukkede sig igen. "Tak, men jeg bliver her."

"Hvis jeg kan finde dig, er det kun et spørgsmål om tid, før de også gør det."

Han svarede ikke. Hun ventede, mens hun lyttede til hans åndedræt og vandet, som dryppede og sukkede. Så slog han øjnene op igen, gned sig under højre øre og rejste sig op på albuerne:

"Har du en smøg?"

Hun rystede på hovedet. Han trak lagenet af sig, rejste sig og gik hen til klædeskabet. Han var overraskende bleg, når man tog i betragtning, at han havde tilbragt over et halvt år i et subtropisk klima, og så mager, at ribbenene stod frem, selv på ryggen. Kropsbygningen tydede på, at han engang havde været atletisk, men nu sås resterne af muskler kun som skarpe skygger under den hvide hud. Han åbnede skabet. Hun blev overrasket over at se, at tøjet var lagt sammen i sirlige og ordentlige bunker. Han trak en T-shirt og et par cowboybukser på, de samme han havde haft på dagen før, og rystede med noget besvær en krøllet cigaretpakke op af lommen.

Han gik direkte ind i et par klipklapper og forbi hende, mens det klikkede fra en lighter.

"Kom," sagde han lavmælt, idet han gik forbi hende. "Middagstid."

Klokken var halv tre om natten. Grå jernforhæng var trukket ned foran Chungkins butikker og serveringssteder. Bortset fra Li Yuans spisested.

"Så hvordan havnede du i Hongkong?" spurgte Kaja og så på Harry, som på uelegant, men effektiv vis skovlede de glinsende glasnudler fra den hvide suppeskål i sig.

"Jeg fløj. Fryser du?"

Kaja trak automatisk hænderne væk fra under lårene. "Men hvorfor hertil?"

"Jeg var på vej til Manila. Hongkong skulle bare være en mellemlanding."

"Filippinerne. Hvad skulle du der?"

"Springe ned i en vulkan."

"Hvilken af dem?"

"Tja. Hvilke af dem kan du navnet på?"

"Ingen. Jeg har bare læst, at der er mange. Ligger en del af dem ikke på ... øh, Luzon?"

"Ikke dårligt. Der er atten vulkaner i alt, og tre af dem er på Luzon. Jeg ville op på Mount Mayon. To og et halv tusind meter. Stratovulkan."

"Vulkan med stejle sider dannet af utallige lag af lava efter udbrud."

Harry holdt op med at spise og så på hende. "Udbrud i moderne tid?"

"Mange. Tredive?"

"Generaliebladet siger syvogfyrre siden 1616. Det sidste i 2002. Kan sigtes for mindst tre tusind drab."

"Hvad skete der?"

"Trykket byggede sig op."

"Jeg mener med dig."

"Jeg taler skam om mig." Hun syntes, hun så antydningen af et smil. "Jeg brød sammen og begyndte at drikke sprut på flyet. Jeg fik besked om at gå fra borde i Hongkong."

"Der afgår flere fly til Manila."

"Det gik op for mig, at bortset fra vulkaner har Manila ikke noget, som Hongkong ikke har."

"Som for eksempel?"

"Som for eksempel afstand til Norge."

Kaja nikkede. Hun havde læst rapporterne fra sagen om Snemanden.

"Og vigtigst," sagde han og pegede med en spisepind. "De har Li Yuans glasnudler. Prøv selv. Det er grund nok til at søge om statsborgerskab."

"Dét og opium?"

Det var ikke hendes stil at være så direkte, men hun vidste, at hun var nødt til at sluge sin naturlige generthed, at det her var hendes eneste chance til at få gjort det, hun var kommet for.

Han trak på skuldrene og koncentrerede sig igen om glasnudlerne.

"Ryger du tit opium?"

"Med ujævne mellemrum."

"Og hvorfor gør du det?"

Han svarede med mad i munden: "For ikke at drikke. Jeg er alkoholiker. Der har du for resten endnu en fordel ved Hongkong sammenlignet med Manila. Lavere strafferammer for narko. Og renere fængsler."

"Jeg vidste det om alkoholen, men er du narkoman?"

"Definér narkoman."

"*Skal* du have det?"

"Nej, men jeg *vil* have det."

"Fordi?"

"Bedøvelse. Det her lyder som en jobsamtale til et job, jeg ikke vil have, Solness. Har du røget opium?"

Kaja rystede på hovedet. Hun havde prøvet marihuana nogle gange på en rygsækrejse i Sydamerika, men havde ikke brudt sig specielt om det.

"Men det har kineserne. For to hundrede år siden importerede briterne opium fra Indien for at forbedre handelsbalancen. De gjorde det halve Kina til junkier sådan her." Han knipsede med den ledige hånd. "Og da de kinesiske myndigheder fornuftigt nok forbød opium, gik briterne i krig for deres ret til at dope Kina sønder og sammen. Forestil dig, at Colombia var begyndt at bombe New York, fordi amerikanerne beslaglagde noget kokain ved grænsen."

"Hvad er din pointe?"

"At jeg ser det som min pligt som europæer at ryge noget af det svineri op, vi har fået ind i landet her."

Kaja hørte sig selv le. Hun trængte virkelig til at sove.

"Jeg fulgte efter dig, da du handlede," sagde hun. "Jeg så, hvordan I gjorde det. Der var penge i sutteflasken, da du satte den fra dig. Og opium i den bagefter, ikke sandt?"

"Mm," sagde Harry med munden fuld af nudler. "Har du arbejdet i narkoafdelingen?"

Hun rystede på hovedet. "Hvorfor en sutteflaske?"

Harry strakte armene over hovedet. Suppeskålen foran ham var tom. "Opium lugter ad helvede til. Hvis du bare har klumpen i lommen eller i folie, kan narkohundene sniffe sig frem til dig selv i en tæt folkemængde. Og der er ikke pant på sutteflasker, så du risikerer ikke, at en eller anden unge eller drukmås tilfældigvis hugger den midt under handelen. Det er forekommet."

Kaja nikkede langsomt. Han var begyndt at slappe af, det gjaldt bare om at fortsætte. Alle, som ikke har talt deres eget sprog i et halvt år, bliver snakkesalige, når de møder en landsmand. Det er helt naturligt. Hun skulle bare køre videre.

"Du kan godt lide heste?"

Han tyggede på tandstikkeren. "Egentlig ikke. De er så skide humørsyge."

"Men du kan godt lide at spille på dem?"

"Ja, men tvangsmæssig gambling er ikke en af mine laster."

Han smilede, og igen slog det hende, hvordan smilet forvandlede ham, gjorde ham menneskelig, tilnærmelig, drenget. Og hun tænkte på det glimt af åben himmel, hun havde fået over Melden Row.

"Gambling er en dårlig vinderstrategi i det lange løb. Men hvis man ikke mere har noget at tabe, er det den eneste strategi. Jeg satsede alt, hvad jeg havde plus en del, som jeg ikke havde, på ét eneste løb."

"Du satsede alt, hvad du havde, på én hest?"

"To. En quinella. Du udvælger de to heste, som tager første- og andenpladsen, uafhængigt af hvilken af de to der vinder."

"Og du lånte penge af Triaden?"

For første gang så hun overraskelse i Harrys blik.

"Hvad får et seriøst kinesisk forbryderkartel til at låne penge til en opiumsrygende udlænding, som ikke har noget at tabe?"

"Jo, ser du," sagde Harry og fiskede en cigaret frem. "Som udlænding får du adgang til VIP-logen på galopbanen i Happy Valley de tre første uger efter, at dit pas er stemplet." Han fik ild på cigaretten og blæste røg mod loftsventilatoren, som gik så langsomt, at fluerne kørte karrusel på den. "De har en dresscode, så jeg fik syet mig et jakkesæt. De to første uger var nok til at få smag for det. Jeg stiftede bekendtskab med Herman Kluit, en sydafrikaner, som tjente sig styrtende rig på mineraler i Afrika i halvfemserne. Han lærte mig at tabe ganske mange penge med stil. Jeg kunne simpelthen godt lide konceptet. Aftenen før løbsdagen den tredje uge var jeg til middag hos Kluit, hvor han underholdt gæsterne med at fremvise sin samling af afrikanske torturinstrumenter fra Goma i Congo. Og der fik jeg et staldtips af Kluits chauffør. Favoritten i et af løbene var skadet, men det blev holdt hemmeligt, fordi den alligevel skulle stille op til start. Fidusen var, at den var en så klar favorit, at der kunne blive *minus pool*, det vil sige, at det var umuligt at tjene penge ved at spille på den. Derimod var der penge at tjene på at helgardere ved at satse på samtlige de andre. For eksempel med quinellas. Men det krævede selvfølgelig en del kapital, hvis der skulle blive en vis gevinst af det. Jeg lånte af Kluit på mit ærlige ansigt. Og mit skræddersyede jakkesæt." Harry studerede cigaretgløden og så ud, som om han smilede ved tanken.

"Og?" spurgte Kaja.

"Og favoritten vandt med seks længder." Harry trak på skuldrene. "Da jeg forklarede Kluit, at jeg ikke ejede salt til et æg, så han oprigtigt bedrøvet ud og forklarede høfligt, at han som forretningsmand var nødt til at holde sig til sine handelsprincipper. Han forsikrede mig om, at de slet ikke inkluderede brug af torturgenstandene fra Congo, men ganske enkelt bestod i at sælge gælden med rabat til Triaden. Hvilket han indrømmede ikke var stort bedre. Men at han i mit tilfælde ville vente i seksogtredive timer, før han solgte, så jeg kunne nå at komme ud af Hongkong."

"Men det gjorde du ikke?"

"Af og til er jeg lidt langsom i opfattelsen."

"Og bagefter?"

Harry slog ud med hænderne. "Det her. Chungking."

"Og fremtidsplanerne?"

Harry trak på skuldrene og skoddede cigaretten. Og Kaja kom til at tænke på det pladecover, Even havde vist hende med billedet af Sid Vicious i Sex Pistols. Og musikken, som kørte i baggrunden: "No future, no fu-ture."

"Du har fået det at vide, som du behøver, Kaja Solness."

"Behøver?" Hun rynkede panden. "Jeg er ikke med."

"Er du ikke?" Han rejste sig. "Troede du, jeg ævler løs om opiumrygning og gæld, fordi jeg er en ensom nordmand, som møder en anden?"

Hun svarede ikke.

"Det er, fordi jeg gerne vil have, at du skal forstå, at jeg ikke er den mand, I har brug for. Så du kan rejse tilbage uden følelsen af ikke at have udført dit arbejde. Så du ikke får problemer på trappeopgange, og så jeg kan sove i fred uden at tænke på, at du leder mine kreditorer direkte hen til mig."

Hun så på ham. Han havde noget strengt, noget asketisk over sig, som alligevel blev modsagt af den morskab, der dansede i hans blik og sagde, at man ikke behøvede at tage alting så alvorligt. Eller rettere sagt: at han var helt og aldeles ligeglad.

"Vent." Kaja åbnede tasken og tog den lille, røde bog frem, rakte den til ham og observerede effekten. Hun så, hvordan forbavselsen bredte sig over hans ansigt, da han bladede i den.

"Hold kæft, det ligner jo mit rigtige pas."

"Det er det også."

"Jeg tvivler på, at Drabsafdelingen har budget til det her."

"Kursen er faldet på din gæld," løj hun. "Jeg fik rabat."

"Det håber jeg for din skyld, for jeg har ikke tænkt mig at tage til Oslo."

Kaja så længe på ham. Og gruede for det næste. For der var ingen vej udenom nu. Hun var nødt til at spille det sidste kort, det, som Gunnar Hagen havde sagt, at hun måtte gemme til sidst, hvis fyren viste sig at være helt umulig.

"Der er én ting til," sagde Kaja og forberedte sig på det værste.

Harrys ene øjenbryn røg i vejret. Måske hørte han noget i hendes tonefald.

"Det drejer sig om din far, Harry." Hun hørte, hvordan hun automatisk havde brugt hans fornavn. Og hun sagde til sig selv, at det var oprigtigt ment og ikke bare for effektens skyld.

"Min far?" Han sagde det, som om det kom som en overraskelse, at han havde en.

"Ja. Vi kontaktede ham for at høre, om han vidste, hvor du befandt dig. Det viste sig, at han er syg."

Hun stirrede ned i bordet.

Hun hørte ham snappe efter vejret. Gruset var tilbage i hans stemme: "Alvorligt syg?"

"Ja. Og jeg er ked af, at jeg skulle være den, som fortæller dig det."

Hun turde endnu ikke løfte blikket. Skammede sig. Ventede. Lyttede til den snadrende lyd af kantonesisk fra tv'et bag Li Yuans disk. Hun sank noget og ventede. Hun måtte snart se at få sovet.

"Hvornår afgår flyet?"

"Klokken otte," sagde hun. "Jeg samler dig op om tre timer her udenfor."

"Jeg tager selv derud. Der er et par ting, jeg skal ordne først."

Han holdt en åben hånd frem. Hun så spørgende på ham. "Og til det skal jeg bruge passet. Og så burde du spise noget. Få lidt sul på kroppen."

Hun tøvede. Så rakte hun ham passet og flybilletten.

"Jeg stoler på dig," sagde hun.

Han så udtryksløst på hende.

Så var han væk.

Uret over gate C4 på Chek Lap Kok viste kvart i otte, og Kaja havde opgivet ham. Selvfølgelig kom han ikke. Det var en naturlig refleks hos dyr og mennesker at gemme sig, når man var såret. Og Harry Hole var afgjort såret. Rapporterne fra sagen om Snemanden havde beskrevet drabene på alle kvinderne i detaljer. Men Gunnar Hagen havde derudover fortalt hende det, som ikke havde stået der. Om hvordan Harry Holes ekskæreste Rakel og hendes søn Oleg var havnet i kløerne på den gale drabsmand. Om at hun og sønnen øjeblikkeligt var flyttet fra landet, da sagen var afsluttet. Og om Harry, som havde afleveret sin opsigelse og var rejst sin vej. Han var bare mere såret, end hun havde været klar over.

Kaja havde allerede afleveret boardingkortet, var på vej hen imod gangbroen og var så småt begyndt at tænke på udformningen af rapporten om den mislykkede opgave, da hun så ham komme luntende i det skrå solskin, som faldt ind gennem terminalbygningen. Han havde en enkelt taske over skulderen, en taxfree-pose og dampede frenetisk på en cigaret. Han standsede ved boardingskranken. Men i stedet for at give det ventende personale boardingkortet satte han tasken fra sig og sendte Kaja et opgivende blik.

Hun gik tilbage til boardingskranken.

"Problemer?" spurgte hun.

"Sorry," sagde han. "Jeg kan ikke komme med."

"Hvorfor ikke?"

Han pegede på taxfree-posen. "Jeg er lige kommet i tanker om, at kvoten per person i Norge er én cigaretkarton. Jeg har to. Så medmindre ..." Han fortrak ikke en mine.

Hun himlede med øjnene og prøvede at lade være med at se lettet ud. "Kom med den."

"Tusind tak," sagde han, åbnede posen, som hun noterede sig ikke indeholdt flasker, og rakte hende en åbnet karton med Camel-cigaretter, hvor den ene pakke allerede var taget.

Hun gik foran ham ud til flyet, så han ikke skulle se, at hun smilede.

Kaja holdt sig vågen længe nok til at registrere take-off, Hongkong som forsvandt under dem, og Harrys blik, som fulgte serveringsvognen, der rykvis nærmede sig med lystig flaskeklirren. Og hvordan han lukkede øjnene og svarede stewardessen med et knap hørligt "*No, thank you*".

Hun spekulerede på, om Gunnar Hagen havde ret, om manden ved siden af hende virkelig var den, de havde brug for.

Så var hun væk og drømte, at hun stod foran en lukket dør og hørte et ensomt, koldt fugleskrig fra skoven, og at det lød så underligt, fordi solen skinnede og skinnede. At hun åbnede døren ...

Hun vågnede med hovedet mod hans skulder og indtørret savl i mundvigene. Kaptajnens stemme meddelte, at de lagde an til landing i London.

Kapitel 5

Parken

Marit Olsen kunne godt lide at løbe på ski oppe på fjeldet. Men hun hadede at jogge. Hun hadede sit eget hivende åndedræt efter bare hundrede meter, den jordskælvslignende dirren i jorden, når hun satte foden ned, de let overraskede blikke fra folk, der gik tur, og de billeder, som dukkede op, når hun så sig selv gennem deres øjne: de gyngende hager, kroppen som skvulpede rundt inde i træningsdragten, som sad i pølser, og det hjælpeløse, måbende fisk-på-land ansigtsudtryk, hun selv havde set hos stærkt overvægtige mennesker, som træner. Det var én af grundene til, at hun tog sine tre faste ugentlige joggingture i Frognerparken klokken ti om aftenen: Der var næsten ingen mennesker der. De, som var der, så mindst muligt af hende, som hun prustede sig frem i bælgmørke mellem de spredte lygter på stierne, som gennemborede byens største park på kryds og tværs. Og af de få, der så hende, var der under alle omstændigheder endnu færre, som genkendte stortingsrepræsentanten for Arbeiderpartiet og Finnmark. Streg 'genkendte'. Der var ikke mange, som nogen sinde havde set Marit Olsen. Når hun udtalte sig – som regel på vegne af sit eget amt – tiltrak hun sig ikke den opmærksomhed, som blev andre og mere fotogene kolleger til del. For det andet havde hun ikke sagt eller gjort noget forkert i løbet af de to perioder, hun havde siddet. Det var i hvert fald de forklaringer, hun havde givet sig selv. Forklaringen fra redaktøren på Finnmark Dagblad, som gik ud på, at hun var en politisk letvægter, var kun et ondsindet ordspil på hendes fysiognomi. Redaktøren havde alligevel ikke udelukket, at hun en dag kunne ses i en Arbeiderparti-regering, eftersom hun opfyldte de vigtigste krav: ingen uddannelse, ikke af hankøn, ikke fra Oslo.

Han kunne for så vidt godt have ret i, at hendes styrke ikke lå i de store, komplicerede – og luftige – tankekonstruktioner. Men hun var en person af folket, én som vidste, hvordan kvinder og mænd på gaden havde det, og hun kunne være deres stemme herinde blandt alle de selvoptagede og selvtilfredse i hovedstaden. For Marit Olsens stemme talte direkte fra – den efterhånden lidt for store – lever. Det var det, som var hendes egentlige kvalifikation, det der havde ført hende dertil, hvor hun trods alt var kommet. Med verbal intelligens og humor – den som folk fra Sydnorge plejede at kalde 'nordnorsk' og 'ramsaltet' – var hun en sikker vinder i de få debatter, hun havde været med i. Det var kun et spørgsmål om tid, før de ville begynde at lægge mærke til hende. Bare hun kunne få smidt nogle af de her kilo. Undersøgelser viste, at folk havde mindre tillid til overvægtige mennesker; underbevidstheden opfattede det som manglende selvbeherskelse.

Hun kom til en stigning, bed tænderne sammen og afkortede skridtlængden, gik vel nærmest over i en slags gang, hvis hun skulle være helt ærlig. Powerwalk. Ja, det var det, det var. Marchen imod magten. Vægten blev reduceret, valgbarheden øget.

Hun hørte det knase i gruset bag sig og mærkede, hvordan ryggen automatisk rettede sig, og pulsen steg yderligere nogle hak. Det var den samme lyd, hun havde hørt på løbeturen for tre dage siden. Og to dage før det igen. Begge gange havde nogen løbet bag hende i næsten to minutter, før lyden var forsvundet. Den sidste gang havde Marit vendt sig om og set en sort træningsdragt og en sort hætte, som om det var en kommandosoldat, der løb der bag hende. Bortset fra at ingen, og specielt ikke en kommandosoldat, kunne finde det meningsfyldt at løbe lige så langsomt som Marit Olsen.

Hun kunne selvfølgelig ikke være sikker på, at det her var den samme person, men noget ved lyden af skridtene sagde hende, at det var det. Der var kun en smule tilbage af stigningen op til Monolitten, så gik det jævnt nedad, hjemad, til Skøyen, mand og en betryggende grim, overfodret rottweiler. Skridtene kom nærmere. Og pludselig var det ikke så rart, at klokken var ti, og parken mørk og mennesketom. Marit Olsen var bange for op til flere ting, men først og fremmest var hun bange for udlændinge. Jo, hun vidste, at det var fremmedangst og i strid med partiprogrammet, men at frygte det, som er fremmed, er trods alt en fornuftig overlevelsesstrategi. Lige nu ville hun ønske, at hun havde stemt imod alle de indvandrervenlige lovforslag, hendes parti havde fremlagt, at hun også der havde talt lidt mere direkte fra sin berygtede lever.

Hendes krop flyttede sig bare alt for langsomt, lårmusklerne sved, og lungerne skreg efter luft, og hun vidste, at hun snart ikke ville kunne bevæge sig mere. Hendes hjerne prøvede at kæmpe mod frygten, prøvede at fortælle hende, at hun ikke just var et oplagt voldtægtsoffer.

Frygten havde båret hende helt op. Hun kunne se over på den anden side af højderyggen nu, ned på Madserud Allé. En bil bakkede ud fra indkørslen til en af villaerne. Nu kunne hun nå det, der var kun lidt over hundrede meter tilbage. Marit Olsen løb ud på det glatte græs, ned ad skråningen, og klarede lige akkurat at holde sig på benene. Hun hørte ikke længere skridt bag sig, alt var overdøvet af hendes prusten. Bilen var bakket ud på vejen nu, og det knasede grimt i gearkassen, da føreren skiftede fra bakgear. Marit Olsen var for enden af skråningen, der var kun nogle få meter ned til vejen, til de frelsende lyskegler foran bilen. Hendes betydelige kropsvægt havde fået et lille forspring i nedstigningen, og nu tvang den hende ubønhørligt fremad. Så kunne benene ikke følge med mere. Hun faldt forover, ud på vejen, ind i lyset. Maven, indpakket i svedigt polyester, ramte asfalten, og hun halvvejs gled, halvvejs rullede forover. Så lå Marit Olsen stille, med den bitre smag af vejstøv i munden og håndflader, der sved af småsten.

En eller anden stod over hende. Tog fat i hendes skulder. Hun væltede sig stønnende om på siden og holdt armene beskyttende op foran sig. Ingen kommandosoldat, blot en ældre mand iført hat. Bildøren bag ham stod åben.

"Alt i orden, frøken?" sagde han.

"Hvad tror du?" sagde Marit Olsen og mærkede raseriet stige op i sig.

"Vent! Dig har jeg set før."

"Der kan man bare se," sagde hun, viftede hans hjælpende hånd væk og kom stønnende på benene.

"Er du med i det der underholdningsprogram?"

"Lige netop det, bedstefar," sagde hun og stirrede ind i parkens tomme, tavse mørke og masserede sin lever, "skal du bare skide højt og flot på."

Kapitel 6

Hjemkomst

En Volvo Amazon, den sidste som var trillet ud fra Volvo-fabrikken i 1970, var standset foran fodgængerfeltet ved ankomstterminalen i Oslo Lufthavn, Gardermoen.

En kæde af børnehavebørn paraderede foran bilen i knirkende regntøj. Nogle af dem kiggede nysgerrigt på den gamle, underlige bil, som havde en rallystribe langs motorhjelmen, og på de to mænd bag vinduesviskerne, som fejede formiddagsregnen væk.

Manden på passagersædet, politikommissær Gunnar Hagen, vidste, at synet af børn hånd i hånd burde have fået ham til at smile og tænke på sammenhold, omtanke og et samfund, hvor man passer på hinanden. Men Hagens første association var en kæde af politifolk på jagt efter en person, de regnede med at finde dræbt. Det var den slags, arbejdet som leder af Drabsafdelingen gjorde ved en. Eller som en spøgefugl havde skrevet på Holes kontordør: *I see dead people.*

"Hvad fanden laver en børnehave i en lufthavn?" spurgte manden på førersædet. Han hed Bjørn Holm, og Amazonen var hans kæreste eje. Alene lugten fra det larmende, men uhyre effektive varmeapparat, de gennemsvedte nappasæder og den støvede hattehylde gav ham ro i sjælen. Særlig hvis det blev akkompagneret af motoren ved det rigtige omdrejningstal, hvilket vil sige omkring firs kilometer i timen på en flad strækning med Hank Williams i kassettebåndafspilleren. Bjørn Holm fra Kriminalteknisk Afdeling i Bryn var en hillbilly fra Skreia med cowboystøvler af slangeskind og et måneansigt med let bulnende øjne, noget som gav ham et konstant forundret ansigtsudtryk. Det ansigt havde fået mere end én efterforskningsleder til at tage fejl af Bjørn Holm. Sandheden var, at Bjørn Holm var det største tekniske talent siden Webers glansdage. Holm var iført en blød ruskindsjakke med frynser og en strikket rastafarihue, hvorfra de kraftigste, rødeste bakkenbarter, Hagen havde set på denne side af Nordsøen, stak ud og næsten dækkede kinderne.

Holm svingede Amazonen ind på korttidsparkeringen, hvor den stoppede med et hik, og de to mænd steg ud. Hagen slog frakkekraven op, noget som selvfølgelig ikke forhindrede regnen i at bombardere hans blanke isse. Den var for øvrigt omkranset af sort hår så tykt og kraftigt, at enkelte havde Gunnar Hagen mistænkt for at have en udmærket hårpragt, men en excentrisk frisør.

"Sig mig, tåler den jakke virkelig regn?" spurgte Hagen, mens de gik hen imod indgangen med lange skridt.

"Nej," sagde Holm.

Kaja Solness havde ringet til dem, mens de sad i bilen, og havde fortalt, at SAS-maskinen fra London var landet ti minutter før forventet ankomsttid. Og at Harry Hole var blevet væk for hende.

Gunnar Hagen så sig omkring, da de var kommet inden for svingdørene, så Kaja sidde på sin kuffert henne ved taxaskranken, nikkede kort til hende og skridtede hen imod døren til ankomsthallen. Han og Holm smuttede ind, da den gled op for passagerer på vej ud. En vagt skulle til at stoppe dem, men nikkede, ja, nærmest bukkede, da Hagen holdt sit id-kort op og bjæffede et kort: "Politi."

Hagen svingede til højre og gik direkte forbi tolderne og deres hunde, forbi de blanke metaldiske, som fik ham til at tænke på obduktionsbordene på Retsmedicinsk, og ind i lokalet bagved.

Der stoppede han så brat op, at Holm gik ind i ham bagfra. Foran ham hvæsede en velkendt stemme mellem sammenpressede tænder. "Hej, chef. Beklager, at jeg ikke kan stå ret lige nu."

Bjørn Holm kiggede over afdelingslederens skulder.

Det var et syn, som skulle komme til at forfølge ham længe.

Bøjet over en stoleryg stod den mand, som var en levende legende ikke bare i Politihuset i Oslo, men som enhver politibetjent i Norge havde hørt en eller anden vanvittig historie om, på godt eller ondt. En mand, Holm selv havde arbejdet tæt med. Men ikke så tæt som den mandlige tolder, der stod bag legenden med en latexbeklædt hånd, som var delvist omsluttet af legendens bleghvide røvbalder.

"Han er min," sagde Hagen til tolderen og viftede med id-kortet. "Lad ham gå."

Tolderen stirrede på Hagen og syntes uvillig til at give slip, men da en ældre tolder med guldstriber på skuldrene kom ind og nikkede kort med lukkede øjne, vred tolderen hånden rundt en sidste gang og trak den til sig. Offeret stønnede lavmælt.

"Få bukserne op, Harry," sagde Hagen og vendte sig bort.

Harry trak bukserne på og vendte sig om mod tolderen, som var ved at trække latexhandsken af: "Var det også godt for dig?"

Kaja Solness rejste sig fra kufferten, da hendes tre kolleger kom ud ad døren igen. Bjørn Holm gik ud for at køre bilen frem, mens Gunnar Hagen gik over for at købe noget at drikke i kiosken.

"Bliver du tit tjekket?" spurgte Kaja.

"Hver gang," sagde Harry.

"Jeg tror aldrig, jeg er blevet stoppet i tolden."

"Det ved jeg."

"Hvor ved du det fra?"

"Fordi der er tusind små kendetegn, som de ser efter, og du har ingen af dem. Men jeg har mindst halvdelen af dem."

"Mener du, at toldere er så forudindtagede?"

"Tja. Har du nogen sinde smuglet noget?"

"Nej." Hun lo. "Okay, men hvis de er så gode, burde de vel også have set, at du var politimand. Og have ladet dig gå."

"Det gjorde de nok også."

"Hold nu op. Det er kun på film, at de ligesom kan *se*, hvem der er politifolk."

"Ja?" sagde Harry og famlede efter cigaretpakken. "Lad dit blik glide hen over taxaskranken. Der ser du en med smalle, lidt skæve øjne. Kan du se ham?"

Hun nikkede.

"Han har trukket i bæltet to gange, siden vi kom ud. Som om der hænger noget tungt i det. Et par håndjern eller en knippel. En bevægelse, som bliver helt automatisk, hvis du har kørt patruljevogn eller arbejdet i arresten nogle år."

"Jeg har kørt patruljevogn, og jeg har aldrig ..."

"Han arbejder i narkoafdelingen nu og ser efter folk, som ser lidt for lettede ud efter at have passeret tolden. Eller som går direkte ud på toilettet, fordi de ikke kan holde ud at have varerne i endetarmen længere. Eller kufferter som skifter hænder mellem en naiv, hjælpsom passager og smugleren, som har fået idioten til at bære det lille stykke bagage med al narkoen gennem tolden."

Hun lagde hovedet på skrå og kiggede på Harry med et lille smil om læberne: "Eller måske er han en helt almindelig fyr med hængerøvsbukser, som venter på sin mor. Og du tager fejl."

"Selvfølgelig," sagde Harry, kiggede på sit eget ur og dernæst på uret oppe på væggen. "Det sker hele tiden. Er det virkelig midt på dagen?"

Volvo Amazonen gled ud på motorvejen, idet gadelygterne blev tændt.

På forsæderne talte Holm og Kaja Solness ivrigt sammen, mens Townes van Zandt hulkede behersket i kassetteafspilleren. På bagsædet strøg Gunnar Hagen hånden hen over det glatte svineskind på den taske, han havde lagt i skødet.

"Jeg ville ønske, jeg kunne sige, du ser godt ud," sagde han lavmælt.

"Jetlag, chef," sagde Harry, som mere lå end sad.

"Hvad er der sket med din kæbe?"

"Det er en lang og kedelig historie."

"Nå, men velkommen hjem. Beklager omstændighederne."

"Jeg troede, jeg havde indleveret en opsigelse."

"Det har du gjort før."

"Så hvor mange skal du ha'?"

Gunnar Hagen så på sin tidligere vicekommissær og sænkede øjenbrynene og stemmen yderligere: "Som sagt beklager jeg omstændighederne. Og jeg forstår godt, at den sidste sag tog hårdt på dig. At du og mennesker, du er glad for, blev indblandet på en måde, som ... Ja, som kan få en til at ønske sig et andet liv. Men det er det her, der er dit job, Harry, det er det, du kan."

Harry snøftede, som om han allerede havde pådraget sig en hjemkomstforkølelse.

"To drab, Harry. Vi er ikke engang sikre på, hvordan de er udført, kun at de er identiske. Men med vores dyrekøbte erfaring fra sidst ved vi, *hvad* det er." Kommissæren holdt inde.

"Det er ikke farligt at sige ordet, chef."

"Det ved jeg nu ikke."

Harry så ud på det bølgende brune og snefrie landskab. "Man har råbt ulv en del gange. Men det har vist sig, at seriemordere er et sjældent dyr."

"Det ved jeg," nikkede Hagen. "Snemanden er den eneste, vi har set her til lands i min tid. Men vi er temmelig sikre denne gang. Ofrene havde ingenting med hinanden at gøre, og der er fundet identisk bedøvelsesmiddel i deres blod."

"Det er altid noget. Held og lykke."

"Harry ..."

"Sæt nogen, der er kvalificeret, på sagen, chef."

"*Du* er kvalificeret."

"Jeg er gået i stykker."

Hagen trak vejret dybt. "Så sætter vi dig sammen igen."

"Beyond repair," sagde Harry.

"Du er den eneste her i landet, som har kompetence i og erfaring med seriemord."

"Få fløjet en amerikaner ind."

"Du ved godt, at det ikke fungerer på den måde."

"Så beklager jeg."

"Gør du? To er døde indtil nu, Harry. Unge kvinder ..."

Harry vinkede afværgende, da Hagen åbnede tasken og trak en brun mappe frem.

"Jeg mener det, chef. Tak for, at I frikøbte mit pas og alt det der, men jeg er færdig med blodige billeder og dårlige rapporter."

Hagen sendte Harry et såret blik, men lagde alligevel mappen i hans skød.

"Tag et kig, det er alt, hvad jeg beder dig om. Plus at du holder kæft med, at vi arbejder med den her sag."

"Nå? Hvorfor det?"

"Det er kompliceret. Du skal bare ikke omtale det for nogen, okay?"

Samtalen foran i bilen var døet hen, og Harry fæstede blikket på Kajas baghoved. Eftersom Bjørn Holms Amazon var lavet længe før, nogen havde opfundet ordet piskesmældsskade, havde den ingen nakkestøtte, så Harry kunne se hendes tynde nakke, hvor håret var sat op, se de hvide dun mod huden, og han tænkte på, hvor sårbart det var alt sammen, hvor hurtigt ting ændrede sig, hvor meget der kunne ødelægges i løbet af sekunder. At det var det, livet var: en ødelæggelsesproces, en nedbrydning af noget, der som udgangspunkt er perfekt. Det eneste, der var lidt spænding om, var, om vi ville blive ødelagt pludseligt eller langsomt. Det var en trist tanke. Ikke desto mindre holdt han fast i den. Helt til de var på vej gennem Ibsentunnelen, en grå, anonym maskindel i byens trafikmekanisme, som kunne have befundet sig i en hvilken som helst by i verden. Alligevel var det lige præcis på det tidspunkt, at han mærkede det. En voldsom og betingelsesløs glæde over at være her. I Oslo. Hjemme. Følelsen var så overvældende, at han i nogle sekunder helt glemte, hvorfor han var kommet tilbage.

Harry så på Sofies Gate 5, mens Amazonen forsvandt bag ham. Der var mere graffiti på facaden, end da han var rejst, men den blå farve nedenunder var den samme.

Nu havde han altså sagt, at han ikke tog sagen. At han havde en far, som lå på hospitalet, at det var den eneste grund til, at han var her. Det, han ikke havde fortalt dem, var, at hvis han havde kunnet vælge, om han ville vide besked om faderens sygdom eller ej, havde han valgt ikke at få noget at vide. For han kom ikke af kærlighed. Han kom af skam.

Harry kiggede op mod de to mørke vinduer på tredje sal, som var hans.

Så låste han døren op og gik ind i baggården. Skraldespanden stod, hvor den plejede. Harry åbnede låget. Han havde lovet Hagen at kigge i mappen med kopier af sagens dokumenter. Mest for at chefen skulle undgå at tabe ansigt; det pas havde trods alt kostet afdelingen en del. Harry lod mappen glide ind under låget og ned blandt de revnede plastposer, hvorfra der flød kaffegrums, bleer, rådden frugt og kartoffelskræller. Han indsnusede lugten og konstaterede, hvor forbløffende international lugten af affald er.

Ingenting var rørt i den toværelses lejlighed, og alligevel var der noget, der var anderledes. Et puddergråt skær, som om nogen lige havde forladt stedet, men frostånden hang stadig i luften. Han gik ind i soveværelset, satte tasken fra sig og fiskede den uåbnede karton cigaretter frem. Det var det samme herinde, gråt som huden på et to dage gammelt lig. Han faldt bagover på sengen. Lukkede øjnene. Hilste på de kendte lyde. Dryppene fra hullet i tagrenden ned på vinduesskarmens blik. Det var ikke den langsomme, beroligende dryppen fra taget i Hongkong, men en febrilsk trommen, en mellemting mellem at dryppe og at løbe, som en påmindelse om, at tiden gik, sekunderne for af sted, slutningen på tallinjen nærmer sig. Det plejede at få ham til at tænke på La Linea, den italienske animationsfigur, som efter fire minutter altid endte med at falde, forsvinde der, hvor tegnerens, skaberens streg blev væk under ham.

Harry vidste, at der stod en halvfuld flaske Jim Beam i skabet under køkkenvasken. Han vidste, at han kunne begynde, hvor han havde sluttet i lejligheden her. For fanden da, han havde været fuld, allerede før han satte sig ind i taxaen til lufthavnen den dag for et halvt år siden. Det var ikke så underligt, at han ikke havde klaret hele turen til Manila.

Han kunne også gå direkte ud i køkkenet nu og hælde indholdet i vasken.

Harry stønnede.

Det var bare så tåbeligt, at han spekulerede på, hvem hun lignede. Han vidste godt, hvem hun lignede. Hun lignede Rakel. De lignede alle sammen Rakel.

Kapitel 7

Galge

"Jamen jeg er bange, Rasmus," sagde Marit Olsen. "Det *er* jeg!"

"Det ved jeg godt," sagde Rasmus Olsen med den dæmpede, behagelige stemme, som havde fulgt og beroliget hans kone gennem femogtyve år med politiske valg, køreprøver, raseriudbrud og panikanfald i ny og næ.

"Det er kun naturligt," sagde han og lagde armen om hende. "Du arbejder hårdt, du har meget at tænke på. Hovedet har ikke overskud til at lukke den slags tanker ude."

"Den slags tanker?" sagde hun, vendte sig i sofaen og så på ham. Hun havde for længst tabt interessen for den dvd, de sad og så: 'Love Actually'. "Den slags tvangstanker, er det dét, du mener?"

"Det vigtige er ikke, hvad jeg mener," sagde han, mens fingerspidserne følte sig frem. "Det vigtige ..."

"... er, hvad *du* mener," efterabede hun. "Herregud, Rasmus, du må holde op med at se Dr. Phil."

Han lo silkeblødt. "Jeg siger bare, at du som stortingsrepræsentant selvfølgelig kan bede om at få en vagt, som følger med dig, hvis du føler dig truet. Men er det dét, du vil?"

"Mmm," spandt hun, da hans fingre begyndte at massere hende lige præcis der, hvor hun vidste, at han vidste, at hun elskede det. "Hvad betyder: Det du vil?"

"Tænk dig om. Hvad tror du, der vil ske?"

Marit Olsen tænkte sig om. Lukkede øjnene og mærkede, hvordan hans fingre masserede ro og harmoni ind i hendes krop. Hun havde mødt Rasmus, mens hun arbejdede hos Arbejdsmarkedsstyrelsen i Alta. Hun var blevet valgt til tillidsmand, og Norsk Tjenestemandsforening havde sendt hende på tillidsmandskursus på Sørmarka kursus- og konferencecenter. Der var en tynd mand med levende, blå øjne under en vigende hårgrænse kommet hen til hende den første aften.

Han havde snakket på en måde, som mindede hende om de frelsesyge kristne i ungdomsklubben i Alta. Bortset fra at han snakkede om politik. Han arbejdede i Arbeiderpartiets gruppesekretariat, hvor han hjalp partiets stortingsrepræsentanter med praktiske kontoropgaver, rejser, presse, og nu og da skrev han oven i købet en tale for dem.

Rasmus havde givet en øl og spurgt, om hun ville danse, og efter fire stadigt mere langsomme evergreens med stadigt tættere kropskontakt, havde han spurgt, om hun ville med. Ikke op på hans værelse, men med i hans parti.

Da hun kom hjem igen, var hun begyndt at gå til partimøder i Alta, og om aftenen havde hun og Rasmus haft lange telefonsamtaler om, hvad de havde gjort og tænkt den dag. Marit havde naturligvis aldrig sagt det højt: at hun af og til tænkte på, at det var den bedste tid, de havde haft sammen, to tusind kilometer fra hinanden. Så havde nomineringskomitéen ringet, sat hende på en liste, og vupti var hun valgt ind i kommunalbestyrelsen i Alta. To år senere var hun næstformand i Alta AP, året efter sad hun i amtsbestyrelsen, og så var der kommet en ny opringning, og denne gang var det nomineringskomitéen for Stortinget.

Og nu havde hun et lillebitte kontor i Stortinget, en samlever som hjalp hende med talerne, og udsigt til at stige i graderne, hvis alt gik som planlagt. Og hun undgik at begå nogle brølere.

"De vil give mig en vagt," sagde hun. "Og så vil pressen kræve at få at vide, hvorfor en stortingsrepræsentant, ingen har hørt om, skal have en skide bodyguard for skatteborgernes regning. Og når de finder ud af hvorfor, at hun har *følt,* at nogen er fulgt efter hende i parken, vil de skrive, at med den begrundelse burde hver anden kvinde i Oslo have sin egen statsfinansierede gorilla. Jeg tror, jeg opgiver det."

Rasmus lo lydløst og brugte fingrene til at massere sin enighed.

Vinden susede hult gennem de bladløse træer i Frognerparken. En and med hovedet gemt i fjerdragten drev rundt på en natsort vandoverflade. I Frognerbadet klistrede råddent løv sig til fliserne i de tomme bassiner. Stedet virkede endeligt og evigt forladt, en fortabt verden. I det dybe bassin skabte vinden en turbulens, som sang en monoton, grædende tone under det ti meter høje, hvide udspringstårn, der tegnede sig som en galge mod nattehimlen ovenover.

Kapitel 8

Snow Patrøl

Klokken var tre om eftermiddagen, da Harry vågnede. Han åbnede tasken, tog noget rent tøj på, fandt en uldfrakke i skabet og forlod lejligheden. Støvregnen vækkede ham nok til, at han så nogenlunde ædru ud, da han kom ind i Restaurant Schrøders brune, tilrøgede lokaler. Hans bord var optaget, så han tog det inderste, under fjernsynet.

Han så sig rundt. Over ølglassene så han et par ansigter, han ikke havde set før, men ellers havde tiden stået stille. Nina kom hen og stillede et hvidt krus og en stålkande med kaffe foran ham.

"Harry," sagde hun. Ikke som en hilsen, men for at få en bekræftelse på, at det virkelig var ham.

Harry nikkede. "Hej, Nina. Har du nogen gamle aviser?"

Nina forsvandt ud i baglokalet og kom tilbage med en bunke gulnet papir. Harry havde aldrig forstået, hvorfor de gemte aviserne på Schrøder, men det var kommet ham til gode mere end én gang.

"Long time," sagde Nina og forsvandt. Og Harry kom i tanker om, hvad han godt kunne lide ved Schrøder, ud over at det var det udskænkningssted, der lå i den korteste afstand fra hans egen lejlighed. De korte sætninger. Og respekten for privatlivet. Det blev slået fast, at du var tilbage, og man forlangte ingen redegørelse for den mellemliggende tid.

Harry hældte to kopper ned af den forbløffende ringe kaffe, mens han bladede gennem aviserne med en slags fast forward-teknik for at skaffe sig et generelt overblik over, hvad der var sket i kongeriget de sidste måneder. Det var som sædvanlig ikke meget. Og det var det, han bedst kunne lide ved Norge.

En eller anden havde vundet 'Idol', en kendis var røget ud af en dansekonkurrence, en fodboldspiller i tredje division havde taget kokain, og Lene Galtung, datter af skibsreder Anders Galtung, havde arvet nogle af millionerne på forskud og forlovet sig med en pænere, men sikkert ikke lige så rig investor, som hed Tony. Redaktør Arve Støp på Liberal mente, at for en nation, som gerne ville fremstå som en socialdemokratisk rollemodel, begyndte det at blive pinligt, at det stadig var et kongedømme. Alt var ved det gamle.

Først i aviserne fra december så Harry de første artikler om mord. Han genkendte Kajas beskrivelse af gerningsstedet, en kælder i et kontorkompleks under opførelse i Nydalen. Dødsårsagen var uklar, men politiet udelukkede ikke drab.

Harry bladede forbi og ville hellere læse om en politiker, der pralede af, at han trak sig som minister for at være mere sammen med familien.

Schrøders avisarkiv var på ingen måde komplet, men det andet drab dukkede op i en avis dateret to uger senere.

Kvinden blev fundet bag en udtjent Datsun, som var blevet efterladt i skovbrynet ved Dausøen i Maridalen. Politiet udelukkede ikke en 'kriminel handling', men afslørede heller ikke noget om dødsårsagen her.

Harrys øjne scannede artiklen og kunne se, at politiets tavshed skyldtes det sædvanlige: De havde ikke noget, *nada*, radaren afsøgte et åbent, tomt hav.

Kun to drab. Alligevel havde Hagen virket sikker i sin sag, da han havde sagt, at det drejede sig om en seriemorder. Så hvad var sammenhængen, hvad var det, som ikke stod i aviserne? Harry mærkede, at hjernen begyndte at gå de gamle, kendte veje, bandede over, at han ikke kunne lade være, og bladede forbi artiklen.

Da stålkanden var tom, lagde han en krøllet seddel på bordet og gik ud på gaden. Han trak frakken tættere om sig og kneb øjnene sammen op mod den grå himmel.

Han prajede en ledig taxa, som gled ind til fortovskanten. Chaufføren lænede sig diagonalt tilbage inde i bilen, og bagdøren svingede op. Et trick, man sjældent så i dag, og som Harry bestemte sig for at belønne med drikkepenge. Ikke kun fordi det betød, at han kunne sætte sig direkte ind, men fordi vinduet i bildøren netop havde reflekteret et ansigt bag rattet i en bil, som holdt parkeret bag Harry.

"Rikshospitalet," sagde Harry og rykkede ind mod midten af bagsædet.

"Javel," sagde chaufføren.

Harry studerede bakspejlet, idet de svingede ud fra fortovskanten. "Nej, for resten, kør til Sofies Gate 5 først."

I Sofies Gate ventede taxaen med rumlende dieselmotor, mens Harry tog trapperne med lange, hurtige skridt, og hjernen vurderede alternativerne. Triaden? Herman Kluit? Eller den gode, gamle paranoia? Tingene lå der, hvor han havde lagt dem, før han tog af sted: i værktøjskassen i køkkenskabet. Det forældede id-kort. To sæt håndjern af mærket Hiatts med fjederbelastet arm til speedcuffing. Og tjenesterevolveren, en Smith & Wesson kaliber .38.

Da Harry kom ned på gaden igen, så han sig hverken til højre eller venstre, men satte sig direkte ind i taxaen.

"Rikshospitalet?" spurgte chaufføren.

"Du kan begynde med at køre i den retning i hvert fald," svarede Harry og studerede spejlet, mens de svingede op gennem Stensberggata og videre op ad Ullevålsveien. Han så ingenting. Hvilket betød et af to. At det var den gode, gamle paranoia. Eller at fyren var god.

Harry tøvede, men sagde til sidst: "Rikshospitalet."

Han blev ved med at holde øje med spejlet, mens de passerede Vestre Aker Kirke og Ullevål Sykehus. Han måtte for alt i verden ikke føre dem direkte derhen, hvor han var mest sårbar. Der, hvor de altid prøvede at ramme. Familien.

Landets største hospital lå hævet over resten af byen.

Harry betalte chaufføren, som takkede for drikkepengene og gentog kunststykket med bagdøren.

Bygningernes facader tårnede sig op foran Harry, så det lave skydække syntes at feje tagene.

Han tog en dyb indånding.

Olav Hole smilede så mildt og kraftesløst fra hospitalspuden, at Harry måtte synke et par gange.

"Jeg var i Hongkong," svarede Harry. "Jeg skulle have en tænkepause."

"Fik du så tænkt?"

Harry trak på skuldrene. "Hvad siger lægerne?"

"Mindst muligt. Det er nok ikke noget godt tegn, men jeg kan mærke, at det er sådan, jeg foretrækker det. Som du ved, har det aldrig ligget til familien at tackle livets realiteter."

Harry spekulerede på, om de nu kom til at snakke om hans mor. Det håbede han ikke.

"Har du arbejde?"

Harry rystede på hovedet. Faderens hår lå så fint og hvidt hen over hans pande, at Harry tænkte, at det ikke var hans hår, at det var noget, han havde fået udleveret sammen med pyjamassen og tøflerne.

"Ingenting?" sagde faderen.

"Jeg har fået et tilbud om at forelæse på Politiskolen."

Det var næsten sandt. Hagen havde tilbudt ham det efter sagen om Snemanden, som en slags orlov.

"Lærer?" Faderen lo stille og forsigtigt, som om mere ville gøre det helt af med ham. "Jeg troede, et af dine principper var aldrig at gøre noget, som jeg har gjort?"

"Sådan har det aldrig været."

"Det er helt i orden. Du har altid gjort tingene på din egen måde. Det her politihalløj ... Nå, jeg skal vel bare være taknemlig for, at du ikke har gjort som mig. Jeg er ikke noget eksempel til efterfølgelse. Du ved, efter at din mor døde ..."

Harry havde siddet på den hvide hospitalsstue i tyve minutter og følte allerede en desperat trang til at flygte.

"Efter at din mor døde, kunne jeg ikke rigtigt få tingene til at hænge sammen. Jeg trak mig tilbage, jeg fandt ikke nogen glæde i selskab med andre mennesker. Det var ligesom i ensomheden, jeg var hende nærmest, syntes jeg. Men det er forkert, Harry." Faderen smilede engleblidt. "Jeg ved, at tabet af Rakel var hårdt, men du må ikke gøre som mig. Du må ikke gemme dig, Harry. Du må ikke låse døren og smide nøglen væk."

Harry så ned på sine hænder, nikkede og havde myrekryb over hele kroppen. Han måtte have noget, et eller andet.

En sygeplejerske kom ind, præsenterede sig som Altman, holdt en sprøjte i vejret og sagde let læspende, at han bare skulle give "Olav" noget at sove bedre på. Harry havde lyst til at spørge, om han ikke havde noget til ham også.

Faderen lagde sig om på siden, ansigtshuden hang, han så ældre ud, end da han lå på ryggen. Han så på Harry med et tungt, blankt blik.

Harry rejste sig så brat, at stolebenene skrabede højlydt mod gulvet.

"Hvor skal du hen?" mumlede faderen.

"Ud og have en smøg," sagde Harry. "Jeg kommer snart tilbage."

Harry stillede sig på en lav murkant, hvor han havde udsigt over parkeringspladsen, og tændte en Camel. På den anden side af motorvejen kunne han se Blindern og universitetsbygningerne, hvor faderen havde studeret. Der var dem, der mente, at sønner altid blev mere eller mindre forklædte varianter af deres fædre, at oplevelsen af at have brudt ud aldrig var andet end en illusion, at man vendte tilbage, at blodets tyngdekraft ikke blot var stærkere end viljen, men *var* viljen. Harry havde altid ment, at han selv var et bevis på det modsatte. Så hvorfor havde det at se faderens ribbede, nøgne ansigt på puden været som at se ind i et spejl? Og hvorfor havde det at høre ham snakke pludselig været som at høre sig selv? At høre ham tænke, ordene ... som et tandlægebor, der med selvfølgelig sikkerhed fandt Harrys nerver. Fordi han var en kopi. For fanden da! Harrys blik havde fundet en hvid Corolla på parkeringspladsen.

Altid hvid, det er den mest anonyme farve. Farven på Corollaen uden for Restaurant Schrøder, den med ansigtet bag rattet, det samme ansigt som mindre end et døgn tidligere havde stirret på ham med sine skæve, smalle øjne.

Harry smed cigaretten fra sig og løb ind igen. Han gik ned i skridtgang, da han kom ind i gangen, som førte hen til faderens stue. Han drejede ind, der hvor gangen udvidede sig til et åbent venteværelse, og lod, som om han ledte gennem bunken af blade på bordet, mens han med et sideblik scannede dem, der sad der.

Manden havde gemt sig bag et nummer af Liberal.

Harry tog et Se og Hør med et billede af Lene Galtung og hendes forlovede og gik.

Olav Hole lå med lukkede øjne. Harry lagde øret ned mod hans mund. Åndedrættet var så let, at det knap var hørligt, men han mærkede en luftstrøm mod kinden.

Harry sad et stykke tid på stolen ved siden af sengen og så på sin far, mens tankerne afspillede dårligt redigerede barndomsminder i tilfældig rækkefølge og uden anden rød tråd, end at det var ting, han i hvert fald kunne huske.

Så placerede han stolen ved døren, som han åbnede på klem, og ventede.

Det tog en halv time, før han så manden komme fra venteværelset og gå hen ad gangen. Harry konstaterede, at den tætte, lavstammede mand var usædvanlig hjulbenet. Det så ud, som om han gik med en badebold klemt inde mellem knæene. Før han drejede ind ad en dør med et internationalt forståeligt piktogram for herretoilet, løftede han i bæltet. Som om der hang noget tungt i det.

Harry rejste sig og fulgte efter.

Han standsede op uden for toilettet og tog en dyb indånding. Det var længe siden. Så skubbede han døren op og gled ind.

Toilettet var som Rikshospitalet: rent, pænt, nyt og overdimensioneret. Langs den ene væg var der seks toiletdøre, og ingen havde røde felter over låsene. Ved endevæggen var der fire håndvaske, og på den anden langvæg fire porcelænskummer i hoftehøjde. Manden stod ved den ene af kummerne med ryggen mod Harry. På væggen over ham gik et vandrør på langs. Det så solidt ud. Solidt nok. Harry tog revolveren og håndjernene frem. Det er international etikette på herretoiletter, at man ikke ser på hinanden. Øjenkontakt, selv utilsigtet, er grund nok til drab. Derfor vendte manden sig ikke for at se på Harry. Heller ikke da Harry uendelig forsigtigt vred låsen om i udgangsdøren, da han med rolige skridt gik hen til ham, og heller ikke da han satte revolverløbet mod den fede pølse i overgangen mellem nakken og hovedet og hviskede det, en kollega altid hævdede, at alle politifolk burde få lov til at sige mindst én gang i karrieren:

"*Freeze.*"

Hvilket var præcis, hvad manden gjorde. Harry kunne se den glatbarberede nakkepølle få gåsehud, da manden stivnede.

"*Hands up.*"

Manden løftede et par korte, kraftige arme over hovedet. Harry lænede sig frem. Og indså i samme sekund, at det var en bommert. Mandens hurtighed var forbløffende. Harry vidste fra timerne i nærkampteknik, at det handlede lige så meget om at vide, hvordan man skal tage imod bank som at give bank. At kunsten er at kunne slappe af i muskulaturen, at forstå, at straffen ikke kan undgås, kun nedsættes. Så da manden hvirvlede rundt, smidig som en danserinde med løftet knæ, reagerede Harry ved at følge bevægelsen. Han nåede så langt som til at flytte kroppen i samme retning som sparket. Foden ramte ham lige over hoften. Harry mistede balancen, faldt og ålede sig baglæns på ryggen hen over det glatte flisegulv, indtil han var uden for rækkevidde. Der blev han liggende, sukkede og kiggede op i loftet, mens han trak cigaretpakken frem. Han stak en smøg i munden.

"Speedcuffing," sagde Harry. "Det lærte jeg det år, jeg var på FBI-kursus i Chicago. Cabrini Green, et hul i jorden. Som hvid mand var der ikke noget at lave om aftenen, medmindre man ville gå uden for døren og blive udsat for et røveri. Så jeg sad og øvede mig på to ting. At tømme og lade min tjenesterevolver i mørke på kortest mulig tid. Og speedcuffing mod et bordben."

Harry rejste sig op på albuerne.

Manden stod stadig med de korte arme strakt op over hovedet. Hænderne var lagt i håndjern på hver sin side af vandrøret. Han stirrede udtryksløst på Harry.

"*Mister Kluit sent you?*" spurgte Harry.

Den anden fastholdt Harrys blik uden at blinke.

"*The Triade. I've paid my debts, haven't you heard?*" Harry studerede mandens udtryksløse ansigt. Mimikken – eller manglen på den – var måske asiatisk, men han havde ikke kineserens ansigtsform og farver. Mongol, måske? "*So what do you want from me?*"

Intet svar. Som var dårlig nyt, eftersom det højst sandsynligt betød, at manden ikke var kommet for at forlange noget. Men for at gøre noget.

Harry rejste sig og gik i en halvcirkel, så han kom ind på ham fra siden. Han holdt revolveren mod mandens tinding, mens han stak venstre hånd ind under hans jakke. Hånden gled hen over det kolde stål på et håndvåben, før den fandt en tegnebog og fiskede den ud.

Harry gik tre skridt tilbage.

"*Let's see ... mister Jussi Kolkka.*" Harry holdt et American Express kreditkort op mod lyset. "*Finnish?* Finsk? Så forstår du måske norsk?"

Intet svar.

"Du har været politibetjent, ikke sandt? Da jeg så dig i ankomsthallen på Gardermoen, troede jeg, du var narkobetjent. Hvordan vidste du, at jeg kom med lige netop det fly, Jussi? Hvis det er i orden, at jeg siger Jussi? Det føles ligesom mest naturligt at bruge fornavn på en fyr, der står foran dig med pikken hængende udenfor."

Der lød en kort harkelyd, før spytklatten hvirvlede gennem luften, rundt om sin egen akse og landede på Harrys bryst.

Harry så ned på sin T-shirt. Den snussorte spytklat havde lagt sig tværs over o'et, så der stod Snow Patrøl.

"Du forstår altså norsk," sagde Harry. "Så hvem arbejder du for, Jussi? Og hvad vil du?"

Ikke en muskel rørte sig i Jussis ansigt. Nogen tog i dørhåndtaget på ydersiden, bandede og gik videre.

Harry sukkede. Så løftede han revolveren, indtil den var på højde med finnens pande og pressede hanen tilbage.

"Du tror måske, at jeg er en almindelig, tilregnelig person, Jussi. Nå, men her ser du så, hvor tilregnelig jeg er. Min far ligger hjælpeløs i en sygeseng derinde, du har fundet ud af det, og dermed har jeg et problem. Det kan kun løses på én måde. Heldigvis er du bevæbnet, så jeg kan fortælle politiet, at det var selvforsvar."

Harry pressede hanen endnu længere tilbage. Og mærkede den velkendte kvalme komme.

"Kripos."

Harry lod hanen hvile. "*Repeat?*"

"Jag är i Kripos." De svenske ord blev hvæset frem med den finske accent, som vittige talere ved norske bryllupsmiddage er så glade for.

Harry stirrede på manden. Han var ikke et øjeblik i tvivl om, at han talte sandt. Alligevel var det totalt ubegribeligt.

"I plånboken," hvæsede finnen, uden at raseriet i stemmen nåede hans øjne.

Harry åbnede tegnebogen og kiggede ned i den. Trak et lamineret id-kort frem. Oplysningerne var få, men fyldestgørende. Manden foran Harry var ansat i det norske kriminalpoliti, Kripos, centralenheden i Oslo, som bistod – og som regel stod i spidsen for – efterforskningen af drabssager over hele landet.

"Hvad i helvede vil Kripos med mig?"

"Fråga Bellman."

"Hvem er Bellman?"

Finnen udstødte en kort lyd. Det var svært at afgøre, om det var hoste eller latter. "Inspektör Bellman, din stackars djävel. Min chef. Men få mej loss nu, cute boy."

"For fanden da også!" sagde Harry og så på id-kortet igen. "Fandens, fandens!" Han smed tegnebogen ned på gulvet og vendte sig om mod døren.

"Hallo. Hallo!"

Finnens råb døde ud bag Harry, da døren gled i bag ham, og han gik hen ad gangen mod udgangen. Sygeplejeren, som havde været inde hos faderen, kom gående den modsatte vej og nikkede smilende, da de var kommet nær nok. Harry kastede den lille nøgle til håndjernene op i luften.

"Der står en blotter ude på toilettet, Altman."

Plejeren greb automatisk nøglen mellem hænderne. Harry kunne mærke hans måbende blik i ryggen, indtil han var ude ad døren.

Kapitel 9

Udspringet

Klokken var kvart i elleve om aftenen. Det var ni plusgrader, og Marit Olsen kunne huske, at meteorologen havde sagt, at det ville blive endnu mildere i morgen. I Frognerparken var der ikke et menneske at se. Der var noget ved det store udendørsbad, som fik hende til at tænke på et skib på bedding, på fraflyttede fiskerlandsbyer, hvor vinden fløjter i husvæggene, og tivolier uden for sæsonen. Løsrevne minder fra barndommen. Som de druknede fiskere, der gik igen på Tronholmen og kom op af havet om natten med tang i håret og småfisk i mund og næsebor. Genfærd uden åndedræt, men som af og til skreg hæse, kolde mågeskrig. Dødninge med opblødte lemmer, som hagede sig fast i en gren og blev slidt af med en revnende lyd, uden at det standsede fremmarchen mod det ensomme hus derude på Tronholmen. Tronholmen, hvor bedstemor og bedstefar boede. Hvor hun selv lå i børneværelset og rystede. Marit Olsen trak vejret. Trak stadig vejret.

Det var vindstille dernede, men heroppe på toppen af det ti meter høje udspringstårn kunne man mærke luften bevæge sig. Marit kunne mærke sin egen puls banke i tindingerne, i svælget, i skridtet, i hvert eneste lem strømmede blodet friskt og livgivende. Det var dejligt at leve. At være i live. Hun var knap nok blevet forpustet efter at have gået op ad alle trinnene til udspringstårnet, havde bare mærket hjertet, den trofaste muskel, hamre vildt. Hun stirrede ned på det tomme udspringsbassin under sig, som lyset fra månen gav et næsten unaturligt, blåligt skær. Længere væk, for enden af svømmebassinet, så hun det store ur. Viseren var standset på ti minutter over fem. Tiden stod stille. Hun kunne høre byen, se lysene fra bilerne på Kirkeveien. Så tæt på. Og alligevel for langt væk. For langt væk til at nogen kunne høre hende.

Hun trak vejret. Og var alligevel død. Hun havde et reb, der var tykt som en trosse, om halsen og kunne høre mågeskrigene og de genfærd, hun snart skulle slutte sig til. Men hun tænkte ikke på døden. Hun tænkte på livet, hvor gerne hun ville have levet det. Alle de små og store ting hun gerne ville have gjort. Hun skulle have rejst til lande, hun ikke havde været i, set sine nevøer og niecer blive voksne, set verden komme til fornuft.

Det havde været en kniv. Bladet havde blinket i lyset fra gadelygten og var blevet holdt op mod hendes hals. Man siger, at rædsel giver kræfter. Hende havde den frastjålet alle kræfter, frataget al handleevne. Tanken om, at stålet skulle skære i hendes krop, havde gjort hende til en skælvende, viljeløs bylt. Så da hun havde fået besked om at klatre over hegnet, havde hun ikke klaret det. Hun faldt og blev liggende som en sækkestol med tårerne strømmende ned over kinderne. Fordi hun vidste, hvad der ville ske. Og at hun ikke ville kunne forhindre det, at hun ville gøre alt for ikke at blive skåret i. Fordi hun så gerne ville leve lidt længere. Nogle år mere, nogle minutter mere. Det var det samme regnestykke, den samme blinde, sindssyge rationalitet, som drev en.

Hun var begyndt at snakke for at forklare, at hun ikke kunne komme over, havde glemt beskeden om at holde kæft. Kniven havde hugget som en slange, direkte ind i munden på hende, hvorefter den blev vredet rundt, så det knasede i hendes tænder, og derpå trukket ud igen. Blodet var kommet med det samme. Stemmen havde hvisket noget bag masken, og hun var blevet skubbet fremad i mørket langs hegnet. Til et sted bag buskene, hvor der var et hul i hegnet, som hun var blevet puffet igennem.

Marit Olsen sank blodet, som blev ved med at fylde munden, og kiggede ned på tribunerne under sig, som også lå badet i det blå måneskin. De var så tomme, det var en retssag uden tilhørere og nævninge, kun en dommer. En henrettelse uden pøbel, blot en bøddel. En sidste offentlig optræden, hvor ingen havde fundet det umagen værd at møde op. Marit Olsen tænkte, at hun savnede appel både i døden og i livet. Og nu kunne hun heller ikke snakke mere.

"Spring."

Hun så, hvor smuk parken var, selv nu om vinteren. Hun ville ønske, at uret for enden af svømmebassinet havde gået, så hun kunne se de sekunder med liv, hun stjal nu.

"Spring," gentog stemmen. Han måtte have taget masken af, for stemmen havde forandret sig. Nu genkendte hun den. Hun drejede hovedet og stirrede chokeret på ham. Så mærkede hun en fod i ryggen. Hun skreg. Hun havde ikke længere fast grund under fødderne, var i et forbavset øjeblik vægtløs. Men jorden trak hende til sig, kroppen accelererede, og hun registrerede, at bassinets blåhvide fliser kom susende opad, kom for at knuse hende.

Tre meter over bassinets bund strammedes rebet om Marit Olsens hals og nakke. Rebet var en gammeldags type, lavet af bast fra lind og elm, og var uden elasticitet. Marit Olsens store krop lod sig ikke bremse nævneværdigt, men rev sig løs fra hovedet og ramte bunden af udspringsbassinet med et dumpt drøn. Hovedet og halsen blev hængende i rebet. Der var ikke meget blod. Så tippede hovedet forover, gled ud af løkken, faldt ned på Marit Olsens blå træningsjakke og trillede hen over bassinfliserne med en rumlende lyd.

Så blev der igen stille i badet.

Del II

Kapitel 10

Vækning

Klokken var tre om natten, da Harry opgav soveprojektet og stod op. Han åbnede for vandhanen i køkkenet, stak et glas under og holdt det der, indtil vandet løb ud over kanten og rislede koldt omkring håndleddet. Kæben værkede. Blikket var fæstet på to fotografier, som var sat op med tegnestifter over køkkenbordet.

Det ene havde et par grimme knæk og viste Rakel i en lyseblå sommerkjole. Men det var ikke sommer, der var efterårsfarver på løvet bag hende. Hendes sorte hår faldt ned på de bare skuldre. Hendes blik så ud, som om det søgte noget bag linsen, måske fotografen. Var det ham selv, som havde taget billedet? Mærkeligt, at han ikke kunne huske det.

Det andet billede var af Oleg. Taget med Harrys mobiltelefonkamera på Valle Hovin under skøjtetræning forrige vinter. Foreløbig en spinkel knægt, men hvis han havde fortsat træningen, ville han snart have fyldt den røde trikot ud. Hvad lavede han nu? Hvor var han? Havde Rakel haft held med at skabe et hjem for dem, hvor de nu var, et som føltes mere trygt end det, de havde haft i Oslo? Var der kommet nye mennesker ind i deres liv? Når Oleg blev træt eller tabte koncentrationen, skete det så stadig, at han kaldte Harry 'far'?

Harry lukkede for vandet. Han kunne mærke døren til underskabet mod knæene. Jim Beam hviskede hans navn inde fra den anden side.

Harry tog et par bukser og en T-shirt på, gik ud i stuen og satte Miles Davis' 'Kind of Blue' på. Det var originalen, den hvor de ikke havde kompenseret for, at studiets optagemaskine gik en anelse for langsomt, sådan at hele pladen var en næsten umærkelig forskydning af virkeligheden.

Han lyttede lidt, før han skruede op for lyden, så den overdøvede den stadige hvisken fra køkkenet. Lukkede øjnene.

Kripos. Bellman.

Han havde aldrig hørt navnet før. Han kunne selvfølgelig have ringet til Hagen og forhørt sig, men han havde ikke orket. Fordi han havde en fornemmelse af, hvad det kunne handle om. Det var bedst at lade det ligge.

Harry var kommet til sidste nummer, 'Flamenco Sketches', da han gav op. Han rejste sig og gik ud af stuen mod køkkenet. I gangen drejede han til venstre, trådte op i sine Doc Martens-boots og gik ud.

Han fandt den under en plastpose, som der var gået hul på. Noget, der lignede størknet ærtesuppe, dækkede hele forsiden af mappen.

Han satte sig i den grønne øreklapstol og begyndte at læse, mens han sad og skuttede sig.

Den første kvinde hed Borgny Stem-Myhre, 33 år, oprindelig fra Levanger. Single, ingen børn, bosat i Sagene i Oslo. Arbejdede som stylist, havde en stor omgangskreds, især blandt frisører, fotografer og folk i modeverdenen. Hun frekventerede flere af byens etablissementer og ikke kun de hippeste. Desuden var hun glad for naturen og holdt af at gå fra hytte til hytte, både til fods og på ski.

"Hun slap aldrig helt af med Levanger-pigen," stod der i et generelt referat fra kollegernes afhøringer. Harry gik ud fra, at det kom fra kolleger, som mente, de selv havde haft held med at udradere deres egen lille flække.

"Vi kunne alle lide hende, hun var en af de få, som var ægte i denne branche."

"Det er ubegribeligt, vi kan ikke fatte, hvem der skulle ønske at tage livet af hende."

"Hun var for sød. Og det udnyttede alle de mænd, hun faldt for, før eller siden. Hun blev et legetøj for dem. Hun stilede ganske enkelt for højt."

Harry så på et billede af hende. Det ene i mappen, hvor hun stadig var levende. Blond, måske ikke ægte. Almindeligt sød, ingen udpræget skønhed, men hun var smart klædt i militærjakke og med rastahue. Smart og godtroende, hørte det sammen?

Hun havde været på Café Mono, hvor der havde været den månedlige lanceringsfest og preview af modebladet Sheness. Det havde foregået mellem nitten og tyve, og Borgny havde sagt til en kollega slash veninde, at hun ville hjem for at forberede en fotoshooting dagen efter, hvor fotografens ønske om tøjet var 'jungle møder punk på en firsermåde'.

De gik ud fra, at hun ville gå til nærmeste taxaholdeplads, men ingen af taxachaufførerne, som var i nærheden på det aktuelle tidspunkt (datalister fra Norgestaxa og Oslo Taxi vedlagt), havde genkendt billedet af Borgny Stem-Myhre eller havde haft ture til Sagene. Kort fortalt havde ingen set hende, efter at hun forlod Mono. Ikke før to polske murere var kommet på arbejde, så, at hængelåsen på jerndøren til kælderrummet var klippet over, og var gået ind. Borgny havde ligget midt på gulvet i en forvredet stilling med alt tøjet på.

Harry så på billedet. Den samme militærjakke. Ansigtet så ud, som om det var sminket hvidt. Blitzlampen kastede skarpe skygger mod kældervæggen. Fotoshooting. Smart.

Retsmedicineren havde fastslået, at Borgny Stem-Myhre døde et sted mellem klokken toogtyve og treogtyve. Der var fundet spor af stoffet ketanomin i blodet, et stærkt bedøvelsesmiddel som virker hurtigt, selv når det gives intramuskulært. Men den direkte dødsårsag var drukning forårsaget af blod fra sårene i munden. Og det var her, det mest foruroligende begyndte. Retsmedicineren fandt fireogtyve stik i munden, symmetrisk fordelt og – de der ikke gennemborede ansigtet – nøjagtig lige dybe, syv centimeter. Men efterforskerne anede ikke, hvad slags våben eller instrument det drejede sig om. De havde simpelthen aldrig set noget lignende. Der var absolut ingen tekniske spor; ingen fingeraftryk, ikke noget dna, ikke engang sko- eller støvleaftryk, eftersom betongulvet dagen før var blevet gjort rent, før der skulle lægges varmekabler og gulvbelægning. I rapporten, som var skrevet af en Kim Erik Lokker, en kriminaltekniker som måtte være blevet ansat efter Harrys tid, var der et billede af to gråsorte småsten, som var blevet fundet på gulvet, og som ikke stammede fra gruset omkring gerningsstedet. Lokker påpegede, at småsten ofte satte sig fast på støvler med groft mønster og faldt af, når man gik på fastere underlag, som betongulvet her. Og at disse sten var så tilpas usædvanlige, at hvis de dukkede op senere i efterforskningen, for eksempel på en grusvej, kunne de måske matches. Rapporten havde fået en tilføjelse, efter at den var skrevet og dateret: at der var fundet små spor af jern og coltan på indersiden af to af fortænderne.

Harry anede allerede fortsættelsen. Han bladede videre.

Den anden piges navn var Charlotte Lolles. Fransk far, norsk mor. Bosat på Lambertseter i Oslo. Hun blev niogtyve år. Uddannet jurist. Boede alene, men havde en kæreste, en Erik Fokkestad, som for længst var ude af sagen, da han havde befundet sig på et geologiseminar i Yellowstone National Park i Wyoming, USA. Charlotte skulle have været med, men havde prioriteret en større ejendomssag, som hun arbejdede med.

Kolleger havde sidst set hende på kontoret tirsdag aften omkring klokken enogtyve. Hun var sandsynligvis aldrig nået hjem, stresskufferten med sagsakterne var blevet fundet ved siden af liget bag den kasserede bil i skovbrynet i Maridalen. Begge parter i ejendomssagen var for øvrigt blevet tjekket ud af sagen. Obduktionsrapporten viste, at der var fundet stumper af billak og rust under Charlotte Lolles' negle, noget som stemte overens med rapporten om gerningsstedet, som beskrev skrabemærker omkring låsen på bagagerummet, som om hun havde prøvet at få det op. En nærmere undersøgelse af låsen viste for øvrigt, at den var blevet dirket op mindst én gang. Men næppe af Charlotte Lolles. Harry så for sig, at hun måtte have været lænket fast til noget, som lå inde i bagagerummet, at det var derfor, hun havde prøvet at åbne det. Noget drabsmanden havde taget med sig bagefter. Men hvad? Hvordan? Og hvorfor?

Forhørsprotokol med citat fra en kvindelig kollega på advokatkontoret: "Charlotte var en ambitiøs pige, arbejdede altid sent. Men hvor effektivt det var, ved jeg ikke. Altid blid, men ikke så udadvendt, som smilene og hendes sydlandske udseende kunne tyde på. Lidt privat, simpelthen. Hun fortalte for eksempel sjældent noget om sin samlever. Men cheferne kunne jo godt lide hende."

Harry så for sig den kvindelige kollega servere Charlotte den ene intime afsløring efter den anden om sin egen kæreste uden at få andet end et smil som svar. Og hans efterforskningshjerne gik nærmest på autopilot; måske havde Charlotte unddraget sig medlemskab i et klamt søsterskab, måske havde hun haft noget at skjule. Måske ...

Harry så på billederne. Lidt hårde, men pæne træk. Mørke øjne, lignede øjnene på ... Fandens! Han lukkede øjnene. Åbnede dem igen. Bladede frem til retsmedicinerens rapport. Lod blikket glide ned over arket, mens han læste.

Han måtte kigge på Charlottes navn igen øverst oppe på arket for at være sikker på, at han ikke læste rapporten om Borgny en gang til. Bedøvelsesmidlet. De fireogtyve sår i munden. Drukning. Ingen anden ydre vold, ingen tegn på seksuelle overgreb. Den eneste forskel var klokkeslættet for dødstidspunktet, som var mellem treogtyve og midnat. Men også rapporten her havde tilføjelsen om, at der var fundet spor efter jern og coltan på et af offerets tænder. Antagelig fordi Kriminalteknisk Afdeling senere havde indset, at det kunne have relevans, eftersom det var blevet fundet på begge ofre. Coltan. Var det ikke det, Schwarzeneggers Terminator-robot var lavet af?

Harry opdagede, at han var lysvågen nu, at han sad helt ude på stolen. Han mærkede en sitren, en spænding. Og kvalmen. Som når han tog den første drink, den der fik maven til at vride sig, den som hans krop desperat afviste. Og snart ville trygle om mere af. Mere og mere. Indtil det ødelagde ham og alle omkring ham. Som det her. Harry rejste sig så pludseligt, at det svimlede for ham, greb mappen, vidste, at den var for tyk, men havde alligevel held med at rive den midt over.

Han samlede papirstumperne sammen og bar dem ned til skraldespanden igen. Hældte dem ned ude i kanten og løftede nogle plastposer, så sagsdokumenterne gled ned langs siden, helt ned til bunden. Renovationsvognen ville forhåbentlig komme i morgen eller i overmorgen.

Harry gik tilbage og satte sig i stolen.

Da natten havde fået et anstrøg af gråt uden for vinduet, hørte han de første lyde af en vågnende by. Men over den jævne brummen af begyndende myldretidstrafik i Pilestredet, kunne han også høre en fjern, tynd sirene fra en politibil vride sig gennem frekvenserne. Det kunne være hvad som helst. Han hørte endnu en sirene sætte i gang. Hvad som helst. Og så en til. Ikke hvad som helst.

Fastnettelefonen begyndte at ringe.

Harry løftede røret.

"Det er Hagen. Vi har netop fået meldi..."

Harry lagde på.

Det begyndte at ringe igen. Harry så ud ad vinduet. Han havde ikke ringet til Søs. Hvorfor ikke? Hvorfor kunne han ikke vise sig for lillesøster – hans ivrigste, mest betingelsesløse beundrer? Hun, som havde det, hun selv kaldte "en snert af Downs syndrom", og som alligevel klarede livet så uendelig meget bedre end ham selv. Hun var det eneste menneske, han ikke kunne tillade sig at skuffe.

Telefonen holdt op med at ringe. Og begyndte så igen.

Harry tog røret. "Nej, chef. Svaret er nej, jeg vil ikke begynde at arbejde igen."

Der var stille i den anden ende et øjeblik. Så lød en fremmed stemme:

"Det er fra Oslo Energi. Hr. Hole?"

Harry bandede indvendigt. "Ja?"

"De har undladt at betale de regninger, vi har sendt til Dem, og De har heller ikke svaret på vores lukkevarsel. Jeg ringer for at sige, at vi lukker for strømmen til Deres lejlighed i Sofies Gate 5 fra og med i dag klokken tolv."

Harry svarede ikke.

"Den vil kunne åbnes igen, når vi har modtaget det udestående beløb på vores konto."

"Og beløbet er?"

"Med renter, rykkergebyr og lukningsgebyr er det fjorten tusind fire hundrede og tres kroner."

Pause.

"Hallo?"

"Jeg er her. Jeg har ikke så mange penge lige nu."

"Udestående beløb vil blive sendt til retslig inkasso. Og så må vi jo håbe, at det ikke bliver kuldegrader. Eller hvad?"

"Hvad," konstaterede Harry og lagde på.

Sirenen udenfor steg og faldt.

Harry gik ind og lagde sig. Han lå i et kvarter med lukkede øjne, før han gav op, tog tøjet på igen og forlod lejligheden for at tage sporvognen til Rikshospitalet.

Kapitel 11

Print

Da jeg vågnede i morges, vidste jeg, at jeg havde været der igen. I drømmen er det altid sådan: Vi ligger på jorden, blodet løber, og når jeg ser til siden, står hun der og ser på os. Hun ser på mig med sorg i blikket, som om hun først nu har opdaget, hvem jeg er, afsløret mig, set, at jeg ikke er den, hun vil have.

Morgenmaden smagte glimrende. Det står på tekst-tv. "Kvindelig stortingsrepræsentant fundet død i udspringsbassinet i Frognerbadet." Avisernes hjemmesider bugner. Printe ud, klippe, klippe.

Om ikke så længe vil de første hjemmesider offentliggøre navnet. Indtil nu har politiets såkaldte efterforskning været så latterligt amatøragtig, at det har været mere irriterende end spændende. Men denne gang vil de sætte alle ressourcer ind, ikke lege efterforskning, som de har gjort med Borgny og Charlotte. Marit Olsen var trods alt stortingsrepræsentant. Det er på tide, at der sættes en stopper for det her. For jeg har udset mig mit næste offer.

Kapitel 12

Gerningssted

Harry røg en cigaret uden for hospitalsbygningen. Over ham var himlen blegblå, men under ham dækkede tåge byen, som lå i en gryde mellem lave, grønne højdedrag. Synet mindede ham om barndommen i Oppsal, da han og Øystein havde skulket fra første time i skolen og var taget ud til tyskerbunkerne i Nordstrand, hvor de havde kigget ned på den ærtesuppefarvede tåge, som havde skjult Oslo centrum. Men med årene var morgentågen gradvist forsvundet fra Oslo sammen med industri og brændefyring.

Harry knuste cigaretten under hælen.

Olav Hole så bedre ud. Eller måske var det bare lyset. Han spurgte, hvorfor Harry smilede. Og hvad der egentlig var sket med hans kæbe.

Harry sagde noget om at være klodset og spekulerede på, i hvilken alder skiftet skete, og det var børnene, som begyndte at skåne forældrene for virkeligheden. Omkring tiårsalderen nåede han frem til.

"Din lillesøster har været her," sagde faderen.

"Hvordan har hun det?"

"Fint. Da hun hørte, at du var kommet hjem, sagde hun, at nu måtte hun passe på dig. For nu var hun blevet stor. Og du var blevet lille."

"Mm. Klog dame. Hvordan har du det i dag?"

"Fint. Vældig fint, faktisk. Jeg tror minsandten, det er på tide at komme ud herfra."

Han smilede, og Harry smilede tilbage.

"Hvad siger lægerne?"

Olav Hole smilede stadig. "Alt for meget. Skal vi snakke om noget andet?"

"Vel skal vi så. Hvad vil du snakke om?"

Olav Hole tænkte sig om. "Jeg vil snakke om hende."

Harry nikkede. Og sad tavs og hørte faderen fortælle om, hvordan han og Harrys mor havde mødt hinanden. Giftet sig. Om moderens sygdom, da Harry stadig var dreng.

"Ingrid hjalp mig altid. Altid. Men hun havde så sjældent brug for mig. Helt frem til hun blev syg. Af og til var det sådan, at jeg tænkte, at den sygdom var en velsignelse."

Det gav et ryk i Harry.

"Den gav mig jo en mulighed for at betale tilbage. Og jeg betalte. Jeg gjorde alt, hvad hun bad mig om." Olav Hole fæstede blikket på sønnen. "Alt, Harry. Næsten."

Harry nikkede.

Faderen snakkede videre. Om Søs og Harry, hvor sød og blid Søs havde været. Og hvor viljestærk Harry havde været. At han havde været mørkeræd, men ikke ville sige det til nogen, sådan at når han og moderen havde lyttet ved døren, havde de kunnet høre ham skiftevis græde og forbande de usynlige monstre. Men de vidste, at de ikke kunne gå ind og trøste og berolige ham, for så ville han blive rasende og råbe, at de ødelagde det hele, at de skulle gå deres vej.

"Du skulle altid slås med de monstre på egen hånd, Harry."

Olav Hole fortalte den gamle historie om, at Harry ikke havde sagt et ord, før han var næsten fem. Men så – en dag – var hele sætninger flydt ud af ham. Langsomme og alvorlige med voksne ord, de ikke kunne forstå, hvor han havde lært.

"Men Søs har ret," smilede faderen. "Du er blevet lille igen. Du snakker ikke."

"Næh. Vil du gerne have, at jeg snakker?"

Faderen rystede på hovedet. "Du skal lytte. Men ikke mere i dag. Du må komme tilbage en anden dag."

Harry klemte faderens venstre hånd med sin højre og rejste sig. "Er det okay, hvis jeg bor i Oppsal nogle dage?"

"Tak, fordi du tilbyder det. Jeg ville ikke mase mig på, men huset trænger jo til lidt opsyn."

Harry droppede forklaringen om, at der ville blive lukket for strømmen i hans egen lejlighed.

Faderen ringede, og en ung, smilende sygeplejerske kom ind og brugte faderens fornavn på en uskyldig, flirtende måde. Og Harry hørte, hvordan faderen gjorde stemmen lidt dybere, da han forklarede, at Harry skulle have kufferten med husnøglerne i, så, hvordan den syge mand i sengen prøvede at bruse lidt med fjerene for hende. Og af en eller anden grund virkede det ikke ynkeligt, det var, som det skulle være.

Til afskedshilsen gentog faderen: "Alt, hvad hun bad mig om." Og tilføjede hviskende: "Bortset fra én ting."

Da sygeplejersken viste Harry hen til depotrummet, fortalte hun, at lægen ønskede et par ord med ham. Efter at have fundet nøglen i kufferten, bankede Harry på den dør, sygeplejersken havde vist ham.

Lægen nikkede mod en stol, lænede sig tilbage i kontorstolen og satte fingerspidserne sammen: "Det var godt, du kom hjem. Vi har prøvet at få fat på dig."

"Det ved jeg."

"Kræften har bredt sig."

Harry nikkede. Nogen havde engang sagt det til ham, at det er en kræftcelles arbejde: at brede sig.

Lægen studerede ham, som om han vurderede næste skridt.

"Ja," sagde Harry.

"Ja?"

"Ja, jeg er klar til at høre resten."

"Vi er holdt op med at sige, hvor længe vi tror, en person har tilbage. Dertil er afvigelserne og de påfølgende belastninger for store. Men jeg synes i dette tilfælde, at det er rigtigt at fortælle dig, at han allerede er på overtid."

Harry nikkede. Så ud ad vinduet. Tågen lå lige så tæt dernede.

"Har du en mobiltelefon, vi kan nå dig på, hvis der skulle ske noget?"

Harry rystede på hovedet. Var det en sirene, han hørte dernede fra tågen?

"Nogen, du kender, som kan give dig besked?"

Harry rystede igen på hovedet. "Det er ikke noget problem. Jeg ringer hertil og besøger ham hver dag. Okay?"

Lægen nikkede og kiggede efter Harry, som havde rejst sig og skridtede ud.

Klokken var blevet ni, da Harry ankom til Frognerbadet. Hele Frognerparken er på cirka en halv kvadratkilometer, men eftersom det offentlige friluftsbad kun udgør en lille del og desuden er indhegnet, havde politiet haft let ved at afspærre gerningsstedet; de havde ganske enkelt trukket afspærringsbånd på ydersiden af hegnet omkring hele badet og anbragt en vagt i billetlugen. Hele gribbeflokken af kriminaljournalister var på vingerne, og de kom sejlende ind, stod kagglende uden for billetlugen og lurede på, hvordan de kunne komme hen til kadaveret. Det var jo en ægte stortingsrepræsentant for fanden i helvede, offentligheden havde da krav på billeder af et så prominent lig?

Harry købte en americano hos Kaffepigerne. De havde haft stole og borde ude på fortovet i hele februar, og Harry slog sig ned, tændte en cigaret og så på flokken foran billetlugen.

En mand slog sig ned på stolen ved siden af.

"Selveste Harry Hole. Hvor har du været?"

Harry løftede blikket. Roger Gjendem, Aftenpostens kriminaljournalist, tændte en cigaret og gestikulerede over mod Frognerparken: "Omsider får Marit Olsen det, hun vil. Inden klokken otte i aften er hun en kendis. At hænge sig i udspringstårnet i Frognerbadet? *Good career move.*" Han vendte sig om mod Harry og skar en grimasse: "Hvad er der sket med din kæbe? Du ser ud ad helvede til."

Harry svarede ikke. Han nippede bare til kaffen og gjorde ikke noget for at undgå den pinlige pause i et forfængeligt håb om, at journalisten ville forstå, at han ikke var ønsket selskab. Fra tågebankerne over dem kom den flaprende lyd af en rotor. Roger Gjendem kiggede op.

"Helt sikkert VG, typisk dem at leje en helikopter. Jeg håber, tågen ikke letter."

"Nå. Er det bedre, at ingen får billeder, end at VG gør det?"

"Det er klart. Hvad ved du?"

"Sikkert meget mindre end dig," sagde Harry. "Liget blev fundet af en af opsynsmændene ved daggry, og han ringede straks til politiet. Hvad med dig?"

"Hovedet blev revet helt af. Damen sprang fra toppen af tårnet med et tov om halsen, lader det til. Og hun var jo temmelig fed. Et hundrede og halvtredskiloklassen. De har fundet tråde på hegnet, som kan stamme fra hendes træningsdragt, der hvor de mener, at hun kravlede over. De fandt ikke spor efter nogen andre der, så de mener, at hun var alene."

Harry inhalerede røgen. 'Hovedet blev revet helt af'. De talte, som de skrev, de journalister, i omvendt pyramideform, som de kaldte det: den vigtigste information først.

"Det skete vel i nat så?" fiskede Harry.

"Eller i går aftes. Ifølge ægtemanden tog Marit Olsen hjemmefra klokken kvart i ti i går aftes for at jogge."

"Sent for en løbetur."

"Det var vist på det tidspunkt, at hun plejede at gøre det. Hun kunne godt lide at have parken for sig selv."

"Javel."

"Jeg prøvede for resten at finde den opsynsmand, der fandt hende."

"Hvorfor det?"

Gjendem så forbavset på Harry. "For at få en førstehåndsbeskrivelse, selvfølgelig."

"Selvfølgelig," sagde Harry og sugede på cigaretten.

"Men det virker, som om han er gået under jorden. Han er hverken her eller hjemme. Han er vel chokeret, staklen."

"Tja. Det er ikke første gang, han har fundet et lig i udspringsbassinet. Jeg vil tro, at det er efterforskningsledelsen, som har sørget for, at I ikke skal få fat i ham."

"Hvad mener du med, at det ikke er første gang?"

Harry trak på skuldrene. "Jeg har været tilkaldt her to-tre gange før. Unge fyre, som er gået herind om natten. Den ene gang var det selvmord, den anden gang en ulykke. Fire fulde venner på vej hjem fra en fest, og som ville lege lidt og se, hvem der turde stå yderst på kanten. Han, som turde mest, blev nitten år. Den ældste af drengene var hans storebror."

"Fy for fanden," sagde Gjendem pligtskyldigt.

Harry så på sit ur, som om han skulle nå noget.

"Det må have været noget af et tov," sagde Gjendem. "Hovedet røg helt af. Har du nogen sinde hørt om den slags før?"

"Tom Ketchum," sagde Harry, tømte resten af kaffen i én slurk og rejste sig.

"Ketchup?"

"Ketchum. Hole-in-the-Wall-banden. Hængt i New Mexico i 1901. Helt almindelig galge, de brugte bare et lidt for langt reb."

"Hold da op. Hvor langt?"

"Godt to meter."

"Ikke mere? Så må han da have været smælderfed."

"Næh. Det siger lidt om, hvor let det er at miste hovedet, ikke sandt?"

Gjendem råbte noget efter ham, men Harry kunne ikke høre hvad. Han gik over parkeringspladsen ved den nordlige ende af badet, gennem parken og gik til venstre over broen mod hovedindgangen. Hegnet var over to og en halv meter højt hele vejen. 'Et hundrede og halvtredskiloklassen'. Marit Olsen havde måske prøvet, men hun var ikke kommet over det hegn alene.

På den anden side af broen gik Harry til venstre, sådan at han igen kom op mod badet fra den modsatte side. Han skrævede hen over politiets orange afspærringsbånd og standsede på toppen af skråningen foran et buskads. Harry havde glemt uhyggeligt meget de sidste år. Men sagerne sad der stadig. Han huskede stadig navnene på de fire unge i udspringstårnet. Storebroderens fjerne blik ind i ingenting, mens han tonløst havde svaret på Harrys spørgsmål. Og hånden, som havde peget på det sted, hvor de var kommet ind.

Harry bevægede sig forsigtigt for ikke at ødelægge eventuelle spor og bøjede buskadset til side. Oslo parkvæsens vedligeholdelsesarbejde måtte have en lang planlægningshorisont. Om nogen overhovedet. Hullet i hegnet var der stadig.

Harry satte sig på hug og studerede de skarpe takker i hegnet. Han så nogle mørke tråde. Nogen havde ikke sneget sig, men mast sig igennem her. Eller var blevet skubbet. Han så efter andre spor. På en tak øverst i hullet hang der en lang, sort uldtråd. Hullet var så stort, at nogen måtte have stået oprejst for at komme i berøring med hegnet der. Hovedet. Det stemte fint med uld, en strikhue. Havde Marit Olsen brugt strikhue? Ifølge Roger Gjendem var Marit Olsen taget hjemmefra klokken kvart i ti for at løbe i parken. Sådan som hun plejede, havde han sagt.

Harry prøvede at se det for sig. Han så en usædvanlig mild aften i parken. Han så en stor, svedende dame løbe. Han så ingen strikhue. Han så heller ingen andre, som brugte strikhue. Ikke fordi det var koldt i hvert fald. Men måske for ikke at blive set eller genkendt. Sort strikhue. En elefanthue, måske.

Han trådte forsigtigt ud af buskadset.

Han havde ikke hørt dem komme.

Den ene mand holdt en pistol – sandsynligvis en Steyr, østrigsk, halvautomatisk. Den pegede på Harry. Manden havde lyst hår, en åben mund med kraftigt underbid, og da han så også udstødte en gryntende latter, kom Harry i tanker om det øgenavn, der blev brugt om Truls Berntsen fra Kripos. Beavis. Som i Beavis & Butthead.

Den anden mand var lille, usædvanlig hjulbenet og havde hænderne i lommen på en frakke, som Harry vidste skjulte et skydevåben og et id-kort fra Kripos med et finskklingende navn. Men det var den tredje mand, ham iført grå, elegant støvfrakke, som tiltrak sig Harrys opmærksomhed. Han stod lidt til venstre for de to andre, men der var noget ved pistolmanden og finnens kropssprog, måden hvorpå de orienterede sig delvis mod Harry, delvis mod denne mand. Som om de var hans forlængelse, som om det var denne mand, der *i virkeligheden* holdt pistolen. Det, som slog Harry ved manden, var ikke hans næsten feminine pænhed. At hans øjenvipper var så tydelige både over og under øjnene, at man kunne have ham mistænkt for at sminke dem. Eller næsen, hagen, kindernes fine form. Ikke at håret var tykt, mørkt, gråt, velfriseret og en pæn del længere end branchestandarden. Heller ikke de mange, små pigmentpletter i den solbrune hud, som fik det til at se ud, som om han havde været udsat for syreregn. Det, som slog Harry, var hadet. Hadet i det blik, som manden fikserede ham med, et had så stærkt, at Harry næsten kunne mærke det fysisk som noget hvidt og hårdt.

Manden rensede tænderne med en tandstikker. Stemmen var lysere og blødere, end Harry ville have troet: "Du har trængt dig ind på et område, som er afspærret på grund af en efterforskning, Hole."

"En uafvendelig kendsgerning," sagde Harry og kiggede sig rundt.

"Hvorfor?"

Harry så på manden, mens han stumt forkastede det ene svar efter det andet, indtil det var gået op for ham, at han ganske enkelt ikke havde noget.

"Eftersom du synes at kende mig," sagde Harry, "hvem har jeg fornøjelsen af at træffe?"

"Jeg tvivler på, at det vil gøre nogen af os særlig glade, Hole. Så jeg foreslår, at du forlader stedet nu, og at du aldrig viser dig i nærheden af nogen af Kripos' gerningssteder igen. Er det forstået?"

"Tja. Opfattet, men ikke helt forstået. Hvad nu, hvis jeg kan give et bidrag til politiet i form af et tip om, hvordan Marit Olsen ..."

"Dit eneste bidrag til politiet," afbrød den bløde stemme ham, "har været et dårligt renommé. I min bog er du en fyldebøtte, en lovbryder og et skadedyr, Hole. Så *mit* tip til dig er, at du kryber tilbage under den sten, du kom fra, før nogen tværer dig ud med hælen."

Harry kiggede på manden og mærkede, at både hjernen og maven sagde det samme: Gør det. Træk dig tilbage. Du har ikke noget at slå igen med. Tænk dig om.

Og han ville virkelig ønske, han kunne tænke sig om. Han ville virkelig have sat pris på den egenskab. Harry trak cigaretpakken frem:

"Og den nogen skulle så være dig, Bellman? For du er Bellman, ikke sandt? Geniet, som sendte den der sauna-abe efter mig?" Harry nikkede mod finnen. "Hvis jeg skal dømme ud fra det forsøg, kan du ikke tvære ..." Harry ledte febrilsk efter analogien, men den kom ikke. Forbandede jetlag. Bellman kom ham i forkøbet:

"Stik af med dig, Hole." Kommissæren pegede hen over skulderen med tommelfingeren. "Så. Skynd dig lidt."

"Jeg ..." begyndte Harry.

"Det var det," sagde Bellman og smilede bredt. "Du er anholdt, Hole."

"Hvad?"

"Du har fået tre beskeder på at fjerne dig fra gerningsstedet uden at efterkomme dem. Hænderne om på ryggen."

"Hør nu her!" snerrede Harry med en snigende følelse af at være en uendeligt forudsigelig rotte i laboratoriets labyrint. "Jeg vil bare ..."

Berntsen, alias Beavis, rykkede ham i armen, så cigaretten faldt ud af hans mund og ned på den våde jord. Harry bøjede sig ned for at samle cigaretten op, men fik Jussis knæ i ryggen og faldt forover. Han ramte jorden med panden og fornemmede smagen af jord og galde. Og hørte Bellmans bløde stemme lige ved øret:

"Du modsætter dig anholdelse, Hole. Jeg bad dig lægge hænderne på ryggen, gjorde jeg ikke? Bad dig lægge dem her ..."

Bellman lagde en hånd let på Harrys bagdel. Harry trak vejret dybt og pustede ud gennem næsen uden at røre sig. For han vidste præcis, hvad det var, Bellman ville opnå. Vold mod tjenestemand. To vidner. En §127. Straframme på fem år. Game over. Og selv om alt dette stod tindrende klart for Harry, vidste han, at Bellman snart ville få det, som han ville. Derfor koncentrerede han sig om noget andet, ignorerede Beavis' gryntende latter og Bellmans eau de cologne. Han tænkte på hende. På Rakel. Han lagde hænderne på ryggen, oven på Bellmans hånd, og drejede hovedet. Vinden havde netop blæst tågen væk over dem, og deroppe kunne han se det hvide, slanke udspringstårn tegne sig mod den grå himmel. Øverst oppe dinglede noget i vinden, et reb, måske.

Det klikkede blødt i håndjernene.

Bellman stod på parkeringspladsen ved Middelthuns Gate og så efter dem, da de kørte af sted. Vinden nappede blidt i hans frakke.

Vagthavende i arresten sad og læste i avisen, da han blev opmærksom på de tre mænd foran skranken.

"Hej, Tore," sagde Harry. "Har du en ikke-ryger med udsigt?"

"Hej, Harry. Længe siden." Vagthavende tog en nøgle fra skabet bag sig og rakte den til Harry. "Bryllupssuiten."

Harry så Tores forvirring, da Beavis lænede sig frem, rev nøglen til sig og snerrede: "Det er ham, der skal bures inde, gamle nar."

Harry så beklagende på Tore, mens Jussis hænder gennemrodede hans lommer og fiskede nøgler og tegnebog op.

"Gider du ringe til Gunnar Hagen, Tore. Han ..."

Jussi rykkede i håndjernene, så metallet skar sig ind i huden, og Harry tumlede baglæns efter de to andre hen imod indgangen til varetægtscellerne.

Efter at de havde låst ham inde i den to en halv gange halvanden meter lille celle, gik Jussi ud til Tore for at underskrive papirerne, mens Beavis blev stående ude foran celledøren og kiggede ind på Harry. Harry kunne se, at der var noget, han ville sige, og ventede. Og til sidst kom det, med en stemme, der dirrede af undertrykt raseri:

"Hvordan føles det egentlig? At have været en skide hotshot, at have knaldet to seriemordere og været i fjernsynet og den slags. Og nu sidder du selv her og glor på den indvendige side?"

"Hvad er det, du er så vred over, Beavis?" spurgte Harry lavmælt og lukkede øjnene. Han havde dønninger i kroppen, som om han netop var gået i land efter en lang sørejse.

"Jeg er ikke vred. Men når det gælder skiderikker, der har skudt ornige politifolk, så er jeg vred på dem."

"Tre fejl i én sætning," sagde Harry og lagde sig ned på briksen. "For det første hedder det "ordentlig" og ikke "ornig", for det andet var vicekommissær Waaler ikke en "ordentlig" politimand, og for det tredje skød jeg ikke, jeg flåede armen af ham. Heroppe ved skulderen." Harry viste ham stedet.

Beavis åbnede og lukkede munden, uden at der kom noget ud.

Harry lukkede øjnene igen.

Kapitel 13

Kontor

Næste gang Harry åbnede øjnene, havde han ligget på briksen i politiets varetægt i to timer, og Gunnar Hagen stod udenfor og baksede med nøglen for at få låst op.

"Beklager, Harry, jeg sad i møde."

"Det passede mig helt fint, chef," sagde Harry, strakte sig på briksen og gabte. "Er jeg løsladt?"

"Jeg talte med politiadvokaten, som sagde, det var i orden. Varetægt er forvaring, ikke straf. Jeg hørte, det var to fra Kripos, som satte dig herind. Hvad skete der?"

"Det er det, jeg håber, du kan forklare mig."

"Mig?"

"Lige fra jeg landede i Oslo, er jeg blevet skygget af Kripos."

"Kripos?"

Harry satte sig op på briksen og kørte en hånd gennem høstakken på hovedet. "De har skygget mig til Rikshospitalet. De anholdt mig på en formalitet. Hvad er det, der sker, chef?"

Hagen løftede hagen og trak i halshuden. "Pokkers også, det burde jeg have forudset."

"Forudset hvad?"

"At det ville lække, at vi prøvede at opspore dig. At Bellman ville stoppe det."

"I hovedsætninger, tak."

"Det er, som jeg sagde til dig, ganske kompliceret. Det handler om nedskæringer og rationalisering i politiet. Om jurisdiktion. Den gamle kamp, Drabsafdelingen mod Kripos. Om der er ressourcer nok til to fagmiljøer med parallel kompetence i et lille land. Diskussionen blussede op, da Kripos fik en ny næstkommanderende, en Mikael Bellman."

"Fortæl mig om ham."

"Bellman? Politiskolen, kort karriere i Norge, før han havnede i Europol i Haag. Er kommet hjem til Kripos som en wonderboy, der skal op og frem. Der var ballade fra dag ét, da han ville ansætte en tidligere kollega fra Europol, en udlænding."

"Ikke tilfældigvis finsk?"

Hagen nikkede. "Jussi Kolkka. Politiuddannelse fra Finland, men har ingen af de formelle kvalifikationer, som kræves for at få politistatus i Norge. Fagforeningen for i flint. Løsningen blev selvfølgelig, at Kolkka blev midlertidigt ansat på udveksling. Bellmans næste udspil var at gøre det klart, at reglerne skal tolkes sådan, at i større drabssager er det Kripos, som selv skal bestemme, om det er deres sag eller politidistriktets, ikke omvendt."

"Og?"

"Og det er selvfølgelig helt uacceptabelt. Vi har landets største drabsafdeling her i Politihuset, vi skal selv kunne bestemme, hvilke sager vi selv tager inden for Oslo-området, hvad vi behøver hjælp til, og hvad vi vil henstille til Kripos, at de overtager. Kripos blev oprettet for at hjælpe politidistrikterne med ekspertise i drabssager, men Bellman har altså uden videre givet afdelingen kejserstatus. Justitsministeriet blev trukket ind i sagen. Og de så straks en mulighed for at gennemføre det, vi har haft held med at lægge låg på så længe: at centralisere drabsefterforskningen til et kompetencecenter. De bryder sig ikke om vores argumenter om faren for ensretning og indavl, om vigtigheden af lokalkendskab og kompetencespredning, om rekruttering og ..."

"Tak, du behøver ikke omvende mig."

Hagen holdt en hånd i vejret. "Godt, men Justitsministeriet arbejder nu med en indstilling ..."

"Og ...?"

"De siger, de vil være pragmatiske. At det handler om at udnytte de sparsomme ressourcer bedst muligt. Hvis det er sådan, at Kripos kan vise, at de opnår de bedste resultater ved at være frit stillet med hensyn til politidistrikterne ..."

"... så er det al magt til Bryn," sagde Harry. "Stort kontor til Bellman og farvel til Drabsafdelingen?"

Hagen trak på skuldrene. "Noget i den stil. Da Charlotte Lolles blev fundet dræbt bag den der Datsun, og vi så lighederne med drabet på pigen i kælderen ved nybyggeriet, gik det for alvor i gang. Kripos sagde, at selv om ligene var blevet fundet i Oslo, er dobbeltdrab en sag for Kripos, ikke Oslo Politidistrikt, og de satte en efterforskning i gang på egen hånd. De har indset, at det er i den sag, slaget om ministeriets støtte vil stå."

"Så drejer det sig vel bare om at løse sagen før Kripos?"

"Det er som sagt kompliceret. Kripos nægter at dele informationer med os, selv om de ikke kan komme videre. I stedet gik de til ministeriet. Politimesteren her i huset fik en opringning om, at ministeriet 'gerne så', at Kripos kørte den her sag, indtil de fik taget stilling til ansvarsfordelingen i fremtiden."

Harry rystede langsomt på hovedet. "Nu dæmrer det. I blev desperate ..."

"Det ord vil jeg nu ikke bruge."

"Desperate nok til at grave den gamle seriemorderjæger Hole op igen. En outsider, som ikke længere stod på lønningslisten, og som kunne efterforske sagen i al stilhed. Det var derfor, jeg ikke måtte sige noget til nogen."

Hagen sukkede. "Bellman fandt tydeligvis ud af det alligevel. Og satte en skygge på dig."

"For at se, om I lod være med at følge ministeriets høflige henstilling. For at tage mig på fersk gerning, mens jeg læste gamle rapporter eller afhørte gamle vidner."

"Eller endnu mere effektivt: at sætte dig ud af spil. Bellman ved, at det ville være nok med et eneste fejltrin, en eneste øl i tjenesten, et eneste brud på tjenestereglementet, for at få dig suspenderet."

"Ja. Eller at modsætte sig anholdelse. Han har tænkt at gå videre med sagen, det dumme svin."

"Jeg skal nok snakke med ham. Han opgiver, når jeg fortæller ham, at du ikke ville have sagen alligevel. Vi trækker ikke politifolk ned i sølet, hvis det ikke har nogen hensigt." Hagen kiggede på sit ur. "Jeg har arbejde, der venter. Lad os få dig ud herfra."

Fra arresten gik de over parkeringspladsen og standsede ved indgangen til Politihuset, som tronede i beton og stål øverst oppe i parken. Ved siden af dem, naglet til Politihuset med en underjordisk tunnel, lå de gamle, grå mure på Botsen, Oslo Arresthus. Under dem strakte bydelen Grønland sig nedover mod fjorden og havnen. Facaderne var vinterblege og skidengrå, som om der var regnet aske på dem. Byggekranerne nede ved havnen stod aftegnet som galger mod himlen.

"Ikke noget kønt syn, eller hvad?"

"Nej," sagde Harry og indsnusede luften.

"Men der er noget ved den her by alligevel."

Harry nikkede. "Det er der."

De stod der et stykke tid og vippede på hælene med hænderne i lommen.

"Det er køligt," sagde Harry.

"Egentlig ikke."

"Nå, men min termostat er stadig indstillet på Hongkong."

"Javel."

"Så du har måske en kop kaffe deroppe?" Harry nikkede op mod sjette etage.

"Eller er det sådan, at du har noget arbejde, der ligger og venter? Marit Olsen-sagen?"

Hagen svarede ikke.

"Nå," sagde Harry. "Den tog Bellman og Kripos altså også."

Harry blev hilst med et par afmålte nik på vej gennem gangene i rød zone på sjette etage. Vel var han en legende i huset, men nogen afholdt mand havde han aldrig været.

De passerede en kontordør, hvorpå der var limet et A4-ark med teksten *I see dead people.*

Hagen rømmede sig. "Jeg måtte overlade kontoret til Magnus Skarre. Der er tætpakket over det hele."

"Selvfølgelig," sagde Harry.

De tog hvert sit papkrus med den berygtede tragtekaffe ude i tekøkkenet.

Inde på Hagens kontor slog Harry sig ned i stolen foran kommissærens skrivebord, hvor han havde siddet så mange gange.

"Du har den stadig, kan jeg se," sagde Harry og nikkede mod den ting på skrivebordet, som ved første øjekast lignede et hvidt udråbstegn. Det var en udstoppet lillefinger. Harry vidste, at den havde tilhørt en japansk kommandant under anden verdenskrig. Under retræten havde kommandanten hugget fingeren af foran sine mænd som undskyldning for, at de ikke kunne gå tilbage og hente deres faldne. Hagen yndede at bruge historien, når han docerede for sine mellemledere om lederskab.

"Og du har den stadig ikke." Hagen nikkede mod Harrys langfingerløse hånd, som holdt om papkruset.

Harry nikkede og drak. Også kaffen var som før. Smeltet asfalt.

Harry skar en grimasse. "Jeg skal bruge et hold på tre personer."

Hagen drak langsomt og satte kruset fra sig: "Ikke flere?"

"Det spørger du altid om. Du ved, at jeg ikke arbejder med store efterforskningsgrupper."

"I det her tilfælde skal jeg ikke klage. Få folk betyder mindre chance for, at Kripos og Justitsministeriet får nys om, at vi efterforsker dobbeltdrabet."

"Trippeldrabet," sagde Harry og gabte.

"Vent nu lige lidt, vi ved ikke, om Marit Olsen ..."

"Kvinde alene ude om aftenen, bortføres til andet sted, hvor hun aflives på ukonventionel måde. For tredje gang i lille Oslo. Tredobbelt. Tro mig. Men uanset hvor få vi er, så ved du, at det er meget vanskeligt at undgå, at vores veje på en eller anden måde krydser Kripos' her."

"Ja," sagde Hagen. "Det er jeg klar over. Derfor er det en betingelse, at hvis efterforskningen afsløres, har det ikke noget med Drabsafdelingen at gøre."

Harry lukkede øjnene. Hagen fortsatte:

"Vi vil selvfølgelig beklage, at det involverer nogen af vores ansatte, men gøre det klart, at det er noget, den notoriske solospiller Harry Hole har startet på egen hånd, uden afdelingsledelsens kendskab. Og den version vil du bekræfte."

Harry åbnede øjnene igen og stirrede på Hagen.

Hagen mødte hans blik: "Spørgsmål?"

"Ja."

"Værsgo."

"Hvor er lækagen?"

"Undskyld?"

"Hvem informerer Bellman?"

Hagen trak på skuldrene. "Jeg har ikke indtryk af, at han har nogen systematisk viden om, hvad vi gør. Når det drejer sig om at hente dig ind, kan han have fået opsnuset det flere forskellige steder."

"Jeg ved, at Magnus Skarre godt kan lide at lade munden løbe."

"Du skal ikke spørge mere, Harry."

"Okay. Hvor har vi hovedkvarter?"

"Netop. Netop." Gunnar Hagen nikkede flere gange, som om det var noget, de allerede havde snakket om et stykke tid. "Når det gælder kontor ..."

"Ja?"

"Der er som sagt fyldt op her i huset, så vi måtte finde noget eksternt, som lå i nærheden."

"Fint. Hvor?"

Hagen kiggede ud ad vinduet. På Botsens grå mure.

"Det er din spøg," sagde Harry.

Kapitel 14
Rekruttering

Bjørn Holm kom ind i mødelokalet på Kriminalteknisk Afdeling i Bryn. Uden for vinduerne var solen ved at give slip på facaderne og overlade byen til eftermiddagsmørket. Parkeringspladsen udenfor var overfyldt, og foran indgangen til Kripos på den anden side af vejen stod en hvid bus med suppetallerken på taget og Norsk Rikskringkastings logo på siden.

Den eneste person i lokalet var hans chef, Beate Lønn, en usædvanligt bleg, væver og stilfærdig kvinde. Hvis man ikke vidste bedre, kunne man have troet, at en sådan kvinde ville have problemer med at lede en flok voksne, meget proffe, selvbevidste, altid sære og aldrig konfliktsky kriminalteknikere. Vidste man bedre, vidste man derimod, at hun var den eneste her, som kunne tackle dem. Ikke kun fordi de respekterede, at hun stod med rank ryg efter at have afgivet to politibetjente til evighedsvagten: først sin egen far og senere faderen til sit eget barn. Men fordi hun var den bedste af dem og udstrålede en uangribelighed, integritet og tyngde, som gjorde, at når Beate Lønn hviskede en ordre med nedslået blik og rødmende kinder, blev den udført på stedet. Så Bjørn Holm var kommet med det samme, da han modtog beskeden.

Hun sad i en stol, som var trukket helt hen foran et tv-apparat.

"De sender direkte fra pressekonferencen," sagde hun uden at vende sig om. "Slå dig ned."

Holm genkendte straks personerne på tv-skærmen. Det slog ham, at det var underligt at sidde her og se tv-signaler, som havde rejst tusindvis af kilometer ud i verdensrummet og tilbage, bare for at vise ham, hvad der skete lige nu på den anden side af gaden.

Beate Lønn skruede op for lyden.

"Det er korrekt opfattet," sagde Mikael Bellman og lænede sig frem mod mikrofonen på bordet foran ham. "Vi har foreløbig hverken spor eller mistænkte. Og for at gentage det endnu en gang: Vi udelukker ikke, at afdøde kan have taget sit eget liv."

"Men du sagde ..." begyndte en stemme fra journalistkorpset.

Bellman skar hende af: "Jeg sagde, at vi efterforsker dødsfaldet som *mistænkeligt*. Du er sikkert bekendt med terminologien. Hvis ikke, bør du ..." Han lod fortsættelsen hænge i luften og pegede på en eller anden bag kameraet.

"Stavanger Aftenblad," lød en langsom brægen på rogalandsdialekt: "Sætter politiet det her dødsfald i forbindelse med de to dødsfald i ..."

"Nej! Hvis du havde fulgt med, havde du opfattet, at jeg sagde, at vi ikke *udelukker* en forbindelse."

"Den fik jeg med," fortsatte rogalandsdialekten uforstyrrelig langsomt: "Men vi, som er her, er nok mere interesseret i, hvad I tror, end hvad I *ikke udelukker*."

Bjørn Holm kunne se Bellman fiksere manden, mens utålmodigheden rykkede i mundvigene. En uniformeret kvinde ved Bellmans side lagde hånden over mikrofonen, lænede sig ind mod ham og hviskede noget. Kommissæren blev mørk i ansigtet.

"Mikael Bellman får et lynkursus i håndtering af medierne," sagde Bjørn Holm. "Lektion et: Stryg dem *med* hårene, især distriktsaviserne."

"Han er bare ny i jobbet," sagde Beate Lønn. "Han skal nok lære det."

"Tror du?"

"Ja. Bellman tilhører typen, som lærer."

"Ydmyghed er ikke let at lære, har jeg hørt."

"Ikke den ægte, nej. Men at lægge sig fladt ned, når det er formålstjenligt, er grundpensum i moderne kommunikation. Det er det, Ninni fortæller ham nu. Og Bellman er smart nok til at fatte det."

På tv-skærmen rømmede Bellman sig, fremtvang et næsten drenget smil og lænede sig frem mod mikrofonen: "Jeg beklager, hvis det lød lidt bryskt, men det har været en lang dag for os alle, og jeg håber, I forstår, at vi bare er utålmodige efter at komme tilbage til efterforskningen af den her tragiske sag. Vi må slutte her, men hvis nogen af jer har yderligere spørgsmål, så giv dem til Ninni her, og så lover jeg at prøve at vende personligt tilbage til jer hen på aftenen. Før deadline. Lyder det acceptabelt?"

"Hvad sagde jeg?" lo Beate triumferende.

"A star is born," sagde Bjørn Holm.

Tv-billedet imploderede, og Beate Lønn vendte sig om. "Harry har ringet. Han vil gerne låne dig."

"Mig?" sagde Bjørn Holm. "Til hvad?"

"Det ved du godt. Jeg hørte, at du var med Gunnar Hagen ude i lufthavnen, da Harry kom."

"Nå da." Holm smilede med tænderne i både over- og undermund.

"Jeg går ud fra, at Hagen ville bruge dig i operation overtalelse, eftersom han ved, at du er en af de få, Harry kan lide at arbejde sammen med."

"Vi kom aldrig så langt. Harry sagde nej til at tage sagen."

"Men nu har han altså ombestemt sig."

"Javel? Hvad fik ham til at gøre det?"

"Det sagde han ikke. Han sagde bare, at han syntes, det var det mest rigtige at gå via mig."

"Selvfølgelig, du er jo chef her."

"Ingenting er selvfølgeligt, når det gælder Harry. Jeg kender ham ganske godt, som du ved."

Holm nikkede. Det vidste han. Og han vidste, at Jack Halvorsen, Beates kæreste og den vordende far, var blevet dræbt, mens han arbejdede for Harry. En iskold vinterdag på åben gade i Grünerløkka, struben skåret over. Holm var ankommet til stedet lige efter. Det varme blod, som var trængt ned i isen. En politibetjents død. Ingen havde lagt skylden på Harry. Andre end ham selv, selvfølgelig.

Han kløede sig i skægget. "Så hvad svarede du ham?"

Beate tog en dyb indånding og så ud på journalisterne og fotograferne, som hastede ud af Kripos' lokaler. "Det samme, som jeg nu siger til dig. At ministeriet har meddelt, at Kripos har forkørselsret, og at jeg følgelig ikke har nogen som helst mulighed for at afgive kriminalteknikere til andre end Bellman i den her sag."

"Men?"

Beate Lønn trommede hårdt på bordet med en BIC-pen. "Men der er andre sager end det her dobbeltdrab."

"Trippeldrab," sagde Holm og tilføjede, da Beate Lønn så skarpt på ham: "Tro mig."

"Jeg ved ikke præcist, hvad Harry Hole efterforsker, men det er i hvert fald ikke nogen af de her drabssager, det er han og jeg helt enige om," sagde Beate. "Og til den eller de sager – som jeg altså ikke ved, hvad er – er du hermed udlånt. I fjorten dage. Kopi af første rapport om det, I arbejder med, skal ligge på mit skrivebord om fem dage med virkning fra nu. Forstået?"

Kaja Solness smilede som en sol indvendigt og følte en næsten uimodståelig trang til at dreje en omgang eller to på kontorstolen.

"Hvis Hagen siger okay, er jeg selvfølgelig med," sagde hun tilkæmpet behersket, men hørte jubelen i sin egen stemme.

"Hagen siger okay," sagde manden, som stod lænet mod karmen med armen over hovedet, så han udgjorde en diagonal over hendes døråbning. "Det bliver altså bare Holm, dig og mig. Og det er fortroligt, hvilken sag vi arbejder med. Vi begynder i morgen, fremmøde klokken syv på mit kontor."

"Øh ... syv?"

"Syv. Syv. Nul-syv-nul-nul."

"Javel. Hvilket kontor?"

Manden grinede og forklarede hende det.

Hun så vantro på ham. "Skal vi have kontor i et *fængsel*?"

Diagonalen frigjorde sig fra døråbningen. "Mød forberedt. Spørgsmål?"

Kaja havde mange, men Harry Hole var allerede forsvundet.

Drømmen er nu også begyndt at dukke op om dagen. Langt borte kan jeg høre bandet, der stadig spiller 'Love Hurts'. Jeg registrerer, at nogle fyre har taget opstilling omkring os, men de griber ikke ind. Godt. Selv ser jeg på hende. Se, hvad du har gjort, prøver jeg at sige. Se på ham nu, vil du stadig have ham? I guder, hvor jeg hader hende, jeg vil rive kniven ud af munden på hende og stikke hul i hende, se det løbe ud; blodet, indvoldene, løgnen, dumheden, hendes stupide selvgodhed. Nogen burde vise hende, hvor grim hun er på indersiden.

Jeg så pressekonferencen i tv. Uduelige idioter! Ingen spor, ingen mistænkte? De gyldne første otteogfyrre timer, timeglasset rinder ud, skynd jer, skynd jer. Hvad vil I have, at jeg skal gøre? Skrive det på væggen med blod?

Det er jer, ikke mig, som lader de her drab fortsætte.

Brevet er skrevet færdig.

Skynd jer.

Kapitel 15
Strobelys

Stine så på den fyr, som netop havde snakket til hende. Han havde skæg, lyst hår og tophue. Inde. Og det var ikke en indehue, men en tyk hue, som skulle holde ørerne varme. En snowboard-dude? Men da hun kiggede nærmere på ham, var det ikke en fyr, men en mand. Over tredive. I hvert fald havde han hvide rynker i den brune hud.

"Og hvad så?" råbte hun over musikken, som dundrede ud af anlægget på Krabbe. Det nyåbnede dansested havde udbasuneret, at det var det nye stamsted for Stavangers unge, fremadstormende garde af musikere, filmfolk og forfattere, som der faktisk var blevet en del af i den ellers så businessorienterede, dollartællende olieby. Det ville vise sig. In-folket havde endnu ikke bestemt sig for, om Krabbe fortjente deres gunst. Ligesom Stine endnu ikke havde bestemt sig for, om den her fyr – mand – fortjente hendes.

"Kun at jeg synes, du burde høre mig fortælle om det," sagde han, smilede venligt og så på hende med et par øjne, som forekom hende alt for lyseblå. Men det var måske lyset herinde. Strobelys? Var det cool? Det ville vise sig. Han drejede ølglasset i hånden og lænede sig tilbage mod bardisken, så hun måtte bøje sig frem, hvis hun ville høre, hvad han sagde, men hun hoppede ikke på den. Han havde en tyk dynejakke på, men alligevel var der ikke en sveddråbe i ansigtet under den latterlige hue. Eller var den cool?

"Der er ikke mange, der har været på motorcykeltur i deltaområderne i Burma og er kommet så levende tilbage, at de har kunnet fortælle om det," sagde han.

Så levende. En snakkefyr, altså. Det kunne hun sådan set godt lide. Han lignede nogen. En eller anden amerikansk actionhelt fra reprisefilm og firserserier.

"Jeg lovede mig selv, at hvis jeg kom tilbage til Stavanger, ville jeg gå ud, købe en øl og gå hen til den smukkeste pige og sige præcis det, jeg siger nu." Han slog ud med armene, smilede hvidt og bredt. "Jeg tror, du er pigen ved den blå pagode."

"Hvad er jeg?"

"Rudyard Kipling, min tøs. Du er pigen, som venter på den engelske soldat ved Moulmeins blå pagode. Så hvad siger du? Vil du med og gå med bare ben på marmoren i Shwedagon? Spise kobrakød i Bago? Falde i søvn til muslimernes bønner i Yangon og vågne til buddhisternes i Mandalay."

Han åndede tungt. Hun bøjede sig frem: "Så jeg er den smukkeste pige herinde?"

Han kiggede rundt. "Nej, men du har de største jader. Du er køn, men konkurrencen er for hård, når det gælder *aller*smukkest. Vil du med?"

Hun lo og rystede på hovedet. Vidste ikke, om han var morsom eller bare skør.

"Jeg er ude med mine veninder. Du må prøve det trick på nogle andre."

"Elias."

"Hvad?"

"Du spekulerer på, hvad jeg hedder. Hvis vi nu skulle mødes igen. Og jeg hedder Elias. Skog. Det sidste glemmer du, men Elias husker du. Og vi ses igen. Før du aner det, faktisk."

Hun lagde hovedet på skrå: "Nå, det gør vi?"

Han lagde hovedet på skrå og efterabede: "Ja, det gør vi."

Så tømte han ølglasset, satte det fra sig på disken, smilede til hende og gik.

"Hvad var det for en fyr?"

Det var Mathilde.

"Det ved jeg ikke," sagde Stine. "Han var lidt sød. Men underlig. Snakkede som en østlænding."

"Underlig?"

"Der var noget mærkeligt med øjnene. Og tænderne. Er der sådan noget strobelys herinde?"

"Strobelys?"

Stine lo. "Ja, sådan noget tandpastafarvet solarielys. Som får dig til at ligne en zombie i fjæset."

Mathilde rystede på hovedet. "Du trænger til en drink. Kom."

Stine vendte sig om mod udgangen, idet hun fulgte med. Hun syntes, hun havde set et ansigt mod ruden, men der var ingen.

Kapitel 16

Speed King

Klokken var ni om aftenen, og Harry gik gennem Oslo centrum. Han havde brugt dagen på at bære stole og borde ind på det nye kontor. Om eftermiddagen var han taget op til Rikshospitalet, men de havde faderen inde til nogle prøver. Så var han kørt tilbage, havde kopieret rapporter, taget nogle telefoner, bestilt flybillet til Bergen, var smuttet ind i City og havde købt et mobilt modem på størrelse med et cigaretskod.

Harry skridtede ud. Han havde altid nydt det her, rejsen til fods fra øst til vest i denne kompakte by, de gradvise, men tydelige ændringer i mennesker, mode, etnicitet, byggestil, butikker, caféer, barer. Han gik ind på en McDonald's, spiste en hamburger, stak tre sugerør i frakkelommen og gik videre.

En halv time efter at have stået i det ghettoagtige, pakistanske Grønland befandt han sig i den pæne, let sterile og kridhvide vestlige del af byen. Kaja Solness' adresse var i Lyder Sagens Gate og viste sig at være en af de der store, gamle trævillaer, som Oslo-borgere stillede sig i kø uden for, når en af dem en sjælden gang var til salg. Ikke for at købe – det havde næsten ingen råd til – men for at se, drømme og få bekræftet, at Fagerborg virkelig var det, som det gav sig ud for: Et nabolag, hvor de rige ikke var *for* rige, pengene ikke var for *nye*, og ingen havde svømmebassiner, elektriske garageporte eller andre moderne, vulgære påfund. For de velplejede borgere gjorde, som de altid havde gjort her. Om sommeren sad de under æbletræerne i de store, skyggefulde haver i havemøbler, som var lige så gamle, upraktisk tunge og sortbejdsede som de villaer, de var blevet båret ud af. Og når de blev båret ind igen, og dagene blev kortere, blev lysene tændt bag de småsprossede vinduer. I Lyder Sagens Gate var der julestemning fra oktober til marts.

Lågen skreg så højt, at den forhåbentlig overflødiggjorde en hund. Gruset knasede under hans støvler. Han havde været barnligt glad for at se støvlerne, da han havde fundet dem i skabet, men nu var de gennemblødte.

Han gik op ad den indvendige trappe og trykkede på ringeklokken uden navneskilt.

Foran døren stod et par nydelige damesko og ved siden af dem et par herresko. Størrelse 46, anslog Harry. Kajas mand var stor, kunne det se ud til. For selvfølgelig havde hun en mand. Han forstod ikke, hvorfor han havde tænkt noget andet. For det havde han da, havde han ikke? Det var ikke så vigtigt. Døren gik op.

"Harry?" Hun havde en åben og alt for stor uldjakke på, slidte jeans og filttøfler, som var så gamle, at Harry kunne bande på, at de havde leverpletter. Ingen sminke. Kun smilende forbavselse. Alligevel var det, som om hun havde vidst, at han ville komme. Vidst, at han ville kunne lide at se hende lige netop sådan her. Han havde selvfølgelig set det allerede i hendes blik i Hongkong, den fascination som mange kvinder har for en mand med et rygte, godt eller dårligt. Og han havde heller ikke foretaget nogen grundig analyse af hver enkelt overvejelse, som sammenlagt havde ført ham til døren her. Og det var godt det samme, han ikke havde gjort det. Skonummer seksogfyrre. Eller seksogfyrre en halv.

"Jeg fik adressen af Hagen," sagde Harry. "Du bor i gåafstand fra min lejlighed, så jeg tænkte, jeg kunne kigge forbi i stedet for at ringe."

Hun smilede skævt. "Du har ikke nogen mobiltelefon."

"Forkert." Harry fiskede en rød telefon op af lommen. "Jeg fik den her af Hagen, men jeg har allerede glemt pinkoden. Forstyrrer jeg?"

"Nej, nej." Hun slog døren helt op, og Harry trådte indenfor.

Det var ynkeligt, men hans hjerte havde slået en smule hurtigere, mens han havde ventet på hende. For femten år siden ville det have ærgret ham, men han havde resigneret, accepteret den banale kendsgerning, at en kvindes skønhed altid skulle have denne lille magt over ham.

"Jeg er ved at lave kaffe, vil du have noget?"

De var kommet ind i stuen. Væggene var dækket af billeder og bogreoler med så mange bøger, at han tvivlede på, at hun havde nået at samle dem alle sammen på egen hånd. Stuen havde et udpræget maskulint præg. Store, kantede møbler, en globus, en vandpibe, vinylplader på hylderne, kort og fotografier af høje, snedækkede bjerge på væggene. Det fik Harry til at nå den konklusion, at manden måtte være temmelig meget ældre end hende. Et tv kørte uden lyd.

"Marit Olsen er hovedhistorien i alle nyhedsudsendelserne," sagde Kaja, tog en fjernbetjening og slukkede for tv'et. "To af oppositionslederne trådte frem og forlangte en hurtig opklaring. De sagde, at regeringen systematisk havde nedtrappet politiet. Kripos får ikke meget arbejdsro de næste dage."

"Ja tak til kaffe," sagde Harry, og Kaja forsvandt ud i køkkenet.

Han satte sig i sofaen. På sofabordet, ved siden af et par feminine læsebriller, lå en opslået John Fante-bog med forsiden oppe. Ved siden af den lå der billeder fra Frognerbadet. Ikke af selve gerningsstedet, men af de mennesker, som havde forsamlet sig uden for afspærringen for at kigge. Harry gryntede tilfreds. Ikke kun fordi hun havde taget arbejde med hjem, men fordi gerningsstedsgruppen stadig tog de her billeder. Det var Harry, som i sin tid havde pålagt dem altid at fotografere de fremmødte. Det var noget, han havde lært på FBI-kurset om seriedrab, at det ikke kun er en myte, at gerningsmanden vender tilbage til gerningsstedet. Både King-brødrene i San Antonio og K-Mart-manden var blevet taget, netop fordi de ikke kunne lade være med at komme for at nyde deres arbejde, se på al den opstandelse, de havde forårsaget, fornemme, hvor usårlige de var. Fotograferne på Kriminalteknisk Afdeling kaldte det Holes sjette bud. Og, ja, der var ni andre. Harry bladede billederne igennem.

"Du bruger ikke mælk, gør du vel?" råbte Kaja fra køkkenet.

"Ja."

"Gør du? I Heathrow ..."

"Jeg mener: Ja, du har ret, jeg bruger ikke mælk."

"Aha. Du har konverteret til kantonesisk."

"Hvad?"

"Du er holdt op med at bruge dobbeltnægtelse. Kantonesisk er mere logisk. Du kan godt lide logik."

"Er det rigtigt? Det med kantonesisk?"

"Det ved jeg ikke," lo hun ude fra køkkenet. "Jeg prøver bare at lyde klog."

Harry kunne se, at fotografen havde været diskret, skudt fra hoften, ingen blitz. Tilskuernes opmærksomhed var vendt mod udspringstårnet. Sløve blikke, halvåbne munde, som om de kedede sig, mens de ventede på et glimt af noget skrækkeligt, noget til memoirerne, noget at skræmme naboen med. En mand holdt en mobiltelefon op i vejret, som han utvivlsomt tog billeder med. Harry tog forstørrelsesglasset, som lå på bunken af rapporter, og så på ansigterne et efter et. Han vidste ikke, hvad han kiggede efter, hjernen var tømt, det var den bedste måde ikke at gå glip af det, som eventuelt var der.

"Finder du noget?" Hun havde stillet sig bag hans stol og bøjet sig ned for at kigge. Han kunne fornemme en svag duft af lavendelsæbe, den samme han havde mærket i flyet, da hun var faldet i søvn med hovedet på hans skulder.

"Næh. Tror du, der er noget at finde her?" spurgte han og tog imod kaffekruset.

"Nej."

"Hvorfor har du så taget de her billeder med hjem?"

"Fordi femoghalvfems procent af al efterforskning består i at lede det forkerte sted."

Hun havde netop citeret Harrys tredje bud.

"Og du må lære også at kunne lide de femoghalvfems procent. Ellers bliver du vanvittig."

Fjerde bud.

"Og rapporterne?" spurgte Harry.

"Vi har selvfølgelig kun vores egne rapporter fra drabene på Borgny og Charlotte, og der er der *nada*. Ingen tekniske spor, ingen vidner, som kunne melde om noget usædvanligt. Ingen, som vidste noget om bitre fjender, jaloux elskere, grådige arvinger, forstyrrede stalkere, utålmodige pushere eller andre kreditorer. Kort sagt ..."

"Ingen spor, ingen synlige motiver, ikke noget drabsvåben. Jeg ville gerne være begyndt med at afhøre folk i Marit Olsen-sagen, men som du ved, arbejder vi ikke med den sag."

Kaja smilede. "Selvfølgelig ikke. Jeg snakkede for resten med en politisk journalist på VG i dag. Han sagde, at ingen af deres journalister i Stortinget kendte til, at Marit Olsen skulle have haft depressioner, personlige kriser eller selvmordstanker. Eller fjender, hverken på arbejde eller privat."

"Hm."

Harry lod blikket glide hen over rækken af tilskueransigter. En kvinde med søvngængerblik og et barn på armen.

"Hvad vil de her mennesker?"

I baggrunden: ryggen af en mand, som var på vej derfra. Dynejakke, tophue. "Chokeres. Rystes. Underholdes. Renses ..."

"Utroligt."

"Ja. Og så læser du John Fante. Du er vist glad for ældre ting?" Han nikkede ud mod stuen, huset. Og mente stuen, huset. Men regnede med, at hun ville kommentere manden, hvis han var så meget ældre end hende, som Harry gættede på.

Hun så ivrigt på ham: "Har du læst Fante?"

"Da jeg var ung og havde min Bukowski-periode, læste jeg en, jeg ikke kan huske titlen på. Jeg købte dem vel mest, fordi Charles Bukowski var erklæret fan." Han så demonstrativt på sit ur. "Hovsa. Det er på tide, jeg kommer hjem."

Kaja så forbavset på ham og så på det urørte kaffekrus.

"Jetlag," smilede Harry og rejste sig. "Vi kan tage det på mødet i morgen."

"Selvfølgelig."

Harry klappede sig på bukselommen. "For resten er jeg udgået for smøger. Den taxfree Camel-karton, du tog med for mig ..."

"Vent her," smilede hun.

Da hun kom tilbage med den åbnede cigaretkarton, stod Harry ude i gangen og havde fået frakke og støvler på.

"Tak," sagde Harry, tog en af cigaretpakkerne frem og åbnede den.

Da han stod ude på trappen, lænede hun sig mod dørkarmen: "Jeg burde måske ikke sige det her, men jeg har en følelse af, at det var en eller anden test."

"Test?" sagde Harry og tændte en cigaret.

"Jeg skal ikke spørge, hvad testen gik ud på, men bestod jeg?"

Harry lo kort. "Det var bare den her." Han gik ned ad trappen, mens han viftede med kartonen. "Nul-syv-nul-nul."

Harry låste sig ind i lejligheden. Han trykkede på lyskontakten og konstaterede, at der endnu ikke var blevet lukket for strømmen. Han tog frakken af, gik ind i stuen, satte Deep Purple på, hans absolutte favoritband i kategorien ufrivillig-komisk-men-skidegod-alligevel. 'Speed King'. Ian Paice på trommer. Han satte sig i sofaen og pressede fingerspidserne mod tindingerne. Hundene rykkede i lænkerne. Hylede, snerrede, snappede, tænderne rev og sled i indvoldene. Hvis han slap dem løs denne gang, ville der ikke være nogen vej tilbage. Ikke denne gang. Før havde der altid været grunde, som havde været gode nok til at holde op igen. Rakel, Oleg, arbejdet, måske til og med far. Han havde ingen af de ting længere. Det måtte ikke ske. Ikke alkohol. Så han måtte have en alternativ rus. En rus han kunne kontrollere. Tak, Kaja. Skammede han sig ikke? Selvfølgelig skammede han sig. Men stolthed var en luksus, man ikke altid havde råd til.

Han rev plasten af cigaretkartonen. Tog den nederste cigaretpakke frem. Man kunne næsten ikke se, at seglet på pakken var brudt. Det var en kendsgerning, at kvinder som Kaja aldrig blev tjekket i tolden. Han åbnede pakken og trak tinfolien ud. Pakkede den op og så på den brune klump. Inhalerede den søde lugt.

Så gik han i gang med forberedelserne.

Harry havde set alle mulige måder at ryge opium på, alt fra opiumshusenes rituelle, indviklede procedurer, som var de rene kinesiske teceremonier, via forskellige pibearrangementer og til den enkleste: at få ild på klumpen, sætte et sugerør i og inhalere af al kraft, mens lækkerierne bogstaveligt talt gik op i røg. Uanset hvad handlede det om det samme: at få virkemidlerne – morfinen, thebainen, kodeinen og en samling andre kemiske venner – ind i blodbanen. Harrys metode var enkel. Han tapede en ske fast til enden af bordet, placerede en lille bid af klumpen, ikke større end et tændstikhoved, i skeen og varmede den op med en lighter. Når det begyndte at ryge af opiummen, holdt han et almindeligt glas over, som han samlede røgen op i. Så stak han et sugerør, helst et leddelt, op i glasset og inhalerede. Harry registrerede, at fingrene arbejdede uden antydningen af en rysten. I Hongkong havde han med jævne mellemrum tjekket sit afhængighedsniveau, han var sådan set den mest disciplinerede rusmisbruger, han kendte. Han kunne på forhånd dosere alkohol til sig selv og stoppe der, uanset hvor meget på skideren han var. I Hongkong havde han holdt sig fra opium i en uge eller fjorten dage, bare taget et par stærke paralgin, som ikke kunne standse abstinenssymptomerne, men som muligvis havde en psykologisk virkning, eftersom han vidste, at de indeholdt en anelse morfin. Han var ikke hooked. På rusmidler generelt, okay, men næppe på opium specielt. Men det er klart: Det er en glidende skala. For allerede mens han tapede teskeen fast, kunne han mærke, at hundene faldt til ro. For nu vidste de besked. De vidste, at de snart ville få noget.

Og kunne holde fred. Til næste gang.

Den glohede lighter sved allerede Harrys fingre. På bordet lå sugerørene fra McDonald's.

Et minut senere havde han taget det første hiv.

Virkningen var umiddelbar. Smerterne, selv dem han ikke havde vidst, han havde, forsvandt. Associationerne, billederne kom. Han ville sove i nat.

Bjørn Holm kom ikke til at sove.

Han havde prøvet at læse i Escotts' 'Hank Williams: The Biography', om countrylegendens korte liv og lange død, at lytte til en Lucinda Williams bootleg-cd fra en koncert i Austin og at tælle Texas Longhorn-kvæg, men ingenting hjalp.

Et dilemma. Det var lige det, det var. Et problem uden noget helt rigtigt svar. Kriminaltekniker Holm hadede den type problemer.

Han krøb sammen på den lidt for korte sovesofa, som havde været med på flyttelæsset fra Skreia sammen med vinylpladesamlingen med Elvis, Sex Pistols, Jason & The Scorchers, tre håndsyede jakkesæt fra

Nashville, en amerikansk bibel og et spisemøblement, som havde overlevet tre generationer Holm. Men han kunne ikke koncentrere sig.

Dilemmaet var, at han havde gjort en interessant opdagelse, da de havde undersøgt det tov, som Marit Olsen var blevet hængt – eller rettere sagt – gjort hovedløs i. Det var ikke et spor, som nødvendigvis ville føre til noget som helst, men dilemmaet var alligevel det samme: Var det mest korrekt at give oplysningen videre til Kripos eller til Harry? Bjørn Holm havde opdaget de bittesmå skæl på tovet på et tidspunkt, hvor han stadig arbejdede for Kripos. Det samme var tilfældet, da han havde snakket med en ferskvandsbiolog på Biologisk Institut, UiO. Men så havde Beate Lønn jo overført ham til Harrys afdeling, før rapporten var skrevet, så når han i morgen skulle sætte sig ved pc'en og skrive, skulle han jo rapportere til Harry.

Okay, så var det teknisk set måske ikke noget dilemma. Informationen tilhørte Kripos. At give den til andre ville blive betragtet som tjenesteforsømmelse. Og hvad skyldte han egentlig Harry Hole? Han havde aldrig skaffet ham andet end problemer. Han var sær og hensynsløs i sit arbejde. Direkte livsfarlig, når han drak. Men helt fin, når han var ædru. Man kunne stole på, at han stillede op og det uden fagter og 'you owe me'. En ubehagelig fjende, men en god ven. En god mand. En forbandet god mand. Lidt Hank, faktisk.

Bjørn Holm stønnede og vendte sig ind mod væggen.

Stine vågnede med et ryk.

Det murrede og malede i mørket. Hun vendte sig om på siden. Loftet var svagt oplyst, og lyset kom fra gulvet ved siden af sengen. Hvad var klokken? Tre om natten? Hun strakte sig og fik fat i mobiltelefonen.

"Ja?" sagde hun med en stemme, som hun gjorde mere søvndrukken, end hun følte sig.

"Efter deltaområdet var jeg træt af slanger og myg, og jeg og min motorcykel tog nordpå langs Burma-kysten til Arakan."

Hun genkendte hans stemme med det samme.

"Til Sai Chung-øen," sagde han. "Det er en aktiv muddervulkan, som jeg hørte var ved at eksplodere. Og den tredje nat jeg var der, kom udbruddet. Jeg troede, der bare ville komme mudder, men tror du ikke, den spyede god, gammeldags lava også? Tyk lava, der løb så langsomt gennem landsbyen, at vi kunne gå fra den i ro og mag."

"Det er midt om natten," gabte hun.

"Alligevel lod den sig ikke stoppe. De kalder det vist kold lava, når den er så sej, men den brændte alt op, som kom i vejen for den. Træer med friske, grønne blade lignede juletræer i fire sekunder, før de blev til aske og var væk. Burmeserne prøvede at flygte i biler læsset med de ejendele, de havde skyndt sig at få med, men de havde pakket for længe, lavaen kom jo så langsomt! Da de kom ud med fjernsynet, stod lavaen allerede ved deres hus. De kastede sig ind i bilen, men varmen fik dækkene til at punktere. Så blev benzinen antændt, og så løb de ud af bilerne som levende fakler. Kan du huske, hvad jeg hedder?"

"Hør nu her, Elias ..."

"Jeg sagde jo, at du ville huske det."

"Jeg er nødt til at sove. Jeg skal i skole i morgen."

"Sådan et udbrud er jeg, Stine. Jeg er kold lava. Jeg løber langsomt, men jeg er ikke til at stoppe. Jeg når dig, hvor du end er."

Hun prøvede at huske, om hun havde fortalt ham sit navn. Og rettede automatisk blikket mod vinduet. Det var åbent. Udenfor susede vinden fredeligt, beroligende.

Hans stemme var lav, hviskende: "Jeg så en hund, som havde viklet sig ind i pigtråd, da den havde prøvet at flygte. Den lå lige, hvor lavaen ville komme. Men så drejede lavastrømmen til venstre. Det så ud, som om den ville rulle lige forbi den. En barmhjertig Gud, på en måde. Men lavaen ramte den alligevel. Halvdelen af hunden forsvandt bare, evaporerede. Før der gik ild i resten. Så var den også aske. Alt bliver til aske."

"Føj, nu lægger jeg på."

"Se udenfor. Se, jeg er allerede ved dit hus."

"Hold op!"

"Slap af, jeg laver bare sjov med dig." Han lo højt og skraldende ind i øret på hende.

Stine gøs. Han måtte være fuld. Eller gal. Eller begge dele.

"Sov godt, Stine. Vi ses snart."

Forbindelsen blev afbrudt. Stine stirrede på telefonen. Så slukkede hun helt for den og smed den ned i fodenden af sengen. Og bandede, fordi hun for længst havde indset det. At hun ikke ville få sovet mere i nat.

Kapitel 17

Fibre

Klokken var 06.58. Harry Hole, Kaja Solness og Bjørn Holm gik gennem tunnelen, en fire hundrede meter lang underjordisk gang, som forbandt Politihuset med Oslo Arresthus. Den blev af og til brugt til at fragte indsatte til Politihuset til afhøring, nogle gange til løbetræning om vinteren, og i de onde, gamle dage til højst uofficiel gennembankning af specielt genstridige fanger.

Vanddråber faldt ned fra loftet og ramte betonen med våde kys, som sendte ekkoer ind over den dunkelt oplyste korridor.

"Her," sagde Harry, da de var kommet hen for enden af korridoren.

"*Her*?" spurgte Bjørn Holm.

De måtte bøje hovederne for at komme under de trapper, som førte op til fængselscellerne. Harry drejede nøglen rundt i låsen og åbnede jerndøren. En lugt af opvarmet, indelukket fugtighed slog ud mod ham.

Han trykkede på lyskontakten. Blåt, koldt lys fra lysstofrør faldt på et firkantet betonlokale med gråblåt linoleum på gulvet og ingenting på væggene.

Lokalet var uden vinduer, uden radiatorer, uden nogen af de faciliteter, man forventer i et lokale, der skal fungere som kontor for tre mennesker.

Bortset fra borde med stole og hver sin pc. På gulvet stod en brunsveden kaffemaskine og en vanddunk.

"Kedlerne til centralvarmen for hele fængslet står i lokalet ved siden af," sagde Harry. "Det er derfor, der er så varmt her."

"Det er faktisk lidt hyggeligt," sagde Kaja og satte sig ved et af bordene.

"Ja, det minder ligesom lidt om helvede," sagde Holm, tog ruskindsjakken af og løsnede en skjorteknap. "Er der mobiltelefondækning her?"

"Lige akkurat," sagde Harry. "Og internetadgang. Vi har alt det, vi har brug for."

"Bortset fra kaffekopper," sagde Holm.

Harry rystede på hovedet. Op af frakkelommerne trak han tre hvide kopper, som han stillede på hver sit bord. Derefter tog han en pose kaffe op af inderlommen og gik hen til kaffemaskinen.

"Dem har du taget fra kantinen," sagde Bjørn og tog den kop, Harry havde sat foran ham. "Hank Williams?"

"Skrevet med tusch, så vær forsigtig," sagde Harry og rev kaffeposen op med tænderne.

"John Fante?" læste Kaja på sin kop. "Hvad har du selv?"

"Foreløbig ingenting," sagde Harry.

"Og hvorfor ikke?"

"Fordi der skal navnet stå på vores til enhver tid hovedmistænkte."

Ingen af de to andre sagde noget. Kaffemaskinen slubrede vand op.

"Jeg vil have tre teorier på bordet, før kaffen er færdig," sagde Harry.

De var godt i gang med den anden kop kaffe og sjette teori, da Harry afbrød seancen.

"Okay, det var opvarmning, bare for at få gang i hjernevindingerne."

Kaja havde netop lanceret idéen om, at drabene var seksuelt motiveret, at gerningsmanden var tidligere dømt for lignende forhold og vidste, at politiet havde hans dna, og derfor ikke spildte sin sæd på jorden, men onanerede i en pose eller lignende, før han forlod gerningsstedet, og at de derfor burde begynde at lede i strafferegisteret og snakke med folk i Sædelighedsafdelingen.

"Men tror du ikke, vi er inde på noget?" sagde hun.

"Jeg tror ikke noget," svarede Harry. "Jeg prøver at holde hjernen tom og modtagelig."

"Du må da tro noget?"

"Ja. Jeg tror, at de tre drab er udført af samme person eller personer. Og jeg tror, det er muligt at finde en sammenhæng, som igen kan lede os til et motiv, som igen – hvis vi er svineheldige – vil lede os til den eller de skyldige."

"Svineheldige? Du får det til at lyde, som om vi har ringe chancer her."

"Tja." Harry lænede sig tilbage i stolen med hænderne bag hovedet. "Der er skrevet flere hyldemeter faglitteratur om, hvad der karakteriserer seriemordere. På film tilkalder politiet en psykolog, som efter at have læst et par rapporter giver dem en profil, som uden undtagelse stemmer. Folk tror, at 'Henry – portræt af en seriemorder' er en generel beskrivelse. Men i virkeligheden er seriemordere desværre lige så forskellige som alle andre mennesker. Der er kun én ting, som adskiller dem fra alle andre kriminelle."

"Og det er?"

"De bliver ikke pågrebet."

Bjørn Holm lo, indså så, at det var upassende, og klappede i igen.

"Det er da ikke rigtigt?" sagde Kaja. "Hvad med ..."

"Du tænker på de sager, hvor man så et mønster og pågreb personen, der stod bag. Men tænk på alle de uopklarede drab, man stadig tror er enkeltsager, hvor man aldrig har opdaget nogen sammenhæng. Der er tusinder af dem."

Kaja kiggede hen på Bjørn, som nikkede meget sigende.

"Du tror på en sammenhæng?" sagde hun.

"Ja," sagde Harry. "Og den må vi finde uden at gå vejen omkring afhøringer, som kan afsløre os."

"Som er?"

"Da vi lavede trusselsbilleder i Overvågningstjenesten, gjorde vi ikke andet end at se efter mulige sammenhænge uden at snakke med en sjæl. Vi havde en NATO-bygget søgemaskine længe før, nogen havde hørt om Yahoo! og Google. Med den kunne vi snige os ind overalt og scanne praktisk talt alt, som havde en halv opkobling til internettet. Det er det, vi også må gøre." Han så på sit ur. "Og det er derfor, jeg om halvanden time sidder på et fly til Bergen. Og om tre timer snakker med en arbejdsledig kollega, som jeg håber kan hjælpe os. Så lad os blive færdige her. Kaja og jeg har snakket en del, Bjørn. Hvad har du?"

Det gav et sæt i Bjørn Holm, som om han var blevet vækket. "Jeg? Æh ... Ikke meget, er jeg bange for."

Harry gned sig forsigtigt over kæbebenet. "Noget har du."

"Niks. Hverken vi på Kriminalteknisk eller de taktiske efterforskere har så meget som en fluelort, hverken i Marit Olsen-sagen eller i nogen af de andre."

"To måneder," sagde Harry. "Kom nu."

"Jeg kan godt gentage det," sagde Bjørn Holm. "I to måneder har vi analyseret, gennemlyst og stirret os blinde på billeder, blodprøver, hårstrå, negle, you name it. Vi har gennemgået fireogtyve teorier om, hvordan og hvorfor han har stukket fireogtyve huller i munden på de to første ofre, sådan at alle stik peger ind mod det samme centrerede punkt. Uden noget svar. Marit Olsen havde også sår i munden, men de var blevet påført med kniv og var vilkårlige, voldsomme. Kort sagt: *Nada*."

"Hvad med de småsten, som blev fundet i kælderlokalet, der hvor Borgny blev fundet?"

"Er analyseret. Meget jern og magnesium, lidt aluminium og silikat. Såkaldt basalt-bjergart. Porøs og sort. Blev du klogere af det?"

"Både Borgny og Charlotte havde jern og coltan på indersiden af fortænderne. Hvad betyder det?"

"At de blev dræbt med den samme forbandede indretning, men det bringer os ikke nærmere på, *hvad* det var."

Pause.

Harry rømmede sig. "Okay, Bjørn, kom så med det."

"Hvad?"

"Det, jeg har set, du har grublet over, lige siden vi kom."

Kriminalteknikeren kløede sig i kindskægget, mens han så på Harry. Rømmede sig en gang. Og en gang til. Kiggede hen på Kaja som for at søge hjælp der. Åbnede munden, lukkede den igen.

"Fint," sagde Harry. "Så går vi over til ..."

"Det drejer sig om tovet."

De to andre så på Bjørn.

"Jeg fandt skæl på det."

"Ja?" sagde Harry.

"Men ikke noget salt."

De så stadig på ham.

"Det er ret usædvanligt," fortsatte Bjørn. "Med skæl. I ferskvand."

"Så meget, at ...?"

"Så meget, at jeg tjekkede det med en ferskvandsbiolog. Den her musling kaldes en jyllandsmusling. Det er den mindste af dammuslingerne, og den er kun observeret i to farvande i Norge."

"Og de nominerede er?"

"Øyeren og Lyseren."

"Østfold," sagde Kaja. "Nabosøer. Store."

"I et tæt befolket amt," sagde Harry.

"Sorry," sagde Holm.

"Hm. Er der nogen mærker på tovet, som fortæller, hvor det kan være købt?"

"Nej, det er netop det," sagde Holm. "Det har ingen mærker. Og det ligner ikke noget tov, jeg har set. Fibrene er kun organiske, der er ikke noget nylon eller andre kunststoffer."

"Hamp," sagde Harry.

"Hvad?" sagde Holm.

"Hamp. Tov og hash bliver lavet af det samme materiale. Hvis du har lyst til et hvæs, kan du bare stikke ned til havnen og fyre lidt fortøjningstrosse til Danmarksfærgen."

"Ikke hamp," sagde Bjørn Holm over Kajas latter, "fibrene er elm og lind. Mest elm."

"Hjemmelavet norsk tov," sagde Kaja. "Det var sådan, de lavede tov på gårdene før i tiden."

"På gårdene?" sagde Harry.

Kaja nikkede. "Hver bygd havde som regel mindst én rebslager. Man lægger bare træstokkene i blød i vand i en måneds tid, flækker barken af og bruger basten indenunder. Og snor det til tovværk."

Harry og Bjørn drejede deres kontorstol om mod Kajas.

"Hvad er der?" spurgte hun usikkert.

"Sig mig," sagde Harry. "Er det her almenviden, som alle burde besidde?"

"Nå, sådan," sagde Kaja. "Min bedstefar lavede reb."

"Aha. Og til rebslagning bruger man elm og lind?"

"I princippet kan man bruge bastfibrene fra alle mulige træsorter."

"Og blandingsforholdet?"

Kaja trak på skuldrene. "Jeg er ikke specialist, men jeg tror, det er usædvanligt at bruge bast fra flere træsorter i samme tov. Jeg kan huske, at Even, min storebror, sagde, at bedstefar kun brugte lind, fordi det suger meget lidt vand. Så behøvede han ikke at tjære sine reb."

"Javel. Hvad tror du, Bjørn?"

"Hvis blandingstov er usædvanlige, bliver det naturligvis lettere at spore produktionsstedet."

Harry rejste sig og begyndte at gå frem og tilbage. Det sukkede tungt, hver gang gummisålerne slap linoleumsgulvet. "Så vi kan gå ud fra, at produktionen var begrænset, og salget lokalt. Synes du, det lyder rimeligt, Kaja?"

"Ja, som udgangspunkt."

"Og vi kan også gå ud fra, at produktionssted og brugssted var i nærheden af hinanden. De her hjemmelavede reb rejste næppe langt."

"Det lyder stadig rimeligt nok, men ..."

"Så lad os bruge det udgangspunkt som vores eget udgangspunkt. I begynder at kortlægge lokale tovproducenter i nærheden af Lyseren og Øyeren."

"Men der er ingen, der laver den slags tov længere," protesterede Kaja.

"Gør det, så godt I kan," sagde Harry, så på uret, greb frakken fra stoleryggen og gik hen imod døren. "Find ud af, hvor det tov er lavet. Jeg går ud fra, at Bellman ikke kender til de her jyllandsmuslinger. Eller hvad, Bjørn?"

Bjørn Holm pressede et smil frem som svar.

"Er det i orden, at jeg følger op på den teori om seksualdrab?" spurgte Kaja. "Jeg kan snakke med nogen, jeg kender i Sædelighedsafdelingen."

"Negativ," sagde Harry. "Det generelle hold-kæft-påbud om, hvad vi arbejder med gælder specielt over for vores kære kolleger i Politihuset. Der ser ud til at være en lækage mellem huset og Kripos, så den eneste, vi snakker med her, er Gunnar Hagen."

Kaja havde åbnet munden, men et blik fra Bjørn fik hende til at lukke den igen.

"Men det, du *kan* gøre," sagde Harry, "er at få fat i en ekspert i vulkaner. Og sende ham analyseresultaterne på de der småsten."

Bjørns blonde øjenbryn blev løftet et godt stykke op i panden.

"Porøs, sort sten, basalt-bjergart," sagde Harry. "Jeg tipper på lava. Jeg er tilbage fra Bergen ved firetiden."

"Hils politistationen i Bææ-rgen," brægede Bjørn og løftede kaffekoppen.

"Jeg skal ikke på politistationen," sagde Harry.

"Nå? Hvor så?"

"Sandviken Sykehus."

"Sand..."

Døren smækkede i efter Harry. Kaja så på Bjørn Holm, som med et måbende ansigtsudtryk stirrede på den lukkede dør.

"Hvad skal han der?" spurgte hun. "Snakke med en retsmediciner?"

Bjørn rystede på hovedet. "Sandviken Sykehus er et sindssygehospital."

"Nå? Så skal han vel møde en psykolog med seriemord som speciale eller noget i den stil?"

"Jeg vidste, at jeg skulle have sagt nej," hviskede Bjørn, stadig med blikket på døren. "Han er skingrende skør."

"Hvem er skør?"

"Vi arbejder i et fængsel," sagde Bjørn. "Vi risikerer vores job, hvis cheferne finder ud af, hvad vi foretager os, og den kollega i Bergen ..."

"Ja?"

"Hun er rigtig sindssyg."

"Du mener, at hun er ...?"

"Tvangsindlagt-på-lukket-afdeling-gal."

Kapitel 18

Patienten

For hvert skridt, den høje politimand tog, måtte Kjersti Rødsmoen tage to. Alligevel fulgte hun trop med ham gennem gangen på Sandviken Sykehus. Regnen silede ned uden for de høje, smalle vinduer, som vendte ned mod fjorden, hvor træerne stod så grønne, at man skulle tro, at foråret var kommet før vinteren.

Kjersti Rødsmoen havde genkendt politimandens stemme med det samme dagen før. Som om hun bare havde ventet på, at han skulle ringe. Og bede om præcis det, han bad om: at få lov til at tale med Patienten. Patienten havde bibeholdt navnet Patienten for at give hende mest mulig anonymitet efter den snart et år gamle drabssag, hvor kvinden havde været indblandet som efterforsker, og prøvelserne havde sendt hende direkte tilbage, hvor hun kom fra: psykiatrisk afdeling. Hun var ganske vist kommet sig bemærkelsesværdigt hurtigt, var flyttet hjem igen, men pressen – som var hysterisk optaget af denne Snemand, selv om sagen for længst var blevet opklaret – havde ikke ladet hende være i fred. Og en aften for tre måneder siden havde Patienten ringet til Rødsmoen og bedt om lov til at komme tilbage.

"Så hun er i brugbar form?" sagde politimanden. "Medicineret?"

"Ja til det første," sagde Kjersti Rødsmoen. "Det andet er underlagt vores tavshedspligt." Sandheden var, at Patienten var så rask, at hverken medicin eller indlæggelse længere var påkrævet. Alligevel havde Rødsmoen været i tvivl om, hvorvidt hun burde lade ham besøge Patienten, for han havde været med i sagen om Snemanden og kunne få gamle ting op til overfladen. Kjersti Rødsmoen var i sin tid som psykiater kommet til at tro mere og mere på fortrængning, på at kapsle ting ind, på glemsel. Det var en underkendt retning inden for faget. På den anden side: Et møde med en person, som havde haft med lige netop den sag at gøre, kunne være en god afprøvning af, hvor robust Patienten var blevet.

"Du får en halv time," sagde Rødsmoen, før hun åbnede døren til dagligstuen. "Og husk, at sindet er sårbart."

Sidst Harry havde set Katrine Bratt, havde han ikke kunnet genkende hende. Den kønne kvinde i slutningen af tyverne med det mørke hår og gløden i huden og blikket var væk, og tilbage havde været en person, som havde fået ham til at tænke på en indtørret blomst: livløs, skrøbelig, falmet i farverne. Han havde haft en fornemmelse af, at han kunne komme til at knuse hendes hånd, hvis han klemte for hårdt.

Derfor var det en lettelse at se hende nu. Hun så ældre ud, eller måske var hun bare træt. Men gløden var tilbage i øjnene, da hun smilede og rejste sig.

"Harry H," sagde hun og gav ham et klem. "Hvordan går det?"

"Medium plus," sagde Harry. "Hvad med dig?"

"Ad helvede til," sagde hun. "Men meget bedre."

Hun lo, og Harry vidste, at hun var tilbage. At nok af hende var tilbage.

"Hvad er der sket med din kæbe? Gør det ondt?"

"Kun når jeg snakker og spiser," sagde Harry. "Og når jeg vågner."

"Det lyder bekendt. Du er grimmere, end jeg husker dig, men jeg er glad for at se dig alligevel."

"I lige måde."

"Du mener i lige måde, men stryg det med grimmere?"

Harry smilede. "Selvfølgelig." Han så sig omkring. De andre patienter i dagligstuen sad og stirrede ud ad vinduet, ned i skødet eller direkte ind i væggen. Men ingen virkede interesseret i ham og Katrine.

Harry fortalte om, hvad der var sket siden sidst. Om Rakel og Oleg, som var rejst til en ukendt adresse i udlandet. Om Hongkong. Om faderens sygdom. Om den sag, han havde påtaget sig. Hun lo oven i købet, da han sagde, at hun ikke måtte fortælle det til nogen.

"Hvad med dig?" sagde Harry.

"De vil egentlig have mig ud herfra. De mener, at jeg er rask og optager en plads. Men jeg kan godt lide at være her. Roomservicen stinker, men det er trygt. Jeg har tv og kan komme og gå, som jeg vil. Om en måned eller to flytter jeg måske hjem igen, hvem ved."

"Hvem ved?"

"Ingen. Galskaben kommer og går. Hvad vil du?"

"Hvad vil du have, at jeg skal ville?"

Hun så længe på ham, før hun svarede: "Bortset fra at jeg gerne vil have, at du skal have lyst til at kneppe mig, vil jeg gerne høre, at du har brug for mig."

"Og det er præcis det, jeg har."

"Lyst til at kneppe mig?"

"Brug for dig."

"Fandens også. Men okay. Hvad drejer det sig om?"

"Har I en pc her med netadgang?"

"Vi har en fælles pc i hobbyrummet, men den er ikke koblet til nettet. Den risiko vil de ikke løbe. Det eneste, den bliver brugt til, er at lægge kabale. Men jeg har min egen pc på mit værelse."

"Brug den, som I er fælles om." Harry stak hånden i lommen og skubbede det mobile modem hen over bordet. "Det her er et 'mobilt kontor', som de kaldte det i butikken. Du propper det bare ..."

"... ind i et af USB-stikkene," sagde Katrine, tog stikket og stak det i lommen. "Hvem betaler for abonnementet?"

"Det gør jeg. Det vil sige: Hagen."

"Jubi, så skal der surfes i aften. Er der nogen nye, hotte pornosider, jeg burde kende til?"

"Sandsynligvis." Harry skubbede en mappe hen over bordet. "Her har du rapporterne. Tre drab, tre navne. Jeg vil have dig til at gøre det samme som i sagen om Snemanden. Finde sammenhænge, vi har overset. Har du hørt om sagen?"

"Ja," sagde Katrine Bratt uden at se på mappen. "De var kvinder. Det er sammenhængen."

"Du læser aviser ..."

"Kun lidt. Hvorfor tror du, de er andet end tilfældige ofre?"

"Jeg tror ingenting, jeg leder."

"Men du ved ikke efter hvad?"

"Korrekt."

"Men du er sikker på, at Marit Olsens gerningsmand er den samme som de to andres? Drabsmetoden var helt anderledes, kan jeg forstå."

Harry smilede. Mest af Katrines forsøg på at skjule, at hun havde nærlæst detaljerne i aviserne. "Nej, Katrine, jeg er ikke sikker. Men jeg kan da høre, at du er nået til samme konklusion som mig."

"Selvfølgelig. Vi var jo tvillingesjæle, remember?"

Hun lo, og med ét var hun Katrine igen og ikke bare skelettet af den brillante, excentriske efterforsker, som han kun lige havde nået at blive bekendt med, før det hele var braset sammen. Harry mærkede til sin forbavselse en klump i halsen. Fordømte jetlag.

"Kan du hjælpe mig, tror du?"

"Med at finde noget, Kripos har brugt to måneder på ikke at finde? Med en udrangeret computer i et hobbyrum på et sindssygehospital? Jeg ved ikke engang, hvorfor du spørger mig. Der er folk i Politihuset, som er langt bedre til datasøgning end mig."

"Det ved jeg, men jeg har noget, de ikke har. Og heller ikke kan give dem. Passwordet til undergrunden."

Hun så uforstående på ham. Harry sikrede sig, at ingen var kommet inden for hørevidde.

"Da jeg arbejdede i Overvågningstjenesten i forbindelse med Rødhals-sagen, fik jeg adgang til de søgemaskiner, POT bruger til at spore terrorister med. De bruger de hemmelige bagdøre i internettet, som MILNET, det amerikanske militær, indlagde, før de frigav nettet til kommercielt brug gennem ARPANET i firserne. ARPANET blev, som du ved, til internettet, men bagdørene er der stadig. Søgemaskinerne bruger trojanske heste, som opdaterer passwords, koder og opgraderinger, når de først er kommet indenfor. Flybookinger, hotelreservationer, bomgennemkørsler, netbankoverførsler, de her maskiner ser alt."

"Jeg har hørt om de der søgemaskiner, men jeg troede ærligt talt ikke, at de fandtes," sagde Katrine.

"Det gør de. Etableret i 1984. Det orwellske mareridt come true. Og det bedste af det hele er, at mit password stadig er gyldigt. Jeg har tjekket det."

"Hvad skal du så med mig? Du kan jo gøre det selv."

"Det er kun POT, som må bruge systemet og som sagt kun i krisesituationer. Ligesom på Google kan din datasøgning spores tilbage til afsenderen. Hvis det bliver opdaget, at jeg eller nogen andre i Politihuset har været inde på søgemaskinerne, risikerer vi at blive retsforfulgt. Men hvis søgningen skulle spores tilbage, og man ender ved en fællesmaskine på et psykiatrisk hospital ..."

Katrine Bratt lo. Den anden latter, den onde heksevariant. "Jeg begynder at forstå det nu. Min fremmeste kvalifikation her er ikke den geniale efterforsker Katrine Bratt, men ..." Hun slog ud med hånden "... patienten Katrine Bratt. For som utilregnelig kan hun under ingen omstændigheder retsforfølges."

"Korrekt," sagde Harry med et smil. "Og at du er en af de få, jeg ved, jeg kan stole på holder kæft. Og hvis du ikke er genial, er du i hvert fald over gennemsnitligt snu."

"Du kan få tre nikotinplettede fingre op i dit stramme røvhul, kan du."

"Ingen må få at vide, hvad vi er i gang med. Men jeg lover dig, at vi er The Blues Brothers her."

"*On a mission from God*?"

"Jeg har skrevet passwordet på bagsiden af modemmet."

"Hvad får dig til at tro, at jeg kan finde ud af at bruge de søgemaskiner?"

"Det er næsten som at google. Selv jeg kunne, da jeg sad i POT." Han smilede skævt. "Maskinerne er trods alt beregnet på politifolk."

Hun sukkede dybt.

"Tak," sagde Harry.

"Jeg *sagde* ikke noget!"

"Hvornår tror du, at du kan have noget til mig?"

"Fanden tage dig!" Hun slog hånden ned i bordet. Harry så, at en plejer kiggede over mod dem. Harry fastholdt Katrines vilde blik. Ventede.

"Det ved jeg ikke," hviskede hun. "Jeg tror ikke, jeg skal sidde i hobbyrummet og bruge illegale søgemaskiner ved højlys dag, for at sige det på den måde."

Harry rejste sig. "Okay, jeg kontakter dig om tre dage."

"Har du ikke glemt noget?"

"Hvad?"

"At fortælle mig what's-in-it-for-me?"

"Tja," sagde Harry og knappede frakken. "Nu ved jeg jo, hvad du ønsker dig."

"Hvad jeg ønsk..." Vildreden i hendes ansigt gav plads til forbløffelse, da det dæmrede, og hun råbte efter Harry, som allerede var på vej hen imod døren: "Din frække fanden! Og indbildsk er du også!"

Harry satte sig ind i taxaen, sagde "lufthavnen", fiskede telefonen frem og så, at der var tre ubesvarede opkald fra det ene af de to numre, han havde på sin kontaktliste. Godt, det betød, at de havde noget.

Han ringede tilbage.

"Lyseren," sagde Kaja. "Der var et rebslageri der, som blev nedlagt for femten år siden. Lensmanden i Ytre Enebakk kan vise os stedet i eftermiddag. Han havde et par notorisk kriminelle i området, men det var småting, indbrud og biler. Plus en, som havde afsonet en straf for at banke konen. Men han sendte mig en liste, og jeg kører et tjek mod Strafferegisteret nu."

"Godt. Hent mig på Gardermoen, det er på vejen til Lyseren."

"Nej, det er ej."

"Du har ret. Hent mig alligevel."

Kapitel 19

Den hvide brud

Til trods for den lave fart krængede og duvede Bjørn Holms Volvo Amazon på den smalle vej, som snoede sig mellem og over de østfoldske jorder og marker.

Harry sad og sov på bagsædet.

"Så ingen seksualforbrydere omkring Lyseren," sagde Bjørn.

"Ingen som er blevet taget," korrigerede Kaja. "Så du ikke spørgeundersøgelsen i VG? En ud af tyve siger, at de har begået det, som må karakteriseres som overgreb."

"Svarer folk sandt på den slags spørgsmål? Hvis jeg var gået for langt med en dame, ville mit hoved sgu rationalisere det væk bagefter."

"Har du gjort det?"

"Mig?" Bjørn svingede ud og overhalede en traktor. "Niks. Jeg er en af de nitten. Ytre Enebakk. Hvad fanden er det nu, han hedder, ham komikeren i tv, som er herfra? Landsbyidioten med knust brilleglas og knallert? Na-na-na fra Ytre Enebakk. Hysterisk parodi."

Kaja trak på skuldrene. Bjørn kiggede i spejlet, men så bare direkte ind i Harrys åbne mund.

Lensmanden i Ytre Enebakk stod ved rensningsanlægget ved Vøyentangen og ventede på dem som aftalt. De parkerede, han præsenterede sig som Skai – noget som især Bjørn Holm syntes at sætte pris på – og de fulgte efter ham ned til en flydebro, hvor der lå en halv snes både og duvede i det stille vand.

"Det er tidligt at sætte båden i vandet," sagde Kaja.

"Der kom aldrig noget is i år, og det kommer heller ikke nu," sagde lensmanden. "Det er første gang, siden jeg blev født."

De trådte ned i en bred, fladbundet pram, Bjørn mere forsigtigt end de andre.

"Det er lavvandet her," sagde Kaja, mens lensmanden skubbede båden ud fra broen.

"Ja," sagde han, kiggede ned i vandet og startede motoren med et fast ryk i snoren. "Men rebslageriet ligger ovre på den dybe side. Der går en vej næsten helt dertil, men det er så stejlt på grunden, at den eneste måde at komme derover på er med båd." Han vippede håndtaget på siden af motoren fremad. En fugl af ubestemt art lettede fra et træ inde i nåleskoven og skreg advarende.

"Jeg hader søer," sagde Bjørn til Harry, som kun lige akkurat kunne høre sin kollega over den hakkende totaktspåhængsmotor. De gled gennem gråt eftermiddagslys i en rende i den to meter høje sivskov. Listede sig forbi en grenbunke, som Harry gik ud fra måtte være et bæverbo, og videre ud gennem en allé af mangroveagtige træer.

"Det her er en kanal," sagde Harry. "Ikke en sø."

"Det er det samme lort," sagde Bjørn og flyttede sig nærmere midten af toften. "Giv mig indland, komøg og fast fjeld under fødderne."

Kanalen udvidede sig, og der lå den foran dem: Lyseren. De tøffede forbi øer og holme med små, vinterforladte hytter med tilskoddede vinduer, der så ud, som om de stirrede på dem med vagtsomme blikke.

"Gerhardsen-hytter," sagde lensmanden. "Her slipper man for stresset nede ved guldkysten, hvor man skal konkurrere med naboen om den største båd og den flotteste tilbygning til hytten." Han spyttede i vandet.

"Hvad er det nu, han hedder, ham komikeren fra tv, som er fra Ytre Enebakk?" råbte Bjørn over motorens banken. "Knust brilleglas. Knallert."

Lensmanden så udtryksløst på Bjørn Holm og rystede langsomt på hovedet.

"Rebslageriet," sagde han.

Foran stævnen, inde på land, helt nede ved vandet, så Harry en gammel, aflang træbygning, som lå for sig selv under en stejl skråning og med tæt skov på begge sider. Ved siden af huset gik der skinner ned ad den stejle fjeldside og forsvandt i det sorte vand. Den røde maling skallede af væggene, som havde gabende åbninger som vinduer og dør. Harry kneb øjnene sammen. I det svindende lys så det ud, som om en hvidklædt person stod og stirrede på dem fra det ene vindue.

"Himmel, det er jo et rent spøgelseshus," lo Bjørn.

"Det siger de," sagde lensmand Skai og slukkede for motoren.

I den pludselige stilhed kunne de høre ekkoet af Bjørns latter fra den anden side og en fjern, ensom fårebjælde, som nåede dem hen over vandet.

Kaja tog imod, sprang i land med rebet og slog sejlervant et halvstik rundt om en rådden, algegrøn pæl, som stak op mellem åkanderne.

De steg ud af prammen og op på de kampesten, der udgjorde en bro. De trådte ind gennem døråbningen og kom ind i et aflangt, smalt og tomt lokale, som lugtede af tjære og urin. Det havde ikke været så let at se udefra, fordi bygningens ender forsvandt ind i den tætte skov, men mens lokalet kun var lidt over to meter højt, måtte det være over tres meter fra endevæg til endevæg.

"De stod i hver sin ende af bygningen og snoede tovet," forklarede Kaja, før Harry nåede at spørge.

I et hjørne lå tre tomme ølflasker og spor efter forsøg på at lave bål. På den modsatte væg, foran et par løse planker, hang et garn.

"Efter Simonsen var der ingen, som ville overtage stedet," sagde lensmanden og så sig rundt. "Det har stået tomt siden."

"Hvad er de skinner på siden af huset til?" spurgte Harry.

"To ting. Til at trække den båd, han hentede tømmeret med, ned og op. Og til at holde træstokkene under vand, når de skulle ligge i blød. Han surrede stokkene fast til den jernvogn, som sikkert står i bådeskuret deroppe. Så firede han vognen ned under vandet og trak den op igen efter nogle uger, når træet havde mørnet. En praktisk mand, ham Simonsen."

Det gav et sæt i dem alle sammen, da det pludselig bragede i skoven lige uden for væggen.

"Et får," sagde lensmanden. "Eller en hjort."

De fulgte efter ham op ad en smal trætrappe til andensalen. Et enormt langbord stod midt i lokalet. Begge de korridoragtige ender af lokalet forsvandt ind i mørket. Det blæste ind gennem vinduerne, som havde en bort af knust glas langs karmene, og vinden frembragte en lav fløjtelyd og fik kvindens mølædte brudeslør til at blafre. Hun var i halvfigur og så ud over indsøen. Under hovedet og torsoen kunne de se skelettet: et sort jernstativ på hjul.

"Simonsen brugte hende som fugleskræmsel," sagde Skai og nikkede hen imod ginen.

"Den er ret dyster," sagde Kaja, stillede sig ved siden af lensmanden og skuttede sig inde under jakken.

Han skottede til hende og smilede skævt: "Ungerne her omkring var meget bange for hende. De voksne sagde, at ved fuldmåne gik hun rundt i omegnen og jagtede den mand, som havde svigtet hende på bryllupsdagen. Og at man kunne høre de usmurte hjul, når hun kom. Jeg er nemlig opvokset ikke ret langt herfra, i Haga."

"Er du det?" sagde Kaja, og Harry skjulte et smil.

"Ja," sagde Skai. "Det her var for øvrigt det eneste kendte kvindemenneske i Simonsens liv. Han var lidt af en enspænder. Men lave tov, det kunne han."

Bag dem løftede Bjørn Holm en tovrulle ned, som hang på et søm.

"Sagde jeg, at du måtte røre noget?" sagde lensmanden uden at vende sig.

Bjørn skyndte sig at hænge tovet tilbage.

"Okay, chef," sagde Harry og sendte Skai et lille smil. "Må vi røre noget?"

Lensmanden så vurderende på Harry. "I har endnu ikke fortalt mig, hvad det er for en sag, den her."

"Det er fortroligt," sagde Harry. "Beklager. Økonomisk kriminalitet. Så ved du besked."

"Ja? Hvis du er den Harry Hole, jeg tror, du er, arbejdede du med drab."

"Nå ja," sagde Harry. "Men nu er det insiderhandel, skatteunddragelse og bedrageri. Man rykker jo fremad her i livet."

Lensmand Skai kneb det ene øje i. En fugl skreg igen.

"Du har selvfølgelig ret, Skai," sagde Kaja og sukkede. "Men det er mig, som skal have besværet med at få en ransagningskendelse fra politiadvokaten. Som du ved, er vi underbemandet, og det ville spare mig for en masse tid, hvis bare vi kunne ..." Hun smilede med sine små, spidse tænder og nikkede hen imod tovrullen.

Skai så på hende. Vippede et par gange frem og tilbage på gummistøvlehælene. Så nikkede han.

"Jeg venter i båden," sagde han.

Bjørn gik straks i gang. Han lagde tovrullen på langbordet, åbnede den lille rygsæk, han havde med, tændte en lommelygte med en snor, som havde en fiskekrog i enden, og huggede krogen fast mellem to planker i loftet. Han tog sin bærbare pc frem samt et bærbart mikroskop af form og størrelse som en hammer, satte det til USB-udgangen på den bærbare, tjekkede, at mikroskopet viste billeder på skærmen, og hentede så et stillfoto, han havde overført til pc'en, før de tog af sted.

Harry stillede sig ved siden af bruden og kiggede ned på indsøen. I prammen glødede en cigaret. Han så på skinnerne, som forsvandt ned i vandet. Den dybe ende. Harry havde aldrig brudt sig om at bade i ferskvand, især ikke efter den gang han og Øystein havde pjækket fra skole og var taget til Hauktjern i Østmarka og sprunget ud fra Djævleklippen, som man påstod var tolv meter høj. Og Harry havde – lige før han havde ramt vandoverfladen – set en hugorm glide gennem vandet under sig, før han selv blev opslugt af det glasgrønne, iskolde mørke og i panik havde slugt halvdelen af søen og var sikker på, at han aldrig skulle se dagslys og trække vejret igen.

Harry mærkede den duft, som fortalte, at Kaja stod lige bag ved ham.

"Bingo," hørte han Bjørn Holm sige lavmælt bag sig.

Harry vendte sig om: "Samme type tov?"

"Ingen tvivl," sagde Bjørn, mens han holdt hammermikroskopet mod enden af tovet og trykkede for at få højopløsningsbilleder. "Lind og elm. Samme tykkelse og længde på fibrene. Men det, der kvalificerer til bingo her, er den friske snitflade i tovets ende."

"Hvad?"

Bjørn Holm pegede på skærmen. "Billedet til venstre viser snitfladen på tovet i Frognerbadet, forstørret femogtyve gange. Og på tovet her har jeg et perfekt ..."

Harry lukkede øjnene for bedre at nyde det ord, han vidste ville komme:

"... match."

Han holdt øjnene lukket. Det tov, Marit Olsen var blevet hængt i, var ikke bare blevet lavet herinde, det var skåret fra det tov, de havde foran sig. Og det var et friskt snit. Han havde stået der, hvor de stod, for ikke længe siden. Harry snusede ud i luften.

Et altopslugende mørke var faldet på. Harry kunne lige akkurat ane noget hvidt i vinduesåbningen, da de tog af sted.

Kaja sad sammen med Harry foran i prammen. Hun måtte læne sig helt ind mod ham, for at han kunne høre hende over motorens banken:

"Den person, som har hentet tovet derude, må være lokalkendt. Og der kan ikke være mange led mellem den person og drabsmanden ..."

"Jeg tror slet ikke, at der er nogen led," sagde Harry. "Snittet var friskt. Og der er ikke så mange grunde til, at tov skal skifte hænder."

"En lokalkendt, som bor i nærheden eller har hytte her," tænkte Kaja højt. "Eller som er vokset op her."

"Men hvorfor tage helt ud til det nedlagte rebslageri for at skaffe nogle meter tov?" spurgte Harry. "Hvor meget koster et langt tov i butikken? Et par hundrede?"

"Måske var han tilfældigvis i nærheden og vidste, at der var tov der."

"Okay, men 'i nærheden' vil sige, at han må have boet i en af de nærmeste hytter. For alle andre er det en sej bådtur ud til rebslageriet. Laver du ..."

"Ja, jeg laver en liste over de nærmeste naboer. Jeg fik for resten også fat på den vulkanekspert, du bad om. En nørd oppe på Geologisk Institut. Felix Røst. Han tager vist nok på volcano-spotting. Folk der rejser verden rundt og ser på vulkaner og udbrud og den slags."

"Snakkede du med ham?"

"Kun med søsteren, som bor hos ham. Hun bad mig sende en mail eller en sms, for han kommunikerer ikke på anden måde, sagde hun. Han var desuden ude og spille skak. Jeg sendte stenene og mine data over til ham."

De sneglede sig ind gennem den lavvandede kanal mod flydebroen. Bjørn holdt en lommelygte, der fungerede som lanterne og vejviser i den lette tåge, som drev hen over vandfladen. Lensmanden slukkede for motoren.

"Se!" hviskede Kaja og lænede sig endnu tættere ind mod Harry. Han kunne mærke duften af hende, da han fulgte hendes pegefinger. I sivene bag flydebroen gled en stor, kridhvid og ensom svane ud af tågesløret og ind i lyskeglen fra lommelygten.

"Er det ikke bare ... smukt," hviskede hun henført, lo og gav hans hånd et hurtigt klem.

Skai fulgte dem op til rensningsanlægget. De havde sat sig ind i Amazonen og skulle til at køre, da Bjørn febrilsk rullede vinduet ned og råbte efter lensmanden: "FRITJOF!"

Skai stoppede op og vendte sig langsomt om. Lyset fra toppen af en lygtepæl faldt ned over hans tunge, udtryksløse ansigt.

"Ham komikeren fra tv," råbte Bjørn. "Fritjof fra Ytre Enebakk."

"*Ytre* Enebakk?" sagde Skai og spyttede. "Aldrig hørt om ham."

Da Amazonen femogtyve minutter senere svingede ind på hovedvejen ved forbrændingsanstalten på Grønmo, havde Harry taget en beslutning.

"Vi er nødt til at lække den her oplysning til Kripos," sagde han.

"Hvad?" sagde Bjørn og Kaja i kor.

"Jeg snakker med Beate, så rapporterer hun videre, så det ser ud, som om det er hendes folk i Kriminalteknisk Afdeling, der har fundet ud det med tovet og ikke os."

"Hvorfor?" sagde Kaja.

"Hvis drabsmanden bor i området omkring Lyseren, skal der foretages en hus til hus-undersøgelse. Det har vi hverken mulighed for eller mandskab til."

Bjørn Holm slog i rattet.

"Jeg ved det godt," sagde Harry. "Men det vigtigste er, at han bliver taget, ikke hvem der pågriber ham."

De kørte videre i tavshed med den falske klang af ordene hængende i luften.

Kapitel 20

Øystein

Der var blevet lukket for strømmen i lejligheden. Harry blev stående i mørke ude i gangen og slog lyskontakten fra og til et par gange. Gjorde det samme i stuen.

Så satte han sig i øreklapstolen og stirrede ud i mørket.

Da han havde siddet der et stykke tid, ringede mobiltelefonen.

"Hole."

"Felix Røst."

"Ja?" spurgte Harry, eftersom stemmen lød, som om den tilhørte en væver, lille kvinde.

"Frida Larsen, hans søster. Han bad mig ringe og sige, at de sten, I har fundet, er mafisk, basaltisk lava. Okay?"

"Vent! Hvad betyder det? Mafisk?"

"At det er varm lava, over tusind grader, med lav viskositet, som gør, at den er tyndtflydende og spreder sig langt ved udbrud."

"Kan den komme fra Oslo?"

"Nej."

"Hvorfor ikke? Oslo ligger på lava."

"Gammel lava. Den her lava er frisk."

"Hvor frisk?"

Han hørte hende lægge hånden over røret og snakke med nogen. Eller *til* nogen, for han hørte ikke andre stemmer. Hun må alligevel have fået svar, for lige efter var hun tilbage:

"Han siger alt fra fem til halvtreds år. Men at hvis du tænker på at finde ud af, hvilken vulkan den kommer fra, har du noget af et job. Der er over femten hundrede aktive vulkaner i verden. Og det er bare dem, man kender til. Er der noget andet, I gerne vil vide, kan Felix kontaktes via mail. Din assistent har adressen."

"Jamen ..."

Hun havde allerede lagt på.

Han overvejede at ringe tilbage, men ombestemte sig og tastede et andet nummer.

"Oslo Taxi."

"Hej, Øystein, det er Harry H."

"Det er din spøg, Harry H er død."

"Ikke helt."

"Okay, så er det mig, der er død."

"Har du lyst til at køre mig fra Sofies Gate op til vores barndomshjem?"

"Nej, men jeg gør det jo alligevel. Jeg skal bare lige være færdig med den her tur." Øystein lo og hostede. "Harry H! Hold kæft, mand ... Jeg ringer, når jeg er fremme."

Harry lagde på, gik ind i soveværelset, pakkede en taske i lyset fra gadelygten uden for vinduet og hentede et par cd'er fra stuen i lyset fra mobiltelefondisplayet. Cigaretkartonen, håndjern, tjenesterevolveren.

Han satte sig i øreklapstolen og udnyttede mørket til at repetere revolverøvelsen. Startede stopuret på armbåndsuret, svingede tromlen ud på sin Smith & Wesson, tømte den og ladede. Fire patroner ud, fire ind, uden hurtiglader, bare hurtige fingre. Tromlen på plads, så den første patron lå først. Stop. Ni seksogtres. Næsten tre sekunder over hans personlige rekord. Han åbnede cylinderen. Han havde kikset. Det første kammer, som lå klar til affyring, var et af de to tomme. Han var død. Han gentog øvelsen. Ni halvtreds. Og død igen. Da Øystein ringede efter tyve minutter, var han nede på otte sekunder og var død seks gange.

"Kommer," sagde Harry.

Han gik ud i køkkenet. Kiggede på skabslågen under vasken. Tøvede. Så tog han billederne af Rakel og Oleg og stak dem i inderlommen.

"Hongkong?" snøftede Øystein Eikeland. Han vendte sit alkoholopsvulmede ansigt med den brutale næse og det triste overskæg om mod Harry på sædet ved siden af. "Hva' faen skulle du der?"

"Du kender mig," sagde Harry, mens Øystein stoppede for rødt uden for SAS Radisson-hotellet.

"Gu fanden gør jeg da ej," sagde Øystein og strøede rulletobak i papiret. "Hvordan skulle jeg gøre det?"

"Tja, vi voksede jo op sammen. Kan du huske det?"

"Og hvad så? Du var et skide mysterium allerede dengang, Harry."

Bagdøren blev flået op, og en mand i frakkesæt satte sig ind: "Flytoget, Byporten. Hurtigt."

"Optaget," sagde Øystein uden at vende sig om.

"Vrøvl, der er jo lys i dit skilt."

"Hongkong lyder fedt. Hvorfor kom du egentlig hjem?"

"Undskyld," sagde manden på bagsædet.

Øystein stak cigaretten ind mellem læberne og tændte den. "Træsko ringede og inviterede mig til venneparty i aften."

"Træsko har ingen venner," sagde Harry.

"Nej, vel? Så jeg spurgte ham: "Hvem er dine venner?" "Dig", sagde han og spurgte: "Og hvem er dine, Øystein?" "Dig," svarede jeg. Så det er os to. Vi havde simpelthen glemt dig, Harry. Sådan går det, når du rejser til ..." Han formede munden til en tragt og udtalte med staccato stemme: "Hongkong!"

"Hallo!" lød det fra bagsædet. "Hvis I er færdige, kan vi måske ..."

Lyset skiftede til grønt, og Øystein gav bilen gas.

"Kommer du? Det er hjemme ved Træsko."

"Der stinker sådan af sure tæer, Øystein."

"Han har køleskabet fyldt op."

"Sorry, jeg er ikke i partyhumør."

"Partyhumør?" snøftede Øystein og slog håndfladen i rattet. "Du ved ikke, hvad partyhumør er, Harry. Du kom jo aldrig til festerne. Har du glemt det? Vi havde købt øl og skulle ud på en eller anden fancy adresse i Nordstrand med en masse damer. Og så foreslog du, at du og jeg og Træsko hellere skulle tage op til bunkerne og drikke for os selv."

"Hov, det her er ikke vejen til flytoget!" lød det klagende fra bagsædet.

Øystein bremsede for rødt igen, kastede sit skulderlange, pjuskede hår til siden og henvendte sig til bagsædet: "Og der endte vi så. Og blev tæskestive, og ham der begyndte at synge 'No Surrender', indtil Træsko begyndte at smide tomme flasker efter ham."

"Hør nu her!" klynkede manden og bankede med pegefingeren på glasset af et Tag Heur-ur. "Jeg *skal* bare nå det sidste fly til Stockholm."

"Der var fint ved de bunkere," sagde Harry. "Byens bedste udsigt."

"Ja," sagde Øystein. "Hvis de allierede havde prøvet lykken, ville tyskerne have skudt dem i småstykker."

"Nemlig," grinede Harry.

"Vi havde et stående løfte, ham der og mig og Træsko, må du forstå," sagde Øystein, men jakkesættet var nu desperat optaget af at spejde ud i regnen efter ledige hyrevogne. "At hvis de skide allierede kom, så skulle vi fanden ta' os nok skyde kødet af skeletterne på dem. Sådan!" Øystein rettede et imaginært maskingevær mod jakkesættet og fyrede løs. Manden stirrede skrækslagen på den gale taxachauffør, der lavede ta-ta-ta-lyde, så små, skumhvide spytdråber landede på de mørke, nypressede bukser. Med et lille gisp fik han bildøren op og tumlede ud i regnen.

Øystein lo råt og hjerteligt.

"Du længtes hjem," sagde Øystein. "Du ville danse med Killer Queen på Ekebergrestauranten igen."

Harry lo og rystede på hovedet. I sidespejlet så han, at manden stormede planløst i retning mod Nationaltheatret. "Det er min far. Han er syg. Han har ikke langt igen."

"Åh, for fanden." Øystein trådte på speederen igen. "Han er en god mand."

"Tak. Jeg tænkte, at du gerne ville vide det."

"Ja, for helvede. Jeg fortæller det til de gamle."

"Så er vi her," sagde Øystein, da de holdt foran garagen og den lille, gule trævilla i Oppsal.

"Det er vi," sagde Harry.

Øystein inhalerede så hårdt, at det så ud, som om der ville gå ild i cigaretten, holdt røgen nede i lungerne og slap den ud igen med et langt, gurglende hvæs. Så lagde han hovedet lidt på skrå og slog asken af i askebægeret. Harry mærkede et vemodigt stik i hjertet. Hvor mange gange havde han ikke set Øystein gøre det præcis på den måde, set ham læne sig til siden, som om cigaretten var så tung, at han ellers ville miste balancen. Hovedet på skrå. Aske ned på jorden i et rygeskur henne på skolen, ned i en tom ølflaske ved en fest, de havde gatecrashet, ned på kold, rå bunkerbeton.

"Livet er sgu ikke retfærdigt," sagde Øystein. "Din far var fornuftig, gik søndagsture og arbejdede som lektor. Mens min far drak, arbejdede på Kadok-fabrikken, hvor alle fik astma og mærkelige udslæt, og rørte sig ikke en millimeter, når han først havde fundet sofaen derhjemme. Og fyren er frisk som en skide fisk."

Harry kunne godt huske Kadok-fabrikken. Kodak bagfra. Ejeren, som var fra Sunnmøre, havde nemlig læst, at Eastman havde kaldt deres kamerafabrik Kodak, fordi det var et navn, som kunne huskes og udtales i hele verden. Men Kadok var glemt og nedlagt for mange år siden.

"Alting forsvinder," sagde Harry.

Øystein nikkede, som om han havde fulgt hans tankebane. "Du må ringe, hvis der er noget, Harry."

"Ja."

Harry ventede, indtil han hørte taxaens hjul knase mod gruset og forsvinde bag sig, før han låste op og trådte indenfor. Han tændte lyset og blev stående, mens døren smækkede bag ham. Lugten, stilheden, lyset som faldt på garderobeskabet, alt talte til ham, det var som at sænke sig ned i et bassin af minder. De omsluttede ham, varmede ham, fik halsen til at snøre sig sammen. Han tog frakken af og sparkede skoene af sig. Så begyndte han at gå. Fra stue til stue. Fra år til år. Fra mor og far til Søs, og til sidst til sig selv. Drengeværelset. Plakaten med Clash, den med guitaren som var ved at blive hamret ned i jorden. Han lagde sig på sengen og indsnusede lugten fra madrassen. Og så kom tårerne.

Kapitel 21

Snehvide

Klokken var to minutter i otte om aftenen, da Mikael Bellman gik op ad Karl Johan, en af verdens mere beskedne paradegader. Han befandt sig midt i kongeriget Norge, på selve krydset i aksen. Til venstre lå Universitetet og videnskaben, til højre Nationaltheatret og kulturen. Bag ham, i Slottsparken, tronede kongeslottet. Og lige foran ham: magten. Tre hundrede skridt senere, præcis klokken tyve, gik han op ad stentrappen til Stortingets hovedindgang. Bygningen var som det meste i Oslo ikke specielt stor eller imponerende. Og kun nødtørftigt beskyttet. Det eneste, man kunne se af security, var to granitløver, som stod på hver sin side af den forhøjning, der førte op til indgangen.

Bellman gik op til døren, som åbnede sig lydløst, før han nåede at skubbe til den. Han kom ind i receptionen og blev stående for at se sig rundt. En sikkerhedsvagt dukkede op foran ham og nikkede venligt, men bestemt hen imod en gennemlysningsmaskine af mærket Gilardoni. Ti sekunder senere havde den afsløret, at Mikael Bellman ikke var bevæbnet, havde metal i bæltet, men det var også alt.

Rasmus Olsen stod lænet op ad receptionsskranken og ventede på ham. Marit Olsens tynde enkemand gav ham hånden og gik foran, mens han som på autopilot skruede guidestemmen på:

"Stortinget, tre hundrede og firs ansatte, et hundrede og niogtres repræsentanter. Bygget i 1866, tegnet af Emil Victor Langlet. Svensk, i øvrigt. Det her er Trappehallen. Stenmosaikken hedder 'Samfunn', Else Hagen, 1950. Kongeportrættet er malet ..."

De kom op i Vandrehallen, som Mikael genkendte fra tv. Et par ansigter, ingen han kendte, hastede forbi. Rasmus forklarede ham, at der netop havde været et komitémøde, men Bellman hørte ikke efter. Han tænkte bare, at det her var magtens korridorer. Han var skuffet. Vel var det i guld og rødt, men hvor var det storladne, det officielle, det som skulle indgyde ærefrygt for dem, som bestemte? Denne fordømte, smålige nøgternhed. Det var en skavank, som det her lille og indtil for nylig så fattige demokrati i Nordeuropa ikke kunne skille sig af med. Alligevel var han kommet tilbage. Selv om det ikke var lykkedes ham at nå til tops der, hvor han først havde prøvet, blandt ulvene i Europol, skulle det i hvert fald lykkes her, i konkurrence med dværge og undermålere.

"Hele det her lokale var Terbovens kontor under krigen. Ingen har så stort et kontor her i dag."

"Hvordan fungerede ægteskabet?"

"Undskyld?"

"Dig og Marit. Skændtes I?"

"Æh ... Nej." Rasmus Olsen så rystet ud, og han begyndte at gå hurtigere. Som for at komme væk fra politimanden eller i hvert fald komme uden for hørevidde for andre. Først da de sad bag Olsens lukkede kontordør i gruppesekretariatet, slap han rystende vejret. "Vi havde selvfølgelig vores ups and downs. Er du gift, Bellman?"

Mikael Bellman nikkede.

"Så forstår du sikkert, hvad jeg mener."

"Var hun utro?"

"Nej. Det tror jeg bestemt, at jeg kan udelukke."

Fordi hun var så fed? havde Bellman lyst til at spørge, men lod være. Han havde fået det, han var ude efter. Den tøvende reaktion, rykket i øjenkrogene, den næsten umærkelige sammentrækning af pupillen.

"Hvad med dig selv, Olsen, har du været utro?"

Samme reaktion. Plus en vis rødmen i panden under de høje tindinger. Svaret var kort og sammenbidt: "Nej, faktisk ikke."

Bellman lagde hovedet på skrå. Han havde ingen mistanke til Rasmus Olsen. Så hvorfor plage manden med den type spørgsmål? Svaret var lige så enkelt, som det var frustrerende. Fordi han ikke havde nogen andre at afhøre, ingen andre spor at forfølge. Han lod ganske enkelt sin frustration gå ud over staklen.

"Hvad med dig, kommissær?"

"Hvad med mig?" spurgte Bellman og kvalte en gaben.

"Er du utro?"

"Min kone er for smuk," smilede Bellman. "Desuden har vi to børn. Du og din kone var jo barnløse, og det indbyder jo til lidt mere ... sjov. Jeg har talt med en kilde, som siger, at du og din kone havde problemer for et stykke tid siden."

"Det er nabokonen, går jeg ud fra. Marit snakkede en del med hende. Det var et lille jalousi-intermezzo for et par måneder siden. Jeg havde rekrutteret en ung pige til partiet på et tillidsmandskursus. Det var sådan, jeg traf Marit, så hun ..."

Rasmus Olsens stemme gik pludselig i opløsning, og Bellman så, at tårerne var vældet op i hans øjne.

"Det var ingenting. Men Marit tog op i fjeldet et par dage for at tænke. Derefter var alt fint igen."

Bellmans telefon ringede. Han tog den frem, så navnet på displayet og svarede med et kort "ja". Og mærkede pulsen og raseriet stige, mens han lyttede til stemmen.

"Tov?" gentog han. "Lyseren? Det bliver ... Ytre Enebakk? Tak."

Han stak telefonen i frakkelommen. "Jeg er nødt til at gå, Olsen. Tak for din tid."

På vej ud standsede Bellman et øjeblik og så sig rundt i Terbovens, den tyske Reichkommissars kontor. Så gik han hurtigt videre.

Klokken var et om natten, og Harry sad i stuen og hørte Martha Wainwright synge om "... far away" og "... whatever remains is yet to be found".

Han var udmattet. Foran ham på sofabordet lå mobiltelefonen, lighteren og sølvpapiret med den brune klump indeni. Han havde ikke rørt den. Men han var nødt til snart at få noget søvn, at finde en rytme, få en pause. I hånden holdt han billedet af Rakel. Blå kjole. Han lukkede øjnene. Fornemmede duften af hende. Hørte stemmen. "Se!" Hendes hånd gav ham et hurtigt klem. Vandet omkring dem var sort og dybt, og hun flød, hvid, lydløst, vægtløs på vandoverfladen. Vinden løftede brudesløret og afslørede de kridhvide fjer indenunder. Hendes lange, slanke hals dannede et spørgsmålstegn. Hvor? Hun steg op på land, et sort jernskelet med hjul, der knirkede og klagede. Så gik hun ind i huset og forsvandt. Og kom til syne igen på andensalen. Hun havde en løkke om halsen, og ved sin side en mand i sort jakkesæt med en hvid blomst i reversen. Foran dem, med ryggen til ham, stod en præst iført hvid kappe. Han læste langsomt. Så vendte han sig om. Hans ansigt og hænder var hvide. Af sne.

Harry vågnede med et sæt.

Han blinkede i mørket. Lyd. Men ikke Martha Wainwright. Harry vred sig rundt og tog den lysende, pulserende telefon på sofabordet.

"Ja," sagde han med en stemme tyk som havregrød.

"Jeg har den."

Han satte sig op. "Du har hvad?"

"Sammenhængen. Og det er ikke tre døde. Det er fire."

Kapitel 22

Søgemaskine

"Jeg prøvede først med de tre navne, du gav mig," sagde Katrine Bratt. "Borgny Stem-Myhre, Charlotte Lolles og Marit Olsen. Men søgningen gav ikke noget fornuftigt. Så jeg tilføjede alle savnede personer i Norge de sidste tolv måneder. Og så fik jeg noget at arbejde videre med."

"Vent," sagde Harry, som nu var lysvågen. "Hvor i helvede fik du de savnede personer fra?"

"Intranettet for Afdelingen for savnede personer, Oslo Politidistrikt. Hvad troede du?"

Harry stønnede, og Katrine fortsatte:

"Der dukkede et navn op, som faktisk linkede de tre andre sammen. Er du klar?"

"Tja ..."

"Den savnede kvinde hedder Adele Vetlesen, otteogtyve år, bosat i Drammen. Hun blev meldt savnet af samleveren i november. Der kom en kobling op på NSB's billetsystem. Den 7. november bestilte Adele Vetlesen en togbillet på internettet fra Drammen til Ustaoset. Samme dato havde Borgny Stem-Myhre togbillet fra Kongsberg til samme sted."

"Ustaoset er ikke verdens navle," sagde Harry.

"Det er ikke et sted, det er et stykke fjeld. Hvor bergenserfamilier med gamle penge har bygget deres fjeldhytter, og Turistforeningen har bygget hytter på fjeldtoppene, sådan at nordmænd kan holde arven efter Amundsen og Nansen i hævd og gå fra hytte til hytte med ski på fødderne, femogtyve kilo på ryggen og en snert af dødsangst i baghovedet. Det sætter krydderi på tilværelsen, at du ved det."

"Det lyder, som om du har været der."

"Min eksmand har en familiehytte i området. De er så ærværdigt rige, at de hverken har strøm eller indlagt vand. Det er kun parvenuer, som har sauna og jacuzzi."

"Og de andre koblinger?"

"Der var ikke registreret nogen togbillet på Marit Olsen. Derimod fandt jeg en registreret betaling på kortautomaten i restaurantvognen på det tilsvarende tog dagen før. Klokkeslættet for registreringen var 14:13, ifølge køreplanen skulle toget da befinde sig mellem Ål og Geilo, altså før Ustaoset."

"Den er tyndere," sagde Harry. "Toget går helt til Bergen, måske skulle hun dertil."

"Tror du ..." begyndte Katrine Bratt skarpt, men holdt inde, ventede og fortsatte så mere afdæmpet "... tror du, jeg er dum? Hotellet i Ustaoset har registreret en overnatning i dobbeltværelse af en Rasmus Olsen, som i det centrale personregister er opført med samme bopælsadresse som Marit Olsen. Så jeg gik ud fra, at det er ..."

"Ja, det er hendes samlever. Hvorfor hvisker du?"

"Fordi nattevagten lige gik forbi, okay? Hør her: Vi har placeret to dræbte og en savnet person i Ustaoset på samme dato. Hvad synes du?"

"Jo. Et signifikant sammenfald, men vi kan ikke udelukke, at det er tilfældigt."

"Enig. Så her kommer resten. Jeg søgte på Charlotte Lolles plus Ustaoset, men fandt ikke noget. Så jeg koncentrerede mig om datoen for at se, hvor Charlotte Lolles kan have været, da de tre andre personer befandt sig i Ustaoset. To dage før har Charlotte betalt for diesel på en tankstation uden for Hønefoss."

"Det er langt fra Ustaoset."

"Men det er i den rigtige retning fra Oslo. Jeg prøvede at finde en bil, som var indregistreret i hendes eller en eventuel samlevers navn. Hvis de har en vej-bizz og har passeret flere bompengestationer, kan man følge deres bevægelser."

"Ja."

"Problemet er, at hun hverken havde bil eller samlever, ikke nogen som er registreret i hvert fald."

"Hun havde en kæreste."

"Muligvis. Men i Europarks data fandt søgemaskinen en bil i deres garage i Geilo, betalt af en Iska Peller."

"Det er ikke så langt derfra. Men hvem er ... øh, Iska Peller?"

"Ifølge kreditkortoplysningerne er hun bosat i Bristol, Sydney, Australien. Pointen er, at hun scorer højt på en relationssøgning med Charlotte Lolles."

"Relationssøgning?"

"Det sigter på situationer af typen, hvor folk de sidste år har fået registreret kortbetaling på samme restaurant på samme klokkeslæt, noget som tyder på, at de samme mennesker har spist sammen og så delt regningen. Eller at nogen er medlemmer i det samme fitnesscenter med samme indmeldingsdato, har haft flysæder ved siden af hinanden mere end én gang, og så videre. Du forstår princippet, ikke?"

"Jeg forstår princippet," gentog Harry på samme bergensiske bokmål. "Og jeg er sikker på, at du har tjekket, hvad slags bil det er, og at den kører på ..."

"Ja, den kører faktisk på diesel," svarede Katrine spidst. "Vil du høre resten eller ej?"

"Absolut."

"Man kan ikke forhåndsbooke en seng i de der ubetjente hytter, som Turistforeningen har. Hvis alle sengene er optaget, når man kommer, må man bare smide sig på gulvet på en madras eller i en sovepose på eget liggeunderlag. Det koster kun et hundrede og halvfjerds per nat, og man kan betale enten kontant i en kasse i hytten eller lægge en konvolut med en engangsfuldmagt til at hæve på ens konto."

"Man kan med andre ord ikke se, hvem der har været hvornår i hvilke hytter?"

"Ikke hvis de betaler kontant. Men hvis de har lagt en fuldmagt, vil der jo bagefter være en kontotransaktion mellem vedkommendes konto og Turistforeningens. Med en anmærkning om, hvilken hytte og dato betalingen drejer sig om."

"Så vidt jeg husker, var det ret besværligt at søge på banktransaktioner."

"Ikke hvis søgemaskinen får de rigtige søgekriterier af en skarp, menneskelig hjerne."

"Og den har vi jo her, så?"

"Sådan skal det lyde. Iska Pellers konto blev den 20. november trukket for to sengepladser i fire af Turistforeningens hytter, hver af dem en dagsmarch fra den anden."

"En firedages fjeldtur."

"Ja. Og den sidste, Håvasshytten, overnattede de i den 7. november. Den ligger kun en halv dagsmarch fra Ustaoset."

"Interessant."

"Det virkelig interessante er to andre konti, som også er blevet trukket for overnatning den 7. november i Håvasshytten. Gæt hvilke?"

"Tja. Det er næppe Marit Olsens og Borgny Stem-Myhres, eftersom jeg går ud fra, at Kripos ville have fundet ud af det, hvis to af de dræbte for nylig havde været samme sted samme nat. Så den ene må være den savnede pige, hvad var det, hun hed?"

"Adele Vetlesen. Og du har helt ret. Hun har betalt for to personer, men jeg kan naturligvis ikke vide, hvem den anden er."

"Hvem er den anden, som har betalt med fuldmagt?"

"Det er ikke så interessant. En fra Stavanger."

Harry hentede alligevel en kuglepen og skrev navn og adresse ned på vedkommende, og også på Iska Peller i Sydney. "Du lyder, som om du godt kan lide den søgemaskine," sagde han.

"Mon ikke," sagde hun. "Det er som at flyve et gammelt bombefly. Lidt rustent og trægt at få i gang, men når det først kommer på vingerne ... Milde himmel! Hvad synes du om resultatet?"

Harry tænkte sig om.

"Det, du har gjort," sagde han, "er at placere en savnet kvinde og en kvinde, som formodentlig ikke har noget med sagen at gøre, på samme sted samtidig. Det er i sig selv ikke noget at råbe hurra for. Men du har sandsynliggjort, at en af de dræbte – Charlotte Lolles – var sammen med hende. Og du har placeret to af de dræbte – Borgny Stem-Myhre og Marit Olsen – i umiddelbar nærhed af Ustaoset. Så ..."

"Så?"

"Så tillykke. Du har holdt din del af aftalen. Hvad angår min ..."

"Drop det, og tør det smørrede grin af, jeg ved, du sidder med. Jeg mente det ikke. Jeg er utilregnelig, har du ikke opdaget det?"

Hun smækkede røret på.

Kapitel 23
Passager

Stine var alene i bussen. Hun lagde panden mod glasset for ikke kun at se sit eget spejlbillede. Hun stirrede ud på den tomme, natsorte busstation. Og håbede, at nogen ville komme. Håbede, at ingen ville komme.

Han havde siddet ved et vindue på Krabbe med en øl foran sig og bare stirret på hende uden at røre sig. Tophue, blondt hår og de vilde, blå øjne. Blikket lo, bønfaldt, råbte hendes navn. Til sidst havde hun sagt til Mathilde, at hun ville hjem. Men Mathilde, som netop var faldet i snak med en amerikansk oliefyr, ville blive lidt længere. Så Stine havde taget sin frakke, var løbet fra Krabbe hen til byterminalen og havde sat sig ind i bussen til Våland.

Hun så på de røde cifre på det digitale ur over chaufføren. Håbede, at dørene ville klappe i og bussen sætte sig i bevægelse. Et minut tilbage.

Hun så ikke op, hverken da hun hørte de løbende skridt, hørte den forpustede stemme bestille billet oppe hos chaufføren, eller da han satte sig ned på sædet ved siden af hende.

"Du, Stine," sagde han. "Jeg tror sørme, at du undgår mig."

"Åh, hej Elias," sagde hun uden at flytte blikket fra den regnvåde asfalt. Hvorfor havde hun sat sig så langt bag i bussen, så langt fra chaufføren?

"Du burde ikke gå alene ude om natten på den måde."

"Nej?" mumlede hun og håbede, at der ville komme nogen, hvem som helst.

"Læser du ikke avis? De to piger i Oslo. Og nu forleden, hende stortingsdamen. Hvad var det nu, hun hed?"

"Det aner jeg ikke," løj Stine og mærkede, hvordan hendes hjerte begyndte at hamre.

"Marit Olsen," sagde Elias. "Arbeiderpartiet. De to andre hed Borgny og Charlotte. Er du sikker på, at du ikke genkender navnene, Stine?"

"Jeg læser ikke aviser," sagde Stine. Nu måtte der snart komme nogen.

"Søde piger alle tre," sagde han.

"Ja, du kendte dem vel." Stine fortrød straks den sarkastiske tone. Det var rædslen.

"Ikke godt, selvfølgelig," sagde Elias. "Men jeg kunne godt lide førstehåndsindtrykket. Jeg er – som du nok har opdaget – en person, der lægger stor vægt på det umiddelbare indtryk."

Hun stirrede på den hånd, som han forsigtigt havde lagt på hendes knæ.

"Du ..." sagde hun, og selv i den ene stavelse kunne hun høre, hvordan hun tryglede.

"Ja, Stine?"

Hun så op på ham. Hans ansigt var åbent som et barns, blikket oprigtigt spørgende. Hun skulle lige til at skrige, fare op, da hun hørte skridt og en stemme oppe hos chaufføren. En passager. En voksen mand. Han kom ned mod dem. Stine prøvede at fange hans blik, at få ham til at læse det, men hatten skyggede for øjnene, og han var optaget af at få byttepenge og billet ned i sin pung. Hun trak vejret lettere, da han satte sig på et sæde lige bag ved dem.

"Det er ufatteligt, at politiet ikke har opdaget sammenhængen mellem dem," sagde Elias. "Det burde ikke være så svært. De må jo vide, at alle de tre piger godt kunne lide at gå i fjeldet. At de overnattede i Håvasshytten samme nat. Synes du, jeg skulle henvende mig og fortælle dem det?"

"Måske," hviskede Stine. Hvis hun var hurtig, kunne hun måske nå at komme forbi Elias og smutte ud af bussen. Men aldrig så snart havde hun tænkt tanken, før det prustede i hydraulikken, dørene gled i, og bussen satte i bevægelse. Hun lukkede øjnene.

"Jeg har bare ikke lyst til at blive indblandet. Det håber jeg, du forstår, Stine?"

Hun nikkede langsomt, stadig med øjnene lukket.

"Godt. Så kan jeg fortælle dig om en anden, som var der. En som du garanteret ved, hvem er."

Del III

Kapitel 24

Stavanger

"Det lugter af ..." sagde Kaja.

"Lort," sagde Harry. "Af typen ko. Velkommen til Jæren."

Morgenlyset sivede ned fra skyerne, som plaskede vand ud over de forårsgrønne marker. Omme bag stengærder stirrede køer stumt efter deres taxa. De var på vej fra Sola Lufthavn til Stavanger centrum.

Harry lænede sig frem mellem forsæderne: "Kan du køre lidt hurtigere, chauffør?" Han holdt sit id-kort i vejret. Chaufføren smilede bredt, trykkede på speederen, og de accelererede ud på motorvejen.

"Er du bange for, at vi er for sent ude?" spurgte Kaja, da Harry dumpede tilbage i sædet.

"Hun tager ikke telefonen og er ikke mødt op på sit arbejde," sagde Harry og behøvede ikke at gøre ræsonnementet færdigt.

Efter at Harry havde snakket med Katrine Bratt natten før, havde han kigget på det, han havde noteret ned. Han havde navn, telefonnummer og adresse på to levende personer, som sandsynligvis havde overnattet sammen med de tre drabsofre i en hytte i november. Han havde set på sit ur, regnet ud, at det var tidlig formiddag i Sydney, og ringet Iska Pellers nummer op. Hun havde svaret og lød meget forbavset, da Harry bragte Håvasshytten på bane. Hun havde da heller ikke kunnet fortælle Harry meget om opholdet i turisthytten, eftersom hun havde tilbragt tiden på sit eget værelse med høj feber. Måske var det, fordi hun havde gået for længe i svedigt, vådt tøj, måske var det, fordi det var udmattende for en uerfaren skiløber at komme fra hytte til hytte. Eller ganske enkelt fordi influenza rammer vilkårligt. Hun havde i hvert fald med nød og næppe fået slæbt sig til Håvasshytten, hvor hun var blevet sendt direkte til køjs af sin turveninde Charlotte Lolles. Der var Iska Peller gledet ind og ud af en drømmefyldt søvn, mens kroppen skiftevis værkede, svedte og frøs. Hvad der var foregået mellem de andre i hytten, ja, hvem de andre var, havde hun simpelthen ikke registreret, eftersom hun og Charlotte var de første, der var ankommet til Håvasshytten. Næste dag lå hun stadig i sengen, da de andre var taget af sted, og hun og Charlotte blev hentet på en snescooter af en lokal politibetjent, som Charlotte havde fået fat i. Han havde kørt dem hjem til sig selv, hvor han havde tilbudt dem at overnatte, da han kunne oplyse, at der var fuldt optaget på hotellet. De havde takket ja, men ud på aftenen havde de ombestemt sig og taget et sent tog til Geilo, hvor de indlogerede sig på et hotel. Charlotte havde ikke fortalt Iska noget særligt om aftenen i Håvasshytten. Det var formodentlig en begivenhedsløs aften.

Fem dage efter hytteturen var frøken Peller rejst fra Oslo til Sydney, stadig med en smule feber, og havde efter hjemkomsten haft jævnlig kontakt med Charlotte på mail, men ikke opfattet noget som unormalt. Lige indtil hun havde fået den chokerende nyhed om, at veninden var blevet fundet død bag et bilvrag i et skovbryn ved Dausøen lige uden for Oslo.

Harry havde varsomt, men uden at lægge skjul på noget, forklaret Iska Peller, at de var bekymret for de personer, som havde været i hytten den aften, og at han efter at have lagt på, ville ringe til lederen af Drabsafdelingen ved Sydney South Politidistrikt, Neil McCormack, som Harry havde arbejdet for engang. At McCormack ville indhente en nærmere forklaring fra hende og – selv om Australien var langt borte – sørge for politibeskyttelse indtil videre. Iska Peller lod til at tage den oplysning med ro.

Så havde Harry ringet til det andet telefonnummer, han havde fået, nummeret i Stavanger. Han havde prøvet fire gange, men vedkommende havde ikke svaret. Han vidste selvfølgelig, at det i sig selv ikke behøvede at betyde noget. Ikke alle sov med mobiltelefonen tændt ved siden af sig. Men det gjorde Kaja Solness tydeligvis. Hun tog telefonen anden gang, den ringede, og da Harry sagde, at de skulle til Stavanger med første fly, og at hun skulle møde ved flytoget klokken fem minutter over seks, havde hun bare svaret "ja".

De var ankommet til Oslo Lufthavn halv syv, og Harry havde ringet til nummeret igen, uden svar. En time senere var de landet i Sola Lufthavn, og Harry havde ringet igen med samme resultat. På vej ud fra terminalen til taxakøen havde Kaja fået fat på arbejdsgiveren, som fortalte, at den person, de søgte, ikke var mødt på sit arbejde til sædvanlig tid. Det havde hun meddelt Harry, og han havde forsigtigt lagt hånden på hendes lænd, havde resolut ført hende forbi taxakøen og ind i en taxa til højlydte protester, som han havde besvaret med et: "Tak, og hav en rigtig god dag, folkens."

Klokken var præcis 08:16, da de ankom til adressen: et hvidt træhus i Våland. Harry overlod betalingen til Kaja, gik ud og lod døren stå åben. Han studerede facaden, som ikke røbede noget, og indsnusede den fugtige, friske, men alligevel milde vestlandsluft. Og forberedte sig. For han vidste det allerede. Han kunne selvfølgelig tage fejl, men han vidste det med samme sikkerhed, som han vidste, at Kaja ville sige 'tak', når hun fik kvitteringen.

"Tak." Bildøren smækkede i.

Navnet stod på den midterste af de tre ringeklokker ved gadedøren.

Harry trykkede på knappen og hørte det summe et sted i husets indre.

Et minut og tre forsøg senere trykkede han på den nederste dørklokke.

Den gamle dame, som åbnede, så smilende på dem.

Harry noterede sig, at Kaja automatisk forstod, hvem der skulle føre ordet: "Goddag, jeg hedder Kaja Solness, vi er fra politiet. Der bliver ikke svaret på etagen over Dem. Ved De, om der er nogen hjemme deroppe?"

"Sandsynligvis. Selv om der har været stille hele dagen," sagde damen. Og skyndte sig at tilføje, da hun så Harrys hævede øjenbryn: "Der er temmelig lydt, og jeg hørte, at der kom folk i nat. Eftersom det er mig, der udlejer lejligheden, synes jeg, at jeg skal følge lidt med."

"Følge med?" spurgte Harry.

"Ja, men jeg blander mig jo ikke i ..." Damen var blevet lidt hektisk rød i kinderne. "Der er ikke noget galt, går jeg ud fra? Jeg mener, jeg har aldrig haft nogen som helst problemer med ..."

"Det ved vi ikke," sagde Harry.

"Det bedste ville nok være at se efter," sagde Kaja. "Så hvis De har en nøgle dertil ..." Harry vidste, at forskellige formuleringsalternativer lige nu svirrede rundt i Kajas hjerne, og ventede spændt på fortsættelsen. "... så er vi Dem gerne behjælpelige med at kontrollere, at alt er i orden."

Kaja Solness var en klog pige. Hvis udlejeren gik med på forslaget, og de fandt noget, ville der i rapporten stå, at de blev inviteret indenfor, at der overhovedet ikke var tale om, at de skulle have tiltvunget sig adgang eller ransaget uden en ransagningskendelse.

Damen tøvede.

"Men De kan selvfølgelig også låse Dem ind alene, efter at vi er gået," smilede Kaja. "Og derefter tilkalde politiet. Eller en ambulance. Eller ..."

"Jeg tror, det er bedst, at De kommer med mig," sagde damen, som havde fået en dyb, bekymret rynke i panden. "Vent her, så henter jeg nøglerne."

Den lejlighed, som de et minut senere trådte ind i, var ren, ryddelig og næsten helt uden møbler. Harry genkendte straks den stilhed, som er til stede, næsten trykkende, i tomme lejligheder om formiddagen, når hverdagens travlhed blot når en som en næsten uhørlig støj udefra. Men der var også en lugt, som han genkendte. Lim. Han fik øje på et par sko, men ikke noget overtøj.

I det lille køkken stod der en stor tekop ved vasken, og på hylden oven over stod der tinæsker, som proklamerede, at de indeholdt tesorter af en for Harry ukendt oprindelse: Oolong Tea, Anji Bai Cha Tea. De gik videre gennem lejligheden. På væggen i stuen hang der et billede, som Harry mente at genkende som K2, den populære dræbermaskine af et bjerg i Himalaya.

"Tjekker du?" sagde Harry, nikkede hen imod døren med hjerte på og gik hen imod det, han gik ud fra måtte være døren ind til soveværelset. Han tog en dyb indånding, trykkede håndtaget ned og skubbede døren op.

Sengen var redt. Værelset ryddeligt. Et vindue stod på klem, ingen limlugt, luften var frisk som et barns ånde. Harry hørte værtinden stille sig i døren bag ham.

"Det er underligt," sagde hun. "Jeg hørte dem jo i nat. Og der var kun én, der gik."

"Dem?" sagde Harry. "Du er sikker på, at der var flere?"

"Ja. Jeg hørte stemmer."

"Hvor mange var de?"

"Tre, vil jeg tro."

Harry kiggede i klædeskabet. "Mænd? Kvinder?"

"Så lydt er der heldigvis ikke."

Tøj. En sovepose og en rygsæk. Mere tøj.

"Hvorfor tror du, at der var tre?"

"Efter at den ene gik, hørte jeg lyde heroppe fra."

"Hvad slags lyde?"

Værtinden fik igen farve i kinderne. "En dunken. Som om ... ja, du ved nok."

"Men ingen stemmer?"

Værtinden tænkte sig om. "Nej, ingen stemmer."

Harry gik ud af soveværelset. Og så til sin forbavselse, at Kaja stadig stod ude i gangen foran døren til badeværelset. Der var noget ved den måde, hun stod på – som om der blæste en stærk modvind.

"Er der noget galt?"

"Nej da," sagde Kaja hurtigt og let. For let.

Harry gik hen og stillede sig ved siden af hende.

"Hvad er der?" spurgte han lavmælt.

"Jeg ... jeg har bare lidt problemer med lukkede døre."

"Okay," sagde Harry.

"Det ... Sådan er det bare."

Harry nikkede. Og så hørte han lyden. Lyden af afmålt tid, af linen som løber ud, af sekunderne som forsvinder, en hurtig, hektisk trommen af vand, som ikke helt løber, ikke helt drypper. En vandhane på den anden side af døren. Og så vidste han, at han ikke havde taget fejl.

"Vent her," sagde Harry. Så skubbede han døren op.

Det første, han noterede sig, var, at lugten af lim var endnu stærkere herinde.

Det andet var, at på gulvet lå en jakke, et par jeans, et par underbukser, en T-shirt, to sorte sokker, en hue og en tynd uldtrøje.

Det tredje var, at vand dryppede i en næsten sammenhængende, lige linje af vand fra hanen og ned i badekarret, som var fyldt op, så vandet løb ned i overløbet oppe på siden af karret.

Det fjerde var, at vandet i karret var farvet rødt, efter alle solemærker at dømme af blod.

Det femte var, at det brustne blik over den tiltapede mund på den nøgne, ligblege person på bunden af karret, stirrede ud til siden. Som om det prøvede at opfange noget i den døde vinkel, noget det ikke havde set komme.

Det sjette var, at han ikke kunne se nogen tegn på vold, ingen ydre skader, som kunne forklare alt blodet.

Harry rømmede sig og overvejede, hvordan han på den mest skånsomme måde skulle bede værtinden komme ind og identificere sin lejer.

Men det behøvede han ikke, hun stod allerede på dørtærsklen.

"Herreminjesus!" stønnede hun. Og så – med tryk på alle stavelserne: "Herre min Jesus!" Og til sidst, i en klagende tone, hvor yderligere forstærkninger blev indkaldt: "Herre min Gud og Jesus ..."

"Er det ...?" begyndte Harry.

"Ja," sagde damen med grådkvalt stemme. "Det er ham. Det er Elias. Elias Skog."

Kapitel 25

Territorium

Damen havde lagt begge hænderne for munden og mumlede ud mellem fingrene: "Jamen hvad er det, du har gjort, kære Elias? Pulsåren?"

"Det er ikke sikkert, han har gjort noget som helst, frue," sagde Harry og førte hende ud fra badeværelset og hen imod entrédøren. "Kan jeg bede dig ringe til politistationen i Stavanger og bede dem sende kriminalteknikere herhen? Sig, at vi har et gerningssted her."

"Gerningssted?" Hendes øjne var store og sorte af chok.

"Ja, sig det. Brug alarmnummeret 112, hvis du vil. Kan du det?"

"J... ja da."

De hørte kvinden stavre ned ad trappen og ind til sig selv.

"Vi har vel omtrent et kvarter, før de er her," sagde Harry. De tog skoene af, satte dem ude i gangen og gik ind på badeværelset i strømpesokker. Harry så sig omkring. Vasken var fuld af lange, lyse hår, og ved siden af lå en fladklemt tube.

"Det der ligner ikke tandpasta," sagde Harry og bøjede sig ned over tuben uden at røre den.

Kaja kom nærmere. "Superlim," fastslog hun. "Strongest there is."

"Det er den slags, man ikke skal få på fingrene, ikke sandt?"

"Det virker lynhurtigt. Hvis man klemmer fingrene sammen lidt for længe, klistrer de sammen. Så må man enten skære dem løs fra hinanden eller trække, indtil huden ryger med."

Harry stirrede først på Kaja. Så ned på liget i badekarret.

"Føj for fanden," sagde han langsomt. "Det er ikke sandt ..."

Kommissær Gunnar Hagen havde haft sine tvivl. Måske var det det mest stupide, han havde gjort, siden han kom til Politihuset. At sammensætte en gruppe, som skulle udføre efterforskning i strid med ministeriets påbud, var noget, som kunne give problemer. At sætte

Harry Hole til at lede den, var at *trygle* om problemer. Og problemerne havde netop banket på døren og var kommet ind. Nu stod de foran ham i Mikael Bellmans skikkelse. Og mens Hagen lyttede, bemærkede han, at de underlige mærker på Kripos-kommissærens ansigtshud skinnede mere hvidt end sædvanlig, som om de blev oplyst indefra af noget glødende, nedkølet fission på et atomkraftværk, noget eksplosionsfarligt, som der indtil videre var kontrol over.

"Jeg ved positivt, at Harry Hole og to af hans kolleger har været ved Lyseren og efterforsket drabet på Marit Olsen. Det ved jeg, fordi jeg har talt med Beate Lønn fra Kriminalteknisk Afdeling, som har anmodet os om at gennemføre en hytte til hytte-razzia i området omkring et gammelt rebslageri. En af hendes teknikere skal have fundet ud af, at det tov, Marit Olsen blev hængt med, stammer derfra. Så vidt, så godt ..."

Mikael Bellman vippede på hælene. Han havde ikke engang taget sin hellange støvfrakke af. Gunnar Hagen forberedte sig på fortsættelsen. Som kom pinefuldt langsomt, i et ligesom lettere forbavset tonefald:

"Men da vi talte med lensmanden i Ytre Enebakk, fortalte han mig, at den herostratisk berømte Harry Hole var en af de tre, der gennemførte undersøgelserne. Altså en af dine mænd, Hagen."

Hagen svarede ikke.

"Jeg går ud fra, at du kender konsekvensen af at sætte sig ud over Justitsministeriets påbud, Hagen."

Hagen svarede stadig ikke, men mødte Bellmans blik.

"Hør nu her," sagde Bellman, løsnede en knap i frakken og satte sig alligevel. "Jeg kan godt lide dig, Hagen. Jeg synes, du er en dygtig politimand, og jeg får brug for gode folk."

"Når Kripos får hele magten, mener du?"

"Netop. Jeg vil kunne have god nytte af en som dig i en fremskudt stilling. Du har officersbaggrund, kender til vigtigheden af at tænke strategisk, af at undgå slag, man ikke kan vinde, af at vide, hvornår retræte er den bedste vinderstrategi ..."

Hagen nikkede langsomt.

"Godt," sagde Bellman og rejste sig igen. "Lad os sige, at Harry Hole befandt sig ved Lyseren ved en forglemmelse, et tilfældigt sammentræf, som ikke havde noget med Marit Olsen at gøre. Og at den slags tilfældige sammentræf næppe vil ske igen. Kan vi blive enige om det ... Gunnar?"

Det gav et ufrivilligt sæt i Hagen, da han hørte sit eget fornavn fra den andens mund, som et ekko af et fornavn han selv engang havde udtalt, sin forgængers, i et forsøg på at skabe en jovialitet, som der ikke var grundlag for. Men han lod det ske. For han vidste, at det her var et af den type slag, som Bellman talte om. Og at han endvidere også var ved at tabe krigen. Og at de kapitulationsbetingelser, Bellman havde tilbudt ham, kunne have været dårligere. Meget dårligere.

"Jeg skal tale med Harry," sagde han og tog imod Bellmans udstrakte hånd. Det var som at klemme om marmor: hårdt, koldt og livløst.

Harry drak en slurk og lirkede yderste led af pegefingeren løs fra hanken på værtindens flortynde kaffekop.

"Så du er vicekommissær Harry Hole fra Oslo Politidistrikt," sagde manden, som sad i stolen på den anden side af værtindens sofabord. Han havde præsenteret sig som vicekommissær Colbjørnsen med c, og nu gentog han Harrys titel, navn og tilhørsforhold med tryk på Oslo. "Og hvad bringer Oslo-politiet til Stavanger, hr. Hole?"

"Det sædvanlige," sagde Harry. "Den friske luft, de flotte fjelde."

"Ja?"

"Fjorden. Basehopping fra Prekestolen, hvis vi får tid."

"Så Oslo har sendt en komiker. Det er i hvert fald ekstremsport, I har gang i, så meget kan jeg sige. Er der nogen god grund til, at vi ikke er informeret om jeres besøg?"

Vicekommissær Colbjørnsens smil var lige så tyndt som hans overskæg. Han havde en morsom, lille hat på, som kun ekstremt gamle mænd og særligt selvbevidste hipstere går med. Harry kunne huske, at Gene Hackman havde haft en lignende hat på, da han spillede politibetjenten Popeye Doyle i '*The French Connection*'. Og han gættede på, at Colbjørnsen heller ikke gik af vejen for en slikkepind eller at stoppe på vej ud ad døren med et: "Nå ja, lige et sidste spørgsmål."

"Jeg regner med, at der ligger en fax nederst i bunken," sagde Harry og så op på den hvidklædte mand, som i samme øjeblik kom ind. Det raslede i stoffet på kriminalteknikerens heldragt, da han trak den hvide hætte af og lod sig dumpe ned i en stol. Han så direkte på Colbjørnsen og mumlede et lokalt bandeord.

"Nå?" sagde Colbjørnsen.

"Han har ret," sagde kriminalteknikeren og nikkede i Harrys retning uden at se på ham. "Fyren deroppe er blevet limet fast til bunden af badekarret med superlim."

"Blevet?" sagde Colbjørnsen og så på sin underordnede med et hævet og V-formet øjenbryn. "Passivformen. Er du ikke lovlig hurtig til at udelukke, at Elias Skog kan have gjort det selv?"

"Og derefter åbnede for vandet, så han kunne drukne på den mest langsomme, pinefulde måde, man kan tænke sig?" spurgte Harry. "Efter at han havde tapet sin mund til, så han ikke kunne skrige?"

Colbjørnsen sendte Harry et nyt, sylespidst smil: "Jeg skal nok sige til, når du må afbryde, *Oslo*."

"Limet fast fra top til tå," fortsatte teknikeren. "Hans baghoved er blevet raget og smurt ind med lim. Det samme gælder skuldrene og ryggen. Og lårene. Armene. Begge ben. Det vil sige ..."

"Det vil sige," sagde Harry. "At da drabsmanden var færdig med limeriet, havde ladet Elias ligge, mens limen hærdede, åbnede han en smule for vandet og overlod Elias Skog til en langsom druknedød. Og Elias begyndte sin kamp mod tiden og døden. Vandet steg langsomt, mens hans kræfter svandt ind. Lige indtil dødsangsten greb ham for alvor og gav ham kræfter til et sidste desperat forsøg på at komme løs. Og det lykkedes. Han fik det stærkeste af lemmerne løs fra bunden af badekarret. Højre fod. Han flåede den simpelthen løs fra huden, som I kan se sidder tilbage i badekarret. Blodet sprøjtede ud i vandet, mens Elias dunkede foden mod bunden for at alarmere udlejeren på etagen nedenunder. Og hun hørte det."

Harry nikkede mod køkkenet, hvor Kaja prøvede at trøste og berolige værtinden. De kunne høre den ældre dames ulykkelige hulken.

“Men hun misforstod det. Hun troede, at lejeren duskede en dame, som var taget med ham hjem.”

Han så på Colbjørnsen, som var blevet bleg og ikke længere gjorde mine til at ville afbryde ham.

“Og imens mistede Elias blod. Meget blod. Al huden på læggen var borte. Han blev svagere, mere træt. Til sidst begyndte hans vilje at svinde ind. Han gav op. Måske var han allerede bevidstløs af blodtabet, da vandet steg op i hans næsebor.” Harry så på Colbjørnsen. “Og måske ikke.”

Colbjørnsens adamsæble tog en elevatortur.

Harry så ned i bunden af den tomme kaffekop. “Og nu tror jeg, at betjent Solness og jeg skal takke for gæstfriheden og se at komme tilbage til *Oslo*. Har du flere spørgsmål, er mit nummer her.” Harry skrev det i margenen på en avis, rev papiret af og skubbede det hen over bordet. Så stablede han sig på benene.

“Jamen ...” sagde Colbjørnsen og rejste sig også. Harry ragede tyve centimeter over ham. “Hvad var det, I ville Elias Skog?”

“Redde ham,” sagde Harry og knappede frakken.

“Redde? Var han indblandet i noget? Vent, Hole, vi må til bunds i det her.” Men der var ikke længere den samme autoritet i Colbjørnsens brug af imperativformen.

“Jeg er sikker på, at I her i Stavanger er fuldt ud i stand til at finde ud af det her selv,” sagde Harry, gik hen til køkkendøråbningen og nikkede til Kaja, at de var på vej ud. “Hvis ikke, kan jeg anbefale Kripos. Hils Mikael Bellman fra mig om nødvendigt.”

“Redde ham fra hvad?”

“Fra det, som vi ikke nåede at redde ham fra,” sagde Harry.

I taxaen på vej ud til Sola stirrede Harry ud ad sideruden på regnen, som hamrede ned på de unaturligt grønne marker. Kaja sagde ikke et ord. Det var han taknemlig for.

Kapitel 26
Kanylen

Gunnar Hagen sad i Harrys stol og ventede på dem, da Harry og Kaja trådte ind i kontorets varme fugtighed.

Bjørn Holm, som sad bag Hagen, trak på skuldrene og viste med mimikken, at han ikke anede, hvad kommissæren ville.

"Stavanger, hører jeg," sagde Hagen og rejste sig.

"Ja," sagde Harry. "Bare bliv siddende, chef."

"Det er din stol. Jeg skal snart gå."

"Jaså?"

Harry anede, at der var dårlige nyheder. Dårlige nyheder af en vis betydning. Chefer forcerer ikke tunnelen over til det gamle bodsfængsel for at fortælle, at et rejsebilag er forkert udfyldt.

Hagen blev stående, så Holm var den eneste i lokalet, der sad ned.

"Jeg må desværre bare informere jer om, at Kripos allerede har afsløret, at I har arbejdet med drabene. Og at jeg ikke har noget andet valg end at indstille efterforskningen."

I den stilhed, der opstod, kunne Harry høre det rumle i fyrkedlerne inde ved siden af. Hagen lod blikket glide rundt, mødte hver enkelts blik og standsede ved Harrys: "Jeg kan heller ikke sige, at det er nogen afsked i nåde. Jeg gav klar besked om, at det her var noget, som skulle ske i al diskretion."

"Nå," sagde Harry. "Jeg bad Beate Lønn lække oplysningen om et bestemt rebslageri til Kripos, men hun lovede, at hun ville gøre det på en måde, så det så ud, som om Kriminalteknisk Afdeling var kilden."

"Og det gjorde hun sikkert," sagde Hagen. "Det var lensmanden i Ytre Enebakk, som afslørede dig, Harry."

Harry himlede med øjnene og bandede lavmælt.

Hagen klappede hænderne sammen, så det smældede tørt mellem murene: "Så derfor må jeg give jer den triste ordre, at al efterforskning af drabene ophører med øjeblikkelig virkning. Og at det her kontor skal være ryddet i løbet af otteogfyrre timer. *Gomen nasai.*"

Harry, Kaja og Bjørn Holm så på hinanden, mens jerndøren stille gled i, og Hagens hurtige skridt fjernede sig hen gennem tunnelen.

"Otteogfyrre timer," sagde Bjørn til sidst. "Vil nogen have friskbrygget kaffe?"

Harry sparkede til papirkurven ved siden af bordet. Den ramte væggen med et smæld, spredte sit beskedne indhold af papir ud på gulvet og trillede tilbage til ham.

"Jeg er på Rikshospitalet," sagde han og gik hurtigt hen imod døren.

Harry havde placeret den hårde træstol ved vinduet og lyttet til faderens regelmæssige åndedræt, mens han bladede i avisen. Der var bryllup og begravelse side om side. Til venstre billederne fra Marit Olsens bisættelse, som viste statsministerens alvorlige, deltagende ansigt, partikollegers sorte jakkesæt og ægtemanden Rasmus Olsen bag et par store, uklædelige solbriller. På højre side blev det annonceret, at rederdatter Lene ville få sin Tony til foråret, med billeder af de mest profilerede bryllupsgæster, som alle skulle flyves ind til St. Tropez. På bagsiden stod der, at solen i dag ville gå ned præcis klokken 16.58 i Oslo. Harry så på sit ur og konstaterede, at det lige nøjagtig var, hvad den gjorde nu bag de lave skyer, som hverken ville slippe regn eller sne. Han så ud på lysene, som blev tændt i alle hjemmene oppe på skråningerne rundt om det, som engang i fortiden havde været en vulkan. Det var sådan set en befriende tanke: at vulkanen en dag skulle åbne sig under dem, sluge dem, fjerne alle spor af det, der engang havde været en tilfreds, velorganiseret og lidt bedrøvet by.

Otteogfyrre timer. Hvorfor det? Det ville ikke have taget dem mere end to timer at rydde det såkaldte kontor.

Harry lukkede øjnene og tænkte sagen igennem. Skrev en sidste mental rapport til sit personlige arkiv.

To kvinder dræbt på samme måde, druknet i deres eget blod fra munden og med ketanomin i blodet. Én kvinde hængt fra et udspringstårn i et tov taget fra et gammelt rebslageri. Én mand druknet i sit eget badekar. Alle ofrene havde sandsynligvis befundet sig i samme hytte på samme tidspunkt. De vidste endnu ikke, hvem der ellers havde været der, hvad motivet bag drabene kunne være, eller hvad der var sket i Håvasshytten det døgn. De havde kun virkningen, ingen årsag. Case closed.

"Harry ..."

Han havde ikke hørt faderen vågne og vendte sig om.

Olav Hole så friskere ud, men måske skyldtes det farven i kinderne og febergløden i blikket. Harry rejste sig og flyttede stolen hen til faderens seng.

"Har du været her længe?"

"Ti minutter," løj Harry.

"Jeg har sovet så godt," sagde faderen. "Og drømt så dejligt."

"Det kan jeg se. Du ser ud, som om du bare kan stå ud af sengen og gå herfra."

Harry rettede på hans pude, og faderen lod ham gøre det, selv om de begge vidste, at den lå helt fint.

"Hvordan står det til med huset?"

"Fint," sagde Harry. "Det vil ligge der i al evighed."

"Godt. Der er en ting, jeg har villet snakke med dig om, Harry."

"Ja?"

"Du er en voksen mand nu. Du mister mig på en naturlig måde. Det er sådan, det skal være. Ikke som da du mistede din mor. Det var jo ved at gøre dig vanvittig."

"Var det?" sagde Harry og strøg hånden over pudebetrækket.

"Du raserede dit værelse. Du ville dræbe lægerne og dem, der havde smittet hende, ja selv mig. Fordi jeg havde ... tja, fordi jeg ikke havde opdaget det tidligere, vil jeg tro. Du var så fuld af kærlighed."

"Af had, mener du."

"Nej, af kærlighed. Det er samme valuta. Alting begynder med kærlighed. Hadet er bare møntens bagside. Jeg har altid ment, at det var din mors død, som fik dig til at begynde at drikke. Eller rettere sagt kærligheden til din mor."

"Kærligheden er en dræbermaskine," mumlede Harry.

"Hvad?"

"Bare noget, nogen sagde til mig engang."

"Jeg gjorde alt, hvad din mor bad mig om. Bortset fra én eneste ting. Hun bad mig om at hjælpe hende, da tiden var inde."

Det føltes, som om nogen havde injiceret isvand i Harrys bryst.

"Men jeg kunne ikke. Og ved du hvad, Harry? Det har redet mig som en mare. Der er ikke gået en dag, uden at jeg har tænkt på, at jeg ikke magtede at opfylde det ønske for hende, kvinden som jeg elskede over alt på jorden."

Det knagede i træværket på den tynde stol, da Harry sprang op af stolen. Han gik hen til vinduet igen. Han hørte faderen trække vejret et par gange bag sig, dybt og skælvende. Så kom det:

"Jeg ved, at det er en tung byrde at lægge på dig, min dreng. Men jeg ved også, at du er som mig, at det vil forfølge dig, hvis du ikke gør det. Så lad mig forklare, hvad du skal gøre ..."

"Far," sagde Harry.

"Kan du se den her kanyle?"

"Far! Stop!"

Der blev stille bag ham. Kun det gurglende åndedræt var at høre. Harry så ud på den sort-hvide film af en by, hvor skyerne pressede deres blygrå, udflydende ansigtstræk mod hustagene.

"Jeg vil begraves i Åndalsnes," sagde faderen.

Begraves. Ordet lød som et ekko fra påskeferierne med mor og far i Lesja, når Olav Hole alvorsfuldt forklarede Harry og Søs, hvad de skulle gøre, hvis de blev fanget af et sneskred, hvis de fik panserhjerte. De var omgivet af flad jord og let skrånende bakker, så det virkede nogenlunde, som når stewardesser på indenrigsflyvninger i Indre Mongoliet forklarede, hvordan man tager en redningsvest på. Absurd. Men alligevel gav det dem en følelse af tryghed, af at de ville overleve alle sammen, hvis de bare gjorde de rigtige ting. Og nu sagde hans far, at det ikke var sandt alligevel.

Harry rømmede sig to gange: "Hvorfor det? Hvorfor ikke her i byen, hvor ..."

Harry tav, faderen forstod godt resten: Hvor mor ligger.

"Jeg vil ligge sammen med dem fra min egen bygd."

"Du kender dem ikke."

"Nej, hvem kender man? De og jeg er i hvert fald fra samme sted. Det er måske til syvende og sidst det, det handler om. Stammen. Man vil være med i stammen."

"Vil man?"

"Ja, det vil man. Hvad enten man er klar over det eller ej, er det det, man ønsker."

Plejeren med Altman på navneskiltet kom ind, sendte Harry et kort smil og kiggede på sit ur.

Harry gik ned ad trappen og mødte to uniformerede politifolk på vej op. Han nikkede automatisk og indforstået. De stirrede tavst på ham, som på en fremmed.

Normalt længtes Harry efter ensomheden og alle de goder, der fulgte med: freden, stilheden, friheden. Men da han stillede sig ved sporvognens stoppested, vidste han pludselig ikke, hvor han skulle tage hen. Hvad han skulle gøre. Kun at ensomheden i huset i Oppsal ikke ville være til at bære lige nu.

Han tastede Øysteins nummer.

Øystein var på langtur til Fagernes, men foreslog en øl på Lompa ved midnatstid for at fejre, at endnu en arbejdsdag i Øystein Eikelands liv var nogenlunde vel overstået. Harry mindede Øystein om sin alkoholisme og fik som svar, at selv en alkoholiker vel trængte til at gå på druk en gang imellem?

Harry ønskede Øystein god tur og afbrød samtalen. Så på sit ur. Og spørgsmålet dukkede op igen. Otteogfyrre timer. Hvorfor det?

En sporvogn stoppede foran ham, og dørene gik skramlende op. Harry så ind i den indbydende varme, oplyste vogn. Så vendte han om og begyndte at gå ned mod byen.

Kapitel 27

Sød, tyvagtig og påholdende

"Jeg var i nabolaget," sagde Harry. "Men du er vist på vej ud?"

"Nej da," smilede Kaja, som stod i døren med en tyk dynejakke på. "Jeg sidder på verandaen. Kom ind. Du kan tage de der tøfler på."

Harry tog skoene af og fulgte efter hende gennem stuen. På den overbyggede veranda satte de sig i hver sin enorme træstol. Der var stille og tomt på Lyder Sagens Vei, kun en enlig, parkeret bil. Men på anden sal i huset på den anden side af vejen kunne Harry se omridset af en mand i et oplyst vindue.

"Det er Greger," sagde Kaja. "Han er firs nu. Han har siddet sådan og fulgt med i alt, hvad der er sket i gaden her siden krigen, tror jeg. Jeg kan godt lide at forestille mig, at han passer på mig."

"Ja, det har man behov for," sagde Harry og tog cigaretpakken frem. "At tro, at man bliver passet på."

"Har du også en Greger?"

"Nej," sagde Harry.

"Må jeg få en?"

"En cigaret?"

Hun lo. "Det sker, at jeg ryger. Det gør mig ... roligere, tror jeg."

"Nå. Har du tænkt over, hvad du skal lave? Efter de her sidste fyrre timer, mener jeg."

Hun rystede på hovedet. "Tilbage til afdelingen. Benene op på bordet. Vente på et drab, som er lille nok til, at Kripos ikke snupper det fra os."

Harry rystede to cigaretter ud, satte dem mellem læberne, tændte dem begge og rakte hende den ene.

"*Now, Voyager*," lo hun. "Hen... Hen... Hvad var det, han hed, ham der gjorde det der?"

"Henreid," sagde Harry. "Paul Henreid."

"Og hende, han tændte cigaretten for?"

"Bette Davis."

"Fantastisk film. Vil du låne en tykkere jakke?"

"Nej tak. Hvorfor sidder du for resten på verandaen? Det er ikke ligefrem en tropenat."

Hun holdt en bog i vejret. "Min hjerne er mere skarp i kold luft."

Harry læste på forsiden. "Materialistisk monisme. Hm. Ting fra filosofikum kommer op til overfladen."

"Korrekt. Materialismen hævder, at alt er materie og kræfter. Alt det, der sker, er en del af et stort regnestykke, en kædereaktion, konsekvenser af noget, som allerede er sket."

"Og fri vilje er indbildt?"

"Ja. Vores handlinger er bestemt af hjernens kemiske sammensætning, som er bestemt af, hvem der valgte at få barn med hvem, som igen er bestemt af deres hjernekemi. Og så videre. Alt kan føres tilbage til for eksempel Big Bang og endnu længere bagud. Selv den kendsgerning, at bogen her blev skrevet, og det, du tænker lige nu."

"Jeg kan godt huske det der," nikkede Harry og blæste røg ud i natten. "Det får mig til at tænke på den meteorolog, som sagde, at hvis han bare havde alle de relevante variabler, kunne han varsle alt vejr i al fremtid."

"Og vi kunne forhindre drab, før de blev begået."

"Og regne ud, at cigaretnassende politikvinder ville sidde på kolde verandaer med dyre filosofibøger."

Hun lo. "Jeg har ikke købt bogen selv. Jeg fandt den bare i bogreolen her."

Hun sugede på cigaretten med trutmund og fik røg i øjnene. "Jeg køber aldrig bøger, jeg låner dem kun. Eller stjæler dem."

"Jeg kan ikke just se dig som tyv."

"Det er der ingen, der kan. Det er derfor, jeg aldrig bliver taget," sagde hun og lagde cigaretten fra sig i askebægeret.

Harry rømmede sig. "Og hvorfor stjæler du?"

"Jeg stjæler kun fra folk, jeg kender, og som har råd til det. Ikke fordi jeg er grådig, men fordi jeg er lidt påholdende. Da jeg studerede, stjal jeg toiletruller fra toilettet på Universitetet. Er du for resten kommet i tanker om titlen på den Fante-bog, som var så god?"

"Nej."

"Send mig en sms, når du kommer på det."

Harry lo kort. "Sorry, jeg bruger ikke sms."

"Hvorfor ikke?"

Harry trak på skuldrene. "Det ved jeg ikke. Jeg bryder mig ikke om konceptet. Måske er det ligesom indfødte, der ikke vil fotograferes, fordi de mener, de mister noget af sjælen."

"Jeg ved det!" sagde hun ivrigt. "Du vil ikke efterlade kilder. Spor. Uomtvistelige beviser på, hvem du var. Du vil vide, at du forsvinder, helt og fuldstændigt."

"Du ramte hovedet på sømmet," sagde Harry tørt og inhalerede. "Vil du ind igen?" Han nikkede mod hænderne, som hun havde stukket ind mellem lårene og stolen.

"Nej da, det er bare hænderne, som er kolde," smilede hun. "Hjertet er varmt. Hvad med dig?"

Harry så ud over havens stakit, ud på vejen. På den bil, som holdt der. "Hvad med mig?"

"Er du som mig? Sød, tyvagtig og påholdende?"

"Nej, jeg er slem, ærlig og påholdende. Hvad med din mand?"

Det lød hårdere, end Harry havde ment det, som om han ville sætte hende på plads, fordi hun ... fordi hun hvad? Fordi hun sad her og var smuk og kunne lide de samme ting som ham og lånte ham tøfler, der tilhørte en mand, hun lod som om ikke eksisterede.

"Hvad med ham?" spurgte hun med et lille smil.

"Han har i hvert fald store fødder," hørte Harry sig selv sige og følte umiddelbart en trang til at banke hovedet ned i bordpladen.

Hun lo højt. Latteren trillede ud i den sorte Fagerborgstilhed, som lå over husene, haverne, garagerne. Garagerne. Alle havde garager. Kun en eneste bil stod parkeret på gaden. Der kunne selvfølgelig være mindst tusind grunde til, at den stod der.

"Jeg har ingen mand," sagde hun.

"Så ..."

"Så det er min brors tøfler, du har på fødderne."

"Og dem på trappen ..."

"... er også min storebrors og står der, fordi jeg bilder mig ind, at herresko i størrelse seksogfyrre en halv har en afskrækkende virkning på slemme mænd med skumle planer."

Hun sendte Harry et megetsigende blik. Han valgte at tro, at dobbeltbetydningen ikke var tilsigtet.

"Så din bror bor her?"

Hun rystede på hovedet. "Han er død. For ti år siden. Det er min fars lejlighed. De sidste år, da Even læste på Oslo Universitet, boede han og far her."

"Og din far?"

"Han døde lige efter Even. Og da var jeg allerede flyttet ind her, så jeg overtog lejligheden."

Kaja trak benene op i stolen og lagde hovedet mod knæene. Harry så på den slanke nakke, nakkegruben, hvor det opsatte hår strammede, og hvor et par løse hårlokker lå mod huden.

"Tænker du tit på dem?" spurgte Harry.

Hun løftede hovedet fra knæene.

"Mest på Even," sagde hun. "Far flyttede, da vi var små, og mor levede i sin egen boble, så Even blev ligesom mor-og-far for mig. Han hjalp mig, opmuntrede mig, opdrog mig, var mit forbillede. Han kunne ikke begå nogen fejl i mine øjne. Når man har stået hinanden så nært som Even og jeg, holder det aldrig op. Aldrig."

Harry nikkede.

Kaja rømmede sig forsigtigt: "Hvordan går det med din far?"

Harry studerede cigaretgløden.

"Synes du ikke, det er underligt?" sagde han. "At Hagen gav os otteogfyrre timer. Vi kunne sagtens rydde det kontor på to."

"Tja. Når du siger det."

"Måske tænkte han, at vi kunne bruge de sidste to arbejdsdage til noget nyttigt."

Kaja så på ham.

"Ikke til at efterforske den foreliggende drabssag, naturligvis, det overlader vi til Kripos. Men Afdelingen for savnede personer trænger til hjælp, har jeg hørt."

"Hvad mener du?"

"Adele Vetlesen er en ung kvinde, som, så vidt jeg ved, ikke er knyttet til nogen drabssag."

"Har du tænkt dig, at vi skal ..."

"At vi skal møde på arbejde klokken syv i morgen," sagde Harry. "Og se, om vi kan gøre en smule nytte."

Kaja Solness sugede på cigaretten. Pustede røgen ud og sugede igen.

"Bliver du roligere?" spurgte Harry med et skævt smil.

Kaja rystede på hovedet og holdt cigaretten ud foran sig. "Jeg vil gerne beholde mit arbejde, Harry."

Harry nikkede. "Det er frivilligt, om du vil møde op. Bjørn ville også tænke sig om."

Kaja sugede på cigaretten igen. Harry skoddede sin.

"Nu er det på tide at gå," sagde han. "Du hakker tænder."

På vej ud prøvede han at se, om der sad nogen i den parkerede bil, men det var umuligt uden at gå nærmere. Og han valgte ikke at gå nærmere.

I Oppsal ventede huset på ham. Stort, tomt og fyldt med ekkoer.

Han lagde sig i sengen på drengeværelset og lukkede øjnene.

Og drømte den drøm, han havde så tit. Om en lystbådehavn i Sydney, en ankerkæde som trækkes op, brandmanden som stiger op mod vandoverfladen, og som ikke er nogen brandmand, men hendes røde hår, som flyder rundt om det hvide, hvide ansigt. Så kom den anden drøm. Den nye. Den var dukket op første gang i Hongkong lige før jul. Han lå og stirrede op på et søm, som stak ud af væggen og spiddede et ansigt, en følsomt udseende person med et velplejet overskæg. I drømmen havde Harry noget i munden, noget der føltes, som om det skulle sprænge hans hoved. Hvad var det, hvad *var* det? Det var et løfte. Harry for sammen. Tre gange. Så faldt han i søvn.

Kapitel 28

Drammen

"Så det var dig, der meldte Adele Vetlesen savnet," sagde Kaja.

"Ja," sagde fyren, som sad foran dem på People & Coffee. "Vi boede sammen. Hun kom ikke hjem. Jeg syntes ikke, jeg kunne lade være."

"Nej, selvfølgelig ikke," sagde Kaja og kiggede hen på Harry. Klokken var halv ni om morgenen. Det havde taget dem en halv time at køre fra Oslo til Drammen lige efter trioens morgenmøde, som var endt med, at Harry havde sendt Bjørn Holm hjem. Han havde ikke sagt så meget, bare sukket dybt, vasket sin kaffekop og så kørt tilbage til Kriminalteknisk Afdeling i Bryn for at genoptage sit arbejde der.

"Har I hørt noget fra Adele?" spurgte fyren og så fra Kaja til Harry.

"Nej," sagde Harry. "Har du?"

Fyren rystede på hovedet og kiggede sig over skulderen hen imod disken for at forsikre sig om, at der ikke stod kunder og ventede. De sad som høns på pinde på høje barstole foran vinduet, som vendte ud mod et af Drammens mange torve, det vil sige en åben plads, der fungerede som parkeringsplads. People & Coffee solgte kaffe og kager til lufthavnspriser og prøvede at se ud, som om det tilhørte en amerikansk kæde, og det gjorde det måske også. Den fyr, Adele Vetlesen havde boet sammen med, Geir Bruun, så ud, som om han var omkring de tredive, var usædvanlig lys og havde en blank, let svedende isse over et blåt, konstant springende blik. Han arbejdede på stedet som såkaldt barista, en titel der havde stået en vis frygtindgydende respekt omkring i halvfemserne, da kaffebarerne lige havde indtaget Oslo. Men som altså handlede om at tilberede kaffe, en kunst som efter Harrys opfattelse først og fremmest handlede om at undgå oplagte fejl. Som politimand brugte Harry folks tonefald, diktion, ordvalg og grammatikalske afvigelser til at placere dem. Geir Bruun hverken klædte, friserede eller førte sig frem på en måde, som fik en til at tænke bøsse, men lige så snart han åbnede munden, var det umuligt at lade være. Det var noget med afrundingen af vokalerne, de små, overflødige pynteord, læsperiet, som virkede næsten påtaget. Harry vidste, at fyren kunne være gennemført heteroseksuel, men han havde allerede konkluderet, at Katrine havde truffet en forhastet slutning, da hun havde kaldt Adele Vetlesen og Geir Bruun samlevere. De var bare to mennesker, som af økonomiske grunde havde delt en lejlighed i Drammen centrum.

"Jo," sagde Geir Bruun til Kajas spørgsmål. "Jeg kan huske, at hun tog op i en af de der overnatningshytter på fjeldet i efteråret." Han sagde det, som om det var et koncept, der var ham aldeles fremmed. "Men det var jo ikke der, hun forsvandt."

"Det ved vi," sagde Kaja. "Tog hun derop sammen med nogen, og ved du i så tilfælde hvem?"

"Aner det ikke. Vi snakkede ikke om den slags. Det er nok at dele bad, hvis I forstår, hvad jeg mener. Hun havde sit privatliv, og jeg havde mit. Men jeg tvivler på, at hun tog op i vildmarken alene, for at sige det på den måde."

"Hvad mener du?"

"Adele gjorde mindst muligt alene. Jeg ser hende ligesom ikke for mig i en hytte uden en eller anden. Men hvem er umuligt at sige. Hun var – hvis jeg skal sige det direkte – en smule promiskuøs. Hun havde ingen veninder og desto flere mandlige venner. Som hun holdt hemmelige for hinanden. Adele levede ikke et dobbeltliv, men et firdobbeltliv. Eller deromkring."

"Så hun var uærlig?"

"Ikke nødvendigvis. Engang gav hun mig tip om ærlige måder at slå op på. Hun fortalte, at hun engang, mens en fyr bollede hende bagfra, tog et billede af det over skulderen med mobilen, klikkede navnet frem på den fyr, hun kom sammen med, sendte billedet og slettede navnet. Alt sammen på én gang." Geir Bruun så udtryksløst på dem.

"Imponerende," sagde Harry. "Vi ved, at hun betalte for to personer deroppe. Kan du give os et navn på en mandlig ven, så vi kan begynde der?"

"Nej," sagde Geir Bruun. "Men da jeg meldte hende savnet, tjekkede I jo, hvem hun havde snakket i telefon med de sidste uger."

"Hvem?"

"Jeg kan ikke huske navnene på dem. Lokale politifolk."

"Fint, vi har en aftale på politistationen nu," sagde Harry, så på uret og rejste sig.

"Hvorfor," sagde Kaja, som var blevet siddende, "indstillede politiet efterforskningen? Jeg kan ikke engang huske at have læst om sagen i aviserne."

"Ved I ikke det?" sagde fyren og signalerede til to kvinder med barnevogne foran disken, at han snarest ville ekspedere dem. "Hun sendte jo det der kort."

"Kort?" sagde Harry.

"Ja. Fra Rwanda. Nede i Afrika."

"Hvad skrev hun?"

"Det var i hvert fald kortfattet. Hun havde truffet drømmefyren, og jeg måtte tage huslejen alene, indtil hun kom tilbage i marts. Den bitch."

Politistationen lå i gåafstand fra caféen. En vicekommissær med kort, bredt græskarhoved og et navn, Harry glemte, lige så snart han havde hørt det, tog imod på et røgstinkende kontor, serverede kaffe i plasticbægre, som brændte mod fingerspidserne, og kastede lange blikke på Kaja, hver gang han troede sig uset.

Han begyndte med at give dem en forelæsning om, at der til enhver tid var et sted mellem fem hundrede og et tusind savnede nordmænd, at næsten alle før eller siden kom tilbage, og at hvis politiet skulle efterforske alle sager med savnede, hvor der ikke var mistanke om noget kriminelt eller en ulykke, ville de ikke have tid til andet. Harry kvalte et gab.

I Adele Vetlesens tilfælde var der oven i købet kommet et livstegn, de havde det faktisk liggende et sted. Vicekommissæren rejste sig og stak græskarhovedet ned i en arkivskuffe og kom op igen med et kort, som han lagde foran dem. Det var et billede af et kegleformet bjerg med en sky rundt om toppen, men var uden tekst, som kunne forklare, hvad bjerget hed, eller hvor i verden det lå. Håndskriften var grim og kantet. Harry kunne lige akkurat tyde underskriften. Adele. Det havde et frimærke fra Rwanda på og var poststemplet Kigali, som Harry mente at huske var hovedstaden.

"Hendes mor bekræftede, at det er datterens håndskrift," sagde vicekommissæren og forklarede, at de på moderens indtrængende anmodning havde tjekket og fundet Adele Vetlesen på passagerlisten for Brussel Airs flight til Kigali via Entebbe-lufthavnen i Uganda den 25. november. Desuden havde de foretaget en hotelsøgning gennem Interpol, og et hotel i Kigali – vicekommissæren ledte i notaterne: "Gorilla Hotel!" – havde ganske rigtigt haft en Adele Vetlesen som gæst samme nat, som hun ankom med flyet. Den eneste grund til, at Adele Vetlesen stadig stod på listen over savnede, var, at de ikke vidste nøjagtigt, hvor hun var lige nu, og at et kort fra udlandet teknisk set ikke ændrede hendes status som savnet.

"Desuden taler vi ikke just om den civiliserede del af verden her," sagde vicekommissæren og slog ud med armene. "Huti, tutsu, eller hvad det nu hedder. Macheter. To millioner døde. Er I med?"

Harry så Kaja lukke øjnene, mens vicekommissæren med skolemesterstemme og mange indskudte bisætninger forklarede, hvor lidt menneskeliv var værd i Afrika, hvor menneskehandel ikke var noget ukendt fænomen, og at i teorien kunne Adele være blevet bortført og tvunget til at skrive kortet, eftersom de sorte gerne betalte en årsløn for at få tænderne i en blond, norsk pige, ikke sandt?

Harry så på kortet og prøvede at lukke græskarmandens stemme ude. Et kegleformet bjerg med en sky omkring toppen. Han så op, da vicekommissæren med det forglemmelige navn rømmede sig.

"Ja, indimellem kan man jo godt forstå dem, eller hvad?" sagde han og smilede indforstået til Harry.

Harry rejste sig og sagde, at arbejdet ventede i Oslo. Men om Drammen kunne være behjælpelig med at scanne og maile postkortet for dem?

"Til en håndskriftekspert?" spurgte vicekommissæren tydeligt misfornøjet og kiggede på den adresse, Kaja havde skrevet ned til ham.

"Vulkanekspert," sagde Harry. "Jeg vil gerne have dig til at sende billedet og spørge, om han kan identificere bjerget."

"*Identificere* bjerget?"

"Han er mere end gennemsnitligt interesseret. Han rejser rundt og ser på dem."

Vicekommissæren trak på skuldrene og nikkede. Så fulgte han dem ud til døren. Harry spurgte, om de havde undersøgt, hvorvidt der havde været trafik på Adeles mobiltelefon, efter at hun tog af sted.

"Vi kan vores arbejde, Hole," sagde vicekommissæren. "Ingen udgående samtaler. Men du kan jo forestille dig mobildækningen i et land som Rwanda ..."

"Egentlig ikke," sagde Harry. "Men nu har jeg jo ikke været der."

"Et postkort!" stønnede Kaja, da de stod ude på torvet foran den civile politibil, de havde rekvireret fra Politihuset. "Flybillet og hotelovernatning i Rwanda! Hvorfor kunne hende din datafreak i Bergen ikke have fundet ud af det, så vi slap for at spilde en halv dag i fucking Drammen!"

"Jeg troede, du ville være i perlehumør," sagde Harry og låste op. "Du fik dig en ny ven, og Adele er måske ikke død alligevel."

"Er *du* i perlehumør?" spurgte Kaja.

Harry så på bilnøglerne. "Vil du gerne køre?"

"Ja!"

Det blinkede mærkeligt nok ikke i nogen af stærekasserne, men de var tilbage i Oslo på lidt over tyve minutter.

De blev enige om at bære de lette ting som kontorrekvisitter og skrivebordsskuffer over til Politihuset først og vente med de tunge ting til dagen efter. De satte det på det samme rullebord, som Harry havde brugt, da han indrettede kontoret.

"Har du fået tildelt et kontor?" spurgte Kaja, da de var halvvejs gennem tunnelen, og hendes stemme kastede lange ekkoer.

Harry rystede på hovedet. "Lad os sætte tingene ind til dig."

"Har du bedt om et kontor?" spurgte hun og standsede op.

Harry gik videre.

"Harry!"

Han standsede.

"Du spurgte om min far," sagde han.

"Det var ikke min mening at ..."

"Nej. Men han har ikke længe igen. Okay? Og bagefter rejser jeg videre. Jeg ville bare ..."

"Ville bare?"

"Har du hørt om Dead Policemen's Society?"

"Hvad er det?"

"Folk som arbejdede i Drabsafdelingen. Folk jeg holdt af. Jeg ved ikke, om det er, fordi jeg skylder dem noget, men det er stammen."

"Hvad?"

"Det er ikke meget, men det er alt, hvad jeg har, Kaja. Det er det eneste, jeg har nogen grund til at føle loyalitet over for."

"En afdeling?"

Harry begyndte at gå. "Jeg ved det godt, og det går nok over. Verden går videre. Det er bare en omorganisering, ikke sandt? Historierne sidder i væggene, og nu skal væggene rives ned. Du og dine kolleger må skrive nogle nye historier, Kaja."

"Er du fuld?"

Harry lo. "Jeg er bare slået. Færdig. Og det er okay. Helt okay."

Hans telefon ringede. Det var Bjørn.

"Jeg lagde Hank-biografien på mit bord," sagde han.

"Jeg har den her," sagde Harry.

"Sikken en rumklang. Er du i kirke?"

"Tunnelen."

"Hold da op, er der virkelig dækning der?"

"Vi har vist nok et bedre mobilnet end Rwanda. Jeg lægger bogen i receptionen."

"Det er anden gang, jeg hører om Rwanda og mobiltelefoner i dag. Sig til dem, at jeg henter den i morgen."

"Hvad har du hørt om Rwanda?"

"Nåh, det var bare noget, Beate sagde. Om coltan, du ved de der metalrester, vi fandt på tænderne fra de to, som havde stikmærker i munden."

"Terminator."

"Hvad?"

"Ingenting. Hvad har det med Rwanda at gøre?"

"Coltan bruges i mobiltelefoner. Det er et sjældent metal, og næsten al den coltan, der findes i verden, kommer fra Congo. Problemet er, at forekomsterne ligger ude i krigszonerne, hvor ingen har styr på noget, så smarte forretningsfolk hugger det i alt kaosset og fragter det over til Rwanda."

"Javel."

"Vi snakkes ved."

Harry skulle til at lægge telefonen tilbage i lommen, da han blev opmærksom på, at han havde en ulæst sms. Han åbnede den.

Nyiragongo. Sidste udbrud i 2002. En af få vulkaner med åben lavasø inde i krateret. Ligger i Congo ved byen Goma. Felix.

Goma. Harry blev stående og så på dråberne, der dryppede fra et rør i loftet. Kluits afrikanske torturinstrumenter kom derfra.

"Hvad er der?" sagde Kaja.

"Ustaoset," sagde Harry. "Og Congo."

"Og hvad skal det betyde?"

"Det ved jeg ikke," sagde Harry. "Men jeg er ikke-troende, når det gælder tilfældigheder." Han tog fat i håndtaget på rullebordet og drejede det omkring.

"Hvad er det, du gør?" sagde Kaja.

"Kører tilbage," sagde Harry. "Vi har stadigvæk mere end et døgn tilbage."

Kapitel 29

Kluit

Det var en usædvanlig mild aften i Hongkong. Skyskraberne kastede lange skygger på The Peak, nogle næsten helt op til villaen, hvor Herman Kluit sad på sin terrasse med en blodrød Singapore Sling i den ene hånd og telefonen i den anden. Han lyttede, mens han så lysene fra bilkøerne sno sig som sankthansorm langt dernede.

Han kunne godt lide Harry Hole, det havde han kunnet lige fra det første øjeblik, han havde set den høje, atletiske, men tydeligt alkoholiserede nordmand komme ind på Happy Valley for at sætte sine sidste penge på den forkerte hest. Der var noget med det krigeriske blik, den arrogante holdning, det vagtsomme kropssprog, som mindede ham om sig selv som ung lejesoldat i Afrika. Herman Kluit havde været i kamp overalt, på alle sider, tjent de herrer, som betalte. I Angola, Zambia, Zimbabwe, Sierra Leone, Liberia. Alle lande med en mørk historie og en endnu mørkere fremtid. Men ingen mørkere end det land, Harry havde spurgt om. Congo. Det var der, de omsider havde fundet guldåren. I form af diamanter. Og kobolt. Og coltan. Landsbyhøvdingen tilhørte mai-mai-folket, som troede, at vand gjorde dem usårlige. Men ellers var han en fornuftig mand. Der var ingenting, man ikke kunne fikse i Afrika med en bunke sedler eller – hvis det kneb – en ladt Kalashnikov. I løbet af et år var Herman Kluit blevet en rig mand. I løbet af tre var han stinkende rig. Én gang om måneden var de taget til den nærmeste by, Goma, og havde sovet i senge i stedet for et jordgulv ude i junglen, hvor et tæppe af mystiske, blodsugende fluer svirrede op fra huller i jorden hver nat, og man vågnede som et halvspist kadaver. Goma. Sort lava, sorte penge, sorte skønheder, sorte synder. I junglen havde halvdelen af mændene pådraget sig malaria, resten sygdomme, som ingen hvid læge kendte til, og som gik under fællesbetegnelsen junglefeber. Det var sådan en sygdom, Herman Kluit havde, og selv om den lod ham i fred i lange perioder, kom han aldrig helt af med den. Det eneste virksomme middel, Herman Kluit kendte til, var Singapore Sling. Han var blevet præsenteret for drinken i Goma hos en belgier, som ejede en fantastisk villa, som vist nok var blevet bygget af kong Leopold, dengang landet hed Fristaten Belgisk Congo og var monarkens egen, private legeplads og pengetank. Villaen lå helt nede ved bredden af Kivu-søen, med kvinder og solnedgange så smukke, at man for en stund glemte alt om junglen, mai-mai og jordfluer.

Det var belgieren, som havde vist Herman Kluit kongens lille skatkammer i kælderen. Der havde han samlet sig alt fra verdens mest avancerede ure, sjældne våben, fantasifulde torturinstrumenter, guldklumper, uslebne diamanter og præparerede menneskehoveder. Det var der, Kluit første gang var stødt på det, de kaldte Leopolds æble. Det var vist nok blevet udviklet af en af kongens belgiske ingeniører til brug på genstridige stammehøvdinge, som ikke ville fortælle, hvor de fandt deres diamanter. Den tidligere metode havde været at bruge skovbøfler. De smurte høvdingen ind i honning, bandt ham til et træ og førte en indfanget skovbøffel hen til ham, og den begyndte så at slikke honningen af. Pointen var, at skovbøflens tunge var så ru, at den slikkede både hud og kød af også. Men det tog tid at fange skovbøfler, og de kunne være svære at styre, når de først var begyndt at slikke. Derfor Leopolds æble. Ikke så meget fordi det var effektivt rent torturteknisk, og æblet forhindrede jo oven i købet fangen i at tale. Men virkningen på de indfødte, som var til stede og så, hvad der skete, når forhørslederen trak i snoren for anden gang, var upåklagelig. Næste mand, som blev bedt om at åbne munden for at tage imod æblet, snakkede som et vandfald.

Herman Kluit nikkede til sin filippinske hushjælp, at hun skulle tage det tomme glas med ind.

"Du husker rigtigt, Harry," sagde Herman Kluit. "Det ligger stadig på min kaminhylde. Om det nogen sinde har været brugt, ved jeg heldigvis ikke. En souvenir. Det minder mig om, hvad der findes i mørkets hjerte. Det er altid nyttigt, Harry. Nej, jeg har hverken set eller hørt, at det har været brugt noget andet sted. Det er jo et kompliceret stykke teknologi, forstår du, med alle de her fjedre og spidser. De kræver en speciel legering. Coltan, ja. Nemlig. Meget sjældent. Ham, jeg købte mit æble af, Eddie van Boorst, påstod, at der kun blev lavet fireogtyve af dem, og at han havde toogtyve af dem, hvoraf ét var lavet af fireogtyve karats guld. Korrekt, der er også fireogtyve nåle, hvordan vidste du det? Antallet fireogtyve havde vist nok noget med ingeniørens søster at gøre, jeg husker ikke hvad. Men det kan også bare have været noget, van Boorst sagde for at få prisen op, han er belgier, ikke sandt?"

Kluits latter gik over i hoste. Den helvedes feber!

"Han burde under alle omstændigheder have en oversigt over, hvor æblerne befinder sig. Han boede i en nydelig villa i Goma nord for Kivu-søen, lige ved grænsen til Rwanda. Adressen?" Kluit hostede igen. "Goma får en ny gade hver dag, og indimellem bliver halvdelen af byen begravet i lava, så adresser eksisterer ikke, Harry. Men postkontoret har en oversigt over blegansigterne. Nej, jeg aner ikke, om han stadig bor i Goma. Eller om han lever, for den sags skyld. Den forventede levealder i Congo er nogle og tredive, Harry. Også for hvide. Desuden er byen i praksis belejret. Netop. Nej da, selvfølgelig har du ikke hørt om den krig. Det er der ingen, der har."

Gunnar Hagen stirrede vantro på Harry og lænede sig ind over sit skrivebord.

"Du vil tage til Rwanda?" sagde han.

"Bare en sviptur," sagde Harry. "To døgn inklusiv rejsen."

"For at efterforske hvad?"

"Det, jeg sagde. En sag om en savnet person. Adele Vetlesen. Kaja tager op til Ustaoset for at se, om hun kan finde ud af, hvem Adele rejste sammen med, lige før hun forsvandt."

"Hvorfor kan I ikke bare ringe derop og bede dem tjekke gæstebogen?"

"Fordi Håvasshytten ikke er betjent," sagde Kaja, som havde indtaget stolen ved siden af Harry. "Men alle, der overnatter i Turistforeningens hytter, skal skrive sig ind i gæstebogen med besked om, hvor de er på vej hen. Det er påbudt, sådan at hvis nogen bliver meldt savnet på fjeldet, kan eftersøgningsholdene vide, hvor de skal begynde. Forhåbentlig er Adele og hendes rejseven indskrevet med fulde navn og adresse."

Gunnar Hagen kløede sig i hårkransen med begge hænder. "Og intet af det her har altså noget med de andre drabssager at gøre?"

Harry stak underlæben frem. "Ikke så vidt jeg kan se, chef. Kan du?"

"Hm. Og hvorfor skulle jeg smadre afdelingens rejsebudget med en så ekstravagant udflugt?"

"Fordi menneskehandel er et prioriteret område," sagde Kaja. "Jævnfør justitsministerens udtalelse til pressen tidligere på ugen."

"Desuden," sagde Harry, strakte sig og lagde hænderne bag hovedet. "Er det umuligt at sige, om der skulle komme andre ting for dagen, ting som kan føre til opklaring af andre sager."

Gunnar Hagen så eftertænksomt på vicekommissæren.

"Chef," tilføjede Harry.

Kapitel 30

Gæstebog

Et skilt på en beskeden gul stationsbygning forkyndte, at de var i Ustaoset. Kaja tjekkede med uret, at de var ankommet nøjagtig til tiden, 10.44. Hun kiggede ud. Solen skinnede på de snedækkede vidder og porcelænshvide fjeld. Bortset fra en klynge huse og et hotel på tre etager var Ustaoset ægte højfjeld. Ganske vist overstrøet med små hytter og en højdeforvirret buskvækst eller to, men ikke desto mindre ren ødemark. Ved siden af stationsbygningen, næsten inde på selve perronen, stod en enlig SUV med motoren i gang. Fra togkupéen havde det set ud, som om der ikke var et vindpust udenfor. Men da Kaja trådte ud på perronen, var det, som om vinden blæste direkte igennem hendes tøj: termoundertøj, anorak, skistøvler.

En skikkelse sprang ud af SUV'en og kom hen imod hende. Han havde den lave vintersol i ryggen. Kaja kneb øjnene sammen. Smidig, selvsikker gang, et hvidt smil og en udstrakt hånd. Hun stivnede. Det var Even.

"Aslak Krangli," sagde manden og gav hendes hånd et fast tryk. "Lensmand."

"Kaja Solness."

"Det er koldt, ja. Ikke som nede i lavlandet, hvad?"

"Netop," sagde Kaja og gengældte smilet.

"Jeg har ikke kapacitet til at tage med op til Håvasshytten i dag. Vi har haft sneskred, en tunnel er lukket, og vi må omdirigere trafikken." Uden at spørge tog han hendes ski, lagde dem over skulderen og begyndte at gå hen imod SUV'en. "Men jeg har fået ham, der fører tilsyn med hytten, til at køre dig derop. Odd Utmo. Er det i orden?"

"Det er helt fint," sagde Kaja, som bare blev glad for det. Det betød måske, at hun slap for så mange spørgsmål om, hvorfor Oslopolitiet pludselig blandede sig i en forsvindingssag fra Drammen.

Krangli kørte hende de knap fem hundrede meter hen til hotellet.

På den snedækkede plads foran indgangen sad en mand på en gul snescooter. Han var iført rød kedeldragt, skindhue med øreklapper, et tørklæde for munden og store snebriller.

Da han skubbede snebrillerne op og mumlede sit navn, opdagede Kaja, at hans ene øje havde en hvid, gennemsigtig hinde, som om der var blevet hældt mælk i det. Det andet studerede hende uden blusel fra top til tå. Mandens ranke holdning kunne have tilhørt en ung mand, men hans ansigt var en oldings.

"Kaja. Tak for, at du kunne stille op med så kort varsel," sagde hun.

"Det får jeg penge for," sagde Odd Utmo, så på uret, trak ned i tørklædet og spyttede. Kaja så det glimte i tandreguleringen mellem de snusbrune tænder. Tobaksspyttet lavede en sort stjerne på isen. "Håber, du har spist og tisset af."

Kaja lo, men Utmo havde allerede vendt hende ryggen og var ved at skræve hen over snescooteren.

Hun så på Krangli, som imens havde stukket hendes ski og stave under stropperne, så de var spændt fast på langs af scooteren sammen med Utmos ski, et bundt med noget, der lignede røde dynamitstænger, og en riffel med kikkertsigte.

Kaja vendte sig om mod Krangli. Lensmanden trak på skuldrene og smilede det hvide drengesmil en gang til. "Lykke til, håber du find..."

Resten blev overdøvet af brølet fra scootermotoren. Kaja skyndte sig at sætte sig på. Til sin lettelse så hun, at der var håndtag, hun kunne holde fast i, så hun i det mindste slap for at omfavne den hvidøjede olding bagfra. Udstødningsrøgen lagde sig omkring dem, og så startede de med et ryk.

Utmo stod med let bøjede knæ og brugte kropstyngden til at balancere på snescooteren, som han førte forbi hotellet, over en snedrive og ud i den bløde sne og videre skråt op ad den første skråning. Da de var kommet op på toppen med udsigt nordover, så Kaja en uendelighed af hvidt ligge foran dem. Utmo vendte sig og nikkede spørgende. Kaja nikkede tilbage, at alt var i orden. Så gav han gas. Kaja drejede hovedet og gennem det snetæppe, der rejste sig, så hun bebyggelsen forsvinde.

Kaja havde ofte hørt folk sige, at snedækkede vidder fik dem til at tænke på en ørken. Hende fik det til at tænke på dagene og nætterne sammen med Even i storebroderens havgående sejlbåd.

Snescooteren skar sig gennem det vældige, tomme landskab. Sneen og vinden havde i samarbejde udvisket konturerne, glattet dem over, jævnet dem ud, så det var blevet som én vældig havoverflade, hvor det store fjeld, Hallingskarvet, rejste sig som en truende monsterbølge. Der var ingen bratte bevægelser, sneens elasticitet og scooterens tyngde gjorde alle bevægelser bløde, dæmpede. Kaja gned forsigtigt næsen og kinderne for at forsikre sig om, at der løb tilstrækkeligt med blod gennem dem. Hun havde før set, hvad selv relativt små frostskader kunne gøre ved et ansigt. Motorens monotone brøl og landskabets beroligende ensformighed havde gjort hende søvnig, da hun brat vågnede op ved, at motoren døde ud, og de holdt stille. Hun så på uret. Hendes første tanke var, at de havde fået motorstop og var mindst tre kvarters kørsel fra civilisationen. Hvor langt var det på ski? Tre timer? Fem? Hun anede det ikke. Utmo var allerede hoppet af og i gang med at løsne skiene fra scooteren.

"Er der noget galt med ..." begyndte hun, men holdt inde, da Utmo rejste sig og pegede ind i den lille dalsænkning, de var standset foran.

"Håvasshytten," sagde han.

Kaja kneb øjnene sammen bag solbrillerne. Og ganske rigtigt, i bunden af fjeldsiden så hun en sort, lille hytte.

"Hvorfor kører vi ikke ..."

"Fordi folk er idioter, og derfor er vi nødt til at liste os ind på hytten."

"Liste?" sagde Kaja og skyndte sig at spænde skiene på, som Utmo allerede havde gjort.

Han pegede med staven op mod fjeldsiden. "Hvis du kører en snescooter ind i sådan en snæver dal, kastes lyden frem og tilbage. Løs nysne ..."

"Sneskred," sagde Kaja. Hun mindedes noget, hendes far havde fortalt hende efter en af sine ture i Alperne. At under anden verdenskrig var der omkommet over tres tusind soldater i laviner deroppe, og at de fleste laviner var blevet udløst af lydbølgerne fra artilleriilden.

Utmo standsede op et øjeblik og så på hende igen. "De her naturfolk fra byen tror, de er smarte, når de placerer en hytte i læ. Men det er bare et spørgsmål om tid, før den også bliver taget af sneen."

"Også?" sagde Kaja.

"Håvasshytten har kun ligget der i tre år. I år er den første vinter med ordentlig lavinesne. Og der kommer snart mere."

Han pegede mod vest. Kaja skyggede for øjnene. I snehorisonten kunne hun se, hvad han mente. Tunge, gråhvide kumulusskyer dannede paddehatteformationer på den blå baggrund.

"Der kommer sne hele ugen," sagde Utmo, hægtede riflen fri fra scooteren og hængte den over skulderen. "Hvis jeg var dig, ville jeg skynde mig. Og lad være med at råbe."

De gik ind i dalen i tavshed, og Kaja kunne mærke temperaturen falde, da de nåede ind i skyggen, hvor kulden lagde sig i terrænets lavninger.

De spændte skiene af foran den sortbejdsede tømmerhytte, stillede dem op ad væggen, og Utmo fiskede en nøgle frem fra lommen og satte den i låsen.

"Hvordan kommer overnatningsgæsterne ind?" spurgte Kaja.

"De køber standardnøglen. Den passer til alle fire hundrede og halvtreds turisthytter i hele landet." Han drejede nøglen rundt, trykkede håndtaget ned og skubbede til døren. Der skete ikke noget. Han svor lavmælt, satte skulderen mod døren og skubbede igen. Døren løsnede sig fra karmene med et lille, iltert skrig.

"Hytten krymper i kulden," mumlede han.

Indenfor var der tusmørke og lugtede af petroleum og brændeild.

Kaja inspicerede hytten. Hun vidste, at ordningen var såre enkel. Man kom, skrev sig ind i gæstebogen, tog en seng eller en madras, hvis der var fuldt, fyrede op i pejsen, lavede sin medbragte mad i køkkenet, hvor der var komfur og kogegrej og – hvis man forsynede sig af tørkosten, som stod i skabene – betalte ved at lægge penge i en kasse. I den samme kasse betalte man for overnatningen eller udfyldte en betalingsfuldmagt. Al betaling var baseret på eget ansvar og æresfølelse.

Hytten havde fire soverum, som alle vendte mod nord, alle med fire pladser i to køjesenge. Stuen vendte mod syd og var traditionelt møbleret, det vil sige med tunge fyrretræsmøbler. Der var både en stor, åben pejs for den visuelle hyggeeffekts skyld og en ovn til mere effektiv opvarmning. Kaja anslog, at der var siddeplads til tolv-femten mennesker omkring spisebordet, og soveplads til det dobbelte, hvis man rykkede sammen og tog madrasser og gulv i brug. Hun så for sig lyset fra stearinlys og pejsen flakke hen over kendte og fremmede ansigter, mens snakken gik om dagens og morgendagens tur, og man nød en øl eller et glas rødvin. Evens rødmossede ansigt, som lo mod hende og skålede fra et af de næsten mørklagte hjørner.

"Gæstebogen er i køkkenet," sagde Utmo og pegede mod en af dørene. Han så utålmodig ud, som han stod der ved udgangen stadig med hue og luffer på. Kaja lagde hånden på dørklinken og skulle til at trykke den ned, da det kom. Lensmanden Krangli. Han havde sådan lignet. Hun havde vidst, at tanken måtte dukke op igen, hun havde bare ikke vidst hvornår.

"Kan du åbne døren for mig?" sagde hun.

"Hvad?"

"Den binder," sagde Kaja. "Kulden."

Hun lukkede øjnene, mens hun hørte ham komme, hørte døren gå lydløst op, mærkede hans forbavsede blik på sig. Så åbnede hun øjnene igen og trådte indenfor.

Køkkenet havde en lidt harsk lugt af fedt. Hun mærkede pulsen stige, mens hendes blik fløj hen over bordene, skabene. Blikket fandt den sorte skindbog på køkkenbordet under vinduet. Den var fastgjort til væggen med en blå nylonsnor.

Kaja tog en dyb indånding. Hun gik hen til bogen og åbnede den.

Side efter side med håndskrevne navne, skrevet af gæsterne selv. De fleste havde fulgt reglen om at anføre næste bestemmelsessted.

"Jeg skulle egentlig herud i løbet af weekenden og kunne have tjekket bogen for jer," hørte hun Utmo sige bag sig. "Men I kunne vist ikke vente?"

"Nej," sagde Kaja og bladede gennem datoerne. November. 6. november. 8. november. Hun bladede tilbage. Og frem igen. Den var der ikke.

7. november var væk. Hun bukkede de to sider af den åbne bog tilbage. Fra margenen strittede resterne af det afrevne ark. Nogen havde fjernet det.

Kapitel 31
Kigali

Lufthavnen i Kigali, Rwanda, var lille, moderne og overraskende velorganiseret. På den anden side var det Harrys erfaring, at internationale lufthavne fortalte meget lidt eller ingenting om det land, de lå i. I Mumbai, Indien, herskede der ro og effektivitet, i JFK i New York paranoia og kaos. Køen foran paskontrollen rykkede et hak frem, og Harry fulgte trop. Til trods for den behagelige temperatur mærkede han sveden løbe ned mellem skulderbladene under den tynde bomuldsskjorte. Han tænkte igen på de skikkelser, han havde set i Schiphol i Amsterdam, hvor det forsinkede fly fra Oslo var landet. Harry havde løbet sig varm gennem lange alfabetiserede gange med gates i stigende nummerrækkefølge for at nå det fly, som skulle fragte ham til Kampala, Uganda. Et sted hvor gangene krydsedes havde han set noget ud af øjenkrogen. En skikkelse som der havde været noget bekendt ved. Der havde været modlys, og skikkelsen var for langt borte til, at han havde kunnet skelne ansigtet. Da Harry som den sidste var kommet om bord i flyet, havde han konkluderet det indlysende: at det ikke havde været hende. For hvad var chancen for det? Og drengen ved siden af hende kunne helt sikkert ikke have været Oleg. Han kunne ikke være vokset så meget.

"*Next.*"

Harry trådte hen til lugen, lagde sit pas, immigrationskortet, kopien af den visumansøgning, han havde printet ud fra nettet, og de tres nystrøgne dollar, visummet kostede.

"*Business?*" sagde paskontrolløren, og Harry mødte hans blik. Manden var høj, tynd og huden så sort, at den gav genskin. Formodentlig tutsi, tænkte Harry. Det var dem, der kontrollerede landets grænser nu.

"*Yes.*"

"*Where?*"

"*Congo-Kinshasa.*"

Paskontrolløren pegede på det immigrationskort, Harry havde udfyldt på flyet. "*Says here you're staying at the Gorilla Hotel in Kigali.*"

"*Just tonight,*" sagde Harry. "*Then I'll drive to Congo tomorrow, one night in Goma, and then back here and home. It's a shorter drive than from Kinshasa.*"

"*Have a pleasant stay in Congo, busy man,*" sagde den uniformerede paskontrollør med en hjertelig latter, svingede stemplet over passet og gav det tilbage.

En halv time senere udfyldte Harry et gæstekort på Gorilla Hotel, underskrev det og fik udleveret en nøgle fastgjort til en gorilla udskåret i træ. Da Harry lagde sig i sengen, var det atten timer siden, at han var stået op af sin egen i Oppsal. Han stirrede på den brølende vifte ved sengens fodende. Der kom knap nok et vindpust fra den, selv om bladene roterede med hysterisk fart. Han kom ikke til at sove.

Chaufføren bad Harry kalde ham Joe. Joe var congoleser, talte flydende fransk og et noget mere tyktflydende engelsk. Han var bestilt via kontakter i en norsk bistandsorganisation, som havde base i Goma.

"*Eight hundred thousand,*" sagde Joe, mens han styrede Landroveren ad en hullet, men fuldt farbar asfaltvej, som snoede sig mellem grønne bakker og bjergsider med opdyrket jord fra top til tå. Af og til bremsede han velvilligt for ikke at køre de mennesker ned, som gik, cyklede, trillede og bar på noget i vejsiden, men som regel reddede de sig selv i sidste øjeblik ved at springe til side.

"De dræbte otte hundrede tusind i løbet af bare nogle uger i 1994. Hutuer gik ind til deres gode, gamle naboer og huggede dem ned med machete, fordi de var tutsier. Propagandaen i radioen gik på, at hvis din ægtemand var tutsi, var det din pligt som hutu at dræbe ham. *Cut down the tall trees.* Mange flygtede ad den her vej ..." Joe pegede ud ad bilvinduet. "Ligene lå stablet oven på hinanden, og nogle steder var det helt ufremkommeligt. Det var en god tid for gribbene."

De kørte videre i tavshed.

De passerede to mænd, som bar et stort kattedyr, der hang med sammenbundne lemmer fra en træstok, som mændene bar mellem sig. Børn dansede jublende ved siden af og stak pinde i det døde dyr. Pelsen var solfarvet med pletter af skygge.

"Jægere?" spurgte Harry.

Joe rystede på hovedet, kiggede i spejlet og svarede med en blanding af engelske og franske gloser: "Kørt over, vil jeg tro. Den er næsten umulig at jage. Den er sjælden, har et stort revir og jager kun om natten. Om dagen gemmer den sig og falder sammen med omgivelserne. Jeg tror, det er et ret så ensomt dyr, Harry."

Harry så på de mænd og kvinder, der arbejdede i markerne. Flere steder var vejmaskiner og mænd i gang med en udbedring af vejen, nede i en dal så Harry en motorvej under konstruktion. På en mark sparkede jublende børn i blå skoleuniformer en fodbold rundt mellem sig.

"*Rwanda is good*," sagde Joe.

To og en halv time senere pegede Joe ud ad forruden. "*Lake Kivu. Very nice, very deep.*"

Vandfladen på den store sø syntes at reflektere tusind sole. Landet på den anden side var Congo. Bjergene rejste sig på alle sider. En enlig, hvid sky lå rundt om toppen på et af dem.

"*No cloud*," sagde Joe, som om han forstod, hvad Harry tænkte. "*The killer mountain. Nyiragongo.*"

Harry nikkede.

En time senere havde de passeret grænsen og kørte ind mod Goma. I vejsiden sad en radmager mand med en flænget jakke og stirrede frem for sig med et desperat, vanvittigt blik. Joe styrede forsigtigt bilen uden om kraterne på den plørede sti. En militærjeep kørte foran dem. Den svajende soldat, som bemandede maskingeværet, så på dem med et koldt, træt blik. Lige over dem brølede flymotorer.

"*UN*," sagde Joe. "*More guns and grenades. Nkunda is coming closer to the city. Very strong. Many people escape now. Réfugiés. Maybe Mister van Boorst too, eh? I not seen him long time.*"

"*You know him?*"

"*Everybody knows Mister Van. But he has Ba-Maguje in him.*"

"*Ba-what?*"

"*Un mauvais esprit. A demon. He makes you thirsty for alcohol. And take away your emotions.*"

Klimaanlægget blæste kold luft. Sveden løb ned mellem Harrys skulderblade.

De var stoppet midt mellem to rækker skure i det, som Harry forstod var et slags centrum i Goma by. Mennesker hastede frem og tilbage på den næsten ufremkommelige sti, som gik mellem butikkerne. Langs husvæggene lå stabler af sorte stenblokke, der fungerede som fundament. Jorden lignede stivnet, sort glasur, og gråt støv hvirvlede rundt i luften, der stank af rådden fisk.

"Der," sagde Joe og pegede på døren til det eneste murstenshus i rækken. "Jeg venter i bilen."

Harry bemærkede, at et par af mændene på gaden stoppede op, da han steg ud af bilen. Han så dem sende ham det neutrale, farlige blik, som ikke indeholdt noget varsel. Mænd som vidste, at aggressive handlinger er mest effektive uden varsel. Harry gik direkte hen imod døren uden at se sig om og viste, at han var klar over, hvad han gjorde der, hvor han skulle hen. Han bankede på. Én gang. To gange. Tre. For fanden da! Det var en pokkers lang rejse bare for ...

Døren gik op på klem.

Et hvidt, rynket ansigt stirrede spørgende på ham.

"Eddie van Boorst?" sagde Harry.

"*Il est mort*," sagde manden med en stemme så hæs, at den lød som en dødsrallen.

Harry huskede nok af sit skolefransk til at forstå, at manden påstod, at van Boorst var død. Han satsede på engelsk: "Mit navn er Harry Hole. Jeg har fået van Boorsts navn af Herman Kluit i Hongkong. Jeg har rejst langt. Jeg er interesseret i Leopolds æble."

Manden blinkede to gange. Han stak hovedet ud ad døren og så til højre og venstre. Så åbnede han døren lidt mere op. "*Entréz*," sagde han og nikkede Harry ind.

Harry dukkede hovedet inden for den lave dør og nåede i sidste øjeblik at få benene med sig: Gulvet indenfor lå tyve centimeter lavere. Der lugtede af røgelse derinde. Plus noget andet, velkendt: den søde, emmende stank af gammel mand, som har drukket i flere dage.

Harrys øjne vænnede sig til mørket, og han opdagede, at den lille, spinkle, gamle mand var iført en elegant, mørkerød silkeslåbrok.

"*Scandinavian accent*," sagde van Boorst på Hercule Poirot-engelsk og førte en cigaret med et gulnet mundstykke op til de smalle læber. "*Let me guess. Definitely not Danish. Could be Swedish. But I think Norwegian. Yes?*"

En kakerlak viste følehornene i en sprække i væggen bag ham.

"*Right. An expert on accents?*"

"Det er bare en hobby," sagde van Boorst, smigret, fornøjet. "I små nationer som Belgien må man lære at se udad, ikke indad. Og hvordan har Herman det?"

"Godt," sagde Harry, vendte sig mod højre og så to par øjne kigge uinteresseret på ham. Det ene fra et billede over sengen i hjørnet. Et indrammet portræt af en person med langt, gråt skæg, kraftig og spids næse, kort hår, epauletter, kæde, sabel. Kong Leopold, hvis ikke Harry tog meget fejl. Det andet par øjne tilhørte kvinden, som lå på siden i sengen med blot et tæppe draperet over hoften. Lyset fra vinduet over hende faldt på de små, ungpigespændstige bryster. Hun besvarede Harrys nik med et kort smil, som blottede en stor guldtand blandt alle de hvide. Hun kunne næppe være mere end tyve år. På væggen bag den slanke talje kunne Harry ane en bolt, som var slået ind i den sprukne murpuds. Fra bolten dinglede et par rosa håndjern.

"Min kone," sagde den lille belgier. "Nå ja, en af dem."

"Miss van Boorst?"

"Noget i den stil. Du vil købe? Du har penge?"

"Først vil jeg se, hvad du har," sagde Harry.

Eddie van Boorst gik hen til døren, lukkede den op på klem, kiggede udenfor. Smækkede den i igen og låste. "Er det bare din chauffør, du har med?"

"Ja."

Van Boorst dampede på cigaretten, mens han studerede Harry gennem hudfolderne, der lagde sig omkring hans øjne, når han kneb dem sammen.

Så gik han hen til et hjørne af rummet, sparkede et tæppe til side, bøjede sig ned og trak i en jernring. En luge åbnede sig. Belgieren gav tegn til, at Harry skulle kravle ned i hullet først. Harry gik ud fra, at det var en forhåndsregel baseret på erfaring, og gjorde, som han fik besked på. En stige førte ned i totalt mørke. Først efter det syvende trin fik Harry fast grund under fødderne. Lidt efter blev en lampe i loftet tændt.

Harry kiggede sig rundt i kælderrummet, som havde fuld højde og et plant gulv af cement. Hylder og skabe dækkede tre af væggene. På hylderne lå dagligvarerne: godt brugte Glock-pistoler, hans egen Smith & Wesson .38, kasser med ammunition, en Kalashnikov. Harry havde aldrig haft den berømte russiske automatriffel med det officielle navn AK-47 i hånden. Han strøg hånden hen over træskæftet.

"En original fra første produktionsår i 1947," sagde van Boorst.

"Det virker, som om alle hernede har en," sagde Harry. "Afrikas mest populære dødsårsag, har jeg hørt."

Van Boorst nikkede. "Af to enkle grunde. Da kommunistlandene begyndte at eksportere Kalashnikoven hertil efter den kolde krig, kostede geværet lige så meget som en fed høne i fredstid. Og ikke mere end hundrede dollar i krigstid. For det andet virker den, uanset hvad man gør med den, og det er vigtigt i Afrika. I Mocambique er de så glade for deres Kalashnikov, at de har den i deres nationalflag."

Harrys blik standsede ved bogstaverne, som diskret prægede en sort kuffert. "Er det det, jeg tror, det er?" spurgte Harry.

"Märklin," sagde van Boorst. "En sjælden riffel. Den blev produceret i et stærkt begrænset antal, eftersom den var en fiasko. Alt for tung og alt for stor kaliber. Den blev brugt til elefantjagt."

"Og menneskejagt," sagde Harry lavmælt.

"Kender du noget til våbnet?"

"Kikkertsigte med verdens bedste optik. Ikke just noget man har brug for, når man vil ramme en elefant på hundrede meters afstand.

Det er en ren attentatriffel." Harry strøg fingrene langs kufferten, mens minderne strømmede ind over ham. "Ja, jeg kender den godt."

"Du kan få den her billigt. Tredive tusind euro."

"Jeg er ikke ude efter rifler denne gang." Harry vendte sig om mod den åbne reol, som stod midt i kælderen. Hvidmalede, groteske træmasker grinede mod ham fra hylderne.

"Mai-mai-folkets åndemasker," sagde van Boorst. "De tror, at hvis de sprinkler sig med helligt vand, kan fjendernes kugler ikke såre dem. Fordi kuglerne faktisk også bliver til H_2O. Mai-mai-guerillaen gik i krig mod regeringshæren med bue og pil, badehætter på hovedet og badekarpropper som amuletter. *I'm not kidding you, monsieur.* De blev selvfølgelig mejet ned. Men de kan godt lide vand, mai-mai. Og hvidmalede masker. Og deres fjenders hjerter og nyrer. Letstegt med majsvælling."

"Javel," sagde Harry. "Jeg havde ikke ventet, at et så enkelt hus havde fuld kælder."

Van Boorst lo kort. "*Cellar? This is the ground floor. Or was.* Før udbruddet for tre år siden."

Det dæmrede for Harry. Sorte stenblokke, sort glasur. Gulvet deroppe, som lå lavere end jorden udenfor.

"Lava," sagde Harry.

Van Boorst nikkede. "Den løb tværs gennem centrum og tog min villa nede ved Kivu-søen. Alle træhusene heromkring brændte, det her betonhus var det eneste, som stod tilbage, men var halvvejs begravet af lava." Han pegede hen imod væggen. "Der ser du udgangsdøren til det, der var gadeniveau for tre år siden. Jeg købte huset og satte bare en ny dør i der, hvor du kom ind."

Harry nikkede. "Det var heldigt, at lavaen ikke brændte sig gennem døren og fyldte den her etage."

"Som du ser, er vinduerne og døren placeret på væggen, som vender væk fra Nyiragongo. Det er ikke første gang. Det satans bjerg spyr lava på den her by hvert tiende eller tyvende år."

Harry hævede et øjenbryn. "Og alligevel flytter folk tilbage?"

Van Boorst trak på skuldrene. "Velkommen til Afrika. Men vulkanen er *bloody useful.* Hvis du skal skaffe dig af med et besværligt lig – som er en ganske almindelig problemstilling i Goma – kan du selvfølgelig smide det i Kivu-søen. Men det *findes* jo stadigvæk dernede. Men ikke, hvis man bruger Nyiragongo. Folk tror, at vulkaner tit har sådan nogle boblende, glohede lavasøer i bunden, men det har de ikke. Ingen. Bortset fra Nyiragongo. Tusind grader celsius. Sænk noget derned, og "puff!" Så stiger det op igen som gas. Det er den eneste mulighed, folk i Goma har for at komme i himlen." Han lo hostende. "Jeg var vidne til en overivrig coltanjæger, som brugte en kæde til at sænke datteren af en stammehøvding ned i krateret deroppe engang. Høvdingen ville ikke underskrive de papirer, som gav coltanjægerne ret til minedrift i deres område. Der gik ild i hendes hår tyve meter over lavaen. Ti meter over brændte pigebarnet som et vokslys. Og fem meter længere nede dryppede det af hende. Jeg overdriver ikke. Hud, kød, det smeltede simpelthen bare af skelettet ... Er det den her, du var interesseret i?" Van Boorst havde åbnet et skab og taget en metalkugle frem. Den var blank, perforeret af små huller og lidt mindre end en tennisbold. Fra et lidt større hul hang der en tynd snor med en ring i enden. Det var det samme instrument, Harry havde set hjemme hos Herman Kluit.

"Fungerer den?" spurgte Harry.

Van Boorst sukkede. Han stak lillefingeren ind i metalringen og trak i den. Der lød et højt smæld, og metalkuglen hoppede i belgierens hånd. Harry stirrede. Ud af hullerne i kuglen stak noget, som lignede antenner.

"Må jeg?" spurgte han og rakte hånden frem. Van Boorst rakte ham kuglen og fulgte vagtsomt med, mens Harry talte antennerne.

Harry nikkede. "Fireogtyve," sagde han.

"Det samme som det antal æbler, der blev fremstillet," sagde van Boorst. "Tallet havde en symbolsk værdi for ingeniøren, som konstruerede og lavede det. Det var alderen på hans søster, da hun tog sit eget liv."

"Og hvor mange af dem har du i dit skab der?"

"Kun otte. Inklusiv det her pragteksemplar i guld." Han tog en kugle ud, som blinkede mat i lyset fra pæren, før han lagde den tilbage i skabet. "Men den er ikke til salg. Den må du slå mig ihjel for at få kløerne i."

"Så du har solgt fjorten af dem, siden Kluit købte sit?"

"Og til stadig stigende priser. Det er en sikker investering, herr Hole. Gamle torturredskaber har en trofast og betalingsvillig tilhængerskare, tro mig."

"Jeg tror dig," sagde Harry og prøvede at trykke en af antennerne ned.

"Den er fjederbelastet," sagde van Boorst. "Når man har trukket én gang i snoren, kan den afhørte ikke få æblet ud af munden igen. Det kan ingen andre heller, for den sags skyld. Man er nødt til at gå vejen omkring trin to for at få spidserne ind igen. Vær venlig ikke at trække i snoren."

"Trin to?"

"Giv mig den."

Harry rakte van Boorst kuglen. Belgieren stak forsigtigt en kuglepen gennem metalringen, holdt pennen vandret og i højde med kuglen og slap så kuglen. Idet snoren blev strammet, lød der et nyt smæld. Leopolds æble dansede femten centimeter under pennen, og det glimtede i de sylespidse nåle, som nu stak ud fra spidsen af hver af antennerne.

"For fanden da!" røg det ud af Harry på norsk.

Belgieren smilede. "Mai-maierne kaldte indretningen 'Blodets sol'. Kært barn har mange navne." Han lagde æblet på bordet, førte pennen ind i hullet, som snoren hang ud af, trykkede hårdt til, og med et nyt smæld forsvandt både nålene og antennerne ind igen, og kongeæblet havde fået sin runde, glatte form tilbage.

"Imponerende," sagde Harry. "Hvor meget?"

"Seks tusind dollar," sagde van Boorst. "Jeg plejer at lægge lidt på for hver gang, men du får den for samme pris, som jeg solgte den sidste for."

"Hvorfor det?" sagde Harry og strøg med pegefingeren hen over det glatte metal.

"Fordi du har rejst så langt," sagde van Boorst og blæste cigaretrøg ud i rummet. "Og fordi jeg kan lide din accent."

"Javel. Og hvem var den sidste køber til seks tusind?"

Van Boorst lo. "Lige så lidt som nogen får at vide, at du har været her, fortæller jeg dig om mine andre kunder. Lyder det ikke betryggende, herr ...? Se, jeg har allerede glemt navnet."

Harry nikkede. "Seks hundrede," sagde han.

"Hvabehar?"

"Seks hundrede dollar."

Van Boorst lo den samme korte latter. "Hvor latterligt. Men den pris, De nævner, er tilfældigvis prisen for en guidet tur ind i reservatet for at se bjerggorillaer i tre timer. Vil De foretrække det, herr Hole?"

"Du må gerne beholde kongeæblet," sagde Harry og trak en tynd seddelbunke med tyvedollarsedler op af baglommen. "Jeg tilbyder seks hundrede for oplysninger om, hvem der har købt æbler af dig."

Han lagde seddelbunken på bordet foran van Boorst. På toppen af den lå et id-kort.

"Norsk politi," sagde Harry. "Mindst to norske kvinder er blevet dræbt af det produkt, du har monopol på."

Van Boorst lænede sig ind over seddelbunken og studerede id-kortet uden at røre nogen af delene.

"Hvis det er tilfældet, så beklager jeg det virkelig," sagde han, og det lød, som om der var kommet endnu grovere grus i stemmemaskineriet. "Tro mig. Men min personlige sikkerhed er nok mere værd end seks hundrede dollar. Hvis jeg skulle begynde at fortælle om alle dem, som har handlet her, ville min forventede levealder ..."

"Du bør være mere bekymret for din forventede levealder i et congolesisk fængsel," sagde Harry.

Van Boorst lo igen. "*Nice try, Hole.* Men politichefen i Goma er tilfældigvis en personlig bekendt af mig, og desuden ..." Han slog ud med armene "... hvad i alverden har jeg gjort?"

"Hvad du har gjort er mindre interessant," sagde Harry og trak et fotografi op af brystlommen. "Den norske stat er en af de vigtigste bistandsydere til Congo. Når de norske myndigheder ringer til Kinshasa og nævner dig som ikke-samarbejdsvillig kilde til drabsvåbnet i et norsk dobbeltdrab, hvad tror du så, der sker?"

Van Boorst smilede ikke længere.

"Du bliver ikke uskyldigt dømt for noget, bevares," sagde Harry. "Blot en varetægtsfængsling, som ikke må forveksles med straf. En hensigtsmæssig opbevaring af en person, for eksempel mens en sag efterforskes, og man er bange for, at beviser skal forsvinde. Men fængsel er det under alle omstændigheder. Og den efterforskning kan tage lang tid. Har du set indersiden af et congolesisk fængsel, van Boorst? Nej, det er der vel ikke så mange hvide mænd, der har."

Van Boorst trak slåbrokken tættere om sig. Han så på Harry, mens han gnavede på cigaretmundstykket. "Okay," sagde han. "Tusind dollar."

"Fem hundrede," sagde Harry.

"Fem? Jamen du ..."

"Fire," sagde Harry.

"*Done!*" sagde van Boorst og strakte armene i vejret. "Hvad vil du vide?"

"Alt," sagde Harry, lænede sig op ad væggen og trak cigaretpakken frem.

Da Harry en halv time senere trådte ud af van Boorsts hus og ind i Joes Landrover, havde mørket sænket sig.

"Hotellet," sagde Harry.

Hotellet viste sig at ligge helt nede ved søen. Joe advarede Harry mod at bade. Ikke på grund af guineaparasitten, som han næppe ville opdage, før en tynd orm en dag bugtede sig under hans hud, men fordi der steg metangas op fra bunden i form af store bobler, som kunne slå ham ud med drukning til følge.

Harry satte sig ud på balkonen og kiggede ned på to langbenede skabninger i staccatogang på den oplyste plæne. De lignede flamingoer i påfugledragt. På den overbelyste tennisbane spillede to unge sorte mænd med kun to bolde, der begge var så lasede, at de lignede sammenrullede sokker, når de sejlede frem og tilbage over det halvvejs revnede net. Indimellem buldrede nye fly ind lige over hotellets tag.

Harry hørte flaskeklirren henne fra baren. Den lå præcis otteogtres skridt fra det sted, hvor han sad. Han havde talt dem, da han kom. Han fiskede telefonen frem og tastede Kajas nummer.

Hun lød glad for at høre hans stemme. Glad, i hvert fald.

"Jeg er sneet inde i Ustaoset," sagde hun. "Det sner ikke hunde og katte, men heste og køer. Men jeg har da i det mindste fået en middagsinvitation. Og gæstebogen var interessant."

"Ja?"

"Siden med den dato, vi var ude efter, var væk."

"Ser man det. Tjekkede du, om ..."

"Ja, jeg tjekkede, om der var fingeraftryk eller aftryk af skriften på næste side." Hun fnisede, og Harry gættede på, at hun havde fået et par glas vin.

"Nå. Jeg tænkte mere på ..."

"Ja, jeg tjekkede, hvem der var skrevet ind dagen før og efter. Men der er næsten aldrig nogen, som bliver mere end én nat i et så enkelt logi som Håvasshytten. Medmindre de sner inde. Og den 7. november var vejret fint. Men lensmanden heroppe har lovet mig, at han vil tjekke gæstebøgerne i de omkringliggende hytter dagene før og efter for at se, hvem af gæsterne der kan have lagt ruten inden om Håvasshytten."

"Godt. Det lyder, som om tampen brænder."

"Måske. Hvad med dig?"

"Den brænder ikke så meget her, er jeg bange for. Jeg fandt van Boorst, men ingen af de fjorten købere, han havde haft, var skandinaviske. Han var temmelig sikker. Jeg har seks navne med adresse, men de er alle kendte samlere. Og derudover nogle navne, han delvist husker, nogle beskrivelser, nogle nationaliteter, det er alt. Der findes to æbler mere, men van Boorst vidste tilfældigvis, at de stadig befinder sig hos en samler i Caracas. Tjekkede du det med Adele og visummet?"

"Jeg ringede til Rwandas konsulat i Sverige. Jeg må indrømme, at jeg forventede kaos, men de havde orden i sagerne."

"Congos lille, artige storebror."

"De havde kopi af Adeles visumansøgning, og datoerne stemte. Visummet er udløbet for længst, men de anede selvfølgelig ikke, hvor hun var. De bad os kontakte immigrationsmyndighederne i Kigali. Jeg fik et nummer, prøvede og blev sendt som en pinball mellem forskellige kontorer, indtil jeg nåede frem til en engelsktalende vigtigper, som gjorde mig opmærksom på, at vi ikke har nogen samarbejdsaftale med Rwanda på det område, beklagede høfligt afslaget og ønskede mig og min slægt et godt og langt liv. Du har heller ikke fået færten af noget?"

"Nej. Jeg viste van Boorst billedet af Adele. Han sagde, at den eneste kvinde, som havde købt af ham, var en kvinde med store, rustrøde krøller og østtysk accent."

"*Øst*tysk accent? Findes det?"

"Det ved jeg ikke, Kaja. Manden her går i slåbrok, bruger cigaretrør, er alkoholiker og specialist i accenter. Jeg prøvede at holde mig til sagen og komme ud derfra."

Hun lo. Hvidvin, gættede Harry. Rødvinsdrikkere ler mindre.

"Men jeg har en idé," sagde han. "Immigrationskortene."

"Ja?"

"Man skal skrive på kortet, hvor man bor den første nat. Hvis de beholder kortene i Kigali, kan jeg måske se, hvor Adele tog hen. Det kan være et spor. Hun kan faktisk være den eneste i live, som ved, hvem der var i Håvasshytten den nat."

"Held og lykke, Harry."

"I lige måde."

Han afbrød forbindelsen. Han kunne naturligvis have spurgt hende, hvem hun skulle spise middag med, men hvis det havde været relevant for efterforskningen, havde hun vel fortalt ham det.

Harry blev siddende på balkonen, indtil baren lukkede, og den klirrende lyd af flasker holdt op, og der i stedet begyndte at komme elskovslyde fra et åbent vindue over ham. Hæse, monotone skrig. De mindede ham om mågerne i Åndalsnes, når han og bedstefar stod op ved daggry for at fiske. Men far var aldrig med. Hvorfor ikke? Og hvorfor havde Harry aldrig tænkt over det, hvorfor havde han instinktivt forstået, at faderen ikke hørte hjemme i den fiskerbåd? Havde han allerede som femårig forstået, at far havde taget sig en uddannelse og var flyttet væk fra gården netop for ikke at sidde i den båd? Alligevel var det faderens ønske at vende tilbage og tilbringe evigheden der. Livet var mærkeligt. Døden var i hvert fald.

Harry tændte endnu en cigaret. Himlen var stjerneløs og sort undtagen direkte over Nyiragongo-krateret, hvor den havde et ulmende rødt skær. Harry mærkede en svien efter et insektstik. Malaria. Magma. Metangas. Kivu-søen glitrede langt derude. *Very nice, very deep.*

Det buldrede fra bjergene, lyden rullede ud over vandet. Vulkanudbrud eller bare torden? Harry kiggede op. Et nyt brag, ekkoet blev kastet rundt mellem bjergene. Og samtidig blev Harry ramt af et andet og meget fjernt ekko.

Very deep.

Han stirrede med store øjne ud i mørket og mærkede knap nok, at himlen åbnede sig, og at regnen hamrede ned og overdøvede mågeskrigene.

Kapitel 32

Politi

"Jeg er glad for, at I nåede tilbage fra Håvasshytten, før det her kom væltende," sagde lensmand Krangli. "I kunne have været sneet inde i flere dage." Han nikkede hen imod hotelrestaurantens store panoramavindue. "Men det er ganske flot at se på, synes du ikke?"

Kaja så ud på det tætte snefald. Sådan havde Even også været: ladet sig begejstre af naturens kraft, uanset om den arbejdede for dem eller imod dem.

"Jeg håber, mit tog kan komme frem," sagde hun.

"Ja da," sagde Krangli og fingererede med vinglasset på en måde, som fik Kaja til at tænke, at det ikke var noget, han gjorde så tit. "Det skal vi nok sørge for. Plus det med gæstebøgerne fra de andre hytter."

"Tak," sagde Kaja.

Krangli trak en hånd gennem sine viltre krøller og smilede skævt. Chris de Burgh og 'Lady in Red' løb som sirup ud af højttalerne.

Der var kun to andre gæster i restauranten, to mænd i trediveårsalderen ved hvert sit hviddugede bord med en stor fadøl foran sig, stirrende ud i snevejret, ventende på noget, som ikke ville ske.

"Bliver det ikke ensomt her af og til?" spurgte Kaja.

"Det kommer an på," sagde lensmanden og fulgte hendes blik. "Hvis man ikke har kone og familie, kan det ende med, at man samles på steder som det her."

"For at være alene sammen med nogen," sagde Kaja.

"Ja," sagde Krangli, smilede og skænkede mere vin til dem begge. "Men sådan er det vel også nede i Oslo?"

"Ja," sagde Kaja. "Det er det. Har du familie?"

Krangli trak på skuldrene. "Jeg havde en kæreste. Det blev for kedeligt her, så hun flyttede ned, hvor du bor. Jeg forstår hende godt. Man skal have et interessant job et sted som det her."

"Og det har du?"

"Det synes jeg. Jeg kender alle her, og de kender mig. Vi hjælper hinanden. Jeg har brug for dem, og de ... tja ..." Han lod glasset køre rundt mellem fingrene.

"De har brug for dig," sagde Kaja.

"Ja, det tror jeg."

"Og det er vigtigt."

"Ja, det er det," sagde Krangli med fast stemme og så op på hende. Evens blik. Det, som altid havde resterne af en latter i sig, altid så ud, som om der lige var sket noget morsomt eller noget at være glad for. Selv om det ikke var tilfældet. Især når det ikke var tilfældet.

"Hvad med Odd Utmo?" sagde Kaja.

"Hvad med ham?"

"Han tog af sted med det samme, da han havde sat mig af. Hvad laver han en aften som i aften?"

"Hvordan ved du, at han ikke sidder derhjemme med kone og børn?"

"Hvis jeg nogen sinde har mødt en original, lensmand ..."

"Aslak," sagde han, lo og løftede glasset. "Og jeg ser nu, at du er en ægte politibetjent. Men Utmo har ikke altid været sådan."

"Nej?"

"Før hans søn forsvandt, var han til at snakke med. Ja, af og til næsten omgængelig. Men et frygteligt temperament har han vist nok altid haft."

"Jeg havde ikke troet, at en mand som Utmo var gift."

"Konen var skam pæn. Når man tænker på, hvor grim han er. Så du hans tænder?"

"Ja, jeg så godt, at han havde tandregulering."

"Han siger, at det er for, at tænderne ikke skal blive skæve." Aslak Krangli rystede på hovedet med latter i øjnene, men ikke i stemmen. "Men det er det eneste, der holder dem på plads, så de ikke ryger ud."

"Sig mig, var det virkelig *dynamit,* han havde med på snescooteren?"

"Det så *du,*" lo Krangli. "Ikke jeg."

"Hvad mener du?"

"Der er mange af de fastboende, som ikke helt kan se romantikken i at sidde i timevis med en fiskestang i vandløbene heroppe. Men som gerne vil have den fisk, de betragter som deres, på middagsbordet."

"Så de smider dynamit i fiskevandene?"

"Lige så snart isen er væk."

"Er ikke det temmelig ulovligt, hr. lensmand?"

Krangli holdt hænderne op foran sig: "Jeg så som sagt ikke noget."

"Nej, det er sandt, du bor her jo. Du har måske også dynamit?"

"Kun til garagen. Som jeg har planer om at bygge."

"Selvfølgelig. Hvad med Utmos gevær? Det så moderne ud, med kikkertsigte og alt muligt."

"Ja. Utmo var vist nok en dygtig bjørnejæger. Indtil han blev halvblind."

"Jeg så godt hans øje. Hvordan skete det?"

"Hans dreng kom vist til at vælte et glas syre ud over ham."

"Vist?"

Krangli trak på skuldrene. "Nu er der kun Utmo tilbage, som ved, hvad der skete. Sønnen forsvandt, da han var femten. Kort efter forsvandt konen også. Men alt det der er atten år siden, før jeg flyttede hertil. Siden da har Utmo boet alene deroppe på fjeldet, ingen tv eller radio. Han læser ikke engang aviser."

"Hvordan forsvandt de?"

"Tja, det må du nok spørge om. Der er mange stejle fjeldvægge, man kan springe ud fra omkring Utmos hus. Og sne. Der blev fundet en sko efter sønnen lige ved et sneskred, men der var ingen spor efter ham, da sneen smeltede det år, og det var nu underligt at miste en sko oven på sneen. Nogle mente, at det var en bjørn. Men der var, så vidt jeg ved, ikke nogen bjørne heroppe for atten år siden. Og så var der dem, der mente, at det var Utmo selv."

"Nå? Hvorfor det?"

"Tja," sagde Aslak og trak på det. "Drengen havde et grimt ar hen over brystet. Folk mente, han havde fået det af faderen. At det havde med moderen, Karen, at gøre."

"På hvilken måde?"

"At de konkurrerede om hende."

Aslak rystede på hovedet af spørgsmålet i Kajas blik. "Det her var altså før min tid. Og Roy Stille, som har været lensmandsbetjent heroppe siden tidernes morgen, tog ud til Utmo, men der var kun Odd og Karen. Og begge sagde det samme, at drengen var taget på jagt og ikke var kommet tilbage. Men det var i april."

"Ikke jagtsæson?"

Aslak rystede på hovedet. "Og siden har ingen set ham. Året efter forsvandt Karen. Folk mener, at sorgen knækkede hende, at hun var sprunget ud fra en klippe med vilje."

Kaja syntes, hun kunne høre en let dirren i lensmandens stemme, men nåede frem til, at det måtte skyldes vinen.

"Hvad tror *du*?" spurgte hun.

"Jeg tror, det er sandt. Og at drengen blev taget af et sneskred. Kvalt under sneen. Fragtet med smeltevandet ned i en sø, hvor han ligger nu. Sammen med moderen, kan man forestille sig."

"Det lyder i hvert fald mere behageligt end en bjørn."

"Nej."

Kaja så op på Aslak. Der var ikke længere latter i hans øjne.

"Levende begravet af et sneskred," sagde han, og hans blik var forsvundet ud ad vinduet, ind i snefaldet. "Mørket. Ensomheden. Man kan ikke bevæge sig, det holder en fast som med en jernklo, griner ad dine forsøg på at komme fri. Visheden om, at du skal dø. Panikken, dødsangsten, når du ikke kan trække vejret. Der findes ikke nogen værre måde."

Kaja tog en slurk vin. Satte glasset fra sig. "Hvor længe lå du der?" spurgte hun.

"Jeg troede, at det var tre eller måske fire timer," sagde Aslak. "Da de fik mig gravet ud, sagde de, at jeg havde været der i femten minutter. Fem minutter til, så havde jeg ikke været meget værd."

Tjeneren kom og spurgte, om de ville have noget mere, at de lukkede for alkoholserveringen om ti minutter. Kaja takkede nej, og tjeneren svarede med at lægge regningen foran Aslak.

"Hvorfor har Utmo det gevær med sig?" spurgte Kaja. "Det er, så vidt jeg ved, heller ikke jagtsæson nu?"

"Han siger, det er på grund af rovdyr. Til selvforsvar."

"Er der rovdyr her? Ulve?"

"Han fortæller mig aldrig helt præcis, hvad slags dyr han taler om. Der går for resten et rygte om, at ved nattetide går drengens genfærd stadig rundt deroppe på vidderne. Og at hvis man ser ham, skal man passe på, for det betyder, at der er en stejl fjeldvæg eller et lurende sneskred i nærheden."

Kaja drak ud.

"Jeg kan udvide alkoholbevillingen her med en time, hvis du har lyst."

"Tak, Aslak, men jeg skal tidligt op i morgen."

"Øv," sagde han, lo med øjnene og kløede sig i krøllerne. "Nu lød det, som om jeg ..." Han tav.

"Hvad?" sagde Kaja.

"Ingenting. Du har vel din mand eller kæreste dernede."

Kaja smilede, men svarede ikke.

Aslak stirrede ned i bordet og sagde lavmælt: "Nej, ved du nu hvad. Landsbypolitiet kunne ikke tåle to glas vin, før han allerede begyndte at ævle løs."

"Det er fint nok," sagde hun. "Jeg har ikke nogen kæreste. Og jeg kan godt lide dig. Du minder mig om min bror."

"Men?"

"Men hvad?"

"Husk, at også jeg er ægte politibetjent. Jeg kan se, at du ikke er nogen eneboer. Der er en, ikke sandt?"

Kaja lo. Normalt ville hun have ladet det være med det. Måske var det vinen. Måske var det, fordi hun godt kunne lide Aslak Krangli. Måske var det, fordi hun ikke havde haft nogen at snakke med om den slags, ikke efter at Even døde, og Aslak var en fremmed, langt fra Oslo, en som ikke talte med folk i hendes omgangskreds.

"Jeg er forelsket," hørte hun sig selv sige. "I en politimand." Hun førte forfjamsket vandglasset op til munden som for at skjule den. Det mærkelige var, at det var, som om det ikke var blevet sandt før nu, da hun havde hørt ordene blive sagt højt.

Aslak løftede sit vinglas mod hende. "Skål for en heldig fyr. Og en heldig pige. Håber jeg."

Kaja rystede på hovedet. "Det er ikke noget at skåle for. Ikke endnu. Måske aldrig. Du godeste, som jeg snakker ..."

"Har vi andet at lave? Fortæl."

"Det er kompliceret. *Han* er kompliceret. Og jeg ved ikke, om han vil have mig. Lige præcis det er faktisk ganske enkelt."

"Lad mig gætte. Han har en dame, og han kan ikke finde ud af at give slip."

Kaja sukkede. "Måske. Det ved jeg ærligt talt ikke. Aslak, tak for din hjælp, men jeg ..."

"... er nødt til at gå i seng nu." Lensmanden rejste sig. "Jeg håber, det går helt galt med ham fyren, at du vil flygte fra din kærlighedssorg i byen, og at du så kunne tænke dig at overveje det her." Han rakte hende et A4-ark med Hol Lensmandskontors brevhoved.

Kaja læste og lo højt. "Lensmandsbetjent?"

"Roy Stille går på pension til efteråret, og gode politifolk er svære at få fat på," sagde Aslak. "Det her er vores stillingsannonce. Vi slog den op i forrige uge. Vores kontor ligger i Geilo centrum. Fri hver anden weekend og gratis tandlæge."

Da Kaja lagde sig, hørte hun en fjern buldren. Torden og snevejr hørte sjældent sammen.

Hun ringede til Harry og fik hans telefonsvarer. Hun indtalte en lille spøgelseshistorie om den lokale legende Odd Utmo med de rådne tænder og tandreguleringen, om hans søn, som sikkert var endnu grimmere, eftersom han havde gået rundt som genfærd i atten år her i området. Hun lo. Og indså, at hun var fuld. Sagde godnat.

Hun drømte om laviner.

Klokken var elleve om formiddagen. Harry og Joe var kørt fra Goma klokken syv, krydsede grænsen til Rwanda uden problemer, og Harry stod inde på et kontor på anden sal i terminalbygningen ved Kigalis lufthavn. To uniformerede officerer målte ham fra top til tå. Ikke uvenligt, men som for at vurdere, om han nu også var det, han gav sig ud for: norsk politibetjent. Harry stak id-kortet tilbage i jakkelommen og mærkede det glatte papir på den kaffebrune konvolut, han havde liggende der. Problemet var, at de var to. Hvordan bestikker man to offentlige tjenestemænd på én gang? Beder man dem dele indholdet i konvolutten og opfordrer høfligt dem begge til ikke at angive den anden?

Den ene officer, den samme som havde kontrolleret Harrys pas to dage før, skubbede baretten lidt tilbage. "*So you want a copy of the immigration card of ... could you repeat the date and the name?*"

"*Adele Vetlesen. We know she arrived at this airport November twenty-fifth. And I do pay a finder's fee.*"

De to officerer udvekslede et blik, før den anden forsvandt ud ad døren på signal fra den første. Ham, der var blevet tilbage, gik hen til vinduet og kiggede ud på landingsbanen, på den lille DH8-maskine, som var landet, og som om femoghalvtreds minutter skulle fragte Harry den første etape på vejen hjem.

"Findeløn," gentog officeren lavmælt. "Jeg går ud fra, at du ved, at det er ulovligt at prøve at bestikke en offentlig tjenestemand, hr. Hole. Men du tænkte vel: Shiiit, this is Africa."

Det slog igen Harry, at mandens hud var så sort, at den næsten virkede lakeret.

Han mærkede skjorten klistre til ryggen. Den samme skjorte. Måske solgte de skjorter i lufthavnen i Nairobi. Hvis han kom så langt.

"*That's right*," sagde Harry.

Officeren lo og vendte sig om. "Du er sej, hvad? Er du en hård mand, Hole? Jeg så det på dig, da du kom. At du er politibetjent."

"Ja?"

"Du granskede mig lige så indgående, som jeg granskede dig."

Harry trak på skuldrene.

Døren gik op. Den anden officer kom tilbage sammen med en kontordame med klaprende hæle og briller på næsetippen.

"Jeg beklager," sagde hun på fejlfrit engelsk og mønstrede Harry.

"Jeg har tjekket datoen. Vi har ingen Adele Vetlesen, som ankom med det fly."

"Nå. Kan der være sket en fejl?"

"Det er usandsynligt. Immigrationskortene ligger i datorækkefølge. Det fly, De taler om, er en DH8-maskine fra Entebbe med syvogtredive pladser. Det tog ikke lang tid at tjekke."

"Javel. Hvis det er så nemt at overskue, må jeg måske bede Dem tjekke en anden ting for mig?"

"De kan naturligvis bede om det. Hvad drejer det sig om?"

"En oversigt over andre udenlandske kvinder, som ankom med det fly."

"Og hvorfor skulle jeg give Dem det?"

"Fordi Adele Vetlesen var booket på det fly. Så enten viste hun et falskt pas i kontrollen her ..."

"Det tvivler jeg på," sagde paskontrolløren. "Vi tjekker alle pasbilleder grundigt, før passet bliver lagt mod en scanner med en maskinaflæser, som kontrollerer pasnummeret i forhold til ICAO's internationale register."

"... eller også har nogen rejst i Adele Vetlesens navn, men er gået gennem paskontrollen her med sit eget, ægte pas. Hvilket er absolut muligt, eftersom pasnumrene ikke bliver tjekket ved indtjekning eller ombordstigning."

"Stemmer," sagde paskontrolchefen og trak i baretten. "Folkene fra flyselskaberne ser bare, at navnet og billedet i passet stemmer sådan nogenlunde. Til den brug kan man få lavet et falskt pas for halvtreds dollar hvor som helst i verden. Det er først, når man skal ud af lufthavnen ved den endelig destination og skal gennem paskontrollen, at pasnummeret tjekkes, og hjemmelavede pas afsløres. Men spørgsmålet er ikke desto mindre: Hvorfor skulle vi hjælpe Dem, hr. Hole? Er De på officiel opgave her, og har De papirer på det?"

"Min officielle opgave var i Congo," løj Harry. "Men der fandt jeg ingenting. Adele Vetlesen er efterlyst som savnet, og vi frygter, at hun kan være blevet dræbt af en seriemorder, som allerede har dræbt mindst tre andre kvinder, blandt dem et medlem af det norske parlament. Hendes navn er Marit Olsen, og det kan De tjekke på internettet. Jeg er klar over, at proceduren nu tilsiger mig at rejse hjem og gå videre via de officielle kanaler, men så mister vi flere dage og giver drabsmanden et yderligere forspring. Og tid til at dræbe igen."

Harry så, at ordene gjorde indtryk. Kvinden og paskontrolchefen udvekslede nogle ord, og kvinden marcherede ud igen.

De ventede i tavshed.

Harry kiggede på uret. Han havde ikke tjekket ind på flyet endnu.

Der var gået seks minutter, da de hørte de klaprende hæle nærme sig igen.

"Eva Rosenberg, Juliana Verni, Veronica Raul Gueno og Claire Hobbes." Hun nåede at spytte navnene ud, rette på brillerne og lægge fire immigrationskort på bordet foran Harry, før døren smækkede i bag hende.

"Der kommer ikke så mange europæiske kvinder hertil," sagde hun.

Harrys blik løb ned over kortene. Alle havde opgivet hoteller som adresse i Kigali, men ingen af dem Gorilla Hotel. Han så på deres hjemmeadresser. Eva Rosenberg havde opgivet en adresse i Stockholm.

"Tak," sagde Harry og noterede navn, adresse og pasnumre på bagsiden af en taxaregning, han fandt i jakkelommen.

"Beklager, at vi ikke kunne være til mere hjælp," sagde kvinden og rettede på brillerne igen.

"Tværtimod," sagde Harry. "De har været til stor hjælp. Virkelig."

"*And now, policeman,*" sagde den høje, tynde officer, og smilet lyste i det natsorte ansigt.

"*Yes?*" sagde Harry og ventede, klar til at tage den kaffebrune konvolut frem.

"Nu er det på tide, at vi får dig tjekket ind på det fly til Nairobi."

"Ja," sagde Harry og så på uret. "Det er muligt, jeg må tage det næste."

"Det næste?"

"Jeg er nødt til at tage tilbage til Gorilla Hotel."

Kaja sad i NSB's såkaldte komfortvogn som – bortset fra gratis aviser, to gratis kopper kaffe og strøm til pc'en – blot betød, at man sad som sild i en tønde i modsætning til den næsten tomme økonomiafdeling. Så da telefonen ringede, og hun så, at det var Harry, trak hun hurtigt derind.

"Hvor er du?" spurgte Harry.

"I toget. Vi har netop passeret Kongsberg. Og du?"

"Gorilla Hotel i Kigali. Jeg har fået kigget på Adele Vetlesens gæstekort. Jeg kommer ikke herfra før med eftermiddagsflyet, men jeg er hjemme i morgen tidlig. Kan du ikke ringe til din ven græskarhovedet på politistationen i Drammen og spørge, om du må låne det postkort, Adele havde skrevet? Du kan bede dem komme ned på stationen med det, for toget standser jo i Drammen."

"Det er vel at stramme den lovlig meget, men jeg skal prøve. Hvad skal vi med det?"

"Sammenligne underskrifter. Der er en håndskriftekspert, som hedder Jean Hue, der arbejdede på Kripos, før han blev pensioneret. Kald ham ind til kontoret klokken syv i morgen."

"Så tidligt? Tror du, han ..."

"Du har ret. Jeg scanner og mailer dig Adeles gæstekort, så kan du tage begge dele med op til Jean i aften."

"I aften?"

"Han bliver nok glad for besøg. Hvis du havde andre planer, er de hermed aflyst."

"Udmærket. For resten, du må undskylde den sene opringning i går."

"Det er helt i orden. Underholdende historie."

"Jeg var lidt fuld."

"Det kunne jeg godt regne ud."

Harry lagde på.

"Tak for al jeres hjælp," sagde han.

Receptionisten smilede til svar.

Den kaffebrune konvolut havde omsider fået en ny ejer.

Kjersti Rødsmoen gik ind i opholdsstuen og hen til kvinden, som sad og kiggede ud ad vinduet på regnen, som faldt på Sandvikens træhuse. Foran sig havde hun et urørt stykke kage med et lille lys på.

"Den her telefon blev fundet inde på dit værelse, Katrine," sagde hun lavmælt. "Afdelingssygeplejersken kom med den til mig. Du ved godt, at det ikke er tilladt, ikke?"

Katrine nikkede.

"Men under alle omstændigheder," sagde Rødsmoen og holdt den frem. "Så ringer den lige nu."

Katrine Bratt tog imod samtalen fra den vibrerende mobiltelefon.

"Det er mig," sagde stemmen i den anden ende. "Jeg har fire kvindenavne her. Jeg vil vide, hvem af dem der *ikke* var booket på flight RA101 til Kigali den 25. november. Og få bekræftet, at vedkommende heller ikke var i bookingsystemet på noget hotel i Rwanda samme nat."

"Jeg har det fint, tante."

Et sekunds pause.

"Den er jeg med på. Ring, når det passer."

Katrine rakte telefonen tilbage til Rødsmoen. "Det var min tante, som ønskede mig tillykke med fødselsdagen."

Kjersti Rødsmoen rystede på hovedet. "Reglementet forbyder *brug* af mobiltelefon. Så jeg kan ikke se noget i vejen for, at du *har* en telefon, så længe du ikke bruger den. Bare sørg for, at afdelingssygeplejersken ikke ser den, okay?"

Katrine nikkede, og Rødsmoen forsvandt.

Katrine sad og så ud ad vinduet et stykke tid, før hun rejste sig og gik ind i hobbyrummet. Afdelingssygeplejerskens stemme nåede hende på dørtærsklen.

"Hvad skal du, Katrine?"

Katrine svarede uden at vende sig om. "Spille syvkabale."

Kapitel 33

Leipzig

Gunnar Hagen tog elevatoren ned i kælderen.

Nedtur. Nedlæggelse. Nederlag.

Han trådte ud og begyndte at gå gennem tunnelen.

Men Bellman havde holdt det, han lovede, han havde ikke sladret. Og han havde smidt en redningskrans ud til ham, en fremskudt stilling i det nye, udvidede Kripos. Harrys rapport havde været kort og koncis. Ingen resultater. Enhver idiot ville kunne forstå, at det var på tide at begynde at svømme i retning af redningskransen.

Hagen åbnede døren for enden af tunnelen uden at banke på.

Kaja Solness smilede blidt, mens Harry Hole – som sad foran computerskærmen med en telefon for øret – ikke engang vendte sig om, men bare sang et "Slå-dig-ned-chef-lidt-dårlig-kaffe?", som om afdelingschefens varskoende ånd allerede havde meldt hans ankomst.

Hagen blev stående i døren: "Jeg fik beskeden om, at I ikke fandt Adele Vetlesen. Så det er tid til at pakke sammen. Tiden er udløbet, og der er behov for jer andre steder. I hvert fald for dig, Solness."

"*Danke schön*, Günther," sagde Harry i telefonen, lagde den fra sig og svingede stolen rundt.

"*Danke schön?*" gentog Hagen.

"Politiet i Leipzig," sagde Harry. "Jeg skal for resten hilse mange gange fra Katrine Bratt, chef. Kan du huske hende?"

Hagen så mistænksomt på sin vicekommissær. "Jeg troede, Bratt var indlagt på et psykiatrisk hospital."

"Absolut," sagde Harry, rejste sig og gik hen til kaffemaskinen. "Men hun er en sand djævel til at søge på nettet. Apropos søgning, chef."

"Søgning?"

"Kunne du tænke dig at give os uindskrænkede midler til en eftersøgningsaktion?"

Hagen så vantro på vicekommissæren. Så lo han højt. "Du er pokkerme ikke af den her verden, Harry. I har netop brændt et halvt rejsebudget af på en fiaskotur til Congo, og nu vil du have en eftersøgningsaktion? Den her operation ophører fra og med dette øjeblik. Forstår du det?"

"Jeg forstår ..." sagde Harry, skænkede kaffe i to kopper og rakte den ene til Hagen "... så meget mere. Og det vil du også snart gøre, chef. Sæt dig på min stol og hør nu efter."

Hagen så fra Harry til Kaja. Stirrede mistænksomt på indholdet i koppen. Så satte han sig. "I har to minutter."

"Det er ganske enkelt," sagde Harry. "Ifølge Brussels Airs passagerlister rejste Adele Vetlesen til Kigali den 25. november. Men ifølge paskontrollen ankom ingen med det navn der. Det, der er sket, er, at en kvinde med et falskt pas udstedt til Adele er rejst fra Oslo. Det falske pas fungerer helt fint, indtil hun kommer til sin endelige destination i Kigali, for det er først der, passet maskinlæses, og pasnummeret tjekkes, ikke sandt? Så der måtte den mystiske kvinde bruge sit eget, ægte pas. Paskontrollen beder ikke om at få navnet at se på din flybillet, så en eventuel uoverensstemmelse mellem pas og billet vil ikke blive opdaget. Hvis man altså ikke kigger efter den."

"Men det gjorde du?"

"Ja."

"Kan det ikke bare skyldes en administrativ fejl, at de har glemt at registrere Adeles ankomst?"

"Jo da. Men så er der kortet ..."

Harry nikkede til Kaja, som holdt et postkort frem. Hagen kunne se et billede af noget, som lignede en rygende vulkan.

"Det er postet i Kigali samme dag, som hun angiveligt skulle være ankommet," sagde Harry. "Men for det første er det billede af Nyiragongo, en vulkan som ligger i Congo og ikke i Rwanda. For det andet fik vi Jean Hue til at sammenligne underskriften på kortet med det, der står på det indtjekningskort, som den påståede Adele Vetlesen udfyldte på Gorilla Hotel."

"Han fastslog det, som selv jeg kan se," sagde Kaja. "Det er ikke samme person."

"Det siger vi så," sagde Hagen. "Men hvad vil I frem til med det her?"

"At nogen har gjort sig store anstrengelser for at få det til at se ud, som om Adele Vetlesen tog til Afrika," sagde Harry. "Jeg gætter på, at Adele befandt sig i Norge og blev tvunget til at skrive kortet her. Kortet er så blevet sendt med en stråperson til Afrika, som har sendt det derfra. Alt sammen for at få det til at se ud, som om Adele er rejst dertil og så har skrevet hjem om drømmemanden, og at hun ikke er tilbage før i marts."

"Har I nogen idé om, hvem denne stråperson kan være?"

"Ja."

"Ja?"

"Hos immigrationsmyndighederne i Kigalis lufthavn fandt de et kort udfyldt af en Juliana Verni. Men ifølge vores bindegale ven i Bergen findes det navn hverken på nogen flyselskabers passagerlister til Rwanda eller på noget hotel med et moderne, elektronisk bookingsystem på den aktuelle dato. Men hun er på Rwandairs passagerliste *fra* Kigali tre dage senere."

"Har jeg lyst til at vide, hvordan I har skaffet jer de oplysninger?"

"Nej, chef. Men du vil gerne vide, hvem og hvor Juliana Verni er."

"Og det er?"

Harry så på uret. "Ifølge oplysningerne på hendes immigrationskort bor hun i Leipzig i Tyskland. Har du nogen sinde været i Leipzig, chef?"

"Nej."

"Heller ikke jeg. Men jeg ved, at Leipzig er kendt for at være hjemby for Goethe og Bach plus en af de der valsekonger. Hvad var det nu, han hed?"

"Hvad har det med ..."

"Jo, og så er Leipzig kendt for det hemmelige politi STASI's hovedarkiver. Byen lå nemlig i det gamle DDR. Vidste du, at østtyskernes måde at tale på nåede at udvikle sig så meget på de fyrre år, DDR eksisterede, at et følsomt sprogøre kan høre forskel på dem og vesttyskere?"

"Harry ..."

"Undskyld, chef. Pointen er, at en kvinde med østtysk dialekt i samme tidsperiode var i byen Goma i Congo, som kun er tre timers kørsel fra Kigala. Og der købte hun det, som jeg er overbevist om er det drabsvåben, som tog livet af Borgny Stem-Myhre og Charlotte Lolles."

"Vi har fået sendt en udskrift af den paskopi, som politiet beholder, når de udsteder et pas," sagde Kaja og rakte Hagen et papirark.

"Det stemmer med van Boorsts beskrivelse af køberen," sagde Harry. "Juliana Verni havde store, rustrøde krøller."

"Murstensrøde," sagde Kaja.

"Hvabehar?" sagde Hagen.

Kaja pegede på arket. "Hun har et pas af den gammeldags type, hvor hårfarven står opført. De kaldte det "brick red", murstensrødt. Tysk grundighed, som du ved."

"Jeg har også bedt politiet i Leipzig konfiskere hendes pas og kontrollere, at det har et stempel fra Kigali med den aktuelle dato."

Gunnar Hagen stirrede tomt på arket, mens han så ud, som om han prøvede at få det, Harry og Kaja havde sagt, til at trænge ind. Til sidst kiggede han op med et hævet, busket øjenbryn. "Siger du ... siger du, at du kan have fat i den person, som ..." Kommissæren sank et par gange, prøvede at finde en indirekte måde at sige det på af frygt for, at det her mirakel, den her luftspejling ville forsvinde, hvis han sagde det højt. Men han opgav forsøget: "... er vores seriemorder?"

"Jeg siger ikke mere end det, jeg siger," sagde Harry. "Foreløbig. Min kollega i Leipzig tjekker personalia og strafferegister nu, så vi ved snart lidt mere om Fräulein Verni."

"Men det er jo fantastiske nyheder," sagde Hagen og så smilende fra Harry til Kaja, som nikkede opmuntrende.

"Ikke ..." sagde Harry og tog en slurk af sin kaffekop, "... for Adele Vetlesens familie."

Hagens smil blegnede. "Det er korrekt. Tror du, at der er noget håb om ...?"

Harry rystede på hovedet. "Hun er død, chef."

"Jamen ..."

I det samme ringede telefonen.

Harry tog den. "Ja. Günther!" Og gentog med et anstrengt smil: "Ja, Harry Klein. *Genau.*"

Gunnar Hagen og Kaja betragtede Harry, som lyttede i tavshed. Harry afsluttede med et "*danke*" og lagde på. Han rømmede sig.

"Hun er død."

"Ja, det sagde du," sagde Hagen.

"Nej. Juliana Verni. Hun blev fundet i Elster-floden den 2. december."

Hagen bandede stumt.

"Dødsårsag?" spurgte Kaja.

Harry stirrede frem for sig. "Drukning."

"Kan have været en ulykke."

Harry rystede langsomt på hovedet. "Hun druknede ikke i vand."

I den stilhed, som fulgte efter, hørte de den rumlende lyd fra fyrkedlerne i det tilstødende rum.

"Stiksår i munden?" spurgte Kaja.

Harry nikkede. "Ret præcist fireogtyve. Hun blev sendt til Afrika for at tage det med sig hjem, som hun selv skulle dræbes med."

Kapitel 34

Medium

"Så Juliana Verni blev fundet død i Leipzig tre dage efter, at hun fløj hjem fra Kigali," sagde Kaja. "Hvor hun havde rejst som Adele Vetlesen, skrevet sig ind på Gorilla Hotel som Adele Vetlesen og postet et kort, som var skrevet af den virkelige Adele Vetlesen, sandsynligvis efter diktat."

"Ja," sagde Harry, som var i gang med at fyre op under kaffemaskinen.

"Og I tror altså, at Verni må have gjort det i samarbejde med nogen," sagde Hagen. "Og så har den anden person dræbt hende for at skjule sporene."

"Ja," sagde Harry.

"Jamen så er det jo bare at finde forbindelsen mellem hende og denne anden person. Det burde vel ikke være så svært. De må jo have haft tæt forbindelse til hinanden, hvis de begik den her type forbrydelser sammen."

"I det her tilfælde bliver det ret svært, gætter jeg på."

"Hvorfor det?"

"Fordi," sagde Harry, smækkede låget ned på kaffemaskinen og tændte for den. "Juliana Verni stod i Strafferegisteret. Narkotika. Prostitution. Løsgængeri. Hun var kort sagt en person, der ville være nem at hyre til et job som det her, bare betalingen var god nok. Og alt i den her sag tyder på, at bagmanden ikke har efterladt nogen spor til os, at han har tænkt på det meste. Katrine fandt ud af, at Verni rejste fra Leipzig til Oslo. Derfra tog hun altså videre i Adeles navn til Kigali. Alligevel fandt Katrine ikke så meget som en telefonsamtale mellem Vernis mobiltelefon og Norge. Den her person har været forsigtig."

Hagen rystede mismodigt på hovedet. "Så tæt på ..."

Harry satte sig på skrivebordet. "Der er et andet dilemma, vi også skal tage stilling til. Gæsterne i Håvasshytten den nat."

"Hvad med dem?"

"Vi kan ikke udelukke, at den forsvundne side i gæstebogen er en dødsliste. De må advares."

"Hvordan? Vi ved jo ikke, hvem de er."

"Gennem medierne. Selv om det betyder, at vi afslører over for drabsmanden, at vi er på det spor."

Hagen rystede langsomt på hovedet. "Dødsliste. Og det konkluderer du først *nu*?"

"Jeg ved det, chef." Harry mødte Hagens blik. "Hvis jeg var gået ud til medierne med en advarsel med det samme, da vi opdagede Håvasshytten, kunne det have reddet Elias Skog."

Der blev stille i lokalet.

"Vi kan ikke gå til medierne," sagde Hagen.

"Hvorfor ikke?"

"Hvis nogen melder sig, kan vi måske få at vide, hvem der ellers var der, og hvad der egentlig skete," sagde Kaja.

"*Vi* kan ikke gå til medierne," sagde Hagen og rejste sig. "Vi har efterforsket en sag om en savnet person og afsløret forbindelser til en drabssag, som Kripos har. Vi må overbringe oplysningerne til dem og lade dem tage sagen derfra. Jeg ringer til Bellman."

"Vent!" sagde Harry. "Skal han have al æren for det arbejde, vi har udført?"

"Det er slet ikke sikkert, at der bliver nogen ære at fordele," sagde Hagen og gik hen imod døren. "Og I går i gang med at flytte ud herfra."

"Er det ikke lidt forhastet?" sagde Kaja.

De to andre så på hende.

"Jeg mener, vi har jo stadig en savnet person her. Burde vi ikke prøve at finde hende, før vi pakker sammen?"

"Og hvordan har du tænkt dig at gøre det?" spurgte Hagen.

"Med det Harry sagde før. En eftersøgningsindsats."

"I ved jo for pokker ikke engang, hvor I skal lede."

"Jo, det ved Harry."

De så på manden, som netop havde snuppet kaffekolben med den ene hånd og med den anden holdt sin kop under den skidenbrune stråle, som løb ned fra maskinen.

"Gør du?" sagde Hagen til sidst.

"Det gør jeg da," sagde Harry.

"Hvor?"

"Du får altså ballade," sagde Harry.

"Hold nu kæft, og kom med det," sagde Hagen uden at lægge mærke til selvmodsigelsen. Fordi han tænkte, at nu var han ved at gøre det igen. Hvad var det ved den høje, lyse politimand, som gjorde, at det altid lykkedes ham at få andre med, når han selv faldt?

Olav Hole så op på Harry og den kvinde, han havde med sig.

Hun havde nejet, da hun præsenterede sig, og Harry havde set, at faderen godt kunne lide det; han plejede at beklage sig over, at kvinder var holdt op med at neje.

"Så du er Harrys kollega," sagde faderen. "Opfører han sig, som han skal?"

"Vi er på vej ud for at organisere en eftersøgning," sagde Harry. "Vi kiggede bare lige indenfor på vejen for at se, hvordan det gik."

Faderen smilede blegt, trak på skuldrene og vinkede Harry nærmere. Harry lænede sig frem, lyttede. Og rettede sig op med et ryk.

"Det kan sikkert godt lade sig gøre," sagde Harry med pludselig hæs stemme og rejste sig. "Jeg kommer tilbage i aften, okay?"

Ude på gangen standsede Harry Altman og gav Kaja tegn til, at hun skulle gå i forvejen.

"Hør, jeg tænkte på, om du kan gøre mig en stor tjeneste?" sagde han, da Kaja var uden for hørevidde. "Min far har lige fortalt mig, at han har smerter. Han vil aldrig indrømme det over for jer, fordi han er bange for, at I vil give ham mere smertestillende. Han lider af en manisk rædsel for at blive afhængig af ... rusmidler. Der er lidt familiehistorie af den slags."

"Jarmed," læspede plejeren, og der opstod et øjebliks forvirring, før Harry forstod, at Altman havde sagt "Jeg er med."

"Problemet er, at jeg flytter rundt mellem afdelingerne hele tiden."

"Jeg beder om det som en personlig tjeneste."

Altman kneb øjnene sammen bag brilleglassene og stirrede tænksomt på et punkt mellem sig selv og Harry. "Jeg skal se, hvad jeg kan finde ud af."

"Tak."

Kaja kørte, mens Harry sad med telefonen og talte med operationschefen på brandstationen i Briskeby.

"Din far virker som en god mand," sagde Kaja, da Harry lagde på.

Harry tænkte sig om. "Mor gjorde ham god," sagde han. "Da hun levede, var han god. Hun fik det bedste frem i ham."

"Det lyder som noget, du har oplevet selv," sagde hun.

"Hvilket?"

"At nogen har gjort dig god."

Harry så ud ad vinduet. Nikkede.

"Rakel?"

"Rakel og Oleg," sagde Harry.

"Undskyld, det var ikke meningen at ..."

"Det er helt i orden."

"Det var bare sådan, at da jeg kom til Drabsafdelingen, talte alle om Snemanden. At han var ved at tage livet af dem. Og dig. Men det var allerede forbi mellem jer, før den sag begyndte, var det ikke?"

"Sådan set," sagde Harry.

"Har du haft nogen kontakt med dem?"

Harry rystede på hovedet. "Vi måtte prøve at lægge det bag os. Hjælpe Oleg med at glemme. Når de er så unge, kan de stadig nå det."

"Ikke altid," sagde Kaja og smilede skævt.

Harry kiggede på hende. "Og hvem har gjort dig god?"

"Even," sagde hun hurtigt og uden tøven.

"Ingen stor kærlighed?"

Hun rystede på hovedet. "Ingen XL. Bare nogle small. Og én medium."

"Er der nogen i kikkerten?"

Hun lo stille. "*I kikkerten?*"

Harry smilede. "Mit ordforråd er lidt gammeldags på det område."

Hun trak på det. "Jeg er nok lidt varm på en fyr."

"Og udsigterne er?"

"Dårlige."

"Lad mig gætte," sagde Harry, åbnede lidt for vinduet og tændte en cigaret. "Han er gift og siger, at han vil gå fra kone og børn for din skyld, men han gør det aldrig?"

Hun lo. "Lad *mig* gætte. Du er en af dem, der synes, du er rasende god til at læse andre mennesker, fordi du kun kan huske de gange, dine gætterier var rigtige."

"Han sagde, du bare må give ham lidt tid?"

"Forkert igen," sagde hun. "Han siger ingenting."

Harry nikkede. Han skulle til at spørge om mere, da han mærkede det: Han ville ikke vide det.

Kapitel 35

Dykningen

Tågen drev hen over Lyserens sorte, blanke vandflade. Langs bredden stod træerne som dystre, tavse vidner med ludende skuldre. Stilheden blev brudt af kommandoråb, radiokommunikation og plask, da dykkerne væltede baglæns over bord fra gummibådene. De var begyndt langs land, nærmest reberbanen. Dykkerlederne havde sendt deres dykkere ud i vifteformation, og nu stod de på land og krydsede af i rudemønsteret på kortet, hvilke dele af det definerede søgeområde, de havde dækket, og signalerede med ryk i linerne, når de ville have, at dykkerne skulle stoppe eller komme tilbage. De professionelle redningsdykkere som Jarle Andreassen havde desuden ledninger i linerne, som gik op til deres helmasker og gjorde, at de kunne kommunikere mundtligt.

Det var kun seks måneder siden, Jarle havde taget sit klasse R-kursus, og han fik stadigvæk høj puls under de her dykninger. Og høj puls betød større iltforbrug. De mere erfarne fyre på brandstationen i Briskeby kaldte ham 'Flydeproppen', fordi han så tit måtte op og skifte iltflaske.

Jarle vidste, at der stadig var godt med dagslys deroppe, men hernede var det sort som nat. Han prøvede at svømme de foreskrevne halvanden meter over bunden, men han hvirvlede alligevel mudder op, som reflekterede lyset fra lygten og delvis blændede ham. Selv om han vidste, at der var andre dykkere bare nogle meter fra ham på begge sider, følte han sig ensom. Ensom og kold helt ind til marven. Og de kunne stadig have flere timers dykning foran sig. Han vidste, at han havde mindre luft tilbage end de andre dykkere og bandede indvendigt. At han ville være den første af redningsdykkerne fra Oslo Brandstation, som måtte skifte flaske, var i orden, men han var bange for, at han også måtte gå op før de frivillige fra de lokale dykkerklubber. Han rettede blikket fremad igen og holdt vejret. Ikke som en villet handling for at reducere forbruget. Men fordi der midt i lyskeglen, inde i den svajende skov af stængler, som voksede op fra mudderbunden tættere på land, svævede en skikkelse frit i vandet. En skikkelse som ikke hørte hjemme hernede, som ikke kunne leve her. Et fremmedelement. Det var det, der gjorde det så fantastisk og samtidig så skræmmende. Eller måske var det, fordi lyset fra hans lygte blev reflekteret i de mørke øjne, så det så ud, som om det stadig var i live.

"Alt i orden, Jarle?"

Det var dykkerlederens stemme. En af hans opgaver var at lytte efter sine dykkeres åndedræt. Ikke kun for at sikre sig, at de trak vejret, men for at høre, om vejrtrækningen viste uro. Eller overdreven ro. Allerede på tyve meters dybde begyndte hjernen at lagre så meget kvælstof, at dybderusen kunne indtræde, kvælstofnarkosen som betød, at man begyndte at glemme ting, at enkle arbejdsopgaver blev lidt vanskeligere, og som på større dybder kunne give svimmelhed, tunnelsyn og direkte irrationel adfærd. Jarle vidste ikke, om det bare var vandrehistorier, men han havde hørt om dykkere, som leende havde trukket masken af sig på halvtreds meters dybde. Selv havde han indtil nu kun mærket rusen omtrent som den behagelige rødvinsro, han plejede at nyde sammen med sin samlever sent lørdag aften.

"Alt i orden," sagde Jarle Andreassen og begyndte at trække vejret igen. Han indsugede luftblandingen af kvælstof og ilt og hørte det rumle forbi ørerne, da han udsendte klaser af bobler, som desperat tumlede op mod overfladen.

Det var en stor kronhjort. Den hang med hovedet nedad og så ud, som om den var fanget i et udspring med det vældige gevir foran sig. Den måtte have græsset ved bredden og være faldet i. Eller måske havde noget eller nogen jaget den ud i vandet, for hvad skulle den ellers lave der? Den havde sandsynligvis viklet sig ind i sivene og de flere meter lange stængler fra åkanderne og havde prøvet at komme løs med det resultat, at den bare havde viklet sig endnu mere ind i de grønne, seje fangarme. Og så var den gået under og havde kæmpet videre, indtil den var druknet og sunket til bunds, hvor den så havde ligget, indtil bakterier og kroppens kemi havde fyldt den med gas, og den var begyndt at stige op mod overfladen igen. Men den var blevet hængende, fordi geviret sad fast i det grønne gitter af ting, som voksede hernede. Om nogle dage ville kadaveret blive tømt for gas, og så ville det synke igen. Præcis som et druknet menneske. Det kunne udmærket godt være, at det samme var sket med den, de ledte efter, at det var derfor, liget ikke var blevet fundet, fordi det aldrig var flydt op. Hvis det var tilfældet, lå det hernede et sted, sandsynligvis dækket af et lag mudder. Mudder som uundgåeligt ville blive hvirvlet op, når de kom tæt på det, og som gjorde, at selv små, definerede søgeområder som det her kunne gemme på deres hemmeligheder i al evighed.

Jarle Andreassen trak sin kraftige dykkerkniv frem, svømmede hen til hjorten og skar stænglerne under geviret over. Det anede ham, at hans overordnede ikke ville sætte pris på det, men han kunne ikke udholde tanken om, at det flotte dyr skulle blive hængende her under vandet. Kadaveret steg en halv meter op, men så var der andre stængler, som holdt det tilbage. Jarle var forsigtig, så linen ikke kom ind blandt stænglerne, og skyndte sig at skære løs. Så mærkede han et ryk i linen. Hårdt nok til, at han mærkede irritationen. Hårdt nok til, at han et øjeblik tabte koncentrationen. Kniven var gledet ud af hans hånd. Han rettede lygten mod bunden og nåede at se knivsbladet glimte i lyset, før det forsvandt i mudderet. Han svømmede forsigtigt efter. Stak hånden ned i mudderet, som steg op mod ham som aske. Følte sig frem på bunden. Mærkede sten, kviste, slimede af råd og alger. Og noget hårdt. En kæde. Sikkert fra en båd. Mere kæde. Noget andet. Hårdt. Konturerne af noget. Et hul, en åbning. Han hørte den pludselige fræsen af bobler, før hjernen nåede at formulere tanken. At han var bange.

"Er alt i orden, Jarle? Jarle?"

Alt var ikke i orden. For selv med tykke handsker, selv med en hjerne, som ikke syntes, den kunne få luft nok, var han ikke i tvivl om, hvor han havde hånden. Inde i det åbne gab på et menneske.

Del IV

Kapitel 36

Helikopter

Mikael Bellman ankom til Lyseren med helikopter. Rotorbladene lavede candyfloss af tågen, mens han krumbøjet småløb fra passagersædet og hen over jorden bag reberbanen. Efter ham kom Kolkka og Beavis småløbende. I modsat retning kom fire mænd bærende på en båre. Bellman stoppede dem og trak tæppet til side. Mens redningsfolkene stod med bortvendte ansigter, lænede Bellman sig ind over båren og studerede grundigt det nøgne, hvide, oppustede lig.

"Tak," sagde han og lod dem fortsætte hen imod helikopteren.

Bellman standsede op på toppen af skråningen og så ned på de mennesker, der stod mellem bygningen og vandet. Mellem dykkere, som var ved at tage udstyr og dragter af, så han Beate Lønn og Kaja Solness. Og længere borte Harry Hole, som talte med en mand, Bellman gættede på var Skai, den lokale lensmand.

Kommissæren gav tegn til, at Beavis og Kolkka skulle vente der, og begav sig smidigt og hurtigt ned ad skrænten.

"Goddag, lensmand," sagde Bellman og børstede småkviste af den lange frakke. "Mikael Bellman, Kripos, vi har talt i telefon sammen."

"Stemmer," sagde Skai. "Det var samme aften, som hans folk havde fundet noget tov her." Han pegede på Harry med tommelen.

"Og nu er han her vist igen," sagde Bellman. "Spørgsmålet er selvfølgelig, hvad han laver på mit gerningssted."

"Tja," sagde Harry og rømmede sig. "For det første er det her næppe noget gerningssted. For det andet leder jeg efter savnede personer. Og det ser faktisk ud til, at vi har fundet det, vi leder efter. Hvordan går det i øvrigt med det tredobbelte drab? Har I fundet noget? Du har vel fået vores informationer om Håvasshytten?"

Lensmanden fik et blik af Bellman og fjernede sig diskret, men hurtigt.

Bellman kiggede ud over vandet, mens han trak en pegefinger hen over underlæben som for at gnide en salve ud. "Nå, Hole. Du er vel klar over, at du netop har sørget for, at både du selv og din chef, Gunnar Hagen, ikke bare har mistet jeres arbejde, men også vil blive tiltalt for tjenesteforsømmelse?"

"Nå? Fordi vi udfører det arbejde, vi er sat til?"

"Jeg tror, justitsministerens kontor vil forlange en ganske grundig forklaring på, hvorfor I satte en eftersøgning af en savnet person i gang lige uden for reberbanen, hvor det tov, som dræbte Marit Olsen, stammer fra. Jeg gav jer en chance, I får ikke en ny. Game over, Hole."

"Så må vi give justitsministeren en grundig forklaring, Bellman. Den bør selvfølgelig indeholde information om, at vi fandt ud af, hvor tovet stammede fra, kom på sporet af Elias Skog og Håvasshytten, fandt ud af, at der var et fjerde offer, som hed Adele Vetlesen, og at vi i dag fandt hende her. Et stykke arbejde, som Kripos med alle sine folk og ressourcer ikke har kunnet klare på over to måneder. Eller hvad, Bellman?"

Bellman svarede ikke.

"Jeg er bange for, at det kan rokke ved justitsministerens vurdering af, hvilken enhed der er bedst egnet til at efterforske drab her i landet?"

"Du skal ikke overspille din hånd, Hole. Jeg kvaser dig så let som det her." Bellman knipsede med fingrene.

"Okay," sagde Harry. "Ingen af os har en vinderhånd, så hvad siger du til, at vi overfører puljen?"

"Hvad fanden mener du?"

"Du får det hele. Alt, hvad vi har. Vi tager ikke æren for noget."

Bellman så mistænksomt på Harry. "Og hvorfor skulle du hjælpe os?"

"Det er ret enkelt," sagde Harry og fiskede den sidste cigaret op af pakken. "Jeg får løn for at bidrage til en pågribelse af drabsmanden. Det er mit arbejde."

Bellman skar en grimasse og bevægede skuldrene og hovedet, som om han lo, men der kom ikke en lyd. "Hold nu op, Hole, hvad er det, du vil have?"

Harry tændte cigaretten. "Jeg forlanger, at hverken Gunnar Hagen, Kaja Solness eller Bjørn Holm skal tage skraldet her. Deres fremtidsudsigter i etaten skal være uforandrede."

Bellman klemte sin fyldige underlæbe mellem tommel og pegefinger:

"Jeg skal se, hvad jeg kan gøre."

"Og jeg vil være med. Jeg vil have adgang til alt det materiale, I har, og have adgang til efterforskningsressourcer."

"Stop!" sagde Bellman og løftede en hånd. "Hører du dårligt, Hole? Jeg gav dig besked på at holde dig væk fra den sag her."

"Vi kan fange drabsmanden sammen, Bellman. Lige nu er det vel vigtigere end, hvem fanden der skal bestemme bagefter?"

"Du skal ikke ...!" råbte Bellman, men holdt inde, da han så et par hoveder vende sig om mod dem. Han gik et skridt nærmere Harry og sænkede stemmen: "Du skal ikke tale til mig, som om jeg er idiot, Hole."

Vindretningen førte røgen fra Harrys cigaret lige ind i Bellmans ansigt, men han fortrak ikke en mine. Harry trak på skuldrene. "Ved du hvad, Bellman? Jeg tror ikke, det her handler så meget om magt og politik, som det handler om, at du er en lille dreng, der har lyst til at være ham, som redder dagen. Så enkelt er det. Og nu er du bange for, at jeg skal ødelægge dit helteepos. Men der findes en enkel måde at få det her afgjort på. Hvad, hvis vi lige nu og her lyner ned og ser, hvem der kan pisse ud til dykkerbåden?"

Da Mikael Bellman lo denne gang, var det ægte nok, med lyd og det hele.

"Du burde læse advarslerne, Harry."

Hans højre hånd skød frem så hurtigt, at Harry ikke nåede at reagere, og nappede cigaretten ud mellem hans læber og knipsede den væk. Den ramte vandoverfladen og udsendte et lille hvæs.

"Det kan tage livet af dig. Hav en god dag."

Harry hørte helikopteren lette, mens han så på sin sidste cigaret, som den lå og flød i vandskorpen. Det grå, våde cigaretpapir, den sorte, døde ende.

Det var begyndt at blive mørkt, da dykkerholdets båd satte Harry, Kaja og Beate Lønn i land ved parkeringspladsen. Der var straks bevægelse under træerne, og lige efter blinkede blitzene løs. Harry holdt automatisk en arm op og hørte Roger Gjendems stemme inde fra mørket:

"Harry Hole, der går rygter om, at I har fundet en ung kvinde? Hvad hedder hun, og hvor sikre er I på, at det her har forbindelse med de andre drab?"

"Ingen kommentar," sagde Harry og banede sig halvt blændet vej. "Det er foreløbig en sag om en savnet person, og det eneste, vi kan sige, er, at en kvinde, som muligvis er den savnede, er fundet. Hvad angår de drabssager, jeg går ud fra, at du hentyder til, må du snakke med Kripos."

"Navnet på kvinden?"

"Først skal hun identificeres og de pårørende informeres."

"Men I udelukker ikke, at ..."

"Jeg udelukker som sædvanlig ingenting, Gjendem. Der kommer en pressemeddelelse senere."

Harry satte sig ind i bilen, hvor Kaja allerede havde fået motoren i gang, og Beate Lønn sad på bagsædet. De trillede ud på vejen, mens blitzene glimtede bag dem.

"Nå," sagde Beate Lønn og lænede sig frem mellem sæderne. "Jeg har endnu ikke fået en forklaring på, hvordan I fik den idé at lede efter Adele Vetlesen lige her."

"Ren og skær deduktiv logik," sagde Harry.

"Selvfølgelig," sukkede Beate.

"Det er faktisk flovt, at jeg ikke kom på det før," sagde Harry. "Jeg gik rundt og spekulerede på, hvorfor drabsmanden havde gjort sig det besvær at tage helt ud til en nedlagt reberbane bare for at skaffe sig et tov. Især fordi sådan et tov – i modsætning til et han kunne have købt i en butik – kunne spores hertil. Svaret var jo indlysende. Alligevel var det først, da jeg sad og kiggede ud på en dyb, afrikansk indsø, at jeg kom på det. At det ikke var på grund af tovet, han tog herud. Sandsynligvis brugte han tovet til noget herude og tog det så med sig hjem, hvor han senere – fordi han tilfældigvis havde det liggende – brugte det, da han dræbte Marit Olsen. Grunden til, at han tog herud, var, at han allerede havde et lig, han skulle skaffe sig af med. Adele Vetlesen. Lensmand Skai sagde det til os højt og tydeligt, første gang vi var her. At det her er den dybe ende af vandet. Drabsmanden fyldte hendes bukser med sten og surrede livet og hendes bukseben sammen med tovet, før han lempede hende over bord."

"Hvordan ved du, at hun var død, før hun kom hertil? Han kan have druknet hende."

"Hun havde et stort sår i halsen. Jeg gætter på, obduktionen vil vise, at der ikke er vand i lungerne."

"Og at hun har ketanomin i blodet som Charlotte og Borgny," sagde Beate.

"Jeg har forstået, at ketanomin er et hurtigtvirkende bedøvelsesmiddel," sagde Harry. "Underligt, at jeg ikke har hørt om det før."

"Det er ikke så underligt," sagde Beate. "Det er en gammel billig kopi af ketalar, som man bruger til narkose, og som har den fordel, at patienten bliver ved med selv at trække vejret. Ketanomin blev forbudt i EU og Norge i halvfemserne på grund af bivirkningerne, så nu findes det stort set kun i ulande. Kripos brugte det som hovedspor et stykke tid, men kom ingen vegne."

Da de satte Beate af ved Kriminalteknisk Afdeling i Bryn fyrre minutter senere, bad Harry Kaja vente lidt og gik ud af bilen.

"Der er en ting, jeg ville spørge dig om," sagde Harry.

"Ja?" sagde Beate, idet hun skuttede sig og gned hænderne mod hinanden.

"Hvad laver du ude på et muligt gerningssted? Hvorfor var Bjørn der ikke?"

"Fordi Bellman har sat Bjørn til specialtjeneste."

"Og hvad betyder det? Toiletvask?"

"Nej. Koordinering af kriminalteknisk og taktisk efterforskning."

"Hvad?" Harry hævede forbavset øjenbrynene. "Det er jo en forfremmelse."

Beate trak på skuldrene. "Bjørn er dygtig. Det var på tide. Ellers noget?"

"Nej."

"Hav en god aften."

"I lige måde. Eller for resten, vent lidt. Jeg ringede jo til dig og bad dig lække til Bellman, at vi havde fundet det tov på reberbanen. Hvornår gav du beskeden videre til ham?"

"Du ringede mig jo op om natten, så jeg ventede til tidligt næste morgen. Hvorfor?"

"Ingenting," sagde Harry. "Ingenting."

Da han satte sig ind i bilen igen, var Kaja ved at lægge telefonen i jakkelommen.

"Ligfundet er allerede på Aftenpostens hjemmesider," sagde hun.

"Og?"

"De siger, at der er stort billede af dig med fuldt navn, og at du omtales som "efterforskningsleder". Og de sætter selvfølgelig sagen i forbindelse med de andre drab."

"Nå, så det gør de. Hm. Sig mig, er du også sulten?"

"Ret meget."

"Har du planer? Hvis ikke, giver jeg middag."

"Fint! Hvor?"

"Ekebergrestauranten."

"Hold da op! Eksklusivt. Er der nogen grund til, at det lige skal være der?"

"Nja. Jeg kom i tanker om den, da en af mine kammerater mindede mig på en gammel historie."

"Lad mig høre."

"Der er ikke noget at høre. Det er bare en almindelig pubertetshistor ..."

"Pubertet! Fortæl!"

Harry klukkede lavmælt. Og mens de kørte ind til centrum og begyndte at sno sig opad mod Ekebergåsen, fortalte Harry om Killer Queen, dronningen af Ekebergrestauranten, engang den flotteste funkisbygning i Oslo. Og som nu – efter renoveringen – var blevet det igen.

"Men i firserne var huset så nedslidt, at folk egentlig havde opgivet stedet. Det var blevet en forsumpet danserestaurant, hvor man inklinerede ved bordene, helst uden at vælte drinksglassene. Og så rodede rundt på gulvet og holdt hinanden oppe."

"Jeg er med."

"Øystein og Træsko og jeg plejede at holde til oppe på toppen af de der tyskerbunkere i Nordstrand, drikke øl og vente på, at ungdomstiden skulle gå over. Da vi var sytten, vovede vi os over til Ekebergrestauranten, løj om vores alder og kom ind. Der skulle ikke så meget løgn til, stedet havde brug for den omsætning, det kunne få. Danseorkesteret stank, men de spillede da 'Nights in White Satin'. Og de havde en attraktion, som var gæst næsten hver aften. Vi kaldte hende bare Killer Queen. En fuldrigger af en dame."

"*Fuldrigger?*" lo Kaja. "*I kikkerten*?"

"Nemlig," sagde Harry. "Hun kom hen imod dig for fulde sejl, overflot og skideskummel. Stadset ud som et tivoli. Med kurver som en rutsjebane."

Kaja lo endnu højere. "Altså simpelthen den lokale forlystelsespark?"

"Sådan set," sagde Harry. "Men hun kom først og fremmest på Ekebergrestauranten for at blive set og tilbedt, tror jeg. Og for at få gratis drinks fra afblomstrede danseløver, selvfølgelig. Der var aldrig nogen, som så Killer Queen tage med nogen af dem hjem. Det var måske det, der fascinerede os. En kvinde som havde måttet gå en eller to divisioner ned i tilbederskaren, men alligevel på en måde holdt stilen."

"Men så?"

"Øystein og Træsko sagde, at de hver ville give en whisky, hvis jeg turde byde hende op."

De svingede hen over sporvognsskinnerne og op ad den sidste stejle bakke mod restauranten.

"Og?" sagde Kaja.

"Det turde jeg godt."

"Og så?"

"Så dansede vi. Indtil hun sagde, at hun var træt af at blive trampet på tæerne og foreslog, at vi skulle gå en tur. Hun gik først. Det var august, varmt, og som du kan se, er der kun skov heromkring. Med tæt løv og en masse stier til skjulte steder. Jeg var fuld, men alligevel så ophidset, at jeg vidste, hun kunne høre det på min stemme, hvis jeg sagde noget. Så jeg holdt min mund. Og det var helt fint, hun stod for snakken. Og resten også. Bagefter spurgte hun, om jeg ville med hjem til hende."

Kaja fnisede. "Uha da. Og hvad skete der så?"

"Vi tager resten under middagen, for nu er vi der."

De standsede på parkeringspladsen, steg ud og gik op ad trappen til restauranten. Overtjeneren bød dem velkommen ved indgangen til spisesalen og spurgte om navnet. Harry svarede, at de ikke havde bestilt.

Det lykkedes næsten for overtjeneren at lade være med at himle med øjnene.

"Fuldt optaget de næste to måneder," snøftede Harry, da de gik ud, efter at han havde fået lov at købe nogle cigaretter i baren. "Jeg tror, at jeg bedre kunne lide stedet, da vandet løb direkte ned i spisesalen, og rotterne skreg til dig ude bag toiletterne. Vi kom i det mindste *ind*."

"Skal vi ikke ryge?" spurgte Kaja.

De gik hen til den lave murkant, hvor skoven skrånede ned mod byen. Skyerne i vest var orange og røde, og bilkøerne på motorvejen glitrede som morild i byens mørke. Det var, som om Oslo lå afventende, vogtende nede under dem, tænkte Harry. Som et camoufleret rovdyr. Han rystede to cigaretter frem, tændte dem og rakte Kaja den ene.

"Resten af historien, tak," sagde Kaja og inhalerede.

"Hvor var vi?"

"Killer Queen tog dig med hjem."

"Nej, hun *spurgte*. Og jeg sagde høfligt nej tak."

"Nej? Du lyver. Hvorfor dog det?"

"Det spurgte Øystein og Træsko også om, da jeg kom tilbage. Jeg svarede, at jeg jo ikke kunne stikke af, når jeg havde to venner og gratis whisky, som ventede på mig."

Kaja lo højt og blæste røg ud mod udsigten.

"Men det var selvfølgelig løgn," sagde Harry. "Loyalitet havde ikke noget med det at gøre. Venskab betyder ingenting for en mand, hvis du giver ham et tilbud, som er fristende nok. Ingenting. Sandheden var, at jeg ikke turde. Killer Queen blev simpelthen for uhyggelig for mig."

De sad tavse en stund. Lyttede til byens brummen og så på røgen, som hvirvlede væk.

"Du tænker," sagde Kaja.

"Ja. Jeg tænker på Bellman. Hvor velinformeret han har været. Han vidste ikke alene, at jeg kom til Norge, men oven i købet, hvilket fly jeg kom med."

"Han har måske kontakter i Politihuset."

"Tja. Og ved Lyseren i dag sagde lensmand Skai til Bellman, at Bellman havde ringet til ham angående tovet samme aften, som vi havde været ved reberbanen."

"Ja?"

"Men Beate siger, at hun ikke sagde noget til Bellman om tovet før morgenen efter, at vi havde været der." Harry fulgte en glødende tobakstråd, som sejlede ud over skrænten.

"Og Bjørn er blevet forfremmet til koordinator for teknisk og taktisk."

Kaja stirrede forskrækket på ham. "Det kan ikke være rigtigt, Harry."

Han svarede ikke.

"Bjørn Holm! Skulle han have holdt Bellman informeret om, hvad vi har været i gang med? Dig og Bjørn har arbejdet sammen så længe, I er jo ... venner!"

Harry trak på skuldrene. "Jeg tror som sagt ..." Han lod cigaretten falde ned på jorden og satte hælen på den "... at venskab betyder nul og niks, hvis tilbuddet bare er fristende nok. Tør du tage med på Schrøder og spise dagens ret?"

Jeg drømmer hele tiden nu. Det var sommer, og jeg elskede hende. Jeg var så ung og troede, at hvis man bare ønskede noget inderligt nok, så fik man det.

Adele, du havde hendes smil, hendes hår og hendes svigefulde hjerte. Og nu står der på Aftenpostens hjemmeside, at de har fundet dig. Jeg håber, du var lige så grim udenpå, som du var indeni.

Der står også, at vicekommissær Harry Hole er sat på sagen. Det var ham, der fik Snemanden. Måske er der håb, måske kan politiet redde liv alligevel?

Jeg har printet et billede af Adele ud fra VG's hjemmeside og sat det op på væggen ved siden af den udrevne side fra Håvasshyttens gæstebog. Inklusiv mit er der kun tre navne tilbage nu.

Kapitel 37

Profil

Dagens ret på Schrøder var pytipande, serveret med spejlæg og rå løg.

"Lækkert," sagde Kaja.

"Kokken er vist ædru i dag," istemte Harry og pegede. "Se."

Kaja vendte sig om og så op på det fjernsyn, Harry pegede på.

"Halløjsa!" sagde hun.

Mikael Bellmans ansigt fyldte skærmen, og Harry gav tegn til Nina om, at de gerne ville have skruet op for lyden. Harry studerede, hvordan Bellmans mund bevægede sig. De bløde, næsten feminine træk. Det glitrede i det brune, intense blik under de fint formede øjenbryn. De hvide pletter lignede slud på huden, men skæmmede ham ikke. De gjorde ham tværtimod bare mere spændende at se på, som et eksotisk dyr. Hvis han ikke som de fleste efterforskere havde hemmeligt nummer, ville hans indbakke være fuld af kåde og forelskede sms'er bagefter. Så kom lyden på:

"... i Håvasshytten natten til den 8. november. Vi beder altså om, at de, der var der, melder sig til politiet så hurtigt som muligt."

Så var det tilbage til nyhedsoplæseren og et nyt emne.

Harry skubbede tallerknen fra sig og vinkede efter kaffe. "Lad mig høre, hvad du tænker om den her drabsmand, efter at vi fandt Adele. Giv mig en profil."

"Hvorfor det?" spurgte Kaja og drak af vandglasset. "Fra og med i morgen arbejder vi med andre sager."

"Bare for sjov."

"Ligger en profilering af seriemordere inden for din definition af *morskab*?"

Harry sugede på en tandstikker. "Jeg ved, at der er et rigtigt svar på det der, men jeg kan ikke komme på, hvad det er."

"Du er skør."

"Hvem er han så?"

"For det første er det stadig en han. Og stadig en seriemorder. Jeg tror ikke, at Adele nødvendigvis var hans første."

"Hvorfor ikke?"

"Fordi det var så fejlfrit, at han må have været koldblodig. Første gang man dræber, er man ikke så kold. Desuden gemte han hende så godt, at det helt afgjort ikke var meningen, at vi skulle finde hende. Det betyder, at han kan stå bag flere af dem, som foreløbig kun står i statistikken over savnede personer."

"Fint. Videre."

"Tja ..."

"Kom nu. Du sagde lige, at han gemte Adele Vetlesen godt af vejen. Det første af hans drabsofre, som vi kender til. Hvordan udvikler drabene sig?"

"Han bliver modigere, mere selvsikker. Han holder op med at gemme dem. Charlotte blev fundet bag ved en bil i skoven, og Borgny i en kælder i en kontorbygning midt i byen."

"Og Marit Olsen?"

Kaja tænkte sig længe om. "Det er for outreret. Han har mistet selvbeherskelsen, kontrollen er gledet ham af hænde."

"Eller også ..." sagde Harry, "har han ført det op til næste niveau. Han vil vise alle, hvor dygtig han er, så han begynder at udstille sine drab. Drabet på Marit Olsen i Frognerbadet er et højt skrig om opmærksomhed, men det viser tegn på manglende kontrol i udførelsen. Det tov, han brugte, var i værste fald en uforsigtighed, men ellers efterlod han ingen spor. Uenig?"

Hun tænkte sig om og rystede på hovedet.

"Så er der Elias Skog," sagde Harry. "Er der noget anderledes der?"

"Han torturerer offeret med en langsom død," sagde Kaja. "Sadisten i ham afslører sig."

"Leopolds æble er også et torturinstrument," sagde Harry. "Men jeg er enig med dig i, at det er første gang, vi ser sadismen. Samtidig er det bevidst valgt, han afslører, han *bliver* ikke afsløret. Det er stadigvæk ham, der står for iscenesættelsen og har kontrollen."

En kaffekande og to kopper blev plantet foran dem.

"Ja, men ..." sagde Kaja.

"Ja?"

"Skurrer det ikke lidt, at en sadistisk drabsmand forlader gerningsstedet, før han kan overvære offerets virkelige lidelser og endelige død? Ifølge værtinden hørte hun jo dunkelydene fra badekarret, efter at gæsten var gået. Han stak af fra alt ... øh, det sjove."

"God pointe. Hvad har vi så? En falsk sadist? Og hvorfor lade som om?"

"Fordi han ved, at vi vil prøve at lave en profil, som vi gør lige nu," sagde Kaja ivrigt. "Og så vil vi lede efter ham de forkerte steder."

"Ja. Måske. I så tilfælde er det en sofistikeret drabsmand."

"Hvad tror du, o gamle vismand?"

Harry skænkede op til dem. "Hvis det virkelig er en seriemorder, synes jeg, drabene spreder sig over lovlig meget."

Kaja lænede sig frem over bordet, og det glitrede i hendes spidse tænder, da hun hviskede: "Du tror, det *ikke* er en seriemorder?"

"Tja. Jeg savner en signatur. Det er som regel specielle sider ved drabet, som tænder en seriemorder, og derfor visse ting, som går igen i udførelsen. Her er der ingen spor af, at drabsmanden skulle have foretaget sig noget seksuelt i tilknytning til drabet. Og ingen lighed i drabsmetode bortset fra Borgny og Charlotte, som sandsynligvis blev dræbt med Leopolds æble. Gerningsstederne er helt forskellige, og det samme er ofrene. De er af begge køn, har forskellig alder, forskellig baggrund, forskellig fysisk fremtoning."

"Men de er jo ikke tilfældigt valgt, for de har overnattet i samme hytte samme nat."

"Netop. Og det er det, der gør, at jeg ikke føler mig så sikker på, at det er en klassisk seriemorder, vi står over for. Eller rettere sagt: ikke en med et klassisk drabsmotiv. For seriemorderen er drabet i sig selv som regel motiv nok. At de for eksempel er prostituerede kvinder, handler som regel ikke om, at de er syndere, men at de er lette ofre. Jeg har kun kendskab til én seriemorder, som har haft et kriterium for udvælgelse af ofre, som handler om ofrene selv."

"Snemanden."

"Jeg tror ikke på, at en seriemorder vælger sine ofre fra en tilfældig side i en gæstebog i en turisthytte. Og hvis der er sket noget i Håvasshytten, som har givet drabsmanden et motiv, taler vi ikke om klassiske seriedrab. Desuden er udviklingen hen imod at vise sig frem for hurtig for en almindelig seriemorder."

"Hvad mener du?"

"Han har sendt en kvinde til Rwanda og Congo for at dække over et drab og samtidig købe mordvåbnet til det næste. Derefter dræber han hende. Han har med andre ord gjort sig ekstreme anstrengelser for at skjule det drab. Ved næste drab nogle uger senere gør han absolut ingenting. Og ved drabet nogle uger efter dét er han som en matador, der skyder understellet op i snuden på os, mens han vifter med kappen. Det er en personlighedsforandring i fast forward. Det hænger ikke sammen."

"Tror du, der kan være flere drabsmænd? Med hver sin metode?"

Harry rystede på hovedet. "Der er én lighed. Drabsmanden efterlader ikke spor. Hvis mordere er en sjældenhed, er en morder, som ikke efterlader sig spor, en hvid hval. Der findes ikke mere end én af dem i den her sag."

"Nej, okay, men hvad snakker vi så om?" Kaja slog ud med armene. "En seriemorder med multipel personlighed?"

"En hvid hval med vinger," sagde Harry. "Nej, jeg ved det ikke. Og det kan jo også være ligegyldigt, for vi gør det jo kun for sjov. Det er Kripos' sag nu." Han tømte sin kaffekop. "Jeg tager en taxa op til sygehuset."

"Jeg kan godt køre dig."

"Nej tak, tag du hjem og forbered dig på nye, interessante arbejdsopgaver."

Kaja sukkede tungt. "Det med Bjørn ..."

"Omtales ikke for en sjæl," sagde Harry. "Sov godt."

På Rikshospitalet var Altman på vej ud af faderens stue, da Harry kom.

"Han sover," sagde plejeren. "Jeg gav ham ti milligram morfin. Du kan godt sætte dig derinde, men han vågner næppe de første mange timer."

"Tak," sagde Harry.

"Helt i orden. Jeg havde selv en mor som ... ja, som måtte udholde mere smerte, end hun havde behøvet."

"Javel. Ryger du, Altman?"

Harry så på den skyldbetyngede reaktion, at det gjorde Altman, og han inviterede ham med udenfor. De to mænd røg, mens Altman med fornavnet Sigurd fortalte, at det var på grund af moderen, at han havde specialiseret sig inden for anæstesi.

"Så når du gav den sprøjte til min far, så ..."

"Lad os sige, det var en tjeneste fra en søn til en anden," smilede Altman. "Men det var altså også afklaret med lægen. Jeg vil jo gerne beholde mit arbejde."

"Klogt," sagde Harry. "Gid jeg var lige så klog."

De skoddede cigaretterne, og Altman skulle til at gå, da Harry spurgte: "Eftersom du er anæstesiuddannet, kan du måske fortælle mig, hvor en person kan tænkes at få fat i ketanomin."

"Uha," sagde Altman. "Det der burde jeg sandsynligvis ikke svare på."

"Det går nok," sagde Harry og smilede skævt. "Det hænger sammen med den drabssag, jeg arbejder med."

"Aha. Okay. Medmindre du arbejder med anæstesi, er ketanomin svært at få fat i her i Norge. Det virker som et projektil, bogstaveligt talt, patienten går direkte i gulvet. Men bivirkningerne med mavesår er ret grimme. Desuden er risikoen for hjertestop stor ved overdosering. Det er blevet brugt ved selvmord. Men ikke længere, for ketanomin blev forbudt i EU og Norge for flere år siden."

"Det ved jeg, men hvor ville du tage hen for at skaffe ketanomin?"

"Tja. Tidligere Sovjetstater. Eller Afrika."

"Congo, for eksempel?"

"Helt sikkert. Producenten sælger det til dumpingpriser efter forbuddet i Europa, og så havner det i fattige lande. Sådan er det altid."

Harry sad ved faderens seng og så på den spinkle pyjamasklædte brystkasse, som hævede og sænkede sig. Efter en time rejste han sig og gik.

Harry ventede med at tænde for telefonen, indtil han havde låst sig ind i huset, sat 'Don't Get Around Much Anymore' på, en af faderens Duke Ellington-plader, og fundet den brune klump frem. Han så, at Gunnar Hagen havde lagt en besked på telefonsvareren, men den havde han ikke tænkt sig at høre, eftersom han nogenlunde vidste, hvad den gik ud på. At Bellman havde været efter ham igen, at fra nu af måtte de ikke nærme sig drabssagen, uanset hvor gode bortforklaringer de havde i baghånden. Og at Harry skulle melde sig til almindelig tjeneste, hvis han stadig ville arbejde inden for politiet. Nå ja, måske ikke det sidste. Det var på tide at rejse. Og rejsen skulle starte her, nu, i aften. Han fandt sin lighter frem med den ene hånd, mens den anden hentede de to ventende sms'er frem. Den første var fra Øystein. Han foreslog en 'herreaften' i nær fremtid, og at de inviterede Træsko med, som sandsynligvis var den bedst bemidlede af de tre. Den anden var fra et nummer, Harry ikke kendte. Han åbnede beskeden.

Jeg ser på Aftenpostens hjemmeside, at du tager sagen.

Jeg kan hjælpe dig lidt på vej. Elias Skog snakkede, før han blev limet til badekarret.

C.

Harry tabte lighteren, som ramte glasbordet med et højt smæld, og han kunne mærke hjertet slå hurtigere. I drabssager fik de altid en masse henvendelser med tips, råd, gætterier. Folk som var villige til at sværge på, at de havde set, hørt eller var blevet fortalt noget, og hvis politiet bare kunne afsætte lidt tid til at lytte til dem? Ofte var det de samme, der gik igen, men der var altid nogle nye, forvirrede snakkehoveder. Men Harry vidste allerede, at det her ikke var en af dem. Pressen havde skrevet meget om sagen, folk havde fået mange oplysninger. Men ingen derude i offentligheden havde kendskab til, at Elias Skog var blevet limet fast til badekarret. Eller kendte Harrys hemmelige telefonnummer.

Kapitel 38

Varige mén

Harry havde skruet ned for Duke Ellington og sad med telefonen i hånden. Personen havde kendskab til superlimen. Og til Harrys nummer. Burde han tjekke adresse og navn på nummeret, måske oven i købet få personen pågrebet, fordi han risikerede at skræmme ham væk? På den anden side, vedkommende ventede på et svar.

Harry trykkede på 'Ring til afsender'.

Det brummede to gange, før han hørte en dyb stemme:

"Ja?"

"Det er Harry Hole."

"Tak for sidst, Hole."

"Jo. Hvornår var det?"

"Kan du ikke huske det? I Elias Skogs lejlighed. Superlim."

Harry mærkede blodet dunke i halspulsåren og snøre struben sammen.

"Jeg var der. Hvem taler jeg med, og hvad lavede du der?"

Der blev stille et sekund i den anden ende, og Harry troede et øjeblik, at den anden havde lagt på. Men så var stemmen der igen med et langtrukkent:

"Åååh, sorry, jeg underskrev måske bare beskeden med et C?"

"Ja."

"Det plejer jeg. Det er Colbjørnsen. Vicekommissær i Stavanger. Jeg fik dit telefonnummer, remember?"

Harry bandede indvendigt, opdagede, at han stadig holdt vejret, og slap luften ud med et langt hvæs.

"Er du der?"

"Ja da," sagde Harry, greb teskeen, som lå på bordet, og skar en stump af opiumklumpen. "Du skrev, at du har noget til mig?"

"Ja, og det har jeg. Men på én betingelse."

"Som er?"

"At det bliver mellem os."

"Hvorfor det?"

"Fordi jeg ikke kan holde den idiot til Bellman ud, som kommer herover og tror, han er Guds gave til al drabsefterforskning. Fordi han og det skide Kripos prøver at få monopol i hele landet. Han kan sgu gå ad helvede til. Problemet er, at mine chefer og jeg ikke får lov til at løfte en finger i den skide Skog-sag."

"Så derfor kommer du til mig?"

"Jeg er en enfoldig dreng fra provinsen, Hole. Men da jeg så i Aftenposten, at du var sat på sagen, forstod jeg, hvad det er, der sker. Jeg kan regne ud, at du er som mig, for du vil ikke bare lægge dig ned og dø, vel?"

"Tja ..." sagde Harry og så på klumpen foran sig.

"Så hvis du kan bruge det her til at tage røven på den rotte, og det igen kan føre til, at Bellmans planer om the evil empire bliver bremset, så værsgo. Jeg venter med at sende Bellman min rapport til i overmorgen. Du har dagen i morgen at gøre godt med."

"Hvad har du?"

"Jeg har selv snakket med folk i Skogs omgangskreds. Hvilket ikke var så mange, eftersom han var en særling, mere end gennemsnitlig aktiv og rejste verden rundt mutters alene. To styk, for at være præcis. Værtinden. Og en pige, som vi opsporede via de telefonnumre, han havde ringet til de sidste dage, før han døde. Hun hedder Stine Ølberg og fortalte, at hun talte med Elias samme aften, som han blev dræbt. De sad i bussen fra byen, og han havde sagt, at han havde været i Håvasshytten samtidig med de dræbte piger, som der havde stået noget om i aviserne. At det var mærkeligt, at ingen havde opdaget, de havde været i samme hytte, og at han overvejede at gå til politiet med det, men at han kviede sig. Han havde ikke lyst til at blive indblandet. Og det forstår jeg godt, for Skog har haft vrøvl med politiet før. Han har været anmeldt for at følge efter folk ved to lejligheder. Han har ganske vist ikke gjort noget ulovligt, han var som sagt bare en meget aktiv type. Stine sagde, at hun havde været bange for ham, men at det den aften også forekom hende, at *han* var bange."

"Interessant."

"Stine havde ladet, som om hun ikke vidste, hvem de tre dræbte var, og så havde Elias sagt, at han ville fortælle om en anden, som var der, en han i hvert fald troede, hun vidste, hvem var. Og her kommer det virkelig interessante. Manden er en kendis. I hvert fald en B-kendis."

"Ja?"

"Ifølge Elias Skog var Tony Leike der."

"Tony Leike. Burde jeg vide, hvem det er?"

"Han er kæreste med skibsrederen Anders Galtungs datter, Lene Galtung."

Et par avisopslag blafrede forbi Harrys indre blik.

"Tony Leike er en såkaldt investor, hvilket vil sige, at han er blevet rig, uden at nogen helt forstår hvordan, kun at det i hvert fald ikke er ved hårdt arbejde. Desuden er han en rigtig prettyboy. Men det betyder ikke, at han er mister nice guy. Og her kommer det virkelig interessante. Fyren har et sheet."

"*Sheet?*" spurgte Harry påtaget uforstående for at antyde, hvad han mente om Colbjørnsens anglicismer.

"Generalieblad. Tony Leike har en dom for grov vold."

"Javel. Har du tjekket dommen?"

"Tony Leike bankede og kvæstede en Ole S. Hansen den 6. august fra klokken 11:20 til 11:25. Det skete uden for danselokalet i den by, hvor Tony boede hos bedstefaderen. Tony var atten, Ole-drengen sytten, og det drejede sig selvfølgelig om et kvindfolk."

"Tja. Jaloux ungdom, som slås i fuldskab er ikke helt usædvanligt. Sagde du grov vold?"

"Ja, for der er mere. Efter at Leike havde slået den anden, satte han sig på ham og stak en kniv i ansigtet på staklen. Drengen fik varige mén, men ifølge dommen kunne det være gået endnu værre, hvis der ikke var kommet folk til og havde fået trukket Leike væk."

"Men ikke mere end den ene dom?"

"Tony Leike var kendt for sine raserianfald og var jævnligt i slagsmål. Under retssagen fortalte et vidne, at i ungdomsskolen havde Leike været ved at kvæle ham med et bælte, fordi han havde sagt noget ufordelagtigt om Tonys far."

"Det lyder, som om nogen skal tage en lang snak med Tony Leike. Ved du, hvor han bor?"

"I din by. Holmenveien ... vent ... 172."

"Ja, det er ude i byens vestlige del. Tak, Colbjørnsen."

"Der er ikke noget at takke for. Jo, for resten, der var én ting til. Der steg en mand på bussen lige efter Elias. Han stod af ved samme stoppested som Elias, og Stine siger, at hun så manden gå efter ham. Men hun kunne ikke give nogen beskrivelse af manden, hvis ansigt var skjult af en hat. Det behøver selvfølgelig ikke at betyde noget."

"Nej."

"Ellers stoler jeg på dig, Hole."

"Stoler på hvad?"

"At du gør det rigtige."

"Ja."

"Godnat."

Harry blev siddende og lyttede til Hertugen. Så greb han ud efter mobiltelefonen og fandt Kajas nummer på kontaktlisten. Han skulle til at trykke på opkaldsknappen, men tøvede. Han var ved at gøre det igen. At tage folk med sig i faldet. Harry lagde telefonen fra sig. Han havde to muligheder. Den kloge, som var at ringe til Bellman. Og den tåbelige, som var at gå helt solo.

Harry sukkede. Hvad var det, han bildte sig ind? Han havde ikke noget valg. Så han stak lighteren i lommen, pakkede klumpen ind i sølvpapiret, lagde det i barskabet, klædte sig af, stillede vækkeuret til klokken seks og lagde sig. Ikke noget valg. Han var fange af sit eget adfærdsmønster, hvor enhver handling i realiteten er en tvangshandling. Sådan set var han hverken bedre eller værre end dem, han var på jagt efter.

Og med denne tanke faldt han i søvn med et smil om munden.

Natten er så velsignet stille, den heler blikket, gør tanken klar. Den nye, gamle politimand. Hole. Jeg må fortælle ham det. Ikke vise ham det hele, bare nok til, at han er med. Så han kan stoppe det. Så jeg ikke behøver at gøre det, jeg gør. Jeg spytter og spytter, men blodet fylder min mund, igen og igen.

Kapitel 39

Relationssøgning

Harry kom ind til Politihuset klokken kvart i syv om morgenen. Bortset fra vagten i receptionen var der tomt for mennesker i det store atrium inden for de tunge indgangsdøre.

Han nikkede til Securitas-vagten, trak adgangskortet gennem læseren ved slusen og tog elevatoren ned i kælderen. Derfra småløb han gennem tunnelen og låste sig ind i lokalet. Han tændte dagens første cigaret og ringede på sin mobiltelefon, mens pc'en startede op. Katrine Bratt lød søvndrukken.

"Jeg vil gerne have dig til at køre de der relationssøgninger," sagde Harry. "Mellem en Tony Leike og drabsofrene. Inklusiv en Juliana Verni, adresse Leipzig."

"Der er tomt i hobbyrummet i hvert fald til halv ni," sagde hun. "Jeg går straks i gang. Ellers noget?"

Harry tøvede. "Kan du tjekke en Jussi Kolkka for mig? Politibetjent."

"Hvad er der med ham?"

"Det er lige præcis det," sagde Harry. "Jeg ved ikke, hvad der er med ham."

Harry lagde telefonen fra sig og begyndte at arbejde på pc'en.

Tony Leike havde ganske rigtigt én dom. Og ifølge registeret havde han været i kontakt med politiet ved to andre lejligheder. Som Colbjørnsen havde antydet, drejede det sig om legemsbeskadigelse. I det ene tilfælde var anmeldelsen blevet trukket tilbage, i det andet var sagen henlagt.

Harry googlede Tony og fandt flere mindre avisomtaler, de fleste af dem knyttet til hans forlovede Lene Galtung, men også nogle fra finanspressen, hvor han blev nævnt som henholdsvis investor, aktiespekulant og uvidende får. Det sidste stod i 'Kapital' og refererede til, at

Leike tilhørte den flok, som efterabede førerfåret Kringlen i alt, hvad han foretog sig: lige fra aktie-, hytte- og bilkøb til valg af rigtige gå-i-byen-steder, drinks, kvinder og kontor-, privat- og ferieadresse.

Harry søgte gennem linkene, indtil han standsede op ved en sag i Finansavisen.

"Bingo," mumlede han.

Tony Leike var tydeligvis på vej til at blive karl for sin hat. Eller hjelm. I hvert fald skrev finansavisen om et mineprojekt, hvor Leike var initiativtager og indpisker. Han var afbildet sammen med partnerne, to unge mænd med sideskilning. De var ikke iført de sædvanlige designer-jakkesæt, men kedeldragt og arbejdstøj, og sad på en stabel planker foran en helikopter. Tony Leike havde det største smil af dem alle. Han var bredskuldret, langlemmet, mørk i huden og håret og med en imponerende ørnenæse, som sammen med farverne fik Harry til at tænke, at Leike måtte have mindst et stænk arabisk blod i årerne. Men årsagen til Harrys beherskede udbrud var overskriften:

"KONGEN AF CONGO?"

Harry fortsatte med at følge linkene.

Den kulørte presse var mere optaget af det forestående bryllup med Lene Galtung og gæstelisten.

Harry så på uret. Fem minutter over syv. Han ringede til vagthavende.

"Jeg skal have assistance til en pågribelse på Holmenveien."

"En anholdelse?"

Harry vidste godt, at han ikke havde nok til at bede politiadvokaten om en anholdelsesbegæring.

"Indhentning til afhøring," sagde Harry.

"Jeg syntes, du sagde pågribelse? Og hvad skal du med assistance, hvis det bare ..."

"Har du to mand og en bil klar uden for garagen om fem minutter?"

Harry fik et snøft til svar, som han tolkede som et ja. Han tog to sug af cigaretten, skoddede den, rejste sig, låste døren og gik. Han var kommet ti meter hen ad tunnelen, da han hørte en svag lyd bag sig, som han vidste var fastnettelefonen, der ringede.

Han var kommet ud af elevatoren og var på vej hen imod udgangsdøren, da han hørte nogen råbe sit navn. Han vendte sig om og så Securitas-vagten vinke efter ham. Foran skranken så Harry ryggen af en sennepsgul uldfrakke.

"Den her mand spurgte efter dig," sagde receptionisten.

Uldfrakken vendte sig om. Den var af den type, som skal se ud, som om den er af kashmir, og af og til er det. I det her tilfælde gik Harry ud fra, at det var den. Fordi den blev udfyldt af brede skuldre på en langlemmet person med mørke øjne, mørkt hår og muligvis et stænk arabisk blod i årerne.

"Du er større, end du ser ud til på billedet," sagde Tony Leike og fremviste en række porcelænshøjhuse af nogle tænder og en fremstrakt hånd.

"God kaffe," sagde Tony Leike og så ud, som om han mente det. Harry så på Leikes lange, forvredne fingre om kaffekoppen. Leike havde forklaret det med en latter, da han havde rakt Harry hånden. At det ikke var noget smitsomt, bare god gammeldags leddegigt, en arvelig ting som – om ikke andet – gjorde ham til en pålidelig meteorolog. "Men jeg troede ærligt talt, at de gav vicekommissærer lidt bedre kontorer. Lidt varmt, ikke?"

"Det er fængslets opvarmningskedler," sagde Harry, mens han nippede til sin egen kop. "Så du læste om sagen i Aftenposten her til morgen?"

"Ja. Jeg sad og spiste morgenmad. Jeg fik den næsten galt i halsen for at være ærlig."

"Hvorfor det?"

Leike rykkede sig lidt i stolen, som en Formel 1-kører i sædet før start: "Jeg håber, at det, jeg siger, kan blive mellem os."

"Hvem er 'os'?"

"Politiet og mig. Allerhelst dig og mig."

Harry håbede, at hans stemme var neutral og ikke røbede nogen form for ophidselse. "Og grunden er?"

Leike tog en dyb indånding. "At jeg ikke vil have, at det skal blive offentligt kendt, at jeg var i Håvasshytten samme nat som stortingsrepræsentanten. Marit Olsen. Jeg har lige i øjeblikket en ret høj medieprofil på grund af et forestående bryllup. Det ville være uheldigt, hvis jeg kædes sammen med en drabssag lige præcis nu. Pressen ville kaste sig over det, og det ville kunne ... hvirvle ting op fra min fortid, som jeg gerne så forblive begravet og glemt."

"Javel," sagde Harry uskyldigt. "Jeg skal selvfølgelig veje flere hensyn op mod hinanden og kan derfor ikke love noget. Men det her er ikke en afhøring, kun en samtale, og jeg lækker normalt ikke den slags til pressen."

"Og heller ikke til mine ... øh, nærmeste?"

"Ikke hvis der ikke er nogen grund til det. Hvis du er bange for, at det skal blive kendt, at du var her, hvorfor kommer du så herhen?"

"I har jo bedt dem, som var der, melde sig, så det er vel min borgerpligt, er det ikke?" Han så spørgende på Harry. Og skar derefter en grimasse. "For fanden, mand, jeg blev jo bange! Jeg kunne jo godt regne ud, at dem, der var i Håvasshytten den aften, måske står for tur. Så jeg satte mig i bilen og kørte herned med det samme."

"Er der sket noget specielt her på det sidste, som har gjort dig nervøs?"

"Nej." Tony Leike så tænksomt ud i luften. "Bortset fra et indbrud gennem kælderdøren for nogle dage siden. Jeg burde nok anskaffe mig en alarm, tror du ikke?"

"Meldte du det til politiet?"

"Nej, de tog bare en cykel."

"Og du tror, at seriemordere også giver sig af med cykeltyveri?"

Leike lo kort og nikkede smilende. Ikke det fårede smil fra en, som er flov over at have sagt noget dumt, tænkte Harry. Men det afvæbnende, vindende smil, som siger: "Der fik du mig, kammerat", den sejrsvantes galante lykønskning.

"Hvorfor spurgte du efter mig?"

"Det stod i avisen, at du efterforskede sagen, så jeg syntes, det var ret naturligt. Desuden håbede jeg som sagt, at det kunne være muligt at holde det her mellem nogle få stykker, så derfor gik jeg direkte til toppen."

"Jeg er ikke toppen, Leike."

"Er du ikke? Det så sådan ud i Aftenposten."

Harry strøg sig over det udstikkende kæbeben. Han havde ikke helt bestemt sig for, hvad han syntes om Tony Leike. Han var en mand med et velplejet ydre kombineret med en badboy-charme, som fik Harry til at tænke på en hockeyspiller, han havde set i en undertøjsreklame. Det virkede, som om han ville give indtryk af en ubekymret, verdensvant glathed, men at der var en ægthed, et menneske med følelser, som ikke lod sig skjule. Eller måske var det omvendt: Måske var det glatheden, som var ægte, og følelserne, som blev spillet.

"Hvad lavede du i Håvasshytten, Leike?"

"Jeg var på skitur, naturligvis."

"Alene?"

"Ja. Det havde været nogle hårde dage på arbejde, så jeg trængte til en timeout. Jeg kommer meget i Ustaoset og Hallingskarvet. Sover i turisthytter. Det er mit landskab, kan du sige."

"Hvorfor har du så ikke din egen hytte der?"

"Der, hvor jeg vil have en hytte, er det ikke tilladt at bygge længere. Nationalparkbestemmelser."

"Hvorfor var din forlovede ikke med? Løber hun ikke på ski?"

"Lene? Hun ..." Leike tog en slurk af kaffen. Den type slurk, folk tager midt i en sætning, når de har behov for en lille tænkepause, tænkte Harry. "Hun var hjemme. Jeg ... vi ..." Han så på Harry med en lettere fortvivlet mine, som om han bad om hjælp. Harry gav ham ingen.

"Fandens også. Ikke noget presse, vel?"

Harry svarede ikke.

"Godt," sagde Leike, som om Harry havde svaret bekræftende. "Jeg trængte til at trække vejret lidt, at komme væk. Tænke. Forlovelse, ægteskab ... det er voksne ting at tage stilling til. Og jeg tænker bedst alene. Især deroppe på vidderne."

"Tænkeriet hjalp tydeligvis?"

Leike fremviste emaljemuren igen. "Ja."

"Kan du huske de andre, som var i hytten?"

"Jeg husker som sagt Marit Olsen. Hun og jeg drak et glas rødvin sammen. Jeg vidste ikke, at hun var stortingsrepræsentant, før hun selv sagde det."

"Nogen andre?"

"Der sad tre eller fire andre derinde, som jeg sagde hej til. Men jeg ankom ret sent, så nogen havde vel lagt sig."

"Ja?"

"Der stod seks par ski i sneen udenfor. Jeg husker det tydeligt, fordi jeg tog dem med ind i gangen på grund af faren for sneskred. Jeg kan huske, at jeg tænkte, at de andre måske ikke var så erfarne fjeldfolk. Hvis hytten er halvvejs begravet i tre meter sne, er man dårligt stillet, hvis ingen har ski. Jeg var den, der stod først op om morgenen, det er jeg som regel, og tog af sted, før de andre var stået op."

"Du siger, at du kom sent om aftenen. Du gik altså alene på fjeldet i mørke?"

"Med hovedlygte, kort og kompas. Turen var helt spontan, så jeg tog med toget til Ustaoset først på aftenen. Men jeg er som sagt stedkendt og vant til at orientere mig i ødemarken i mørke. Og vejret var fint, måneskin på sneen, så jeg havde hverken brug for kortet eller lygten."

"Kan du fortælle noget om, hvad der skete i hytten, mens du var der?"

"Der skete ikke noget. Marit Olsen og jeg snakkede om rødvin og om det svære ved at holde et moderne forhold kørende. Det vil sige, jeg tror, hendes forhold var mere moderne end mit."

"Og hun snakkede ikke om, at der var sket noget i hytten?"

"Overhovedet ikke."

"Hvad med de andre, som var oppe?"

"De sad henne ved pejsen og snakkede om skiture og drak. Øl, måske. Eller en eller anden sportsdrik. To piger og en fyr, mellem tyve og femogtredive, vil jeg gætte på."

"Navn?"

"Vi nikkede bare og sagde hej. Jeg var som sagt taget derop for at være alene, ikke for at skaffe mig nye venner."

"Udseende?"

"Der er ret mørkt i sådan en hytte om aftenen, så hvis jeg siger, at en af dem var lys, den anden mørk, så er det ikke sikkert, at det passer. Jeg kan som sagt ikke engang huske, om de var tre eller fire."

"Dialekter?"

"En af pigerne snakkede en smule vestlandsk, tror jeg."

"Stavangerdialekt? Bergen? Sunnmøre?"

"Beklager, jeg er ikke så god til den slags. Måske var det ikke Vestlandet, måske Sørlandet."

"Okay. Du ville være alene, men du talte altså om forhold med Marit Olsen."

"Det skete bare. Hun kom hen til mig og satte sig. Hun var ikke just nogen genert dame. Snakkesalig. Men tyk og hyggelig." Han sagde det, som om de to ting hørte naturligt sammen. Og det slog Harry, at det billede, han havde set af Lene Galtung viste en – den nye, norske gennemsnitsvægt taget i betragtning – åleslank kvinde.

"Så bortset fra Marit Olsen kan du altså ikke fortælle os noget om nogen af de andre? Heller ikke, hvis jeg viser dig billeder af dem, vi ved var der?"

"Jo," sagde Leike og smilede igen. "Det tror jeg godt, at jeg kan."

"Ja?"

"Da jeg skulle lægge mig i en af køjesengene i det ene værelse, måtte jeg jo tænde lyset for at se, hvilken køje der var ledig. Og der så jeg to personer, som lå og sov. En mand og en kvinde."

"Og dem mener du, at du kan beskrive?"

"Ikke beskrive så godt måske, men jeg er ret sikker på, at jeg ville kunne genkende dem."

"Hvorfor?"

"Man husker ligesom først ansigter, når man ser dem igen."

Harry vidste, at det, Leike sagde, var rigtigt. Vidners signalementer var som regel helt ved siden af, men gav man dem en line-up, tog de sjældent fejl.

Harry gik hen til arkivskabet, som de havde trillet tilbage, åbnede de respektive ofres mapper og tog billederne frem. Han gav de fem billeder til Leike, som bladede dem igennem.

"Det er jo Marit Olsen," sagde han og rakte Harry det ene. "Og det her er de to piger, som sad ved pejsen, tror jeg, men det er jeg ikke sikker på." Han gav Harry billederne af Borgny og Charlotte. "Det her var muligvis fyren." Elias Skog. "Men det var ingen af dem her, der lå i køjerummet, det er jeg sikker på."

"Så du er usikker på dem, du har siddet i samme stue med et pænt stykke tid, men sikker på nogen, du kiggede på i et par sekunder?"

Leike nikkede. "De sov jo."

"Er sovende lettere at genkende?"

"Nej, men de kigger jo ikke tilbage på dig, vel? Så man kan se uforstyrret på dem."

"Ja. I et par sekunder?"

"Måske lidt længere."

Harry lagde billederne tilbage i mapperne.

"Har du nogen navne?" spurgte Leike.

"Navne?"

"Ja. Jeg stod som sagt op som den første og spiste et par skiver brød ude i køkkenet. Gæstebogen lå derude, og jeg havde ikke skrevet mig ind. Mens jeg spiste færdig, åbnede jeg den og studerede navnene på dem, som havde skrevet sig ind aftenen før."

"Hvorfor det?"

"Hvorfor?" Tony trak på skuldrene. "Det er tit de samme mennesker, som går mellem turisthytterne. Jeg ville vel se, om der var nogen, jeg kendte."

"Var der det?"

"Nej. Men hvis du siger nogle navne på dem, som I ved eller tror var der, kan jeg måske huske, om jeg så dem i gæstebogen, ikke sandt?"

"Det lyder rimeligt, men desværre har vi ingen navne. Eller adresser."

"Nej, okay," sagde Leike og begyndte at knappe uldfrakken. "Så er jeg bange for, at jeg ikke kan være til stor hjælp. Altså bortset fra at I fik mig krydset af."

"Ja," sagde Harry. "Men når du alligevel er her, så har jeg et par andre spørgsmål. Hvis du har tid?"

"Jeg er min egen herre," sagde Leike. "Så længe det varer i hvert fald."

"Fint. Du siger, at du har noget skidt i din fortid. Kan du bare kort fortælle, hvad det går ud på?"

"Jeg prøvede at dræbe en fyr," sagde Leike ligefremt.

"Javel," sagde Harry og lænede sig tilbage i stolen. "Hvorfor det?"

"Fordi han angreb mig. Han påstod, at jeg havde hugget hans kæreste. Sandheden var, at hun hverken var eller ville være hans kæreste, og at jeg ikke hugger damer fra nogen. Det behøver jeg ikke."

"Jaså. Han tog jer på fersk gerning og slog hende?"

"Hvad mener du?"

"Jeg prøver bare at forstå, hvad det er for en situation, som kan have ført til, at du ville dræbe ham. Hvis du mener det bogstaveligt altså."

"Han slog *mig*. Og derfor gjorde jeg mit bedste for at dræbe ham. Med kniv. Og det var ved at lykkes for mig, da et par af mine kammerater trak mig væk fra ham. Jeg blev dømt for grov vold. Og det er jo ganske billigt for et drabsforsøg."

"Du er klar over, at det, du nu siger, kan gøre dig til drabsmistænkt?"

"I *den* her sag?" Leike så mistroisk på Harry. "Det må være din spøg? I har da lidt mere overblik end det, har I ikke?"

"Hvis du har været villig til at dræbe én gang ..."

"Jeg har været villig til at dræbe flere gange. Og jeg har givetvis også gjort det."

"Givetvis?"

"Det er ikke så let at se kulsorte negre om natten i junglen. Man skyder mest på må og få."

"Og det har du gjort?"

"I min syndige ungdom, ja. Efter at have afsonet den dom tog jeg et USK-kursus i hæren og tog direkte derfra til Sydafrika og fik job som *merc*."

"Nå. Så du har været lejesoldat i Sydafrika?"

"I tre år. Og Sydafrika var bare stedet, hvor jeg lod mig hverve, kampene foregik i nabolandene. Der var altid en krig, altid et marked for proffer, især hvide. De sorte tror stadig, at vi er klogere. De stoler mere på hvide officerer end på deres egne."

"Du var måske også i Congo dengang?"

Tony Leikes højre øjenbryn lavede en sort vinkel: "Hvorfor?"

"Jeg var der selv for ikke så længe siden, så jeg kom bare til at tænke på det."

"Det hed Zaire dengang. Men det meste af tiden var vi sgu ikke engang sikre på, inden for hvilket lands grænser vi befandt os. Det var bare grønt, grønt og derefter sort, sort, indtil solen stod op igen. Jeg arbejdede for et såkaldt sikkerhedsselskab for nogle diamantminer. Det var der, jeg lærte mig at bruge kort og kompas i lyset fra en hovedlygte. Kompas kan man for resten godt glemme alt om der, for der er for meget metal i bjergene."

Tony Leike lænede sig tilbage i stolen. Afslappet og alt andet end nervøs, noterede Harry sig.

"Apropos metal," sagde Harry. "Har jeg ikke læst, at du driver minedrift dernede?"

"Det er korrekt."

"Hvad slags metal?"

"Har du hørt om coltan?"

Harry nikkede langsomt. "Det bruges i mobiltelefoner."

"Netop. Og i spillekonsoller. Da mobiltelefonproduktionen i verden tog fart i halvfemserne, var jeg og min patrulje på en opgave i den nordøstlige del af Congo. Nogle franskmænd og indfødte drev en mine der. De brugte børn med hakke og spade til at udgrave coltan. Det ligner almindelig sten, men man bruger det til at fremstille tantal, som er det stof, der egentlig bruges. Og jeg kunne se, at hvis jeg bare fik nogen til at finansiere mig, kunne jeg drive ordentlig, moderne minedrift dernede og gøre mig selv og mine partnere til rige mænd."

"Og sådan gik det?"

Tony Leike lo. "Ikke helt. Jeg måtte låne penge, blev snydt af nogle glatte partnere og tabte det hele. Lånte flere penge, blev snydt igen, lånte endnu flere og tjente lidt."

"Lidt?"

"Nogle millioner til at betale gæld af med. Men jeg havde fået et netværk og noget presseomtale, eftersom jeg selvfølgelig solgte bjørnen længe før, den var skudt, og som var nok til at blive optaget i det slæng, hvor de store penge ruller. For at blive medlem der tæller kun antallet af cifre i din formue, ikke om der står plus eller minus foran." Leike lo igen, en hjertelig, rungende latter, og Harry kunne ikke andet end trække på smilebåndet.

"Og nu?"

"Nu står vi foran det store kup, for det er nu, coltanen skal høstes. Ja, jeg har sagt det længe, men denne gang er det faktisk tilfældet. Jeg har måttet sælge mine aktier i projektet i bytte for forkøbsoptioner, sådan at jeg kunne betale min gæld. Nu er det fikset, så jeg mangler bare at skaffe penge til at indløse mine aktieoptioner, så jeg bliver fuldgyldig partner igen."

"Javel. Og hvor får du de penge fra?"

"Nogle vil kunne se fornuften i at låne mig de penge mod en lille andel. Afkastet er enormt, risikoen minimal. Og alle de store investeringer er allerede gjort, inklusiv lokale bestikkelser. Vi har oven i købet ryddet en landingsbane inde i junglen, så vi kan laste direkte om bord i transportfly og få lasten ud via Uganda. Har du penge, Harry? Jeg skal se, om der er muligheder for, at du kan få en bid."

Harry rystede på hovedet. "Har du været i Stavanger på det sidste, Leike?"

"Tja. I sommer."

"Ikke siden?"

Leike tænkte sig om og rystede på hovedet.

"Du er ikke helt sikker?" spurgte Harry.

"Jeg præsenterer mit projekt for potentielle investorer, og det betyder en pokkers masse rejseri. Jeg har vel været i Stavanger tre-fire gange i år, men ikke siden i sommer, mener jeg."

"Hvad med Leipzig?"

"Er det nu, jeg skal spørge, om jeg har brug for en advokat, Harry?"

"Jeg vil bare have dig tjekket ud af sagen så hurtigt som muligt, så vi kan koncentrere os om mere relevante ting." Harry strøg pegefingeren hen over næseryggen. "Hvis du ikke vil have, at medierne skal få opsnuset det her, går jeg ud fra, at du ikke har lyst til at involvere advokat, indkaldes til formelle afhøringer og så videre?"

Leike nikkede langsomt. "Du har selvfølgelig ret. Tak for rådet, Harry."

"Leipzig?"

"Sorry," sagde Leike med oprigtig beklagelse i stemme og ansigt. "Jeg har aldrig været der. Burde jeg det?"

"Næh. Jeg må også spørge dig, hvor du var, og hvad du lavede på bestemte datoer."

"Værsgo."

Harry dikterede de fire drabsdatoer, mens Leike skrev dem ned i en skindindbundet Moleskin-notesbog.

"Jeg skal tjekke med det samme, når jeg kommer ind på kontoret," sagde han. "Her har du for resten mit nummer." Han rakte Harry et visitkort, der lød Tony C. Leike, Entrépreneur.

"Hvad står C'et for?"

"Ja, det må du nok spørge om," sagde Leike og rejste sig. "Tony er jo egentlig bare en forkortelse for Anthony, så jeg syntes, jeg havde brug for et initial. Det giver lidt mere tyngde, synes du ikke? Jeg tror, at det er noget, udlændinge godt kan lide."

I stedet for at gå gennem tunnelen, tog Harry Leike med op ad trappen til fængslet, bankede på glasvinduet, og en vagt kom og låste dem ind.

"Det føles som at være med i en episode af Olsenbanden," sagde Leike, da de stod på grusvejen uden for det gamle bodsfængsels relativt ærværdige mure.

"Det er lidt mere diskret at gå den her vej," sagde Harry. "Du er jo ved at være et kendt ansigt, og folk er begyndt at møde på arbejde i Politihuset."

"Apropos ansigt, jeg kan se, at nogen har brækket dit kæbeben."

"Jeg kan jo også være faldet og have slået mig."

Leike rystede smilende på hovedet. "Jeg ved en del om brækkede kæber. Det der er efter et slag. Jeg kan se, at du bare har ladet det vokse sammen. Du burde få det fikset, det er ikke nogen større sag."

"Tak for tippet."

"Skyldte du dem mange penge?"

"Ved du også en del om det?"

"Ja!" udbrød Leike og spærrede øjnene op. "Desværre."

"En sidste ting, Leike ..."

"Tony. Eller Tony C." Leike flashede sit skinnende tyggeværktøj. Som en, der ikke har en bekymring i verden, tænkte Harry.

"Tony. Har du nogen sinde været ved Lyseren? Indsøen i Øst ..."

"Ja, er du gal, mand!" lo Tony. "Leike-gården ligger i Rustad. Jeg var der hos min bedstefar hver sommer. Og boede der også et par år. Fantastisk sted, synes du ikke? Hvorfor det, for resten?" Hans smil forsvandt brat. "Århh, for helvede, det var jo der, I fandt den der pige! Lidt af et sammentræf, hvad?"

"Nå ja," sagde Harry. "Så usandsynligt er det vel ikke. Lyseren er stor."

"Sandt nok. Men tak igen, Harry." Leike rakte ham hånden. "Og hvis der dukker nogle navne op fra Håvasshytten, eller hvis nogen melder sig, så ring bare. Så skal jeg se, om jeg kan huske dem. Fuldt samarbejde, Harry."

Harry så sig selv give hånd til en mand, han netop havde bestemt sig for havde dræbt fem mennesker i løbet af de sidste tre måneder.

Der var gået femten minutter, siden Leike var gået, da Katrine Bratt ringede.

"Ja?"

"Negativt på fire af fem," sagde hun.

"Og den femte?"

"Et træf. Dybt inde i digitalinformationernes inderste indvolde."

"Poetisk."

"Du vil synes om det. Den 16. februar blev Elias Skog ringet op fra et nummer, som ikke er registreret på nogen. Altså et hemmeligt telefonnummer. Og det kan jo være grunden til, at I ..."

"Stavangerpolitiet."

"... ikke har opdaget forbindelsen før. Men i de inderste indvolde ..."

"Det vil sige Telenors driftscentrals interne og dybt beskyttede nummerregister?"

"Noget i den stil. Der dukker navnet på en Tony Leike, Holmenveien 172, op som regningsmodtager for det hemmelige telefonnummer."

"Yes!" sagde Harry. "Du er en engel."

"Dårligt valgt metafor, tror jeg. Eftersom du lyder, som om jeg netop har sendt en mand i livsvarigt fængsel."

"Vi snakkes ved."

"Vent! Ville du ikke høre noget om Jussi Kolkka?"

"Det havde jeg næsten glemt. Skyd."

Hun skød.

Kapitel 40

Tilbuddet

Harry fandt Kaja i Drabsafdelingen, i grøn zone på sjette etage. Hun lyste op, da hun blev opmærksom på Harry, som stod i døråbningen.

"Altid åben dør?" spurgte han.

"Altid. Og du?"

"Lukket. Altid. Men jeg kan se, at du ligesom mig har trukket gæstestolen ud. Smart træk. Folk er glade for at snakke."

Hun lo. "Har du fået noget spændende at lave?"

"Sådan set," sagde han, gik indenfor og lænede sig op mod væggen.

Hun satte begge hænder mod kanten af skrivebordet og skubbede fra, så hun og stolen sejlede hen over gulvet mod arkivskabet. Der trak hun en skuffe ud, tog et brev op og lagde det foran Harry. "Jeg tænkte, at du gerne ville vide det her."

"Hvad er det?"

"Snemanden. Hans advokat har søgt om, at han bliver overflyttet fra Ullersmo til et almindeligt hospital af helbredsmæssige årsager."

Han satte sig på kanten af skrivebordet og læste. "Javel. Sklerodermi. Den udvikler sig hurtigt. Ikke for hurtigt, håber jeg. Det fortjener han ikke."

Han kiggede op og kunne se, at hun var rystet.

"Min grandtante døde af sklerodermi," sagde hun. "Det er en forfærdelig sygdom."

"Og en forfærdelig mand," sagde Harry. "For øvrigt er jeg helt enig med dem, som siger, at evnen til tilgivelse siger noget om kvaliteten af et menneske. Jeg er sidste sortering."

"Det var ikke min mening at kritisere dig."

"Jeg lover at blive bedre i mit næste liv," sagde Harry, så ned og gned sig over nakken. "Og hvis hinduerne har ret, bliver det sandsynligvis som barkbille. Men jeg bliver en *sød* barkbille."

Han så op og konstaterede, at det, Rakel kaldte hans 'fordømte, drengeagtige charme', virkede sådan nogenlunde. "Hør, Kaja, jeg kommer, fordi jeg har et tilbud til dig."

"Ja?"

"Ja." Harry hørte sin egen højtidelige stemme. Stemmen fra en mand uden tilgivelsesevne, uden hensyn, uden tanke for andet end sine egne mål. Og fortsatte med den omvendte overtalelsesteknik, som han alt for ofte havde held med: "Som jeg vil anbefale dig at sige nej til. Jeg har nemlig en tendens til at ødelægge livet for dem, jeg involverer mig med."

Han så til sin forbavselse, at hun var blevet blussende rød i ansigtet.

"Men jeg synes ikke, det var rigtigt at gøre det her uden dig," fortsatte han. "Ikke nu, når vi er så tæt på."

"Tæt på ... hvad?" Rødmen var forsvundet.

"Tæt på en pågribelse af den skyldige. Jeg er på vej til anklageren for at bede om en anholdelsesbegæring."

"Nå ja ... selvfølgelig."

"Selvfølgelig?"

"Jeg mener: anholde hvem?" Hun trak stolen ind til skrivebordet igen. "Og for hvad?"

"Vores drabsmand, Kaja."

"Er det sandt?" Han så hendes pupiller udvide sig, langsomt, pulserende. Og vidste, hvad der foregik inden i hende. Blodrusen før fangsten, nedlæggelsen af vildtet. Anholdelsen. Den som skulle på hendes cv. Hvordan kunne hun modstå det?

Harry nikkede. "Han hedder Tony Leike."

Farven var tilbage i hendes kinder. "Det lyder bekendt."

"Han skal giftes med datteren af ..."

"Nå ja, det er ham, der er forlovet med Galtungs datter." Hun rynkede panden. "Mener du, at du har beviser?"

"Indicier. Og sammenfald."

Han så hendes pupil trække sig lidt sammen igen.

"Jeg er sikker på, at det er vores mand, Kaja."

"Overbevis mig," sagde hun, og han kunne høre sulten. Lysten til at sluge alt råt, til at få et påskud til at tage sit livs hidtil mest vanvittige beslutning. Og han havde ingen intentioner om at beskytte hende mod sig selv. For han havde brug for hende. Hun var medieperfekt: ung, intelligent, kvinde, ambitiøs. Med et sympatisk ansigt og pletfrit ry. Kort sagt: Hun havde alt det, han ikke havde. En Jeanne d'Arc, som Justitsministeriet ikke ville turde brænde på bålet.

Harry tog en dyb indånding. Så gengav han samtalen med Tony Leike. I detaljer. Uden selv at studse over, at han gengav det, som var blevet sagt, ordret. Det var altid hans kolleger, som havde syntes, at den evne var noget mærkeligt noget.

"Håvasshytten, Congo og Lyseren," sagde Kaja, da han var færdig. "Han har været alle stederne."

"Ja. Og han er tidligere voldsdømt. Og indrømmer, at det var hans hensigt at dræbe."

"Stærkt. Men ..."

"Det stærke kommer nu. Han har ringet til Elias Skog. To dage før Skog blev fundet dræbt."

Hendes pupiller var sorte sole.

"Vi har ham," sagde hun lavmælt.

"Betyder det 'vi' det, som jeg tror?"

"Ja."

Harry sukkede. "Du indser risikoen ved at gå med til det her? Selv om jeg skulle have ret, hvad angår Leike, er det ikke sikkert, at den her pågribelse og en opklaring er nok til at tippe magtbalancen i Hagens favør. Og så står du med håret i postkassen."

"Hvad med dig?" Hun lænede sig ind over skrivebordet. Det glitrede i de små pirayatænder. "Hvorfor synes *du*, at det er risikoen værd?"

"Jeg er en afdanket politimand, som ikke har så meget at tabe, Kaja. For mig er det det her eller ingenting. Jeg kan ikke arbejde med narko eller sædelighed, og jeg får ikke noget tilbud fra Kripos. Men hvad dig angår, er det her sandsynligvis et dårligt valg."

"Det er mine valg som regel," sagde hun alvorligt.

"Godt," sagde Harry og rejste sig. "Jeg går hen og får fat i anklageren. Hold dig klar."

"Jeg er lige her, Harry."

Harry rejste sig, og da han vendte sig om, så han direkte ind i ansigtet på en mand, som tydeligvis havde stået i døråbningen et stykke tid.

"Undskyld," sagde manden med et bredt smil. "Jeg vil bare gerne prøve at låne damen et øjeblik."

Han nikkede mod Kaja med latter dansende i øjnene.

"Værsgo," sagde Harry, gav manden sin forkortede version af et smil og skridtede hen ad gangen.

"Aslak Krangli," sagde Kaja. "Hvad bringer en landsbydreng som dig til den store, stygge by?"

"Det sædvanlige, går jeg ud fra," sagde lensmanden fra Ustaoset.

"Spændingen, neonlyset og mængdens mumlen?"

Aslak smilede. "Arbejde. Og en kvinde. Må jeg byde dig ud på en kop kaffe?"

"Ikke lige nu," sagde Kaja. "Der er ved at ske noget her, så jeg må holde skansen. Men jeg køber gerne en kop til dig oppe i kantinen. Den ligger på øverste etage, så hvis du går i forvejen, kan jeg lige nå at foretage en opringning."

Han viste hende tommelen og forsvandt.

Kaja lukkede øjnene og trak vejret dybt og dirrende.

Politiadvokatens kontor lå i rød zone på sjette sal, så Harry havde ikke så langt. Juristen var en ung kvinde, som tydeligvis var blevet ansat, efter at Harry sidst havde frekventeret kontoret. Hun kiggede op over brillerne, da han trådte ind.

"Jeg skal bruge en anholdelses- og ransagningskendelse," sagde Harry.

"Og du er?"

"Harry Hole, vicekommissær."

Han rakte sit id-kort frem, selv om han ud fra hendes lettere hektiske reaktion kunne se, at hun havde hørt om ham. Han kunne kun forestille sig hvad og lod det derfor være. Hun derimod noterede hans navn på skemaet med overdreven koncentration, som om stavningen var ekstremt kompliceret.

"To krydser?" spurgte hun.

"Gerne," sagde Harry.

Hun krydsede af for både anholdelse og ransagning og lænede sig tilbage i stolen på en måde, som Harry gættede på var en kopi af den måde, hun havde set de mere rutinerede politiadvokater indtage du-har-tredive-sekunder-til-at-overbevise-mig-stillingen på.

Harry vidste af erfaring, at det første argument var det vigtigste. Det var der, politiadvokaten bestemte sig, så derfor begyndte han med, at Leike havde ringet til Elias Skog to dage før drabet. Dette til trods for at Leike i samtalen med Harry havde fremstillet det, som om han ikke kendte Skog eller havde snakket med ham i Håvasshytten. Argument to var voldsdommen, som Leike selv tilstod var et drabsforsøg, og Harry kunne allerede da se, at kendelsen var hjemme. Han krydrede derfor sagen med sammenfaldene med Congo og Lyseren uden at gå for meget i detaljer.

Hun tog brillerne af.

"Jeg er som udgangspunkt positiv," sagde hun. "Men jeg er nødt til at tænke lidt over det."

Harry bandede indvendigt. En mere erfaren jurist havde givet ham kendelsen på stedet, men hun var vel så ny, at hun ikke turde gøre det uden at konsultere en af de andre. Der burde have stået 'under oplæring' på hendes dør, så han kunne være gået til en af de andre. Nu var det for sent.

"Det haster," sagde Harry.

"Hvorfor det?"

Der fik hun ham. Harry gjorde en bevægelse med hånden i luften af den slags, som skal sige alt, men ikke siger noget.

"Jeg skal træffe en beslutning, lige så snart jeg har spist frokost ..." Hun gjorde en pointe ud af at kigge ned på skemaet. "... Hole. Jeg kan eventuelt lægge kendelsen på din posthylde."

Harry bed tænderne sammen for at være sikker på, at han ikke sagde noget overilet. For han vidste, at hun gjorde det helt rigtige. Selvfølgelig overkompenserede hun for den kendsgerning, at hun var ung, uerfaren og kvinde i et mandsdomineret miljø. Men hun viste vilje til at sætte sig i respekt og demonstrerede ved første anledning, at damptromleteknikken ikke virkede på hende. Fint. Han havde lyst til at tage brillerne af hende og knække dem.

"Kan du ikke ringe til mig på mit lokalnummer, når du har bestemt dig?" spurgte han. "Jeg har lige for tiden kontor et godt stykke fra posthylderne."

"Udmærket," sagde hun nådigt.

Harry var i tunnelen, omtrent halvtreds meter fra kontoret, da han hørte døren gå. En skikkelse kom ud, låste hastigt efter sig, vendte sig om og begyndte at gå hurtigt i retning mod Harry. Og stivnede, da han fik øje på ham.

"Blev du forskrækket, Bjørn?" sagde Harry lavt.

Afstanden mellem dem var stadig over tyve meter, men væggene kastede lyden hen imod Bjørn Holm.

"Lidt," sagde manden fra Toten og rettede på den farvestrålende rastahue, som dækkede det røde hår. "Du lister dig jo ind på folk."

"Javel. Hvad med dig?"

"Hvad med mig?"

"Hvad laver du her? Jeg troede, du havde nok at gøre på Kripos. Du har jo fået et nyt, fint job, hører jeg." Harry standsede to meter fra Holm, som så tydeligt forvirret ud.

"Fint og fint," sagde Holm. "Jeg må jo ikke arbejde med det, jeg helst vil lave."

"Som er?"

"Det kriminaltekniske. Du kender mig jo."

"Gør jeg?"

"Hvad?" Holm rynkede panden. "Koordinering af taktisk og teknisk, hvad er det for noget? At give beskeder, at indkalde til møder, at udsende rapporter."

"Det er en forfremmelse," sagde Harry. "En begyndelse på noget godt, tror du ikke?"

Holm snøftede. "Ved du, hvad jeg tror? Jeg tror, at Bellman har placeret mig der for at holde mig ude af kredsløbet og sørge for, at jeg ikke får førstehåndsinformation om noget. Fordi han har mistanke om, at hvis jeg havde skaffet mig den slags informationer, er det ikke sikkert, han havde fået dem før dig."

"Men der tager han jo fejl," sagde Harry og stillede sig direkte foran kriminalteknikeren.

Bjørn Holm blinkede to gange. "Hvad fanden foregår der, Harry?"

"Ja, hvad fanden foregår der?" Harry hørte raseriet gøre hans stemme tynd og metallisk. "Hvad fanden lavede du på kontoret, Bjørn? Alle dine ting er jo blevet fjernet derfra nu."

"Hvad jeg lavede?" sagde Bjørn. "Jeg hentede den her." Han holdt højre hånd op. Den klemte om en bog. "Du sagde, du ville lægge den i receptionen, ikke sandt?"

Hank Williams: The Biography.

Harry mærkede skamrødmen skylle op i ansigtet.

"Nå ja."

"Nå ja," efterabede Bjørn.

"Jeg havde den med på flyttelæsset," sagde Harry. "Men vi vendte om halvvejs henne i tunnelen og kørte tilbage. Så glemte jeg alt om den."

"Okay. Må jeg gå nu?"

Harry trådte til side og hørte Bjørn trampe bandende gennem tunnelen.

Han låste sig ind på kontoret.

Dumpede ned i stolen.

Så sig omkring.

Notesblokken. Han bladede i den. Han havde ikke noteret noget fra samtalen, ingenting som kunne afsløre Tony Leike som mistænkt. Harry åbnede skufferne i skrivebordet for at se, om det så ud, som om nogen havde gennemrodet dem. Alt så urørt ud. Kunne Harry alligevel have taget fejl? Kunne han håbe på, at Holm alligevel ikke lækkede oplysninger til Mikael Bellman?

Harry så på uret. Forhåbentlig spiste den nye politiadvokat hurtigt. Han trykkede på en tilfældig tast på sin pc, og skærmen vågnede op. Den viste stadig siden med hans sidste Google-søgning. I søgefeltet lyste navnet mod ham: Tony Leike.

Kapitel 41

Kendelsen

"Altså," sagde Aslak Krangli og drejede kaffekoppen rundt. Kaja syntes, den lignede et æggebæger i hans store hånd. Hun havde sat sig over for ham ved bordet nærmest vinduet. Politihusets kantine var af standardtypen, norsk, det vil sige stor, lys og ren, men ikke så hyggelig, at folk blev fristet til at sidde der længere end nødvendigt. Lokalets største plus var udsigten over byen, men den lod ikke til at interessere Krangli særlig meget.

"Jeg har tjekket gæstebøgerne i de andre selvbetjente hytter i området," fortsatte han. "De eneste personer, som havde skrevet i notatfeltet, at de havde tænkt at tilbringe den aktuelle nat i Håvasshytten, var Charlotte Lolles og Iska Peller, som var i Tunvegghytten natten før."

"Og dem ved vi jo allerede besked om," sagde Kaja.

"Ja. Så jeg har egentlig kun to ting, som måske kan være af interesse for dig."

"Og det er?"

"Jeg talte i telefon med et ældre ægtepar, som var i Tunvegghytten samme nat som Lolles og Peller. De sagde, at hen på aftenen dukkede der en mand op, som kom ind i hytten, tog en bid mad, skiftede skjorte og fortsatte mod sydvest. Selv om det var blevet mørkt. Og den eneste hytte i den retning er Håvasshytten."

"Og denne person ..."

"De så ham knap nok. Det virkede heller ikke, som om han ønskede at blive set. Han tog hverken elefanthuen eller de gammeldags slalombriller af, ikke engang da han skiftede skjorte. Konen sagde, at hun tænkte, at han måtte være blevet alvorligt skadet engang."

"Hvorfor det?"

"Hun huskede bare, at hun havde tænkt tanken, ikke hvorfor. Men under alle omstændigheder kan han jo have skiftet retning, efter at han var ude af syne, og være gået til en anden hytte."

"Selvfølgelig," sagde Kaja og så på uret.

"Har I for resten fået nogen respons på jeres opfordring om at melde sig til politiet?"

"Nej," sagde Kaja.

"Du ser ud, som om du mener 'ja'."

Kaja så hurtigt op på Aslak Krangli, som reagerede med at række hænderne op foran sig: "Dum bonde i byen! Undskyld, det kommer jo slet ikke mig ved."

"Det er helt i orden," sagde Kaja.

De kiggede ned i hver sin kaffekop.

"Du sagde, der var to ting, jeg kunne være interesseret i," sagde Kaja. "Hvad er den anden?"

"Jeg ved, at jeg kommer til at fortryde det her," sagde Krangli. Den stille latter var tilbage i hans øjne.

Kaja forstod i samme øjeblik, hvilken retning det ville tage, og vidste, at han havde ret. Han ville fortryde det.

"Jeg bor på Plaza i nat og spekulerede på, om du kunne tænke dig at spise sammen med mig der i aften."

Hun kunne se på hans ansigtsudtryk, at hendes eget ikke var særlig svært at læse.

"Jeg kender ingen andre her i byen," sagde han og vred munden i en grimasse, som måske skulle være et afvæbnende smil. "Bortset fra eksfruen, og hende tør jeg ikke ringe til."

"Det ville have været hyggeligt ..." begyndte Kaja og holdt en lille pause. Pluskvamperfektum. Hun kunne se, at Aslak Krangli allerede fortrød sit tilbud.

"... men jeg er desværre optaget i aften."

"Helt i orden, det er jo også med kort varsel," smilede Krangli og trak fingrene gennem sit viltre, krøllede hår. "Hvad med i morgen?"

"Jeg ... øh, har travlt i den her tid, Aslak."

Lensmanden nikkede som til sig selv. "Selvfølgelig. Selvfølgelig er du optaget. Ham, som var inde hos dig, da jeg kom, han er måske grunden til det?"

"Nej, det er andre, som koster rundt med mig nu."

"Det var ikke chefer, jeg tænkte på."

"Nej?"

"Du sagde, du var forelsket i en politimand. Og det virkede jo, som om han overtalte dig ret let. Lettere end mig i hvert fald."

"Nej, nej, er du gal, det var jo ikke ham! Jeg ... ja, drak vist lidt for meget vin den aften." Kaja hørte sin egen fjollede latter og mærkede blodet stige op ad halsen.

"Ja, ja," sagde Krangli og tømte sin kop. "Jeg må se at komme ud i den store, kolde by. Der er vel museer, som skal ses, og barer, som skal besøges."

"Ja, du må udnytte anledningen."

Han hævede et øjenbryn, og hans blik både tudbrølede og lo højt. Ligesom Evens havde gjort til sidst.

Kaja fulgte ham ned. Da han gav hende hånden, røg det ud af hende:

"Ring til mig, hvis det bliver for ensomt, så skal jeg se, om jeg kan komme herfra."

Hun tolkede hans smil som taknemlighed over, at hun gav ham en anledning til at sige nej til et tilbud eller i hvert fald lade være med at benytte sig af det.

Da Kaja stod i elevatoren til sjette igen, kom hun til at tænke på det, han havde sagt: ... overtalte dig ret let. Hvor længe havde han egentlig stået der ved døren og lyttet til dem?

Klokken et ringede telefonen foran Kaja.

Det var Harry. "Så fik jeg omsider kendelsen. Klar?"

Hun mærkede hjertet banke lidt hurtigere. "Ja."

"Vest?"

"Vest og våben."

"Våben står Delta for. De sidder klar i en bil uden for garagen, så det er bare at gå derned. Og vær sød at tage kendelsen med fra min hylde."

"Okay."

Ti minutter senere kørte de i en af Deltagruppens blå mandskabsvogne vestpå gennem Oslo centrum. Kaja lyttede til Harry, som forklarede, at han en halv time tidligere havde ringet til Leike i det kontorfællesskab, hvor han lejede sig ind, og at de havde fortalt, at han arbejdede hjemmefra i dag. Harry havde ringet til Leikes fastnettelefon på Holmenveien, og Tony Leike havde taget telefonen, hvorpå Harry havde lagt på. Harry havde specifikt bedt om Milano som operationsleder, en mørk, tæt mand med massive øjenbryn, som til trods for navnet ikke havde en dråbe italiensk blod i årerne.

De kørte gennem Ibsentunnelen, og rektangler af reflekteret lys gled hen over hjelmene og visirerne på de otte politifolk, der så ud, som om de var i dyb meditation.

Kaja og Harry sad på det bageste sæde. Harry havde en sort jakke på med POLITI skrevet med store, gule bogstaver foran og bagpå og havde taget sin tjenesterevolver frem for at tjekke, at der sad patroner i alle kamrene.

"Otte mand fra Delta og en saftblander," sagde Kaja og refererede til det blå lys, som drejede rundt på taget af bilen. "Du synes ikke, at det er lidt voldsomt?"

"Det *skal* være voldsomt," sagde Harry. "Hvis vi skal have opmærksomhed omkring, hvem der foretog den her anholdelse, skal vi bruge en lidt højere partyfaktor end sædvanlig."

"Har du lækket det til pressen?"

Harry så på hende.

"Hvis du vil have opmærksomhed, mener jeg," sagde hun. "Hvis kendissen Leike skal anholdes for Marit Olsen-drabet, vil de opgive en prinsessefødsel for at få det."

"Og hvad nu, hvis hans forlovede er der?" sagde Harry. "Eller hans mor? Skal de også i avisen og i direkte tv?" Han gav revolveren et rapt svirp, så tromlen klikkede på plads.

"Hvad skal vi så med en høj partyfaktor?"

"Pressen kommer bagefter," sagde Harry. "De spørger naboerne, forbipasserende, os. De får at vide, hvilket grandiost show det var. Det holder. Ingen uskyldige bliver involveret, og vi får vores forside."

Hun kiggede stjålent på ham, da skyggerne i næste tunnel gled hen over dem. De kørte over Majorstua og op ad Slemdal Veien, passerede Vinderen, og hun så ham stirre ud ad sidevinduet på sporvognsperronen med et plaget, nøgent udtryk i ansigtet. Hun fik lyst til at lægge en hånd over hans, sige noget, hvad som helst, noget som kunne fjerne det udtryk. Hun så på hans hånd. Den holdt om revolveren, knugede den, som om den var det eneste, han havde. Det kunne ikke fortsætte sådan, noget ville briste. Var allerede bristet.

De kørte opad og opad, byen lå under dem. De svingede hen over sporvognsskinnerne, kom over i samme øjeblik, som det begyndte at blinke bag dem, og bommen blev sænket.

De var på Holmenveien.

"Hvem går med mig frem til døren, Milano?" råbte Harry hen over sæderne.

"Delta nummer tre og fire," råbte Milano tilbage, vendte sig om og pegede på en mand, som havde et stort tretal skrevet med kridt på brystet og ryggen af sin kedeldragt.

"Okay," sagde Harry. "Og resten?"

"To mand på hver side af huset. Procedure Dyke 1-4-5."

Kaja vidste, at det var en kode for, hvordan de rykkede frem, at metoden var lånt fra amerikansk football, og at hensigten var at kommunikere hurtigt og gøre det uforståeligt for modparten for det tilfælde, at de pejlede sig ind på de radiofrekvenser, Delta brugte. De stoppede et par husnumre fra Leikes. Seks af mændene tjekkede deres MP-5'ere og sprang ud. Kaja så dem rykke frem gennem store nabohaver med brunt, vissent græs, nøgne æbletræer og de høje hække, som man foretrak her på vestkanten. Kaja så på uret. Der var gået fyrre sekunder, da Milanos stemme knitrede i radioen: "Alle på plads."

Chaufføren slap koblingen, og de kørte langsomt frem mod huset.

Tony Leikes relativt nyanskaffede etplansvilla var gul og imponerende stor, men adressen var mere prangende end arkitekturen, som lå et sted midt mellem funkis og cigarkasse, så vidt Kaja kunne bedømme.

De stoppede på tværs af de to garagedøre for enden af en grusbelagt vej, som førte op til hoveddøren. For en del år tilbage, under et gidseldrama i Vestfold, hvor Delta havde omringet et hus, var gidseltagerne undsluppet ved at liste ind i garagen, som var forbundet til huset med en gang, dreje tændingsnøglen om på husejerens bil og simpelthen trille ud og væk med sværtbevæbnede politifolk som særdeles måbende tilskuere.

"Hold dig bag os, og følg med," sagde Harry til Kaja. "Næste gang er det din tur."

De steg ud, og Harry begyndte straks at gå op mod huset med de to andre politimænd et skridt bag sig og til siden, sådan at de dannede en trekant. Kaja havde hørt på hans stemme, at pulsen var højere. Nu så hun det også på hans kropssprog, på anspændtheden i nakken, på den overdrevent bløde måde han bevægede sig på.

De gik op ad trappen. Harry ringede på. De to andre havde stillet sig på hver sin side af døren med ryggen mod muren.

Kaja talte. Harry havde fortalt hende i bilen, at i FBI påbød instruksen, at man skulle ringe eller banke på, råbe "Politi!" og "Vær venlig at lukke op!", gentage dette og så vente ti sekunder, før man måtte tiltvinge sig adgang. Norsk politi havde ingen så specifik instruks, men det betød ikke, at der ikke fandtes regler.

Denne formiddag på Holmenveien kom ingen af dem imidlertid til anvendelse.

Døren blev revet op, og Kaja gik automatisk et skridt tilbage, da hun så rastahuen i døråbningen, så Harrys skulder bevæge sig og hørte lyden af knytnæve, som rammer kød.

Kapitel 42

Beavis

Bevægelsen var automatisk. Harry nåede simpelthen ikke at stoppe den.

Da kriminaltekniker Bjørn Holms lidt måneagtige ansigt dukkede op i Tony Leikes døråbning, og Harry så andre kriminalteknikere i fuld gang med en ransagning bag ham og i løbet af et sekund forstod, hvad der var sket, sortnede det for ham.

Han mærkede bare stødet forplante sig langs armen op i skulderen og smerten i knoglerne. Da han åbnede øjnene igen, var Bjørn Holm nede på knæ inde i gangen, og blodet væltede ud af hans næse, ned over munden og dryppede fra hagen.

De to politifolk fra Delta var sprunget frem og holdt deres våben rettet mod Holm, men var tydeligt i vildrede. Sandsynligvis havde de set hans velkendte rastahue før og indså, at de andre hvidklædte var del af en kriminalteknikergruppe.

"Meld ind, at situationen er under kontrol," sagde Harry til manden med tretallet på brystet. "Og at den mistænkte er anholdt. Af Mikael Bellman."

Harry sad sammensunket i stolen med benene strakt ud, så de nåede helt over til Gunnar Hagens skrivebord.

"Det er ganske enkelt, chef. Bellman fik at vide, at vi var ved at skulle pågribe Tony Leike. De har jo for fanden det nationale statsadvokatembede på den anden side af gaden, i samme bygning som Kriminalteknisk Afdeling. Han kunne bare smutte over og få en kendelse af en af statsadvokaterne. Det tog ham sikkert mindre end to minutter. Mens jeg ventede i to forpulede timer!"

"Du behøver ikke råbe," sagde Hagen.

"*Du* gør ikke, men det gør *jeg*!" råbte Harry og slog hånden ned i armlænet. "Fandens også!"

"Vær glad for, at Holm ikke vil anmelde dig. Hvorfor slog du i øvrigt lige *ham*? Er det ham, der var lækagen?"

"Var der andet, chef?"

Hagen så på sin vicekommissær. Så rystede han på hovedet. "Tag fri et par dage, Harry."

Truls Berntsen var blevet kaldt så meget under sin opvækst. De fleste af øgenavnene var glemt nu. Men ét havde bidt sig fast efter handelsskolen tidligt i halvfemserne: Beavis. Ham der tegneserieidioten på MTV. Lyst hår, underbid og gryntelatter. Okay, så grinede han måske på den måde. Det havde han gjort helt fra underskolen, især når nogen fik bank. Især når han selv fik bank. Han havde læst i et tegneserieblad, at ham fyren, der lavede Beavis & Butthead, hed Judge. Fornavnet kunne han ikke huske. Men den her Judge-fyr sagde i hvert fald, at han forestillede sig, at Beavis' far var en drukmås, som tævede sin søn. Truls Berntsen havde bare smidt bladet fra sig på butiksgulvet og var gået ud, mens han lo sin gryntelatter.

Han havde to onkler, som begge var politifolk, og han havde klaret optagelseskravene på Politiskolen med et kussehår og to anbefalinger. Og taget eksamen med nød og næppe og mindst én hjælpende hånd fra fyren ved nabobordet. Det skulle også bare mangle andet, de havde været venner, fra de var små. Eller venner og venner. Hvis han skulle være ærlig, havde Mikael Bellman været hans chef, fra de var tolv år gamle, og de havde mødtes ved det store område, de var ved at sprænge ude i Manglerud. Bellman havde taget ham på fersk gerning, mens han prøvede at sætte ild til en død rotte. Og havde vist ham, hvor meget sjovere det var at proppe en dynamitstang ind i munden på rotten. Truls havde oven i købet fået lov til at antænde den. Og siden den dag havde han fulgt Mikael Bellman, hvor denne gik. Når han fik lov. Mikael fiksede alle de ting, Truls ikke kunne. Skolen, gymnastiktimerne, hvordan man snakkede på en måde, så man ikke blev drillet. Han havde oven i købet piger. En af dem var et år ældre og havde bryster, som Mikael måtte ælte så meget, han ville. Der var kun én ting, Truls var bedre til: at tage imod klø. Mikael trak sig altid, når nogle af de større drenge ikke kunne tåle, at bralrerøven havde overgået dem i kunsten at lukke lort ud, og de angreb dem med knyttede næver. Så skubbede Mikael Truls foran sig. For Truls kunne tage en omgang høvl. Han havde øvelsen hjemmefra. De kunne banke ham, til blodet løb, men han blev stående på stedet med sin gryntelatter, som bare gjorde dem endnu mere rasende. Men han kunne ikke lade være, han var simpelthen nødt til at grine. Han vidste, at bagefter ville han få et anerkendende klap på skulderen af Mikael, og hvis det var søndag, ville Mikael måske sige, at Julle og Te-Ve skulle køre om kap igen. Så ville de stille sig på broen neden for Ryenkrydset, mærke lugten af solstegt asfalt og høre Kawa1000-motorerne brøle, mens de to supportgrupper råbte og skreg. Og så ville Julles og Te-Ves motorcykler komme susende hen ad den søndagstomme motorvej, passere under dem og videre nedad mod tunnelen og Bryn, og de ville måske – hvis Mikael var i godt humør og Truls' mor havde vagt på Aker Sykehus – tage hen og spise søndagsmiddag hjemme hos fru Bellman.

Engang, hvor Mikael havde ringet på hos dem, havde faderen råbt til Truls, at det var Jesus, som var kommet for at hente sin discipel.

De havde aldrig skændtes. Det vil sige: Truls havde aldrig svaret igen, hvis Mikael var i dårligt humør og smed lort i hovedet på ham. Ikke engang til den der fest, hvor Mikael havde kaldt ham Beavis, og alle havde grinet, og Truls instinktivt havde fornemmet, at navnet ville sidde fast. Kun én gang havde Truls svaret igen. Den gang Mikael havde kaldt hans far en af fyldebøtterne fra Kadok-fabrikken. Da havde Truls rejst sig og var gået hen imod Mikael med næven løftet i vejret. Mikael var krøbet sammen med en arm over hovedet og havde grinende bedt ham slappe af; det var bare en spøg og så undskyld da. Men bagefter var det Truls, som havde været ked af det og havde sagt undskyld.

En dag var Mikael og Truls gået ind på en af tankstationerne, hvor de vidste, at Julle og Te-Ve stjal benzin. Julle og Te-Ve fyldte bare tankene på Kawa'erne op fra de selvbetjente pumper, mens deres piger sad bagpå med hver sin cowboyjakke knyttet om livet, så jakkerne ligesom tilfældigt hang ned over nummerpladen. Så satte fyrene sig op på deres motorcykler og gav den fuld gas.

Mikael opgav fulde navn og adresse på Julle og Te-Ve, men kun på én af pigerne: Te-Ves kæreste. Tankstationsejeren havde set skeptisk ud og spekulerede på, om han ikke havde set Truls på et af overvågningskameraerne. Han lignede i hvert fald den knægt, som havde stjålet en dunk benzin, lige før der blev sat ild til den tomme arbejdsbarak oppe ved Manglerud. Mikael havde sagt, at han ikke ønskede nogen dusør for oplysningerne, men bare ville have, at de skyldige blev stillet til ansvar. At han regnede med, at også tankstationsejeren kendte sin borgerpligt. Den voksne mand havde nikket, lidt forbløffet. Det var den virkning, Mikael havde på folk. Da de gik derfra, sagde Mikael, at efter handelsskolen ville han søge ind på Politiskolen, og at Beavis burde tænke på at gøre det samme. Han havde jo oven i købet politifolk i familien.

Kort tid efter var Mikael blevet kæreste med Ulla, og de havde set lidt mindre til hinanden. Men efter handelsskolen og Politiskolen havde de fået ansættelse på samme politistation i Stovner, en rigtig forstad med bandekriminalitet, husspektakler og til og med et drab i ny og næ. Efter et år havde Mikael giftet sig med Ulla og var blevet chef for Truls, eller Beavis, som han var blevet kaldt fra cirka dag tre, og fremtiden havde set lys ud for Truls og strålende for Mikael. Lige indtil en idiot af en fyr, en civil vikar på lønningskontoret, havde beskyldt Bellman for at have knust hans kæbe efter julefrokosten. Han havde ikke noget bevis, og Truls vidste positivt, at Mikael ikke havde gjort det. Men al balladen fik alligevel Mikael til at søge væk. Han fik arbejde i Europol og flyttede til hovedkontoret i Haag, og der gik ikke lang tid, før han også blev en stjerne der.

Da Mikael kom tilbage til Norge og Kripos, var det andet, han gjorde, at ringe til Truls og sige: "Beavis, er du klar til at sprænge rotter igen?"

Det første, han havde gjort, var at ansætte Jussi.

Jussi Kolkka var specialist i en halv snes kampteknikker med den slags navne, man glemmer, før de er helt udtalt. Han havde arbejdet for Europol i fire år og før det været politibetjent i Helsingfors. Jussi Kolkka havde måttet slutte i Europol, fordi han var gået over stregen under efterforskningen af en serie voldtægter på teenagepiger i Sydeuropa. Kolkka havde efter sigende banket en voldtægtsmand så grundigt sønder og sammen, at selv hans advokat havde haft problemer med at genkende ham. Men ikke med at true Europol med et sagsanlæg. Truls havde prøvet at få Jussi til at fortælle alle de dejlige detaljer, men han havde bare stirret tavst på ham. Fint nok, Truls var heller ikke noget sludrechatol. Og han havde opdaget, at jo mindre man siger, desto større chancer er der for, at folk undervurderer en. Noget som ikke altid var så dumt. Men under alle omstændigheder havde de grund til at feste i aften. Mikael, ham selv, Jussi og Kripos havde vundet. Og eftersom Mikael ikke var her, måtte de selv tage initiativet.

"Hold kæft!" råbte Truls og pegede på fjernsynet, som hang på væggen over baren i Justisen. Og hørte sin egen nervøse gryntelatter, da kollegerne faktisk gjorde, som han sagde. Der blev stille ved bordene og henne ved bardisken. Alle stirrede på nyhedsoplæseren, som kiggede direkte ind i kameraet og meddelte det, de havde ventet på:

"Kripos anholdt i dag en mand mistænkt for i alt fem drab, heriblandt drabet på Marit Olsen."

Jubelen brød løs, ølkrus blev svinget og fortsættelsen overdøvet, indtil en mørk stemme med finsk-svensk accent buldrede: "Håll käften!"

Kripos-folkene adlød og rettede opmærksomheden mod Mikael Bellman, som stod uden for deres bygning i Bryn med en lodden mikrofon stukket op i ansigtet.

"Vedkommende er mistænkt, vil blive afhørt af Kripos og derefter blive begæret varetægtsfængslet," sagde Mikael Bellman.

"Vil det sige, at du mener, at politiet dermed har løst den her sag?"

"At finde den skyldige og at få vedkommende dømt er to forskellige ting," sagde Bellman med et lille smil i mundvigene. "Men efterforskningen her i Kripos har afdækket så mange indicier og sammentræf, at vi mente, det var rigtigt at skride til pågribelse med det samme, eftersom der var risiko for både gentagelse og tab af beviser."

"Den anholdte er en mand i trediverne. Kan I sige noget mere om ham?"

"Han har en tidligere dom for vold, det er det, jeg kan sige."

"På internettet verserer der rygter om vedkommendes identitet. At det er en kendt investor, som blandt andet er forlovet med datteren af en kendt skibsreder. Kan du bekræfte de rygter, Bellman?"

"Jeg tror, jeg hverken skal bekræfte eller afkræfte andet end, at vi i Kripos har stor tiltro til, at den her sag går mod en snarlig opklaring."

Reporteren vendte sig om mod kameraet for at runde af, men blev overdøvet af klapsalverne i Justisen.

Truls bestilte en øl til, mens en af efterforskerne steg op på en stol og udbasunerede, at Drabsafdelingen kunne sutte hans pik, i hvert fald den yderste del, hvis de bad pænt om det. Latteren rungede i det fyldte, svedlugtende lokale.

I det samme gik døren op, og i spejlet kunne Truls se en skikkelse fylde døråbningen.

Han følte en mærkelig ophidselse ved synet, en sitrende forvisning om, at der ville ske noget, at nogen ville komme til skade.

Det var Harry Hole.

Høj, bredskuldret, mager i ansigtet og med de blodskudte øjne liggende dybt i hulerne. Han stod der bare. Og alligevel – uden at nogen råbte, at der skulle holdes kæft – bredte stilheden sig ned gennem Justisen, indtil der hørtes en sidste hyssen på to snakkesalige kriminalteknikere. Da stilheden endelig var total, sagde Hole:

"Nå, så I fejrer, at I har haft held med at stjæle det arbejde, vi allerede havde udført?"

Ordene kom lavt, næsten hviskende, og alligevel rungede hver eneste stavelse i lokalet.

"I fejrer, at I har en chef, som er villig til at trampe hen over lig – både dem, der har stablet sig op derude, og dem, som snart skal bæres ud fra Politihusets sjette sal – bare for at få lov til at være solkonge af fucking Bryn. Okay. Her er en hundredkroneseddel."

Truls kunne se Hole holde en seddel i vejret.

"Den her skal I slippe for at stjæle. Her – køb jer en øl, tilgivelse, en dildo til Bellmans threesome ..."

Han krøllede pengesedlen sammen og smed den på gulvet. Ud af øjenkrogen kunne Truls se, at Jussi allerede var i bevægelse.

"... eller en stikker mere."

Hole tog et støtteskridt ud til siden, og først nu gik det op for Truls, at fyren – til trods for at han talte lige så tydeligt som en præst – var fuld som en allike.

I næste øjeblik udførte Hole en halv piruet, da Jussi Kolkkas højre svingslag ramte ham på venstre side af hagen, og dernæst et dybt, næsten galant buk, da finnens venstre knytnæve begravede sig i hans solar plexus. Truls havde på fornemmelsen, at Hole om nogle sekunder – når han havde fået lidt luft tilbage i lungerne – ville kaste op. Herinde. Og Jussi tænkte tydeligvis det samme: at udenfor var bedre. Det var mærkeligt at se, hvordan den firskårne, næsten kasseformede finne løftede foden højt i vejret og smidig som en ballerina satte den mod Harrys skulder og skubbede ganske forsigtigt fra, så den sammenkrummede politimand vippede bagover og ud ad den samme døråbning, han var kommet ind ad.

De yngste og de mest fulde skreg af grin, mens Truls gryntede. Et par af de ældre råbte op, og en af dem skreg, at Kolkka for fanden skulle opføre sig ordentligt. Men ingen af dem foretog sig noget. Truls vidste hvorfor. Alle herinde huskede historien. Harry havde trukket uniformen gennem sølet, skidt i sin egen rede, taget livet af en af deres bedste mænd.

Jussi marcherede hen imod bardisken, udtryksløs som havde han været ude med skraldeposen. Truls gnæggede og gryntede. Han ville aldrig lære at forstå sig på finner og samer og eskimoer, og hvad fanden de ellers var.

Længere bag i lokalet havde en fyr rejst sig og var hastigt på vej mod udgangsdøren. Truls havde ikke set ham i Kripos før, men han lignede en politibetjent under det mørke, krøllede hår.

"Sig til, hvis du skal have hjælp, lensmand," råbte nogen fra hans bord.

Først tre minutter senere, da der var blevet skruet op for Celine Dion igen, og snakken gik, vovede Truls sig ud på gulvet, satte skosålen på hundredkronesedlen og trak den med sig hen til bardisken.

Harry fik luft i lungerne. Og kastede op. En gang, to gange. Så sank han sammen igen. Asfalten var så kold, at den sved i siden tværs gennem skjorten, og samtidig så tung, at det føltes, som om han bar den og ikke omvendt. På indersiden af hans øjenlåg dansede blodrøde pletter og sorte, bugtende slanger.

"Hole?"

Harry hørte stemmen, men vidste godt, at hvis han viste, at han var ved bevidsthed, var der åben bane til spark. Så han holdt øjnene lukket.

"Hole?" Stemmen var kommet nærmere, og han mærkede en hånd på sin skulder.

Harry vidste også, at alkoholen ville reducere hurtigheden, træfsikkerheden og afstandsbedømmelsen, men han gjorde det alligevel. Han åbnede øjnene, vred sig rundt og slog mod strubehovedet. Så faldt han sammen igen.

Han havde ramt næsten en halv meter ved siden af.

"Nu skaffer jeg dig en taxa," sagde stemmen.

"Gu fanden gør du ej," stønnede Harry. "Skrid med dig, din skide rotte."

"Jeg er ikke i Kripos," sagde stemmen. "Jeg hedder Krangli. Jeg er lensmand i Ustaoset."

Harry vendte sig om og så op på ham.

"Jeg er bare lidt fuld," sagde Harry hæst og prøvede at trække vejret roligt, så smerterne i maven ikke skulle få ham til at kaste op igen. "Det er ikke så slemt."

"Jeg er også selv lidt fuld," smilede Krangli og lagde Harrys ene arm om sin skulder. "Og hvis jeg skal være ærlig, så aner jeg ikke, hvor man får fat på en taxa. Kan du prøve at rejse dig?"

Harry satte et og så to ben ind under sig, blinkede et par gange og konstaterede, at han i hvert fald befandt sig i vertikal position igen. Og i en halv omfavnelse med en lensmand fra Ustaoset.

"Hvor sover du i nat?" spurgte Krangli.

Harry skævede om mod lensmanden: "Hjemme. Og helst alene, hvis det er i orden med dig."

I det samme svingede en politibil op foran dem, og sidevinduet gled ned. Harry hørte slutningen af en latter og så en rolig stemme:

"Harry Hole, Drabsafdelingen?"

"Det er mig," sukkede Harry.

"Vi har lige fået en opringning fra en af efterforskerne i Kripos med henstilling om at komme herhen og bringe dig trygt og sikkert hjem."

"Jamen så få døren op!"

Harry satte sig ind på bagsædet, lagde hovedet mod nakkestøtten, lukkede øjnene, mærkede, at alt straks begynde at snurre rundt, men foretrak det frem for at se de to på forsæderne stirre på ham. Krangli bad dem ringe til ham på et bestemt nummer, når 'Harry' var kommet godt hjem. Hvad fanden var det, som fik den fyr til at bilde sig ind, at han var hans ven? Harry hørte sidevinduet glide op, og så lød den behagelige stemme fra forsædet igen:

"Hvor bor du, Hole?"

"Bare kør ligeud," sagde Harry. "Vi skal besøge nogen."

Da Harry mærkede bilen sætte sig i bevægelse, åbnede han øjnene, vendte sig om og så Aslak Krangli stå tilbage på fortovet i Møllergata.

Kapitel 43
Husbesøg

Kaja lå på siden og stirrede ind i soveværelsesmørket. Hun havde hørt havelågen blive åbnet, og nu lød der skridt i gruset udenfor. Hun holdt vejret og ventede. Så ringede det på. Hun gled ud af sengen, ind i en morgenkåbe og hen til vinduet. Det ringede på igen. Hun trak gardinet lidt til side. Og sukkede.

"Fuld politimand," sagde hun højt ud i værelset.

Hun stak fødderne i tøflerne og tøffede ud i gangen og hen til døren. Hun åbnede den og stillede sig i døråbningen med korslagte arme.

"Hej med dig, schkat," snøvlede politimanden. Kaja spekulerede på, om det skulle være en parodi på en fuldemandssketch. Eller om det var den sørgelige original.

"Hvad bringer dig hid så sent?" sagde Kaja.

"Dig. Må jeg komme ind?"

"Nej."

"Jamen du sagde, jeg kunne kontakte dig, hvis det blev for ensomt. Og det *blev* for ensomt."

"Aslak Krangli," sagde hun. "Jeg er gået i seng. Tag hen på dit hotel. Vi kan drikke en kop kaffe i morgen formiddag."

"Jeg trænger til noget kaffe nu, tror jeg. Ti minutter, så ringer vi efter en taxa, er det okay? Vi kan snakke om drab og seriemordere imens. Hvad siger du til det?"

"Beklager," sagde hun. "Jeg er ikke alene."

Krangli rettede sig brat op med en bevægelse, som gav Kaja mistanke om, at han ikke var så fuld, som han først havde virket: "Jaså. Er han her, ham politimanden du sagde, du er så vild med?"

"Måske."

"Er det hans, dem der?" sagde lensmanden langsomt og sparkede til de store sko, som stod ved siden af dørmåtten.

Kaja svarede ikke. Der var noget i Kranglis stemme, nej, bag stemmen, noget hun ikke havde hørt før. Som en lavfrekvent, knap hørlig knurren.

"Eller har du bare sat skoene ud for at skræmme?" Gråd og latter i blikket. "Der er ingen her, er der vel, Kaja?"

"Hør nu her, Aslak ..."

"Ham politimanden, du snakker om, ham Harry Hole, han gik nemlig på druk tidligere i aften. Dukkede op i Justisen fuld som en allike, lagde op til slagsmål og fik en røvfuld. Der kom en patruljevogn for at køre ham hjem. Så du er da vist ledig i aften alligevel, eller hvad?"

Hendes hjerte slog hurtigere, hun frøs ikke længere under slåbrokken.

"Måske kørte de ham hertil i stedet for," sagde hun og kunne høre, at også hendes stemme var anderledes nu.

"Nej, de ringede til mig og fortalte, at de havde kørt ham langt pokker i vold op i bakkerne, hvor han skulle besøge nogen. Da de opdagede, at det var på Rikshospitalet og stærkt frarådede det, var han bare hoppet ud, da de holdt for rødt. Jeg kan godt lide min kaffe stærk, okay?"

Der var kommet et intenst skær i hans øjne, det samme som Even plejede at få, når han ikke var rask.

"Aslak, gå nu. Der er taxaer på Kirkeveien."

Hans hånd skød frem, og før hun nåede at reagere, havde han grebet hende om armen og skubbet hende ind i gangen. Hun prøvede at komme fri, men han lagde en arm om hende og holdt hende.

"Skal du være præcis som hende?" hvæsede hans stemme ved hendes øre. "Smutte væk, stikke af? Skal I være sådan alle sammen, I forbandede ..."

Hun stønnede og vred sig, men han var stærk.

"Kaja!"

Stemmen kom fra soveværelset, hvor døren stod åben. En bestemt, bydende mandsstemme, som Krangli under andre omstændigheder måske ville have genkendt. I og med at han havde hørt den på Justisen bare en time tidligere.

"Hvad sker der, Kaja?"

Krangli havde allerede sluppet hende og stirrede på hende med store øjne og åben mund.

"Ingenting," sagde Kaja uden at slippe Krangli med blikket. "Det er bare en fuld bonde fra Ustaoset, som er på vej hjem."

Krangli rykkede stumt hen imod gadedøren, åbnede den. Smuttede ud og hamrede den i bag sig. Kaja gik hen til døren, låste og lagde panden mod det kolde træværk. Hun havde lyst til at græde. Ikke af skræk eller chok. Men af fortvivlelse. Fordi alting omkring hende faldt sammen. Fordi alt det, hun havde troet var rent og rigtigt, omsider var begyndt at fremstå i sit virkelige lys. Fordi det havde været sådan længe, men hun havde ikke *villet* se. For det var sandt, hvad Even havde sagt: Ingen er, som de lader til, og det meste, bortset fra det ærlige svigt, er løgn og bedrag. Og den dag vi opdager, at vi ikke er anderledes selv, er den dag, vi ikke har lyst til at leve længere.

"Kommer du, Kaja?"

"Ja."

Kaja skubbede sig væk fra den dør, hun havde så stor lyst til at løbe ud ad. Hun gik ind i soveværelset. Måneskinnet faldt ind mellem gardinerne og ned på sengen, på den champagneflaske han havde taget med for at fejre aftenen, på hans nøgne, veltrænede overkrop, på det ansigt, som hun engang havde syntes var det smukkeste på denne jord. De hvide pigmentpletter i hans ansigtshud flimrede som selvlysende maling. Som om det glødede inden i ham.

Kapitel 44

Ankeret

Kaja blev stående i døråbningen til soveværelset og kiggede på ham. Mikael Bellman. For dem derude var han en dygtig, ambitiøs kommissær, lykkeligt gift med tre børn og snart leder af det nye Kripos gigantus, som skulle stå for al drabsefterforskning i Norge. For hende, Kaja Solness, var han en mand, hun øjeblikkeligt var blevet forelsket i, da hun havde mødt ham, og som havde forført hende efter alle kunstens regler plus et par ureglementerede. Han havde haft let spil, men det var ikke hans fejl, det var hendes. Stort set. Hvad var det, Harry havde sagt? "Han er gift og siger, at han vil gå fra kone og børn for din skyld, men gør det aldrig?"

Hovedet på sømmet. Selvfølgelig. Så banale er vi. Vi tror, fordi vi vil tro. På guder, fordi det dulmer angsten for døden. På kærligheden, fordi det forskønner forestillingen om livet. På det, gifte mænd siger, fordi det er det, gifte mænd siger.

Hun vidste, hvad Mikael ville sige. Og så sagde han det:

"Jeg må se at komme hjem. Ellers bliver hun mistænksom."

"Jeg ved det godt," sukkede Kaja og lod som sædvanlig være med at stille det spørgsmål, som altid trængte sig på, når han sagde det: Hvorfor ikke lade hende holde op med at være mistænksom? Hvorfor ikke gøre, som du har sagt så længe? Og det var her, det nye spørgsmål var begyndt at dukke op: Og hvorfor er jeg ikke længere så sikker på, om jeg gerne *vil* have, at han skal gøre det?

Harry støttede sig til gelænderet på vej op ad trappen til Hæmatologisk Afdeling på Rikshospitalet. Han var våd af sved, gennemfrossen, og tænderne klaprede som en totaktsmotor. Og han var fuld. Fuld igen. Fuld af Jim Beam, fuld af djævelskab, fuld af sig selv, fuld af lort. Han slingrede ind gennem gangen og kunne allerede skimte døren ind til faderens stue nede for enden.

Hovedet på en sygeplejerske stak ud fra en vagtstue, så på ham og forsvandt igen. Harry havde halvtreds meter hen til døren, da sygeplejersken plus en skaldet mandlig plejer kom styrtende ud på gangen og afskar ham vejen.

"Vi opbevarer ikke medicin her på afdelingen," sagde den skaldede.

"Det, du siger der, er ikke bare en grov løgn," sagde Harry og prøvede at holde balancen og styre sine hakkende tænder. "Men en grov fornærmelse. Jeg er ikke junkie, men en pårørende, som er her for at besøge sin far. Så venligst flyt jer."

"Undskyld," sagde sygeplejersken, som virkede noget beroliget af Harrys klare diktion. "Men du lugter som et bryggeri, og vi kan ikke tillade ..."

"Bryggeri er øl," sagde Harry. "Jim Beam er bourbon. Hvilket skulle betyde, at jeg lugter som et *destilleri*, frøken. Det er ..."

"Jamen alligevel," sagde den mandlige plejer og greb Harry ved albuen. Og slap den lige så hurtigt, da hans egen hånd blev vredet rundt. Plejeren stønnede og skar en grimasse af smerte, før Harry slap ham igen. Harry blev stående og så på ham.

"Ring efter politiet, Gerd," sagde plejeren lavt uden at slippe Harry med blikket.

"Hvis det er i orden, tager jeg det herfra," sagde en stemme med en antydning af læspen bag dem. Det var Sigurd Altman. Han kom gående med en journal under armen og et venligt smil om munden: "Har du lyst til at gå med mig derhen, hvor vi opbevarer narkotikaen, Harry?"

Harry svajede to gange frem og tilbage. Fokuserede på den lille, spinkle mand med de runde briller. Så nikkede han.

"Denne vej," sagde Altman, som allerede var begyndt at gå.

Altmans kontor var strengt taget et kosteskab. Det var uden vindue, uden mærkbar ventilation, men med et skrivebord med pc, en feltseng, som han forklarede var til de nattevagter, hvor han kunne sove og vækkes efter behov. Og et aflåseligt garderobeskab, som Harry antog indeholdt muligheder for kemisk til- og afkobling.

"Altman," sagde Harry, som sad på sengekanten og smaskede højlydt, som om han havde fået lim på læberne. "Usædvanligt. Jeg har kun hørt om én, der hedder det."

"Robert," sagde Sigurd Altman, som sad på kontorets eneste stol. "Jeg kunne ikke lide den, jeg var i den lille bygd, hvor jeg voksede op. Så snart jeg rejste derfra, ansøgte jeg om at slippe for et alt for almindeligt sen-navn. Jeg begrundede min ansøgning, som sandt var, med, at Robert Altman var min yndlingsinstruktør. Og sagsbehandleren må have været fuldesyg den dag, for det blev godkendt. Vi kan alle sammen have godt af at blive genfødt indimellem."

"'The Player,'" sagde Harry.

"'Gosford Park,'" sagde Altman.

"'Short Cuts.'"

"Ah, et mesterværk."

"God, men overvurderet. For mange temaer. Arrangementet gør handlingen unødvendigt kompliceret."

"Livet er kompliceret. Mennesker er komplicerede. Se den en gang til, Harry."

"Hm."

"Hvordan går det? Er der nogen fremgang i den der Marit Olsen-sag?"

"Fremgang," sagde Harry. "Fyren, som gjorde det, blev pågrebet i dag."

"Hold da op! Ja, så kan jeg forstå, hvorfor du fester." Altman pressede hagen ind mod brystet og kiggede hen over brillerne. "Jeg må indrømme, at det er mit håb, at jeg kan fortælle mine eventuelle børnebørn, at det var den oplysning, jeg gav dig om ketanomin, som løste sagen?"

"Det må du gerne, men det var en telefonopringning til et af ofrene, som afslørede ham."

"Stakkel."

"Stakkels hvem?"

"Stakkels alle sammen, går jeg ud fra. Hvorfor hastede det så meget med at se din far netop her i nat?"

Harry lagde hånden for munden og ræbede lydløst.

"Der er en grund," sagde Altman. "Uanset hvor beruset du er, så er der altid en grund. På den anden side er den grund selvfølgelig ikke noget, der vedkommer mig, så jeg burde måske klappe i ..."

"Er du nogen sinde blevet spurgt om at give dødshjælp?"

Altman trak på skuldrene. "Nogle gange, ja. Som anæstesisygeplejerske er jeg jo en nærliggende person at henvende sig til. Hvorfor?"

"Min far har spurgt mig."

Altman nikkede langsomt. "Det er en tung byrde at lægge på et andet menneske. Er det derfor, du kom nu? For at få det overstået?"

Harrys blik havde allerede vandret rundt i kontoret for at se, om der var noget alkoholholdigt at drikke. Nu tog det en runde til. "Jeg kom for at bede om tilgivelse. Fordi jeg ikke kan gøre det for ham."

"Det behøver du næppe at få tilgivelse for. At tage liv er ikke noget, man kan forlange af nogen, mindst af alle sin egen søn."

Harry lagde hovedet i hænderne. Det føltes hårdt og tungt som en bowlingkugle.

"Jeg har gjort det en gang før," sagde han.

Altmans stemme lød mere forundret end egentlig chokeret: "Givet dødshjælp?"

"Nej," sagde Harry. "Nægtet dødshjælp. Til min værste fjende. Han har en uhelbredelig, dødelig og meget smertefuld sygdom. Han kvæles langsomt af sin egen krympende hud."

"Sklerodermi," sagde Altman.

"Da jeg pågreb ham, prøvede han at få mig til at skyde sig. Vi var alene oppe i et tårn, bare ham og mig. Han havde dræbt et ukendt antal mennesker og gjort skade på mig og på folk, jeg er glad for. Varige mén. Jeg sigtede direkte på ham med min revolver. Kun os to. Selvforsvar. Jeg risikerede ikke en skid ved at skyde ham."

"Men du ville hellere have, at han skulle lide," sagde Altman. "Døden var for nem en udvej."

"Ja."

"Og nu føler du, at du gør det samme med din egen far. Du lader ham hellere lide end hjælper ham med at dø."

Harry gned sig i nakken. "Det er ikke, fordi jeg har principper om livets ukrænkelighed eller bullshit af den slags. Det er ren og skær svaghed. Fejhed er det. For fanden, Altman, har du ikke noget at drikke her?"

Sigurd Altman rystede på hovedet. Harry var ikke sikker på, om det var som svar på det sidste spørgsmål eller på det andet, han havde sagt. Måske begge dele.

"Du kan ikke bare diskvalificere dine egne følelser på den måde, Harry. Du prøver at springe buk over den kendsgerning, at du ligesom alle andre styres af forestillinger om rigtigt og forkert. Dit intellekt har måske ikke alle argumenterne for de forestillinger, men alligevel ligger de dybt, dybt forankret i dig. Rigtigt og forkert. Måske er det ting, du fik fortalt af dine forældre i barndommen, et eventyr med en morale, som din bedstemor læste, noget i skolen, du oplevede som uretfærdigt og tænkte meget over. Summen af alle de halvglemte ting." Altman lænede sig frem. "'Dybt forankret' er faktisk et ganske godt udtryk. For det siger, at du måske ikke ser ankeret dernede i dybet, men at du alligevel ikke kommer ud af stedet, at det er der, du driver rundt, det er der, du har hjemme. Prøv at acceptere det, Harry. Accepter ankeret."

Harry stirrede ned på sine egne foldede hænder. "De smerter han har ..."

"Fysiske smerter er ikke det værste for et menneske at leve med," sagde Altman. "Tro mig, jeg ser det dagligt. Heller ikke døden. Ikke engang frygten for døden."

"Hvad er det værste så?"

"Ydmygelse. At fratages ære og værdighed. At blive klædt af, at blive udstødt af flokken. Det er den værste straf, det er at begrave et menneske levende. Og den eneste trøst er, at vedkommende vil gå relativt hurtigt til grunde."

"Tja." Harry så længe på Altman. "Måske har du noget i det der skab, som kan lette lidt på stemningen her?"

Kapitel 45

Afhøring

Mikael Bellman havde drømt om frit fald igen. Soloklatring i El Chorro, grebet som kikser, bjergvæggen som farer forbi øjnene, jorden som accelererer mod ham. Vækkeuret som ringer i sidste øjeblik. Han tørrede æggeblomme væk fra mundvigen og så op på Ulla, som stod lige bag ved ham og fyldte hans kop med kaffe fra stempelkanden. Hun havde lært at vide præcis, når han var færdig med at spise, og at det var på det tidspunkt og ikke et sekund før, han ville have kaffen, rygende varm, skænket op i den blå kop. Og det var kun én af grundene til, at han satte pris på hende. En anden var, at hun holdt sig i så tilpas god form, at hun stadig tiltrak sig blikke ved de selskaber, de oftere og oftere blev inviteret til. Ulla havde trods alt været Mangleruds ubestridte skønhedsdronning, da de begyndte at komme sammen, han atten år, hun nitten. En tredje grund var, at Ulla uden at lave noget stort nummer ud af det havde sat sin egen drøm om uddannelse til side, så han havde kunnet prioritere sit arbejde. Men de tre vigtigste grunde sad omkring bordet og skændtes om, hvem der skulle have plasticfiguren i cornflakesæsken, og hvem der skulle sidde foran i dag, når hun kørte dem i skole. To piger, én dreng. Tre perfekte grunde til at værdsætte kvinden og hendes geners kompatibilitet med hans.

"Kommer du også sent hjem i aften?" sagde hun og strøg ham hastigt over håret. Han vidste, at hun elskede hans hår.

"Det kan blive nogle lange afhøringer," sagde han. "Vi begynder med den mistænkte i dag." Han vidste, at aviserne i løbet af dagen ville offentliggøre det, de allerede vidste: at den anholdte var Tony Leike, men han havde gjort det til et princip at overholde tavshedspligten også derhjemme. Det retfærdiggjorde desuden, at han med jævne mellemrum kunne forklare overtiden med: "Det kan jeg ikke snakke om, søde".

"Hvorfor afhørte I ham ikke i går?" spurgte hun, mens hun lagde håndmadder i børnenes madkasser.

"Vi var nødt til at indsamle flere fakta. Og blive færdige med ransagningen af hans hus."

"Fandt I noget?"

"Jeg kan nok ikke være så specifik, søde," sagde han og sendte hende det beklagende tavshedspligtblik. Han ville gerne slippe for at afsløre den kendsgerning, at hun faktisk satte fingeren på et ømt punkt. Bjørn Holm og de andre kriminalteknikere havde ikke fundet noget under ransagningen, som umiddelbart kunne knyttes til nogen af drabssagerne. Men det var heldigvis foreløbig af underordnet betydning.

"Det gør ikke noget, at han sidder og bliver mør i en varetægtscelle natten over," sagde Bellman. "Det gør ham bare mere modtagelig, når vi starter. Og starten på en afhøring er jo altid det vigtigste."

"Er det?" sagde hun, og han kunne høre, at hun prøvede at lyde interesseret.

"Jeg må af sted nu." Han rejste sig og kyssede hende på kinden. Jo, han satte virkelig pris på hende. Tanken om at skulle give afkald på hende og børnene, på det som både var det fundament og den infrastruktur, der muliggjorde karrieresatsningen, klasserejsen, var selvsagt absurd. At følge hjertets impulser, at kaste alt til side for en forelskelse, eller hvad det var, var utopisk, en drøm han kunne snakke og tænke højt om med Kaja som tilhører, naturligvis. Men når der først skulle drømmes, foretrak Mikael Bellman drømme, som var større end som så.

Han inspicerede fortænderne i spejlet i gangen og tjekkede, at silkeslipset sad, som det skulle. Pressen ville garanteret være forsamlet ved indgangen til Politihuset.

Hvor længe ville han få lov at beholde Kaja? Han syntes, han havde mærket tvivl hos hende i går aftes. Og en manglende entusiasme i elskoven. Men han vidste også, at så længe han stilede mod toppen, som han havde gjort indtil nu, ville han kontrollere hende. Ikke fordi Kaja var en guldgraver med klare mål for, hvad han som topchef kunne betyde for hendes egen karriere. Det var ikke intellekt, men ren biologi. Kvinder kunne være så moderne, de ville, men når det drejede sig om at underkaste sig alfahannen, befandt de sig stadig på abeniveau. Men hvis hun nu alligevel var begyndt at tvivle, fordi hun indså, at han aldrig ville give afkald på sin kone for hendes skyld, så var det måske på tide at give hende en opmuntring. Han havde trods alt brug for, at hun fodrede ham med insideinformationer fra Drabsafdelingen et lille stykke tid endnu, indtil alle løse tråde var blevet samlet, indtil slaget var overstået. Og krigen vundet.

Han gik hen til vinduet, mens han knappede frakken. Huset, som de havde overtaget efter hans forældre, lå i Manglerud, ikke byens bedste kvarter, hvis man spurgte dem, der boede ovre vestpå. Men de, der var vokset op her, havde en tendens til at blive boende, for det var en bydel med sjæl. Og det var hans bydel. Med udsigt ned til resten af byen. Som også snart skulle blive hans.

"De kommer nu," sagde betjenten. Han stod i døråbningen til et af de nye afhøringslokaler med video, som de havde indrettet hos Kripos.

"Okay," sagde Mikael Bellman.

Nogle forhørsledere kunne godt lide at få den mistænkte placeret i lokalet først, at få vedkommende til at vente, til at forstå, hvem det var, der bestemte. For så at gøre en stor entré og lægge benhårdt ud, mens de havde den mistænkte i det mest defensive og sårbare øjeblik. Bellman foretrak at sidde klar, når den mistænkte ankom. At markere revir og fortælle, hvem det var, der ejede lokalet. Han kunne godt lade den mistænkte vente ved at blade og læse i papirerne og mærke den andens nervøsitet stige, og så – når tiden var inde – løfte blikket og fyre løs. Men det var de finere detaljer ved forhørsteknikken. Som han selvfølgelig var åben for at diskutere med andre kompetente forhørsledere. Han kontrollerede igen, at det røde lys for optaget var tændt. Hvis man begyndte at bakse med teknikken, efter at den mistænkte var ankommet, kunne det ødelægge hele den indledende statusmarkering.

Gennem vinduet så han, at Beavis og Kolkka kom ind på kontoret. Mellem dem gik Tony Leike, som de havde hentet i Politihusets arrest.

Bellman tog en dyb indånding. Jo, han havde lidt højere puls nu.

En blanding af angrebsiver og nervøsitet. Tony Leike havde afslået tilbuddet om at have en advokat til stede. Som udgangspunkt var det selvfølgelig en fordel for Kripos, da det gav dem større spillerum. Men samtidig var det et signal om, at Leike mente, han ikke havde noget at være bange for. Den stakkel. Han vidste jo ikke, at Bellman havde bevis for, at Leike havde ringet til Elias Skog, lige før denne blev dræbt. En person, som Leike selv havde påstået, han ikke engang kendte navnet på.

Bellman så ned i papirerne og hørte, at Leike trådte ind i lokalet. At Beavis lukkede døren bag ham, sådan som han havde instrueret ham om.

"Sid ned," sagde Bellman uden at se op.

Han hørte Leike gøre, som han fik besked på.

Bellman standsede ved et tilfældigt stykke papir og trak en pegefinger frem og tilbage over underlæben, mens han talte lydløst for sig selv fra én og frem. Stilheden dirrede i det lille, lukkede rum. En, to, tre. Han og hans kolleger var blevet sendt på kursus i den nye afhøringsmetode, de var blevet pålagt at bruge, såkaldt *investigative interviewing*, hvor pointen ifølge disse verdensfjerne akademikertyper var åbenhed, dialog og tillid. Fire, fem, seks. Bellman havde stiltiende lyttet. Modellen var trods alt valgt på højeste sted, men hvad var det egentlig for typer, de her mennesker troede, Kripos sad og forhørte? Sarte, men imødekommende sjæle, som ville fortælle dig alt det, du gerne ville høre, hvis bare du gav dem en skulder at græde ud ved? De påstod, at den metode, politiet havde brugt hidtil, den traditionelle, amerikanske nitrinsmodel fra FBI, var menneskefjendtlig og manipulerende, at den fik uskyldige til at tilstå ting, de ikke havde gjort, og derfor var kontraproduktiv. Syv, otte, ni. Okay, lad os bare sige, at der sad en og anden letpåvirkelig kylling i buret, men hvad var det mod alle de grinende skiderikker, som ville liste ud derfra, mens de grinede sig ihjel over 'åbenhed, dialog og tillid'?

Ti.

Bellman satte fingerspidserne sammen og hævede blikket.

"Vi ved, at du ringede til Elias Skog her fra Oslo, og at du to dage senere var i Stavanger. Og at du der slog ham ihjel. Det er de kendsgerninger, vi har, men det, jeg undrer mig over, er hvorfor. Eller havde du ikke noget motiv, Leike?"

Det var trin ét i FBI-agenterne Inbaud, Reid og Buckleys nitrins forhørsmodel: konfrontationen, forsøget på at bruge chokeffekten til at få et knockoutslag ind med det samme, påstanden om, at de allerede ved alt, at der ikke er nogen grund til at nægte. For det handlede kun om én ting: tilståelse. I dette tilfælde kombinerede Bellman trin ét med en anden forhørsteknik: at sammenkæde en kendsgerning til en eller flere ikke-kendsgerninger. I dette tilfælde forbandt han den uomtvistelige dato for telefonopringningen med, at Leike havde været i Stavanger, og at han var drabsmanden. Ved at høre beviserne for den første påstand ville Leike automatisk tro, at de *også* havde direkte beviser på de andre. Og at disse kendsgerninger var så enkle og uigendrivelige, at de kunne springe direkte til det, som de manglede at få svar på: hvorfor?

Bellman så Leike synke et par gange, så ham forsøge at blotte de store, hvide tænder i et smil, så forvirringen i øjnene og vidste, at de allerede havde vundet.

"Jeg har ikke ringet til nogen Elias Skog," sagde Leike.

Bellman sukkede. "Vil du have, at jeg skal vise dig opkaldslisten fra Telenors driftscentral?"

Leike trak på skuldrene. "Jeg har ikke ringet. Jeg mistede en mobiltelefon for et stykke tid siden. Måske har nogen ringet til ham der Skog fra den."

"Du skal ikke prøve at være smart, Leike. Vi snakker om din *fastnettelefon*."

"Jeg har ikke ringet til ham, siger jeg."

"Det kan jeg høre. Ifølge folkeregisteret bor du alene?"

"Ja. Det vil sige ..."

"Din forlovede sover der en gang imellem. Og nogle gange står du op før hende og tager på arbejde, mens hun stadig er i lejligheden?"

"Det sker. Men jeg er oftere hos hende."

"Halløjsa, har Galtungs skibsrederpige et federe sted at bo end dig, Leike?"

"Måske. Det er i hvert fald mere hyggeligt."

Bellman lagde armene over kors og smilede. "Jamen hvis det ikke er dig, der har ringet til Skog fra dit hus, må det være hende. Jeg giver dig fem sekunder til at begynde at snakke fornuft til os, Leike. Om fem sekunder får en patruljevogn her i Oslos gader en ordre om at køre for fulde sirener ud til hendes hyggeligere bopæl, give hende håndjern på, bringe hende herind, lade hende ringe til sin far og fortælle ham, at du har givet hende skylden for at ringe til Skog. Sådan at Anders Galtung kan skaffe sin datter Norges værste kobbel af hårdtbidende advokater, og så har du i den grad skaffet dig en modstander. Fire, tre."

Leike trak på skuldrene igen. "Hvis du tror, det der er nok til at få en anholdelseskendelse på en ung pige med et skinnende rent generalieblad, så værsgo. Men så tror jeg nu ikke, at det er mig, som får sig en modstander."

Bellman betragtede Leike. Havde han alligevel undervurderet ham? Han var sværere at læse nu. Uanset hvad var de færdige med trin ét. Uden tilståelse. Fint nok, der var otte trin tilbage. Trin to i nitrinsmodellen var at sympatisere med mistænkte ved at normalisere handlingen. Men det fordrede, at han kendte motivet, at han havde noget, han kunne normalisere. Motivet for at tage livet af alle de gæster, som tilfældigvis havde overnattet samtidig i en turisthytte, var ikke åbenbart, ud over det åbenbare, at de fleste motiver hos seriemordere gemmer sig på steder i sindet, som de fleste af os aldrig besøger. I forberedelserne havde Bellman derfor bestemt sig for bare at strejfe sympatitrinnet, før han hoppede direkte over til motivationstrinnet: at give den mistænkte en grund til at tilstå.

"Min pointe er, Leike, at jeg ikke er din modstander. Jeg er bare en person, som vil forstå, hvorfor du gør det, du gør. Hvad der driver dig. Du er åbenbart en dygtig og intelligent person. Se bare, hvad du har drevet det til rent forretningsmæssigt. Jeg er fascineret af mennesker, som sætter sig mål og forfølger dem uden hensyntagen til, hvad andre måtte mene om det. Mennesker som skiller sig ud fra den middelmådige mængde. Jeg tør oven i købet tilstå, at jeg kan genkende mig selv lige på det punkt. Måske forstår jeg dig bedre, end du tror, Tony."

Bellman havde fået en af efterforskerne til at ringe til en af Leikes børsvenner for at få at vide, om Leike foretrak sit fornavn udtalt 'Touni', 'Tåni', 'Tånni'. Svaret var 'Tåni'. Bellman kombinerede den rigtige udtale med at fange Leikes blik og forsøge at fastholde det.

"Nu vil jeg sige noget, som jeg egentlig ikke burde fortælle dig, Tony. Og det er, at vi på grund af en del interne forhold har usædvanligt dårlig tid til at håndtere den her sag og derfor gerne vil have en tilståelse. Normalt ville vi ikke have tilbudt nogen deal for en tilståelse fra en mistænkt, som vi har så stærke beviser mod som dig, men det vil fremskynde sagsgangen. Og for den tilståelse – som vi altså ikke engang skal bruge for at få dig dømt – vil jeg tilbyde dig en betydelig strafrabat. Jeg er desværre begrænset af vores love, når det gælder om at tilbyde dig en konkret rabat, men lad det være sagt mellem dig og mig, at den vil være *be-tydelig*. Er du med, Tony? Det er et løfte. Og nu findes den på bånd." Han pegede på det røde lys på bordet mellem dem.

Leike så længe og eftertænksomt på Bellman. Så åbnede han munden. "De to, der hentede mig, fortalte, at du hedder Bellman."

"Kald mig Mikael, Tony."

"De sagde også, at du var en særdeles intelligent mand. Barsk, men til at stole på."

"Ja, det tror jeg, du vil erfare er tilfældet."

"Du sagde betydelig, ikke sandt?"

"Du har mit ord." Bellman mærkede, at hans puls gik i vejret.

"Fint," sagde Leike.

"Fint," sagde Mikael Bellman let og berørte lige akkurat underlæben med tommel og pegefinger. "Skal vi begynde med begyndelsen?"

"Gerne," sagde Leike og tog et stykke papir frem fra baglommen, som Truls og Jussi tydeligvis havde ladet ham beholde. "Jeg fik datoerne og klokkeslættene af Harry Hole, så det skulle være hurtigt gjort. Først var der altså Borgny Stem-Myhre, som døde et sted mellem klokken toogtyve og treogtyve den 16. december i Oslo."

"Stemmer," sagde Bellman og følte en begyndende jubel i hjertet.

"Jeg tjekkede min kalender. På det tidspunkt befandt jeg mig i Skien i Peer Gynt-salen i Ibsenhuset, hvor jeg talte om mit coltanprojekt. Det kan bekræftes af udlejeren og cirka et hundrede og tyve potentielle investorer, som var til stede. Jeg går ud fra, at I er bekendt med, at det tager cirka to timer at køre dertil. Den næste var Charlotte Lolles mellem ... lad mig se ... der står klokken treogtyve og midnat den 3. januar. På det tidspunkt var jeg til middag med nogle mindre investorer i Hamar. To timer med bil fra Oslo. Jeg tog for øvrigt toget, og jeg prøvede at finde togbilletten, men uden held, desværre."

Han smilede beklagende til Bellman, som var holdt op med at trække vejret. Og Leikes store tænder kunne lige anes mellem læberne, da han sluttede af:

"Men jeg håber, at i hvert fald *nogen* af de tolv vidner, som var til stede under middagen, kan betragtes som pålidelige."

"Så sagde han, at han muligvis kunne sigtes for drabet på Marit Olsen, for selv om han havde været hjemme sammen med sin forlovede, havde han faktisk været alene ude i to timer på en skitur på lysløjperne i Sørkedalen den aften."

Mikael Bellman rystede på hovedet og stak hænderne endnu dybere ned i frakkelommerne, mens han betragtede 'Det syge barn'.

"På samme sene tidspunkt som da Marit Olsen døde?" spurgte Kaja, lagde hovedet lidt på skrå og så på den blege og formodentlig døende piges mund. Hun plejede at koncentrere sig om én ting, hver gang de mødtes her på Munch-museet. Én gang kunne det være øjnene, en anden gang landskabet i baggrunden, solen eller bare Edvard Munchs signatur.

"Han sagde, at hverken han eller den her Galtung-pige ..."

"Lene," sagde Kaja.

"... kunne huske præcis hvornår, men at det kan have været ret sent. Det plejede han at gøre, fordi han godt kan lide at have løjperne for sig selv."

"Så Tony Leike kan have været i Frognerparken i stedet for. Hvis han har været i Sørkedalen, må han have passeret betalingsanlægget både ud og hjem. Hvis han har elektronisk vej-bizz i forruden, registreres tidspunktet automatisk. Og så kan ..."

Hun havde vendt sig om og standsede midt i bevægelsen, da hun mødte hans kolde blik.

"... men det har I selvfølgelig allerede tjekket," sagde hun.

"Det behøvede vi ikke," sagde Mikael. "Han har ikke vej-bizz. Han stopper og betaler kontant, hver gang han kører. Og så registreres bilen ikke."

Hun nikkede. De slentrede videre til næste billede, stillede sig bag nogle japanere, som kaglende pegede og gestikulerede. Fordelen ved at mødes på Munch-museet på hverdage – bortset fra at det lå mellem Kripos i Bryn og Politihuset i Grønland – var, at det var et af de turiststeder i Oslo, hvor man kunne være sikker på aldrig at møde kolleger, naboer og bekendte.

"Hvad sagde Leike om Elias Skog og Stavanger?" spurgte Kaja.

Mikael rystede igen på hovedet. "Han sagde, at han sikkert også kunne sigtes for det, eftersom han havde sovet alene hjemme den nat og dermed ikke havde noget alibi. Så jeg spurgte, om han var taget på arbejde næste dag, og han svarede, at han ikke kunne huske det, men at han gik ud fra, at han var mødt op klokken syv som sædvanlig. Og at jeg kunne tjekke med receptionisten for deres kontorfællesskab, hvis jeg mente, det var vigtigt. Det gjorde jeg, og det viste sig, at Leike havde booket et af mødelokalerne klokken kvart over ni. Og da jeg talte med et par af investorfyrene på kontoret, viste det sig, at to af dem havde været til stede på mødet sammen med Leike. Hvis han gik fra lejligheden til Elias Skog klokken tre om natten, må han have taget et fly for at nå det. Og hans navn er ikke registreret på nogen passagerlister."

"Det betyder ikke så meget. Han kan have rejst under falskt navn og med falsk id. Og desuden har vi stadig hans telefonopringning til Skog. Hvordan forklarede han den?"

"Han prøvede ikke engang, han benægtede det bare," snøftede Bellman. "Hvad er det egentlig, folk synes er så godt ved 'Livets dans'? De har jo ikke engang ordentlige ansigter. De ligner zombier, hvis du spørger mig."

Kaja studerede de dansende på maleriet. "Det er de måske også," sagde hun.

"Zombier?" Bellman lo kort. "Mener du det?"

"Mennesker som går rundt, som danser, men føler sig døde indvendig, begravet, i forrådnelse. Absolut."

"Interessant teori, Solness."

Hun hadede det, når han brugte hendes efternavn, noget han som regel gjorde, når han var vred eller bare fandt det på sin plads at minde hende om sin intellektuelle overlegenhed. Som hun havde ladet ham gøre, eftersom det tydeligvis var vigtigt for ham. Og måske også for hende. Var det ikke noget af det, som havde fået hende til at falde så pladask for ham, hans åbenbare intelligens? Hun kunne ikke huske det så tydeligt mere.

"Jeg skal ind på arbejde igen," sagde hun.

"Og lave hvad?" spurgte Mikael og kiggede hen på sikkerhedsvagten, som stod og gabte bag rebet inderst inde i salen. "Tælle clips og vente på afviklingen af afdelingen? Du er godt klar over, at du har givet mig et kæmpeproblem med ham Leike?"

"Har *jeg*?" udbrød hun vantro.

"Dæmp dig, søde. Det var dig, der ringede og gav mig et tip om, hvad Harry havde fundet ud af om Leike. At han stod over for at ville pågribe ham. Jeg stolede på dig. Jeg stolede så meget på dig, at jeg anholdt Leike på dine tips og bagefter nærmest fortalte pressen, at sagen var opklaret. Og nu er lorten eksploderet i fjæset på os. Fyren har et vandtæt alibi for mindst to af drabene, søde. Vi bliver nødt til at lade ham gå i løbet af dagen. Svigerfar Galtung sidder garanteret allerede og overvejer et sagsanlæg og advokater fra helvede, og justitsministeren vil forlange at få at vide, hvordan i helvede vi kunne begå sådan en bommert. Og det hoved, som ligger på blokken lige nu, er ikke dit, Holes eller Hagens, men mit, Solness. Forstår du det? Kun mit. Og det må vi gøre noget ved. *Du* må gøre noget ved det."

"Og hvad skulle det være?"

"Ikke så meget, bare en lille ting, så fikser vi resten. Jeg vil have, at du tager i byen med Harry. I aften."

"I byen? Mig?"

"Han kan godt lide dig."

"Hvad får dig til at tro det?"

"Har jeg ikke fortalt, at jeg så jer sidde og ryge på verandaen?"

Kaja blev bleg. "Du kom ret sent, men du sagde ikke noget om, at du havde set os."

"I var så optaget af hinanden, at I ikke bemærkede, at jeg kom kørende, så jeg parkerede og kiggede på jer. Han kan godt lide dig, søde. Nu vil jeg have, at du tager ham med ud et sted, bare et par timer."

"Hvorfor det?"

Mikael Bellman smilede. "Han sidder for meget hjemme. Eller ligger. Hagen skulle aldrig have givet ham fri. Folk som Hole kan ikke tåle det. Og vi vil da ikke have, at han drikker sig ihjel deroppe i Oppsal, vel? Tag ham med ud til middag et sted. Biografen. En øl. Bare sørg for, at han ikke er hjemme mellem otte og ti. Og vær forsigtig. Jeg ved ikke, om han er skarp eller bare paranoid, men han kiggede meget indgående på min bil den aften, da han forlod dig. Er det en aftale?"

Kaja svarede ikke. Mikaels smil var det smil, hun kunne gå og drømme om i de lange perioder, hvor han ikke var der, når arbejde og familieforpligtelser hindrede ham i at møde hende. Så hvorfor fik det samme smil hende nu til at føle det, som om hendes mave var ved at krænge indholdet ud?

"Du ... du har ikke tænkt dig at ..."

"Jeg har tænkt at gøre det, jeg er nødt til," sagde Mikael og så på sit armbåndsur.

"Som er?"

Han trak på skuldrene. "Hvad tror du? Skifte hovedet på blokken ud, selvfølgelig."

"Det her må du ikke bede mig om, Mikael."

"Jamen jeg beder dig slet ikke, søde. Jeg giver dig en ordre."

Hendes stemme kunne næsten ikke høres: "Og hvis ... hvis jeg skulle sige nej?"

"Så knuser jeg ikke bare Hole, men også dig."

Lyset fra loftet faldt på hans pigmentpletter. Hvor er han smuk, tænkte hun. Nogen burde male ham.

Nu danser marionetterne, som de skal. Harry Hole fandt ud af, at jeg ringede til Elias Skog. Jeg kan godt lide ham. Jeg tror måske, vi kunne have været venner, hvis vi havde mødtes, da vi var børn eller unge. Vi har et par ting til fælles. Som for eksempel intelligens. Han er den eneste af efterforskerne, som synes at kunne se om bag tingenes slør. Det betyder selvfølgelig også, at jeg skal være forsigtig med ham. Jeg glæder mig til fortsættelsen. Som et barn.

Del V

Kapitel 46

Rød bille

Harry åbnede øjnene og stirrede på en tyk, firkantet rød bille, som kom krybende mod ham mellem de to tomme flasker, mens den spandt som en kat. Den holdt op, så spandt den igen, hakkede sig yderligere fem centimeter hen imod ham langs sofabordets glasflade, mens den lavede et lille spor i asken. Han strakte hånden frem, greb den og lagde den mod øret. Hørte sin egen stemme lyde som sten, der blev knust: "Hold op med at ringe til mig, Øystein."

"Harry ..."

"Hvem fanden er det?"

"Det er Kaja. Hvad laver du?"

Han så på displayet for at forsikre sig om, at stemmen talte sandt. "Hviler mig." Han kunne mærke, at maven forberedte sig på at skille sig af med indholdet. Igen.

"Hvor?"

"På sofaen. Jeg lægger på nu, hvis det ikke er vigtigt."

"Vil det sige, at du er hjemme i Oppsal?"

"Tja. Lad mig se. Tapetet passer i hvert fald. Du, jeg er nødt til at smutte nu."

Harry smed telefonen ned i fodenden af sofaen, kom på benene, bøjede sig frem, så han fik tyngdepunktet foran sig, og vaklede fremad, mens han brugte hovedet som pejleantenne og rambuk. Det førte ham ud i køkkenet uden nævneværdige sammenstød, og han fik sat hænderne på hver side af vasken, før brækket stod ham ud af munden.

Da han åbnede øjnene igen, så han, at opvaskestativet stadig stod i vasken. Det tynde, gulgrønne opkast løb ned over en enlig tallerken på højkant. Harry lukkede op for vandet. En af fordelene ved at være alkoholiker tilbage på spritvognen er, at på andendagen holder ens bræk op med at tilstoppe afløbet.

Harry drak lidt vand direkte fra hanen. Ikke meget. En anden fordel, som den erfarne alkoholiker har, er, at han ved, hvad maven kan tåle.

Han gik tilbage til stuen med skrævende ben, som om han havde gjort i bukserne. Noget han for resten endnu ikke havde tjekket. Han lagde sig på sofaen og hørte en lav kvækken nede fra fodenden. En lille stemme fra et miniaturemenneske råbte hans navn. Han famlede mellem fødderne og lagde den røde mobiltelefon ind til øret igen.

"Hvad drejer det sig om?"

Han tænkte på, hvad han skulle stille op med galden, der brændte som lava i halsen: harke den op eller synke den. Eller lade den brænde, som han fortjente.

Han lyttede, mens hun forklarede, at hun ville se ham. Om han ville møde hende på Ekebergrestauranten? For eksempel nu. Eller om en time.

Harry så på de to tomme Jim Beam-flasker på sofabordet og så på uret. Syv. Vinmonopolet var lukket. Restaurantbar.

"Nu," sagde han.

Han lagde på, og telefonen ringede igen. Han så på displayet og trykkede på svarknappen: "Hej, Øystein."

"*Nu* svarer du! For fanden, Harry, du må ikke gøre mig så forskrækket. Jeg var begyndt at spekulere på, om du havde taget en Hendrix."

"Kan du køre mig til Ekebergrestauranten?"

"Hvad faen tror du, jeg er? En skide taxachauffør?"

Atten minutter senere holdt Øysteins bil foran trappen til Holes hus med nedrullet vindue, som han leende råbte ud ad: "Skal du have hjælp til at låse den skide gadedør, eller hvad, din fulderik?"

"Middag?" sagde Øystein, mens de kørte over Nordstrand. "*For* at kneppe, eller *fordi* I har kneppet?"

"Slap af. Vi arbejder sammen."

"Netop. Som ekskonen sagde: Man begærer det, man ser hver dag. Hun havde vel læst det i et ugeblad. Det var bare ikke mig, hun talte om, men ham den skide rotte på nabokontoret."

"Du har ikke været gift, Øystein."

"Kunne have været. Fyren gik med lusekofte *og* slips og talte nynorsk.

Ikke dialekt, men fucking Ivar Aasen-nynorsk, og det er ikke engang min spøg. Kan du forestille dig, hvordan det er ligge alene og tænke på, at lige nu bliver din could-have-been-kone bollet på et skrivebord? Kan du forestille dig en lusekofte med en nøgen, hvid bonderumpe nedenunder, som pumper løs, indtil den stopper og ligesom suger balderne ind, og fyren brøler på nynorsk: EG KJEM!"

Øystein så på Harry, men fik ingen reaktion.

"For fanden, Harry, det her er stor humor. Er du *så* fuld?"

Kaja sad ved vinduesbordet i dybe tanker og så ud over byen, da en lavmælt rømmen fik hende til at vende sig om. Det var overtjeneren. Han havde det beklagende det-står-i-menuen-men-køkkenet-siger-vi-ikke-har-det-blik på, bøjede sig dybt ned mod hende, men talte så dæmpet, at hun alligevel knap kunne høre ham:

"Jeg beklager at måtte sige, at Deres selskab er kommet." Før han rødmende rettede sig selv: "Jeg mener, jeg beklager, at vi ikke kunne lade ham komme ind. Han er en smule ... animeret, er jeg bange for. Og vores policy, hvad det angår ..."

"Det er helt i orden," sagde Kaja og rejste sig. "Hvor er han?"

"Han står udenfor og venter. Jeg er bange for, at han fik købt en drink i baren på vej ind, og at han tog den med ud. Måske kunne De være behjælpelig med at få den drink ind igen. Vi kan miste vores udskænkningsbevilling på den slags, ved De."

"Selvfølgelig, bare skaf mig min frakke, så er du sød," sagde Kaja, som hurtigt gik gennem restauranten med en nervøs overtjener trippende efter sig.

Da hun kom ud, fik hun øje på Harry. Han stod og svajede henne ved den lave murkant foran den skråning, hvor de havde stået sidst.

Hun stillede sig ved siden af ham. Der stod et tomt glas på muren.

"Det er vist ikke meningen, at vi skal spise på den her restaurant," sagde hun. "Har du nogen forslag?"

Han trak på skuldrene og drak en slurk fra en lommelærke. "Baren på Savoy. Hvis du ikke er for sulten."

Hun trak frakken tættere om sig. "Jeg er egentlig ikke så sulten.

Hvad med at vise mig lidt rundt? Det er jo det her område, du voksede op i, og jeg har bil. Du kunne vise mig de bunkere, hvor I plejede at være."

"Der er koldt og grimt," sagde Harry. "Og der stinker af pis og våd aske."

"Vi kunne ryge," sagde hun. "Og se på udsigten. Har du noget bedre at lave?"

En lystbåd, der var oplyst som et juletræ, gled stille og lydløst gennem mørket ind mod byen på fjorden under dem. De sad direkte på den fugtige beton på toppen af en bunker, men hverken Harry eller Kaja mærkede kulden, som krøb ind i deres kroppe. Kaja nippede til lommelærken, som Harry havde rakt hende.

"Rødvin på lommelærke," sagde hun.

"Det var det eneste, der var tilbage i min fars barskab. Det var under alle omstændigheder bare reserveproviant. Nå, din mandlige favoritskuespiller?"

"Det er din tur til at begynde," sagde hun og tog en større slurk.

"Robert De Niro."

Hun skar en grimasse. "'Analyze This'? 'Meet The Fockers'?"

"Jeg sværgede evig troskab efter 'Taxi Driver' og 'Deer Hunter'. Men, ja, det har kostet. Hvad med dig?"

"John Malkovich."

"Okay. Fint. Hvorfor?"

Hun tænkte sig om. "Jeg tror, det er det kultiveret ondskabsfulde. Ikke noget, jeg bryder mig om som egenskab, men jeg elsker den måde, han viser det på."

"Og så har han en feminin mund."

"Er det godt?"

"Absolut. Alle de bedste mandlige skuespillere har en feminin mund. Og/eller lys, feminin stemme. Kevin Spacey, Philip Seymour Hoffman." Harry tog sine cigaretter frem og bød hende.

"Kun hvis du tænder for mig," sagde hun. "De der fyre er jo ikke ligefrem overmaskuline."

"Mickey Rourke. Damestemme. Damemund. James Woods. Kyssemund som en obskøn rose. "

"Men ikke lys stemme."

"Brægestemme. Får. Hundyr."

Kaja lo og tog imod den tændte cigaret. "Gider du lige? Machofyre på film har dybe, hæse stemmer. Tag for eksempel Bruce Willis."

"Ja, tag Bruce Willis. Hæs er rigtigt. Men dyb? Hardly." Harry kneb øjnene sammen og hviskede i falset ind mod byen: "*From up here it doesn't look like you're in charge of jack shit.*"

Kaja spruttede af grin, cigaretten for ud af munden og dansede ned over muren og ind i krattet, mens gnisterne føg.

"Var det dårligt?"

"Sensationelt dårligt," hikstede hun. "Pokkers også, nu fik du mig til at glemme den machoskuespiller med feminin stemme, som *jeg* skulle sige."

Harry trak på skuldrene. "Du kommer nok på det."

"Even og jeg havde også et sted som det her," sagde Kaja og tog imod en ny cigaret, som hun holdt mellem tommel og pegefinger, som om det var et søm, hun skulle slå i. "Et sted for os selv, som vi troede ingen andre vidste noget om, hvor vi kunne gemme os og fortælle hinanden hemmeligheder."

"Har du lyst til at fortælle mig om det?"

"Om hvad?"

"Din bror. Hvad der skete."

"Han døde."

"Det ved jeg. Jeg tænkte, du måske ville fortælle resten."

"Og hvad er resten?"

"Tja. Hvorfor du har kanoniseret ham, for eksempel."

"Har jeg det?"

"Har du ikke?"

Hun så længe på ham.

"Vin," sagde hun.

Harry rakte hende lommelærken, og hun tog en grådig slurk.

"Han efterlod en seddel," sagde hun. "Even var så følsom og sårbar.

I perioder kunne han være lutter smil og latter. Det var, som om der væltede solskin ind, der hvor han kom. Hvis man havde problemer, var det, som om de forsvandt, når han kom, som ... ja, som dug for solen. Og i de sorte perioder var det omvendt. Alle blev stille omkring ham. Det var, som om der lå en uforløst tragedie i luften, og man kunne høre det i hans tavshed. Molmusik. Smukt og forfærdeligt på én gang, forstår du det? Men samtidig var det, som om noget af solskinnet havde opmagasineret sig i hans blik, for øjnene blev ved med at le. Det var uhyggeligt."

Hun skuttede sig.

"Det var i sommerferien, en solskinsdag, sådan en dag, som kun Even kunne skabe. Vi var i vores sommerhus i Tjøme, og jeg var stået op og gået direkte ned i butikken og havde købt jordbær. Da jeg kom tilbage, var morgenmaden klar, og mor råbte op til første sal, at Even skulle komme ned. Men han svarede ikke. Vi regnede med, at han sov. Han sov sommetider til langt op ad dagen. Jeg gik op for at hente noget i mit værelse og gav hans dør et lille bank og sagde 'jordbær', idet jeg gik forbi den. Jeg lyttede stadigvæk efter svar, da jeg åbnede døren til mit eget værelse. Når man går ind på sit eget værelse, ser man sig ikke om, man kigger bare der, hvor man skal hen, på natbordet, hvor man ved, at den bog, man skal hente, ligger, eller på vindueskarmen og kassen med fiskeblink. Jeg så ham ikke med det samme, mærkede bare, at der var noget med lyset i værelset, som ikke var rigtigt. Så jeg kiggede ud til siden og så først hans bare fødder. Jeg kendte de fødder ud og ind, han plejede at betale mig en krone for, at jeg skulle kilde dem, han elskede det. Min første tanke var, at han fløj, at han endelig havde lært sig det. Mit blik fortsatte opad, han havde den lyseblå trøje på, som jeg havde strikket til ham. Han havde hængt sig i loftlampen med en forlængerledning. Han må have ventet, indtil han hørte, at jeg stod op og gik, og så være gået ind på mit værelse. Jeg ville løbe ud, men jeg kunne ikke røre mig, det var, som om mine ben var støbt fast til gulvet. Så jeg stod der og stirrede på ham, og han hang så tæt på mig, og jeg råbte på min mor, jeg gjorde alle de ting, som tilsammen skal blive et råb, men alligevel kom der ikke en lyd ud af min mund."

Kaja bøjede hovedet og slog asken af cigaretten. Trak dirrende vejret:

"Resten husker jeg kun brudstykker af. De gav mig noget beroligende. Da jeg kom til hægterne tre dage senere, havde de allerede begravet ham. De sagde, at det var bedst, at jeg ikke var med, at belastningen kunne være blevet for stor. Jeg blev syg lige efter og lå med feber det meste af sommeren. Jeg har altid syntes, at det gik lidt for hurtigt med den begravelse, som om der var noget skamfuldt over den måde, han var død på. Synes du ikke også det?"

"Måske. Du sagde, han havde skrevet en seddel?"

Kaja så ud over fjorden. "Den lå på mit natbord. Han skrev, at han var ulykkeligt forelsket i en pige, han aldrig kunne få, at han ikke ønskede at leve og bad om undskyldning for al den smerte, han påførte os, og at han vidste, at vi holdt af ham."

"Javel."

"Jeg blev nok lidt forbavset. Even havde aldrig fortalt mig, at der var en pige, og han plejede at fortælle mig det meste. Havde det ikke været for Roar ..."

"Roar?"

"Ja. Jeg havde fået min første kæreste den sommer. Han var så sød og tålmodig. Han besøgte mig næsten hver dag, da jeg var syg, og hørte mig fortælle om Even."

"Om hvilket overjordisk fantastisk menneske han havde været."

"Det forstod du godt?"

Harry trak på skuldrene. "Jeg gjorde det samme, da min mor døde. Øystein var ikke så tålmodig som Roar. Han spurgte direkte, om jeg var ved at grundlægge en ny religion."

Kaja lo stille og sugede på cigaretten. "Jeg tror, at Roar efterhånden følte, at mindet om Even fortrængte alt og alle, ham selv inklusiv. Det blev et kortvarigt forhold."

"Ja. Men Even var der stadig."

Hun nikkede. "Bag hver eneste dør jeg åbnede."

"Det er derfor, ikke sandt?"

Hun nikkede igen. "Da jeg kom hjem fra sygehuset den sommer og skulle gå ind på mit værelse, magtede jeg ikke at åbne døren. Jeg kunne ganske enkelt ikke. Fordi jeg vidste, at hvis jeg gjorde det, så ville han hænge der igen. Og det ville være min skyld."

"Det er altid vores skyld, er det ikke?"

"Altid."

"Og ingen kan snakke os fra at tro, at det er sådan, ikke engang os selv." Harry knipsede cigaretstumpen ud i mørket. Og tændte en ny.

Båden under dem var gledet ind til kajen.

Et vindstød fløjtede hult og dystert gennem skydeskårene.

"Hvorfor græder du?" spurgte han lavmælt.

"Fordi det *er* min skyld," hviskede hun med tårerne trillende ned over kinderne. "Det hele er min skyld. Du har vidst det hele tiden, har du ikke?"

Harry inhalerede. Tog cigaretten ud af munden og blæste røg på gløden. "Ikke hele tiden."

"Siden hvornår?"

"Siden jeg så Bjørn Holms ansigt i døråbningen ude på Holmenveien. Bjørn Holm er en god kriminaltekniker, men ingen De Niro. Og han så oprigtigt overrasket ud."

"Var det alt?"

"Det var nok. Jeg forstod ud fra hans ansigtsudtryk, at han ikke anede, at jeg var på sporet af Leike. Ergo havde han ikke set det på min pc, og det var ikke ham, som havde fortalt det videre til Bellman. Og hvis det ikke var Holm, som var muldvarpen, kunne det kun være én anden person."

Hun nikkede og tørrede tårerne væk. "Hvorfor har du ikke sagt noget? Gjort noget? Halshugget mig?"

"Hvad skulle hensigten være? Jeg gik ud fra, at du havde en god grund."

Hun rystede på hovedet og lod tårerne løbe.

"Jeg ved ikke, hvad han har lovet dig," sagde Harry. "Jeg gætter på en topstilling i det nye, almægtige Kripos. Og at jeg havde ret, da jeg sagde, at ham fyren, du er opslugt af, er gift og siger, at han vil gå fra kone og børn for din skyld, men aldrig gør det."

Hun hulkede stille med halsen bøjet, som om hovedet var blevet for tungt. Som en regntung blomst, tænkte Harry.

"Det, jeg ikke forstår, er, hvorfor du ville mødes med mig i aften," sagde han og så misbilligende på cigaretten. Måske skulle han skifte mærke. "Jeg troede først, at det var, fordi du ville fortælle mig, at det var dig, der var muldvarpen, men jeg indså hurtigt, at det ikke var det. Venter vi på nogen, skal der ske noget? Jeg mener, jeg er sat ud af spillet, hvad mere skade kan jeg gøre jer nu?"

Hun så på uret. Snøftede. "Kan vi køre hjem til dig, Harry?"

"Hvorfor det? Venter nogen på os der?"

Hun nikkede.

Harry tømte resten af lommelærken.

Døren var brudt op. Træstumperne på trappen tydede på, at den var brækket op med et koben. Intet raffinement, ikke noget forsøg på list og forsigtighed. Politiindbrud.

Harry vendte sig om på trappen og så på Kaja, som var steget ud af bilen og stod med korslagte arme. Så gik han ind.

Stuen var mørkelagt. Det eneste lys kom fra barskabet, som stod åbent. Men det var nok til, at han genkendte den person, som sad i skyggerne ved vinduet.

"Kommissær Bellman," sagde Harry. "Du sidder i min fars lænestol."

"Jeg tillod mig det," sagde Bellman. "Eftersom sofaen lugtede temmelig specielt. Selv hunden undgik den."

"Kan jeg byde dig på noget?" Harry nikkede mod barskabet og satte sig i sofaen. "Eller fandt du noget på egen hånd?"

Harry kunne svagt se, at kommissæren rystede på hovedet. "Jeg gjorde ikke, men hunden gjorde."

"Javel. Jeg går ud fra, at du har en ransagningskendelse, men jeg er nysgerrig efter at høre grundlaget."

"Et anonymt tip om, at du skal have smuglet narkotika ind i landet via en uskyldig tredjeperson, og at det muligvis befandt sig her."

"Og det gjorde det?"

"Narkohunden fandt noget, en klump med en gulbrun substans

pakket ind i sølvpapir. Det ligner ikke noget af det, vi plejer at beslaglægge her i landet, så foreløbig er det uklart, hvad det præcist drejer sig om. Men vi overvejer at analysere det."

"Overvejer?"

"Det *kan* være opium, og det *kan* være en klump modellervoks eller ler. Det kommer an på."

"Kommer an på hvad?"

"På dig, Harry. Og mig."

"Javel?"

"Hvis du siger ja til at gøre os en tjeneste, kan det være, at jeg vil hælde til den opfattelse, at det drejer sig om modellervoks og takker nej til en analyse. En leder må prioritere ressourcerne, ikke sandt?"

"Det er dig, der er lederen. Hvad slags tjeneste?"

"Du er en mand, som ikke behøver omskrivninger, Hole, så du skal få det uden omsvøb. Jeg ønsker, at du påtager dig rollen som syndebuk."

Harry opdagede, at der var en ring af brunt yderst i bunden af den ene Jim Beam-flaske på sofabordet, men modstod fristelsen til at sætte den for munden.

"Vi har netop måttet løslade Tony Leike, eftersom han har et vandtæt alibi for mindst to af drabene. Det eneste, vi har på ham, er en opringning til et af drabsofrene. Vi har været en smule offensive i forhold til pressen. Sammen med Leike og hans kommende svigerfar vil de kunne gøre det hedt for os. Vi er nødt til at udsende en pressemeddelelse i aften. Og i den pressemeddelelse skal der stå, at pågribelsen blev udført på grundlag af den anholdelseskendelse, som du, den kontroversielle Harry Hole, fik manipuleret den stakkels, uerfarne politianklager i Politihuset til at give dig. At det her har været et sololøb, som du og kun du har kørt, og at du påtager dig hele ansvaret. At Kripos' forhold til sagen er, at de har anet uråd efter anholdelsen, har grebet ind og under en samtale med Leike bragt på det rene, hvad der er fakta i sagen. Og derefter øjeblikkeligt har løsladt ham. Du skal være medunderskriver af pressemeddelelsen og aldrig mere udtale dig om sagen, ikke et ord. Forstået?"

Harry skævede endnu en gang til flasken. "Tja. Det er en svær opgave. Tror du, at pressen vil sluge den historie, efter at du først stod med hænderne over hovedet og tog æren for anholdelsen?"

"Jeg påtog mig ansvaret, vil det hedde i pressemeddelelsen. At jeg valgte at stå frem med anholdelsen, så jeg som mit lederansvar, selv om vi havde en formodning om, at en politibetjent havde begået en fejl. Men da Harry Hole senere insisterede på at stå frem, lod jeg ham gøre det, både fordi han er en erfaren vicekommissær, og fordi han ikke engang arbejder for Kripos."

"Og min motivation skal være, at hvis jeg ikke skriver under, tiltales jeg for smugleri og besiddelse af narkotika?"

Bellman satte fingerspidserne mod hinanden og vippede i stolen. "Korrekt. Men vigtigere for motivationen er det måske, at jeg kan sørge for, at du bliver varetægtsfængslet med det samme. Synd, eftersom jeg ved, at du gerne ville have været hos din far på sygehuset. Jeg kan forstå, at han ikke har så langt igen. Det er virkelig trist."

Harry lænede sig tilbage i sofaen. Han vidste, at han burde være vred. At den gamle – den yngre – Harry ville have været det. Men denne Harry havde mest lyst til at grave sig ned i den bræk- og svedstinkende sofa, lukke øjnene og håbe, at de ville gå, forsvinde, Bellman, Kaja, skyggerne henne ved vinduet. Men hjernen fortsatte automatisk og tillært med at ræsonnere.

"Lad os se bort fra mig," hørte han sig selv sige. "Men hvorfor skulle Leike støtte den version? Han ved, at det var Kripos, som anholdt ham og afhørte ham."

Harry kendte svaret, allerede før Bellman gav ham det:

"Fordi Leike ved, at der altid vil hvile en ubehagelig mistankens skygge over en, som er blevet anholdt. Det er selvfølgelig ekstra ubehageligt for en som Leike, der lige netop nu prøver at vinde investorers tillid. Den bedste måde at komme af med skyggen på er at støtte en version, som siger, at pågribelsen skyldtes en utilregnelig person, et useriøst element i politiet, som er gået amok solo. Enig?"

Harry nikkede.

"Desuden gælder det etaten ..." begyndte Bellman.

"Jeg beskytter hele politietaten ved at påtage mig hele skylden," sagde Harry.

Bellman smilede: "Jeg har hele tiden vidst, at du er en relativt intelligent mand, Hole. Betyder det, at vi er nået til en forståelse?"

Harry tænkte. Hvis Bellman gik nu, kunne han finde ud af, om der virkelig var nogle dråber whisky tilbage i den flaske. Han nikkede.

"Her er pressemeddelelsen. Jeg vil have dit navn dernede." Bellman skubbede et ark med en pen oven på hen over sofabordet. Det var for mørkt til at læse det. Men det spillede ingen rolle. Harry skrev under.

"Godt," sagde Bellman, greb arket og rejste sig. Lyset fra en af gadelamperne udenfor faldt på hans ansigt og fik krigsmalingen til at lyse. "Det her er til alles bedste. Tænk på det, Harry. Og se at få hvilet dig lidt."

Sejrherrens nådige omsorg, tænkte Harry, lukkede øjnene og mærkede søvnen byde ham velkommen. Så åbnede han øjnene igen, kom møjsommeligt på benene og fulgte efter Bellman ud på trappen. Kaja stod stadig ved siden af sin bil med korslagte arme.

Harry så Bellman nikke indforstået til Kaja, som trak på skuldrene som svar. Så ham krydse gaden, sætte sig ind i en bil, som var den samme, han havde set holde i Lyder Sagens Gate den aften, så ham starte og køre af sted. Kaja havde stillet sig ved foden af trappen. Hendes stemme var stadig ru af gråd:

"Hvorfor slog du Bjørn Holm?"

Harry vendte sig om for at gå ind, men hun var hurtigere, tog trappen i to trin, stillede sig mellem ham og døren og spærrede ham vejen. Hendes ånde var hurtig og varm mod hans ansigt:

"Du slog først, da du indså, at han var uskyldig. Hvorfor?"

"Gå nu, Kaja."

"Jeg går ikke!"

Harry så på hende. Han vidste, at der var noget, han ikke kunne forklare. Hvor uventet ondt det havde gjort, da han indså sammenhængen. Ondt nok til, at han bare havde slået, slået det der forundrede, uskyldige måneansigt, spejlbilledet på hans egen naive godtroenhed.

"Hvad vil du vide?" spurgte han og hørte metallet, mærkede raseriet krybe ind i stemmen. "Jeg troede virkelig på dig, Kaja. Så jeg kan kun sige tillykke. Tillykke med et veludført stykke arbejde. Vil du flytte dig nu?"

Han så tårerne vælde op i hendes øjne igen. Så tog hun et skridt til siden, og han vaklede ind og smækkede døren i bag sig. Blev stående i gangen i det lydløse vakuum efter smældet, den pludselige stilhed, tomheden, det dejlige intet.

Kapitel 47

Mørkeræd

Olav Hole glippede med øjnene mod mørket.

"Er det dig, Harry?"

"Ja."

"Det er nat, er det ikke?"

"Jo. Nat."

"Hvordan går det med dig?"

"Jeg lever."

"Lad mig lige tænde lyset ..."

"Det behøves ikke. Jeg skal bare fortælle dig noget."

"Jeg genkender den tone der. Jeg er ikke sikker på, om jeg vil høre det."

"Du vil under alle omstændigheder læse om det i avisen i morgen."

"Og du har en anden version, du vil fortælle mig?"

"Nej. Jeg ville bare være den første."

"Har du drukket, Harry?"

"Vil du høre det?"

"Din bedstefar drak. Jeg elskede ham. Fuld som ædru. Der er ikke mange, som kan sige det om en fordrukken far. Nej, jeg vil ikke høre det."

"Nå."

"Og det kan jeg godt sige til dig også. Jeg har elsket dig. Altid. Fuld som ædru. Det var ikke engang svært. Selv om du altid var stridbar. Du lå i krig med de fleste, ikke mindst dig selv. Men at elske dig er det letteste, jeg har gjort, Harry."

"Far ..."

"Der er ikke tid til at snakke om uvigtige ting, Harry. Jeg ved ikke, om jeg har fortalt dig det her, det føles sådan, men af og til tænker vi på noget så meget og så tit, at vi bare tror, det er sagt højt. Jeg har altid været stolt af dig, Harry. Fortalte jeg dig det tit nok?"

"Jeg ..."

"Ja?" Olav Hole lyttede ud i mørket. "Græder du, søn? Det er helt i orden. Ved du, hvad der gjorde mig mest stolt? Jeg har aldrig fortalt dig det her, men en af lærerne på din skole ringede til os engang, mens du gik i underskolen. De fortalte, at du igen var kommet op at slås i skolegården. Med to af de store drenge fra klassen over dig, og at denne gang var det gået galt. De havde måttet sende dig til lægevagten for at få syet læben og trække en løs tand ud. Kan du huske, at jeg trak dig i lommepenge? Nå, men senere fortalte Øystein mig om den slåskamp. At du for løs på dem, fordi de havde fyldt Træskos rygsæk med vand fra drikkekummen i skolegården. Hvis jeg ikke husker meget galt, brød du dig ikke engang særlig meget om Træsko. Øystein sagde, at grunden til, at du var kommet så slemt til skade, var, at du ikke havde givet dig, men rejste dig gang på gang, og til sidst var du så blodig, at de store drenge var blevet forskrækkede og var gået deres vej."

Olav Hole lo stille. "Jeg syntes ikke, jeg kunne sige det til dig dengang, det ville jo være at opfordre til mere slagsmål. Men jeg var så stolt, at jeg kunne tude. Du var så modig, Harry. Du var mørkeræd, men du gik i mørket. Og jeg var verdens stolteste far. Fik jeg nogen sinde sagt det, Harry? Harry? Er du der?"

Fri. Champagneflasken knustes mod væggen, og boblerne løb ned over tapetet som kogende hjernemasse, over billederne, udklippene, over udskriften fra nettet med billedet af Harry Hole, som påtager sig skylden. Fri. Fri fra skyld, fri til at sende verden til helvede igen. Jeg træder på glasskårene, træder dem ned i gulvet, hører det knase. Og jeg er barfodet. Jeg glider i mit eget blod. Ler, så jeg skriger. Fri. Fri!

Kapitel 48

Hypotese

Lederen af Drabsafdelingen ved Sydney South Politidistrikt, Neil McCormack, strøg sin tyndslidte hårmanke, mens han studerede den bebrillede kvinde på den anden side af afhøringsbordet. Hun var kommet direkte fra det forlag, hvor hun arbejdede. Hendes kjole var enkel og krøllet, men der var noget ved Iska Peller, som alligevel fik ham til at tro, at den var dyr, at den bare ikke var beregnet på at imponere enfoldige sjæle som ham selv. Men bopælsadressen tydede på, at hun ikke var specielt velhavende. Bristol var ikke det mest fashionable kvarter i Sydney. Hun virkede voksen og fornuftig. Afgjort ikke typen, som vil dramatisere, overdrive, have opmærksomhed for opmærksomhedens skyld. Desuden var det dem, der havde indkaldt hende, ikke hende som var kommet til Sydney-politiet. Han så på sit ur. McCormack havde en aftale med sin søn om at sejle i eftermiddag. De skulle mødes ude ved Watson Bay, hvor båden lå. Derfor havde han håbet, at det her ville være hurtigt overstået. Og det havde set sådan ud indtil denne sidste oplysning.

"Frøken Peller," sagde McCormack, lænede sig tilbage og foldede hænderne over sin imponerende halvklodemave. "Hvorfor har De ikke fortalt nogen om det her noget før?"

Hun trak på skuldrene: "Hvorfor skulle jeg det? Ingen har spurgt, og jeg kan heller ikke se, at det har nogen relevans for drabet på Charlotte. Jeg fortæller det bare nu, fordi du spørger mig meget detaljeret. Jeg troede, at det var det, der skete i den hytte, I var interesseret i, ikke sådan en ... episode, som kom senere. Og det var det, det var. En lille episode, hurtigt overstået, hurtigt glemt. Idioter som ham findes overalt. Som enkeltperson kan man ikke påtage sig arbejdet med at forfølge hvert eneste kryb af den slags."

McCormack brummede. Hun havde selvfølgelig ret. Og han havde heller ikke selv lyst til at forfølge sagen. Der blev altid så meget mere besvær, så mange ubehageligheder og ikke mindst mere arbejde, når den person, det drejede sig om, havde et erhverv, som begyndte eller sluttede med ordet 'politi'. Han kiggede ud ad vinduet. Solen glitrede i vandet i Port Jackson og på Manly-siden, hvorfra der stadig steg røg op til trods for, at det var over en uge siden, sæsonens sidste bushbrand var blevet slukket. Røgen drev mod syd. En fin, varm nordenvind. Perfekt til sejlads. McCormack havde syntes om Harry Hole. Eller Holy, som han havde kaldt nordmanden. Han havde udført et glimrende stykke arbejde, da han hjalp dem med den store klovnedrabssag. Men den tårnhøje, lyse nordmand havde lydt slidt i telefonen. McCormack håbede virkelig, at Holy ikke var ved at kuldsejle igen.

"Lad os tage det fra begyndelsen, frøken Peller."

Mikael Bellman kom ind i mødelokale Odin, hvor samtalerne straks ophørte. Han gik hurtigt hen til talerstolen, lagde notaterne foran sig, koblede pc'en til USB-indgangen og stillede sig med let skrævende ben midt på gulvet. Efterforskningsgruppen talte seksogtredive personer, det tredobbelte af det normale i en drabssag. De havde arbejdet så længe nu uden resultater, at han havde måttet pifte moralen op et par gange, men i det store og hele havde de fremstået som helte. Derfor havde Bellman ikke bare undt sig selv, men også sine folk det, som havde lignet deres store triumf: anholdelsen af Tony Leike.

"I har læst aviserne i dag," begyndte han og så ud over forsamlingen.

Han havde reddet stumperne. Forsiderne på to af de tre største aviser var præget af det samme billede: Tony Leike på vej ind i en bil uden for Politihuset. Den tredje havde et billede af Harry Hole, et arkivfoto fra et tv-talkshow, hvor han havde snakket om Snemanden.

"Som I kan se, påtager vicekommissær Hole sig ansvaret. Som ret og rimeligt er."

Han hørte væggene kaste ordene tilbage mod ham og mødte deres tavse, morgentrætte blikke. Eller var det en anden form for træthed? I så fald måtte den bekæmpes. For det var spidset til nu. Kriposchefen havde været forbi og sagt, at ministeriet havde ringet og stillet spørgsmål. Timeglasset var ved at løbe ud.

"Vi har altså ikke længere nogen hovedmistænkt," sagde han. "Men de gode nyheder er, at vi har nye spor. Og de går alle fra Håvasshytten i Ustaoset."

Han gik hen til pc'en, trykkede på en tast, og første side af den PowerPoint-præsentation, han havde forberedt om natten, lyste op.

En halv time senere havde han gennemgået alle de fakta, de havde, med navn, tidspunkter og formodede ruter.

"Spørgsmålet er," sagde han og slukkede for pc'en, "hvilken form for drab, det her drejer sig om. Jeg tror, at vi nu kan udelukke det typiske seriedrab. Ofrene er ikke tilfældigt valgt inden for en demografisk gruppe, men knytter sig til et specifikt sted på et specifikt tidspunkt. Altså er der grund til at tro, at vi også taler om et specifikt motiv, som måske oven i købet kan opfattes som rationelt. I så tilfælde gør det opgaven adskilligt lettere for os: find motivet, og vi har drabsmanden."

Bellman så flere af efterforskerne nikke.

"Problemet er, at der ikke er nogen vidner, som kan fortælle os noget. Den eneste, som vi ved er i live, Iska Peller, lå syg i et værelse for sig selv hele dagen og hele natten. De andre er enten døde eller har ikke meldt sig. Vi ved for eksempel, at Adele Vetlesen rejste sammen med en fyr, hun havde truffet kort forinden, men ingen i hendes bekendtskabskreds synes at vide noget om manden, så vi må formode, at det var kortvarigt. Vi ser på, hvilke mænd hun har haft kontakt med via telefon og på nettet, men det tager lidt tid at komme igennem dem alle sammen. Og så længe vi ikke har vidner, må vi lave vores eget startpunkt. Vi mangler hypoteser om motiv. Hvad er motivet for at dræbe mindst fire mennesker?"

"Jalousi eller stemmer i hovedet," rungede det nede bagest i lokalet. "Det siger al erfaring."

"Enig. Hvem kan tænkes at have stemmer i hovedet, som befaler dem at dræbe?"

"Alle med en psykiatrisk sygejournal," sang en stemme på finnmarkbokmål.

"Og alle uden," svarede en anden stemme.

"Godt. Hvem kan tænkes at have været jaloux?"

"En kæreste eller ægtefælle til en af dem, som var der."

"Og hvem drejer det sig om?" sagde Bellman.

"Jamen vi har jo allerede tjekket de dræbtes kæresters alibier og eventuelle motiver," sagde en anden. "Det er det første, vi gør. Og enten havde de ikke kærester, eller også tjekkede vi dem ud af sagen."

Mikael Bellman vidste godt, at de bare gav gas, mens hjulene spandt rundt i det samme hjulspor, de havde siddet fast i et stykke tid, men det vigtige nu var, at de var villige til at gøre lige præcis det: at give gas. For han var ikke i tvivl om, at Håvasshytten var en planke, som kunne stikkes under hjulet og få dem løs.

"Vi tjekkede ikke *alle* kærester og ægtemænd ud af sagen," sagde Bellman og vippede på hælene. "Vi syntes bare ikke, han var mistænkelig. Hvem er det, som ikke havde noget alibi for tidspunktet for drabet på sin kone?"

"Rasmus Olsen!"

"Korrekt. Og da jeg var inde i Stortinget og talte med Rasmus Olsen, indrømmede han, at der havde været det, han kaldte 'en lille jalousiting' for nogle måneder siden. En dame som Rasmus havde flirtet med. Og at Marit Olsen tog til Håvasshytten et par dage for at tænke. Det kan stemme med tidspunktet for Håvasshytten. Måske gjorde hun andet og mere end at tænke. Måske hævnede hun sig. Og her er en oplysning. Den pågældende nat, da ofrene var i Håvasshytten, befandt Rasmus Olsen sig ikke i Oslo, for han var booket ind på hotellet i Ustaoset. Hvad lavede Rasmus i området, hvis hans kone var i Håvasshytten? Og tilbragte han natten på hotellet eller en lang skitur derfra?"

Blikkene foran ham var ikke længere tunge og trætte, tværtimod, han var i gang med at tænde lys i dem. Han ventede på svar. En så stor efterforskningsgruppe var normalt ikke den mest effektive til at foretage den her type improviseret gætteleg med, men de havde arbejdet tilstrækkeligt længe sammen på den her sag til, at alle i lokalet havde fået deres indfaldsvinkler, deres skråsikre tips og fantasifulde hypoteser tilbagevist, og egoerne høvlet ned.

En af de unge smed en teori på bordet: "Han kan være kommet uanmeldt til hytten ud på aftenen og have taget hende på fersk gerning. Han har set det og har så listet sig væk igen. Planlagt hele forløbet i fred og ro."

"Måske," sagde Bellman, gik hen til talerstolen og holdt et notat op. "Argument ét for den teori: Jeg har netop fået den her fra Telenors driftcentral. Den viser, at Rasmus Olsen talte i telefon med sin kone en gang om morgenen. Så lad os gå ud fra, at han vidste, hvilken hytte hun var på vej til. Argument to for hypotesen er den her vejrrapport, som viser, at der var måneskin og klart vejr hele aftenen og natten, så han kan nemt være gået dertil på ski, ligesom Tony Leike gjorde. Argument ét mod hypotesen: Hvorfor dræbe andre end sin kone og hendes eventuelle partner?"

"Måske havde hun mere end én," råbte en af de kvindelige efterforskere, en lavstammet, storbarmet sag, som Bellman regnede for at være så meget lesbisk, at han havde leget med tanken om at invitere hende op til Kaja en aften. Det var selvfølgelig bare en tanke. "Måske havde de et fucking orgie deroppe."

Latteren rungede. Godt, stemningen var allerede lettere.

"Måske så han ikke, hvem hun havde sex med, ikke engang om det var en kvinde eller en mand, kun at der var nogen under lagenet," sagde en anden. "Og så helgarderede han sig."

Mere latter.

"Hold nu op, vi har ikke tid til det vrøvl," råbte Eskildsen, en af de rutinerede, som ingen helt vidste, hvor længe havde været drabsefterforsker. Der blev stille i lokalet. "Kan nogen af jer vårharer huske den sag, de opklarede nede på Drabsafdelingen for nogle år siden, dengang alle troede, der var en seriemorder løs i Oslo?" fortsatte Eskildsen. "Da de fandt drabsmanden, viste det sig, at han kun havde motiv til at dræbe nummer tre i rækken af lig. Men fordi han vidste, at han ville blive mistænkt, hvis det kun var hende, der blev dræbt, dræbte han de andre for at camouflere det som et sindssygt seriedrab."

"Hold da kæft," hoverede den unge. "Kunne Drabsafdelingen virkelig opklare en sag? Det må have været et vådeskud."

Knægten så sig grinende rundt og blev langsomt rød i hovedet, da responsen udeblev. For alle med en vis erfaring som drabsefterforsker huskede den sag. Efterforskningen blev brugt som case på politiskoler i hele Norden. Den var legendarisk. Præcis som ham, der havde opklaret den.

"Harry Hole."

"*It's Neil McCormack, Holy. How are you? And where are you?*"

McCormack syntes, det lød, som om Harry svarede "i koma", men gik ud fra, at han udtalte navnet på et norsk sted.

"*I talked to Iska Peller*. Hun havde, som du sagde, ikke meget at fortælle fra den aktuelle nat, men aftenen efter, derimod ..."

"Ja?"

"Hun og hendes veninde Charlotte blev altså hentet i hytten af den lokale politimand og installeret hjemme hos ham. Det viste sig, at mens frøken Peller prøvede at sove influenzaen ud, tog politimanden og veninden et glas ude i stuen, hvorefter politimanden på en meget bestemt, fysisk måde skal have forsøgt at forføre Charlotte. Fysisk nok til, at hun råbte om hjælp. Frøken Peller vågnede, stod op og gik ud i stuen, hvor politimanden allerede havde fået venindens skibukser ned om knæene. Han afbrød forsøget, og frøken Peller og veninden bestemte sig for at tage videre til stationen for at booke sig ind på et hotel et sted, som jeg er bange for, at jeg ikke ..."

"Geilo."

"Tak."

"Du siger 'forsøgte at forføre', Neil, men du mener voldtægtsforsøg?"

"Nej. Jeg måtte gå nogle runder med frøken Peller, før vi landede på en præcis formulering. Hun sagde, at venindens beskrivelse var, at politimanden havde trukket hendes bukser ned mod hendes vilje, men at han ikke havde berørt hende intimt."

"Men ..."

"Vi kan muligvis gå ud fra, at det var hensigten, men vi ved det ikke. Pointen er, at der endnu ikke var sket noget direkte strafbart. Det var frøken Peller enig i. De havde da heller ikke gjort noget for at anmelde sagen, men var bare rejst derfra. Politimanden havde oven i købet fået en eller anden landsbyoriginal til at køre dem alle tre til togstationen og havde hjulpet dem om bord. Ifølge frøken Peller virkede betjenten temmelig uberørt af sagen. Han var mere optaget af at få venindens telefonnummer end af at undskylde sig. Som om det bare var en helt almindelig mand-møder-kvinde-ting."

"Javel. Ellers noget?"

"Nej, Harry. Bortset fra at vi har givet hende politibeskyttelse, som du foreslog. Fuld døgnservice, mad og nødvendigheder leveret til døren. Hun kan bare nyde solen. Hvis solen altså skinner i Bristol."

"Tak skal du have, Neil. Hvis der ..."

"... dukker noget op, så ringer jeg. Og vice versa."

"Selvfølgelig. *Take care.*"

Siger du, tænkte McCormack, lagde på og kiggede ud på den blå eftermiddagshimmel. Dagene var lidt længere nu om sommeren. Han kunne stadig nå halvanden times sejltur, før det blev mørkt.

Harry stod op og gik ud under bruseren. Han stod stille og lod glohedt vand løbe ned over kroppen i tyve minutter. Så gik han ud, tørrede den ømme, rødprikkede hud og klædte sig på. Han kunne se på mobiltelefonen, at den havde modtaget atten opkald, mens han havde sovet. Så var det altså lykkedes dem at få fat på hans nummer. Han genkendte de første cifre på Norges tre største aviser og de to vigtigste tv-kanaler, eftersom de alle havde omstillingsnumre med nuller og lige tal. Slutningen af talrækkerne var mere arbitrær og førte givetvis til kommentarsultne journalister. Men hans blik var standset ved et af numrene, uden at han vidste hvorfor. Fordi der var nogle bytes deroppe i hjernen, som morede sig med at huske tal udenad, måske. Eller fordi de første cifre fortalte ham, at det var fra Stavanger. Han bladede tilbage i samtaleoversigten og fandt nummeret fra to dage tidligere. Colbjørnsen.

Harry ringede tilbage og klemte telefonen fast mellem skulderen og kinden, mens han bandt sine støvler og registrerede, at det var på tide at købe nye. Jernbeslaget, som gjorde, at man uden problemer kunne træde på et søm, stak ud af sålen.

"Fy for fanden, Harry. De har virkelig hængt dig i aviserne i dag. Sikken en slagtning. Hvad siger din chef?"

Colbjørnsen lød fuldesyg. Eller bare syg.

"Det ved jeg ikke," sagde Harry. "Jeg har ikke talt med ham."

"Drabsafdelingen holder sig jo fri af skærene. Det er dig personligt, som får hele skylden. Var det din chef, som fik dig til at *take one for the team*?"

"Nej."

Spørgsmålet kom efter en længere tavshed: "Ikke ... ikke Bellman, vel?"

"Hvad vil du, Colbjørnsen?"

"Jamen for fanden, Harry. Jeg har foretaget *a somewhat illegal* soloefterforskning, præcis som dig. Så først må jeg vide, om vi stadig er på samme hold eller ej."

"Jeg har ikke noget hold, Colbjørnsen."

"Fint, jeg kan høre, at du stadigvæk er på vores hold. Taberholdet."

"Jeg er på vej ud."

"Right on. Jeg fik mig en ny snak med Stine Ølberg, hende som Elias Skog var så optaget af."

"Ja?"

"Det viser sig, at Elias Skog fortalte hende mere om, hvad der foregik i hytten den nat, end jeg havde fået med mig under første afhøring."

"Jeg er begyndt at få troen tilbage på andengangsforhør," sagde Harry.

"Hvad?"

"Ingenting. Lad mig høre."

Kapitel 49

Bombay Garden

Bombay Garden var et spisested af den slags, som tilsyneladende ikke har nogen eksistensberettigelse, men som i modsætning til sine mere trendy konkurrenter alligevel holdt ud år efter år. Beliggenheden i Oslos centrale østdel var elendig, som den lå der i en sidegade midt mellem et tidligere trælastlager og et nedlagt fabrikslokale, der nu var et friteater. Udskænkningsbevillingen var kommet og gået efter utallige brud på bestemmelserne, og det samme gjaldt retten til at servere mad. Fødevarekontrollen havde ved en lejlighed fundet en gnavertype i køkkenet, som de ikke havde kunnet artsbestemme ud over, at den havde et vist slægtskab med *rattus norvegicus*. I rapportens kommentarfelt havde fødevarekontrollens repræsentant slået sig løs og omtalt køkkenet som et 'gerningssted', hvor 'drab af den mest hensynsløse slags utvivlsomt havde fundet sted.' Spilleautomaterne langs væggene kastede en del af sig, men blev med jævne mellemrum udsat for tyveri. Det forholdt sig heller ikke sådan, at stedets vietnamesiske ejere brugte stedet til hvidvaskning af narkopenge, som nogen mistænkte dem for. Grunden til, at Bombay Garden holdt hovedet oven vande, var at finde længere inde i lokalerne, bag to låste døre. Der lå en såkaldt privat klub og for at komme derind skulle man ansøge om medlemskab. Det ville i praksis sige, at man underskrev en ansøgning hos vietnameseren bag restaurantens bardisk, fik medlemskabet bevilget på stedet og betalte hundrede kroner i årskontingent. Derefter blev man fulgt ind og fik døren låst bag sig.

Der stod man så i et røgfyldt lokale – eftersom rygeloven ikke gælder private klubber – og foran sig havde man en oval væddeløbsbane i miniatureudgave på fire gange to meter. Selve løbebanen var dækket med grøn filt med syv spor. I sporene flyttede syv flade metalheste, anbragt på hver sin skinne, sig fremad i ryk. Farten på hver hest var til enhver tid bestemt af en computer, som snurrede og rumlede under bordet, og var – så vidt nogen havde erfaret – fuldstændig tilfældig og retfærdig. Det vil sige, dataprogrammet gav enkelte af hestene en større sandsynlighed for højere fart, hvilket blev afspejlet i oddsene og dermed en eventuel udbetaling. Rundt om banen sad klubbens medlemmer, nogle var gengangere, andre nytilkomne, i behagelige skindbetrukne drejestole, mens de røg, drak stedets øl til medlemspris og opmuntrede hesten eller den kombination, de havde sat penge på.

Eftersom klubben opererede i en juridisk gråzone, hvad angik spillelovgivningen, var reglerne sådan, at med tolv eller flere medlemmer til stede var indsatsen per medlem begrænset til hundrede kroner per løb. Var der under tolv medlemmer i lokalet, sagde klubbens vedtægter, at det blev defineret som en afgrænset venneskare, som brugte klubbens lokaler til at mødes, at i en lille privat sammenkomst kunne man ikke forhindre voksne mennesker i at indgå private væddemål, og at de indsatser, der blev foretaget, var en sag mellem dem, som var til stede. Af den grund var der påfaldende ofte præcis elleve personer til stede i det inderste lokale i Bombay Garden. Hvor haven kom ind i billedet, var der for øvrigt ikke nogen, der vidste.

Klokken 14:10 blev en mand med klubbens nyeste medlemskab, temmelig nøjagtig fyrre sekunder gammelt, låst ind i lokalet, hvor han konstaterede, at de eneste til stede foruden ham selv var et medlem, som sad i en af drejestolene med ryggen til, og en mand af antagelig vietnamesisk oprindelse, som tydeligvis administrerede løbene og indsatserne. Han havde i hvert fald sådan en vest på, som croupierer bruger.

Ryggen i drejestolen var bred og fyldte flannelsskjorten helt ud. Sorte krøller hang ned på flippen.

"Vinder du, Krangli?" spurgte Harry og satte sig på stolen ved siden af lensmanden.

Lensmanden drejede sit krøltophoved. "Harry!" råbte han, oprigtigt glad i stemme og ansigt. "Hvordan fandt du mig?"

"Hvorfor tror du, at jeg leder efter dig? Måske kommer jeg her fast."

Krangli lo og så på hestene, som rykkede frem på langsiden med hver sin tinjockey på ryggen. "Niks. Jeg er her, hver gang jeg er i Oslo, og jeg har aldrig set dig."

"Okay. Nogen fortalte mig, at jeg sandsynligvis kunne finde dig her."

"Nå for fanden, har jeg et rygte? Det passer sig måske ikke helt for en politimand at gå her, selv om det er inden for det, som er legalt."

"Apropos inden for legalt," sagde Harry og rystede på hovedet til croupieren, som spørgende pegede på fadølsanlægget. "Det var det, jeg ville snakke med dig om."

"Snak løs," sagde Krangli og stirrede koncentreret på banen, hvor blå hest i yderste spor førte, men nu var på vej mod et langt ydersving.

"Iska Peller, den australske dame, som du hentede i Håvasshytten, siger, at du antastede hendes veninde. Charlotte Lolles."

Harry så ikke en antydning af forandring i Kranglis koncentrerede ansigtsudtryk. Harry ventede. Til sidst så Krangli op.

"Vil du have, at jeg skal sige noget om det?"

"Kun hvis du vil," sagde Harry.

"Jeg tolker det som, at *du* vil. 'Antastede' er et forkert ord. Vi flirtede lidt. Kyssede. Jeg ville gå videre. Hun syntes, det var nok. Jeg foretog en smule konstruktiv overtalelse, sådan som kvinder tit forventer det af en mand. Det ligger trods alt i rollespillet mellem kønnene. Men mere var der ikke i det."

"Det stemmer ikke med det, Iska Peller siger, at Charlotte fortalte hende. Tror du, Peller lyver?"

"Nej."

"Nej?"

"Men jeg tror gerne, at Charlotte ville give en lidt anden version til sin veninde. Katolske piger vil jo gerne fremstå som lidt mere dydige, end de er."

"De bestemte sig for at overnatte i Geilo i stedet for hos dig. Selv om Peller var syg."

"Det var hende Australiensdamen, som insisterede på, at de skulle tage af sted. Jeg ved jo ikke, hvad der foregik mellem de to piger. Den slags venindeforhold er jo tit noget indviklet noget. Jeg vil i øvrigt tro, at hende Peller ikke har drengekærester." Han løftede det halvtømte ølglas foran sig. "Hvor vil du hen med det her, Harry?"

"Det er lidt underligt, at du ikke sagde noget til Kaja Solness om, at du havde truffet Charlotte Lolles, da Kaja var i Ustaoset."

"Og det er lidt underligt, at du stadig arbejder med den sag. Jeg troede, det var Kripos' bord, især efter avisforsiderne i dag." Krangli koncentrerede sig om hestene igen. Ud af svinget havde gul hest i tredje spor en tinhestelængdes føring.

"Ja," sagde Harry. "Men voldtægtssager er stadig Drabsafdelingens bord."

"Voldtægt? Er du ikke blevet ædru endnu, Harry?"

"Tja." Harry halede cigaretpakken frem fra bukselommen. "Jeg er mere ædru, end jeg håber, du var, Krangli." Han stak en bøjet cigaret ind mellem læberne. "Alle de gange du bankede og voldtog din ekskæreste oppe i Ustaoset."

Krangli vendte sig om mod Harry og væltede ølglasset med albuen. Øllet trak ned i den grønne filt, fugtpletten bredte sig som Wehrmacht hen over et Europakort.

"Jeg kommer lige fra den skole, hvor hun arbejder," fortsatte Harry og tændte cigaretten. "Det var hende, der fortalte mig, at jeg sandsynligvis ville finde dig her. Hun fortalte også, at dengang hun flyttede fra dig og Ustaoset, var det mere en flugt end en flytning. At du ..."

Længere kom Harry ikke. Krangli var hurtig, drejede hans stol rundt med foden og var over ham bagfra, før Harry nåede at reagere. Harry mærkede taget omkring hånden og vidste, hvad der nu kom. Han vidste det, fordi det her var noget, de praktiserede fra første år på Politiskolen: politigrebet. Og alligevel var han et sekund for sent på den, to døgns drikkeri for langsom, fyrre år for dum. Krangli vred hans arm og håndled bagover, så han væltede forover og slog tindingen i filten foran sig. Det var siden med den ødelagte kæbe. Harry skreg af smerte, og et øjeblik sortnede det helt for ham. Så var han tilbage ved smerterne og gjorde et vildt forsøg på at vriste sig løs. Harry var stærk, det havde han altid været, men han kunne med det samme mærke, at han var chanceløs mod Krangli. Den kraftige lensmands ånde var varm og fugtig mod hans ansigt:

"Det skulle du ikke have gjort, Harry. Du skulle ikke have snakket med den luder. Hun siger hvad som helst. Gør hvad som helst. Viste hun dig sin fisse? Gjorde hun, Harry?"

Det knasede inde i Harrys hoved, da Krangli øgede trykket. En gul og en grøn hest stod og stangede mod henholdsvis hans pande og næseryg, idet Harry løftede højre fod og trådte nedad. Hårdt. Han hørte Krangli skrige, vred sig ud af taget, vendte sig om og slog. Ikke med næven, for han havde ødelagt tilstrækkeligt mange knoer på det pjat, men med albuen. Den ramte Krangli lige der, hvor Harry havde lært, at effekten var størst, ikke midt på hagespidsen, men lidt på siden. Krangli vaklede baglæns, faldt over en lav drejestol og landede på gulvet med fødderne pegende lige op i vejret. Harry registrerede, at stoffet på Kranglis Converse-sko på højre fod havde en blodig flænge efter mødet med jernbeslaget under en støvle, som burde have været kasseret definitivt. Han registrerede også, at cigaretten faktisk stadig hang mellem hans egne læber. Og – ud af øjenkrogen – at rød hest i første spor løb ind til klar sejr.

Harry bøjede sig ned, greb Krangli i kraven, trak ham op og lod ham dumpe ned i stolen. Han tog et ordentligt sug af cigaretten og mærkede, hvordan det sved og varmede lungerne.

"Jeg er enig i, at den her voldtægtssag ikke står specielt stærkt," sagde han. "I hvert fald når man tager i betragtning, at hverken Charlotte Lolles eller din kone har anmeldt noget. Derfor må jeg som efterforsker prøve at finde noget mere, ikke sandt? Og det er derfor, jeg vender tilbage til Håvasshytten."

"Hvad fanden er det, du snakker om?" Krangli lød, som om han havde pådraget sig en akut og kraftig forkølelse.

"Det er den her pige i Stavanger, som Elias Skog betroede sig til samme aften, som han blev dræbt. De sad i en bus, mens Elias fortalte, at den nat i Håvasshytten havde han været vidne til noget, han bagefter havde tænkt måske var en voldtægt."

"Elias?"

"Elias, ja. Han sover åbenbart let. Ud på natten vågnede han ved lyde uden for køjerumsvinduet og kiggede ud. Det var måneskin, og han så to personer i skyggen under udhænget ved udedasset. Kvinden stod vendt mod ham med manden bag sig, sådan at Elias ikke så hans ansigt. Elias opfattede dem som relativt indstillet på at kneppe hinanden. Kvinden så ud, som om hun var i gang med en mavedans, og manden havde lagt hånden over hendes mund, tydeligvis for at hun ikke skulle vække nogen. Og da manden havde trukket hende ind på dasset, havde Elias – lidt skuffet over, at han ikke havde fået et fuldt liveshow at se – lagt sig til at sove igen. Det var først, da han havde læst om drabene, at han var begyndt at tænke anderledes på det. At kvinden måske havde vredet sig for at komme fri. At hånden foran hendes mund var der for at kvæle råbene om hjælp." Harry tog et nyt sug. "Var det dig, Krangli? Var du der?"

Krangli gned sig på hagen.

"Alibi?" spurgte Harry let.

"Jeg sov alene derhjemme. Sagde Elias Skog, hvem kvinden var?"

"Nej. Og fyren så han som sagt ikke."

"Det var ikke mig. Og du lever livet farligt, Hole."

"Skal jeg tage det som en trussel eller en kompliment?"

Krangli svarede ikke. Men der var latter i hans øjne, gul og kold.

Harry skoddede cigaretten og rejste sig. "Din ekskæreste viste mig for resten ingenting. Vi sad på lærerværelset. Noget siger mig, at hun er bange for at være alene i samme stue med en mand. Så noget har du da opnået, Krangli."

"Husk at se dig over skulderen, Hole."

Harry vendte sig om. Croupieren virkede helt uanfægtet af optrinnet og havde allerede stillet hestene op til et nyt løb.

"Vil du spille?" spurgte han smilende på gebrokkent norsk.

Harry rystede på hovedet. "Sorry, har ikke noget at spille med."

"Desto mere at vinde," sagde croupieren.

Harry lod det trænge ind på vej ud og konkluderede, at det enten var en sproglig misforståelse eller hans egen logik, som ikke slog til. Eller bare endnu et dårligt asiatisk ordsprog.

Kapitel 50

Bestikkelsen

Mikael Bellman ventede.

Det her var det bedste. Sekunderne, mens han ventede på, at hun skulle åbne. Spændt på om – og samtidig sikker på at – hun igen skulle overgå hans forventninger. For hver gang han så hende, gik det op for ham, at han havde glemt, hvor smuk hun var. Hver gang døren gik op, var det, som om han skulle bruge et par sekunder for at registrere al skønheden. Og lade bekræftelsen bundfælde sig. Bekræftelsen på, at hun i valget af de mænd, som ville have hende – i praksis enhver mand af nogenlunde heteroseksuel observans med øjne i hovedet – havde valgt ham. Bekræftelsen på, at han var floklederen, alfahannen, hannen med førsteret til at parre sig med hunnerne. Ja, så banalt og vulgært kunne det siges. At være alfahan var ikke noget, man aspirerede til, det var man født til. Det var ikke nødvendigvis det enkleste og mest behagelige liv for en mand, men var man kaldet, kunne man ikke modsætte sig det.

Døren gik op.

Hun havde den hvide, højhalsede sweater på og havde sat håret op. Hun så træt ud, øjnene virkede mindre end sædvanligt. Og alligevel havde hun den elegance, den klasse, som selv hans egen kone blot kunne drømme om. Hun sagde hej, at hun sad på verandaen, vendte ham ryggen og gik ind i huset. Han gik efter, tog en øl med sig fra køleskabet og satte sig i en af de latterligt store, tunge stole på verandaen.

"Hvorfor sidder du herude," snøftede han. "Du får jo lungebetændelse."

"Eller lungekræft," sagde hun, løftede den halvrøgede cigaret fra kanten af askebægeret og samlede den bog op, hun havde siddet med. Han læste på omslaget. 'Ham on Rye'. Charles ... Han kneb øjnene sammen. Bukowski? Som auktionshuset?

"Jeg har gode nyheder," sagde han. "Vi har ikke bare forhindret en lille katastrofe, vi har vendt hele Leike-affæren til vores fordel. Justitsministeriet ringede i dag." Bellman lagde benene op på bordet og så på ølflaskeetiketten. "De ville takke for, at jeg så resolut havde grebet ind og fået løsladt Leike. De var meget bekymrede for, hvad Galtung og hans advokatkobbel kunne have fundet på, hvis Kripos ikke havde handlet så hurtigt. Og de ville have en forsikring om, at jeg personligt havde hænderne på rattet, og at ingen uden for Kripos fik mulighed for at lave rod i det."

Han satte ølflasken til munden og drak. Satte den hårdt fra sig på bordet. "Eller hvad synes du, Bukowski?"

Hun sænkede bogen og mødte hans blik.

"Du burde være lidt interesseret," sagde han. "Det her omfatter også dig, ved du. Hvad mener du om sagen, søde? Kom nu. Du er drabsefterforsker."

"Mikael ..."

"Tony Leike er voldsmand, og det lod vi os narre af. Fordi vi ved, at voldsmænd er uforbederlige. Evnen og viljen til at dræbe er ikke alle mennesker forundt, den er medfødt eller fremdyrket. Men når du først har drabsmanden i dig, er han pokkers svær at få ud igen. Måske ved drabsmanden i den her sag, at vi ved det? Måske er han klar over, at hvis han serverede Tony Leike for os, ville vi gå i selvsving og hyle i kor: 'Hallo! Sagen er jo oplagt, det er fyren med voldstendenserne!' Og derfor brød han ind hos Tony Leike og ringede til Elias Skog. For at undgå, at vi skulle lede efter nogen af de andre, som var i Håvasshytten."

"Opkaldet fra Leikes lejlighed skete før, nogen uden for politiets rækker vidste, at vi havde opdaget sammenhængen med Håvasshytten."

"Hvad så? Han regnede vel med, at det bare var et spørgsmål om tid, før vi fandt ud af det. Og det burde vi sgu have fundet ud af længe før!" Bellman greb ølflasken igen.

"Så hvem er drabsmanden?"

"Den syvende mand i Håvasshytten," sagde Mikael Bellman. "Den elsker, som Adele Vetlesen tog med sig, men som ingen ved, hvem er."

"Ingen?"

"Jeg har haft over tredive mand på det. Vi har gennemgået Adeles lejlighed. Nul skriftlige kilder. Ingen dagbøger, kort eller breve, knap nok mails eller sms'er. Dem, som vi har identificeret af Adeles mandlige bekendte, er blevet afhørt og tjekket ud af sagen. Også de kvindelige. Og ingen af dem har set eller snakket med ham, som hun var oppe i Håvasshytten med. Og det syntes ingen af dem var mærkeligt, for hun skiftede vist partnere lige så tit som trusser og plejede ikke at annoncere med det. Det eneste, vi fik frem, var, at Adele skal have sagt til en veninde, at der var et par turn-ons og turn-offs med ham hyttekavaleren. Turn-on var, at han havde bedt hende komme til et natligt stævnemøde på en tom fabrik klædt som sygeplejerske."

"Hvis det var et turn-on, vil jeg gerne slippe for at høre, hvad det var, der var turn-off."

"Turn-off var vist, at når han talte, fik det Adele til at tænke på sin sambo. Veninden anede ikke, hvad Adele mente med det."

"Samboen er ikke en partner," sagde Kaja og gabte. "Geir Bruun er bøsse. Hvis denne syvende mand prøvede at lægge skylden for drabene på Tony Leike, må han have vidst, at Leike havde et generalieblad."

"Voldsdommen er selvfølgelig offentligt tilgængelig information. Også hvor den blev afsagt, nemlig i Ytre Enebakk kommune. Leike var tæt på at blive morder, mens han boede hos sin bedstefar ved Lyseren. Hvis du som drabsmand ville rette politiets søgelys mod Leike, hvor ville du så dumpe liget af Adele Vetlesen? Selvfølgelig på et sted, som politiet kan sammenkæde med en person og en voldsdom, de allerede har i deres registre. Derfor valgte han Lyseren." Mikael Bellman holdt inde. "Sig mig, keder jeg dig?"

"Nej."

"Du ser så uinteresseret ud."

"Jeg ... har meget andet at tænke på."

"Hvornår er du begyndt at ryge? Jeg har for resten en plan for, hvordan vi skal finde den syvende mand."

Kaja så længe på ham.

Bellman sukkede: "Skal du ikke spørge mig hvordan, søde?"

"Hvordan?"

"Ved at bruge samme taktik som ham."

"Som er?"

"At sætte fokus på en uskyldig person."

"Er det ikke den taktik, du altid bruger?"

Mikael Bellman så hurtigt op. Noget begyndte at dæmre for ham. Noget om det at være alfahan.

Han fremlagde planen for hende. Fortalte hende, hvordan han ville lokke den syvende mand frem.

Bagefter rystede han af kulde og raseri. Han vidste ikke, hvad der gjorde ham mest rasende. Den kendsgerning, at hun overhovedet ikke reagerede, hverken negativt eller positivt. Eller at hun sad der og røg og så ud, som om sagen var hende totalt uvedkommende. Forstod hun ikke, at hans karriere, hans skaktræk i netop disse skæbnedøgn ville være afgørende også for hendes egen fremtid? Hvis hun ikke kunne påregne at blive en ny fru Bellman, kunne hun i hvert fald stige i graderne under hans beskyttelse, forudsat at hun var loyal og fortsatte med at levere. Eller måske skyldtes raseriet det spørgsmål, hun havde stillet. At det drejede sig om *ham*. Den anden. Den gamle, affældige alfahan.

Hun havde spurgt om opiummen. Spurgt, om han virkelig ville have brugt den, hvis Hole ikke havde bøjet sig for kravet om at påtage sig skylden for anholdelsen af Leike.

"Selvfølgelig," sagde Bellman og prøvede at se hendes ansigt, men det var for mørkt. "Hvorfor skulle jeg ikke det? Han har smuglet narko."

"Jeg tænker ikke på ham. Jeg tænker på, om du ville have stillet politietaten i et dårligt lys."

Han rystede på hovedet. "Vi kan ikke lade os bestikke af den slags hensyn."

Hendes latter lød tør i mødet med den kompakte aftenkulde. "Du bestak da i den grad ham."

"Han er modtagelig for bestikkelse," sagde Bellman og tømte resten af ølflasken i én slurk. "Det er forskellen på ham og mig. Sig mig, Kaja, er der noget, du prøver at fortælle mig?"

Hun åbnede munden. Ville sige det. Skulle til at sige det. Men i det samme ringede hans telefon. Hun så ham gribe ned i lommen, mens han gjorde det, han plejede at gøre, nemlig at forme læberne til en trutmund. Det betød ikke et kys, men at hun skulle holde mund. For det tilfælde, at det var hans kone, hans chef eller en hvilken som helst anden, som helst ikke skulle vide, at han kom her og bollede med en kollega fra Drabsafdelingen, og som gav ham alle de oplysninger, han havde brug for til at udmanøvrere den konkurrerende enhed for drabsefterforskning. Fanden tage Mikael Bellman. Fanden tage Kaja Solness. Og først og fremmest, fanden tage ...

"Han er væk," sagde Mikael Bellman og lagde telefonen tilbage i lommen.

"Hvem?"

"Tony Leike."

Kapitel 51

Brev

Hej Tony

Du har nu længe spekuleret over, hvem jeg kan være. Så længe, at jeg synes, det må være på tide at røbe det. Jeg var i Håvasshytten den nat, men du så mig ikke. Ingen så mig, jeg var usynlig som et genfærd. Men du kender mig. Kender mig alt for godt. Og nu kommer jeg for at tage dig. Den eneste, der nu kan standse mig, er dig. Alle andre er døde. Der er kun dig og mig tilbage, Tony. Slår dit hjerte lidt hurtigere nu? Rækker din hånd ud efter kniven? Slår du vildt om dig med den i mørket, svimmel af rædsel for, at dit liv skal blive taget fra dig?

Kapitel 52

Besøg

Noget havde vækket ham. En lyd. Der var aldrig lyde herude, ingen han ikke kendte i hvert fald, og de kendte vågnede han ikke af. Han stod op, satte fodsålerne ned på det kolde gulv og kiggede ud gennem vinduet. Hans landskab. Nogen kaldte det for ødemark, hvad det så end betød. For der var aldrig øde, der var altid noget. Som nu. Et dyr? Eller kunne det være ham? Genfærdet? Der var noget derude, det var sikkert. Han så hen imod døren. Den var lukket med lås og slå indefra. Riflen stod ude i forrådshuset. Han gøs i den tykke, røde flannelsskjorte, han både gik og sov i heroppe. Der var så tomt i stuen. Så tomt derude. Så tomt i verden. Men ikke øde. Der var de to, de to som var tilbage.

Harry drømte. Om en elevator med tænder, om en kvinde med en cocktailpind mellem cochenillerøde læber, en klovn med sit eget leende hoved under armen, en hvid brud til alters med en snemand, en stjerne tegnet i støvet på en tv-skærm, en enarmet ung pige på en vippe i Bangkok, den søde lugt af urinalkugler, profilen af en menneskekrop, der tegnede sig mod indersiden af den blå plastic i en vandseng, et kompressorbor og blod, som sprøjtede op i hans ansigt, varmt og dødbringende. Alkohol havde været kors, hvidløg og vievand mod spøgelser, men denne nat havde været plaget af fuldmåne og jomfrublod, og nu vrimlede de frem fra de mørkeste kroge og dybeste grave og kastede ham hid og did mellem sig i en dans, der blev voldsommere og vildere end nogen sinde tidligere i takt med, at hans hjertertytme steg af dødsangst, og brandalarmen samtidig skingrede uafbrudt i helvede. Så blev der pludselig stille. Helt stille. Det var her igen. Det fyldte hans mund. Han kunne ikke trække vejret. Der var koldt og fuldstændigt mørkt, og han kunne ikke bevæge sig, han ...

Harry spjættede og blinkede forvirret ud mod mørket. Et ekko hang tilbage mellem væggene. Ekkoet af hvad? Han greb revolveren, som lå på natbordet, satte fødderne ned på det kolde gulv og gik ned ad trappen, ind i stuen. Tomt. Lyset var stadig tændt i det tomme barskab. Der havde stået en ensom flaske Martell-cognac der. Hans far havde altid været forsigtig med alkohol, for han vidste, hvad slags gener han var bærer af, og cognacen var til at byde gæster på. Der havde ikke været mange gæster. Den støvede, halvfulde flaske var røget med i flodbølgen sammen med kaptajn Jim Beam og matros Harry Hole. Harry satte sig i lænestolen og kradsede i hullet i stoffet på armlænet. Han lukkede øjnene og så det for sig, hvordan han skænkede glasset halvt op. De dybe kluk fra flasken, det funklende spil i den gyldenbrune væske. Lugten, hans sitren, idet han satte glasset mod læberne og mærkede kroppen panikslagent stritte imod. Så tømte han indholdet ned i halsen.

Det var som et slag mod tindingen.

Harry spærrede øjnene op. Der var blevet helt stille igen.

Og lige så pludseligt var den der igen.

Den borede sig gennem øregangen. Brandalarmen i helvede. Den samme som havde vækket ham. Dørklokken. Harry så på uret. Halv et.

Han gik ud i entréen, tændte lyset uden for døren, så en profil på ydersiden af det matterede glas, holdt revolveren i højre hånd, mens han greb fat i låsen med venstre tommel og pegefinger og svingede døren op på vid gab.

I måneskinnet kunne han se skispor, som gik over gårdspladsen. De var ikke hans egne skispor. Og spøgelser efterlod ikke skispor i sneen, gjorde de?

De førte rundt om huset, til bagsiden.

Det slog ham i det samme, at vinduet til soveværelset stod åbent, at han burde ... Han holdt pludselig vejret. Det var, som om noget holdt op med at trække vejret samtidig med ham selv. Ikke nogen, noget. Et dyr.

Han vendte sig om. Åbnede munden. Hans hjerte var holdt op med at slå. Hvordan kunne det have bevæget sig så hurtigt og lydløst, hvordan kunne det være kommet så ... tæt på?

Kaja stirrede på ham med store øjne.

"Må jeg komme ind?" spurgte hun.

Hun var klædt i en alt for stor regnfrakke, hendes hår stod ud til alle sider, og hendes ansigt var blegt og fortrukket. Han blinkede voldsomt et par gange for at tjekke, om han stadig drømte. Han havde aldrig set hende smukkere.

Harry prøvede at kaste op så stille, han kunne. Han havde ikke drukket alkohol i over et døgn, og hans mave var et følsomt vanedyr, der gjorde oprør mod både pludselig druk og pludselig afholdenhed. Han skyllede ud, drak forsigtigt et tandglas vand og gik tilbage til køkkenet. Kaffekanden kogte på komfuret, og Kaja sad på en af køkkenstolene og så op på ham.

"Så Tony Leike er forsvundet," sagde han.

Hun nikkede. "Mikael havde givet besked på at få fat i ham. Men ingen kunne finde ham, han var ikke hjemme, ikke på kontoret og havde ikke lagt nogen beskeder. Ingen Leike på flyenes og færgernes passagerlister det sidste døgn. Til sidst fik en af efterforskerne fat i Lene Galtung. Hun mener, at han kan være taget op i fjeldet. For at tænke, det plejer han vist. I så tilfælde har han taget toget, for hans bil står i hans garage."

"Ustaoset," sagde Harry. "Han sagde, at det var hans landskab."

"Han er i hvert fald ikke taget ind på hotellet."

"Hm."

"De tror, at han er i fare."

"De?"

"Bellman. Kripos."

"Jeg troede, at det var dit 'vi'. Hvorfor skulle Bellman have fat i Tony Leike, for resten?"

Hun lukkede øjnene. "Mikael havde lagt en plan. For at lokke drabsmanden frem."

"Fortæl!"

"Drabsmanden prøver at tage livet af alle, som var i Håvasshytten den nat. Han ville derfor overtale Tony Leike til at være lokkedue ved at gå med til at deltage i en plan. Han ville have Leike til at stille op til et interview med en avis, hvor han fortalte om den hårde tid, og at han nu ville slappe af alene på et bestemt sted, som han afslørede i avisen."

"Hvor Kripos så ville sætte en fælde?"

"Ja."

"Men nu er den plan gået skævt. Og det er derfor, du er her?"

Hun så på ham uden at blinke. "Vi har én person tilbage, som vi kan bruge som lokkedue."

"Iska Peller? Hun er i Australien."

"Og Bellman ved, at hun er under politibeskyttelse, og at du har været i kontakt med hende og en vis McCormack. Bellman vil have, at du skal overtale hende til at komme hertil for at være lokkedue."

"Hvorfor skulle jeg sige ja til det?"

Hun så ned på sine hænder. "Det ved du godt. Samme pressionsmiddel som sidst."

"Javel. Hvornår var det, at du opdagede, at der var opium i den cigaretkarton?"

"Da jeg skulle lægge kartonen op på hattehylden i soveværelset. Du har ret, det lugter stærkt. Og jeg kunne huske lugten fra dit herberg. Jeg åbnede kartonen og så, at banderolen på den nederste cigaretpakke var blevet brudt. Og fandt klumpen indeni. Jeg sagde det til Mikael. Han gav mig besked om, at jeg bare skulle give dig kartonen, når du spurgte efter den."

"Det gjorde det måske lettere for dig at forråde mig. Når du vidste, at jeg havde brugt dig."

Hun rystede langsomt på hovedet. "Nej, Harry. Det gjorde det ikke lettere. Det burde det måske have gjort, men ..."

"Men?"

Hun trak på skuldrene. "At overbringe den her besked er den sidste tjeneste, jeg gør for Mikael."

"Og bagefter?"

"Bagefter vil jeg fortælle ham, at jeg ikke vil se ham mere." Den snurrende lyd fra kaffekanden stilnede af.

"Jeg burde have gjort det for længe siden," sagde hun. "Jeg har ikke tænkt mig at bede dig om tilgivelse for det, jeg har gjort, Harry, det er for meget at bede om. Men jeg tænkte, at jeg ville fortælle dig det ansigt til ansigt, så du kan forstå mig. Det er egentlig derfor, jeg kørte op til dig nu. For at fortælle dig, at jeg gjorde det på grund af dum, dum forelskelse. Kærligheden gjorde mig bestikkelig. Og jeg troede ikke, jeg var bestikkelig." Hun støttede panden mod hænderne. "Jeg bedrog dig, Harry. Jeg ved ikke, hvad jeg skal sige. Andet end at bedraget mod mig selv føles endnu værre."

"Vi er alle bestikkelige," sagde Harry. "Vi forlanger bare en forskellig pris. Og i forskellig valuta. Din er kærlighed. Min er bedøvelse. Og ved du hvad ...?"

Kaffekanden sang igen, denne gang en oktav højere.

"Jeg tror, at det gør dig til et bedre menneske end mig. Kaffe?"

Han vendte sig helt om og stirrede på skikkelsen. Den stod lige foran ham uden at røre sig, som om den havde stået der længe, som om den var hans egen skygge. Der var så stille, at det eneste, han hørte, var hans eget åndedræt. Så skimtede han en bevægelse, noget der blev løftet i mørket, hørte en lav hvinen i luften, og i det samme slog en besynderlig tanke ham. At skikkelsen var netop det – hans egen skygge. At han ...

Det var, som om tanken stammede, som om tiden blev forrykket, som om billedforbindelsen et øjeblik var blevet afbrudt.

Han stirrede forbavset frem for sig og mærkede en varm sveddråbe løbe ned over sin pande. Han sagde noget, men ordene var meningsløse, som om der var opstået en forkert kobling mellem hjernen og munden. Igen hørte han den lave hvinen. Så var lyden borte. Alle lyde. Ikke engang sit eget åndedrag kunne han høre. Og han opdagede, at han var faldet ned på knæ, og at telefonen lå på gulvet ved siden af ham. Foran ham løb en stribe hvidt månelys hen over de grove gulvplanker, men den forsvandt, da sveddråben nåede ned til hans næseryg, løb ind i øjnene og blindede ham. Og han forstod nu, at det ikke var sved.

Det tredje slag føltes som en istap, der blev jaget gennem hans hoved, hals og videre ned i kroppen. Alt frøs til is.

Jeg vil ikke dø, tænkte han og prøvede at løfte armen beskyttende over hovedet, men da han ikke var i stand til at bevæge sig overhovedet, indså han, at han var lam.

Han registrerede ikke det fjerde slag, men ud fra lugten af træværk konkluderede han, at han nu lå med ansigtet ned mod gulvet. Han blinkede flere gange og fik synet tilbage på det ene øje. Lige foran sig så han et par skistøvler. Og langsomt kom lydene tilbage – hans egen hivende vejrtrækning, den andens rolige, blodet der dryppede fra næsetippen og ned på gulvplankerne. Den andens stemme var blot en hvisken, men ordene lød, som om de blev skreget ind i øret på ham: "Så er der kun én tilbage."

Da uret i stuen slog to, sad de stadigvæk i køkkenet og snakkede sammen.

"Den syvende mand," sagde Harry og skænkede mere kaffe. "Luk øjnene. Hvordan ser du ham for dig? Hurtigt. Du skal ikke tænke."

"Han er fuld af had," sagde Kaja. "Vred. Ude af balance, ubehagelig. Sådan en fyr, som visse kvinder som Adele samler op, tjekker ud og vender ryggen til. Han har bunker af pornoblade og film derhjemme."

"Hvorfor tror du det?"

"Det ved jeg ikke. Fordi han bad Adele komme anstigende på en tom fabrik i sygeplejerskeuniform."

"Fortsæt."

"Han er feminin."

"På hvilken måde?"

"Tja. Lys stemme. Adele har sagt, at han mindede hende om hendes homoseksuelle sambo, når han snakkede." Hun løftede koppen op til munden og smilede. "Eller måske er han filmskuespiller. Med lys stemme og kyssemund. Jeg er for resten endnu ikke kommet i tanker om navnet på den machoskuespiller med feminin stemme."

Harry løftede sin kop til en skål: "Hvad med det, jeg fortalte dig, Elias Skog så uden for hytten om natten? Hvem var de? Var det en voldtægt, han var vidne til?"

"Det var i hvert fald ikke Marit Olsen," sagde Kaja.

"Nå. Hvorfor ikke?"

"Fordi hun var den eneste tykke dame, som var der, så Elias Skog ville have genkendt hende og derfor brugt hendes navn, da han fortalte om det."

"Jeg er nået til samme konklusion. Men var det voldtægt, tror du?"

"Det lyder jo sådan. Han lagde hånden over hendes mund, kvalte hendes råb, trak hende inden for døren til det udedas, så hvad skulle det ellers være?"

"Men hvorfor troede Elias Skog ikke med det samme, at der var tale om en voldtægt?"

"Jeg ved det ikke. Fordi der var noget med måden ... måden de stod på, deres kropssprog."

"Netop. Det ubevidste opfatter meget mere end det bevidst reflekterende. Han var så sikker på, at det var frivillig sex, at han simpelthen lagde sig til at sove igen. Det var først længe efter, da han læste om drabene og tænkte tilbage på en næsten glemt scene, at tanken om voldtægt slog ham."

"En leg," sagde Kaja. "Som kunne minde om voldtægt. Hvem gør det? Ikke en mand og en kvinde, som lige har mødt hinanden i en turisthytte og sneget sig ud for at lære hinanden bedre at kende. Man er nødt til at være lidt mere tryg ved hinanden."

"Så det er to, der har været sammen før," sagde Harry. "Hvilket, så vidt vi ved, kun kan være ..."

"Adele og den ukendte. Den syvende mand."

"Enten det, eller også dukkede der nogle andre op den nat." Harry slog asken af sin cigaret.

"Toilettet?" spurgte Kaja.

"For enden af gangen til venstre."

Han så på, at cigaretrøgen snoede sig op under lampeskærmen over bordet. Ventede. Han havde ikke hørt døren gå op. Han rejste sig og gik efter hende.

Hun stod i gangen og stirrede på døren. I det sparsomme lys kunne han se hende synke noget, så det blinke i en våd, spids tand. Han lagde en hånd på hendes skulder, og selv der, gennem tøjet, kunne han mærke hendes hjerte hamre. "Er det bedre, hvis jeg åbner den?"

"Du må tro, at jeg er syg i hovedet," sagde hun.

"Det er vi alle. Nu åbner jeg. Okay?"

Hun nikkede, og han åbnede.

Harry sad ved køkkenbordet, da hun kom tilbage. Hun havde taget sin regnfrakke på.

"Jeg er nok nødt til at tage hjem nu."

Harry nikkede og fulgte hende ud i entréen. Så på, at hun bøjede sig ned og tog sine støvler på.

"Det sker kun, når jeg er træt," sagde hun. "Det med dørene."

"Jeg ved det," sagde Harry. "Jeg har det på samme måde med elevatorer."

"Har du?"

"Ja."

"Fortæl."

"En anden gang, måske. Hvem ved, måske mødes vi igen."

Hun blev tavs. Brugte lang tid på at trække lynlåsene på sine støvler op. Så rejste hun sig pludselig, stod så nær ved ham, at han kunne mærke hendes duft bølge ham i møde, som et ekko.

"Fortæl mig det nu," sagde hun med noget vildt i blikket, som han ikke kunne tyde.

"Tja," sagde han og kunne mærke det prikke i sine fingerspidser, som om han havde frosset og var ved at få varmen igen. "Da vi var små, havde min lillesøster vældig langt hår. Vi havde besøgt vores mor på hospitalet og skulle tage elevatoren ned. Far ventede nedenunder, han orkede ikke hospitaler. Søs stod for tæt på væggen, og hendes hår hægtede sig fast mellem elevatoren og væggen. Og jeg blev så skrækslagen, at jeg ikke kunne bevæge mig. Jeg så, hvordan hun blev løftet ved håret."

"Hvordan gik det?" spurgte hun.

De stod lidt for tæt på hinanden, tænkte han. De stod lige på tærsklen af hinandens intimsfære. Og de vidste, at de stod der. Han trak vejret:

"Hun mistede en del hår. Det voksede ud igen. Jeg ... mistede noget andet. Som ikke voksede ud igen."

"Du syntes, at du svigtede."

"Det er en kendsgerning, at jeg svigtede."

"Hvor gammel var du?"

"Gammel nok til at svigte." Han smilede. "Der begynder at være nok selvmedlidenhed for én nat, synes du ikke? Min far kunne godt lide, at du nejede."

Kaja lo lavt. "Godnat." Hun nejede.

Han tog et langt skridt ud til siden og åbnede fordøren for hende. "Godnat."

Hun gik ud på trappen og vendte sig om.

"Harry?"

"Ja?"

"Var du ikke ensom ude i Hongkong?"

"Ensom?"

"Jeg så på dig, da du sov. Du så så ... alene ud."

"Jo," sagde han. "Jeg var ensom. Godnat."

De blev stående et halvt sekund for længe. Fem tiendedels sekund tidligere, og hun ville have været på vej ned ad trappen, han på vej tilbage til køkkenet.

Hendes fingre lagde sig rundt om nakken på ham, trak hans hoved ned, mens hun stod på tæer. Hendes blik blev ufokuseret, hendes øjne blev til en skinnende sø, før hun lukkede dem. Hendes læber var halvt åbne, da de mødte hans. Hun holdt ham sådan, og han rørte sig ikke, kunne bare mærke det søde dolkestød i maven som et rush af morfin.

Hun slap ham.

"Sov godt, Harry."

Han nikkede bare.

Hun vendte sig og gik ned ad trappen. Han gik ind og lukkede døren stille bag sig.

Han ryddede kopperne til side, skyllede kaffekanden og havde stillet den væk, da det ringede på døren.

Han gik ud og åbnede.

"Jeg glemte noget," sagde hun.

"Hvad?" spurgte han.

Hun løftede hånden og strøg den hen over hans pande.

"Hvordan du ser ud."

Han trak hende ind til sig. Hendes hud. Lugten. Han faldt, et dejligt svimlende fald.

"Jeg vil have dig," hviskede hun. "Jeg vil elske med dig."

"Og jeg med dig."

De slap hinanden. Så på hinanden. Der var opstået en pludselig højtidelighed mellem dem, og et øjeblik slog tanken ham, at hun fortrød. At han selv fortrød. At det var for meget, for hurtigt. At der var for mange andre ting, for meget mudder, for meget bagage, for mange gode grunde. Men hun tog alligevel hans hånd, næsten frygtsomt, hviskede et "kom" og gik foran ham op ad trappen.

Soveværelset var koldt og lugtede af forældre. Han tændte lyset.

Den store dobbeltseng var redt op med to dyner og puder.

Harry hjalp hende med at skifte sengetøjet.

"Hvilken side var hans?" spurgte hun.

"Den der," sagde Harry og pegede.

"Og han fortsatte med at sove der, efter at hun var borte," sagde hun som til sig selv. "For alle tilfældes skyld."

De klædte sig af uden at se på hinanden. Krøb under dynen og mødte hinanden der.

Først lå de bare tæt op ad hinanden, kyssede hinanden, udforskende, forsigtigt som for ikke at ødelægge noget, før man vidste, hvordan det virkede, lyttede til hinandens åndedræt og lyden af ensomme biler, der susede forbi udenfor. Så blev kyssene grådigere, berøringerne dristigere, og han kunne høre hendes vejrtrækning hvæse hidsigt mod sit øre.

"Er du bange?" spurgte han.

"Nej," stønnede hun, tog et fast greb om hans stive lem, løftede hofterne og ville føre ham ind i sig, men han fjernede hendes hånd og stødte selv ind i hende.

Der kom ikke en lyd, bare et gisp, da han trængte ind i hende. Han lukkede øjnene, lå helt stille og mærkede bare efter. Så begyndte han forsigtigt at bevæge sig, åbnede øjnene, mødte hendes blik. Hun så ud, som om hun var ved at græde.

"Kys mig," hviskede hun.

Hendes tunge viklede sig rundt om hans, glat på undersiden og ru på oversiden. Hurtigere, dybere, langsommere og dybere. Hun puffede ham om på den ene side uden at slippe hans tunge og satte sig op på ham. Hendes køn pressede sig ned mod hans mavemuskler, hver gang hun kom ned på ham. Så slap hendes tunge hans, og hun lagde hovedet bagover og stønnede hæst. To gange, en dyb, dyrisk lyd som steg og blev til en høj tone, idet hun gik tom for luft og blev stille igen. Hendes hals blev tyk af skriget, som ikke kom. Han løftede hånden, lagde to fingre mod pulsåren, som dirrede blåt under huden på hendes hals.

Og så skreg hun, som i smerte, som i raseri, som i befrielse. Harry kunne mærke, hvordan det strammede til i pungen, og kom. Det var fuldkomment, så uudholdeligt fuldkomment, at han løftede hånden for at slå knytnæven ind i væggen bag sig. Og som om han havde givet hende en dødelig injektion, sank hun sammen oven på ham.

De blev liggende sådan, med lemmerne tilfældigt ud til siden, som faldne. Harry kunne mærke blodet suse i sine ører og velværet bølge gennem kroppen. Det, og noget han kunne have svoret var lykke.

Han faldt i søvn og vågnede ved, at hun lagde sig i sengen igen og krøb tæt ind til ham. Hun havde taget en af faderens undertrøjer på. Hun kyssede ham, mumlede noget og var så borte med let og roligt åndedræt. Harry stirrede op i loftet. Og lod tankerne kværne, vidste, at det ikke nyttede at stritte mod.

Det havde været så godt. Det havde ikke været så godt siden ... siden ...

Rullegardinet var ikke trukket ned, og klokken halv seks begyndte lyskegler fra bilerne på vejen udenfor at flakke hen over loftet, mens Oslo vågnede og slæbte sig hjemmefra for at gå på arbejde. Han så på hende en gang til. Og så var han også væk.

Kapitel 53

Heel hook

Da Harry vågnede, var klokken ni, værelset lå badet i dagslys, og der lå ingen ved siden af ham. Og der var fire beskeder på telefonsvareren.

Den første var fra Kaja, som sagde, at hun sad i bilen på vej hjem for at klæde om til arbejdet. Og takkede ham for ... Han kunne ikke høre for hvad, bare en lys latter, før hun ringede af.

Den anden var fra Gunnar Hagen, som spekulerede på, hvorfor Harry ikke havde svaret på nogle af hans telefonopkald, og at pressen var efter ham på grund af den ubegrundede pågribelse af Tony Leike.

Den tredje var fra Günther, som gentog vittigheden om Harry Klein og sagde, at politiet i Leipzig ikke havde fundet Juliana Vernis pas og derfor ikke kunne bekræfte, hvorvidt det havde et stempel fra Kigali.

Den fjerde var fra Mikael Bellman, som ganske enkelt bad Harry om at indfinde sig på Kripos klokken to og sagde, at han gik ud fra, at Solness havde sat ham ind i sagerne.

Harry stod op. Han følte sig godt til mode. Bedre end godt. Måske fantastisk. Han mærkede efter. Okay, fantastisk var en overdrivelse.

Harry gik nedenunder, fandt en pakke knækbrød frem og tog den vigtige telefonsamtale først.

"Du taler med Søs Hole." Hendes stemme lød så højtidelig, at han måtte smile.

"Og du taler med Harry Hole," sagde han.

"Harry!" Hun hylede hans navn to gange til.

"Hej, Søs."

"Far sagde, du var hjemme! Hvorfor har du ikke ringet før?"

"Jeg var ikke klar, Søs. Nu er jeg klar. Er du?"

"Jeg er altid klar, Harry. Det ved du jo."

"Ja, det ved jeg. Frokost i byen, før vi besøger far? Jeg giver."

"Ja! Du lyder så glad, Harry. Er det Rakel, har du snakket med hende?

Jeg snakkede med hende i går. Hvad var det for en lyd? Harry?"

"Bare knækbrødet, som faldt ud af pakken og ned på gulvet. Hvad ville hun?"

"Spørge til far. Hun havde hørt, at han var syg."

"Var det det hele?"

"Ja. Nej. Hun sagde, at Oleg havde det godt."

Harry sank noget. "Fint. Vi snakkes ved inden længe."

"Glem det nu ikke. Jeg er så glad for, at du er hjemme, Harry! Jeg har så meget at fortælle!"

Harry lagde telefonen fra sig på køkkenbordet og bøjede sig ned for at samle knækbrødet op, da telefonen summede igen. Søs havde det med at komme i tanke om ting, hun skulle have sagt, efter at de havde lagt på. Han rettede sig op.

"Hvad er der?"

Dyb rømmen. Så en stemme, der præsenterede sig som Abel. Navnet var bekendt, og Harry ledte automatisk gennem sin hukommelse. Der lå mapperne fra gamle drabssager i sirlig orden med data, som aldrig syntes at blive slettet: navne, ansigter, husnumre, datoer, lyden af en stemme, en bils farve og årgang. Men han kunne pludselig have glemt navnet på naboer, som han havde boet tre år i samme opgang med, eller hvornår Oleg havde fødselsdag. Det blev kaldt for efterforskerhukommelse.

Harry lyttede uden at afbryde.

"Jeg er med," sagde han til sidst. "Tak, fordi du ringede."

Han afbrød forbindelsen og ringede til et nyt nummer.

"Kripos," svarede en træt receptioniststemme. "Du prøver at ringe til Mikael Bellman."

"Ja. Hole fra Drabsafdelingen. Hvor er Bellman?"

Receptionisten oplyste, hvor kommissæren befandt sig.

"Logisk," sagde Harry.

"Hvabehar?" gabte hun.

"Det er jo det, han er i gang med, er det ikke?"

Harry lod telefonen glide ned i lommen. Stirrede ud ad køkkenvinduet. Knækbrødet knasede under hans fødder, da han gik.

'Skøyen Klatresenter' stod der på glasset i døren, som vendte ud mod parkeringspladsen. Harry puffede døren op og gik ind. På vej ned ad trapperne måtte han stoppe for en skoleklasse på vej ud i højt humør. Han sparkede støvlerne af ved et skostativ for foden af trappen. I det store klatrerum var fem-seks mennesker i fuld aktivitet mellem de ti meter høje vægge. Selv om de var vægge, lignede de mere de kunstige bjergsider af papmaché i Tarzan-filmene, som Harry og Øystein havde set i Symra-biografen i barndommen. Bortset fra at de her var udstyret med farvestrålende håndtag og bolte med slynger og karabinkroge. En diskret em af sæbe og fodsved steg op fra de blå måtter på gulvet, som Harry gik hen over. Han stoppede ved siden af en hjulbenet, tætbygget mand, som stirrede koncentreret op på udhænget over dem. Fra hans klatresele gik der et reb op til en mand, som på dette tidspunkt hang og svingede i én arm otte meter over dem. Yderst i den svingende bevægelse strakte han en fod ud, trådte hælen ind i et rosafarvet, pæreformet hul, fik den anden fod sat på et lille fremspring og trak tovet ind på topankeret i én elegant, fejende bevægelse.

"Got you!" råbte han, lagde sig bagover i tovet og satte benene ind mod væggen.

"Fin heel hook," sagde Harry. "Din chef forstår rigtig at vise sig, hvad?"

Jussi Kolkka hverken svarede eller værdigede Harry et blik, men trak bare i mekanismen på tovbremsen.

"De sagde oppe på kontoret, at du var her," sagde Harry til manden, som blev firet ned mod dem.

"Fast tid hver uge," sagde Bellman. "Et af de få frynsegoder som politimand er, at man får lov til at træne lidt i arbejdstiden. Hvordan har du det, Harry? Du ser i hvert fald godt ud. Mange muskler per kilo, mener jeg. Ideelt for klatring, som du ved."

"For lave ambitioner," sagde Harry.

Bellman landede med skrævende ben og halede lidt i tovet, så han kunne løsne knuden.

"Den forstod jeg ikke."

"Jeg kan ikke se det sjove i at klatre så højt. Jeg løber lidt rundt på nogle fjeldknolde en gang imellem."

"Fjeldknolde," snøftede Bellman, løsnede selen og trådte ud af den. "Du ved godt, at det gør mere ondt at falde fra to meter uden tov end fra tredive meter med?"

"Jo," sagde Harry og smilede skævt. "Det ved jeg godt."

Bellman satte sig på en af træbænkene, krængede de balletskolignende klatresko af og gned sine fødder, mens Kolkka trak tovet ned og begyndte at rulle det op. "Fik du min besked?"

"Ja."

"Så hvad skyldes hastværket? Vi ses vel klokken to?"

"Det var det, jeg ville afklare med dig, Bellman."

"Afklare?"

"Før vi møder de andre. At vi får aftalt, på hvilke præmisser jeg kommer med i gruppen."

"*Gruppen?*" Bellman lo. "Hvad er det, du snakker om, Harry?"

"Skal jeg sige det tydeligere? Du har ikke brug for mig til at ringe til Australien og få overtalt en kvinde til at komme herop og agere lokkedue, det kan du fint klare selv. Det, du beder om, er *hjælp*."

"Harry! Ærligt talt, nu ..."

"Du ser træt ud, Bellman. Du er begyndt at mærke det, er du ikke? Du synes, at presset er eskaleret efter Marit Olsen." Harry satte sig på bænken ved siden af kommissæren. Selv når han sad ned, var han næsten ti centimeter højere. "Feeding frenzy i pressen hver eneste satans dag. Umuligt at gå forbi et avisstativ eller tænde for fjernsynet uden at blive mindet om Sagen. Sagen du ikke har løst. Sagen cheferne hele tiden presser på for at få løst. Sagen som kræver en pressekonference om dagen, hvor gribbene skriger spørgsmål i næbbene på hinanden. Og nu er den mand, du selv løslod, forsvundet ud i den blå luft. Journalistgribbene strømmer til, nogle af dem kagler allerede løs på svensk, dansk og tilmed engelsk. Jeg har været der, hvor du er nu, Bellman. Snart snakker de fucking fransk. For det er Sagen, du *skal* løse, Bellman. Og Sagen står i stampe."

Bellman svarede ikke, men hans kæbemuskler var på overarbejde.

Kolkka havde pakket tovet ned i sækken og kom hen imod dem, men Bellman vinkede ham væk. Finnen vendte sig om og gik langsomt hen imod udgangen som en lydig terrier.

"Hvad er du ude på, Harry?"

"Jeg tilbyder dig at få det overstået her på tomandshånd i stedet for på mødet."

"Du vil have, at jeg skal *bede* dig om hjælp?"

Harry så Bellmans ansigtsfarve blive en anelse mørkere.

"Hvad slags forhandlingsposition er det egentlig, du bilder dig ind, at du har, Harry?"

"Tja. Jeg bilder mig ind, at den er bedre end i lang tid."

"Der tager du fejl."

"Kaja Solness vil ikke arbejde for dig. Bjørn Holm har du allerede forfremmet, og hvis du sender ham tilbage til hans tidligere arbejde, vil han bare blive glad. Den eneste, du kan gøre skade nu, er mig, Bellman."

"Har du glemt, at jeg kan spærre dig inde, så du ikke får lov til at møde din far, før han dør?"

Harry rystede på hovedet. "Der er ikke længere nogen at møde, Bellman."

Mikael Bellman hævede forbavset et øjenbryn.

"De ringede fra hospitalet i morges," sagde Harry. "Min far er gået i koma i nat. Hans læge, Abel, siger, at han ikke vil komme til sig selv igen. Det, jeg ikke har nået at sige til min far, forbliver usagt."

Kapitel 54

Tulipan

Bellman så tavst på Harry. Det vil sige, de dådyrbrune øjne var rettet mod Harry, men blikket så indad. Harry vidste, at der blev afholdt et komitémøde derinde, et møde med stor uenighed virkede det til. Bellman løsnede langsomt snoren med kalkposen, som hang rundt om livet på ham, som for at vinde tid. Tid til at tænke. Så stoppede han kalkposen ned i rygsækken med en arrig bevægelse.

"Hvis – og kun *hvis* – jeg bad dig om hjælp uden at have noget at afpresse dig med," sagde han. "Hvorfor i alverden skulle du så gøre det?"

"Det ved jeg ikke."

Bellman holdt op med at pakke og så op: "Du ved det ikke?"

"Tja. Det er i hvert fald ikke af kærlighed til dig, Bellman." Harry trak vejret dybt. Pillede ved cigaretpakken. "Lad os sige det på den måde, at selv de, der tror, de er hjemløse, nogle gange opdager, at de har et hjem. Et sted man kunne tænke sig at blive begravet en dag. Og ved du, hvor jeg vil begraves, Bellman? I parken foran Politihuset. Ikke fordi jeg elsker politiet eller har været nogen tilhænger af det, man kalder 'korpsånd'. Tværtimod, så har jeg spyttet på politifolks feje loyalitet over for korpset, det der incestuøse kammerateri, som bare skyldes, at folk tænker, at de selv kan få brug for en tjeneste en dag, hvis det går galt. En kollega som kan hævne dig, give dig et befriende vidneudsagn eller om nødvendigt et blindt øje. Jeg hader alt det der."

Harry vendte sig mod Bellman.

"Men politiet er det eneste, jeg har. Det er min stamme. Og det er mit arbejde at opklare drab. Hvad enten det er for Kripos eller for Drabsafdelingen. Kan du forstå sådan noget, Bellman?"

Mikael Bellman kneb sin underlæbe mellem tommel og pegefinger.

Harry nikkede hen imod væggen. "Hvad var det, du klatrede der, Bellman? Syv plus?"

"Jeg vil bedømme det til otte minus."

"Det er hårdt. Og jeg gætter på, at du synes, at det her er endnu hårdere. Men det er sådan, jeg vil have det."

Bellman rømmede sig. "Okay, okay Harry." Han trak hårdt i snorene på sækken. "Vil du hjælpe os?"

Harry stak cigaretpakken tilbage i lommen og bøjede hovedet. "Selvfølgelig."

"Jeg må først forhøre mig med din chef, om det er i orden."

"Det behøves ikke," sagde Harry og rejste sig. "Jeg har allerede informeret ham om, at jeg arbejder sammen med jer fra nu af. Vi ses klokken to."

Iska Peller kiggede ud ad vinduet i den toetages bygning over på rækken af helt identiske huse på den anden side af gaden. Det kunne have været en hvilken som helst gade i en hvilken som helst by i England, men det var altså den lille bydel Bristol i Sydney, Australien. En kold vind fra syd var blæst op. Eftermiddagsvarmen ville forsvinde med det samme, solen gik ned.

Hun hørte en hund gø og den tunge trafik på motorvejen to blokke væk.

Manden og kvinden i bilen på den anden side af gaden var blevet udskiftet, og nu sad der to mænd der. De drak langsomt af hvert sit papkrus med låg. Langsomt, fordi der ikke var nogen som helst grund til at drikke kaffe hurtigt, når man har otte timers vagt foran sig, hvor der ikke skal ske noget som helst. Gear ned, sænk stofskiftet, gør som aboriginerne: Gå ind i den der sløve, indadvendte tilstand, som er deres ventemodus, og hvor de kan tilbringe time efter time, dag efter dag om nødvendigt. Hun prøvede at se for sig, hvordan disse langsomme kaffedrikkere kunne være til hjælp, hvis noget virkelig *skulle* ske.

"Jeg beklager," sagde hun i telefonen og prøvede at dæmpe stemmens dirren, som skyldtes det undertrykte raseri. "Jeg vil gerne hjælpe jer med at finde den, som dræbte Charlotte, men det, du foreslår, er helt uacceptabelt." Så tog raseriet overhånd alligevel: "At I overhovedet kan finde på at spørge mig! Jeg er lokkedue nok, som det er her. Ti vilde heste kunne ikke få mig til Norge igen. Det er jer, der er politi, I bliver betalt for at fange det uhyre, hvorfor kan *I* ikke selv være lokkemad?"

Hun afbrød forbindelsen og kastede telefonen fra sig. Den ramte sædet på lænestolen, hvor en af hendes katte forskrækket sprang op og forsvandt ud i køkkenet. Hun skjulte ansigtet i hænderne og lod gråden komme tilbage. Kære Charlotte. Hendes kære, kære, elskede Charlotte.

Hun havde aldrig været bange for mørke før. Nu tænkte hun ikke på andet end, at snart ville solen gå ned, natten komme, ubønhørlig og igen og igen.

Telefonen spillede åbningstonerne til en sang med Antony & The Johnsons, og displayet lyste op henne på stolen. Hun gik hen til den og kiggede på den. Kunne mærke nakkehårene rejse sig. Nummeret på den, der ringede, startede med plus syvogfyrre. Fra Norge igen.

Hun løftede telefonen op til øret.

"Ja?"

"Det er mig igen."

Hun sukkede lettet. Det var bare politibetjenten.

"Jeg spekulerede på, om vi i det mindste kunne få lov til at låne dit navn, hvis du ikke vil komme her fysisk?"

Kaja så på manden, som bøjede sig ned i den rødhårede kvindes skød, på hende, som bøjede ansigtet ned mod hans blottede nakke.

"Hvad kan du se?" spurgte Mikael. Hans stemme kastede ekko mellem museets vægge.

"Hun kysser ham," sagde Kaja og gik et skridt væk fra maleriet. "Eller trøster ham."

"Hun bider ham og suger hans blod," sagde Mikael.

"Hvorfor tror du det?"

"Der er en grund til, at Munch har kaldt det 'Vampyr'. Er alting parat?"

"Ja, jeg tager toget til Ustaoset om en time."

"Hvorfor ville du mødes her nu?"

Kaja trak vejret. "Jeg ville fortælle dig, at vi ikke længere kan ses."

Mikael Bellman vippede på hælene. "Kærlighed og smerte."

"Hvad?"

"Det var det, Munch oprindelig kaldte det billede. Har Harry sat dig ind i detaljerne i vores plan?"

"Ja. Hørte du, hvad jeg sagde?"

"Tak, Solness, jeg hører udmærket. Hvis jeg ikke husker forkert, har du sagt det der et par gange før. Jeg foreslår, at du tænker dig om."

"Jeg har tænkt færdig, Mikael."

Han strøg en hånd hen over slipseknuden. "Har du været sammen med ham?"

Hun for sammen. "Hvem?"

Bellman lo stille.

Kaja så ikke efter ham, havde blikket stift fæstnet på kvindens ansigt, mens hun hørte hans skridt fjerne sig.

Lyset sivede ind mellem grå stålpersienner, og Harry varmede sine hænder på et hvidt kaffekrus med Kripos skrevet med blå bogstaver. Mødelokalet lignede til forveksling det, han havde tilbragt så mange timer af sit liv i ved Drabsafdelingen. Lyst, bekosteligt og alligevel spartansk på den kølige moderne måde, som ikke er tilsigtet minimalisme, bare en vis sjælløshed. Et rum som opfordrer til effektivitet, så man kan komme allerhelvedes hurtigt ud derfra ved først givne lejlighed.

De otte personer i lokalet udgjorde det, som Bellman havde forklaret var den indre kerne af efterforskningsgruppen. Harry kendte kun to af dem: Bjørn Holm og en robust og jordnær, men ikke særlig fantasifuld kvindelig efterforsker, der blev kaldt Pelikanen, og som engang havde arbejdet i Drabsafdelingen. Bellman havde præsenteret Harry for alle, inklusiv Ærdal, en mand iført hornbriller og et brunt jakkesæt af en konfektionstype, der ledte tankerne hen på DDR. Han sad for sig selv længst nede ved bordet og rensede negle med en Swiss Army-kniv. Harry gættede på en baggrund i den militære efterretningstjeneste. De havde aflagt rapporter, som alle støttede Harrys antagelse af, at sagen stod i stampe. Han kunne mærke den defensive holdning, især på afrapporteringen af eftersøgningen af Tony Leike. Vedkommende fortalte om, hvilke passagerlister der var blevet tjekket med hvilke selskaber med negativt svar, om hvilke instanser i hvilket telefonselskab, som havde fortalt dem, at ingen af deres basestationer havde opfanget signaler fra Leikes mobiltelefon. Han fortalte, at ingen af hotellerne i byen havde nogen indlogeret under navnet Leike, men at Kaptajnen (selv Harry kendte til Hotel Bristols selvudnævnte og overivrige politimeddeler og receptionist) selvfølgelig havde ringet og fortalt, at han havde set en person, som *lignede* Tony Leike. Den ansvarlige efterforsker redegjorde i det hele taget på et imponerende detaljeniveau om alt det, der var blevet gjort, uden at mærke, at det bare fremstod som et forsvar for resultatet. Nul. *Nada.*

Bellman sad for enden af bordet med korslagte ben og stadigvæk knivskarpe pressefolder i bukserne. Han takkede for rapporterne og foretog en mere formel præsentation af Harry ved at læse hurtigt op fra et slags cv med året for hans afgangseksamen fra Politiskolen, FBI-kurset om seriedrab i Chicago, sagen med klovnemorderen i Sydney, forfremmelsen til vicekommissær og selvfølgelig sagen med Snemanden.

"Harry er altså en del af dette team fra og med i dag," sagde Bellman. "Han rapporterer til mig."

"Og er også kun underlagt dig?" buldrede Pelikanen. Harry huskede, at det var netop det, hun gjorde nu, som havde givet hende tilnavnet, måden hvorpå hun pressede hagen og den lange, næbagtige næse ned mod den lange, tynde hals, når hun kiggede på folk over brillerne. Skeptisk og glubsk på samme tid, som om hun vurderede, om hun havde lyst til at få vedkommende på menuen.

"Han er ikke direkte underlagt nogen," sagde Bellman. "Han har en fri rolle i teamet. Lad os tænke på vicekommissær Hole som konsulent. Eller hvad, Harry?"

"Hvorfor ikke?" sagde Harry. "En overbetalt, overvurderet fyr, som tror, han ved noget, I ikke ved."

Forsigtig mumlen bordet rundt. Harry udvekslede et blik med Bjørn Holm, som sendte ham et opmuntrende nik.

"Bortset fra at lige netop i det her tilfælde gør han det faktisk," sagde Mikael Bellman. "Du har snakket med Iska Peller, Harry."

"Ja," sagde Harry. "Men først vil jeg gerne høre mere om den plan, I har lagt for at bruge hende som lokkedue."

Pelikanen rømmede sig: "Den er ikke detaljeret. Foreløbig er det bare vores tanke at få hende til Norge, offentliggøre, at hun er placeret et sted, hvor det er indlysende for drabsmanden, at hun er et let bytte. Og så sidde i baghold og håbe på, at han sluger maddingen."

"Hm," sagde Harry. "Enkelt."

"Det viser sig som regel, at det er det enkle, der fungerer," sagde Swiss-Army-manden i DDR-jakkesættet og koncentrerede sig om pegefingerneglen.

"Enig," sagde Harry. "Men i det her tilfælde vil lokkeduen ikke stille op. Iska Peller har sagt nej."

Der lød stønnen og opgivende suk.

"Så jeg vil foreslå, at vi prøver noget endnu mere enkelt," sagde Harry. "Iska Peller spurgte, hvorfor ikke vi, som er betalt for at fange uhyret, selv kunne agere lokkemad."

Han kiggede rundt om bordet. Han havde i hvert fald fanget deres opmærksomhed. Det ville blive sværere at overbevise dem.

"Vi har nemlig en fordel i forhold til drabsmanden. Vi forudsætter, at han har den side, der blev flået ud af gæstebogen i Håvasshytten, så han har navnet på Iska Peller. Men han ved ikke, hvordan Iska Peller *ser ud*. Selv om vi antager, at drabsmanden var i Håvasshytten den nat, så kom Iska og Charlotte Lolles dertil først. Og Iska var syg og tilbragte dagen og natten alene i et køjerum, som hun kun delte med Charlotte. Hun opholdt sig der, indtil alle de andre var taget af sted. Vi kan med andre ord opføre et lille teaterstykke, hvor en af vore egne kan spille rollen som Iska Peller, uden at drabsmanden kan afsløre det."

Et nyt, fejende blik rundt om bordet. Skepsissen lå tykt uden på deres udtryksløse ansigter.

"Og hvordan har du tænkt dig at få folk til at komme til den teaterforestilling?" spurgte Ærdal og klappede kniven sammen.

"Ved at Kripos gør det, Kripos er bedst til," svarede Harry.

Stilhed.

"Og det er?" spurgte Pelikanen til sidst.

"En pressekonference," sagde Harry.

Tavsheden i lokalet var øredøvende. Lige indtil en latter begyndte. Mikael Bellmans. De så forbavset på deres chef. Og forstod, at Harry Holes plan var blevet godkendt på forhånd.

"Altså ..." begyndte Harry.

Efter mødet trak Harry Bjørn Holm til side.

"Har du stadig ondt i næsen?" spurgte Harry.

"Prøver du at sige undskyld?"

"Nej."

"Jeg ... nej, *du* var heldig, at næsen ikke brækkede, Harry."

"Det kunne være blevet en forandring til det bedre, ved du."

"Har du tænkt dig at sige undskyld eller ikke?"

"Undskyld, Bjørn."

"Okay. Og det betyder vel, at du vil bede om en tjeneste?"

"Ja."

"Og det er?"

"Jeg spekulerer på, om I har været i Drammen og tjekket Adeles tøj for dna. Hun traf jo den fyr, hun var i Håvasshytten med, et par gange."

"Vi har gennemgået hendes garderobe, men problemet er, at hendes tøj er blevet vasket, brugt og sikkert har været i kontakt med mange andre siden dengang."

"Nå. Så vidt jeg har forstået, stod hun ikke meget på ski. Har I tjekket hendes skiudstyr?"

"Hun havde ikke noget."

"Hvad med den der sygeplejerskeuniform? Den blev måske bare brugt den ene gang, og der kan stadig være sædpletter på den."

"Sådan en havde hun heller ikke."

"Ingen fræk minikjole og kyse med rødt kors?"

"Niks. Der hang et par lyseblå hospitalsbukser med overdel der, men ikke just noget til at tænde på."

"Hm. Måske fik hun ikke fat i den der minikjolevariant. Eller gad ikke. Kan du undersøge det der hospitalstøj for mig?"

Holm sukkede. "Vi gik som sagt alt tøjet igennem på selve stedet, og det der kunne vaskes, var blevet vasket. Der var ikke så meget som en plet eller et hår."

"Kan du tage tøjet med ind på laboratoriet? Og tjekke det ordentligt?"

"Harry ..."

"Tak, Bjørn. Og jeg lavede bare sjov, du har alle tiders snydeskaft. Helt ærligt."

Klokken var blevet fire, da Harry hentede Søs i en bil fra Kripos, som Bellman havde ladet ham disponere over indtil videre. De kørte op til Rikshospitalet og snakkede med doktor Abel. Harry oversatte det, som Søs ikke forstod, og hun græd en smule. Så gik de hen og så til faderen, som var flyttet til en anden stue. Søs trykkede faderens hånd og hviskede hans navn gang på gang, som for at vække ham varsomt fra søvnen.

Sigurd Altman kom ind, lagde en hånd på Harrys skulder, ikke for længe, og sagde nogle ord, ikke for mange.

Efter at have sat Søs af ved hendes lille lejlighed i Sognsvann, kørte Harry ned til centrum, hvor han fortsatte med at køre, snirklede sig frem gennem ensrettede gader, opgravede gader, blinde gader. Han kørte gennem luderkvarteret, forretningsgaderne, narkogyderne, og det var ikke før, han var nået frem, og byen lå under ham, at han blev klar over, at han havde været på vej til tyskerbunkerne. Han ringede til Øystein, som dukkede op ti minutter senere, parkerede taxaen ved siden af hans egen bil, satte døren på klem, skruede op for musikken, og kom op og satte sig på den lave mur ved siden af Harry.

"Koma," sagde Harry. "Det er måske ikke det værste, der kunne ske. Har du en cigaret?"

De sad og lyttede til Joy Division. 'Transmission.' Ian Curtis. Øystein havde altid været glad for sangere, som døde unge.

"En skam, jeg aldrig fik snakket med ham, efter at han blev syg," sagde Øystein og tog et dybt drag af cigaretten.

"Det havde du ikke gjort, uanset hvor lang tid det havde taget," sagde Harry.

"Nej, det må være trøst nok."

Harry lo. Øystein kiggede skråt hen på ham, smilede, som om han var usikker på, om det var okay at le, når fædre lå for døden.

"Hvad har du af planer nu?" spurgte Øystein. "En lille en til halsen for at markere dagen? Jeg kan ringe til Træsko og ..."

"Nej," sagde Harry og skoddede cigaretten. "Jeg skal arbejde."

"Hellere mere død og fordærvelse end et lille glas?"

"Du kan stikke ind til far og sige 'hav det godt', mens han endnu trækker vejret, ved du."

Øystein skuttede sig. "Hospitaler får mig til at gyse. Desuden hører han ikke en skid, gør han?"

"Det var ikke ham, jeg tænkte på, Øystein."

Øystein kneb øjnene sammen mod røgen. "Den smule opdragelse jeg fik, fik jeg af din far, Harry. Ved du det? Min egen var fandeme ikke en fluelort værd. Jeg tager op til ham i morgen."

"Sådan skal det være."

Han stirrede op på manden over sig. Så hans mund bevæge sig, hørte ordene, som kom ud, men et eller andet måtte være blevet beskadiget, for han magtede ikke at sætte dem sammen til noget fornuftigt. Det eneste, han forstod, var, at tiden var kommet. Hævnen. At han nu måtte betale. Og at det på sin vis var en lettelse.

Han sad på gulvet med ryggen mod den store, runde jernovn. Armene var bøjet bagover og rundt om ovnen, hænderne bundet sammen med to skiremme. Af og til kastede han op, sandsynligvis på grund af hjernerystelsen. Det var holdt op med at bløde, og følelsen i kroppen var kommet tilbage, men over hans syn lå der en tåge, som kom og gik. Alligevel var han ikke i tvivl. Stemmen. Det var et spøgelses stemme.

"Du skal dø ganske snart," hviskede den. "Sådan som hun gjorde. Men der er stadig noget at vinde. Du skal nemlig få lov til at bestemme hvordan. Der er desværre kun to alternativer. Leopolds æble ..."

Manden holdt en metalkugle frem. Den var perforeret med huller, og en lille metalsnor hang ud af et af dem.

"Tre af pigerne fik lov til at smage. Ingen af dem syntes specielt godt om det. Men det er smertefrit og hurtigt. Og kræver blot, at du svarer på det her ene spørgsmål. Hvordan? Og hvem andre ved noget? Hvem har du samarbejdet med? Tro mig, æblet er at foretrække frem for alternativet. Som du, intelligent som du er, nok har forstået, hvad er ..."

Manden rejste sig, slog to overdrevent langsomme kuskeslag og smilede bredt. Den hviskende stemme var det eneste, der brød stilheden:

"Der er lidt koldt herinde, synes du ikke?"

Så hørte han den skrabende lyd efterfulgt af en lav hvæsen. Han stirrede på tændstikken. På den jævne, gule, tulipanformede flamme.

Kapitel 55

Turkis

Aftenen kom og var stjerneklar og bidende kold.

Harry parkerede bilen uden for den adresse, han havde fået i Voksenkollen. I en gade, der bestod af velvoksne dyre villaer, skilte denne sig klart ud. Bygningen var som taget ud af folkeeventyrene, en kongsgård med sortbejdset tømmer, overdimensionerede søjler af træ ved indgangen og græs på taget. Rundt om gården lå der to andre bygninger samt en Disney-version af et forrådshus. Harry tvivlede på, at skibsreder Anders Galtung havde et køleskab, der ikke var stort nok.

Harry ringede på ved porten, bemærkede et kamera på muren og sagde sit navn, da en kvindestemme bad ham om det. Han gik op ad en skarpt belyst indkørsel med grus, der lød, som om det åd af det, der var tilbage af hans støvlesåler.

En midaldrende kvinde i forklæde og med turkisfarvede øjne tog imod ham ved døren og fulgte ham ind i en mennesketom stue. Hun gjorde det med en så fin blanding af værdighed, overlegenhed og professionel venlighed, at selv efter at hun havde forladt Harry med et 'Kaffe eller te?', var han i tvivl, om hun var fru Galtung, familiens tjener eller begge dele.

Da de internationale eventyr kom til Norge, fandtes der ikke konger og adel, så i de norske udgaver af dem blev kongen fremstillet som en storbonde i hermelin. Og det var præcis det, Harry så, da Anders Galtung kom ind i stuen. En fed, imødekommende og lettere svedende storbonde i lusekofte. Men efter at han havde givet Harry hånden, blev smilet erstattet af en bekymret mine, der passede bedre til situationen. Hans spørgsmål blev efterfulgt af tunge pust: "Noget nyt?"

"Ingenting, er jeg bange for."

"Jeg har forstået på min datter, at Tony vist har det med at forsvinde."

Det virkede på Harry, som var det med et vist besvær, at Galtung udtalte fornavnet på sin tilkommende svigersøn. Skibsrederen lod sig falde tungt ned i en rosenbemalet stol over for Harry.

"Har I ... eller rettere sagt *du* ... nogen teori, Galtung?"

"Teori?" Anders Galtung rystede på hovedet, så kinderne blævrede. "Jeg kender ham ikke godt nok til at have nogen teorier. Han kan være taget op i fjeldet, til Afrika, hvad ved jeg?"

"Javel. Jeg kom jo egentlig for at tale med din datter ..."

"Lene kommer snart," afbrød Galtung ham. "Jeg ville bare lige forhøre mig først."

"Forhøre dig om hvad?"

"Om det jeg spurgte om, om der var noget nyt. Og ... om I er sikre på, at manden har rent mel i posen."

Harry bemærkede, at 'Tony' var blevet erstattet med 'manden', og forstod, at hans første intuitive fornemmelse havde været korrekt: Svigerfar var ikke begejstret for sin datters valg.

"Er du, Galtung?"

"Jeg? Jeg skulle da mene, at jeg udviser tillid. Jeg er trods alt i færd med at investere et betydeligt beløb i det der Congo-projekt, han har gang i. Et *meget* betydeligt beløb."

"Så der er tale om prinsessen *og* det halve kongerige til lasede Klods-Hans, som lige har banket på døren?"

I to sekunder var der helt stille i stuen, mens Galtung bare betragtede Harry.

"Måske," svarede han.

"Og måske er det din datter, der lægger et vist pres på dig for at få dig til at investere pengene, for projektet er temmelig afhængigt af de penge, er det ikke?"

Galtung slog ud med hænderne. "Jeg er skibsreder. Jeg lever af at løbe risici."

"Og kan dø af det."

"To sider af samme sag. I risikofyldte forehavender er den enes død altid den andens brød. Indtil videre er det de andre, der er døde, og jeg håber, det vil fortsætte på den måde."

"At andre dør?"

"Rederiet er et familieforetagende, og hvis Leike skal være med i vores familie, bør vi sørge for ..." Han holdt inde, da døren til stuen gik op. Hun var en høj, blond pige med faderens grove træk og moderens turkisfarvede øjne, men uden faderens bramfri aura af storbonde eller moderens værdige overlegenhed. Hun gik med krummet ryg for at gøre sig mindre, for ikke at stikke ud, og hun så mere på sine sko end på Harry, da hun gav hånd og præsenterede sig som Lene Gabrielle Galtung.

Hun havde kun lidt at sige og endnu mindre at spørge om. Det så ud, som om hun dukkede sig for faderens blik, hver gang hun svarede på Harrys spørgsmål, og Harry spekulerede på, om hans antagelse af, at hun havde presset sin far til at investere, måske var forkert.

Tyve minutter senere takkede Harry dem, rejste sig, og som på et usynligt signal var hun der igen, kvinden med de turkisfarvede øjne.

Da hun åbnede fordøren, slog kulden dem i møde, og Harry stoppede op for at knappe sin frakke. Han så på hende:

"Hvor tror De, at Tony Leike befinder sig, fru Galtung?"

"Jeg tror ingenting," sagde hun.

Måske svarede hun lidt for hurtigt, måske var det en trækning i øjenkrogen, måske var det bare Harrys intense ønske om at finde noget, et eller andet, men han følte sig ikke overbevist om, at hun talte sandt. Men det næste, hun sagde, efterlod ingen tvivl:

"Og jeg er ikke fru Galtung. Hun er ovenpå."

Mikael Bellman rettede på mikrofonen foran sig og så ud over forsamlingen. Der blev hvisket, men alle havde blikket rettet mod podiet for ikke at gå glip af noget. I det tætpakkede lokale genkendte han journalisten fra Stavanger Aftenblad og Roger Gjendem fra Aftenposten. Ved siden af sig kunne han høre Ninni, der som sædvanlig var klædt i en nypresset uniform. En eller anden talte sekunder til starten ned. Det var almindeligt på pressekonferencer, som radio eller fjernsyn sendte direkte. Så skrattede Ninnis stemme i højttalerne:

"Velkommen alle sammen. Vi har indkaldt til denne pressekonference for at opdatere jer om, hvad vi foretager os. Eventuelle spørgsmål ..."

Lav mumlen.

"... tager vi til sidst. Jeg giver ordet til efterforskningsleder Mikael Bellman."

Bellman rømmede sig. Absolut alle var mødt frem. Tv-kanalerne havde fået lov til at placere deres mikrofoner på bordet på podiet.

"Tak. Lad mig begynde med at være en lyseslukker. Jeg kan se på fremmødet og jeres ansigter, at det er muligt, at vi har spændt forventningerne lidt vel højt i vores indkaldelse. Der kommer *ikke* nogen meddelelse om noget endeligt gennembrud i vores efterforskning." Bellman kunne se skuffelsen i deres ansigter og høre opgivende stønnen. "Vi holder denne pressekonference for at efterkomme jeres ønske om at blive mere fortløbende orienteret. Så jeg beklager, hvis I har nogle vigtigere ting for i dag."

Bellman smilede skævt, kunne høre et par af journalisterne le og vidste, at alt var ham tilgivet.

Mikael Bellman gav dem hovedtrækkene i den nuværende situation, hvilket vil sige, at han gentog de få succeshistorier, de havde, såsom at tovet var blevet sporet til et rebslageri ved Lyseren, og at de havde fundet endnu et mordoffer, Adele Vetlesen, og lidt om det drabsvåben, som var blevet brugt ved to af drabene, et såkaldt Leopolds æble. Gamle nyheder. Han så en af journalisterne kvæle et gab. Mikael Bellman kiggede ned på papiret foran sig, på sit manuskript. For det var det, det var, et manuskript for et lille stykke dramatik, nedskrevet ord for ord, nøje overvejet og gennemgået. Ikke for meget, ikke for lidt. Lokkemaden skulle lugte, ikke stinke.

"Her til sidst lidt om vidner," begyndte han og så pressekorpset rette sig op i stolene. "Som I ved, har vi bedt dem, der var i Håvasshytten samme nat som drabsofrene, om at melde sig. Og der har meldt sig en person ved navn Iska Peller. Hun kommer med fly fra Sydney i aften, og hun vil tage op til Håvasshytten sammen med en af vores efterforskere i morgen. Der vil de rekonstruere den aktuelle aften så nøjagtigt som muligt."

Normalt ville de selvfølgelig aldrig nævne et vidne ved navn, men det var vigtigt i dette tilfælde, for at den, de egentlig henvendte sig til – drabsmanden – skulle forstå, at politiet faktisk havde fundet en person fra gæstelisten. Bellman havde ikke lagt specielt tryk på ordet 'en', da han sagde 'en efterforsker', men det var det, der var beskeden. Bare de to, vidnet og en almindelig efterforsker. I en hytte langt fra andre mennesker.

"Vi håber selvfølgelig, at frøken Peller kan give os en beskrivelse af de andre gæster, der overnattede der den aften."

De havde haft en lang diskussion om ordvalget. De ville lade slippe ud, at vidnet *kunne* fælde morderen. Samtidig havde Harry ment, at det var vigtigt, at det ikke vakte for meget mistanke, at vidnet bare rejste sammen med én efterforsker, og at den summariske indledning 'Her til sidst lidt om vidner' og det afdramatiserende 'håber selvfølgelig' signalerede, at politiet foreløbig ikke betragtede dette vidne som så vigtigt, at det følgelig ville kræve en større sikkerhedsdækning. Forhåbentlig ville drabsmanden være af en anden opfattelse.

"Hvad tror I, hun kan have set? Og kan du stave vidnets navn?"

Det var ham fra Rogaland. Ninni lænede sig frem for at minde om, at spørgerunden kom til sidst, men Mikael rystede afværgende på hovedet.

"Vi må se, hvad hun kan huske, når hun kommer tilbage fra Håvasshytten," sagde Bellman og lænede sig frem mod mikrofonen, der bar logoet NRK. Den statslige kanal. Landsdækkende. "Hun tager derop sammen med en af vores mest rutinerede efterforskere og bliver der kun et døgn."

Han så hen på Harry Hole, der stod bagest i lokalet, og så ham nikke forsigtigt. Det var lykkedes ham at komme med den vigtigste pointe. Et døgn. Fireogtyve timer. Lokkemaden var gjort klar og serveret. Bellman lod blikket glide videre. Fandt Pelikanen. Hun var den eneste, som havde protesteret og ment, at det var uhørt, at de i det hele taget overvejede at lede pressen bag lyset. Han havde bedt gruppen tage en pause og havde taget en snak med hende på tomandshånd. Bagefter havde hun sluttet sig til flertallet. Ninni åbnede for spørgsmål. Der kom liv i forsamlingen, men Mikael Bellman slappede af og gjorde sig klar til at levere de tågede svar, de svævende formuleringer og det altid nyttige 'det kan vi ikke komme ind på i denne fase af efterforskningen'.

Han frøs om benene, frøs, så de var helt følelsesløse. Hvordan kunne det være? Når resten af kroppen brændte. Han havde skreget så meget, at han ikke havde nogen stemme tilbage, hans strube var tør, udtørret, revet op, et åbent sår med blod svedet til rødt støv. Der lugtede af brændt hår og kød. Brændeovnen havde svedet sig tværs gennem hans skjorte og ind i hans ryg, og mens han skreg og skreg, var de smeltet sammen, den havde smeltet ham, som om han var en tinsoldat. Da han mærkede, at smerterne og varmen var begyndt at æde sig ind i hans bevidsthed, at han endelig var ved at besvime, var han vågnet med et ryk. Manden havde hældt koldt vand over ham. Den øjeblikkelige lindring havde fået ham til at begynde at græde igen. Så havde han hørt den hvæsende lyd af kogende vand mellem ryggen og ovnen, og smerterne var vendt tilbage med fornyet styrke.

"Mere vand?"

Han så op. Manden stod over ham med en ny spand. Tågen foran hans øjne gled bort, og i et par sekunder så han ham helt tydeligt. Lyset fra flammerne i ovnens lufthuller dansede hen over hans ansigt, fik svedperlerne på hans pande til at skinne.

"Det er såre enkelt. Det eneste, jeg behøver at vide, er hvem. Er det nogen i politiet? Er det en af dem, som var i Håvasshytten den nat?"

Han hulkede det frem: "Hvilken nat?"

"Du ved hvilken nat. De er døde næsten alle sammen nu. Prøv igen."

"Jeg ved det ikke. Jeg har ikke noget med det her at gøre, du må tro mig. Vand. Vær nu sød. Vær nu ..."

"... sød? Sød som i ... sød?"

Lugten. Lugten af ham selv som brændt. De ord, han fik frem, var bare en hæs hvisken: "Der var ... bare mig."

Blid latter. "Smart. Du prøver at få det til at lyde, som om du er villig til at sige alt muligt for at slippe for smerterne, så jeg skal tro på dig, når du ikke længere magter at hoste et navn frem på den, du arbejdede sammen med. Men jeg ved, at du kan tåle mere. Du er en af de seje."

"Charlotte ..."

Manden svingede ildrageren. Han mærkede ikke engang slaget. Det sortnede bare i et dejligt langt sekund. Så var han tilbage i smertehelvedet.

"Hun er død!" brølede manden. "Find på noget bedre."

"Jeg mente hende den anden," sagde han og prøvede at få hjernen til at fungere. Han kunne jo godt huske det. Han havde en god hukommelse, så hvorfor svigtede den ham nu? Var han virkelig så skadet? "Hun er fra Australien ..."

"Du lyver!"

Han mærkede øjnene glide i igen. Et nyt brusebad. Et øjebliks klarhed.

Stemmen: "Hvem? Hvordan?"

"Dræb mig! Nåde! Jeg ... du ved, jeg ikke beskytter nogen. Jamen herregud, hvorfor skulle jeg det?"

"Jeg ved ingenting."

"Så hvorfor ikke bare dræbe mig? Jeg dræbte hende. Hører du? Gør det! Hævnen er din."

Manden satte spanden fra sig, smed sig ned i stolen, bøjede sig fremad med albuerne på armlænene og hagen hvilende på knytnæverne og svarede langsomt, som om han ikke havde hørt det, han sagde, men tænkte på noget andet: "Ved du hvad? Jeg har drømt om det her i så mange år. Og nu, da vi er her ... Jeg havde håbet på, at det ville smage bedre."

Manden slog ham med ildrageren en gang til, lagde hovedet på skrå og så på ham. Med en misfornøjet mine stak manden prøvende ildrageren ind i siden på ham.

"Måske mangler jeg fantasi? Måske mangler den her ret det rigtige krydderi?"

Noget fik manden til at vende sig om. Mod radioen. Den kørte på lav lydstyrke. Han gik hen til den, skruede op. Nyhedsudsendelse.

Stemmer i et stort rum. Som sagde noget om Håvasshytten. Et vidne. Rekonstruktion. Han frøs sådan, han kunne ikke længere mærke sine ben. Han lukkede øjnene og bad igen til sin Gud. Ikke om at blive befriet for smerterne, sådan som han havde gjort indtil nu. Han bad om tilgivelse, om at Jesu blod skulle rense ham for al synd, at nogen andre skulle bære alt det, han havde gjort. Han havde taget liv. Ja, det havde han. Han bad om, at han måtte blive badet i tilgivelsens blod. Og så få lov til at dø.

Del VI

Kapitel 56

Lokkedue

Lyshelvede. Selv gennem solbrillerne sved Harrys øjne. Det var som at stirre på et hav af diamanter, et voldsomt funklende lys, for solen skinnede på sneen, som skinnede på solen. Harry trak sig lidt tilbage fra vinduet, selv om han vidste, at set udefra var ruderne sorte, ugennemtrængelige spejle. Han så på sit ur. De var ankommet til Håvasshytten i nat. Jussi Kolkka havde installeret sig i hytten sammen med Harry og Kaja. De andre havde gravet sig ned i sneen i to hold på fire i hver sin ende af dalen, sådan at der var omtrent tre kilometer mellem dem.

Det var tre grunde til, at de havde valgt Håvasshytten til at lægge lokkemaden ud. For det første, fordi det var tilforladeligt, at de var der. For det andet, fordi drabsmanden forhåbentlig syntes, at han kendte stedet tilpas godt til, at han følte sig tryg ved at slå til. For det tredje, fordi hytten var en perfekt fælde. Det dalstrøg, som hytten lå i, havde kun adgang fra nordøst og syd. På østsiden var fjeldet for stejlt, og på vestsiden var der så mange stejle sider og kløfter, at man måtte være stedkendt for at finde frem.

Harry løftede kikkerten og prøvede at få øje på de andre, men det eneste, han så, var hvid sne. Og lys. Han havde snakket med Mikael Bellman, som lå mod syd, og Milano, som lå mod nord. Normalt ville de have brugt deres mobiltelefoner, men det eneste net, som havde dækning heroppe i det ubeboede fjeldområde, var Telenor. Den tidligere statsejede monopolistiske teleoperatør havde haft kapital til at bygge basestationer på hver eneste forblæste fjeldtop, men eftersom flere af politifolkene, heriblandt Harry, abonnerede hos andre teleoperatører, brugte de walkie-talkie. For at han kunne kontaktes, hvis der skulle ske noget på Rikshospitalet, havde Harry, før han tog af sted, lagt en besked på sin telefonsvarer om, at han opholdt sig uden for dækningsområdet, men opgivet nummeret på Milanos Telenor-telefon.

Bellman påstod, at de slet ikke havde frosset i nat, at kombinationen af soveposer, varmereflekterende liggeunderlag og petroleumsbrændere var så effektiv, at de havde måttet tage noget af deres tøj af. Og nu dryppede smeltevandet fra taget i de snehuler, de havde gravet ud i fjeldsiden.

Pressekonferencen havde været så grundigt dækket i tv, radio og aviserne, at man måtte være direkte uinteresseret i sagen for ikke at have opfattet, at vidnet Iska Peller og en politibetjent var på vej til Håvasshytten. Med jævne mellemrum gik Kolkka og Kaja ud og gestikulerede og pegede mod hytten, vejen de var kommet ad og udedasset. Kaja i rollen som Iska Peller, Kolkka som den enlige efterforsker, der hjalp hende med at rekonstruere den skæbnesvangre nats forløb. Harry holdt sig i skjul inde i stuen, hvor han også havde sat sine ski og skistave, så kun de to andres ski kunne ses uden for hytten, hvor de stod stukket ned i sneen.

Harry fulgte et vindpust, som pløjede hen over de nøgne vidder og hvirvlede en let nysne op, der var faldet oven på den hårde sneskorpe i nattens løb. Sneen blev blæst mod fjeldtoppe, tinder, fjeldsider og ujævnheder i landskabet, hvor den dannede stivnede bølgeformer og store revler, som stak ud som skyggen på en hat fra toppen af fjeldsiden bag hytten.

Harry vidste, at det selvfølgelig ikke var sikkert, at manden, de jagtede, i det hele taget ville vise sig. Det kunne være, at Iska Peller af en eller anden grund ikke stod på dødslisten, at han ikke syntes anledningen var den rette, at han havde andre planer for Iska. Eller at han havde lugtet lunten. Og der kunne være mere banale grunde. Han kunne være bortrejst, syg ...

Og dog. Hvis Harry havde talt alle de gange, hans intuition havde fortalt ham noget forkert, ville summen have fortalt ham, at han burde opgive intuition som metode og guide. Men han talte ikke. Han talte i stedet alle de gange, hans intuition havde fortalt ham noget, han ikke vidste, at han allerede vidste. Og nu fortalte den ham, at drabsmanden var på vej mod Håvasshytten.

Harry så på uret igen. De havde givet ham tyve timer. Det knagede og bragede i fyrrebrændet bag den finmaskede gnistfanger foran den overdimensionerede pejs. Kaja havde lagt sig for at hvile i det ene køjerum, mens Kolkka sad ved sofabordet og smurte en Weilert P11, der var skilt ad, med olie. Harry kunne genkende den tyske pistol på, at den ikke havde noget sigtekorn. Weilert-pistolen var specielt fremstillet til nærkamp, hvor man var nødt til hurtigt at få pistolen ud af hylsteret, bæltet eller lommen, og med et rent løb var risikoen mindre for, at den hægtede sig fast i noget. I den slags situationer var et sigtekorn også helt overflødigt: Man rettede pistolen mod objektet og skød, man *sigtede* ikke. Reservepistolen, en SIG Sauer, lå samlet og ladt ved siden af. Harry kunne mærke skulderhylsteret til sin egen Smith & Wesson .38 gnave mod sine ribben.

De var landet med helikopter om natten ved Neddalvannet nogle kilometer væk og havde taget resten af vejen til hytten på ski. Under andre omstændigheder ville Harry muligvis have set skønheden i et sneklædt fjeldlandskab badet i månelys, i nordlyset, som spillede på himlen, eller i Kajas næsten salige ansigt, mens de gled gennem den hvide stilhed som gennem et eventyr, i en lydløshed så fuldstændig, at han havde en følelse af, at den skrabende lyd af deres ski kunne høres mange kilometer væk i landskabet. Men der var for meget, som stod på spil, og for lidt han havde råd til at miste til, at han havde øje for andet end arbejdet, jagten.

Det var Harry selv, som havde tildelt Kolkka rollen som 'efterforsker'. Ikke fordi Harry havde glemt Justisen, men hvis tingene ikke gik som planlagt, kunne de få brug for finnens nærkampskompetence. Ideelt set ville drabsmanden prøve om dagen og ville blive taget af en af de to grupper, som lå ude i sneen. Men hvis han kom om natten uden at blive set, før han var ved hytten, måtte de tre i hytten tackle situationen på egen hånd.

Kaja og Kolkka sov i hvert sit køjerum, Harry i stuen. Morgenen var forløbet uden nogen unødvendig snak, selv Kaja havde været tavs og koncentreret.

I spejlbilledet i vinduet så han Kolkka sætte pistolen sammen, løfte den, sigte på hans baghoved og affyre et tørt skud. Tyve timer endnu. Harry håbede, at drabsmanden ville skynde sig.

Mens Bjørn Holm tog det lyseblå hospitalstøj ud af Adeles garderobeskab, følte han Geir Bruuns blik i ryggen henne fra døråbningen.

"Kan du ikke lige så godt tage det hele med?" spurgte Bruun. "Så slipper jeg for besværet med at skulle smide det ud. Hvor er for resten ham din kollega, Harry?"

"Han er på skitur i fjeldet," sagde Holm tålmodigt og lagde klædningsstykkerne ned hver for sig i de plasticposer, som han havde taget med.

"Jaså? Interessant, han slog mig ikke som nogen skitype. Hvorhenne?"

"Det ved jeg ikke. Apropos ski, hvad havde Adele på, da hun var i Håvasshytten? Hun har jo ikke noget skitøj her."

"Hun lånte af mig, selvfølgelig."

"Lånte hun skitøj af *dig*?"

"Du lyder så forbavset."

"Du slog mig ikke som sådan en ... en skitype." Holm kunne selv høre, at hans ord lød, som om han antydede noget på en måde, som ikke var tilsigtet, og kunne mærke, at han blev glohed i nakken.

Bruun lo lavmælt og snurrede rundt om sig selv i døråbningen. "Rigtigt, jeg er sådan en ... der går op i tøj."

Holm rømmede sig og lagde, uden at han vidste hvorfor, stemmen i et dybere leje: "Må jeg få lov til at se det?"

"Nå da da," læspede Bruun og så ud, som om han morede sig storartet over Holms utilpashed. "Kom, så skal vi se, hvad jeg har."

"Halv fem," sagde Kaja og sendte for anden gang gryden med labskovs videre til Harry. Deres hænder rørte ikke ved hinanden. Heller ikke deres blikke. Eller ordene. Den nat, de havde haft sammen på Oppsal, var lige så langt væk som en to dage gammel drøm. "Ifølge manus skal jeg nu stå på sydsiden og ryge en cigaret."

Harry nikkede og sendte gryden videre til Kolkka, der skrabede den tom, før han begyndte at skovle mad indenbords.

"Okay," sagde Harry. "Kolkka, kan du tage vinduet mod vest? Solen står lavt nu, så se efter glimt i kikkertglas."

"Inte förrän jag har ätit," sagde Kolkka langsomt og med eftertryk og stak endnu en fuldt lastet gaffel ind i munden.

Harry hævede et øjenbryn, så hen på Kaja og signalerede, at hun skulle forlade stuen.

Da hun var ude ad døren, satte Harry sig ved vinduet og lod blikket glide ud over vidderne og fjeldtoppene. "Så Bellman ansatte dig, da ingen andre ville have dig." Han sagde det lavt, men stilheden i stuen var så total, at han kunne have hvisket.

Der gik nogle sekunder uden svar. Harry antog, at Kolkka bearbejdede det faktum, at Harry havde talt til ham om et personligt anliggende.

"Jeg kender til det rygte, som blev sat i omløb, efter at du blev sparket ud fra Europol, at du havde banket en tidligere dømt voldtægtsmand under afhøring. Det stemmer, ikke sandt?"

"Det är min business," sagde Kolkka og løftede gaflen mod munden. "Men det kan väl hände han inte visade mej tillräcktligt respekt."

"Nå. Det interessante var jo, at rygtet blev sat i omløb af Europol selv. Fordi det var et rygte, der gjorde tingene lidt lettere for dem. Og for dig, antager jeg. Og selvfølgelig for forældrene og advokaterne for den pige, du afhørte."

Harry kunne høre, at den tyggende lyd bag ham standsede helt.

"Sådan at de fik deres erstatning i al stilhed uden at måtte trække dig og Europol i retten. Pigen slap for at sidde i vidneskranken og fortælle om dengang, da du var på hendes værelse, hvor du havde spurgt hende ud om hendes veninde, som var blevet voldtaget, og at du var blevet så ophidset af svarene, at du var begyndt at beføle hende. Femten år gammel, ifølge Europols interne notat."

Harry kunne høre Kolkka trække vejret tungt.

"Lad os antage, at Bellman også læste det notat," fortsatte Harry, "fik adgang til det via kontakter og omveje. Ligesom mig. At han ventede lidt, før han kontaktede dig. Ventede, indtil dit raseri var forsvundet, indtil al luften var gået ud af dig, indtil du var på bar bund. Og så samlede han dig op. Gav dig et job og noget af den stolthed, du havde mistet, tilbage. Og han vidste, at du ville betale ham tilbage med loyalitet. Han køber, mens markedet er i bund, Kolkka. Det er sådan, han opbygger sin livgarde."

Harry vendte sig om mod Jussi Kolkka. Finnens ansigt var hvidt.

"Du er købt, men knap nok betalt, Jussi. Slaver som dig får ingen respekt, ikke fra *massa* Bellman og ikke fra mig. For fanden, du har ikke engang respekt for dig selv, mand."

Kolkkas gaffel faldt ned på tallerkenen med en næsten øredøvende klirrende lyd. Han rejste sig, stak hånden indenfor i sin jakke og trak pistolen frem. Han gik hen til Harry, lænede sig ind over ham. Harry rørte sig ikke, så bare roligt op på ham.

"Så hvordan skal du finde din selvrespekt igen, Jussi? Ved at skyde mig?"

Finnens pupiller skælvede af raseri.

"Eller ved for helvede at gå i gang med arbejdet." Harry så ud på landskabet igen.

Han hørte Kolkkas tunge åndedrag. Ventede. Hørte ham vende sig om. Hørte ham fjerne sig. Hørte ham sætte sig ved vinduet mod vest.

Det skrattede i radioen. Harry greb mikrofonen.

"Ja?"

"Det bliver snart mørkt." Det var Bellmans stemme. "Han kommer ikke."

"Bliv ved med at holde udkig."

"Efter hvad? Det er blevet overskyet, og uden måneskin kan vi ikke få øje på en ..."

"Hvis vi ikke kan se, kan han heller ikke," sagde Harry. "Så se efter lyset fra en pandelygte."

Manden havde slukket for pandelygten. Han havde ikke brug for lys. Han vidste, hvor det skispor, han fulgte, førte hen. Til turisthytten. Og han ville vænne sig til mørket, ville have store, lysfølsomme pupiller, før han nåede frem. Der var den, de sorte bjælkevægge med sorte vinduer. Som om ingen var hjemme. Det knirkede i den nyfaldne sne, da manden satte fra og gled frem over de sidste meter. Han standsede og lyttede til stilheden et par sekunder, før han lydløst spændte skiene af. Han trak den store, tunge samekniv med det bådformede, skrækindjagende knivsblad og det gule, glatlakerede skæfte af træ frem. Den var lige velegnet til at kappe grene af til bål som til at skære et rensdyr op. Eller skære struber over.

Manden åbnede døren så stille, han kunne, og gik ind i gangen. Blev stående og lyttede ved døren ind til stuen. Stilhed. For stille? Han trykkede klinken ned og skubbede døren op, mens han selv stod ved siden af døråbningen med ryggen mod væggen. Så, for at gøre målet så kortvarigt og lille som muligt, gik han hurtigt og krumbøjet ind i mørket i stuen med kniven foran sig.

Han anede svagt den døde skikkelse, som sad på gulvet med hængende hoved og arme, som stadigvæk omfavnede ovnen.

Han stak kniven tilbage i skeden og tændte lyset ved sofaen. Han havde ikke tænkt over det før nu, at sofaen var ligesom den i Håvasshytten, at Turistforeningen sikkert fik mængderabat. Men sofabetrækket var gammelt, for hytten havde været lukket i flere år, da den lå for udsat. Der havde været ulykker med folk, som var gået ud over fjeldvægge i et forsøg på at finde hytten.

Hovedet på den døde ved jernovnen løftede sig langsomt.

"Beklager at komme brasende ind på den måde." Han tjekkede, at skiremmene, som holdt den dødes hænder fastbundet omkring ovnen, sad, som de skulle.

Så begyndte han at pakke sækken ud. Han havde trukket huen langt ned i panden og var gået hurtigt ind og ud igen af dagligvarebutikken i Ustaoset. Kiks. Brød. Aviser, som havde mere om pressekonferencen. Og vidnet i Håvasshytten.

"Iska Peller," sagde han højt. "Australier. Hun er i Håvasshytten. Hvad tror du? Kan hun have set noget?"

Det lykkedes lige akkurat den andens stemmebånd at flytte nok luft til, at der kom en lyd: "Politiet. Politi i Håvasshytten."

"Jeg ved det. Det står i avisen. Én efterforsker."

"De er der. Politiet har lejet hytten."

Han så på den anden. Havde politiet sat en fælde for ham? Og prøvede det svin, der sad foran ham, at *hjælpe* ham, at redde ham fra at gå i den? Tanken gjorde ham rasende. Men hende kvinden måtte alligevel have set noget, ellers ville de vel ikke have hentet hende hele vejen fra Australien? Han greb efter ildrageren.

"For helvede, hvor du stinker. Har du skidt i bukserne?"

Hovedet på den døde faldt ned på brystet igen. Den døde var tydeligvis flyttet ind her i hytten. Der lå nogle personlige ejendele i skufferne. Et brev. Noget værktøj. Nogle gamle familiebilleder. Et pas. Som om den døde var på flugt og troede, at han kunne slippe et andet sted hen. Andet end derned, ned til flammerne, hvor han skulle pines for sine synder. Selv om han var begyndt at tro, at det måske alligevel ikke var den døde, der stod bag al djævelskabet. Der er trods alt grænser for, hvad et menneske kan tåle af smerte, før det begynder at snakke.

Han tjekkede telefonen igen. Ingen dækning, fandens også!

Og sikken en stank. Forrådshuset. Han måtte hænge ham til tørre der. Det var det, man gjorde med røget kød.

Kaja havde lagt sig i sit køjerum i håb om at få lidt søvn, før det blev tid til hendes vagt.

Kolkka skænkede kaffe, først i sin egen og så i Harrys kop.

"Tak," sagde Harry og stirrede ud i mørket.

"Træski," sagde Kolkka, som havde stillet sig ved pejsen og så på Harrys ski.

"Min fars," sagde Harry. Han havde fundet skiudstyret i kælderen i Oppsal. Stavene var nye og lavet af en eller anden metallegering, som virkede til at veje mindre end luft. Harry havde et øjeblik tænkt, at den hule stamme måske var fyldt med helium. Men skiene var de samme, gamle, brede fjeldski.

"Da jeg var lille, tog vi op til min bedstefars hytte i Lesja hver påske. Der var den der fjeldtop, som min far altid ville op på. Så han sagde til min søster og mig, at der lå en kiosk deroppe, at de solgte Pepsi-Cola, som var Søs' favorit. Så hvis vi bare orkede at gå det sidste stykke vej, så ..."

Kolkka nikkede og strøg en hånd hen over bagsiden af de hvide ski. Harry tog en slurk af den nylavede kaffe:

"Det lykkedes altid Søs at glemme fra påske til påske, at det var det samme, gamle snyd. Og jeg ønskede hele tiden, at jeg også havde haft held til det. Men jeg havde travlt med at huske alt det, min far indprentede mig om regler på fjeldet ... Hvordan man brugte naturen som kompas, og hvordan man overlevede et sneskred. Norske kongerækker, de kinesiske dynastier og amerikanske præsidenter."

"Det er gode ski," sagde Kolkka.

"Lidt for korte."

Kolkka satte sig ved vinduet i den anden ende af stuen. "Ja, det tror man nok aldrig vil ske. At ens fars ski bliver for korte til en."

Harry ventede. Ventede. Så kom det.

"Jeg syntes, hun var så dejlig," sagde Kolkka. "Og jeg troede, at hun kunne lide mig. Mærkeligt. Men jeg tog hende bare på brystet. Hun gjorde ingen modstand. Hun var vel bange."

Det lykkedes Harry at bekæmpe sin trang til at rejse sig og forlade stuen.

"Det er rigtigt," sagde Kolkka. "Man er loyal mod den, som løfter en op fra møddingen, selv om man kan se, at han har brug for en. Hvad andet kan man gøre? Man må jo vælge side."

Da Harry skønnede, at ordstrømmen var indstillet, rejste han sig og gik ud i køkkenet. Han undersøgte alle skabene i et nytteløst forsøg på at finde det, som han vidste ikke fandtes der, en slags desperat afledningsmanøvre over for ham, der stod og skreg inde i hovedet på ham: "Én drink, bare én."

Han havde fået en chance. Én. Genfærdet havde løsnet remmene, havde løftet ham op, bandet over stanken af lort og støttet ham ud på badeværelset, hvor han havde smidt ham på gulvet i brusebadet og lukket op for vandet. Genfærdet havde stået der et stykke tid og set på ham, mens han prøvede at ringe fra mobiltelefonen. Havde bandet over dækningen og var gået ind i stuen, hvor han hørte ham prøve igen.

Han ville græde. Han var flygtet herop, havde gemt sig her, for at ingen skulle finde ham. Han havde installeret sig i den aflukkede turisthytte, havde kun taget det med, som han havde brug for. Troede sig i sikkerhed her mellem fjeldvæggene. I sikkerhed for genfærdet. Han græd ikke. For mens vandet gennemvædede hans tøj og opblødte resterne af den røde flannelsskjorte, som var klistret til hans ryg, gik det op for ham, at det her var hans chance. Hans egen mobiltelefon lå i lommen på hans bukser, der lå sammenfoldet på stolen ved siden af vasken.

Han prøvede at komme op at stå, men hans ben ville ikke. Det gjorde ikke noget. Der var kun en meter hen til stolen. Han lagde de sortsvedne arme ned på gulvet, trodsede smerterne og trak sig frem, hørte brandvablerne sprænges, kunne mærke lugten slå op i næsen på sig, men han var fremme efter to træk, ledte gennem lommerne, fiskede telefonen frem. Den var tændt og viste fuld dækning. Kontaktlisten. Han havde lagt nummeret på politibetjenten ind, mest for at han skulle se det på displayet, hvis manden ringede til ham.

Han trykkede opkaldsknappen ned. Det lød, som om telefonen trak vejret i den lille evighed mellem hver ringetone. Én chance. Brusebadet larmede nok til, at manden ikke kunne høre ham snakke. Der! Han hørte politimandens stemme. Han afbrød ham med sin hæse hvisken, men stemmen fortsatte uforstyrret. Og det gik op for ham, at han snakkede til en telefonsvarer. Han ventede på, at stemmen skulle blive færdig, knugede telefonen, kunne mærke huden på hånden sprække, men slap ikke. Kunne ikke slippe. Måtte lægge en besked om ... bliv færdig, for helvede, kom nu biplyd!

Han havde ikke hørt ham komme. Brusebadet havde overdøvet de lette skridt. Telefonen blev nappet ud af hans hånd, og han nåede at se skistøvlen komme.

Da han kom til bevidsthed igen, stod manden og kiggede interesseret på hans telefon.

"Så du har dækning?"

Manden gik ud af badeværelset, mens han tastede, og så overdøvede suset fra brusebadet alting. Men ikke længe efter kom han tilbage.

"Vi skal ud og rejse sammen. Du og jeg." Manden virkede pludselig til at være i godt humør. Han holdt et pas i den ene hånd. Hans pas. I den anden hånd holdt han tangen fra værktøjskassen.

"Gab op."

Han sank. Herre Jesus, forbarm dig.

"Gab op, sagde jeg!"

"Nåde. Jeg sværger, jeg har fortalt alt det, jeg ..." Han fik ikke sagt mere, for en hånd havde grebet ham rundt om halsen og stoppet lufttilførslen. Han kæmpede imod et stykke tid. Så kom tårerne endelig. Og så åbnede han munden.

Kapitel 57

Torden

Bjørn Holm og Beate Lønn stod ved det store stålbord på laboratoriet og stirrede på de marineblå skibukser, der lå foran dem under det skarpe lampelys.

"Det der er afgjort en sædplet," sagde Beate.

"Eller en stribe sæd," sagde Bjørn Holm. "Se lige formen på pletten."

"For lidt til en ejakulation. Det ser ud, som om en erigeret, våd penis er blevet skubbet hen over bagen på den, der havde bukserne på. Du sagde, at Bruun sandsynligvis var homoseksuel?"

"Ja, men han siger, at han ikke har brugt dem, siden han lånte dem til Adele."

"Så vil jeg sige, at vi har mærker efter sæd, der er typiske for en voldtægt. Det er bare at sende bukserne til dna-analyse, Bjørn."

"Enig. Hvad mener du om det der?" Holm pegede på de lyseblå hospitalsbukser, på to udtværede pletter lige under begge baglommer.

"Hvad er det?"

"Noget som ikke går af i vask, i hvert fald. Det er et nonylfenolbaseret stof, som kaldes PSG. Det bruges blandt andet i plejemidler til biler."

"Hun har tydeligvis siddet på det."

"Ikke bare siddet, det er kommet dybt ind i fibrene, hun har *gnedet* det ind. Hårdt. Sådan." Han svingede hofterne frem og tilbage.

"Javel. Har du nogen teori om hvorfor?"

Hun tog brillerne af og så på Holm, mens hans mund vred sig i forskellige stillinger for at udtale de indtryk, hjernen kom op med og lige så hurtigt forkastede igen.

"Tørgnubberi?" spurgte Beate.

"Ja," sagde Holm lettet.

"Javel. Og hvor og hvornår sidder en kvinde, der ikke arbejder på et hospital, i hospitalstøj og tørgnubber oven på noget PSG?"

"Det er enkelt nok," sagde Bjørn Holm. "På et natligt stævnemøde på en nedlagt PSG-fabrik."

Skyerne trak væk, og hytten lå igen badet i det blå magiske lys, hvor alt, selv skyggerne, var fosforescerede og fastfrosne som i et stilleben.

Kolkka havde lagt sig, men Harry antog, at finnen lå inde i sit køjerum med åbne øjne og resten af sine sanser spændt til det yderste.

Kaja sad ved vinduet med hagen i hånden og kiggede ud. Hun havde sin hvide sweater på, da de kun havde tændt for de elektriske ovne. De var blevet enige om, at det ville se mistænksomt ud, hvis der kom røg op fra skorstenen fireogtyve timer i døgnet, når der angiveligt kun var to personer i hytten.

"Hvis du indimellem savner stjernehimlen over Hongkong, så kig udenfor nu," sagde Kaja.

"Jeg kan ikke huske nogen stjernehimmel," sagde Harry og tændte en cigaret.

"Er der ikke noget ved Hongkong, du savner?"

"Li Yuans glasnudler," sagde Harry. "Hver dag."

"Er du forelsket i mig?" Hun havde sænket stemmen en smule og så opmærksomt på ham, mens hun satte en elastik om håret.

Harry mærkede efter. "Ikke nu."

Hun lo med et forbavset ansigtsudtryk. "Ikke nu? Hvad betyder det?"

"At den del af mig er sat på standby, så længe vi er her."

Hun rystede på hovedet. "Du har en skade, Hole."

"Om lige præcis det," sagde Harry og smilede skævt, "... hersker der kun lidt tvivl."

"Og hvad så når det her job er overstået om ..." Hun så på uret. "Ti timer?"

"Så bliver jeg måske forelsket i dig igen," sagde Harry og lagde sin hånd på bordet ved siden af hendes. "Hvis ikke før."

Hun kiggede på deres hænder og så, hvor meget større hans var.

Hvor meget mere fintformede hendes var. Hvor meget blegere og mere knudrede hans var med tykke blodårer, der snoede sig hen over håndryggen.

"Så du kan altså alligevel godt blive forelsket, før jobbet er færdigt?" Hun lagde sin hånd oven på hans.

"Jeg mente, at jobbet kan være overstået, før der er gået ..."

Hun trak hånden til sig.

Harry så forbavset på hende. "Jeg mente bare ..."

"Hør!"

Harry holdt vejret og lyttede, men hørte ingenting.

"Hvad var det?"

"Det lød som en bil," sagde Kaja og spejdede ud. "Hvad mener du?"

"Næppe," svarede Harry. "Der er over ti kilometer til nærmeste vinteråbne vej. Hvad med en helikopter? Eller en snescooter?"

"Eller hvad med mit eget overaktive hoved?" sukkede Kaja. "Lyden er væk. Og når jeg tænker mig om, var den der måske slet ikke. Beklager, men man bliver let overfølsom, når man er lidt bange og ..."

"Nej," sagde Harry og trak revolveren op af skulderhylsteret. "Passende bange, passende følsom. Beskriv, hvad du hørte." Harry rejste sig og gik hen til det andet vindue.

"Ingenting, siger jeg jo!"

Harry skubbede vinduet op på klem. "Din hørelse er bedre end min. Lyt for os begge to."

De sad og lyttede til stilheden. Minutterne gik.

"Harry ..."

"Shh."

"Kom og sæt dig her igen, Harry."

"Han er her," sagde Harry, dæmpet, som om han snakkede til sig selv. "Han er her nu."

"Harry, nu er det dig, der er overføl..."

Der lød et dumpt drøn. Lyden var lav, dyb og ligesom rund og langsom, uden fremdrift, som fjern torden. Men Harry vidste, at det sjældent tordner fra en klar himmel ved minus syv grader.

Han holdt vejret.

Og så hørte han det. En ny buldren, anderledes end drønet, men den samme lavfrekvente lyd, som lydbølger fra en bashøjttaler, lydbølger som flytter luft, som mærkes i maven. Harry havde kun én gang før hørt den lyd, men han vidste, at han ville komme til at huske den resten af livet.

"Sneskred!" råbte Harry og løb hen imod døren ind til Kolkkas køjerum, der vendte ind mod fjeldsiden. "Sneskred!"

Døren til køjerummet gik op, og der stod Kolkka, lysvågen. De kunne mærke jorden ryste. Det var et stort sneskred. Men uanset om hytten havde været grundmuret og havde haft kælder, vidste Harry, at de aldrig ville have nået at komme derned. For bag Kolkka kom glasstykkerne af det, der havde været vinduet, fygende, presset ind af den luft, som store sneskred presser foran sig.

"Tag min hånd!" råbte Harry over den buldrende larm og strakte dem ud, en mod Kaja og en mod Kolkka. Han så dem storme hen imod sig, idet luften blev presset ud af hytten, som om sneskreddet havde trukket vejret, først ud og så ind. Han kunne mærke Kolkkas hånd klemme hårdt om sin egen og ventede på Kajas. Så ramte snemuren hytten.

Kapitel 58

Sne

Det var øredøvende stille og lammende mørkt. Harry prøvede at bevæge sig. Umuligt. Det var, som om kroppen var lagt i gips. Han kunne ikke bevæge nogen af sine lemmer. Godt nok havde han automatisk gjort, som faderen havde sagt: holdt en hånd op foran ansigtet, så der var blevet en åben lomme der, men han vidste ikke, om der var luft i den. For Harry kunne ikke få vejret og havde netop opdaget, hvad det var. Panserhjerte. Olav Hole havde forklaret, at det var det, der skete, når brystkassen og mellemgulvet blev presset så hårdt sammen af sneen, at lungerne ikke kunne bevæge sig. Hvilket betød, at man kun havde den ilt, som allerede var i blodet, omtrent en liter, og at man med et almindeligt forbrug på 0,25 liter i minuttet ville dø i løbet af fire minutter. Panikken kom: Han måtte have luft, trække vejret! Harry spændte kroppen, men sneen var som en kvælerslange, der bare strammede grebet. Han vidste, at han måtte jage panikken væk, at han måtte tænke. Tænk nu! Verden udenfor var ophørt med at eksistere: tid, tyngdekraft, temperatur, de fandtes ikke. Harry havde ingen idé om, hvad der var op eller ned, eller hvor længe han havde været i sneen. En anden af faderens læresætninger hvirvlede gennem hans hjerne: at for at orientere sig om, hvilken vej man ligger, skal man spytte og mærke, hvilken vej det løber på ens ansigt. Han lod tungen glide hen over ganen. Han vidste, at det var frygten, adrenalinen, som havde udtørret den. Han åbnede munden og brugte fingrene på hånden foran munden til at pirke lidt sne ind i den åbne mund. Han tyggede, åbnede munden igen og lod smeltevandet løbe ud. Han gik øjeblikkelig i panik og spjættede, da hans næsebor blev fyldt med vand. Han lukkede munden og blæste vandet ud igen, blæste den luft ud, der var tilbage i lungerne. Han ville snart dø.

Vandet havde fortalt ham, at han lå med hovedet nedad, og spjættet indikerede, at det gik an at bevæge sig lidt alligevel. Han prøvede et nyt ryk, strammede hele kroppen som i en krampetrækning og mærkede sneen give efter. Lidt. Nok til at slippe løs af panserhjertets kvælertag? Han trak vejret, fik lidt luft, men ikke nok. Hjernen måtte allerede have iltunderskud, men alligevel huskede den tydeligt faderens ord fra påskeferierne deroppe i Lesja. At inde under et sneskred, hvor man kan ånde en lille smule, dør man ikke af mangel på luft, men af for meget CO_2 i blodet. Den anden hånd var stødt mod et eller andet, noget hårdt, noget der føltes som et trådnet. Olav Hole: "Under sneen er du som en haj: Du dør, hvis du ikke bevæger dig. Selv om sneen er løs nok til, at der kommer noget luft igennem, vil varmen fra din ånde og din krop hurtigt danne et lag is omkring dig, som gør, at der ikke kan komme luft ind, og den giftige kuldioxid fra din egen ånde kan ikke komme ud. Du laver simpelthen din egen iskiste. Er du med?"

"Ja ja, far, men slap nu af. Vi er i Lesja, ikke i Himalaya."

Moderens latter ude fra køkkenet.

Harry vidste, at hytten var fyldt med sne. At over ham var der et tag. Og over det igen var der sandsynligvis mere sne. Der var ingen vej op. Tiden var ved at rinde ud. Det sluttede her.

Han havde bedt til, at han ikke ville vågne igen, at næste gang, han gled ind i bevidstløsheden, ville blive den sidste. Han hang med hovedet nedad. Hovedet dunkede, som om det skulle sprænges. Det måtte være alt blodet, som fyldte det.

Det var lyden af en snescooter, der havde vækket ham.

Han prøvede at lade være med at bevæge sig. Han havde gjort det til at begynde med, havde spjættet, spændt kroppen, forsøgt at komme fri. Men han var ganske hurtigt holdt op med at prøve. Ikke på grund af kødkrogene i læggene, for han havde for længst mistet følelsen i sine ben. Det var lyden. Lyden af revnende kød og sener og muskler, som sprang og blev flået over, når han rykkede og vred sig, så det sang i kæden, der var fastgjort til forrådshusets tag.

Han stirrede ind i det brustne blik fra en hjort, der var ophængt ved bagbenene og så ud, som om den var fanget i en klipperevne med geviret foran sig. Den var et offer for hans krybskytteri. Med den samme riffel, han havde dræbt hende med.

Han hørte den klagende knirken af skridt i sneen udenfor. Døren gik op, måneskin faldt ind. Så var han der igen. Genfærdet. Og det mærkelige var, at det først var nu, når han så ham nedefra, at han blev sikker.

"Det er virkelig dig," hviskede han. Det var så underligt at tale uden fortænder. "Det er virkelig dig. Er det ikke?"

Manden gik rundt om ham og løsnede hans bagbundne hænder.

"K-kan du tilgive mig, min dreng?"

"Er du klar til at rejse?"

"Du har dræbt dem alle sammen, har du ikke?"

"Jo," sagde han. "Nu tager vi af sted."

Harry gravede med højre hånd. Mod den venstre, der var presset mod et trådnet, som han ikke vidste, hvad var. En del af hans hjerne fortalte ham, at han var fanget, at det var en håbløs kamp mod sekunderne, at for hvert åndedrag var han et skridt nærmere døden. At det eneste, han gjorde, var at forlænge lidelserne, udsætte det uundgåelige. Den anden stemme sagde, at han hellere ville dø desperat end apatisk.

Han havde formået at grave sig frem til den anden hånd og strøg hånden hen over trådnettet. Han stemte begge hænder imod og prøvede at skubbe, men trådnettet lod sig ikke rokke. Han kunne mærke, at åndedrættet allerede var blevet tungere, at sneen var blevet glattere, at hans grav var ved at pansre og isne til. Svimmelheden kom og gik. Bare et sekund, men han vidste, at det var første varsel om, at han indåndede forgiftet luft. At snart ville døsigheden komme, og hjernen ville lukke ned, sektion efter sektion som et hotel på vej ind i lavsæsonen. Og det var på det tidspunkt, at Harry mærkede noget, som han aldrig havde mærket før, ikke engang i sine værste nætter på Chungking Mansion: en overvældende ensomhed. Det var ikke visheden om, at han skulle dø, som pludselig tappede ham for al vilje, men at han skulle dø her, uden nogen, uden dem han elskede, uden far, Søs, Oleg, Rakel ...

Døsigheden kom. Harry holdt op med at grave. Selv om han vidste, at det var døden. En forførerisk, lokkende død, som tog ham i sin favn. Hvorfor protestere, hvorfor stritte imod, hvorfor vælge smerte, når han i stedet for kunne give sig hen? Hvorfor vælge anderledes nu, end han altid havde gjort? Harry lukkede øjnene.

Vent.

Trådnettet.

Det måtte være gnistfanget foran pejsen. Pejsen. Skorstenen. Af sten. Hvis der var noget, der havde modstået sneskreddet, et sted hvor snemasserne kunne tænkes ikke at være trængt ind, måtte det være i skorstenen.

Harry skubbede til trådnettet igen. Det rokkede sig ikke en millimeter. Hans fingre kradsede mod trådnettet. Kraftesløst, resigneret.

Det var besluttet. Det var sådan, det skulle ende. Hans CO_2-inficerede hjerne anede en logik i det, men ikke helt hvilken. Men han accepterede det. Lod den søde, varme søvn komme. Bedøvelsen. Friheden.

Hans fingre gled ned langs trådnettet. Fandt noget hårdt, solidt. Skispidser. Faderens ski. Han gjorde ingen modstand mod tanken: at det var lidt mindre ensomt på den måde med hånden om faderens ski. At de sammen, i takt, skulle gå ind i døden. Tage den sidste, stejle bakke.

Mikael Bellman stirrede på det, der lå foran dem. Eller rettere sagt på det, der *ikke* lå foran dem. For den var der ikke længere. Hytten var væk. Fra snehulen havde den set ud som en lille tegning på et stort, hvidt ark. Det var før braget og den fjerne buldren, som havde vækket ham. Da han endelig havde fået kikkerten frem, var der stille igen, kun et fjernt, forsinket ekko, som blev kastet tilbage fra Hallingskarvet. Han havde stirret og stirret gennem kikkerten, ladet den flakke hen over fjeldsiden derhenne. Det var, som om nogen bare havde brugt et viskelæder på arket. Ingen tegning, kun fredeligt og uskyldigt hvidt. Det var ikke til at fatte. En hel hytte begravet? De havde skyndt sig at tage ski på og havde brugt otte minutter på at komme hen til stedet for sneskreddet. Eller otte minutter og atten sekunder. Han havde noteret sig tiderne. Han var politimand.

"For fanden da, stedet for sneskreddet dækker jo en *kvadratkilometer*," hørte han en stemme råbe bag sig og så de spinkle, gule lysstriber fra deres lommelygter fare hen over sneen.

Det knasede i walkie-talkien. "Redningscentralen siger, at helikopteren er her om tredive minutter. Slut."

For længe, tænkte Bellman. Hvad var det, han havde læst? Efter en halv time er chancen for at overleve under sneen én til tre. Og når helikopteren nåede frem, hvad fanden skulle de så egentlig gøre? Stikke de der sonder ned i sneen efter resterne af en hytte? "Tak, ovre og slut."

Ærdal kom op på siden af ham: "Vi har heldet med os! Der er to lavinehunde i Ål. De kører dem op til Ustaoset nu. Lensmanden i Ustaoset, Krangli, er ikke hjemme, han tager i hvert fald ikke telefonen, men der er en fyr på hotellet, som har snescooter og kan køre dem herhen." Han slog nogle kuskeslag.

Bellman stirrede på sneen under dem. Kaja var dernede et eller andet sted. "Hvor tit var det, de sagde, at de havde sneskred her?"

"Hvert tiende år," sagde Ærdal.

Bellman vippede på hælene. Milano dirigerede de andre, som løb rundt og gennemborede sneen med stave og ski.

"Lavinehundene?" spurgte han.

"Fyrre minutter."

Bellman nikkede. Han vidste, at de lavinehunde hverken ville gøre fra eller til. Når de kom, ville det være over en time siden, sneskreddet fandt sted.

Chancen for overlevelse ville være under ti procent, allerede før de tog af sted. Efter halvanden time ville den praktisk talt være lig nul.

Rejsen var begyndt. Han kørte på snescooter. Det var, som om både mørket og lyset kom imod ham, som om den diamantbestrøede himmel åbnede sig og gæstfrit bød ham indenfor. Han vidste, at bag ham i sneen stod manden, genfærdet, og sigtede på hans forbrændte, forkullede og vabelbefængte ryg gennem kikkertsigtet på et gevær.

Men ingen kugle kunne indhente ham nu, han var fri, han var på vej derhen, hvor han skulle, til det sted, han altid havde været på vej mod. Til samme sted, hvor hun var taget hen og ad samme rute. Han var ikke længere bundet, og hvis han havde været i stand til at bevæge arme og ben, ville han blot have rejst sig op på sadlen, vredet på gashåndtaget og kommet endnu hurtigere frem. Han jublede, idet han satte af mod stjernehimlen.

Kapitel 59

Begravelsen

Harry sank ned gennem lag af drømme, minder og halvtænkte tanker. Alt var vel bortset fra én stemme, der messede den samme sætning igen og igen. Faderens stemme:

"... indtil du var så blodig, at de store drenge blev forskrækkede og løb deres vej."

Han prøvede at skubbe den til side, at lytte til en af de andre stemmer. Men også den tilhørte Olav Hole:

"Du var mørkeræd, men du gik i mørket."

For fanden da også!

Harry åbnede øjnene mod mørket. Vred og vrikkede sig i sneens kolde jerngreb. Prøvede at sparke fra. Begyndte at grave foran trådnettet. Fik lidt mere plads. Fingrene fandt kanten af gnistfanget. Han skulle ikke dø, Olav Hole måtte gå i forvejen, så meget far måtte han da for fanden være! Hænderne gik som skovle nu, hvor de havde fået plads til at bevæge sig. Han fik hænderne ind på indersiden af gnistfanget og trak det ind mod sig. Sådan! Det flyttede sig! Han trak igen. Og mærkede det. Luft. Askestinkende og tung, men ikke desto mindre luft. Så længe det varede. Han puffede sneen væk og stak hænderne ind. Fingrene fandt noget, der føltes som flamingo, men han blev klar over, at det var halvbrændte brændeknuder. Gnistfanget havde modstået sneskreddet, pejsen var fri for sne! Han fortsatte med at grave.

Nogle minutter eller måske bare nogle sekunder senere lå han sammenkrøbet inde i den overdimensionerede pejs og drak vejret i store slurke og hostede aske.

Og så gik det op for ham, at indtil nu havde han kun tænkt på én ting: sig selv.

Han skubbede armen rundt om hjørnet på pejsen til det sted, hvor faderens ski var. Han rodede rundt i sneen, indtil han fandt det, han ledte efter. En af stavene. Han klemte skiringen sammen og trak den til sig. Den glatte, lette og stive metalstav gled let gennem sneen. Han fik staven ind i pejsen, placerede den mellem benene, klemte skistøvlerne sammen og flåede skiringen af. Han havde nu et spyd på lidt over halvanden meter.

Kaja og Kolkka kunne ikke være langt fra, hvor han selv havde ligget.

Han lavede et imaginært rudenet, sådan som de gjorde på gerningssteder, der skulle gennemtrawles for spor, og begyndte at stikke. Han arbejdede hurtigt og stak med stor kraft, men det var en kalkuleret risiko. I værste fald ramte han et øje eller stak hul på en hals, men det var kun i heldigste fald, at de stadigvæk trak vejret. Han stak lidt til venstre for det sted, hvor han mente, han selv havde befundet sig, da han kunne mærke skistaven støde mod noget, der gav efter. Han trak staven lidt tilbage, stak forsigtigt og mærkede den give efter igen. Da han skulle trække den til sig, mærkede han, at staven sad fast. Han lettede grebet og kunne mærke staven blive trukket fra ham. En eller anden holdt fast om skistavens spids og trak den frem og tilbage for at signalere, at der var liv! Harry trak staven til sig, hårdere denne gang, men den anden holdt fast med en forbløffende kraft. Harry havde brug for staven, men den ville være i vejen, når han begyndte at grave, så han stak hånden ind i remmen til håndleddet, og selv da måtte han bruge al sin kraft for at få staven løs.

Harry blev liggende et øjeblik og spekulerede på, hvorfor han ikke allerede havde lagt staven fra sig og var begyndt at grave. Så forstod han hvorfor. Han tøvede et sekund til. Så begyndte han at stikke staven ind i sneen igen, denne gang til højre for det sted, hvor han selv havde været. Ved fjerde stik fik han kontakt. Den samme eftergivende følelse. Maven? Han holdt let om staven for at mærke, om han kunne føle noget, der hævede eller sænkede sig, et åndedræt, men der var ingen bevægelse.

Valget burde have været let. Der var kortest vej til den første, og der havde der været tegn på liv. Redde den, som reddes kan. Harry lå allerede på knæ og gravede som en gal. Mod den sidste.

Fingrene var følelsesløse, da de nåede frem til kroppen, og han måtte bruge bagsiden af hånden for at mærke, at det var uld fra en sweater. Sweateren. Den hvide. Han fik fat i en skulder, skubbede mere sne til side, fik en arm løs og trak den livløse krop ned gennem gangen i sneen. Hendes hår faldt ind mod hans ansigt, det lugtede stadigvæk af Kaja. Han fik bugseret hovedet og det halve af hendes overkrop ned på pejsegulvet og prøvede at mærke efter puls på halsen, men hans fingerspidser var som fyldt med cement. Han lagde ansigtet ned mod hendes, men mærkede intet åndedræt. Han åbnede hendes mund, mærkede efter, at tungen ikke lå i vejen, inhalerede og pustede luft ind i hendes mund. Kom op efter frisk luft, betvang hosterefleksen, da han indåndede askepartikler, og pustede luft ind i hende. En tredje gang. Han talte, fire, fem, seks, syv. Han kunne mærke, at alt begyndte at snurre, tænkte, at han var tilbage ved pejsen i hytten i Lesja nu, den lille dreng, som blæste på gløderne for at få liv i flammerne igen, og faderen, som lo, da drengen vaklede væk og var ved at besvime. Men han måtte fortsætte. Han vidste, at sandsynligheden for at vække hende til live blev mindre for hvert sekund.

Da han lænede sig ned for tolvte gang, mærkede han det: en varm strøm mod ansigtet. Han holdt vejret, ventede, turde ikke tro, at det var sandt. Den varme strøm forsvandt. Men så var den der igen. Hun trak vejret! I samme øjeblik trak hendes krop sig sammen, og hun begyndte at hoste. Så hørte han hendes svage stemme: "Er det dig, Harry?"

"Ja."

"Hvor ... jeg kan ikke se."

"Det er okay, vi ligger i pejsen."

Pause.

"Hvad laver du?"

"Jeg graver efter Jussi."

Da Harry fik Kolkkas hoved ud af sneen foran pejsen, anede han ikke, hvor lang tid der var gået, blot at der for Jussi Kolkkas vedkommende ikke var noget tilbage af den. Han havde tændt en tændstik og nåede at se finnens store, tomt stirrende øjne, før flammen gik ud.

"Han er død," sagde Harry.

"Kan du ikke prøve mund til mund ...?"

"Nej," sagde Harry.

"Hvad nu?" hviskede Kaja, svagt, opgivende.

"Vi må se at komme op," sagde Harry og fandt hendes hånd, gav den et klem.

"Kan vi ikke vente her, til de finder os?"

"Nej," sagde han.

"Tændstikken," sagde hun.

Harry svarede ikke.

"Den slukkede med det samme," sagde Kaja. "Der er heller ikke luft her. Hele hytten er begravet i sne. Det er derfor, du ikke vil prøve at genoplive ham. Der er ikke engang luft nok til os to, Harry ..."

Harry havde rejst sig og prøvede at presse sig op gennem skorstenen, men den var for snæver. Skuldrene kilede sig fast. Han lod sig glide ned på hug igen og knækkede begge ender af staven, så den blev et hult metalrør, holdt den op i skorstenen og rejste sig igen, denne gang med hænderne over hovedet. Det gik lige. Klaustrofobien greb ham, men forsvandt i samme sekund, som om kroppen forstod, at irrationelle fobier var en luksus, den ikke kunne tillade sig nu. Han pressede ryggen mod den ene side af skorstenen og brugte benene til at skubbe sig opad. Det sved i lårmusklerne, han trak vejret tungt, og svimmelheden var vendt tilbage. Men han fortsatte; én fod op, presse, næste fod op. Det blev varmere, jo højere han kom op, og han vidste, at det betød, at den varme luft, som steg op, ikke slap ud. Og det gik op for ham, at hvis de havde fyret op i pejsen, da sneskreddet kom, havde de nu for længst været døde af kulilteforgiftning. At man kunne kalde det held i uheld. Hvis ikke det var, fordi sneskreddet ikke var et uheld. Det drøn, de havde hørt ...

Staven ramte noget oven over ham. Han klatrede opad. Mærkede for sig med den frie hånd. Det var en jernrist. Sådan en man satte på toppen af en skorsten, for at egern og andre dyr ikke skulle komme ind i hytten. Han kørte fingrene langs kanten. Den var støbt fast. Fandens også!

Kajas svage stemme nåede ham: "Jeg er svimmel, Harry."

"Træk vejret dybt."

Han skubbede staven gennem det finmaskede net i jernristen.

Der var ikke sne på den anden side!

Han ænsede knap nok mælkesyren, som brændte i lårene, men skubbede ivrigt staven videre. Og følte skuffelsen, da den ramte noget hårdt. Skorstenshætten. Han burde have husket, at hytten havde sådan en charmerende sort metalhat mod regn og sne på toppen af skorstenen. Han følte sig frem, indtil han pressede staven skråt ud under skorstenshættens kant og mærkede den massive, hårdtpakkede sne, hårdere end den inde i hytten. Men det kunne også være, fordi sneen nu pressede sig ind i åbningen på den hule stav. For hver centimeter af staven, han jog ind i sneen, bad han til, at han måtte mærke det, det pludselige ophør af modstand, som betød, at han var brudt gennem snehelvedet, og som betød, at han kunne blæse sneen ud af det her sugerør og få luft, frisk, livgivende luft. Få puffet Kaja op og givet hende samme injektion af antidød. Men gennembruddet kom aldrig. Han havde staven presset helt op til jernristen, og der var ingenting sket. Han prøvede alligevel, sugede alt det, han kunne, fik tør, kold sne i munden, og så blev der tæt. Han orkede ikke at holde presset mod siderne længere og faldt ned, mens han råbte, stak ben og arme ud, mærkede huden blive skrællet af hænderne, men rutsjede videre. Han ramte kroppen under sig med begge ben.

"Hvordan gik det?" spurgte Harry og pressede sig op i skorstenen igen.

"Fint," sagde Kaja og stønnede lavt. "Hvad med dig? Dårlige nyheder?"

"Ja," sagde Harry og maste sig ned ved siden af hende.

"Hvilke? Du er heller ikke forelsket i mig nu?"

Harry lo stille og trak hende ind til sig: "Jo, nu er jeg."

Han kunne mærke varme tårer på hendes kinder, da hun hviskede: "Skal vi så gifte os?"

"Ja, det skal vi," sagde Harry og vidste, at det var giften i hjernen, der fik ham til at tale på den måde.

Hun lo stille. "Til døden os skiller."

Han kunne mærke varmen fra hendes krop. Og noget hårdt. Hendes hoftehylster med tjenesterevolveren. Han slap hende og famlede sig frem til Kolkka. Han syntes allerede, han kunne se, at Kolkkas ansigt var begyndt at få en marmoragtig kulde og stivhed. Han pressede hånden ind i sneen langs den dødes hals og borede sig vej ned mod brystet.

"Hvad er det, du laver?" mumlede hun slapt.

"Jeg tager Jussis pistol."

Han hørte, at hun et øjeblik holdt op med at trække vejret. Mærkede hendes hånd på ryggen, usikkert famlende som et lille dyr, der havde mistet orienteringsevnen.

"Nej," hviskede hun. "Gør det ikke ... ikke sådan ... lad os hellere bare sove ... Even."

Det var, som Harry havde troet. Jussi Kolkka havde lagt sig på sengen med skulderhylsteret på. Han rev knappen op, som holdt pistolen på plads, fik hånden rundt om skæftet og trak pistolen ud af sneen. Han strøg med en finger hen over løbet. Ikke noget sigtekorn, det var Weilert-pistolen. Han rejste sig for hurtigt og kunne mærke, at han var ved at besvime, tænkte på at gribe ud efter støtte. Så blev alting sort.

Bellman stod og så ned i det snart fire meter dybe hul, da han hørte den stødvise flap-flap-dunken fra redningshelikopteren, der nærmede sig, som en tæppebanker på superspeed. Hans folk brugte rygsækkene til at fragte sneen op og hejste dem op med sammenbundne buksebælter.

"Vinduet!" hørte han manden nede i fordybningen råbe.

"Knus det!" råbte Milano.

Glasset klirrede.

"Åh herre, min satan ..." hørte han. Og vidste, at påkaldelsen varslede dårligt nyt.

"Smid en skistav ned ..."

Bellman ventede i tavshed. Så kom det:

"Sne. Forpulet sne. Til taget."

Bellman hørte hundeglam og prøvede at regne ud, hvor mange

timer det ville tage at tømme hytten for sne. Rettelse: hvor mange døgn.

Harry vågnede med voldsomme smerter i kæben og følte noget varmt løbe ned over panden og mellem øjnene. Han forstod, at han måtte have slået hovedet og det udstående sted for kæbebruddet mod stenene, da han faldt, at det var det, der havde vækket ham. Det mærkelige var, at han stadigvæk stod op og stadigvæk holdt pistolen i hånden. Han prøvede at indånde luft, som ikke var der. Han vidste ikke, om han havde nok til et sidste forsøg, men hvad så? Det var enkelt: Der var ikke andet at gøre. Så han stak pistolen i lommen og begyndte gispende at forcere skorstenen, stemte benene ud til siderne, da han var kommet op, famlede over jernristen og fandt enden af metalstaven, som stadig sad stukket op i sneen. Staven var svagt kegleformet med den største åbning i Harrys ende, hvor han resolut stak pistolløbet ind. To tredjedele inde på pistolløbet kilede det sig fast, hvilket også betød, at løbet var helt parallelt med staven, som en halvanden meter lang lyddæmper. En kugle ville ikke trænge igennem over halvanden meter sne, men hvad nu, hvis der bare manglede *lidt*, før staven var gennem sneen?

Han lagde sin vægt mod pistolen, så rekylen ikke skulle få den til at løsne sig og skyde skævt. Så trykkede han på aftrækkeren. Og skød. Og skød. Det føltes, som om trommehinderne skulle sprænges i det hermetisk lukkede rum. Efter fire skud stoppede han, lagde læberne til åbningen i staven og sugede ind.

Sugede ... luft.

Et øjeblik var han så forbløffet, at han var lige ved at falde ned igen. Harry sugede igen, forsigtigt, for ikke at ødelægge tunnelen i sneen, som kuglerne måtte have lavet. Et enkelt snefnug kom dryssende og lagde sig under tungen på ham. Luft. Det smagte som en rund, mild whisky med is.

Kapitel 60

Nisser og dværge

Roger Gjendem løb op gennem Karl Johans Gate, hvor butikkerne var ved at åbne. På Egertorget kiggede han op og så, at viserne på det røde Freiaur viste tre minutter i ti. Han satte farten op.

Han var blevet hasteindkaldt af Bent Nordbø, deres afgåede og på alle måder legendariske chefredaktør, nu bestyrelsesmedlem og tempelvogter.

Han drejede til højre op ad Akersgata, hvor alle de store aviser havde klumpet sig sammen, dengang papirudgaven var kongen blandt nyheder. Han svingede til venstre mod Tinghuset, til højre op ad Apotekergata og gik forpustet ind på Stopp Pressen! Det virkede, som om man ikke helt havde kunnet bestemme sig for, om stilen skulle være sportspub eller bare traditionel engelsk pub. Måske begge dele, da formålet var, at alle typer journalister skulle kunne føle sig hjemme. På væggene hang der pressefotos, der viste, hvad der havde optaget, rystet, glædet og forfærdet nationen de sidste tyve år. Det handlede mest om sport, kendisser og naturkatastrofer. Plus en del politikere, der faldt ind under de sidste to kategorier.

Eftersom stedet lå i gåafstand fra de to tilbageblevne avishuse i Akersgata, VG og Dagbladet, var Stopp Pressen! nærmest at regne som en udvidet kantine for dem, men lige nu sad der blot to personer derinde. Bartenderen bag skranken og en mand, der sad ved bordet inderst i lokalet under en hylde med Gyldendals bogklassikere og en gammel radio, der åbenbart skulle give stedet en vis patina.

Manden under hylden var Bent Nordbø. Han havde John Gielguds arrogante udseende, John Majors panoramabriller og Larry Kings bukseseler. Og han læste i en ægte papiravis. Roger havde hørt, at Nordbø kun læste New York Times, The Financial Times, The Guardian, China Daily, Süddeutsche Zeitung, El País og Le Monde, men at han til gengæld læste dem hver dag. Han kunne dog finde på at bladre i Pravda og slovenske Dnevnik, men han hævdede, at 'østeuropæiske sprog er så tunge for øjet'.

Gjendem standsede foran bordet og rømmede sig. Bent Nordbø læste de sidste linjer færdig af artiklen om mexicanske indvandreres genoplivning af tidligere saneringsmodne områder i Bronx, kastede et blik over siden for at forvisse sig om, at der ikke stod noget andet der, som interesserede ham. Så tog han de enorme briller af, nappede tørklædet ud af brystlommen på tweedjakken og så op på den nervøse, stadig forpustede mand, der havde taget opstilling ved hans bord.

"Roger Gjendem, formoder jeg."

"Ja."

Nordbø foldede avisen sammen. Gjendem havde også fået at vide, at når manden åbnede den igen, kunne man betragte samtalen som overstået. Nordbø lagde hovedet lidt på skrå og påbegyndte det ikke ubetydelige arbejde med at pudse sine brilleglas.

"Du har arbejdet med kriminalsager i mange år, så du kender de ansatte i Kripos og Drabsafdelingen, ikke sandt?

"Øh ... jo."

"Mikael Bellman, hvad ved du om ham?"

Harry kneb øjnene sammen mod solen, som strømmede ind i lokalet. Han var lige vågnet og brugte de første sekunder på at ryste drømmene af sig og rekonstruere virkeligheden.

De havde hørt hans skud.

Og afdækket staven ved første spadestik.

Bagefter havde de fortalt ham, at det, de var mest bange for, mens de gravede sig ned mod skorstenen, var at blive skudt.

Harrys hoved gjorde ondt som efter en uges spirittørke. Han svingede benene ud af sengen og så sig om i det værelse, han havde fået tildelt på Ustaoset Høyfjellshotel.

Kaja og Kolkka var blevet fløjet med helikopter til Rikshospitalet i Oslo. Harry havde nægtet at tage med. Først da han løj og sagde, at han havde haft masser af luft hele tiden og følte sig i topform, havde de indvilget i at lade ham blive.

Harry stak hovedet under vandhanen på badeværelset og drak. "Vand er aldrig helt galt og ofte ganske godt." Hvem var det, der plejede at sige det? Rakel, når hun ville have, at Oleg skulle drikke ud ved middagsbordet. Han tændte for mobiltelefonen, der ikke havde været tændt, siden han tog af sted til Håvasshytten. Her i Ustaoset var der dækning, viste displayet, som også viste, at der lå en besked på telefonsvareren og ventede. Harry aflyttede den, men der var kun et sekund med hosten eller latter, før forbindelsen blev afbrudt. Harry tjekkede nummeret på den, der havde ringet. Det var et mobiltelefonnummer og kunne være hvem som helst. Der var noget vagt bekendt ved det, men det var i hvert fald ikke fra Rikshospitalet. Vedkommende ringede vel igen, hvis det var vigtigt.

I morgenmadsrestauranten sad Mikael Bellman i ensom majestæt med en kop kaffe foran sig. Foran ham lå aviserne sammenfoldet, færdiglæst. Harry behøvede ikke at kigge på dem for at vide, at det var mere af det samme. Mere om Sagen, mere om politiets hjælpeløshed, mere pres. Men dagens udgave havde næppe nået at få Jussi Kolkkas død med.

"Kaja har det godt," sagde Bellman.

"Javel. Hvor er de andre?"

"De tog morgentoget til Oslo."

"Men ikke dig?"

"Jeg tænkte, jeg ville vente på dig. Hvad mener du?"

"Om hvad?"

"Om sneskreddet. Var det bare noget, der skete?"

"Aner det ikke."

"Nej? Hørte du drønet, før sneskreddet begyndte?"

"Det kan have været en snekappe på toppen, som faldt ned og ramte fjeldsiden. Som så satte sneskreddet i gang."

"Synes du, det lød sådan?"

"Jeg ved ikke, hvordan det skal lyde. Det var i hvert fald en lyd, som satte skreddet i gang."

Bellman rystede på hovedet. "Selv erfarne fjeldfolk tror på den der myte om, at lydbølger kan udløse skred. Jeg har klatret med en lavineekspert i Alperne, som fortalte mig, at folk dernede stadig tror, at lavinerne under anden verdenskrig blev udløst af kanonbrag. Sandheden er, at kun hvis sneen bliver ramt direkte af et sprænglegeme, kan det starte et skred."

"Javel. Sådan at ...?"

"Ved du, hvad det her er?" Han holdt et lille stykke blankt metal mellem pege- og tommelfinger.

"Nej," sagde Harry og signalerede til tjeneren, der var i gang med at rydde morgenmadsbuffeten af, at han ville have en kop kaffe.

"*Nisser og dværge bygger i bjerge*," nynnede Bellman.

"Pas."

"Nu skuffer du mig, Harry. Men okay, måske har jeg et forspring. Jeg voksede op i Manglerud i halvfjerdserne i en satellitby under udvidelse. De gravede husgrunde ud rundt om os på alle sider. Mit barndoms soundtrack var lyden af dynamitladninger, som gik af. Efter at arbejderne var gået, gik jeg rundt og fandt små stykker ledninger med rød plastic og små stykker papir fra stængerne. Kaja fortalte mig, at de har en speciel måde at fiske på heroppe, at dynamitstænger er mere almindelige end hjemmebrændt spiritus. Sig ikke, at du ikke har tænkt tanken."

"Okay," sagde Harry. "Det er et stykke af fænghætten. Hvor og hvornår fandt du den?"

"Efter at I var blevet reddet ud i går nat. Jeg og et par af drengene foretog en lille undersøgelse af det sted, hvor sneskreddet var startet."

"Var der spor?" Harry tog imod kaffekoppen fra tjeneren med et "tak".

"Nej. Der er så udsat deroppe, at vinden havde fejet det væk, som eventuelt kunne være tilbage af skispor. Men Kaja mente, hun måske havde hørt en snescooter."

"Det er rigtigt. Og der gik et stykke tid, fra hun hørte den, til sneskreddet skete. Han kan have parkeret snescooteren, før han nåede helt frem, så vi ikke kunne høre den."

"Jeg har tænkt den samme tanke."

"Og hvad så nu?" Harry tog prøvende en slurk.

"Vi skal lede efter scooterspor."

"Den lokale lensmand ..."

"Ingen ved, hvor han er. Men jeg har skaffet en snescooter, kort, klatretov, tovbremse, isøkse, kost. Så nu skal du ikke få det for hyggeligt med den der kaffekop. Vejrudsigten siger, at der falder sne i eftermiddag."

Den danske hotelchef havde forklaret, at for at komme op til toppen af stedet for sneskreddet skulle de køre i en lang bue vest om Håvasshytten, men ikke for langt mod nordvest, hvor de kom ind i den del af landskabet, der blev kaldt Kjeften. Navnet havde stedet fået på grund af de hugtandsformede stenblokke, der lå strøet over det hele. Pludselige kløfter og tinder var skåret ind i fjeldlandskabet og gjorde det til et livsfarligt sted at færdes i dårligt vejr, hvis man ikke var stedkendt.

Klokken var cirka tolv, da Harry og Bellman så ned over fjeldsiden, hvor de kunne skimte den fremgravede skorsten i bunden af dalen.

Skyer var allerede sejlet ind fra vest. Harry missede mod nordvest. Uden sol blev skygger og konturer visket ud.

"Den må være kommet derfra," sagde Harry. "Ellers havde vi hørt den uanset hvad."

"Kjeften," sagde Bellman.

To timer senere, efter at have krydset landskabet fra syd mod nord i krabbefart uden at finde spor efter en snescooter, holdt de pause og sad ved siden af hinanden på snescootersædet og drak af den termoflaske, som Bellman havde med. Det var begyndt at sne lidt.

"Jeg fandt engang en ubrugt dynamitstang på byggegrunden i Manglerud," sagde Bellman. "Jeg var femten år. I Manglerud var der tre ting, som de unge kunne foretage sig. Sport, gospel eller narko. Jeg var ikke interesseret i nogen af delene. I hvert fald ikke i at sidde i vindueskarmen foran postkontoret i centeret og vente på, at livet skulle tage mig fra hash via lim og heroin til graven. Sådan som det gik for fire af drengene i min klasse."

Harry bemærkede, hvordan dialekten fra Manglerud havde sneget sig ind.

"Jeg hadede alt det der," sagde Bellman. "Så første trin på vejen til mit politivirke var at tage den dynamitstang med hen bag Manglerud Kirke, hvor hashrygerne havde deres jordchillum."

"Jordchillum?"

"De havde gravet et hul i jorden, hvor de satte en knækket ølflaske med bunden opad med en rist indeni, hvor hashen lå og ulmede og osede. De havde gravet plasticslanger ned under jorden, og de gik fra hullet og halvanden meter under mulden hen til, hvor de stak op. Så lå de rundt om på græsset og sugede på hver sit plasticrør. Jeg ved ikke hvorfor ..."

"For at køle røgen ned," mumlede Harry. "Man får mere rus på mindre stof. Ikke dårligt regnet ud af sådan nogle hashrygere. Jeg har vist undervurderet Manglerud."

"Nå, men jeg trak et af plasticrørene ud og stak dynamitten ind i stedet."

"Du sprængte chillummen i stykker?"

Bellman nikkede, og Harry lo.

"Jorden regnede ned i et halvt minut," smilede Bellman.

De blev stille. Vinden hujede lavt og hæst.

"Jeg ville vel egentlig sige tak," sagde Bellman og så ned i papkruset. "Fordi du fik Kaja ud i tide."

Harry trak på skuldrene. Kaja ... Bellman vidste, at Harry vidste besked om dem. Hvordan? Og betød det, at Bellman også vidste besked om ham og Kaja?

"Jeg havde jo ikke noget andet at beskæftige mig med dernede," sagde Harry.

"Jo, det havde du. Jeg så liget af Jussi, før de fløj det bort."

Harry svarede ikke, missede bare mod snefnuggene, der var begyndt at falde tættere.

"Liget havde et sår på siden af halsen. Og flere i begge håndflader. Som efter spidsen af en skistav. Du fandt ham først, ikke sandt?"

"Måske," svarede Harry.

"For såret i halsen havde blødt friskt blod. Hjertet må have slået, mens han fik det sår, Harry. Og endda slået temmelig kraftigt. Det burde have været muligt at have tid til at grave en så levende mand ud i tide. Men du prioriterede Kaja, gjorde du ikke?"

"Tja," sagde Harry. "Jeg tror, at Kolkka havde ret." Han tømte resten af kaffekoppens indhold ud i sneen. "Man må vælge side."

De fandt sporet fra snescooteren klokken tre, én kilometer fra stedet for sneskreddet, mellem to brede tandformede stenblokke, hvor vinden ikke nåede ind.

"Det ser ud, som om han parkerede her," sagde Harry og pegede langs kanten af sporet efter kanterne af gummibæltet. "Scooteren har fået tid til at synke ned i sneen." Han trak fingeren langs en stribe midt i sporet efter den venstre mede, mens Bellman med kosten børstede den lette, tørre fygesne langs sporet bort.

"Ja," sagde han og pegede. "Han har vendt scooteren her og er kørt videre mod nordvest."

"Vi nærmer os tinderne, og sneen er blevet tættere," sagde Harry, så op på himlen og tog sin telefon frem. "Vi må ringe til hotellet og bede dem om at sende en guide på scooter. Fandens også!"

"Hvad?"

"Ingen dækning. Vi må se at komme tilbage til hotellet."

Harry så på displayet. Beskeden stod der stadig med det svagt bekendte nummer på den, der havde lagt den lyd på hans telefonsvarer. De tre sidste cifre, hvor i helvede var det nu, han havde dem fra? Og pludselig satte den ind. Hans efterforskerhukommelse. Telefonnummeret lå i mappen for 'Tidligere mistænkte' og stod trykt på et visitkort med påskriften 'Tony C. Leike, Entrépreneur'. Harry løftede langsomt blikket og så på Bellman.

"Leike lever."

"Hvad?"

"I hvert fald hans telefon. Han har prøvet at ringe til mig, mens vi var i Håvasshytten."

Bellman så tilbage på Harry uden at blinke. Snefnug samlede sig på de lange øjenvipper, og det så ud, som om pigmentpletterne blussede op. Hans stemme var lav, næsten hviskende: "Der er god sigtbarhed, synes du ikke, Harry? Og ingen sne i luften."

"Skidegod sigtbarhed," sagde Harry. "Og ikke så meget som et skide snefnug."

Han hoppede på i farten.

De bevægede sig rykvis gennem landskabet, hundrede meter ad gangen. Pejlede sig ind på scooterens sandsynlige rute og kørte frem ad den, brugte kosten, pejlede retningen, rykkede frem. Stregen, sandsynligvis forårsaget af en skade, fra det venstre medespor gjorde, at de kunne være sikre på, at de fulgte det rigtige scooterspor. Nogle steder, i små dalstrøg eller på forblæste toppe, lå sporet ganske tydeligt, og de kunne bevæge sig hurtigt frem. Men ikke for hurtigt. Harry havde allerede to gange råbt advarende op om stejle fjeldsider, og det var nær gået galt for dem. Klokken begyndte at nærme sig fire. Bellman skiftevis tændte og slukkede for forlygten alt efter, hvordan føret i sneen var. Harry kiggede på kortet. Han vidste ikke præcis, hvor de var, kun at de kom længere og længere væk fra Ustaoset. Og at dagslyset snart ville forsvinde. En tredjedel af Harry var så småt begyndt at bekymre sig for tilbageturen, hvilket blot betød, at to tredjedels flertal i ham gav fanden i det.

Klokken halv fem mistede de sporet.

Sneen faldt så tæt, at de knap nok kunne se.

"Det her er vanvid," råbte Harry over motorbrølet. "Hvorfor venter vi ikke til i morgen?"

Bellman vendte sig om mod ham og smilede til svar.

Klokken fem fandt de sporet igen.

De stoppede og steg af.

"Sporet fører den vej," sagde Bellman og gik tilbage til scooteren. "Kom!"

"Vent," sagde Harry.

"Hvorfor det? Kom nu, det bliver snart mørkt."

"Da du råbte nu, hørte du så ikke et ekko?"

"Hvis du siger det." Bellman stoppede. "En fjeldvæg?"

"Der er ingen fjeldvægge på kortet," sagde Harry og vendte sig i samme retning, som sporene pegede.

"Kløft!" brølede han. Og fik svar. Et meget hurtigt svar. Han vendte sig om mod Bellman igen.

"Jeg tror, at den scooter, som har afsat de her spor, har alvorlige problemer."

"Hvad jeg ved om Bellman?" gentog Roger Gjendem for at give sig selv tid. "Bellman har jo ry for at være fantastisk dygtig og ekstremt professionel." Hvad var den legendariske redaktør Nordbø egentlig ude efter? "Han kan alt, gør alt rigtigt," fortsatte Gjendem. "Lærer hurtigt, ved efterhånden også, hvordan man skal behandle os fra pressen. Han er sådan en rigtig *whiz kid*. Øh, hvis du forstår ..."

"Ja, jeg er nogenlunde bekendt med udtrykket," sagde Bent Nordbø med et syrligt smil, mens hans højre tommel og pegefinger gned og gned lommetørklædet mod brilleglasset. "Men jeg er i grunden mere interesseret i, om der findes nogle rygter."

"Rygter?" sagde Gjendem og mærkede ikke, at han faldt tilbage til en gammel uvane med at lade munden stå åben, efter at han havde talt færdig.

"Jeg håber virkelig, du kender til begrebet, Gjendem, eftersom det er det, du og din arbejdsgiver lever af. Nå?"

Gjendem tøvede: "Rygter og rygter."

Nordbø himlede med øjnene: "Spekulationer, opspind, direkte løgn. Jeg har ikke fine fornemmelser, Gjendem. Tøm sækken med sladder, blotlæg skadefryden."

"Øh ... Altså negative ting?"

Nordbø sukkede tungt. "Kære Gjendem. Hører du ofte rygter om folks ædruelighed, generøsitet i pengesager, trofasthed mod ægtefælle og ikke-psykopatisk lederstil? Mon ikke rygtets funktion er at glæde os andre ved sætte os i et relativt bedre lys?" Nordbø var færdig med det ene brilleglas og begyndte pudsearbejdet på det andet.

"Der er et meget, meget løst rygte," sagde Gjendem og tilføjede hurtigt: "Og jeg kender positivt til andre med samme rygte, hvor det definitivt ikke er sandt."

"Som tidligere redaktør vil jeg anbefale dig at stryge enten 'positivt' eller 'definitivt'. Det er smør på flæsk," sagde Nordbø. "*Hvad* er definitivt ikke sandt?"

"Øh. At han er jaloux."

"Er vi ikke alle jaloux?"

"Voldeligt jaloux."

"Har han slået sin kone?"

"Nej, jeg tror ikke, han har lagt hånd på hende eller haft grund til det. Men de, der har kigget en gang for meget på hende, derimod ..."

Kapitel 61

Faldhøjde

Harry og Bellman lå på maven på kanten, hvor scootersporet forsvandt. De stirrede ned. Ujævne, bratte fjeldsider skar sig nedover og forsvandt under dem i snevejret, der var blevet endnu tættere.

"Kan du se noget?" spurgte Bellman.

"Sne," svarede Harry og rakte ham kikkerten.

"Scooteren ligger der." Bellman rejste sig op og begyndte at gå tilbage til snescooteren. "Vi klatrer derned."

"Vi?"

"Dig."

"Mig? Jeg troede, at det var dig, der var bjergbestigeren her, Bellman."

"Korrekt," svarede Bellman, som allerede var begyndt at spænde klatreselen på. "Derfor er det logisk, at jeg betjener tov og tovbremse. Tovet er halvfjerds meter langt. Jeg firer dig så langt ned, som det kan nå. Okay?"

Seks minutter senere stod Harry på kanten med ryggen mod afgrunden, kikkerten rundt om halsen og en rygende cigaret dinglende i mundvigen.

"Nervøs?" smilede Bellman.

"Niks," sagde Harry. "Skideræd."

Bellman tjekkede, at tovet løb fra tovbremsen, rundt om den slanke træstamme bag dem og hen til Harrys klatresele.

Harry lukkede øjnene, trak vejret dybt og koncentrerede sig om at læne sig bagover, at ignorere kroppens evolutionsmæssigt betingede protest skabt på baggrund af millioner af års erfaring om, at arten ikke kan videreføres, hvis man træder ud over en fjeldkant.

Hjernen vandt over kroppen med mindst mulig margen.

De første meter af nedfiringen kunne han stå med benene ind mod fjeldvæggen, men efterhånden som den blev mere overhængende, hang han friere i luften. Tovet kom ud i ryk, men elasticiteten i det dæmpede klatreselens stramme pres på hans lænd og lår. Så kom tovet i et mere jævnt tempo, og efter et stykke tid mistede han toppen af syne og var alene, mens han svævede mellem de hvide snefnug og de ujævne fjeldvægge.

Han lænede sig til siden og kiggede ned under sig. Og dér, tyve meter længere nede, kunne han skimte ujævne toppe af sten, der stak op under sneen. Et stejlt dække af sten. Og blandt alt det hvide og ujævne noget gult.

"Jeg kan se scooteren!" råbte Harry, og ekkoet blev kastet rundt mellem fjeldsiderne. Den lå med bunden opad, med mederne i vejret. Hvis hverken han selv eller tovet blev påvirket af vinden, lå scooteren cirka tre meter ude til siden for lodlinjen fra toppen og ned, over halvfjerds meter nede. Scooteren måtte derfor have kørt med usædvanlig lav fart, da den kørte ud over kanten.

Tovet blev pludselig stramt.

"Længere ned!" råbte Harry.

Det malmfulde svar kunne høres oppe fra toppen og lød, som om det kom fra en prædikestol: "Der er ikke mere tov."

Harry stirrede ned på scooteren. Noget stak frem under scooteren på venstre side. En nøgen arm. Sort, oppustet, som en pølse, der har ligget for længe på grillen. En hvid hånd mod en sort sten. Han prøvede at fokusere, at få øjnene til at se bedre. Åben håndflade, altså højre hånd. Fingrene. Forvredne, krogede. Harrys hjerne spolede baglæns. Hvad var det, Tony Leike havde sagt om sin sygdom? Ikke smitsom, bare arvelig. Leddegigt.

Harry så på uret. Efterforskerrefleksen. Den døde fundet klokken 17:54. Mørket var begyndt at falde på mellem fjeldvæggene nede i den stenfyldte dal.

"Op!" råbte Harry.

Der skete ingenting.

"Bellman!"

Ikke noget svar.

Et vindstød drejede Harry rundt i tovet. Sorte sten. Tyve meter. Og pludselig, uden varsel, begyndte hans hjerte at hamre, og han tog automatisk hårdt fat om tovet med begge hænder som for at forsikre sig om, at det stadig var der. Kaja ... Bellman vidste besked.

Harry trak vejret dybt tre gange, før han råbte igen:

"Det er ved at blive mørkt, det blæser op, og jeg er ved at fryse røven i laser, Bellman. Det er på tide at vende tilbage til hotellet."

Der kom stadig ikke noget svar. Harry lukkede øjnene. Var han bange? Bange for, at en tilsyneladende rationelt tænkende kollega skulle tage livet af ham nærmest per indskydelse på grund af tilfældige, gunstige omstændigheder? Gu fanden var han bange. For det var ikke noget indfald. Der var ikke noget tilfældigt ved, at Bellman var blevet tilbage for at tage med Harry ud i ødemarken. Eller hvad? Han trak vejret dybt. Bellman kunne let arrangere det sådan, at det ville ligne en ulykke. Han kunne klatre ned bagefter, fjerne selen og tovet og sige, at Harry var faldet ud over kanten i snefygningen. Han var blevet helt tør i halsen. Det her skete bare ikke. Han havde ikke gravet sig ud af et skide sneskred blot for tolv timer senere at blive smidt ned i en dal fyldt med skarpe sten. Af en politimand. Det skete fandeme bare ikke ...

Trykket fra selen forsvandt. Han faldt. Frit. Hurtigt.

"Rygtet vil vide, at Bellman skal have mishandlet en kollega," sagde Gjendem. "Bare fordi fyren havde danset et par gange for meget med hende ved politiets julefrokost. Fyren ville anmelde en smadret kæbe og et kraniebrud, men havde ingen beviser, for Bellman havde haft hætte på. Men alle vidste, at det var Bellman. Problemerne tårnede sig op, så han søgte til Europol for at komme væk."

"Tror du på nogen af de der rygter, Gjendem?"

Roger trak på skuldrene. "Det kan i hvert fald se ud, som om Bellman har en vis ... øh, forkærlighed for brutale typer. Vi har kigget på Jussi Kolkkas baggrund i forbindelse med sneskreddet i Håvasshytten. Han har slået en voldtægtsmand ned under et forhør. Og Truls Berntsen, Bellmans sidekick, er heller ikke et af Guds bedste børn."

"Godt. Jeg vil have, at du skal dække den her kamp mellem Kripos og

Drabsafdelingen om at få det overordnede nationale ansvar for drabsefterforskning. Jeg vil have, at du laver lidt røre i andedammen, gerne noget om psykopatisk lederstil. Det er det hele. Så må vi se, hvordan justitsministeren reagerer."

Uden nogen gestus eller ord til at afrunde samtalen satte Bent Nordbø sine nypudsede briller på, bredte avisen ud og begyndte at læse.

Harry nåede ikke at tænke. Ikke en tanke. Og han så ikke noget liv passere revy eller ansigterne på de mennesker, som han burde have fortalt, at han elskede. Han så heller ikke et lys, som han følte en trang til at gå hen imod. Muligvis fordi man ikke har tid til den slags, når man falder fem meter ned. Klatreselen strammede mod skridtet og lænden, men elasticiteten i tovet gjorde opbremsningen blød.

Så mærkede han, at han blev hejst opad igen. Vinden blæste sne i ansigtet på ham.

"Hvad fanden skete der?" spurgte Harry, da han et kvarter senere stod på kanten af kløften og svajede for vindstødene, mens han løsnede tovet fra klatreselen.

"Blev du bange?" smilede Bellman.

I stedet for at lægge tovet fra sig, surrede Harry det nogle gange rundt om sin højre hånd. Han tjekkede, at han havde tov nok til et sving. En kort uppercut mod hagespidsen. Tovet gjorde, at hånden ville kunne bruges i morgen også. Ikke som da han slog Bjørn Holm og gik i to dage med værkende knoer.

Han gik et skridt hen imod Bellman. Så kommissærens overraskede ansigtsudtryk, da han fik øje på tovet om Harrys næve, så ham bevæge sig baglæns, vakle, falde bagover i sneen.

"Nej! Jeg ... jeg skulle bare slå en knude på enden af tovet, så det ikke gled gennem tovbremsen ..."

Harry fortsatte hen imod ham, og Bellman, som var krøbet sammen i sneen, løftede automatisk armen op foran ansigtet.

"Harry! Der ... der kom et vindstød, og så gled jeg ..."

Harry standsede og så forbavset på Bellman. Så fortsatte han forbi den rystende kommissær, trampede videre gennem sneen.

Den isnende vind blæste gennem overtøj, undertøj, gennem hud, kød, muskler og lige ind i knoglerne. Harry greb en skistav, som var spændt fast til scooteren, så sig om efter noget tøj, han kunne binde fast i toppen på den, men fandt ikke noget, og der kunne ikke være tale om at tage noget af tøjet af. Så stak han staven ned i sneen for at markere findestedet. Guderne måtte vide, hvor lang tid de skulle bruge på at finde det igen. Så trykkede han på scooterens elektriske startknap, fandt kontakten til lyset og tændte for det. Og så indså Harry det pludselig. Han kunne se det på sneen, der blæste horisontalt ind i lyskeglen og dannede en hvid ugennemtrængelig væg: at de aldrig ville finde ud af den her labyrint og komme tilbage til Ustaoset.

Kapitel 62

Transit

Kim Erik Lokker var den yngste tekniker i Kriminalteknisk Afdeling, og som følge deraf fik han ofte tjanserne af mindre kriminalteknisk karakter, som for eksempel at køre til Drammen. Bjørn Holm havde nævnt, at Bruun var bøsse af den mere flirtende type, men at Kim Erik bare skulle aflevere tøjet og derefter kunne køre.

Da GPS-damen i bilen erklærede, at "*You have arrived at your destination*", befandt han sig uden for et ældre boligkompleks. Han parkerede bilen og spadserede gennem åbne døre og op til tredje etage, til døren med navnene på et simpelt stykke papir sat fast med to stykker tape: GEIR BRUUN/ADELE VETLESEN.

Kim Erik trykkede på ringeklokken en gang til og hørte omsider lyden af nogen, som kom trampende gennem gangen.

Døren svingede indad. Manden havde kun et håndklæde om livet. Han var usædvanlig hvid, og hans blanke isse var våd og skinnede af sved.

"Geir Bruun? H-håber ikke, jeg forstyrrer," sagde Kim Erik Lokker og holdt plasticposen foran sig i strakt arm.

"Det er ikke noget problem, jeg knepper bare," sagde han med den affekterede stemme, som Bjørn Holm havde efterabet. "Hvad er det der?"

"Det tøj, vi fik lov til at låne. Jeg er bange for, at vi bliver nødt til at beholde skibukserne indtil videre."

"Nå?"

Kim Erik hørte døren bag Geir Bruun gå op, og en yderst kvindelig stemme kvidrede: "Hvad er der, elskling?"

"Bare en, der skal aflevere noget."

En skikkelse smøg sig op bag Geir Bruun. Hun havde ikke engang gjort sig den ulejlighed at tage et håndklæde på, og Kim Erik nåede at fastslå, at det lille væsen var et hundrede procent kvinde.

"Hej der," kvidrede hun over Geir Bruuns skulder. "Hvis der ikke var mere, vil jeg gerne have ham tilbage." Hun løftede en yndig, lille fodsål og sparkede døren i. Glasset i døren rystede og klirrede længe efter, at døren var smækket i.

Harry havde stoppet scooteren og stirrede ind i den fygende sne.

Der havde været noget forude.

Bellman havde lagt armene rundt om livet på ham og hovedet ind til ryggen for at komme i ly af vinden.

Harry ventede. Stirrede.

Der var det igen.

En hytte. Hjørner af sammenfattet tømmer. Og et forrådshus.

Så var den væk igen, visket ud af sneen, som om den aldrig havde været der. Men Harry havde retningen.

Så hvorfor gav han ikke bare gas og kørte hen imod den, fik reddet sig, hvorfor tøvede han? Han vidste det ikke. Men der var noget ved den hytte, noget han havde sanset i løbet af de sekunder, den havde vist sig for ham. Noget med de sorte vinduer, følelsen af at se på noget, som var uendeligt forladt og alligevel beboet, noget som ikke var godt, og som gjorde, at han kun gassede forsigtigt op for ikke at overdøve vinden.

Kapitel 63

Forrådshuset

Harry lagde endnu et stykke brænde ind i jernovnen.

Bellman sad ved stuebordet og hakkede tænder. Hans pigmentpletter havde et blåligt skær. De havde hamret på døren og råbt i den hylende vind et stykke tid, før de havde slået en rude i stykker ind til et tomt soveværelse. Et soveværelse med en uopredt seng og en lugt, der havde fået Harry til at tænke på, at en eller anden havde sovet der for ganske nylig. Han var lige ved at mærke efter, om sengen stadig var varm. Og selv om stuen under alle omstændigheder ville føles varm, så kolde som de var, stak Harry hånden ind i jernovnen for at mærke efter, om der kunne være gløder under den sorte aske. Men der var ingen.

Bellman rykkede nærmere ovnen. "Så du andet end scooteren nede i kløften?"

Det var de første ord, han havde sagt, efter at han var kommet løbende og havde råbt, at Harry ikke måtte køre fra ham, og havde kastet sig op bag på snescooteren.

"En arm," sagde Harry.

"Hvis arm?"

"Hvor skulle jeg vide det fra?"

Harry rejste sig og gik ud på badeværelset og tjekkede toiletsagerne. Den smule der var. Håndsæbe og barbergrej. Ingen tandbørste. Én person, en mand, der enten ikke børstede tænder eller var rejst bort. Gulvet var fugtigt, selv langs listerne op ad væggen, som om nogen for nyligt havde spulet det. Noget fangede hans blik. Han satte sig på hug. Halvt skjult af listen lå noget brunt og sort. En sten? Harry samlede den op og så på den. I hvert fald ikke en sten af lava. Han lagde den i lommen.

I skufferne i køkkenet fandt han kaffe og brød. Han mærkede på brødet. Relativt friskt. I køleskabet stod et glas syltetøj, smør og to øl. Harry var så sulten, at han syntes, at han kunne mærke lugten af stegt flæsk. Han ledte alle skabene igennem. Ingenting. Pokkers også, levede fyren kun af brød med syltetøj? Han fandt en pakke med kiks oppe på en stabel tallerkener. Samme type tallerkener som de havde haft i Håvasshytten. Også samme type møbler. Kunne det her være en turisthytte? Harry standsede. Han ikke bare syntes, han *mærkede* lugten af stegt – rettelse *brændt* – flæsk.

Han gik ind i stuen igen.

"Kan du fornemme det?" spurgte han.

"Hvad?"

"Lugten," sagde Harry og satte sig på hug ved siden af jernovnen. Ved siden af lugen, på det udskårne motiv af en hjort, røg det fra tre sorte, uidentificerbare stykker, der var brændt fast til støbejernet.

"Fandt du noget mad?" spurgte Bellman.

"Mad og mad," sagde Harry tænksomt.

"Der er et forrådshus på den anden side af gårdspladsen. Måske ..."

"I stedet for at sige 'måske' burde du måske gå ud og undersøge det?"

Bellman nikkede, rejste sig og gik ud.

Harry gik hen til et skrivebord for at se, om der lå noget, han kunne bruge til at skrabe de fastbrændte stykker på ovnen af med. Han trak den øverste skuffe ud. Tom. Harry trak de andre ud, og alle var tomme, bortset fra et ark, der lå i den nederste skuffe. Han tog det op. Det var ikke et ark, men et fotografi med forsiden nedad. Det første, der slog Harry, var, at det var mærkeligt at have et familiebillede liggende i en turisthytte. Billedet var taget om sommeren foran et lille beboelseshus ved en gård. En kvinde og en mand sad på en trappe, og en dreng stod mellem dem. Kvinden i blå kjole og hovedtørklæde, usminket og med et træt smil. Manden med munden knebet sammen til en streng mine og det alvorlige, lukkede ansigtsudtryk hos generte, norske mænd, der ser ud, som om de skjuler en mørk hemmelighed. Men det var drengen i midten, som fangede Harrys opmærksomhed. Han lignede moderen, havde hendes brede, åbne smil og en mild venlighed i blikket og over panden. Men han lignede også en anden. De store, hvide tænder ...

Harry gik hen til ovnen. Han var pludselig begyndt at fryse igen. Den osende røg af flæsk ... Han lukkede øjnene og koncentrerede sig om at trække vejret dybt og roligt gennem næsen et par gange, men mærkede alligevel kvalmen komme.

I det samme trampede Bellman ind med et bredt smil om munden: "Håber, du kan lide hjortekød."

Harry vågnede og spekulerede på, hvad det var, der havde vækket ham. Var det en lyd? Eller fraværet af lyd? For det gik op for ham, at der var helt stille i stuen, at det var holdt op med at blæse udenfor. Han kastede uldtæppet af sig og rejste sig fra sofaen.

Han gik hen til vinduet og kiggede udenfor. Det var, som om en eller anden havde svinget en tryllestav over landskabet. Det, der for seks timer siden havde været en hård, nådesløs ødemark, fremstod nu blidt, moderligt, næsten smukt i det uvirkelige måneskin. Det gik op for Harry, at han så efter spor i sneen. At det *var* en lyd, han havde hørt. Det kunne have været hvad som helst. En fugl. Et dyr. Han lyttede og hørte en let snorken inde bag den ene soveværelsesdør. Så det var ikke Bellman, der var stået op. Hans blik fulgte fodsporene, som gik fra hytten til forrådshuset. Eller fra forrådshuset til hytten? Eller begge dele, der var flere. Kunne det være Bellmans fra seks timer tidligere? Hvornår var det holdt op med at sne?

Harry trak sine støvler på, gik ud og så hen imod udedasset. Ingen spor der. Han vendte ryggen mod forrådshuset og pissede op ad muren. Hvorfor gjorde mænd det, hvorfor skulle de absolut pisse *på* noget? Resterne af et revirmarkeringsinstinkt? Eller ... Det gik op for Harry, at det ikke var det, han pissede op ad, der var vigtigt, men det, han vendte ryggen mod. Forrådshuset. Som om han følte sig observeret derindefra. Han lukkede bukserne, vendte sig om og så på bygningen, der var formet som en spydspids. Så begyndte han at gå hen imod den og greb spaden, idet han passerede den tilsneede scooter. Planen havde været at gå lige ind, men i stedet blev han stående foran den enkle stentrappe op til den lave dør. Lyttede. Ingenting. Hvad fanden var det, han havde gang i? Der var ingen her. Han gik op ad trappen, prøvede at løfte hånden mod håndtaget, men den ville ikke. Hvad fanden var det, der skete? Hans hjerte slog så hårdt i brystet, at det gjorde ondt, som om det ville sprænge sig ud af kroppen. Han svedte, og kroppen nægtede at parere ordre. Og det gik langsomt op for Harry, at det var akkurat sådan, han havde hørt det beskrevet. Anfald af panikangst. Det var raseriet, der kom ham til undsætning. Han sparkede døren op med voldsom kraft og styrtede ind i mørket. Der lugtede stramt af fedt, røget kød og størknet blod. Noget bevægede sig i striben af månelys, og det blinkede i et par øjne. Harry svingede spaden og ramte. Han hørte den døde lyd af kød og mærkede det give efter. Døren bag ham gled op igen, og månelyset strømmede ind. Harry stirrede på den døde hjort, der hang og svingede foran ham, og på de andre dyrekroppe. Han slap spaden og sank ned på knæ. Så kom det hele på én gang. Væggen der revnede, sneen der spiste ham levende, angsten for ikke at kunne få vejret, det lange gisp af ren, hvid rædsel i faldet ned mod de sorte sten. Så ensomt. For de var rejst alle sammen. Faderen lå i respirator, i transit. Og Rakel og Oleg var silhuetter i modlys i en lufthavn, også i transit. Harry ville tilbage. Tilbage til det dryppende værelse. De solide, fugtige vægge. Den gennemsvedte madras og den søde røg, som sendte ham hen, hvor de var. Transit. Harry bøjede hovedet og mærkede varme tårer strømme ned over sit ansigt.

Jeg har printet et billede af Jussi Kolkka ud fra Dagbladets hjemmeside og sat det op med tegnestifter på væggen ved siden af de andre. Der var ikke ét ord i nyhederne om Harry Hole og de andre politifolk, som var der. Eller Iska Peller, for den sags skyld. Var det et forsøg på at bluffe? De prøver i hvert fald. Og nu er en politimand død. De bliver nødt til at anstrenge sig mere. De SKAL anstrenge sig mere. Hører du, Hole? Synes du ikke? Du burde gøre det, jeg er så nær ved, at jeg kan hviske det i dit øre.

Del VII

Kapitel 64
Tilstand

Olav Holes tilstand var uforandret, havde doktor Abel sagt.

Harry sad ved faderens seng og så på det uforandrede, mens en hjerte-lungemaskine spillede en dut-dut-sang med afbrudte rytmer. Sigurd Altman kom ind, hilste og skrev tal fra maskinens display ned på en blok.

"Jeg er her egentlig for at besøge en Kaja Solness," sagde Harry og rejste sig. "Men jeg ved ikke, hvilken afdeling hun ligger på. Kunne du ..."

"Hende din kollega, der ankom med en redningshelikopter forrige nat? Hun ligger på intensivafdelingen, indtil der er kommet svar på prøverne. Hun lå lige længe nok under sneen. Da de sagde Håvasshytten, troede jeg, hun måtte være det der vidne fra Sydney, som politiet snakkede om i radioen."

"Man skal ikke tro på alt, hvad man hører, Altman. Da Kaja lå i sneen, befandt den australske dame sig i Bristol. Varmt og trygt med egne sikkerhedsvagter og fuld roomservice."

"Vent." Altman missede hen imod Harry. "Lå du også under sneen?"

"Hvorfor tror du det?"

"På grund af det lille ekstra skridt du tog lige nu for at holde balancen. Svimmel?"

Harry trak på skuldrene.

"Forvirret?"

"Konstant," svarede Harry.

Altman smilede. "Du har fået lidt for meget CO_2 i kroppen. Den skaffer sig af med det ganske hurtigt, når du får ilt, men du burde få taget en blodprøve, så vi kan tjekke dit kuldioxidtryk."

"Nej tak," svarede Harry. "Hvordan går det med ham her?" Han nikkede hen imod sengen.

"Hvad siger lægen?"

"Uforandret. Jeg spørger *dig*."

"Jeg er ikke læge, Harry."

"Og derfor behøver du heller ikke at svare som sådan en. Giv mig et bud."

"Jeg kan ikke ..."

"Det bliver mellem os."

Sigurd Altman så på Harry og skulle til at sige noget. Ombestemte sig. Bed sig i underlæben. "Dage," sagde han.

"Ikke engang uger?"

Altman svarede ikke.

"Tak, Sigurd," sagde Harry og gik hen imod døren.

Kajas ansigt var blegt og smukt mod hovedpudens betræk. Som en blomst i et herbarium, tænkte Harry. Hendes hånd var lille og kold i hans. På natbordet lå dagens Aftenposten med overskriften om sneskreddet ved Håvasshytten. Den beskrev det tragiske sneskred og citerede Mikael Bellman, der fortalte, at det var et stort tab, at betjent Kolkka, som var med i Håvasshytten for at bistå Iska Peller, var omkommet, men at han var glad for, at vidnet var blevet reddet og nu befandt sig i sikkerhed.

"Så sneskreddet blev udløst af dynamit?" sagde Kaja.

"Uden tvivl," svarede Harry.

"Og du og Mikael samarbejdede godt deroppe?"

"Ja da." Harry vendte sig bort, for at hans hosteanfald ikke skulle ramme hende.

"Jeg hørte, at I fandt en scooter i en kløft deroppe. Muligvis med et lig nedenunder."

"Ja. Bellman blev i Ustaoset for at finde findestedet igen sammen med lensmandskontoret."

"Krangli?"

"Nej, ham var der ingen, der vidste hvor var. Men lensmandsbetjenten virkede som en solid fyr. Roy Stille. Men de får noget af et arbejde. Vi anede knap nok, hvor vi var, alt er sneet til og gemt under fygesneen, og så i det terræn ..." Harry rystede på hovedet.

"Har du nogen idé om, hvem liget er?"

Harry trak på skuldrene. "Jeg ville blive meget forundret, hvis det ikke er Tony Leike."

Kaja drejede hovedet på puden. "Tror du?"

"Jeg har ikke sagt det til nogen endnu, men jeg så fingrene på liget."

"Hvad med dem?"

"De var forvredne. Tony Leike havde leddegigt."

"Tror du, det var *ham*, der udløste sneskreddet? Og så kørte ud over kanten i mørke?"

Harry rystede på hovedet. "Tony fortalte mig, at han kendte området som sin egen bukselomme, at det var hans landskab. Det var klart vejr, og scooteren havde lav fart, og den lå kun tre meter fra lodlinjen, hvor den røg ud i kløften. Og han havde en forbrændt arm, som ikke skyldes dynamit. Og scooteren var ikke brændt."

"Hvad ..."

"Jeg tror, at Tony Leike blev tortureret, dræbt og så skaffet af vejen sammen med scooteren, for at vi ikke skulle finde den."

Kaja skar en grimasse.

Harry gned lillefingeren. Han spekulerede på, om den kunne have fået en forfrysning. "Hvad mener du om ham Krangli?"

"Krangli?" Kaja tyggede på det. "Hvis det forholder sig sådan, at han prøvede at voldtage Charlotte Lolles, burde han jo aldrig have været politimand."

"Han bankede også sin kone."

"Det undrer mig ikke."

"Ikke?"

"Nej."

Han så på hende. "Er der noget, du ikke har fortalt mig?"

Kaja trak på skuldrene. "Han er en kollega, og jeg tænkte, at det bare var rygter, ikke noget at fortælle. Men ja, jeg har fået et glimt af den side af ham. Han kom hjem til mig og mente på en ret hårdhændet måde, at vi burde hygge os."

"Men?"

"Mikael var der."

Harry kunne mærke noget i sig stramme til.

Kaja skubbede sig højere op i sengen. "Du tror da ikke for alvor, at det kan have været Krangli, som ..."

"Jeg ved det ikke. Jeg ved bare, at den, der udløste sneskreddet, må have haft indgående kendskab til terrænet. Krangli har haft noget at gøre med dem, der var i Håvasshytten. Desuden fortalte Elias Skog, før han blev dræbt, at han havde set noget, som kunne være en voldtægt i Håvasshytten. Aslak Krangli lyder som en potentiel voldsmand. Og så er der det der sneskred. Hvis du ville tage livet af en kvinde, som du troede befandt sig alene sammen med en ubevæbnet efterforsker i en hytte langt oppe i fjeldet, hvordan ville du så gøre det? At udløse et sneskred garanterer absolut ikke noget resultat. Så hvorfor ikke gøre det enkelt og sikkert ved at tage dit foretrukne mordvåben med dig og tage direkte hen til hytten? Fordi han vidste, at Iska Peller og efterforskeren ikke var alene. Han *vidste*, at vi ventede på ham. Derfor sneg han sig hen i nærheden af hytten og angreb på den eneste måde, som indebar, at han kunne slippe væk bagefter. Vi snakker om en insider, en som kendte til vores teorier om Håvasshytten og forstod sammenhængen, da han hørte, at vi brugte navnet på et vidne under en pressekonference. Lensmandskontoret i Ustaoset ..."

"Geilo," rettede Kaja.

"Krangli modtog i hvert fald hasteansøgningen fra Kripos om at få tilladelse til at lande med en politihelikopter i nationalparken samme nat. Han *må* have forstået sammenhængen."

"Så burde han også have forstået, at Iska Peller ikke var der, at vi ikke ville løbe risikoen med et vidne," sagde Kaja. "Og i så tilfælde er det mærkeligt, at han ikke bare holdt sig langt væk."

Harry nikkede. "Godt, Kaja. Jeg er enig. Jeg tror ikke, at Krangli et sekund troede på, at Peller befandt sig i hytten. Jeg tror, at sneskreddet bare var en fortsættelse af det, han har foretaget sig i et stykke tid."

"Som er?"

"At lege med os."

"Lege?"

"Jeg fik et opkald fra Tony Leikes telefon, mens vi var i Håvasshytten. Tony lagde mit nummer ind i telefonen, og jeg er ret overbevist om, at det ikke var ham, som ringede til mig. Sagen er, at hvis den, der ringer, ikke lægger på hurtigt nok, går telefonsvareren i gang, og man hører et sekund af en lyd, før forbindelsen bliver afbrudt. Jeg er ikke sikker, men for mig lyder det som latter."

"Latter?"

"Latteren fra en, som morer sig. Fordi han lige har hørt mig sige på telefonsvareren, at jeg befinder mig uden for dækningsområdet et par dage. Lad os forestille os, at det er Aslak Krangli, der lige har fået bekræftet mistanken om, at jeg befinder mig i Håvasshytten og venter på drabsmanden."

Harry holdt inde og stirrede eftertænksomt ud i luften.

"Og?" sagde Kaja efter en stund.

"Jeg ville bare høre, hvordan teorien lød, når jeg sagde den højt," sagde Harry.

"Og?"

Han rejste sig. "Den lyder egentlig ganske forfærdelig. Men jeg har tænkt mig at tjekke Kranglis alibier for morddatoerne. Vi snakkes ved."

"Truls Berntsen?"

"Ja."

"Roger Gjendem fra Aftenposten. Har du tid til at svare på et par korte spørgsmål?"

"Det kommer an på. Hvis du vil spørge til Jussi, så må du snakke med ..."

"Det drejer sig ikke om Jussi Kolkka, men jeg vil da for resten gerne kondolere."

"Okay."

Roger sad med benene oppe på skrivebordet på sit kontor i Postgirobygningen og så ud over de lave bygninger, der udgjorde Oslo Centralbanestasjon, ned mod byggeriet af operaen, der snart skulle stå færdig. Efter samtalen med Bent Nordbø på Stopp Pressen! havde han brugt hele dagen – og dele af natten – på at gå Mikael Bellman nærmere efter i sømmene. Bortset fra rygtet om den der vikar på Stovner

Politistation, der var blevet banket, var der ikke meget at sætte fingeren på. Men som kriminalreporter havde Roger Gjendem gennem årene oparbejdet et kobbel af faste, upålidelige kilder, der gerne angav deres bedstemor for prisen på en flaske sprut eller en pakke tobak. Og tre af dem boede i Manglerud. Efter nogle telefonopkald viste det sig, at alle tre også var opvokset der. Måske var det sandt, sådan som han havde hørt nogen sige: at ingen flytter fra Manglerud. Eller til.

Miljøet var tydeligvis til at overskue, for alle tre huskede Mikael Bellman. Lidt fordi han havde været noget af en sjuft som betjent ved Stovner Politistation. Men mest fordi han havde lagt an på Julles dame, mens Julle afsonede en tidligere betinget dom på et år for narkotikabesiddelse. Den var blevet gjort ubetinget, efter at nogen havde sladret om, at Julle havde stjålet benzin nede i Mortensrud. Damen var Ulla Swart, den smukkeste i Manglerud og et år ældre end Bellman. Da Julle havde afsonet sin straf og styrtede ud af fængslet med et almindeligt kendt løfte om at tage sig af Bellman, havde der stået to gutter og ventet inde i garagen, da Julle var kommet hjem for at hente Kawa'en. De havde haft hætter på og havde banket ham gul og grøn med et par jernstænger og lovet, at der ventede mere, hvis han rørte Bellman eller Ulla. Rygterne sagde, at ingen af de to havde været Bellman, men at den ene var en, der blev kaldt Beavis, Bellmans faste lakaj. Det var det eneste kort, Roger Gjendem havde på hånden, da han nu ringede til Truls 'Beavis' Berntsen. Desto større grund var der til at lade, som om han havde fire esser:

"Jeg ville bare spørge, om det kan have sin rigtighed, at du i sin tid bankede Stanislav Hesse, der var vikar på lønnings- og personalekontoret på Stovner Politistation? Efter ordre fra Mikael Bellman."

Larmende tavshed i den anden ende.

Roger rømmede sig: "Nå?"

"Det der er en forbandet løgn."

"Hvilken del af det?"

"At jeg fik sådan en ordre fra Mikael. Alle var vidne til, at den skide polak jagtede hans kone. Det kan have været hvem som helst, der overfaldt ham."

Roger Gjendem kunne mærke, at han troede på det første, det med ordren, men ikke det sidste, det med 'hvem som helst'. Ingen af de andre tidligere kolleger i Stovner, som Roger havde snakket med, havde kunnet finde noget direkte forkert at sige om Bellman. Alligevel havde det skinnet igennem, at Bellman ikke var elsket, ikke en mand de ville være gået i krig for. Bortset fra én.

"Tak, det var det hele," sagde Roger Gjendem.

Idet Roger Gjendem lod sin telefon glide ned i jakkelommen, fiskede Harry i sin jakkelomme efter telefonen og satte den for øret:

"Ja?"

"Det er Bjørn Holm."

"Det kan jeg godt se."

"Hold da op. Jeg troede ikke, du kunne lide det der med at oprette en liste over telefonnumre."

"Jo da. Føl dig beæret, Holm, du er én af fire, jeg har i den."

"Hvad er den støj i baggrunden? Hvor er du egentlig?"

"Det er spillere, der hujer, fordi de tror, at de vinder. Jeg er til hestevæddeløb."

"Hvad?"

"Bombay Garden."

"Er det ikke ... kan *du* komme derind?"

"Jeg er medlem. Hvad handler det om?"

"Hvad fanden, spiller du på heste, Harry? Lærte du *ingenting* i Hongkong?"

"Slap af, jeg er her for at tjekke Aslak Krangli ud af sagen. Ifølge lensmandskontoret var han på tjenesterejse i Oslo, både da Charlotte og Borgny blev dræbt. Det er egentlig ikke så mærkeligt, for det viser sig, at han er ret meget i Oslo. Og jeg har lige fundet ud af grunden."

"Bombay Garden?"

"Nemlig. Aslak Krangli har et ret så stort spilleproblem. Sagen er, at jeg har undersøgt hans kontoudtog, som de har liggende på computer her. Med klokkeslæt og det hele. Krangli har brugt sit kort flere gange, og klokkeslættene giver ham et alibi. Desværre."

"Javel. Og de har computeren med regnskabsoplysningerne stående i samme lokale som væddeløbsbanen?"

"Hvad? Det er sidste runde inden mål nu, så du må snakke lidt højere!"

"De har ... Glem det. Jeg ringer for at sige, at vi har sæd fra de skibukser, som Adele Vetlesen brugte, da hun var i Håvasshytten."

"Hvad? Tager du gas på mig? Det betyder, at ..."

"At vi snart kan have dna fra den syvende mand. Hvis det er hans sæd. Og den eneste måde, vi kan være sikre på det, er ved at udelukke de andre mænd, der var i Håvasshytten."

"Vi må have fat i deres dna."

"Ja," sagde Bjørn Holm. "Det er jo i orden med Elias Skog, ham har vi dna på. Det er værre med Tony Leike. Vi kunne garanteret finde dna hjemme hos ham selv, men så har vi brug for en dommerkendelse. Og efter det, der skete sidste gang, skal der fandens meget til, at vi får den."

"Overlad blot det til mig," sagde Harry. "Vi bør også have dna-profilen på Krangli. Selv om han ikke har dræbt Charlotte eller Borgny, kan han have voldtaget Adele."

"Okay. Hvordan får vi fat i den?"

"Som politimand har han vel på et eller andet tidspunkt befundet sig på et gerningssted," sagde Harry og behøvede ikke at afslutte ræsonnementet. Bjørn Holm nikkede allerede. For at undgå forvirring og forvekslinger blev der rutinemæssigt indhentet fingeraftryk og dna fra alle politifolk, der havde været på et gerningssted og potentielt kunne have forurenet det.

"Jeg tjekker registeret," sagde Bjørn Holm.

"Fint arbejde, Bjørn."

"Vent. Der er mere. Du bad os om at se nøjere efter, hvis vi fandt en sygeplejerskeuniform. Og det gjorde vi. Med PSG på. Og jeg har undersøgt sagen. Der ligger en nedlagt PSG-fabrik i Oslo, oppe i Nydalen. Hvis den står tom, og hvis den syvende mand har haft sex med Adele der, kan vi måske stadig finde sæd."

"Hm. Nykneppet i Nydalen og hårdt bollet i Håvasshytten. Den syvende mand har måske pulet sig ud af sit gemmested. PSG, sagde du. Er det fra Kadok-fabrikken?"

"Ja, hvordan ..."

"Faderen til en af mine venner arbejdede der."

"Gentag det lige, der er en helvedes larm nu."

"De er nået i mål. Vi snakkes ved."

Harry stak telefonen i jakkelommen og vendte sig en halv omgang i stolen, så han slap for at se de dystre miner på tabernes ansigter og bedre kunne se croupierens smilende åsyn: "Glatulerer igen, Hally!"

Harry rejste sig, tog jakken på og så på den pengeseddel, som vietnameseren holdt frem mod ham. Med portrættet af Edvard Munch. Altså en tusindkroneseddel.

"Vældig glat," svarede Harry. "Sæt den på den grønne hest i næste løb. Jeg indkasserer gevinsten en anden dag, Duc."

Lene Galtung sad i stuen og stirrede ind i de dobbelte glasruder på det dobbelteksponerede spejlbillede. Hendes iPod spillede Tracy Chapman. 'Fast Car'. Hun kunne høre den sang igen og igen og blev aldrig træt af den. Den handler om en fattig pige, som ønsker at flygte fra alt, bare at sætte sig ind i sin kærestes hurtige bil og rejse fra det liv, hun havde, arbejdet som kassedame i RIMI, ansvaret for sin fordrukne far, brænde alle broer. Det kunne ikke være fjernere fra Lenes eget liv, men alligevel var det hende, sangen handlede om. Den Lene, hun kunne have været og egentlig var. Den ene af de to, hun så i det dobbelte spejlbillede. Den almindelige grå. Igennem alle skoleårene havde hun været dødsens angst for, at døren til klasselokalet pludselig skulle gå op, nogen komme ind og rette en pegefinger mod hende og sige: "Nu! Nu har vi dig. Tag det fine tøj af." Så ville de smide nogle pjalter hen til hende og sige, at nu skulle alle få at se, hvem hun i virkeligheden var, den horeunge. Hun havde siddet år ud og år ind og været musestille, havde gemt sig, havde skottet hen til døren og bare ventet. Lyttet til veninderne, lyttet efter det, der røbede, at de havde afsløret hende. Genertheden, frygten, det forsvar, hun satte op, virkede på andre som arrogance. Og hun vidste, at hun overspillede rollen som rig, vellykket, forkælet, uden bekymringer. Hun var slet ikke smuk og strålende som de andre piger i hendes omgangskreds. Dem, der med smilende selvsikkerhed kunne synge 'det ved jeg virkelig ikke' i skøn forvisning om, at det, de ikke vidste, umuligt kunne være særlig vigtigt, og at verden under alle omstændigheder aldrig ville kræve andet af dem, end at de var smukke. Så hun måtte lade som om. Som om hun var smuk. Strålende. Hævet over alt. Men hun var så træt af det. Havde bare villet sætte sig ind i Tonys bil og bedt ham køre væk fra det hele. Til et sted, hvor hun kunne være den ene, ægte Lene og ikke være disse to falske personer, som hadede hinanden. Tracy Chapman sang, at sammen kunne hun og Tony flytte hen til det sted.

Spejlbilledet i glasruden bevægede sig. Det gav et spjæt i Lene, da hun opdagede, at ansigtet alligevel ikke var hendes eget. Hun havde ikke hørt hende komme ind. Lene rettede sig op og tog sine øreplugs ud.

"Sæt kaffebakken der, Nanna."

Kvinden gjorde, som hun sagde. "Du skulle tage og glemme ham, Lene."

"Hold så op!"

"Jeg siger det bare. Han var ikke nogen god mand for dig."

"Hold op, siger jeg!"

"Shh!" Kvinden satte kaffebakken hårdt og larmende ned på bordet, og det lynede i de turkisfarvede øjne. "Nu må du være fornuftig, Lene. Det har vi alle måttet være i dette hus, når situationen har krævet det. Jeg siger det bare som din ..."

"Som min hvad?" snøftede Lene. "Se på dig. Hvad kan du være for mig?"

Kvinden strøg hænderne over det hvide forklæde, ville lægge en hånd mod Lenes kind, men Lene viftede den væk. Det lød som en dråbe, der faldt ned i en brønd, da kvinden sukkede. Så vendte hun sig om og gik ud. Idet døren gled i bag hende, ringede den sorte telefon foran Lene. Hun kunne mærke sit hjerte hoppe. Siden Tony var forsvundet, havde telefonen konstant været tændt og altid inden for rækkevidde. Hun greb den: "Lene Galtung."

"Harry Hole, Drabsafde... sorry, Kripos. Tak for sidst. Jeg beklager forstyrrelsen, men jeg må bede om din hjælp i et anliggende. Det er angående Tony."

Lene kunne mærke, at hun var ved at miste kontrollen over sin stemme, da hun svarede: "Er der ... er der sket noget?"

"Vi leder efter en sandsynligvis omkommet person i en kløft i fjeldene ved Ustaoset ..."

Hun mærkede, at det svimlede for hende, at gulvet var på vej opad og loftet nedad.

"Vi har ikke fundet vedkommende endnu. Det har sneet, og eftersøgningsområdet er stort og ekstremt ufremkommeligt. Hører du, hvad jeg siger?"

"J...ja." Politimandens stemme, en anelse hæs, fortsatte: "Når liget bliver fundet, vil vi forsøge at få det identificeret så hurtigt som muligt. Men det, vi ved, er, at liget sandsynligvis har store brandskader. Derfor har vi allerede nu brug for dna fra personer, som kan tænkes at være identisk med den omkomne. Og eftersom Tony er forsvundet ..."

Lenes hjerte føltes, som om det ville op gennem halsen og ud gennem munden på hende. Stemmen i den anden ende messede videre:

"Derfor spekulerer jeg på, om du kunne hjælpe en af vores kriminalteknikere med at skaffe dna-materiale hjemme fra Tony."

"S...som for eksempel hvad?"

"Et hår fra hårbørsten, spyt fra tandbørsten, de ved selv, hvad de har brug for. Det vigtige er, at du som hans forlovede giver din tilladelse og møder op uden for hans hus med en nøgle."

"S...selvfølgelig."

"Tusind tak. Så sender jeg en tekniker til Holmenveien med det samme."

Lene lagde på og mærkede, at gråden var på vej. Hun satte sine øreplugs fra iPod'en i igen.

Og nåede at høre Tracy Chapman synge den sidste linje, den om at tage en hurtig bil og bare blive ved med at køre hen til det sted. Så var sangen slut. Hun trykkede på repeat.

Kapitel 65
Kadok

Nydalen var et billede på afindustrialiseringen af Oslo. De fabriksbygninger, der ikke var blevet revet ned og havde givet plads til glat og elegant designede kontorbygninger i glas og stål, var blevet ombygget til fjernsynsstudier, restauranter og store, åbne lokaler med røde mursten, hvor rør til ventilation og vand lå blotlagt.

De sidste blev gerne lejet af reklamebureauer, der ønskede at signalere, at de tænkte utraditionelt, at de mente, at kreativiteten blomstrede lige så godt i billige industrilokaler som i de veletablerede konkurrenters dyre, repræsentative kontorer i centrum. Men lokalerne i Nydalen kostede mindst lige så meget, eftersom alle reklamebureauer i bund og grund tænker traditionelt. Det vil sige: De følger moden og byder priserne op på det, der er moderne.

Ejerne af grunden, som den nedlagte Kadok-fabrik lå på, havde imidlertid ikke taget del i denne økonomiske fest. Da fabrikken fjorten år tidligere endeligt havde lukket efter år med underskud og dumping af PSG i Kina, var grundlæggerens arvinger gået direkte i struben på hinanden. Og mens de skændtes om, hvem der skulle have hvad, havde fabrikken fået lov til at forfalde der, hvor den lå afsides bag hegnene på den vestlige side af Akerselven. Krat og løvskov havde fået lov til at vokse frit og uhæmmet og havde efterhånden skjult fabrikken for omgivelserne. Alt dette taget i betragtning virkede den store hængelås på porten underligt ny, syntes Harry.

"Klip den over," sagde Harry til politibetjenten ved siden af sig.

Kæberne på den enorme bidetang gled gennem metallet, som var det smør, og låsen var skåret over lige så hurtigt, som det var gået for Harry at få en ransagningskendelse. Statsadvokaten i Kripos havde lydt, som om han havde vigtigere ting at foretage sig end at udstede ransagningskendelser, og Harry havde knap nok fået talt ud, før han stod med en færdig udfyldt i hånden og i sit stille sind tænkte, at de også godt kunne trænge til et par stressede, skødesløse advokater i Drabsafdelingen.

Den lave eftermiddagssol blinkede i række på række af glasstykker i smadrede ruder oppe på murstensmurene. Atmosfæren var præget af den forladthed, man udelukkende finder ved nedlagte fabrikker, hvor alt, hvad man ser, er konstrueret til hektisk, effektiv aktivitet, der ikke findes, men hvor ekkoet af jern mod jern, af svedende mænds råben, banden og latter over maskinernes dunken stadig dirrer stumt mellem murene, og vinden blæser gennem de sortsodede, knaldede ruder og får det til at skælve i spindelvæv og døde insektkroppe.

Der var ingen lås på den store dør ind til fabrikshallen. De fem mænd gik gennem et aflangt lokale med en akustik som i en kirke, hvilket gav indtryk af evakuering snarere end en nedlæggelse. Der lå værktøj fremme, en palle lastet med hvide spande med skriften PSG TYPE 3 stod klar til at blive kørt ud, og en blå lagerkittel hang over en stoleryg.

De stoppede op, da de var midt i lokalet. I det ene hjørne var der en slags bur, formet som et fyrtårn og hævet en meter over gulvet. Værkførerens, tænkte Harry. Oppe på murene løb et galleri rundt i hele lokalet, og i den ene ende blev det til en halv etage med separate lokaler. Harry gættede på frokoststue og administration.

"Hvor begynder vi?" spurgte Harry.

"Som altid," sagde Bjørn Holm og så sig omkring. "Øverst i venstre hjørne."

"Hvad leder vi efter?"

"Et bord eller en bænk med blå eternit på. Pletterne på buksebagen var gnedet ind lidt under baglommerne, så hun har siddet på noget med benene i en lavere stilling, hun har altså ikke ligget fladt."

"Hvis I begynder hernede, går jeg og betjenten op med bidetangen," sagde Harry.

"Hvorfor?"

"Bare for at åbne dørene for teknikerne. Vi lover ikke at sprøjte sæd nogen steder."

"Meget morsomt. I må ikke ..."

"... røre ved noget."

Harry og betjenten, som han simpelthen kaldte 'betjent', fordi han havde glemt hans navn to sekunder efter, at han havde hørt det, trampede op ad en vindeltrappe, så det sang i jerntrinnene. Dørene, de nåede frem til, var ulåste, og det forholdt sig, som Harry havde antaget: kontorer hvor møblerne var fjernet, en garderobe med jernskabe på rad og række, et stort fælles bruserum. Men ingen blå pletter.

"Hvad tror du, det der er?" spurgte Harry, da de stod i frokoststuen. Han pegede på en smal dør med hængelås inderst i lokalet.

"Rum til opbevaring af arbejdernes mad," sagde betjenten, der allerede var på vej ud.

"Vent!"

Harry gik hen til døren og skrabede med neglen mod den tilsyneladende rustne lås. Det var ægte rust. Han vendte den om og så på låsens cylinder. Ingen rust.

"Klip den over," sagde Harry.

Betjenten gjorde, som han bad om. Så trak Harry døren op.

Betjenten smækkede med tungen.

"Bare en blænddør," sagde Harry.

Bag den var der ikke noget spisekammer og ikke noget rum, men en ny dør. Den var udstyret med noget, som så ud som en solid dørlås.

Betjenten lagde bidetangen fra sig.

Harry så sig omkring og fandt straks det, han ledte efter. En stor, rød brandslukker hang let synligt midt på væggen i frokoststuen. Havde Øystein ikke engang sagt noget om, at det materiale, de lavede der, hvor hans far arbejdede, var så letantændeligt, at arbejderne var blevet instrueret om, at rygning skulle foregå nede ved floden, og skodderne smides i vandet?

Han løftede brandslukkeren ned og bar den hen til døren. Tog to skridt i løb, sigtede og svingede metalcylinderen foran sig som en rambuk.

Døren flækkede rundt om låsen, men klamrede sig fast til karmene.

Harry gentog angrebet. Træflis føg om ørerne på dem.

"Hvad fanden sker der?" hørte han Bjørn råbe nede fra fabriksgulvet.

Ved tredje forsøg gav døren et resigneret skrig og svingede op. De stirrede ind i et bælgsort mørke.

"Må jeg låne din lygte?" spurgte Harry, lagde brandslukkeren fra sig og tørrede sveden af. "Tak. Vent her."

Harry gik ind i rummet. Det lugtede af ammoniak. Lyskeglen gled langs væggene. Rummet, som han anslog til at være tre gange tre meter, havde ingen vinduer. Lyskeglen gled hen over en sort klapstol, et arbejdsbord med en arbejdslampe og en computerskærm af mærket Dell. Computerens tastatur havde intakte e'er og n'er. Skrivebordet var ryddet og af hvidt træ, uden blå pletter. I papirkurven lå der afklippede papirstrimler, som om nogen havde klippet billeder ud, samt en avis, hvorfra en eller anden ganske rigtigt havde klippet i forsiden. Harry læste overskriften over det udklippede hul og vidste, at de var kommet til det rigtige sted, at de var nået frem, at det var her:

OMKOM I LAVINEULYKKE

Harry svingede automatisk lygten op på væggen over skrivebordet, forbi nogle blå pletter. Og der hang de.

Alle sammen.

Marit Olsen, Charlotte Lolles, Borgny Stem-Myhre, Adele Vetlesen, Elias Skog, Jussi Kolkka. Og Tony Leike.

Harry koncentrerede sig om at trække vejret helt ned i maven, om at indoptage oplysningerne bid for bid. Billederne var klippet ud af aviser eller printet ud på ark, sandsynligvis fra nyhedssider på internettet. Bortset fra billedet af Adele. Hans hjerte føltes som en bastromme, der med dumpe stød prøvede at få mere blod til hjernen. Billedet var trykt på fotopapir og så kornet, at Harry antog, at det var blevet taget med en telelinse og derpå forstørret. Det viste sidevinduet af en bil, Adele i profil på forsædet, hvorfra plastbetrækket ikke så ud til at være fjernet, og et eller andet stak ud af halsen på hende. En stor kniv med blankt, gult skæfte. Harry tvang blikket videre. Under billederne hang en række breve, der også var printet ud fra en computer. Harry scannede hen over åbningsteksten på et af dem:

DET ER SÅ ENKELT. JEG VED, HVEM DU HAR DRÆBT.

DU VED IKKE, HVEM JEG ER, MEN DU VED, HVAD JEG VIL HAVE.

PENGE. HVIS IKKE, KOMMER ONKEL POLITI. ENKELT, HVAD?

Teksten fortsatte, men han flyttede blikket til nederst i brevet. Ikke noget navn, ingen afsluttende hilsen. Betjenten stod i døråbningen. Harry hørte hans hånd kravle langs væggen, mens han mumlede: "Der må jo være en kontakt her et sted."

Harry lyste op på det blå loft, på fire store lysrør.

"Det må der," sagde Harry og lyste tilbage på væggen hen over flere blå pletter, før lyskeglen fandt et ark, der var sat op med tegnestifter til højre for billederne. En lillebitte alarm var begyndt at summe i hans hjerne. Arket var hakket i siden og havde linjer og kolonner, hvor der stod noget skrevet i hånden. Men med forskellige håndskrifter.

"Her er den," sagde betjenten.

Harry tænkte af en eller anden grund pludselig på arbejdslampen. Og det blå loft. Og ammoniaklugten. Og han forstod i det samme, at alarmen inde i hans hoved ikke skyldtes papirarket.

"Lad være ..." begyndte Harry.

Men for sent.

Eksplosionen var ikke teknisk set en eksplosion, men – som der skulle komme til at stå i rapporten, som brandchefen underskrev næste dag – en eksplosionsagtig brand forårsaget af en elektrisk gnist fra ledningerne, der var koblet til en boks med ammoniakgas, som igen antændte PSG'en, der var malet over hele loftet og i pletter på væggene.

Harry gispede, da ilten i lokalet blev suget ind af flammerne, samtidig med at han mærkede en voldsom varme slå ned i hovedet. Han faldt automatisk ned på knæ og trak hænderne gennem håret for at føle efter, om det brændte. Da han så op igen, stod flammerne ud fra væggene. Han skulle lige til at trække vejret, men nåede at standse refleksen. Han kom op at stå. Døren var kun to meter borte, men han skulle først have fat i ... han strakte sig hen imod arket, mod den forsvundne side fra gæstebogen fra Håvasshytten.

"Til side!" Betjenten stod i døren med brandslukkeren under den ene arm og slangen i hånden. Som i slowmotion så Harry sprøjtet komme. Så den brune, gyldne stråle stå ud af slangen og klaske ind i væggen. Brunt som skulle have været hvidt, væske som skulle have været pulver. Og allerede før han så ind i gabet på flammerne, der rejste sig på to ben og brølede til ham fra det sted, væsken ramte, før han mærkede den søde stikken i næsen af benzinlugt, før han så flammerne følge benzinstrålen mod betjenten, som stod i døråbningen som i chok og stadig med håndtaget presset i bund, forstod Harry, hvorfor brandslukkeren havde hængt midt på væggen i frokoststuen, hængt op som i en udstilling, hvor det var umuligt at undgå at se det, rødt og nyt, som et råb om, at det ønskede at blive brugt.

Harrys skulder ramte betjenten i bæltehøjde, puffede til ham, så han snurrede rundt om sig selv foran den frembrusende vicekommissær, og sendte ham baglæns ind i frokoststuen med Harry oven på sig.

De fejede et par stole til side, idet de gled ind under bordet. Betjenten, tom for luft, gestikulerede og pegede, mens han åbnede og lukkede munden som en fisk. Harry vendte sig om. Med en rumlende lyd og indhyllet i flammer kom den røde brandslukker rullende hen imod dem. Slangen dryppede smeltet gummi. Harry kom op at stå, trak betjenten efter sig, slæbte ham hen imod døren, mens der tikkede et stopur uden tid inde i hovedet på ham. Han puffede den vaklende betjent ud af frokoststuen, ud på galleriet, hev ham med sig ned på gulvet, idet det kom, det som brandchefen i rapporten skulle skrive rent faktisk *var* en eksplosion, og som blæste alle vinduerne ud og antændte hele frokoststuen.

Klipperummet brænder. Det er i nyhederne. Du skal tjene og beskytte, Harry Hole, ikke rive ned og ødelægge. Så du må betale erstatning. Hvis ikke, vil jeg tage noget fra dig, som du har kært. Det er gjort på ét sekund. Du aner ikke, hvor let det vil være.

Kapitel 66

Eftersłukning

Aftenmørket havde sænket sig over Nydalen. Harry stod med et uldtæppe rundt om skuldrene og et stort papbæger i hånden, mens han og Bjørn Holm så røgdykkerne løbe ind og ud med de sidste spande med PSG, der nogen sinde skulle forlade Kadok-fabrikken.

"Så han havde sat billeder af alle drabsofrene op med tegnestifter?" sagde Bjørn Holm.

"Ja," sagde Harry. "Minus den prostituerede kvinde i Leipzig, Juliana Verni."

"Hvad med det stykke papir? Du er sikker på, at det var fra gæstebogen i Håvasshytten?"

"Ja. Jeg så gæstebogen, da jeg var i Håvasshytten, og siderne så nøjagtig sådan ud."

"Og du stod altså en halv meter fra arket, hvor navnet på den syvende mand sandsynligvis stod, men du *så* det ikke?"

Harry trak på skuldrene. "Måske har jeg brug for læsebriller. Det gik fandens hurtigt derinde, Bjørn. Og min interesse for det stykke papir blegnede lidt, da betjenten begyndte at sprøjte med benzin."

"Ja, jeg mente jo ikke, at ..."

"Der hang et brev der. Ud fra det, jeg nåede at læse, så det ud, som om det var et afpresningsbrev. Måske havde en eller anden allerede nået at afsløre ham."

En brandmand kom hen imod dem. Det knirkede og knagede i hans tøj, når han gik.

"Kripos, ikke sandt?" brummede manden med en stemme, der passede til hans hjelm og støvler samt et kropssprog, der sagde 'chef'.

Harry nølede, men nikkede bekræftende. Der var ingen grund til at komplicere tingene.

"Hvad skete der egentlig derinde?"

"Det håber jeg, at dine folk snart kan fortælle *os*," sagde Harry. "Men generelt tror jeg, at vi kan sige, at den, som havde lejet sig et gratis kontor, havde en klar plan for, hvad der skulle ske, hvis kontoret fik ubudne gæster."

"Ja?"

"Jeg burde have forstået, at der var noget galt med det samme, da jeg så de lysrør i loftet. Hvis de havde været i brug, havde lejeren ikke haft brug for nogen arbejdslampe. Kontakten var koblet til noget andet, en eller anden antændingsmekanisme."

"Så det mener du? Tja, vi må sende nogle eksperter herop i morgen tidlig."

"Hvordan ser der ud derinde?" spurgte Holm. "I lokalet, hvor ilden begyndte?"

Brandmanden mønstrede Holm. "PSG på vægge og loft, min dreng. Hvordan *tror* du, det ser ud?"

Harry var træt. Træt af at blive udsat for hård behandling, træt af at være bange, træt af altid at være i underskud. Men lige nu var han mest træt af voksne mænd, der aldrig blev trætte af at lege kongen på bjerget. Harrys stemme var så lav, at brandmanden måtte læne sig lidt frem:

"Medmindre du er seriøst interesseret i, hvad min kriminaltekniker *tror* om det lokale, som du lige har haft utallige røgdykkere inde i, så foreslår jeg, at du spytter ud med det, du ved, og gør det med koncise, fyldestgørende svar. Forstår du, der har siddet en fyr derinde og planlagt drab på syv eller otte mennesker, og han har udført dem. Og vi er *vældig* spændte på, om vi kan forvente at finde spor derinde, der kan hjælpe os med at sætte en stopper for denne vældigt, vældigt slemme mand. Var det præcist nok?"

Brandmanden rettede sig op. Rømmede sig. "PSG er ekstremt ..."

"Hør efter. Vi spørger dig om resultatet, ikke årsagen."

Brandmanden havde fået en farve i ansigtet, der ikke bare skyldtes varmen fra brændende PSG. "Udbrændt. Helt udbrændt. Papirer, møbler, computer, det hele."

"Tak, brandchef," sagde Harry.

De to politimænd stod og så efter brandmandens ryg.

"*Min* kriminaltekniker?" gentog Holm med en grimasse, som om han havde spist noget, der smagte modbydeligt.

"Ja, det skulle jo lyde, som om jeg også var lidt chef."

"Godt at tage røven lidt på nogen, når nogen lige har taget røven på en selv, ikke?"

Harry nikkede og trak uldtæppet tættere om sig. "Han sagde 'udbrændt', gjorde han ikke?"

"Udbrændt. Hvordan har du det?"

Harry stirrede mismodigt på røgen, der stadigvæk sivede ud af fabriksvinduerne og ind i brandvæsnets projektører.

"Nykneppet i Nydalen," svarede han og tømte resten af den kolde kaffe ud på jorden.

Harry kørte fra Nydalen, men var ikke nået længere end til rødt lys i Uelandsgate, da Bjørn Holm ringede igen.

"Retsmedicinsk har analyseret sædpletten på Adeles skibukser, og vi har en dna-profil."

"Allerede?" sagde Harry.

"En delvis profil. Men nok til, at de med treoghalvfems procent sikkerhed kan fastslå, at vi har et match."

Harry rettede sig op i sædet.

Match. Det dejligste af alle ord. Måske kunne dagen alligevel reddes.

"Kom nu!" sagde Harry.

"Du må lære at nyde kunstpauserne," sagde Holm.

Harry stønnede.

"Okay, okay. De fandt den matchende dna-profil på hår fra Tony Leikes hårbørste."

Harry stirrede lige frem for sig.

Tony Leike havde voldtaget Adele Vetlesen i Håvasshytten.

Harry havde ikke set det komme. Tony Leike? Han havde problemer med at få det til at stemme. Voldsmand, ja, men at voldtage en kvinde, som er på hyttetur sammen med en anden mand? Elias Skog sagde, han havde set ham holde hende for munden, trække hende ind på udedasset. Måske var det alligevel ikke en voldtægt?

Og så, pludselig, faldt det hele på plads.

Harry så det klart.

Der var ingen voldtægt. Og *der* var det: motivet.

Bilerne bag ham tudede. Der var blevet grønt lys for Harry.

Kapitel 67

Kavaleren

Klokken var kvart i otte, og dagen havde endnu ikke skruet op for farver og kontrast. Det grå morgenlys viste landskabet i en kornet sort-hvid version, da Harry parkerede ved siden af den eneste anden bil i Vøyentangen og slentrede ned til flydebroen. Lensmand Skai stod på den yderste kant med en fiskestang i hånden og en cigaret i mundvigen. Pletter af tåge hang som bomuld i toppen af sivene, der rejste sig op af den kolde, sorte vandoverflade, der skinnede som olie.

"Hole," sagde Skai uden at vende sig om. "Du er tidligt oppe."

"Din kone sagde, at du var hernede."

"Hver morgen fra syv til otte. Det er den eneste mulighed, jeg har for at tænke lidt, før stresset begynder."

"Hvad fanger du?"

"Ingenting. Men der er gedder derhenne mellem sivene."

"Det lyder bekendt. Jeg er bange for, at stresset begynder lidt tidligere i dag. Det drejer sig om Tony Leike."

"Tony, ja. Hans morfars gård ligger i Rustad på den østlige side af Lyseren."

"Så du kan godt huske ham?"

"Det her er et lille sted, Hole. Min far og gamle Leike omgikkes hinanden, og Tony var her hver sommer."

"Hvordan husker du ham?"

"Tja. En pudsig type. Mange kunne godt lide Tony, især pigerne. Han var en pigernes ven, lidt af en Elvis. Og det lykkedes ham at omgive sig med en pæn del mystik. Rygtet sagde, at han var vokset op alene hos sin ulykkelige, alkoholiserede mor, indtil hun en dag havde sendt ham væk, fordi den mand, hun var sammen med, ikke kunne lide knægten. Men kvinderne omkring ham var vilde med ham. Og han med dem. Det skete, at han fik en del problemer ud af det."

"Som da han lagde an på din datter?"

Det gav et sæt i Skai, som om han havde fået et stød.

"Din kone," forklarede Harry. "Jeg spurgte hende om Tony, og hun fortalte det. At det var din datter, som Tony og ham den lokale fyr sloges om dengang."

Lensmanden rystede på hovedet. "De sloges ikke, det var ren nedslagtning. Stakkels Ole, han havde bildt sig ind, at han og Mia var kærester, bare fordi *han* var forelsket og fik lov til at køre Mia og hendes veninder til dans. Han var ikke nogen slagsbror. Ole var mere den duksede type. Men han for løs på Tony, som slog ham i jorden, trak en kniv frem og ... det var ret uhyggeligt. Vi er ikke vant til sådan noget herude."

"Hvad gjorde han?"

"Han skar halvdelen af hans tunge af. Stak den i lommen og gik derfra. Vi anholdt Tony hos bedstefaderen en halv time senere og sagde, at tungen skulle med til operationsstuen. Tony sagde, at han havde smidt den ud til kragerne."

"Det, jeg ville spørge dig om, er, om du mistænkte Tony for voldtægt? Dengang eller på et senere tidspunkt."

Skai trak linen hårdt ind.

"Lad mig sige det på følgende måde, Hole. Mia blev aldrig den samme glade pige igen. Hun ville selvfølgelig stadigvæk have den galning, men sådan er piger jo i den alder. Og Ole flyttede. Hver gang staklen åbnede munden her på egnen, var det jo en påmindelse for ham og andre om den forfærdelige ydmygelse. Så ja, jeg vil nok mene, at Tony Leike er en voldtægtsmand. Men nej, jeg tror ikke, at han har voldtaget nogen seksuelt, for så ville han have gjort det med Mia, for at sige det på den måde."

"Hun ...?"

"De var i skoven bag danselokalet. Hun gav ikke Tony lov. Og han accepterede det."

"Er du sikker på det? Beklager, at jeg er nødt til at spørge, men det er ..."

Krogen dukkede op af vandet og kom hen imod dem. Den blinkede i dagens første, horisontale solstråler.

"Det er helt i orden, Hole. Jeg er politimand, og jeg ved, hvad I arbejder med. Mia er en pæn pige og lyver ikke. Heller ikke i vidneskranken. Du kan få rapporten, hvis du vil vide detaljerne. Jeg vil bare helst have, at Mia slipper for at være nødt til at tale om det igen."

"Det bliver ikke nødvendigt," sagde Harry. "Tak for hjælpen."

Harry havde givet forsamlingen i mødelokale Odin oplysningen om, at den person, han havde set under scooteren, og som endnu ikke var fundet til trods for en øget indsats, havde haft Tony Leikes gigtkrogede fingre. Dernæst havde han gjort rede for sin teori. Han lænede sig tilbage og ventede på reaktionerne.

Pelikanen kiggede på Harry over brilleglassene, men det lød, som om hun henvendte sig til hele morgenmødet:

"Hvad mener du med, at du tror, at Adele var gået frivilligt med til det. Hun skreg jo for pokker om hjælp!"

"Det var noget, Elias Skog først tænkte bagefter," sagde Harry. "Hans første tanke var, at han så to mennesker, som havde frivillig sex."

"Men en kvinde, der tager med en mand på hyttetur, har ikke sex med en, som tilfældigvis dumper ind ud på natten! Skal man virkelig være kvinde for at forstå det?!" Hun hvæsede, og med sine nyanlagte, opsigtsvækkende uklædelige dreadlocks mindede hun Harry om en rasende Medusa. Svaret kom fra Harrys sidemand:

"Og mener du virkelig, at dit køn automatisk giver dig en overlegen kompetence, hvad angår de seksuelle præferencer hos halvdelen af Jordens befolkning?" Ærdal tav og studerede en nylig rengjort lillefingernegl. "Har vi ikke fået det på det rene, at Adele Vetlesen skiftede partner ganske ofte og spontant? At hun sagde ja til at have sex med en mand, hun knap nok kendte, på en nedlagt fabrik midt om natten?"

Ærdal sænkede hånden, begyndte rengøringen af ringfingerneglen og mumlede så lavt, at kun Harry kunne høre det: "Desuden har jeg bollet flere kvinder end dig, din skide vadefugl."

"Kvinderne faldt let for Tony og omvendt," sagde Harry. "Tony kom til hytten sent, Adeles kavaler var sur og var gået i seng. Han og Adele kunne flirte uhindret. Han havde problemer derhjemme, og hun var begyndt at miste gnisten for den mand, hun var der sammen med. Adele og Tony havde lyst til hinanden, men inde i hytten var der folk alle vegne, så ud på natten sneg de sig ud og mødtes foran udedasset. De begyndte at kysse hinanden, at røre ved hinanden, og han stillede sig bag hende, trak sine egne bukser ned og var nu så ophidset, at der kom det, de i sædelighedspolitiet kalder 'præejakulær sædvæske' på spidsen af hans penis, der blev gnedet ind mod hendes skibukser, før han fik dem trukket ned, og de begyndte samlejet. Hun var lige præcis entusiastisk højlydt nok til at vække Elias Skog, der så dem fra vinduet. Og jeg tror også, at de vækkede hendes kavaler, så han så dem fra sit værelse. Det tror jeg, at hun var ligeglad med. Tony prøvede derimod at kvæle hendes råb."

"Hvis *hun* var ligeglad, hvorfor var *han* så ikke?" udbrød Pelikanen. "Det er trods alt kvinder, der bliver stigmatiseret af den slags løsagtighed, mens mænd blot får forhøjet deres status. Hos andre mænd, vel at mærke!"

"Tony Leike havde mindst to gode motiver til at kvæle hendes råb," sagde Harry. "For det første ønsker man ikke at få sit udendørs kneppери offentliggjort i den kulørte presse, når man er forlovet, og særligt ikke når ens kommende svigerfars penge er det, der skal redde ens investeringer i Congo. For det andet var Tony Leike en erfaren fjeldvandrer og godt kendt i området."

"Hvad søren har det med sagen at gøre?"

Der lød en klukkende latter, og de vendte sig alle om mod den øverste ende af bordet, hvor Mikael Bellman sad og rystede.

"Sneskred," lo han. "Tony Leike var bekymret for, at Adele Vetlesens hyleri skulle starte en lavine."

"Tony vidste udmærket, at i mere end tre fjerdedele af alle sneskred, som tager livet af mennesker, er det menneskene, som har udløst lavinen," sagde Harry.

Vantro latter bredte sig rundt om bordet, og selv Pelikanen måtte trække på smilebåndet.

"Men hvad er det, der får dig til at tro, at Adeles kavaler så dem?"

spurgte hun. "Og at Adele var ligeglad med det? Hun kan jo bare være blevet så medrevet, at hun forglemte sig."

"Fordi," sagde Harry og lænede sig tilbage i stolen. "Adele har gjort det her før. Hun sendte sin fyr en sms af sig selv, mens hun blev kneppet af en anden mand. En hjerteløs, men fyldestgørende besked. Ifølge hendes venner så hun da heller ikke kavaleren igen efter turen til Håvasshytten."

"Interessant," sagde Bellman. "Men hvor fører det os hen?"

"Til motivet," sagde Harry. "For første gang i den her sag har vi et muligt 'hvorfor'."

"Så vi forlader altså teorien om en gal seriemorder?" spurgte Ærdal.

"Snemanden havde også et motiv," sagde Beate Lønn, som lige var kommet ind og havde sat sig nederst ved bordet. "Forskruet, men bestemt et motiv."

"Det her er mere enkelt," sagde Harry. "God, gammeldags jalousi, motivet for to ud af tre drab i dette land. Og i de fleste andre lande. Sådan set er vi mennesker ganske forudsigelige."

"Det forklarer måske drabet på Adele Vetlesen og Tony Leike," sagde Pelikanen. "Men hvad med de andre?"

"De måtte ryddes af vejen," sagde Harry. "De var alle potentielle vidner til det, der var sket i Håvasshytten, og kunne fortælle politiet om det. De kunne have givet os det motiv, vi manglede. Og måske endnu værre: De havde været vidner til hans totale ydmygelse, at blive bedraget i fuld offentlighed. For en ustabil person kan det alene være motiv nok."

Bellman smækkede hænderne sammen. "Forhåbentlig får vi snart svar på nogle af de her spørgsmål. Jeg snakkede med Krangli på telefonen, og han siger, at vejret er blevet bedre i det område, der skal gennemsøges, så nu kan de sende hundene ind og også lede med en helikopter. Er der nogen grund til, at du ikke før har nævnt, at du havde en formodning om, at liget er Tony, Harry?"

Harry trak på skuldrene. "Jeg havde regnet med, at liget ville blive fundet meget hurtigere, så jeg så ingen grund til at spekulere højt. Leddegigt er trods alt ikke så ualmindelig."

Bellman lod blikket hvile et øjeblik på Harry, før han henvendte sig til resten:

"Vi har en mistænkt, folkens. Er der nogen, som vil døbe ham?"

"Den syvende mand," foreslog Ærdal.

"Kavaleren," fastslog Pelikanen.

I nogle sekunder herskede der total stilhed, som om det, der var kommet frem, krævede at blive fordøjet, før de gik videre.

"Nu er jeg jo ikke taktisk efterforsker," begyndte Beate Lønn i tryg forvisning om, at alle i lokalet vidste, at Beate Lønn aldrig udtalte sig om noget, hun ikke havde sat sig grundigt ind i. "Men er der ikke noget her, som også får jer til at studse? Leike havde jo et alibi for drabstidspunkterne, men hvad med alle de spor, der pegede hen imod ham? Hvad med telefonopringningen fra hans fastnettelefon til Elias Skog? Hvad med mordvåbenet, som blev skaffet fra Congo? Oven i købet fra et område, hvor Leike havde økonomiske interesser. Er det alt sammen tilfældigt?"

"Nej," sagde Harry. "Kavaleren har fra første dag ført os mod Tony Leike som drabsmanden. Det var Kavaleren, som betalte Juliana Verni for at tage til Congo, fordi han vidste, at ethvert spor, som førte til Congo, ville pege på Tony Leike. Og når det gælder det telefonopkald fra hans lejlighed til Elias Skog, så har jeg i dag tjekket noget, som vi burde have tjekket for længe siden, men som vi ret typisk undlader, når vi tror, at vi nærmer os målet. Fordi vi vægrer os mod at svække vores eget bevismateriale. På cirka det tidspunkt, hvor der blev ringet fra Leikes lejlighed til Skog, gik der tre telefonopkald fra Leikes interne nummer i kontorfællesskabet ved Aker Brygge. Leike kan ikke have været to steder på samme tid. Jeg vil vædde to hundrede kroner på, at han var i Aker Brygge. Nogen der vil vædde?"

De stirrede tavst på ham med opspærrede øjne.

"Mener du, at Kavaleren ringede til Elias Skog fra Leikes hus?" spurgte Pelikanen. "Hvordan ..."

"Da Leike kom til mig i Politihuset, fortalte han, at han havde haft indbrud gennem kælderdøren nogle dage tidligere. Det stemmer med tidspunktet for opringningen til Skog. Kavaleren tog en cykel med sig derfra for at camouflere det som et almindeligt indbrud, uskyldigt nok til, at vi ville notere os det, men heller ikke mere. Leike ved, at vi ikke gør noget ved den type indbrud, så han anmeldte det ikke engang. Dermed havde Kavaleren plantet et uigendriveligt bevis mod Leike."

"Hold da kæft for en glat ål!" udbrød Pelikanen.

"Jeg køber forklaringen på hvordan," sagde Beate Lønn. "Men hvorfor? Hvorfor pege på Tony Leike?"

"Fordi han gættede på, at vi på et eller andet tidspunkt ville begynde at knytte drabsofrene til Håvasshytten," sagde Harry. "Og det ville begrænse antallet af mistænkte sådan, at alle, der havde været der den nat, ville få søgelyset rettet mod sig. Der var to grunde til, at han rev den side ud af gæstebogen. Den første var, at han og ikke vi havde navnene på dem, som var der, sådan at han i ro og mag kunne finde dem og dræbe dem, uden at vi kunne standse det. Den anden grund og den vigtigste: at han holdt sit eget navn skjult."

"Logisk," sagde Ærdal. "Og for at være helt sikker på, at vi ikke skulle komme efter ham, måtte han give os en tilsyneladende skyldig. Tony Leike."

"Og det var derfor, han måtte vente til sidst med at dræbe Tony Leike," sagde en af efterforskerne, en mand med et kraftigt Nansenskæg, og som Harry kun kunne huske efternavnet på. Sidemanden, en ung fyr med blank, skinnende hud og ditto øjne, og som Harry ikke kunne huske nogen af navnene på, blandede sig i samtalen:

"Men desværre for ham havde Tony et alibi for drabstidspunkterne. Og da Tony var opbrugt som syndebuk, var det på tide at dræbe fjende *numero uno*."

Temperaturen var steget i lokalet, og det var, som om den blege, nølende vintersol lyste rummet op. De var på vej til noget. Det havde endelig løsnet sig. Harry kunne se, at selv Bellman sad længere fremme på stolen.

"Alt det der er udmærket," sagde Beate Lønn, og mens Harry ventede på hendes 'men', vidste han, hvad hun ville spørge om. Han vidste, at hun spillede djævelens advokat, fordi hun var klar over, at han havde svarene: "Men hvorfor har ham Kavaleren gjort det her så unødvendigt kompliceret?"

"Fordi mennesker *er* komplicerede," svarede Harry og kunne høre, at det var et ekko af noget, han havde hørt før og glemt igen. "Vi vil udrette ting, som er sammensatte, som griber ind i hinanden, hvor vi styrer skæbnerne og kan føle os som herskere i vort eget univers. Det lokale, der brændte ned i Kadok-fabrikken – ved I, hvad det mest af alt mindede mig om? Et kontrolrum. Hovedkvarteret. Og det er slet ikke sikkert, at han oprindelig planlagde at tage livet af Leike. Måske ville han netop have ham anholdt og dømt."

Der var så stille i lokalet, at de kunne høre en fugl kvidre udenfor.

"Hvorfor det?" spurgte Pelikanen. "Hvis han kunne dræbe ham? Eller tortere ham."

"Fordi smerte og død ikke er det værste for et menneske," sagde Harry og hørte igen ekkoet. "Det er ydmygelsen. Det var det, han ønskede Leike udsat for. Ydmygelsen ved at blive frataget alt, hvad han havde. Faldet, skammen."

Han så et lille smil på Beate Lønns læber, så hende nikke bifaldende.

"Men," fortsatte han. "Som det er blevet påpeget, så havde Tony, desværre for vores drabsmand, et alibi. Og dermed slap Tony med den subsidiære straf. Som var en langsom og garanteret grusom død."

I den stilhed, som fulgte efter, kunne Harry mærke noget flimre forbi. Lugten af stegt flæsk. Så var det, som om hele lokalet trak vejret på samme tid.

"Så hvad gør vi nu?" spurgte Pelikanen.

Harry så op. Den kvidrende fugl på grenen uden for vinduet var en bogfinke. En for tidligt ankommet trækfugl, der gav menneskene håb om forår, men som frøs ihjel i løbet af den første nat med frost.

Fanden heller, tænkte Harry. Fanden heller.

Kapitel 68

Gedder

Det blev et langt morgenmøde på Kripos.

Bjørn Holm redegjorde for de tekniske undersøgelser på Kadok. Der var ikke fundet noget sæd og heller ikke andre fysiske spor efter gerningsmanden. Det lokale, han havde brugt, var ganske rigtigt totalt udbrændt, og computeren var forvandlet til en klump metal uden muligheder for at genfinde data.

"Sandsynligvis har han været på nettet ved at bruge de åbne netværk i området. Nydalen er fuld af dem."

"Men han må da have efterladt sig elektroniske spor," sagde Ærdal, men det lød mere som et refræn, han havde lært, end noget, han kunne uddybe, ud over 'må da'.

"Vi kan selvfølgelig søge om at få lov til at gå ind på nogle af de hundrede netværk deroppe og lede efter noget, vi ikke ved, hvad er," sagde Holm. "Men jeg aner ikke, hvor mange uger det vil tage. Eller om vi vil finde noget."

"Overlad det til mig," sagde Harry. Han havde allerede rejst sig og var på vej hen imod døren, mens han tastede et nummer. "Jeg kender nogen."

Han lod døren stå på klem, og mens han ventede på svar, hørte han en af efterforskerne fortælle, at ingen af dem, de havde snakket med, havde set nogen komme og gå på Kadok, men at det ikke var så mærkeligt, eftersom fabrikken lå gemt bag træer og buskads, og at det desuden var så mørkt her i vintermånederne.

Harry fik svar. "Katrine Bratts sekretær."

"Hallo?"

"Frøken Bratt er på vej til frokost lige nu."

"Sorry, Katrine, men du må vente med at spise. Hør lige her ..."

Katrine lyttede, mens Harry forklarede, hvad han ønskede:

"Kavaleren havde billeder på væggen, som sandsynligvis var udskrifter fra nyhedssider på nettet. Med søgemaskinen kan du komme ind på netværkene i området, tjekke loggene og finde ud af, hvem der har været inde på de nyhedssider, som handler om drabene. Der er nok mange, som har gjort det ..."

"Næppe så meget som ham," sagde Katrine. "Jeg skal bare have en liste sorteret efter downloadet kvantum."

"Javel. Du har hurtigt fået lært dig det her."

"Det ligger i mit navn. Bratt. Indlæringskurve. Forstod du den?"

Harry gik ind til de andre igen.

De var i færd med at afspille telefonbeskeden, som Harry havde fået fra Leikes telefon. Den var blevet sendt til NTNU i Trondheim til stemmeanalyse, hvor de havde opnået gode resultater med lydoptagelser fra bankrøverier, faktisk bedre end med overvågningskameraerne, eftersom stemmen, selv når man forsøger at forvrænge den, kun i ringe grad lader sig maskere. Men Bjørn Holm havde fået besked om, at en dårlig optagelse af et sekunds varighed med en ubestemmelig lyd, hosten eller latter var værdiløs og ikke kunne bruges til at lave en stemmeprofil.

"Pokkers også," sagde Bellman og slog håndfladen i bordet. "Med en stemmeprofil, med bare ét udgangspunkt, kunne vi i hvert fald begynde at tjekke mulige mistænkte *ud* af sagen."

"Hvilke mulige mistænkte?" mumlede Ærdal.

"Signalet til basestationen fortæller os, at den, som brugte Leikes telefon, var i nærheden af Ustaosets centrum, da han ringede," sagde Holm. "Signalerne forsvinder lige bagefter, og teleoperatørens net har kun dækning omkring Ustaosets centrum. Men netop det, at signalerne forsvinder, styrker teorien om, at det er Kavaleren, som har telefonen."

"Hvorfor det?"

"Selv når telefonen ikke er i brug, vil teleoperatørens basestationer opfange signaler hver anden time. At der ikke er modtaget signaler viser, at telefonen før og efter opringningen har befundet sig i det øde fjeldområde rundt om Ustaoset, hvor den måske har været med til sneskred og tortur og så videre."

Ingen latter. Harry konstaterede, at euforien fra tidligere var forduftet. Han gik hen imod sin stol.

"Der er én mulighed for, at vi kan skaffe det ene udgangspunkt, Bellman snakker om," sagde han lavmælt og vidste, at han ikke længere behøvede at anstrenge sig for at få deres opmærksomhed.

"Lad os gå tilbage til Leikes lejlighed og indbruddet. Lad os antage, at vores drabsmand begik indbrud hos Leike for at ringe til Elias Skog derfra. Dette skete altså bare nogle få dage, inden vi arresterede Leike. Og lad os antage, at vores hvidklædte kriminalteknikere lavede så grundig en undersøgelse, som det så ud til, da jeg kom dertil og noget overraskende traf ... Holm." Bjørn Holm lagde hovedet på skrå og sendte Harry et spar-på-humoren-blik. "Burde vi så ikke allerede have fingeraftryk fra Holmenveien, som simpelthen kan være ... Kavalerens?"

Solen lyste igen rummet op. De andre udvekslede blikke. Nærmest skamfulde. Så enkelt. Så indlysende. Og ingen af dem havde tænkt tanken ...

"Det har været et langt møde med mange nye oplysninger," sagde Bellman. "Hjernerne begynder helt klart at fungere noget mere trægt. Men hvad mener du om det her, Holm?"

Bjørn Holm slog sig for panden med hånden: "Selvfølgelig har vi alle fingeraftrykkene. Vi foretog jo undersøgelsen, fordi vi troede, at Leike var drabsmanden og hans lejlighed et muligt gerningssted. Vi håbede på at finde fingeraftryk, der matchede nogen af ofrenes."

"Har I mange aftryk, der ikke er blevet identificeret?" spurgte Bellman.

"Det er lige det," sagde Bjørn Holm, mens han fortsatte med at slå sig for panden. "Leike havde to polske damer, som gjorde rent hos ham én gang om ugen. De havde været der seks dage tidligere og gjort et grundigt job. Så vi fandt kun aftryk efter Leike selv, Lene Galtung, de to polske damer og en ukendt, som i hvert fald ikke matchede nogen af drabsofrene. Vi holdt op med at lede efter et match, da Leike kom med sit alibi og blev løsladt. Men her i farten kan jeg ikke huske, hvor vi fandt de ukendte aftryk."

"Men det kan *jeg*," sagde Beate Lønn. "Jeg fik rapporten med skitse og fotografier. Aftrykkene fra X1's venstre hånd var afsat på bordpladen på det pompøse og ganske grimme skrivebord. Sådan." Hun rejste sig og lænede sig på sin venstre hånd. "Hvis jeg ikke tager meget fejl, er det der, hvor fastnettelefonen står. Sådan." Hun brugte højre hånd til at lave det internationale tegn for telefon med tommel mod øre og lillefinger foran munden.

"Mine damer og herrer," sagde Bellman med et bredt smil og slog ud med armene. "Jeg tror minsandten, at vi har et ægte spor. Fortsæt med at lede efter et match til X1, Holm. Men *lov* mig, at det ikke er manden til en af de polske damer, der er taget med på arbejde for at ringe gratis hjem, okay?"

På vej ud fra mødet kom Pelikanen op på siden af Harry. Hun slog et kast med sine nyanlagte rastafletninger: "Du er måske bedre, end jeg troede, Harry. Men når du fremlægger dine teorier, ville det ikke skade at indflette et 'jeg tror' her og der." Hun smilede og gav ham et spøgefuldt skub med hoften.

Harry satte pris på smilet, men det med hoften derimod ... Telefonen vibrerede i hans lomme. Han fiskede den frem. Ikke Rikshospitalet.

"Han kalder sig Nashville," sagde Katrine Bratt.

"Som den amerikanske by?"

"Ja. Han har været inde på hjemmesiderne hos alle de store aviser og læst rub og stub om drabene. De dårlige nyheder er, at det er det eneste, jeg har til dig. Nashville er nemlig en datamaskine, som kun har været aktiv på nettet i et par måneder og udelukkende har søgt på ting, som er relateret til drabene. Det kan næsten virke, som om Nashville har været forberedt på at blive undersøgt."

"Det lyder som vores mand," sagde Harry.

"Tja," sagde Katrine. "Du må lede efter mænd med cowboyhat."

"Hvad?"

"Nashville. Countrymusikkens Mekka og alt det der."

Pause.

"Hallo? Harry?"

"Jeg er her. Javist. Tak skal du have, Katrine."

"Kys?"

"Over det hele."

"Nej tak."

De lagde på.

Harry havde fået tildelt kontor med udsigt over Bryn og betragtede områdets uskønne detaljer, da det bankede på dørkarmen.

Beate Lønn stod i døråbningen.

"Nå, hvordan føles det at være i seng med fjenden?"

Harry trak på skuldrene: "Fjenden hedder Kavaleren."

"Godt. Jeg ville bare sige, at vi har kørt fingeraftrykket fra skrivebordet gennem databasen, og han er der ikke."

"Det forventede jeg heller ikke."

"Hvordan går det med din far?"

"Dage."

"Det er jeg ked af at høre."

"Tak."

De så på hinanden. Og pludselig gik det op for Harry, at der var et ansigt, han ville få at se til begravelsen. Et lille, blegt ansigt, som han havde set til andre begravelser, forgrædt, med store, tragiske øjne. Et ansigt, der var som skabt til begravelser.

"Hvad tænker du på?" spurgte hun.

"At jeg kun kender én drabsmand, som har dræbt på den her måde," sagde Harry og vendte sig om mod udsigten igen.

"Han minder dig om Snemanden, ikke?"

Harry nikkede langsomt.

Hun sukkede. "Jeg lovede ikke at sige det her, men Rakel ringede."

Harry stirrede på boligblokkene ude på Helsfyr.

"Hun spurgte til dig. Jeg sagde, du havde det godt. Var det rigtigt gjort af mig, Harry?"

Harry trak vejret dybt. "Ja da."

Beate blev stående et stykke tid i døråbningen. Så gik hun.

Hvordan har hun det? Hvordan har Oleg det? Hvor er de? Hvad

laver de, når aftenen falder på, hvem passer på dem, hvem holder vagt? Harry støttede hovedet på armene og holdt hænderne for ørerne.

Der er kun én, som ved, hvordan Kavaleren tænker.

Eftermiddagsmørket kom, uden at der var sket noget. Kaptajnen, den meddelsomme receptionist, ringede og sagde, at en eller anden havde ringet og spurgt, om Iska Peller, den australske dame fra Aftenposten, boede der. Harry sagde, at det sandsynligvis var pressen, men Kaptajnen mente, at selv den mest nedrige journalistrotte kendte til spillereglen om at præsentere sig med navn og arbejdssted. Harry takkede og var lige ved at bede Kaptajnen om at ringe tilbage, hvis han hørte noget mere, men kom så i tanker om, hvad en sådan invitation ville indebære. Bellman ringede og sagde, at der var pressekonference, og om Harry havde lyst til at deltage, for så ...

Harry sagde nej og kunne høre, at Bellman var lettet.

Harry trommede på bordpladen. Løftede røret for at ringe til Kaja, men lagde på igen.

Løftede det igen og ringede til nogle af hotellerne i centrum. Ingen af dem kunne huske at være blevet ringet op med spørgsmål om en Iska Peller.

Harry så på uret. Han havde lyst til en drink. Han havde lyst til at gå ind på Bellmans kontor og spørge, hvor i helvede han havde gjort af hans opium, løfte næven, se ham krybe sammen ...

Den eneste, som ved.

Harry rejste sig, sparkede til stolen, greb uldfrakken og styrtede ud.

Han kørte ned til byen og parkerede horribelt ulovligt uden for Det Norske Teatret, krydsede vejen og gik ind i hotelreceptionen.

Kaptajnen havde fået sit tilnavn, mens han arbejdede som dørvagt på det samme hotel. Grunden var sandsynligvis en kombination af den guldtressede, røde uniform, og at han konstant kommenterede, og kommanderede med alt og alle omkring sig. I tilgift så han sig selv som trafikknudepunktet for alt det, der skete af betydning i centrum, manden med fingeren på byens puls, manden som *vidste.* Meddeleren med stort M, en uvurderlig del af politiets maskineri, som holdt Oslo tryg og sikker.

"I min hjernes bageste bagrum kan jeg høre en lidt speciel stemme," sagde Kaptajnen, mens han smaskende smagte på sine egne ord. Harry så kollegaen, der stod ved siden af Kaptajnen bag receptionsskranken, himle med øjnene.

"Ligesom sådan lidt bøsset," konkluderede Kaptajnen.

"Mener du lys?" spurgte Harry og tænkte på noget, Adeles venner havde fortalt. Adele havde sagt, at hun syntes, det var et turn-off, at hendes kavaler havde talt på samme måde som hendes bøssebofælle.

"Nej, mere sådan." Kaptajnen fik løse håndled, blafrede med øjenvipperne og præsterede en højlydt, vanvittig parodi: "Jeg er bare sååå sur på dig, Søren!"

Kollegaen, der ganske rigtigt bar et navneskilt med SØREN, lo dæmpet.

Harry takkede og var igen på nippet til at bede Kaptajnen ringe, hvis der skete noget mere. Han gik udenfor, tændte en cigaret og så op på hotellets navneskilt. Der var noget ... I det samme blev han opmærksom på bilen fra Trafikksjefens Etat, som stod parkeret bag hans egen, og manden i kedeldragt, som stod og noterede hans bilnummer.

Harry krydsede vejen og holdt sit id-kort frem. "Politi i tjeneste."

"Hjælper ikke, et stopforbud er et stopforbud," sagde kedeldragten uden at holde op med at skrive. "Send en klage."

"Tja," sagde Harry. "Du ved godt, at vi også har fuldmagt til at udskrive parkeringsbøder, ikke?"

Manden kiggede op og lo hånligt: "Hvis du tror, at jeg vil overlade det til dig at skrive din egen bøde, så tager du fejl, kammerat."

"Jeg tænkte mere på *den* bil." Harry pegede.

"Det er min og Trafikksjefens ..."

"Et stopforbud er et stopforbud."

Kedeldragten så surt på ham.

Harry trak på skuldrene. "Send en klage. Kammerat."

Kedeldragten klappede notesblokken sammen, vendte om på hælen og gik tilbage mod bilen.

Idet Harry svingede bilen op ad Universitetsgata, ringede telefonen. Det var Gunnar Hagen. Harry kunne høre ophidselsen dirre under drabsafdelingschefens normalt så beherskede stemme:

"Du må komme herned med det samme, Harry."

"Hvad er der sket?"

"Bare kom. Tunnelen."

Harry hørte stemmerne og så lysglimtene fra blitzlampen, længe før han var nået ned til enden af betonkorridoren. Foran døren til hans forrige kontor stod Gunnar Hagen og Bjørn Holm. En kvinde fra Kriminalteknisk Afdeling børstede døren og dørhåndtaget af på jagt efter fingeraftryk, mens en Holm lookalike tog billeder af et halvt støvleaftryk i hjørnet helt inde ved væggen.

"Det aftryk er gammelt," sagde Harry. "Det var her, før vi flyttede ind. Hvad er der sket?"

Lookaliken så på Bjørn, som nikkede, at det var nok.

"En af fængselsbetjentene opdagede den her på gulvet foran døren," sagde Hagen og holdt en bevispose op, som indeholdt en brun konvolut. Gennem plastposen kunne Harry læse sit eget navn på konvolutten. Med maskinskrevne bogstaver på en adresseseddel, der var limet fast på konvolutten.

"Fængselsbetjenten mente, at den kan have ligget i maksimalt et par dage. Det er jo ikke hver dag, der går folk gennem tunnelen."

"Vi måler fugtigheden i papiret," sagde Bjørn. "Lægger en tilsvarende konvolut her og ser, hvor lang tid det tager at opnå samme fugtighed. Så regner vi baglæns."

"Jaså, nu begynder der at være lidt CSI over det," sagde Harry.

"Ikke at tidspunktet nødvendigvis hjælper os," sagde Hagen. "Der er ingen overvågningskameraer på den vej, han sandsynligvis er kommet og gået. Som jo er såre enkel. Ind gennem en travl reception, ind i elevatoren og herned, hvor der jo ikke er nogen lukkede døre, før man eventuelt skal op i fængslet."

"Nej, hvorfor skulle man låse her," sagde Harry. "Har nogen noget imod, at jeg tager mig en cigaret?"

Ingen svarede, men blikkene var sigende nok. Harry trak på skuldrene.

"Jeg regner med, at nogen på et eller andet tidspunkt kommer til at fortælle mig, hvad der var i den konvolut," sagde han.

Bjørn Holm holdt en anden bevispose op.

Det var vanskeligt at se indholdet i det dårlige lys, så Harry gik et skridt nærmere.

"For fanden da," sagde han og rykkede et halvt skridt tilbage.

"Langfingeren," sagde Hagen.

"Fingeren kan se ud, som om den var brækket først," sagde Bjørn. "Men en fin, glat skæreflade, ingen oprevet hud. Et hug. En økse. Eller en stor kniv."

Fra tunnelen lød der ekko af løbende skridt, der nærmede sig.

Harry stirrede. Fingeren var hvid, tømt for blod, men spidsen var farvet blåsort.

"Hvad er det? Har du taget fingeraftryk allerede?"

"Ja," sagde Bjørn. "Og hvis vi er heldige, er svaret på vej."

"Jeg gætter på, at den er fra venstre hånd," sagde Harry.

"Godt set, for det stemmer," sagde Hagen.

"Indeholdt konvolutten ikke noget andet?"

"Nej. Nu ved du lige så meget som os."

"Måske," sagde Harry og rørte let ved cigaretpakken. "Men jeg ved noget mere om den finger."

"Vi har også tænkt på det," sagde Hagen og udvekslede et blik med Bjørn Holm. Lyden af klaprende skridt blev højere. "Langfingeren på venstre hånd. Det er den samme finger, som Snemanden tog fra dig."

"Her er der noget," afbrød den kvindelige kriminaltekniker.

De andre vendte sig om mod hende.

Hun sad på hug og holdt noget mellem tommel- og pegefinger. Det var sort og gråt. "Ligner den her ikke de småsten, vi fandt på gerningsstedet for mordet på Borgny?"

Harry kom nærmere. "Jo. Lavasten."

Den løbende var en ung mand med politiets id-kort hængende ned fra brystlommen på skjorten. Han stoppede foran Bjørn Holm, satte hænderne mod knæene og hev efter vejret.

"Nå, Kim Erik?" sagde Holm

"Vi fandt et match," prustede fyren.

"Lad mig gætte," sagde Harry og stak en cigaret mellem læberne.

De andre så på ham.

"Tony Leike."

Kim Erik så oprigtigt skuffet ud: "Hv... hvordan ...?"

"Jeg så hans højre hånd stikke ud under scooteren, og den manglede ingen fingre. Så det må have været den venstre." Harry nikkede mod bevisposen. "Fingeren er ikke brækket, den er bare forvredet. God, gammeldags leddegigt. Arveligt, men ikke smitsomt."

Kapitel 69

Skråskrift

Kvinden, som åbnede døren til rækkehuset i Hovseter, var bredskuldret som en bryder og lige så høj som Harry. Hun så tålmodigt på Harry, som om hun var vant til at give folk de nødvendige sekunder til at komme sig.

"Ja?"

Harry genkendte Frida Larsens stemme fra telefonen. Den stemme der havde fået ham til at forestille sig en lille, væver kvinde.

"Harry Hole," sagde han. "Jeg fandt adressen via telefonnummeret. Er Felix hjemme?"

"Han er ude og spille skak," sagde hun tonløst, som om det var et standardsvar. "Send en mail."

"Jeg vil gerne tale med ham."

"Om hvad?" Hun fyldte døråbningen på en måde, som hindrede ham i at kigge ind. Det havde ikke kun noget med kropsstørrelsen at gøre.

"Vi fandt lavasten nede i Politihuset. Jeg spekulerer på, om den her sten er fra samme vulkan som den forrige, vi sendte til ham."

Harry stod to trappetrin under hende og holdt den lille sten op mod hende. Men hun rørte sig ikke fra dørtærsklen.

"Det er umuligt at se," sagde hun. "Send en mail til Felix." Hun gjorde tegn til at ville lukke.

"Lava er vel lava," sagde Harry.

Hun tøvede. Harry ventede. Han vidste af erfaring, at en fagperson aldrig kan lade være med at korrigere en lægmand.

"Alle vulkaner har lava med deres egen sammensætning," sagde hun. "Men det varierer også fra udbrud til udbrud. Stenen skal analyseres. Jernindholdet siger meget." Hendes ansigt var udtryksløst, blikket uinteresseret.

"Det, jeg egentlig vil," sagde Harry, "er at forhøre mig lidt om de her folk, der rejser Jorden rundt og ser på vulkaner. Det kan ikke være så mange, så jeg spekulerer på, om Felix har en oversigt over det norske miljø."

"Vi er nok flere, end du tror," sagde hun.

"Så du er en af dem?"

Hun trak på skuldrene.

"Hvilken vulkan var I på sidste gang?"

"Ol Doinyo Lengai i Tanzania. Og vi var ikke *på*, men *ved*. Den var i udbrud. Magmatiske natrokarbonatitter. Lavaen, som kommer ud, er sort, men den reagerer med luft, og efter nogle timer er den helt hvid. Som sne." Hendes stemme og ansigt var pludselig blevet fulde af liv.

"Hvorfor vil han ikke snakke?" spurgte Harry. "Er din bror stum?"

Hendes ansigt stivnede igen. Stemmen blev flad og død: "Send en mail."

Døren smækkede i så hårdt, at Harry fik støv i øjnene.

Kaja parkerede på Maridalsveien, hoppede over autoværnet og gik forsigtigt ned ad den bratte skråning mod skoven til det sted, hvor Kadok-fabrikken lå. Hun tændte for sin lygte, masede gennem krattet og skubbede nogle nøgne grene bort, der var ved at ramme hende i ansigtet. Der var tæt derinde. Skyggerne flaksede rundt som lydløse ulve, og selv når hun standsede op og lyttede og kiggede sig omkring, faldt skyggerne af træer på træer af træer, så man ikke vidste, hvad der var hvad, som i en spejllabyrint. Men hun var ikke bange. Det var i grunden pudsigt, at hun som var så bange for lukkede døre, ikke var bange for mørke. Hun lyttede til den susende lyd fra elven. Havde hun hørt noget? En lyd som ikke skulle være der? Hun fortsatte. Bøjede sig under en væltet stamme og stoppede igen. Men som på kommando stoppede de andre lyde i samme øjeblik, hun selv stoppede. Kaja trak vejret dybt ind og ud og fuldførte tanken: Det var, som om nogen fulgte efter hende og ikke ville opdages.

Hun vendte sig om og lyste bag sig. Hun var ikke længere så sikker på det der med, at hun ikke var mørkeræd. Nogle grene svajede i lyset, men hun havde vel selv sat dem i bevægelse?

Hun vendte sig om igen.

Og skreg, da lommelygten oplyste et ligblegt ansigt med opspilede øjne. Hun tabte lygten på jorden og rykkede baglæns, men skikkelsen fulgte efter hende med en gryntende lyd, som mindede om latter. I mørket skimtede hun, at den bøjede sig ned, rejste sig op igen, og i næste øjeblik blev hun ramt midt i ansigtet af det blændende lys fra sin egen lommelygte.

Hun holdt vejret.

Den gryntende latter stoppede.

"Her," sagde en raspende mandsstemme, og lyset gav et lille hop.

"Her?"

"Din lygte," sagde stemmen.

Kaja tog imod lygten og rettede lyset lidt til siden for ham, så hun kunne se ham uden at blænde ham. Han havde lyst hår og et fremskudt kæbeparti.

"Hvem er du?" spurgte hun.

"Truls Berntsen. Jeg arbejder sammen med Mikael."

Selvfølgelig havde hun hørt om Truls Berntsen. Skyggen. Beavis. Var det ikke det, Mikael kaldte ham?

"Jeg er ..."

"Kaja Solness."

"Ja, hvorfra ved ..." Hun sank noget og omformulerede spørgsmålet. "Hvad laver du her?"

"Det samme som dig," svarede han med monoton raspestemme.

"Javel? Og hvad laver jeg her?"

Han lo sin gryntelatter, men svarede ikke. Han stod bare der lige foran hende med armene hængende ned og lidt ud til siden. Det dirrede i hans ene øjenlåg, som om et insekt var blevet fanget under det.

Kaja sukkede. "Hvis du laver det samme som mig, så er du her for at holde fabrikken under opsyn," sagde hun. "I tilfælde af, at han skulle dukke op igen."

"Ja, i tilfælde af, at han skulle dukke op igen," sagde Beavis-fyren uden at tage blikket fra hende.

"Det er jo ikke så usandsynligt," sagde hun. "Det er ikke sikkert, at han ved, at den er brændt."

"Min far arbejdede dernede," sagde Beavis. "Han plejede at sige, at han lavede PSG, hostede PSG og blev til PSG."

"Er der flere fra Kripos i området her omkring? Er det Mikael, der har beordret jer ud?"

"Du er ikke længere sammen med ham, er du? Du er sammen med Harry Hole."

Kaja kunne mærke, at hun blev kold i maven. Hvordan i alverden kunne den mand vide det? Havde Mikael virkelig fortalt nogen om hende?

"Du var ikke med ved Håvasshytten," sagde hun for at skifte samtaleemne.

"Var jeg ikke?" Gryntelatter. "Jeg havde vel fri. Afspadsering. Jussi var med."

"Ja," sagde hun stille. "Han var med."

Der kom et vindpust, og hun vred hovedet til side, da en gren skrabede hen over hendes ansigt. Havde han fulgt efter hende, eller havde han været her, før hun kom?

Da hun skulle til at spørge ham, var han der ikke. Hun lyste ind mellem træerne. Han var væk.

Klokken var to om natten, da hun parkerede bilen i gaden, gik ind gennem lågen og op ad trappen til det gule hus. Hun trykkede på knappen over den malede keramikflise, hvor der stod 'Fam. Hole' med snirklet skråskrift.

Da hun havde ringet på for tredje gang, hørte hun en lav rømmen og vendte sig tidsnok om til at se Harry stikke en tjenesterevolver tilbage i bukselinningen. Han måtte være kommet lydløst rundt om hushjørnet.

"Hvad er der?" sagde hun skrækslagent.

"Jeg er bare ekstra forsigtig. Du burde have ringet og sagt, at du kom."

"Bu... burde jeg ikke være kommet?"

Harry gik op ad trappen, forbi hende og låste op. Hun gik ind efter ham, lagde armene rundt om ham bagfra, klemte sig ind mod hans ryg og sparkede døren i bag sig med hælen. Han gjorde sig fri, vendte sig om, skulle til at sige noget, men hun stoppede ham med et kys. Et grådigt kys, der krævede at blive gengældt. Hun stak sine kolde hænder ind under hans skjorte, mærkede på den glovarme hud, at den var kommet direkte fra sengen, trak hans revolver frem af bukselinningen og lagde den med et hårdt dunk på entrébordet.

"Jeg vil have dig," hviskede hun, bed ham i øret og skubbede hånden ned i hans bukser. Lemmet var varmt og blødt.

"Kaja ..."

"Får jeg dig?"

Hun syntes, at hun mærkede en lille bitte tøven, en vis modvillighed. Hun lagde sin anden hånd rundt om nakken på ham, så ham ind i øjnene: "Vær nu sød ..."

Han smilede. Så slappede hans muskler af. Og han kyssede hende. Varsomt. Mere varsomt end hun ville have. Hun stønnede i frustration og åbnede hans bukseknapper. Så holdt hun hårdt rundt om pikken uden at bevæge hånden, mærkede bare, hvordan den voksede.

"Fanden tage dig," stønnede han og løftede hende, bar hende op ad trapperne, sparkede døren til soveværelset op og lagde hende på sengen. På moderens side. Hun lagde hovedet bagover, lukkede øjnene, mærkede tøjet blive taget af, hurtigt, effektivt. Hun kunne mærke varmen, der strålede ud fra hans hud, sekundet før han sænkede sig ned over hende og tvang hendes lår fra hinanden. Ja, tænkte hun. Fanden tage mig.

Hun lå med kinden og øret ind mod hans bryst og lyttede til hjerteslagene.

"Hvad tænkte du," hviskede hun. "Da du lå der og vidste, at du skulle dø?"

"At jeg ville leve," sagde Harry.

"Kun det?"

"Kun det."

"Ikke at du ville ... se dem, du holder af, igen?"

"Nej."

"Det gjorde jeg. Det var mærkeligt. Jeg var så bange for, at noget skulle gå i stykker. Og så gik rædslen over, og i stedet blev jeg fyldt med fred. Jeg faldt bare i søvn. Og så kom du. Og vækkede mig. Reddede mig."

Harry rakte hende sin cigaret, og hun tog et sug af den. Hun fnisede.

"Du er en helt, Harry. Simpelthen sådan en, man giver medaljer. Det skulle man ikke have troet om dig, hvad?"

Harry rystede på hovedet. "Tro mig, min egen, jeg tænkte bare på mig selv. Jeg skænkede dig ikke en tanke, før jeg nåede frem til pejsen."

"Nej, men da du nåede derhen, havde du stadig begrænset med luft. Ved at grave mig ud vidste du, at vi kom til at bruge luften op dobbelt så hurtigt."

"Hvad skal jeg sige? Jeg er en gavmild fyr."

Hun slog ham leende på brystet: "En helt!"

Harry tog et hårdt sug af cigaretten. "Eller måske var det viljen til overlevelse, som snød samvittigheden."

"Hvad mener du?"

"Den, jeg fandt først, var så stærk, at han næsten magtede at holde fast i staven. Så jeg forstod, at det måtte være Kolkka, og at han var i live. Jeg vidste, at det handlede om sekunder og minutter, men i stedet for at grave ham ud begyndte jeg at stikke i sneen, indtil jeg fandt dig. Du var helt stille. Jeg troede, at du var død."

"Og så?"

"Så måske tænkte jeg inderst inde, at hvis jeg først gravede den ud, som var død, kunne den, som var i live, dø i mellemtiden. På den måde kunne jeg få al luften for mig selv. Det er vanskeligt at vide, hvad der styrer en."

Hun blev stille. Udenfor steg brølet fra en motorcykel og forsvandt igen. Motorcykel i februar. Og i dag havde hun set en trækfugl. Alt var ude af takt.

"Tænker du altid så meget?" spurgte hun.

"Nej. Måske. Jeg ved det ikke."

Hun vrikkede sig endnu tættere ind til ham. "Hvad tænker du på nu?"

"Hvordan han kan vide det, han ved."

Hun sukkede. "Vores drabsmand?"

"Og hvorfor han leger med mig. Hvorfor han sender mig en af Tony Leikes legemsdele. Hvordan han tænker."

"Og hvordan har du tænkt dig at finde ud af det?"

Han skoddede cigaretten i askebægeret på natbordet. Trak vejret dybt og slap det ud igen i et langt hvæs. "Det er lige det. Jeg kan kun komme i tanker om én måde. Jeg må snakke med ham."

"Ham? Kavaleren?"

"En *som* ham."

På vej ind i søvnen kom drømmen. Han stirrede op på en pig. Den stak ud af hovedet på en mand. Men der var noget kendt ved ansigtet i nat. Et kendt portræt, et han havde set så mange gange. Set for nylig. Fremmedlegemet i Harrys mund eksploderede, og han gav et spjæt. Han sov.

Kapitel 70

Død vinkel

Harry gik gennem gangen på hospitalet sammen med en civilklædt fængselsbetjent. To skridt foran dem gik lægen. Hun havde informeret Harry om tilstanden, havde forberedt ham på, hvad der var i vente.

De kom til en dør, som blev låst op af fængselsbetjenten. Bag den fortsatte gangen nogle meter. Der var tre døre til venstre. Foran en af dem stod en fængselsbetjent i uniform.

"Er han vågen?" spurgte lægen, mens den uniformerede fængselsbetjent kropsvisiterede Harry. Betjenten nikkede, lagde alt indholdet fra Harrys lommer ud på et bord, låste op og trådte til side.

Lægen gav tegn til Harry om, at han skulle vente udenfor, og gik ind sammen med fængselsbetjenten. Kort efter kom hun ud igen.

"Maksimalt femten minutter," sagde hun. "Han er i bedring, men stadigvæk svag."

Harry nikkede. Trak vejret dybt. Og gik ind.

Han standsede lige på den anden side af døren og mærkede den glide i bag sig. Gardinerne var trukket for, og rummet lå i mørke bortset fra en lampe, der var tændt ovre ved sengen. Lyset faldt på en skikkelse, der sad halvvejs op i sengen med bøjet hoved og langt hår, der hang ned til begge sider.

"Kom nærmere, Harry." Stemmen var forandret. Den lød som den jamrende lyd fra usmurte dørhængsler. Men Harry kunne genkende den, og den fik det til at isne i hele hans krop.

Han gik hen til sengen og satte sig på stolen, der var stillet frem. Manden løftede hovedet. Og Harry holdt op med at trække vejret.

Det så ud, som om en eller anden havde hældt flydende voks over hans ansigt. Det var stivnet i en maske, der var for trang og derfor trak huden på panden og hagen bagover og gjorde munden til et lille, læbeløst hul i et klumpet landskab af stivnet væv. Latteren bestod af to korte stød af luft.

"Kan du ikke genkende mig, Harry?"

"Jeg kan genkende dine øjne," sagde Harry. "Det er nok. Det er dig."

"Noget nyt fra ..." Den lille karpeformede mund så ud, som om den forsøgte at forme et smil, "... vores Rakel?"

Harry havde forberedt sig på det her, havde indstillet sig på det, som en bokser indstiller sig på smerte. Alligevel fik lyden af hendes navn i hans mund ham til at knytte næverne.

"Du har sagt ja til at tale om en mand. En mand, vi tror er som dig."

"Som mig? Jeg håber, han er pænere." Igen to korte stød af luft. "Det er mærkeligt, men jeg har aldrig været en forfængelig mand, Harry. Jeg troede, at det ville blive smerterne, som var det værste ved den her sygdom. Men ved du hvad? Det er forfaldet, det er at se sig selv i spejlet, at se dette uhyre vokse frem. De lader mig stadig gå alene på toilettet, og der undgår jeg spejlene. Jeg var en nydelig mand, som du ved."

"Har du læst de ting, jeg sendte til dig?"

"Jeg var nødt til at læse dem i smug. Doktor Dyregod er af den opfattelse, at jeg ikke må stresse mig selv. Infektioner. Betændelser. Feber. Hun er oprigtigt interesseret i min helbredstilstand, Harry. Ganske forbløffende, når man tænker på, hvad jeg har gjort, ikke? Personligt er jeg mere interesseret i at dø. Lige præcis der misunder jeg faktisk dem, jeg har ... men det forhindrede du jo, Harry."

"Døden ville have været for mild en straf."

Noget blev tændt i blikket hos manden i sengen, og det stod som et hvidt, koldt lys ud gennem hans øjensprækker.

"Jeg fik i hvert fald et navn og en plads i historiebøgerne. Folk vil læse om Snemanden. Nogen vil løfte arven og udføre mine idéer. Hvad fik du, Harry? Ingenting. Tværtimod. Du mistede den smule, du havde."

"Sandt nok," sagde Harry. "Du vandt."

"Savner du den langfinger?"

"Tja, jeg savner den lige nu." Harry løftede hovedet og mødte den andens blik og holdt det. Så åbnede den lille karpemund sig. Latteren lød som en pistol med lyddæmper:

"Du har i hvert fald ikke mistet din sans for humor, Harry. Du ved, at jeg vil forlange noget til gengæld, ikke?"

"No cure, no pay. Men lad mig høre."

Med stort besvær vendte manden sig om mod natbordet, løftede vandglasset på det og satte det til mundens åbning. Harry stirrede på hånden, der holdt glasset. Den lignede en hvid fugleklo. Da han var færdig med at drikke, satte han varsomt vandglasset tilbage og snakkede. Den jamrende stemme lød svagere nu, som fra en radio med døende batterier:

"Jeg tror, at der i mine fængselspapirer står noget om ekstrem selvmordsfare. De passer i hvert fald grundigt på mig. De kropsvisiterede dig, inden du kom ind, ikke? De er bange for, at du skulle have en kniv eller sådan noget med til mig. Men jeg vil ikke se resten af forfaldet, Harry. Det er nok nu, synes du ikke?"

"Nej," sagde Harry. "Det synes jeg ikke. Du må bede om noget andet."

"Du kunne bare have løjet og sagt ja."

"Ville du foretrække det?"

Manden viftede afværgende med hånden. "Jeg vil se Rakel."

Harry hævede forbavset et øjenbryn. "Hvorfor det?"

"Jeg vil bare sige noget til hende."

"Hvad?"

"Det bliver mellem hende og mig."

Stolen skrabede under Harry, da han rejste sig. "Det kommer du ikke til."

"Vent. Sæt dig."

Harry satte sig.

Manden så ned og nappede i dynebetrækket. "Du må ikke misforstå mig. Jeg har ikke skyldfølelse over de andre. De var nogle ludere. Men Rakel var anderledes. Hun var ... anderledes. Jeg ville bare sige det."

Harry så vantro på ham.

"Så hvad mener du?" sagde Snemanden. "Sig ja. Lyv om nødvendigt."

"Ja," løj Harry.

"Du lyver for dårligt, Harry. Jeg vil snakke med hende, før jeg hjælper dig."

"Ikke aktuelt."

"Hvorfor skulle jeg stole på dig?"

"Fordi du ikke har noget valg. Fordi tyve stoler på tyve, når det er nødvendigt."

"Gør de?"

Harry smilede svagt. "Da jeg købte opium i Hongkong, brugte vi et stykke tid et handicaptoilet på Landmark på Des Voeux. Jeg gik ind først, lagde en sutteflaske med penge under låget i cisternen på toilettet længst til højre. Gik en tur og så på falske ure, kom tilbage, og der lå min flaske stadigvæk, altid med den korrekte mængde opium i. Blind tillid."

"Du sagde, at I brugte toilettet 'et stykke tid'."

Harry trak på skuldrene. "En dag var sutteflasken borte. Måske snød dealeren mig, måske havde nogen set os og var stukket af med pengene eller stofferne. Der findes ingen garantier."

Snemanden så længe på Harry.

Harry gik hen ad gangen sammen med lægen. Fængselsbetjenten gik foran dem.

"Det tog jo ikke lang tid," sagde hun.

"Han var kortfattet," sagde Harry.

Harry gik lige gennem receptionsområdet, ud til parkeringspladsen, låste sig ind i bilen og kunne se sin hånd dirre, da han satte nøglen i tændingen. Han kunne mærke, at hans skjorteryg var våd af sved, da han lænede sig tilbage i sædet.

Kortfattet.

"Lad os antage, at han er som mig, Harry. Den antagelse er trods alt nødvendig, for at jeg skal kunne hjælpe dig. Motivet først. Had. Et glødende, kogende had. Det er stoffet, som får ham til at overleve, det er magmaen inde i ham, som holder ham varm. Og akkurat som magma er hadet en forudsætning for liv, for at alting ikke skal fryse til is. Samtidig vil trykket fra den indre varme uvægerligt føre til udbrud, til at det destruktive slippes løs. Og jo længere tid der går, uden at det sker, desto kraftigere bliver udbruddet. Nu er udbruddet i fuld gang, og det er kraftigt, hvilket fortæller mig, at du må lede langt tilbage i tiden efter årsagen. For det er ikke de hadefulde handlinger, men årsagen til hadet, som kan løse den her gåde for dig. Uden årsagen vil handlingerne ikke give mening. Det har taget tid for hadet at bygge sig op, men årsagen er enkel. Et eller andet skete. Alting handler om dette ene, som skete. Find ud af, hvad det var, og han er din."

Hvad havde fået ham til at bruge lige præcis vulkanmetaforer? Harry kørte ned ad den stejle vej med de mange sving fra Bærum Sykehus.

"Otte drab. Så er han konge nu, på toppen. Han har opbygget et univers, hvor alting synes at adlyde ham. Han er dukkemester, og han leger med jer. Og specielt med dig, Harry. Det er vanskeligt at se, hvorfor han skulle udpege dig. Måske skyldes det en tilfældighed. Men efterhånden som han behersker sine dukker, søger han mere spænding. Han vil snakke med dukkerne, være nær dem, nyde sine triumfer, hvor han bedst kan nyde dem, sammen med dem, han triumferer over. Men han er godt forklædt. Han fremstår ikke som nogen dukkemester, tværtimod kan han virke underdanig, en som er let at lede, en man undervurderer, en man ikke vil tiltænke at kunne iscenesætte så komplekst et drama."

Harry kørte ind mod centrum på E18. Der var kø. Han lagde sig ud i overhalingsbanen. Han var politimand, for fanden. Og det hastede, hastede. Munden var tør, og hundene glammede oprørsk.

"Han er tæt på dig, Harry, det er jeg næsten sikker på. Han kan slet ikke lade være. Men han er kommet ind fra en død vinkel, har sneget sig ind i dit liv på en tilforladelig måde på et tidspunkt, hvor du havde din opmærksomhed et andet sted. Eller da du var svag. Han hører hjemme, hvor han er. En nabo, en ven, en kollega. Eller en, som bare er der, lige bag en anden person, som er tydeligere for dig, en skygge du ikke engang tænker på som andet end et appendiks til den anden. Tænk over, hvem der er gledet gennem dit synsfelt. For han har været der. Du kender allerede hans ansigt. Måske har han ikke udvekslet mange ord med dig, men hvis han er som mig, har han ikke kunnet lade være, Harry. Han har *krammet på dig*."

Harry parkerede uden for Savoy, gik ind og hen til bardisken.

"Ja, hvad skal det være?"

Harry lod blikket glide hen over flaskerne på glashylderne bag bartenderen.

Beefeater, Johnnie Walker, Bristol Cream, Absolute, Jim Beam.

Han ledte efter en mand med et glødende had. En som ikke lod andre følelser slippe igennem. En med panserhjerte.

Blikket standsede. Og hoppede tilbage. Hans mund gled op. Det var som et guddommeligt glimt. Og alt, *alt* lå i det glimt.

Stemmen lød langt væk.

"Mister? Hallo?"

"Ja."

"Har du besluttet dig?"

Harry nikkede langsomt.

"Ja," sagde han. "Ja, jeg har besluttet mig."

Kapitel 71

Fryd

Gunnar Hagen rullede en blyant med fingrene, mens han så på Harry, der for en gangs skyld sad og ikke lå i stolen foran hans skrivebord.

"Teknisk set er du for tiden udlånt til Kripos og indgår dermed i Bellmans mandskab," sagde chefen for Drabsafdelingen. "Ergo vil en anholdelse foretaget af dig være en hjemmesejr for Bellman."

"Og hvis jeg, stadig rent hypotetisk, informerede jer og overlod anholdelsen til en fra Drabsafdelingen, lad os sige Kaja Solness eller Magnus Skarre?"

"Selv et så gavmildt tilbud fra dig ville jeg være nødt til at takke nej til, Harry. Jeg er som sagt bundet af aftaler."

"Javel. Bellman har stadig den magt over dig?"

Hagen sukkede. "Hvis jeg skulle lave et krumspring som at nappe anholdelsen fra Bellman i Norges største drabssag, ville Justitsministeriet straks få det hele at vide. For eksempel at jeg trodsede dem og hentede dig hjem for at efterforske den her sag. Det ville blive betragtet, som at jeg nægtede at parere ordre, og ville ramme hele afdelingen. Beklager, Harry, men jeg kan ikke."

Harry stirrede tænksomt hen for sig. "Okay, chef." Han sprang op af stolen og gik hurtigt hen imod døren.

"Vent!"

Harry stoppede.

"Hvorfor spørger du om det her nu, Harry? Sker der noget, som jeg burde have kendskab til?"

Harry rystede på hovedet. "Jeg prøver bare lige en hypotese af, chef. Det er jo vores arbejde, ikke?"

Harry brugte timerne frem til klokken tre på at foretage telefonopkald. Den sidste opringning var til Bjørn Holm, som uden betænkningstid sagde ja til at køre.

"Jeg har ikke fortalt hvor og hvorfor," sagde Harry.

"Behøves ikke," sagde Bjørn og fortsatte med tryk på hvert ord. "Jeg-stoler-på-dig."

Der opstod en pause.

"Ja, den fortjente jeg vel," sagde Harry.

"Ja," sagde Bjørn.

"Jeg har en følelse af, at jeg har sagt undskyld, men har jeg egentlig det?"

"Nej."

"Ikke? Okay. Und... und... und... Det er pokkerme hårdt. Und..."

"Det lyder, som om du er i gang med at starte en kold bil der, kammerat," sagde Bjørn, men Harry kunne høre, at han smilede.

"Sorry," sagde Harry. "Forhåbentlig har jeg nogle fingeraftryk, som jeg vil have, at du skal tjekke, før vi tager af sted klokken fem. Hvis de ikke matcher, slipper du for at køre, for at sige det på den måde."

"Hvorfor så hemmelighedsfuld?"

"Fordi du stoler på mig."

Klokken var halv fire, da Harry bankede på døren til det lille vagtrum på Rikshospitalet.

Sigurd Altman åbnede.

"Hej, kan du lige tage et kig på dem her?"

Han rakte plejeren en lille bunke billeder.

"De er klistrede," sagde Altman.

"De kommer lige fra mørkekammeret."

"Hm. En afskåret finger. Hvad er der med den?"

"Jeg har en mistanke om, at ejermanden har fået en kraftig dosis ketanomin. Jeg spekulerer på, om du som anæstesiekspert kan sige, om vi vil kunne finde spor af stoffet i fingeren."

"Ja, selvfølgelig, det spreder sig via blodet i hele kroppen." Altman bladede gennem billederne. "Den finger ser ud til at være temmelig tømt for blod, men i teorien er én dråbe jo nok."

"Så er næste spørgsmål, om du kan bistå os ved en anholdelse i aften?"

"Jeg? Har I ikke retsmedicinere, som ..."

"Du ved mere end dem om lige det her. Og jeg har brug for en, jeg kan stole på."

Altman trak på skuldrene, så på uret og rakte billederne tilbage. "Jeg får fri om to timer, så ..."

"Fint. Vi kommer og henter dig. Du bliver en del af norsk kriminalhistorie, Altman."

Plejeren smilede blegt.

Mikael Bellman ringede, idet Harry var på vej ind på Kriminalteknisk Afdeling.

"Hvor har du været, Harry? Vi savnede dig til morgenmødet i dag."

"Rundt omkring."

"Omkring hvad?"

"Vores kære by," sagde Harry, idet han smed en stor A4-konvolut på bordet foran Kim Erik Lokker og pegede på sine fingerspidser for at vise, at han ville have indholdet tjekket for fingeraftryk.

"Jeg bliver nervøs, når du ikke viser dig på radaren bare én gang i løbet af en hel dag, Harry."

"Stoler du ikke på mig, Mi-ka-el? Er du bange for, at jeg skal gå på druk?"

Der blev stille et stykke tid i den anden ende.

"Du rapporterer til mig, og jeg vil gerne holdes underrettet, det er det hele."

"Rapporterer, at der ingenting er at rapportere, chef."

Harry afbrød forbindelsen og gik ind til Bjørn. Beate sad allerede på hans kontor og ventede.

"Hvad er det, du skal fortælle os?" spurgte hun.

"En rigtig røverhistorie," sagde Harry og satte sig ned.

Han var halvvejs gennem fortællingen, da Lokker stak hovedet ind gennem døråbningen.

"Jeg fandt dem her," sagde han og holdt et stykke fingeraftryksfolie frem.

"Tak," sagde Bjørn, tog folien, lagde det på sin scanner, satte sig ved computeren, hentede mappen frem med fingeraftrykkene, som de havde fundet på Holmenveien, og startede matchprogrammet.

Harry vidste, at det kun ville tage et par sekunder, men han lukkede øjnene og mærkede hjertet hamre, selv om han kendte svaret – han *kendte* det. Snemanden kendte det. Og han havde fortalt Harry den smule, han havde haft brug for, havde formuleret ordene, havde lavet den lydbølge, der skulle til for at sætte lavinen i gang.

Det måtte være sådan.

Det burde kun tage et par sekunder.

Hjertet hamrede.

Bjørn Holm rømmede sig. Men sagde ingenting.

"Bjørn," sagde Harry, stadig med sammenknebne øjne.

"Ja, Harry."

"Er det her en af de der kunstpauser, som du vil have, at jeg skal sætte pris på?"

"Ja."

"Er den færdig nu, din skide drillepind?"

"Ja. Og vi har match."

Harry åbnede øjnene. Sollyset. Det strømmede ind i rummet, fyldte det, så det virkede, som om de kunne svømme ud på det. Fryd. Fucking fryd.

De tre rejste sig samtidig. Stirrede på hinanden med åbne munde, der formede stumme jubelbrøl. Så omfavnede de hinanden i en ubehjælpelig gruppeomfavnelse med Bjørn og Harry yderst og lille Beate halvt fladklemt i midten. De fortsatte med dæmpede udråb, forsigtige high-fives, og Bjørn Holm afsluttede med noget, som Harry mente måtte være langt ud over det, man kunne forlange af en Hank Williams-fan: en perfekt moonwalk.

Kapitel 72
Boy

De to mænd stod på en lille græsvold uden græs mellem Manglerud Kirke og motorvejen.

"Vi kaldte den for jordhookah eller jordtjubang," sagde manden i MC-læderjakken og skubbede de lange, tynde hårtjavser til side. "Om sommeren lå vi her og røg alt det, vi kunne skaffe. Halvtreds meter fra Manglerud Politistation." Han smilede skævt. "Der var mig, Ulla, Te-Ve, hans dame plus nogle andre. Det var tider."

Manden blev fjern i blikket, mens Roger Gjendem skrev ned.

Det havde ikke været let at finde Julle, men til sidst var det lykkedes Roger at opspore ham i en MC-klub i Alnabru, hvor det viste sig, at han spiste, sov og tilbragte sit liv som en fri mand, at han ikke bevægede sig længere end til lavprisbutikken for at købe snus og brød. Gjendem havde før set, hvordan fængslet gjorde folk afhængige af vante omgivelser, rutine, tryghed. Men mærkeligt nok var Julle relativt hurtigt gået med til at snakke om fortiden. Det forløsende ord havde været Bellman.

"Ulla var min dame, og det var fandeme så dejligt, for alle i Manglerud var forelskede i Ulla." Julle nikkede som for at vise, at han var enig med sig selv. "Men ingen så sygt som ham."

"Mikael Bellman?"

Julle rystede på hovedet. "Ham den anden. Skyggen. Beavis."

"Hvad skete der?"

Julle slog ud med hænderne. Roger havde lagt mærke til sårskorperne. En fængselstrækfugl i fast rutefart mellem stoffer i frihed og stoffer i fængsel. "Mikael Bellman sladrede om et tyveri af noget benzin, og jeg havde fået en betinget dom for noget med hash og måtte ind og sone. Jeg hørte jo rygterne om, at Bellman og Ulla var blevet set sammen. Nå, men da jeg kom ud igen og skulle hente hende, ventede ham Beavis-fyren på mig. Han slog mig næsten ihjel og sagde, at Ulla tilhørte ham. Og Mikael. I hvert fald ikke mig. Og hvis jeg viste mig i nærheden ..." Julle kørte en pegefinger hen over en mager strube med grå skægstubbe. "Temmelig vildt. Og fandens smart. Der var sateme ikke nogen i slænget, der ville tro på mig, da jeg fortalte, at ham Beavis-fyren havde været *så* tæt på at tage livet af mig. Den skide idiot, der bare ligesom hang i røven på Bellman."

"Men du nævnte noget om et parti heroin," sagde Roger. Når han interviewede folk i narkotikasager, var han altid meget omhyggelig med at bruge præcise ord, som ikke kunne misforstås, da slangudtrykkene skiftede hurtigt og betød forskellige ting forskellige steder. For eksempel kunne 'smack' betyde kokain i Hovseter, heroin i Hellerud, og i Abildsø alt det, som gjorde folk høje.

"Jeg, Ulla, Te-Ve og hans dame var på motorcykeltur i Europa samme sommer, som jeg røg i spjældet. Vi tog et halvt kilo boy med fra København. MC-gutter som mig og Te-Ve blev tjekket ved hver eneste grænseovergang, men vi sendte pigerne over grænsen alene. For fanden, hvor var de flotte, som de gik der i deres flotte sommerkjoler og kiggede med deres blå øjne med hvert sit kvarte kilo boy i kussen. Vi solgte det meste til en pusher nede i Tveita."

"Du er sandelig åbenhjertig," sagde Roger, mens han skrev ned, satte en klamme rundt om 'kusse' til senere omskrivning og føjede 'boy' til den lange synonymordliste for heroin.

"Det er jo forældet, så de kan ikke straffe nogen for det nu. Min pointe er, at pusheren i Tveita blev taget og blev tilbudt en strafnedsættelse, hvis han sladrede om bagmændene. Hvilket han selvfølgelig gjorde, den rotte."

"Hvordan ved du det?"

"Ha! Fyren fortalte mig om det nogle år senere, da vi afsonede sammen i Ullersmo. Han havde opgivet navn og fucking adresse på os alle fire, inklusiv Ulla. Der manglede kun personnumrene, og vi var noget så fandens heldige, at sagen bare blev henlagt."

Roger noterede febrilsk.

"Og gæt, hvem på Stovner Politistation der havde sagen? Hvem der afhørte fyren? Hvem der selvfølgelig anbefalede, at sagen burde droppes, tages ud af bunken, henlægges? Hvem der reddede Ullas røv?"

"Det ville være dejligt, hvis du fortæller mig det, Julle."

"Hellere end gerne. Det gjorde kussetyven. Mikael Bellman."

"Bare et sidste spørgsmål," sagde Roger og vidste, at han var nået til det kritiske punkt: Om historien kunne verificeres. Om kilden kunne tjekkes. "Har du navnet på den pusher? Jeg mener, han risikerer jo ingenting, og han vil under ingen omstændigheder blive nævnt."

"Du mener, om jeg vil sladre om ham?" Julle lo højt. "Det kan du fandeme bande på, at jeg vil."

Han stavede navnet, og Roger bladede om til næste side og noterede med store bogstaver, mens han mærkede på sine kæbemuskler, at han smilede. Han tog sig sammen og lagde ansigtet i de rette folder, men vidste, at *smagen* ville komme til at holde længe: den søde smag af scoop.

"Jamen, så siger jeg tak for hjælpen," sagde Roger.

"Det er mig, der skal sige tak," sagde Julle. "Bare sørg for at mase Bellman, du, så er vi kvit."

"Jo, for resten, bare af ren og skær nysgerrighed: Hvorfor tror du, at pusheren fortalte dig, at han havde sladret?"

"Fordi han var bange."

"Bange? Hvorfor det?"

"Fordi han vidste for meget. Han ville have, at nogen andre skulle have kendskab til historien i tilfælde af, at ham strømeren gjorde det, han havde truet med."

"*Truede* Bellman pusheren?"

"Ikke Bellman. Hans skygge. Han sagde, at hvis fyren så meget som nævnte Ullas navn igen, ville han give ham nogle stoffer, som ville få ham til at holde kæft. For altid."

Kapitel 73

Anholdelse

Klokken var fem minutter over seks, da Bjørn Holms Volvo Amazon svingede ind over for sporvognsholdepladsen ved Rikshospitalet. Sigurd Altman stod og ventede med hænderne i lommerne på en duffelcoat. Harry vinkede fra bagsædet, at han skulle sætte sig ind foran. Sigurd og Bjørn hilste på hinanden, og de kørte ned på Ringveien, hvor de fortsatte østover i retning mod Sinsenkrysset.

Harry lænede sig frem mellem sæderne.

"Det er ligesom et af de der kemieksperimenter, vi havde i skolen. Man har egentlig alle de ingredienser, man behøver, for at få en bestemt reaktion, men man mangler katalysatoren, den udefrakommende komponent, gnisten der skal til for at starte det. Jeg havde fået oplysningerne, men jeg manglede bare noget, som kunne få mig til at sætte det hele sammen på den rigtige måde. Min katalysator var en syg mand, en drabsmand kaldet Snemanden. Og en flaske på en hylde i en bar. Er det i orden, hvis jeg lige tager mig en cigaret?"

Tavshed.

"Okay. Men altså ..."

De kørte under tunnelen ved Bryn, op mod Ryenkrysset og Manglerud.

Truls Berntsen stod på den gamle, ubebyggede grund og så op over skråningen, op mod Bellmans hus.

Det var mærkeligt, at han, som så ofte havde spist middag, leget og sovet der, da de voksede op, ikke havde været der én eneste gang, efter at Mikael og Ulla overtog huset.

Grunden var enkel: Han havde ikke været inviteret.

Det skete, at han stod som nu, i eftermiddagsmørket og så op mod huset for at få et glimt af hende. Hende, den uopnåelige, som ingen måtte få. Ingen, bortset fra ham, prinsen, Mikael. Af og til spekulerede han på, om Mikael vidste det, og at det var derfor, at de ikke inviterede ham. Eller var det hende, der vidste det? Og lod Mikael forstå uden at sige det ligeud, at denne Beavis, som han var vokset op sammen med, måske ikke var en, de behøvede at omgås privat. I hvert fald ikke nu, hvor der endelig var kommet gang i Mikaels karriere, og det blev vigtigere at bevæge sig i de rigtige sociale kredse, træffe de rigtige mennesker, udsende de rigtige signaler. Så var det ikke taktisk klogt at omgive sig med genfærd fra en fortid, der rummede ting, som helst skulle forblive glemt.

Åh, han forstod det godt. Han forstod bare ikke, hvorfor *hun* ikke kunne forstå, at han aldrig ville skade hende. Tværtimod, havde han måske ikke beskyttet hende og Mikael i alle de her år? Jo. Han passede på, var der, ryddede op. Sørgede for deres lykke. Sådan var hans kærlighed.

Der var lys i vinduerne deroppe i aften. Holdt de fest? Spiste de og lo, drak vine, som det aldrig havde været muligt at købe i Manglerud, og snakkede på den nye måde? Smilede hun, så det funklede i de øjne, der var så smukke, at det gjorde ondt, når de så på en? Ville hun kigge mere på ham, hvis han skaffede sig penge, blev rig? Kunne det forholde sig sådan? Kunne det være så enkelt?

Han blev stående lidt endnu der på bunden af den bortsprængte byggegrund. Så begyndte han at gå hjemad.

Bjørn Holms Amazon svingede majestætisk rundt i rundkørslen ved Ryen.

Et skilt viste afkørslen til Manglerud.

"Hvor skal vi hen?" spurgte Sigurd Altman og lænede sig op ad bildørens inderside.

"Vi skal derhen, hvor Snemanden sagde, at vi skulle tage hen," sagde Harry. "Langt tilbage i tiden."

De passerede afkørslen.

"Her," sagde Harry, og Bjørn drejede fra.

"E6?"

"Ja, vi skal mod øst. Mod Lyseren. Er du kendt på de kanter, Sigurd?"

"Rimeligt, men hvad ...?"

"Det er der, historien starter," sagde Harry. "For mange år siden, uden for et danselokale. Tony Leike, som den finger, jeg viste dig billeder af tidligere i dag, tilhørte, står i skovbrynet og kysser Mia, lensmand Skais datter. Ole, som er forelsket i Mia, er gået ud for at lede efter Mia og støder på dem. Ole kaster sig vred og knust over denne indtrængende rival, charmøren Tony. Men nu viser der sig pludselig en anden side af Tony. Væk er den smilende, flirtende charmør, som alle kan lide, og tilbage er et rovdyr. Og som alle rovdyr, der føler sig truet, angriber han med et raseri og en brutalitet, som paralyserer både Ole, Mia og alle dem, som efterhånden er kommet til. Han befinder sig i en blodrus, tager en kniv frem og skærer det halve af Oles tunge af, før de får trukket ham væk. Og selv om Ole ikke har nogen skyld i det, der er sket, er det ham, skammen rammer. Skammen over, at hans ubesvarede kærlighed er blevet stillet til skue, at han er blevet ydmyget i bygde-Norges rituelle parringskamp, og at hans forkrøblede tale til alle tider vil bære vidnesbyrd om nederlaget. Så han flygter, flytter. Kan du følge mig så langt?"

Altman nikkede.

"Der går mange år. Ole har etableret sig et nyt sted, har et job, hvor man sætter pris på ham og respekterer ham for hans professionelle dygtighed. Han har venner, ikke mange, men nok. Det vigtigste er, at de ikke kender til hans forhistorie. Det, han mangler i sit liv, er en kvinde. Han har truffet nogle stykker via datingsider på nettet, kontaktannoncer, en sjælden gang i byen. Men de forsvinder hurtigt. Ikke på grund af hans manglende tunge, men fordi han bærer nederlaget med sig som en rygsæk fuld af lort, af tilvænnede talemåder, hvor han nedvurderer sig selv, afvisninger han tager på forskud, og mistænksomhed mod kvinder, der opfører sig, som om de faktisk *vil* have ham. Den sædvanlige historie. Stanken af nederlag, den som alle flygter fra. Så en dag sker der noget. Han møder en kvinde, som ikke flygter, som har en del erfaring. Hun lader ham endda udleve seksuelle fantasier, de har sex på en nedlagt fabrik. Han inviterer hende med på en skitur i fjeldet som et første signal om, at han tager forholdet til hende alvorligt. Hun hedder Adele Vetlesen og tager noget modvilligt med."

Bjørn Holm drejede fra ved Grønmo, hvor røgen fra affaldsforbrændingen stod til vejrs.

"De går en dejlig tur i fjeldet. Måske. Eller måske keder Adele sig, for hun er en rastløs sjæl. De tager ind til Håvasshytten, hvor der allerede er ankommet fem andre personer. Marit Olsen, Elias Skog, Borgny Stem-Myhre, Charlotte Lolles og en syg Iska Peller, der ligger og sover feberen ud i et værelse for sig selv. Efter middagen bliver der tændt op i pejsen, og en eller anden åbner en flaske rødvin, mens andre går i seng, som for eksempel Charlotte Lolles. Og Ole, der ligger der i sin sovepose i køjerummet og venter på sin Adele. Men Adele vil hellere være oppe. Måske er hun omsider begyndt at mærke stanken. Så sker der noget. Ud på aftenen ankommer en sidste person. Der er lydt i hytten, og Ole hører en ny mandsstemme inde fra stuen. Han stivner. Det er stemmen fra hans værste mareridt, fra hans dejligste hævnfantasier. Men det kan ikke være ham, *kan* ikke. Ole lytter. Stemmen snakker med Marit Olsen. Et stykke tid. Så snakker den med Adele. Han hører hende le. Men efterhånden bliver deres stemmer lavere. Han kan høre, at de andre går i seng i rummene ved siden af. Men ikke Adele. Og ikke denne mand med den kendte stemme. Så hører han ingenting, ikke før lydene udefra når ham. Han kryber hen til vinduet, ser ud, ser dem, ser hendes lystne ansigt, genkender hendes elskovslyde. Og han ved, at det umulige er ved at ske: at historien gentager sig. For han genkender manden, der står bag ved Adele, og som skal til at tage hende. Det er ham. Det er Tony Leike."

Bjørn Holm skruede op for varmen. Harry skubbede sig tilbage i sædet og fortsatte:

"Da de andre står op næste morgen, er Tony taget af sted. Ole lader som ingenting. For han er stærkere nu, hvor de mange år med had har hærdet ham. Han ved, at de andre har set Adele og Tony, at de har set hans fornedrelse, akkurat som dengang. Men han er rolig. Han ved, hvad han skal gøre. Måske har han længtes efter det, det sidste skub, det frie fald. Et par dage senere har han planen klar. Han tager tilbage til Håvasshytten, får måske et lift dertil med en scooter, og river siden i gæstebogen med deres navne ud. For denne gang skal det ikke være ham, som i skam stikker af fra vidnerne. Det er dem, der skal komme til at lide. Og Adele. Men den, der skal lide mest, er Tony. Han skal komme til at bære al den skam, som Ole har båret, hans navn skal trækkes gennem sølet, hans liv skal ødelægges, han skal rammes af den samme uretfærdige Gud, som tillader, at tunger skæres ud på forelskede ulykkelige."

Sigurd Altman rullede vinduet en smule ned, og en blød fløjtelyd fyldte bilen.

"Det første, Ole må gøre, er at skaffe sig et lokale, et hovedkvarter, hvor han kan arbejde uforstyrret og uden at bekymre sig om at blive afsløret. Og hvad er vel mere naturligt end den nedlagte fabrik, hvor han en nat havde sit livs lykkeligste øjeblik? Der begynder han kortlægningen af ofrene og den detaljerede planlægning. Han må naturligvis dræbe Adele Vetlesen først, eftersom hun var den eneste i Håvasshytten, der kender hans hele og fulde identitet. Navne, som eventuelt blev udvekslet deroppe, bliver lige så hurtigt glemt igen, og der findes ingen kopi af siden i gæstebogen. Er I sikre på det med smøgen, I to?"

Intet svar. Harry sukkede.

"Så han aftaler at mødes med hende igen. Han henter hende i en bil, som han indvendigt har beklædt med plastic. De kører hen til et uforstyrret sted, måske Kadok-fabrikken. Der tager han en stor kniv med et gult skaft frem. Han tvinger hende til at skrive et kort, som han dikterer og adresserer til samboen i Drammen. Derefter dræber han hende. Bjørn?"

Bjørn Holm rømmede sig og gearede ned: "Obduktionen viser, at han stak hul på hendes halspulsåre."

"Han stiger ud af bilen og tager et billede af hende der, hvor hun sidder i passagersædet med kniven i halsen. Fotografiet. Bekræftelsen på hævnen, på triumfen. Det er det første billede, som havner på væggen i hans kontor på Kadok-fabrikken."

En modkørende bil slingrede på vejbanen, men trak ind igen og tudede i hornet, idet den passerede.

"Måske var det let at dræbe hende. Måske ikke. Han ved dog, at det her er det mest kritiske offer. Det var ikke mange gange, de nåede at møde hinanden, men han kan ikke vide sig sikker på, hvor meget hun har fortalt sine venner om ham. Han ved bare, at hvis hun bliver fundet myrdet og kan forbindes med ham, vil en forladt elsker være politiets hovedmistænkte. *Hvis* hun bliver fundet. Hvis hun derimod tilsyneladende forsvinder, for eksempel på en rejse i Afrika, kan han føle sig sikker.

Så Ole sænker liget ned et sted, han kender godt, hvor han ved, at der er dybt, og som folk desuden holder sig fra: stedet med den forsmåede brud i vinduet. Reberbanen ved Lyseren. Så rejser han til Leipzig og betaler den prostituerede Juliana Verni for at tage det kort, Adele har skrevet, med til Rwanda, tjekke ind på et hotel i Adele Vetlesens navn og sende kortet derfra. I tilgift skal hun købe noget med hjem til Ole fra Congo. Et mordvåben. Leopolds æble. Det specielle våben er selvfølgelig ikke valgt tilfældigt, for det skal pege mod Congo og hjælpe politiet til at fatte mistanke til den Congo-berejste Tony Leike. Da Juliana kommer tilbage til Leipzig, betaler Ole hende. Og måske er det dér, stående over den skælvende Juliana, der gaber over torturæblet, mens tårerne triller, at han begynder at mærke fryden, sadismens rus, en næsten seksuel lyst, som han har udviklet og næret gennem år med ensomme dagdrømme om hævn. Bagefter smider han hende i floden, men liget flyder op og bliver fundet."

Harry trak vejret dybt. Vejen var blevet smallere, og skoven var rykket nærmere og stod nu tæt på begge sider af vejen.

"I løbet af de næste par uger dræber han Borgny Stem-Myhre og Charlotte Lolles. I modsætning til drabene på Adele og Juliana prøver han ikke at skjule ligene, tværtimod. Alligevel fører politiets efterforskning ikke frem til Tony Leike, sådan som Ole havde håbet. Så han må fortsætte med at dræbe, fortsætte med at give dem spor, presse dem. Han dræber Marit Olsen, medlem af Stortinget, udstiller hende i Frognerbadet. Nu må politiet da se sammenhængen mellem kvinderne, finde manden med Leopolds æble? Men det sker ikke. Og han forstår, at han må gribe ind, hjælpe til, tage en chance. Han overvåger Tonys lejlighed på Holmenveien, indtil han ser Tony forlade huset. Så bryder han ind via kælderen, går op i stuen og ringer til det næste offer, Elias Skog, fra Tonys fastnettelefon på skrivebordet. På vej ud stjæler han en cykel for at camouflere det som et almindeligt indbrud. At han efterlader fingeraftryk oppe i stuen, er ikke noget, der bekymrer Ole, for alle ved, at politiet ikke efterforsker almindelige kælderindbrud. Så tager han til Stavanger. På det tidspunkt er hans sadisme slået ud for fuld kraft. Han dræber Elias ved at lime ham fast til bunden af badekarret og lade vandet løbe. Halløjsa, en tankstation! Er der nogen, der er sultne?"

Bjørn Holm sænkede ikke engang farten.

"Okay. Så sker der noget. Ole får et brev. Det er fra en pengeafpresser. Han skriver, at han ved, at Ole har myrdet, at han vil have penge, ellers kommer onkel politi. Oles første tanke er, at det må være fra en, som ved, at han var i Håvasshytten, altså må det være en af de to, der stadig er i live: Iska Peller eller Tony Leike. Han udelukker hurtigt Iska Peller. Hun er fra Australien, er rejst hjem og skriver desuden næppe norsk. Tony Leike, sikken en ironi! De traf aldrig hinanden i hytten, men Adele kan selvfølgelig have nævnt Oles navn, mens de to flirtede. Eller Tony kan have set Oles navn i gæstebogen. Uanset hvad må Tony have forstået sammenhængen, efterhånden som drabene er blevet nævnt i pressen. Forsøget på pengeafpresning stemmer for øvrigt fint med det, som finanspressen skriver om, at Tony desperat trænger til penge til sit Congo-projekt. Ole tager en beslutning. Selv om han helst havde set, at Tony måtte leve med skammen, må han ty til det andet, før situationen kommer ud af kontrol. Tony må dø. Han skygger Tony, følger efter ham på toget, der kører derhen, hvor Tony altid tager hen, til Ustaoset. Han følger hans scooterspor, som fører frem til en lukket turisthytte, der ligger mellem fjeldvægge og kløfter. Og der fanger Ole ham. Og Tony genkender genfærdet, fyren fra danselokalet, ham han skar tungen ud på. Og han ved sikkert, hvad han har i vente. Og Ole tager sin hævn. Han torterer Tony. Brænder ham, måske for at få ham til at røbe eventuelle samarbejdspartnere i pengeafpresningen. Måske bare for sin egen fornøjelses skyld."

Altman rullede vinduet hårdt op igen.

"Koldt," sagde han kort.

"Mens det står på, kommer nyheden om, at Iska Peller er i Håvasshytten. Ole forstår, at den endelige løsning kan være nær, samtidig med at der kan være tale om en fælde. Han husker snekappen over hytten, at lokalkendte folk sagde, at den var farlig. Han tager en beslutning. Han tager måske Tony med sig som guide og tager hen til Håvasshytten og udløser snekappen med dynamit. Så kører han scooteren tilbage, lemper Tony, død eller levende, ud over klippekanten og sender snescooteren bagefter. Hvis liget mod forventning nogen sinde skulle blive fundet, vil det hele se ud som en ulykke. Måske er der tale om en mand, der har brændt sig og er kørt ud over kanten på vej efter hjælp."

Landskabet åbnede sig. De passerede en sø, hvor månen spejlede sig.

"Ole triumferer, han har vundet. Han har snydt alle, snydt dem hele vejen rundt. Og han er begyndt at kunne lide legen, følelsen af at være iscenesætteren, af at alle følger hans anvisninger. Så mesteren, der har knyttet otte individuelle skæbner sammen til et stort drama, bestemmer sig for at give os en afskedshilsen. Give *mig* en afskedshilsen."

De passerede en klynge huse, en tankstation og et indkøbscenter. De drejede til venstre i en rundkørsel.

"Ole har skåret Tonys venstre langfinger af. Og han har Leikes telefon. Det var den, han brugte, da han ringede til mig fra centrum i Ustaoset. Mit nummer er ikke registreret nogen steder, men Tony Leike havde lagt mit nummer ind i telefonbogen på sin telefon. Ole lagde ikke nogen besked. Det var måske bare et legesygt indfald."

"Eller for at forvirre os," sagde Bjørn Holm.

"Eller for at demonstrere sin overlegenhed for os," sagde Harry. "Som når han helt bogstaveligt giver os fingeren ved at efterlade Tonys langfinger uden for min dør inde på Politihuset, lige under næsen på os. For han kan gøre det. Han er Kavaleren, han har rejst sig fra skammen, slået tilbage, hævnet sig på alle dem, som har hånet ham, og deres stedfortrædere. Vidnerne. Luderen. Og kussetyven. Så sker der igen noget uforudset. Hovedkvarteret på Kadok-fabrikken bliver afsløret. Ganske vist har politiet endnu ingen spor, som fører direkte mod Ole, men de begynder at komme farligt tæt på. Så Ole går til sin chef og siger, at han endelig vil tage både den ferie og afspadsering, som har hobet sig op, at han vil blive væk et godt stykke tid. Hans fly afgår for resten i overmorgen."

"Klokken 21:15 til Bangkok via Stockholm," sagde Bjørn Holm.

"Der er mange af detaljerne i den her historie, som er antagelser, men ikke lige den. Vi nærmer os. Her er det."

Bjørn drejede fra vejen og ind på gruset foran den store, rødmalede træbygning. Han standsede bilen og slukkede for motoren.

Der var ikke lys i nogen af vinduerne, men på murene i stueetagen hang reklameskilte, som viste, at det ene hjørne af bygningen engang havde været en dagligvarehandel. I den anden ende af pladsen, halvtreds meter foran dem og under en af gadelygterne, holdt en grøn Jeep Cherokee.

Der var stille. Lydstille, tidsstille, vindstille. Fra en sprække øverst ved vinduet i førersiden af Cherokeen steg cigaretrøg op i lyset.

"Stedet, hvor det hele begyndte," sagde Harry. "Danselokalet."

"Hvem er det?" spurgte Altman og nikkede mod Cherokeen.

"Kan du ikke genkende den?" Harry tog cigaretpakken frem, satte en utændt cigaret mellem læberne og stirrede sultent mod tobaksrøgen. "Man kan selvfølgelig blive snydt af gadebelysningen. De fleste ældre gadelygter giver et gult lys, som får en blå bil til at se grøn ud."

"Jeg har set den film," sagde Altman. "'In The Valley of Elah'."

"Ja. God film. Næsten på niveau med Altman."

"Næsten."

"Sigurd Altman-niveau."

Sigurd svarede ikke.

"Så," sagde Harry. "Er du tilfreds? Blev det dét mesterværk, du havde forestillet dig, Sigurd? Eller skal jeg kalde dig Ole Sigurd?"

Kapitel 74

Bristol Cream

"Jeg foretrækker Sigurd."

"Det er en skam, at det ikke er lige så let at skifte fornavn som efternavn," sagde Harry og lænede sig frem mellem forsæderne. "Da du fortalte mig, at du havde ændret dit almindelige sen-efternavn, tænkte jeg jo ikke over, at s'et i Ole S. Hansen kunne stå for Sigurd. Men hjalp det, Sigurd? Gjorde det nye navn dig til en anden end ham, som mistede alt lige præcis her?"

Sigurd trak på skuldrene. "Vi flygter så langt, vi kan. Det nye navn bragte mig vel et lille stykke hen ad vejen."

"Ja. Jeg har tjekket en del ting i dag. Da du flyttede herfra til Oslo, begyndte du at læse til sygeplejerske. Hvorfor ikke medicinstudiet? Du havde jo udelukkende topkarakterer i din studentereksamen?"

"Det eneste, jeg var optaget af, var ikke at være nødt til at sige noget offentligt," sagde Sigurd og smilede skævt. "Jeg gik ud fra, at jeg ville slippe for det som sygeplejerske."

"Jeg ringede og snakkede med en logopæd i dag, og han fortalte mig, at det kommer an på, hvilke muskler der er blevet beskadiget, at i teorien kan selv en med en halv tunge træne sig op til at tale næsten perfekt igen."

"S'erne er vanskelige uden tungespidsen. Var det det, der afslørede mig?"

Harry rullede sidevinduet ned og tændte cigaretten. Han inhalerede så hårdt, at det knagede og knitrede i cigaretpapiret.

"Det var én af tingene. Men vi blev ført i den forkerte retning i et stykke tid. Logopæden fortalte mig, at folk har en tendens til at koble læspen sammen med mandlig homoseksualitet. På engelsk kaldes det 'gay lisp' og er ikke læspen i logopædisk forstand, bare en anden måde at udtale bogstavet 's' på. Bøsser kan i mange tilfælde skrue deres 'gay lisp' af og på. De bruger det som en kode. Og koden fungerer. Logopæden fortalte mig, at der var blevet foretaget en lingvistisk undersøgelse ved et amerikansk universitet for at se, om folk kunne gætte sig til personers seksuelle orientering ved kun at lytte til en optagelse af deres tale. De var rimeligt gode til at ramme præcist. Men det viste sig, at når de hørte det, de opfattede som 'gay lisp', var det så stærkt et signal, at de overhørte andre sprogsignaler, som var typiske for heterofile. Da receptionisten på Bristol Hotel sagde, at en mand havde spurgt efter Iska Peller, og at manden snakkede feminint, var han et offer for samme stereotype tænkning. Det var først, da han demonstrerede for mig, hvordan vedkommende havde talt, at jeg forstod, at det var selve den læspende tale, han havde bidt mærke i."

"Der må have været mere end det."

"Ja da. Bristol. Det er en bydel i Sydney, Australien. Jeg kan se på dig, at du nu forstår sammenhængen."

"Vent," sagde Bjørn. "*Jeg* har ikke fattet den."

Harry blæste røg ud ad vinduet. "Snemanden sagde noget til mig. At drabsmanden kunne lide at være tæt på, at han var gledet gennem mit synsfelt, at han havde krammet på mig. Så da en flaske Bristol Cream gled gennem mit synsfelt, gik sammenhængen endelig op for mig. At jeg havde set på et skilt med samme navn lige inden og fortalt noget til en person, som havde krammet på mig. Og jeg forstod pludselig, at det, jeg havde sagt, var blevet misforstået. Jeg sagde, at Iska Pellers opholdssted var Bristol. Vedkommende troede, at jeg mente Bristol Hotel i Oslo. Jeg sagde det til dig, Sigurd. På hospitalet lige efter sneskreddet."

"Du har en god hukommelse."

"Vedrørende enkelte ting. Da mistanken først var rettet mod dig, var der andre ting, som blev helt indlysende. Såsom det, du selv sagde om ketanomin, at man er nødt til at arbejde inden for anæstesi for at få fat i det i Norge. Såsom noget, en af mine venner sagde til mig om, at man vil begære det, man ser hver dag, hvilket vil sige, at den, der har en kvinde i almindeligt hospitalstøj som seksuel fantasi, måske arbejder på et hospital. Såsom at brugernavnet på computeren på Kadokfabrikken var Nashville, og at navnet var hentet fra titlen på den film, der som instruktør havde ..."

"Robert Altman i 1975," sagde Sigurd. "Et alt for upåagtet mesterværk."

"Og klapstolen inde i hovedkvarteret var selvfølgelig en instruktørstol. For mesterinstruktøren Sigurd Altman."

Sigurd svarede ikke.

"Men på det tidspunkt vidste jeg endnu ikke, hvad dit motiv var," fortsatte Harry. "Snemanden havde fortalt mig, at drabsmanden blev drevet af had. Og at hadet skyldtes én enkelt hændelse, noget som lå langt tilbage i tiden. Det er muligt, at jeg allerede havde en anelse. Tungen. Den læspende tale. Jeg fik en sindssyg dame i Bergen til at tjekke et par ting om Sigurd Altman. Hun brugte cirka tredive sekunder på at finde din navneændring i Folkeregisteret og koble det gamle navn til Tony Leikes voldsdom."

En cigaret blev knipset ud af vinduet fra Cherokeen og efterlod sig en hale af gnister.

"Så der manglede blot spørgsmålet om tidsperspektivet," sagde Harry. "Vi tjekkede vagtlisterne på Rikshospitalet. De giver dig tilsyneladende et alibi for to af drabene. Du var på vagt, både da Marit Olsen og Borgny Stem-Myhre blev dræbt. Men begge drab fandt sted i Oslo, og der er ingen på Rikshospitalet, som konkret kan huske at have set dig på de aktuelle tidspunkter. Og eftersom du skifter mellem afdelingerne, så er der heller ingen, der savner dig, hvis de ikke ser dig i nogle timer. Hvis jeg ikke tager meget fejl, vil du fortælle mig, at i fritiden er du for det meste alene. Og hjemme."

Sigurd Altman trak på skuldrene. "Sandsynligvis."

"Sådan hænger det sammen," sagde Harry og smækkede hænderne sammen.

"Vent lidt," sagde Altman. "Det, du har fortalt, er bare en historie. Der findes ikke et eneste håndfast bevis i den."

"Åh, det glemte jeg," sagde Harry. "Kan du huske de billeder, jeg viste dig tidligere i dag? Dem jeg fik dig til at bladre igennem, og som du syntes var lidt klæbrige?"

"Hvad med dem?"

"Det afsætter glimrende fingeraftryk, når man tager på den slags billeder. Dine fingeraftryk matchede dem, vi fandt på skrivebordet hjemme hos Tony Leike."

Sigurd Altmans ansigtsudtryk forandrede sig langsomt, efterhånden som det så ud til, at sammenhængen gik op for ham. "Du viste dem bare ... bare for at jeg skulle *tage* på dem?" Altman stirrede som forstenet på Harry nogle sekunder. Så lagde han ansigtet i hænderne, og en lyd steg op bag dem. Latter.

"Du tænkte på næsten alting," sagde Harry. "Hvorfor tænkte du ikke på, at det ville have været smart at skaffe dig noget, der lignede et alibi?"

"Det faldt mig ikke ind, at jeg havde brug for det," lo Altman hæst. "Du havde vel gennemskuet det alligevel, havde du ikke, Harry?"

Blikket bag brilleglassene var fugtigt, men ikke knust. Resignation. Harry havde set det før, lettelsen ved at være blevet afsløret, ved endelig at kunne fortælle.

"Sandsynligvis," sagde Harry. "Det vil sige, officielt er det ikke mig, som har gennemskuet noget af det her. Det er den mand, som sidder i bilen derovre. Derfor er det ham, som skal anholde dig."

Sigurd tog brillerne af og tørrede lattertårerne bort. "Så du løj, da du sagde, at du havde brug for mig til at kigge på ketanomin?"

"Ja, men jeg løj ikke, da jeg sagde, du skulle være med til at skrive norsk kriminalhistorie."

Harry nikkede til Bjørn, som blinkede med lysene.

En mand steg ud af Cherokeen foran dem.

"En af dine gamle kendinge," sagde Harry. "I hvert fald hans datter."

Manden kom gående hen imod dem, lettere hjulbenet, mens han trak op i bukserne ved hjælp af bæltet. Som en gammel politimand.

"Jeg spekulerer bare på en sidste ting," sagde Harry. "Snemanden sagde, at drabsmanden ville komme snigende ind på mig, umærkeligt måske, mens jeg var svag. Hvordan gjorde du det?"

Sigurd tog brillerne på igen. "Alle patienter, der indlægges, skal opgive en person som deres nærmeste pårørende. Din far opgav tydeligvis dig, for i kantinen nævnte en af sygeplejerskerne, at faderen til ham, som havde taget Snemanden, selveste Harry Hole, lå på hendes afdeling. Jeg tog det for givet, at en med dit ry var sat på sagen. På det tidspunkt arbejdede jeg egentlig på helt andre afdelinger, men jeg bad afdelingschefen om at få lov til at bruge din far i et anæstesiprojekt, jeg var i gang med at skrive om. Jeg sagde, at han passede perfekt ind i min testgruppe. Jeg tænkte, at hvis jeg via ham kunne komme til at lære dig at kende, kunne jeg få et indtryk af, hvordan det stod til med sagen."

"Du kunne være *tæt på*, mener du. Tage pulsen på sagen og få bekræftet din overlegenhed."

"Da du endelig dukkede op, måtte jeg passe på ikke at spørge dig direkte om efterforskningen." Sigurd Altman trak vejret dybt. "Jeg måtte ikke vække din mistanke. Jeg måtte være tålmodig, vente, indtil jeg havde opbygget en tillid mellem os."

"Og det lykkedes for dig."

Sigurd Altman nikkede langsomt: "Tak, jeg holder af at tro, at jeg er en tillidsvækkende person. For øvrigt kaldte jeg lokalet på Kadokfabrikken for klipperummet. Da I brød ind der, mistede jeg besindelsen. Det var mit hjem. Jeg var så rasende, at jeg var lige på nippet til at koble din fars respirator fra, Harry. Men jeg lod være. Jeg vil bare have, at du skal vide det."

Harry svarede ikke.

"Jeg spekulerer blot på én ting," sagde Sigurd. "Hvordan fandt I ud af det med den lukkede turisthytte?"

Harry trak på skuldrene. "Tilfældigt. Jeg og en kollega var nødt til at søge ly der. Det virkede, som om der lige havde opholdt sig folk der. Og på jernovnen var der brændt nogle kødstykker fast, som jeg troede var flæsk. Der gik et stykke tid, før jeg knyttede det til armen, der stak frem under scooteren. Den lignede en forbrændt grillpølse. Lensmandsbetjenten har været der og lirket stykkerne af og sendt dem til dna-analyse. Vi får svar i løbet af nogle dage. Tony opbevarede nogle personlige ting der. Jeg fandt for eksempel et familiebillede i en skuffe. Tony som dreng. Du ryddede ikke godt nok op efter dig, Sigurd."

Politimanden var standset ved vinduet ved førersædet, som Bjørn rullede ned. Han bøjede sig ned, så forbi Bjørn og hen på Sigurd Altman.

"Hej, Ole," sagde lensmand Skai. "Jeg anholder dig hermed for drab på en hel bunke folk, som jeg egentlig burde læse navnene op på nu, men det må vi tage hen ad vejen. Før jeg kommer rundt om bilen til dit sæde og åbner døren, vil jeg have, at du lægger begge hænder højt op på instrumentbrættet, så jeg kan se dem. Du vil blive lagt i håndjern, og du vil blive bragt til en fin, nyvasket celle. Min kone har lavet frikadeller med stuvet kål. Det mener jeg at kunne huske, at du kan lide. Lyder det okay, Ole?"

Del VIII

Kapitel 75
Transpiration

"Hvad fanden skal det her betyde?"

Klokken var syv, Kripos-bygningen var ved at vågne til dagens dont, og i Harrys døråbning stod en rasende Mikael Bellman med attachémappen i den ene hånd og Aftenposten i den anden.

"Hvis du tænker på Aftenposten ..."

"Ja, jeg tænker på det her!" Bellman knaldede Aftenposten ned i bordet foran ham.

Overskriften dækkede halvdelen af forsiden. 'KAVALEREN' ANHOLDT I NAT. Pressen havde fået fat i øgenavnet Kavaleren allerede samme dag, som de havde døbt ham det i Odin-mødelokalet. ANHOLDT I NAT var selvfølgelig ikke helt rigtigt, der var vel mere tale om aften, men lensmand Skai havde ikke haft tid til at sende pressemeddelelsen ud før efter midnat, efter tv-stationernes sidste nyhedsudsendelser og lige før avisernes deadline. Den havde været kortfattet og specificerede ikke klokkeslæt og omstændigheder, blot at Kavaleren efter intens efterforskning fra lensmandskontorets side var blevet pågrebet uden for det gamle forsamlingshus i Ytre Enebakk.

"Hvad skal det betyde?" gentog Bellman.

"Det betyder vel, at politiet har fået sat en af norsk histories værste drabsmænd bag lås og slå," sagde Harry og prøvede at vippe den høje stoleryg bagover.

"Politiet?" hvæsede Bellman. "Lensmandskontoret i ..." Han måtte konsultere Aftenposten, "... Ytre Enebakk?"

"Det er vel ikke så vigtigt, hvem der opklarer sagen, når bare den bliver opklaret," sagde Harry og ledte efter håndtaget på siden af stolen. "Hvordan virker de her stole egentlig?"

Bellman lukkede døren og rykkede nogle skridt nærmere. "Hør her, Hole."

"Ikke længere Harry?"

"Hold kæft og hør godt efter nu. Jeg ved godt, hvad der er sket her. Du har snakket med Hagen og fået at vide, at du ikke kunne overlade anholdelsen til ham og Drabsafdelingen, at han risikerede for meget. Så da du ikke kunne få en hjemmesejr, gik du efter uafgjort. Du overlod æren og pointene til en bondetamp af en lensmand, som ikke aner en skid om drabsefterforskning."

"Jeg, chef?" sagde Harry og sendte Bellman et uskyldigt, forurettet blik. "Et af ligene blev fundet i hans distrikt, så det var vel naturligt, at han fulgte det op på lokalt plan. Så opsnusede han vel den her forhistorie med Tony Leike. Pissegodt politiarbejde, hvis du spørger mig."

Det så ud, som om Bellmans ansigt skiftede farve i takt med, at pigmentpletterne i hans pande gennemgik alle regnbuens farver.

"Ved du, hvordan det her fremstår set med Justitsministeriets øjne? De har overladt efterforskningen til mig, og jeg kører på i uge efter uge uden at få resultat, og så kommer den skide hjemmefødning og overhaler os indenom i løbet af nogle dage."

"Tja." Harry trak håndtaget opad, og stoleryggen vippede pludselig bagover. "Det lyder ikke så godt, når du siger det på den måde, chef."

Bellman satte håndfladerne mod skrivebordet, lænede sig frem og hvæsede, så små, hvide spytklatter hvirvlede mod Harry. "Jeg håber, at det her heller ikke lyder *godt*, Hole. I eftermiddag går en klump, der blev fundet hjemme hos dig, til laboratoriet, som vil fastslå, at der er tale om opium. Du er færdig, Hole!"

"Og fortsættelsen, chef?" Harry gyngede i stolen, mens han rykkede og flåede i håndtaget.

Bellman rynkede panden. "Hvad pokker mener du?"

"Hvad vil du svare pressen og Justitsministeriet? Når de har kigget på datoen på den ransagningskendelse, I brugte, den som blev udstedt i dit navn, og spørger, hvordan det kan hænge sammen, at dagen efter, at du har fundet opium hjemme hos en politimand, giver du samme politimand en fremtrædende position i din egen efterforskningsgruppe. Nogle vil måske hævde, at hvis Kripos styres på den måde, er det ikke så underligt, at en lensmand med én celle og konen som kok er bedre til at finde drabsmænd."

Bellman blinkede og blinkede med åben mund.

"Der!" Harry lænede sig bagover mod den fastlåste stoleryg med et fornøjet smil. Og kneb øjnene sammen mod lufttrykket fra døren, der blev hamret i.

Solen var gledet op over kanten af fjeldet, da Krangli stoppede snescooteren, stod af og gik hen til Roy Stille, som stod ved siden af en skistav, der var stukket dybt ned i sneen.

"Nå?"

"Jeg tror, vi har fundet det," sagde Stille. "Det der er nok den stav, som ham Hole markerede findestedet med."

Den snart pensionerede politimand havde aldrig haft ambitioner om at blive til andet og mere end betjent, men det tætte, hvide hår, det faste blik og den rolige stemme gjorde, at når han snakkede, troede folk ofte, at det var ham og ikke Krangli, der var lensmanden af de to.

"Ja?" sagde Krangli.

Han fulgte med Stille hen til kanten af klippen. Stille pegede. Og der, nede mellem stenene, så han snescooteren. Han satte kikkerten for øjnene, så den nøgne, sortsvedne arm, som stak ud og mumlede sagte: "Åh for fanden. Endelig. Eller begge dele."

Morgenmadsgæsterne var begyndt at gå fra Stopp Pressen!, da Bent Nordbø hørte en rømmen, kiggede op fra New York Times, tog brillerne af, missede med øjnene og præsterede det nærmeste, han kunne komme et smil.

"Gunnar."

"Bent."

Måden at hilse på med at sige den andens navn var noget, de havde fra logen, og mindede altid Gunnar Hagen om myrer, der møder hinanden og udveksler duftstof. Lederen for Drabsafdelingen satte sig, men tog ikke frakken af. "Du sagde i telefonen, at du havde fundet noget."

"En af mine journalister har fremskaffet det her." Nordbø skubbede en brun konvolut hen over bordet. "Det ser ud til, at Mikael Bellman har beskyttet sin kone i en narkotikasag. Sagen er gammel, så juridisk set går de vel fri, men i pressen ..."

"... går de aldrig fri," sagde Hagen og tog konvolutten.

"Jeg tror, at du trygt kan betragte Mikael Bellman som uskadeliggjort."

"I hvert fald kan en terrorbalance være blevet opnået. Han har også ting på mig. Desuden er det ikke sikkert, at jeg nogen sinde får brug for det her. Han er lige blevet ydmyget af en lensmand i Ytre Enebakk."

"Jeg har læst det. Og det har Justitsministeriet også, eller hvad?"

"Deroppe læser de både aviser og lytter til rygterne. Men du skal alligevel have tak."

"Det var så lidt. Vi hjælper da hinanden."

"Hvem ved, måske får jeg brug for den her en anden dag." Gunnar Hagen tog konvolutten og stak den inden for frakken.

Han fik ikke noget svar, eftersom Bent Nordbø havde genoptaget læsningen af artiklen om en ung, sort amerikansk senator ved navn Barack Obama, som artiklens forfatter i fuldt alvor påstod kunne blive præsident i De Forenede Stater.

Da Krangli nåede ned mellem stenene, råbte han op til de andre, at han var nede, og frigjorde sig fra klatretovet.

Scooteren var af mærket Arctic Cat og lå med mederne i vejret. Han bugserede sig de tre meter hen til vraget og blev automatisk bevidst om, hvor han satte fødder og hænder, som om han var på et gerningssted. Han satte sig på hug. En arm stak frem under scooteren. Han mærkede på scooteren. Den lå og vippede på to sten. Så trak han vejret dybt og tippede scooteren over på siden.

Den døde lå på ryggen. Kranglis første tanke var, at det *antagelig* var en mand. Hovedet og ansigtet var blevet knust mellem scooteren og stenene, og resultatet lignede resterne efter en krabbefest. Han behøvede ikke at mærke på den sønderknuste krop for at vide, at den var geleagtig som et stykke mørt kød, hvor knoglerne er blevet fjernet, at torsoen var blevet fladklemt, hofte og knæskaller pulveriseret. Det var næppe lykkedes for Krangli at identificere liget, hvis det ikke havde været for den røde flannelsskjorte. Og den enlige rådne, brune tand, som stadigvæk befandt sig i underkæben.

Kapitel 76

Omdefinition

"Hvad er det, du siger?" spurgte Harry og pressede telefonen hårdere ind mod øret, som om fejlen skulle ligge dér et sted.

"Jeg siger, at liget under scooteren ikke er Tony Leikes," sagde Krangli.

"Men?"

"Odd Utmo. En lokal enspænder og kendt af alle her. Han går altid med den samme røde flannelsskjorte. Og det er hans scooter. Men det var tandsættet på liget, som gjorde mig sikker. Én enkelt rådden tandstump. Guderne må vide, hvor resten af tænderne og tandreguleringen er blevet af."

Utmo. Tandregulering. Harry kunne huske, at Kaja havde fortalt om den lokalkendte, som havde kørt hende på scooter til Håvasshytten.

"Men fingrene," sagde Harry. "Er de ikke forvredne?"

"Jovist. Utmo var stærkt plaget af gigt, den stakkel. Det var Bellman, som bad mig ringe og informere dig direkte. Det var ikke helt det, du håbede på, vel Hole?"

Harry skubbede stolen væk fra skrivebordet. "Det var i hvert fald ikke helt det, jeg havde forventet. Kan det have været en ulykke, Krangli?"

Men han kendte svaret, allerede før det kom. Der havde været måneskin hele den aften og nat, selv uden lys måtte den kløft have været umulig *ikke* at se. Især for en, der var stedkendt, især når han kørte så langsomt, at han på et fald på halvfjerds meter havnede kun tre meter fra lodlinjen.

"Glem det, Krangli. Fortæl mig om brandskaderne."

Der var stille et øjeblik i den anden ende, før svaret kom.

"Armene og ryggen. Huden på armene er sprækket, og man kan direkte se det røde muskelvæv. Dele af ryggen er forkullet. Og der er brændt et motiv ind mellem skulderbladene ..."

Harry lukkede øjnene og tænkte på mønsteret på ovnen i hytten. De rygende kødstumper.

"... ser ud som en kronhjort. Var der mere, Hole? Vi skal have fragtet ..."

"Nej, ikke mere, Krangli. Tak."

Harry lagde på og sad et stykke tid og grublede. Ikke Tony Leike. Det forandrede selvfølgelig detaljerne, men ikke det store billede. Utmo var nok et offer for Altmans hævntogt og var sandsynligvis kommet i vejen for ham på en eller anden måde. De havde Tony Leikes finger, men hvor var resten af hans lig? En tanke slog Harry. Hvis han var død. I teorien kunne Tony Leike være indespærret et sted, et sted som kun Sigurd Altman havde kendskab til.

Harry tastede lensmand Skais nummer.

"Han nægter at sige et eneste ord til nogen," sagde Skai, som tyggede på et eller andet. "Bortset fra til sin advokat."

"Som er?"

"Johan Krohn. Har du hørt om ham? Han ligner en lille dreng og ..."

"Jeg kender godt Johan Krohn."

Harry ringede til Krohns kontor, blev stillet igennem, og Krohn lød akkurat så delvist imødekommende, delvist afvisende som en professionel forsvarsadvokat skal gøre, når anklagemyndigheden ringer. Han lyttede til Harry. Så svarede han.

"Desværre. Medmindre du har noget konkret, som kan sandsynliggøre, at min klient holder en person indespærret eller på anden måde udsætter nogen for fare ved ikke at oplyse, hvor vedkommende er, kan jeg ikke godkende, at du får tilladelse til at snakke med Sigurd Altman lige nu, Hole. Det er alvorlige beskyldninger, som I retter mod ham, og jeg behøver ikke fortælle dig, at det er mit job at varetage hans interesser, så godt jeg kan."

"Enig," sagde Harry. "Det behøver du ikke."

De ringede af.

Harry kiggede ud ad kontorvinduet ned mod centrum. Stolen var god, ingen tvivl om det. Men hans blik søgte det velkendte glashus i Grønland.

Så tastede han et nyt nummer på telefonen.

Katrine Bratt var blid som en lærke og kvidrede på samme måde.

"Jeg bliver udskrevet om et par dage," sagde hun.

"Jeg troede, at du var der frivilligt."

"Ja, men jeg skal formelt udskrives. Jeg glæder mig endda. De har tilbudt mig et kontorjob hos politiet, når jeg bliver raskmeldt."

"Fint."

"Ville du noget specielt?"

Harry forklarede.

"Så du er nødt til at prøve at finde Tony Leike uden Altmans hjælp?" sagde Katrine.

"Ja."

"Har du noget forslag til, hvor jeg kan begynde?"

"Kun ét. Lige efter at Tony forsvandt, tjekkede vi, at han ikke havde overnattet i eller omkring Ustaoset. Sagen er, at jeg har kigget lidt nærmere på de sidste år, og han har næsten *ingen* overnatninger omkring Ustaoset, kun et par stykker i turisthytter. Og det er lidt mærkeligt, eftersom han vistnok har været vældig meget deroppe."

"Måske han har snyltet på turisthytterne, bare ladet være med at skrive sig ind og betale."

"Han er ikke typen," sagde Harry. "Jeg spekulerer på, om Tony kan have en hytte eller et eller andet deroppe, som ingen ved noget om."

"Okay. Var det det hele?"

"Ja. Eller for resten, undersøg lige, hvad du kan finde ud af om Odd Utmos aktiviteter de sidste par dage."

"Er du stadig single, Harry?"

"Hvad fanden er det for et spørgsmål?"

"Du lyder lidt mindre single."

"Gør jeg?"

"Ja. Men det klæder dig."

"Gør det?"

"Siden du spørger: nej."

Aslak Krangli rettede sin stive ryg og så op gennem kløften.

Det var en af fyrene på oprydningsholdet, som havde råbt, og nu råbte han igen, tydeligt ophidset: "Herovre!"

Aslak bandede lavmælt. Gerningsstedsgruppen havde gjort deres arbejde færdigt, og de havde fået hejst Odd Utmo og snescooteren op. Det havde været et kompliceret og tidskrævende arbejde, idet den eneste mulige adgang til kløften var fra oven og ved hjælp af tov, og selv da havde det været vanskeligt nok.

I frokostpausen havde en af fyrene fortalt noget, som en af stuepigerne fra hotellet havde hvisket ham i øret i al fortrolighed, nemlig at lagnerne på værelset lejet af Rasmus Olsen, ægtemanden til den døde dame fra Stortinget, havde været røde af blod, da han tjekkede ud. Først havde hun regnet med, at det var menstruationsblod, men så havde hun hørt, at Rasmus Olsen havde boet der alene, og at hans kone var i Håvasshytten.

Krangli havde svaret, at enten havde han haft en lokal dame med oppe på værelset eller været sammen med konen om morgenen, da hun kom til Ustaoset, og at de havde haft tid til at have tilgivelsessex, før de tjekkede ud. Fyren havde mumlet, at det jo ikke var sikkert, at det var menstruationsblod.

"Herovre!"

Helvedes mas. Aslak Krangli ville hjem. Middag, kaffe, sove. Lægge hele denne rådne sag bag sig. Pengene, han havde skyldt i Oslo, var betalt, og han skulle aldrig derned igen, aldrig ned i det hængedynd så meget som én gang til. Det var et løfte, han ville holde denne gang.

De havde brugt hund for at være sikre på, at de fandt alle stumperne af Utmo i sneen, og det var hunden, som pludselig havde hylet op nede i kløften og var blevet stående hundrede meter længere fremme, hvor den gav hals. Hundrede stejle meter. Aslak vurderede situationen.

"Er det noget vigtigt?" råbte han og fik kastet en symfoni af ekkoer tilbage.

Han fik svar, og ti minutter senere stod han og stirrede ned på det, som hunden havde gravet frem. Det lå så indeklemt mellem stenene, at det måtte have været umuligt at se oppe fra kanten af kløften.

"Fy for helvede," sagde Aslak. "Hvem kan det der have været?"

"I hvert fald ikke ham der Tony Leike," sagde hundeføreren. "Du skal ligge længe i den her kolde kløft for at blive til et så afpillet skelet. Flere år."

"Atten år." Det var Roy Stille. Lensmandsbetjenten var nået frem til dem og stod og åndede tungt.

"I atten år har hun ligget her," sagde Roy Stille, satte sig på hug og bøjede hovedet.

"Hun?" spurgte Aslak.

Betjenten pegede på hoftepartiet på skelettet. "Kvinder har større bækkenåbning. Det lykkedes os aldrig at finde hende, da hun forsvandt. Det er Karen Utmo."

Krangli hørte noget, han aldrig før havde hørt i Roy Stilles stemme. En skælven. Skælven hos en mand i følelsesmæssigt oprør. I sorg. Men hans granitansigt var som sædvanlig udtryksløst, lukket.

"For pokker da, så var det sandt," sagde hundeføreren. "Hun gik ud over en klippekant i sorg over at have mistet sin dreng."

"Næppe," sagde Krangli. De to andre så på ham. Han havde stukket en lillefinger ind i et fint, cirkelrundt hul i panden på kraniet.

"Er det ... et hul efter en kugle?" spurgte hundeføreren.

"Ja," sagde Stille og mærkede efter på bagsiden af hovedskallen. "Og der er ikke noget udgangshul, så jeg vil gætte på, at vi finder kuglen inde i kraniet."

"Og skal vi gætte på, at kuglen matcher Utmos?" sagde Krangli.

"For pokker da," gentog hundeføreren. "Mener du, at han har dræbt sin kone? Kan man det? Dræbe et menneske, man har elsket? Fordi man tror, at hun og det fælles barn ... Det var som ind i helvede."

"Atten år," sagde lensmandsbetjent Stille og rejste sig stønnende. "Der er syv år tilbage, før drabet ville være forældet. Det er vist det, man kalder ironi. Man venter og venter, bange for at blive opdaget. Men årene går. Og så, når man nærmer sig friheden ... bom! – bliver man selv dræbt og havner i samme kløft."

Krangli lukkede øjnene og tænkte at, ja, man kan dræbe et menneske, man har elsket. Det kan man sagtens. Men nej, man bliver aldrig fri. Aldrig. Han skulle aldrig mere derned.

Johan Krohn satte stor pris på rampelyset. Man bliver ikke landets mest efterspurgte forsvarsadvokat uden at gøre det. Og da han uden et sekunds tøven havde sagt ja til at forsvare Sigurd Altman, 'Kavaleren', vidste han, at der ville blive mere rampelys, end han havde oplevet indtil nu i sin allerede bemærkelsesværdige karriere. Han havde allerede nået sit mål om at slå sin far som den yngste advokat nogen sinde med møderet for Højesteret. Som forsvarsadvokat var han allerede i tyverne blevet udråbt til den nye stjerne, vidunderdrengen. Men det var muligvis steget ham lidt til hovedet, for han havde ikke været vant til så meget opmærksomhed som ung. Dengang havde han været den enerverende duks, som altid viftede lidt for ivrigt med hånden i klasseværelset, som altid prøvede lidt for meget rent socialt og alligevel altid var den sidste, der fik at vide, hvis overhovedet, hvor festen på lørdag skulle være. Men nu kunne unge, kvindelige assistenter og advokatfuldmægtige rødmende fnise, når han gav dem komplimenter eller foreslog en middag efter arbejdstid. Og invitationerne haglede ned, både til at holde foredrag, deltage i debatter i radio og fjernsyn, og til og med en eller anden premiere, hvilket hans kone satte stor pris på. Men muligvis havde de ting taget lidt for meget af hans opmærksomhed de sidste par år. I hvert fald havde han mærket en faldende kurve, både hvad angik antallet af vundne sager, antallet af store mediesager og antallet af nye klienter. Ikke så meget, at det var begyndt at gå ud over hans renommé blandt de fleste, men dog nok til, at han vidste, at han havde brug for Sigurd Altman-sagen. Han trængte til noget højprofileret for at komme tilbage til det sted, hvor han hørte hjemme: på toppen.

Derfor sad Johan Krohn helt stille og lyttede til den magre mand med de runde briller, lyttede, mens Sigurd Altman fortalte en historie, som ikke bare var den mindst sandsynlige historie, Krohn nogen sinde havde hørt, men tilmed var en historie, han *troede på*. Johan Krohn kunne allerede se sig selv i retssalen, den lysende retoriker, agitatoren, manipulatoren, som dog aldrig mistede juraen af syne, en fryd for både lægmand og fagfolk. Derfor var hans første reaktion skuffelse, da han forstod, hvilke planer Sigurd Altman havde lagt. Men efter at have mindet sig selv om faderens gentagne formaning om, at advokaten var til for klienten og ikke omvendt, accepterede han opgaven. For Johan Krohn var ikke nogen egentlig dårlig person.

Og da Krohn tog fra Oslo Kretsfengsel, som Sigurd Altman i løbet af dagen var blevet overført til, så han et nyt potentiale i opgaven, som ifølge sit væsen trods alt var exceptionelt. Det første, han gjorde, da han kom tilbage til kontoret, var at kontakte Mikael Bellman. De havde kun mødtes én gang tidligere, i en drabssag selvfølgelig, men Johan Krohn havde straks vidst, hvor han havde Bellman. En høg kan altid genkende en høg. Derfor vidste han sådan cirka, hvordan Bellman havde det efter dagens avisforside om lensmandens anholdelse.

"Bellman."

"Johan Krohn. Tak for sidst."

"Goddag, Krohn." Stemmen lød formel, men ikke uvenlig.

"Er det? Du føler dig vel rimelig forbigået på dagens forside."

Kort pause. "Hvad drejer det sig om, Krohn?" Sammenbidt. Arrigt.

Johan Krohn vidste, at han ville få det, som han ville have det.

Harry og Søs sad tavse ved faderens seng på Rikshospitalet. På natbordet og på to andre borde i stuen stod vaser med blomster, som pludselig var dukket op de sidste par dage. Harry havde taget en runde og havde læst kortene. Et af dem havde påskriften 'Min kære, kære Olav', undertegnet 'din Lise'. Harry havde aldrig hørt om nogen Lise og endnu mindre tænkt den tanke, at der kunne have været andre kvinder end moderen i faderens liv. De andre kort var fra kolleger og naboer. Det måtte være kommet dem for øre, at det lakkede mod enden nu, og til trods for at de vidste, at han ikke ville få dem at se, havde de sendt disse lifligt duftende blomster for at bøde på den kendsgerning, at de ikke havde taget sig tid til at besøge ham. Harry så på blomsterne, der omringede sengen som gribbe om den døende. Tunge, hængende hoveder på tynde stilkehalse. Røde og gule næb.

"Det er ikke tilladt at have mobiltelefonen tændt her, Harry!" hviskede Søs strengt.

Harry fiskede telefonen frem og så på displayet. "Beklager, Søs. Det er vigtigt."

Katrine Bratt gik lige til sagen: "Leike har utvivlsomt været en del i Ustaoset og omegn," sagde hun. "De sidste år har han købt en togbillet nu og da på nettet, betalt benzin med kreditkort på tankstationen i Geilo. Det samme med madvarer, mest i Ustaoset. Det, som skiller sig ud, er en faktura på byggemateriale, også i Geilo."

"Byggemateriale?"

"Ja. Jeg gik ind på deres fakturaoversigt. Planker, søm, værktøj, stålwire, leca-sten, cement. Over tredive tusind kroner. Men den er fire år gammel."

"Tænker du det samme som mig?"

"At han har bygget sig et lille anneks eller sådan noget deroppe?"

"Han havde ikke nogen registreret hytte at bygge anneks til, det har vi tjekket. Men man køber ikke madvarer ind, hvis man skal bo på hotel eller i turisthytte. Jeg tror, Tony har bygget sig en ulovlig, lille hule inde på nationalparkens område, præcis som han fortalte mig, at han drømte om. Godt gemt i terrænet, selvfølgelig. Et sted, hvor han kunne være helt og aldeles i fred. Men hvor?" Harry opdagede, at han havde rejst sig op og var begyndt at gå frem og tilbage på stuen.

"Tja, det er muligt," sagde Katrine Bratt.

"Vent! Hvornår på året købte han alt det der?"

"Lad mig lige se ... 6. juli står der på udskriften."

"Hvis hytten skulle gemmes, må den have været et stykke fra alfarvej. Et øde sted uden veje. Sagde du stålwire?"

"Ja. Og jeg kan gætte hvorfor. Da bergenserne byggede hytter på de mest forblæste steder i Ustaoset i tresserne, brugte de som regel stålwire til at forankre hytterne."

"Så Leikes hytte skal ligge på et forblæst, øde sted, og dertil skal han fragte bygningsmateriale for tredive tusind kroner. Det må have vejet mindst et par ton. Hvordan gør man det om sommeren, når der ikke er nogen sne, så man kan bruge snescooter?"

"Hest? Jeep?"

"Over elve, moser, op ad fjeldsiderne? Prøv en gang til."

"Jeg aner det ikke."

"Men det gør jeg. Jeg har set billeder af det. Vi snakkes ved."

"Vent."

"Ja?"

"Du bad mig om at undersøge Utmos gøren og laden de sidste dage i hans liv. Det er ganske vist ikke ret meget, som er registreret om ham i den elektroniske verden, men han har i hvert fald foretaget nogle opringninger. Noget af det sidste, han gjorde, var at ringe til Aslak Krangli. Han fik bare telefonsvareren, ser det ud til. Den allersidste samtale fra hans telefon er til SAS. Jeg tjekkede videre i deres bestillingssystem. Han bestilte en flybillet til København."

"Nå. Han virker ikke som typen, der rejste så meget."

"Det kan man roligt sige. Der er ganske vist registreret et udstedt pas til ham, men han er ikke registreret i et eneste billetsystem. Og her snakker vi om de sidste femogtyve år."

"Altså en mand, som knap nok har bevæget sig fra sit hjem, og som pludselig skal til København. Hvornår skulle han for resten have været rejst?"

"I går."

"Okay. Tak."

Harry ringede af, greb sin frakke og vendte sig om i døren. Han så på hende den flotte dame, som var hans søster, og han skulle til at spørge, om hun kunne klare sig alene, uden ham. Men han nåede lige at bide det idiotiske spørgsmål i sig. Hvornår var det lige, hun ikke havde gjort det?

"Hav det godt," sagde han.

Jens Rath stod i kontorfællesskabets reception. Inden for jakken og skjorten var hans ryg våd af sved, fordi han lige havde fået opringningen på kontoret om, at han havde besøg fra politiet. Han havde haft en episode med Økokrim for nogle år siden, men sagen var blevet henlagt. Alligevel blev han ved med at svede som et vandfald, bare han så en politibil. Og nu mærkede Jens Rath svedporerne åbne sig på vid gab. Han var en lille mand og så op på den politimand, som lige havde rejst sig, og blev ved med at rejse sig, indtil han ragede en kvart meter op over Jens og gav ham et hårdt, kort håndtryk.

"Harry Hole, Drabs... Kripos. Det drejer sig om Tony Leike."

"Noget nyt?"

"Skal vi sætte os ned, Rath?"

De satte sig i hver sin Le Corbusier-stol, og Rath signalerede diskret til Wenche i receptionen, at hun *ikke* skulle servere kaffe for dem, hvilket ellers var en stående ordre, når investorer kom på besøg.

"Jeg vil have dig med, så du kan vise os, hvor hans hytte er," sagde politimanden.

"Hytte?"

"Jeg så, at du aflyste kaffeserveringen, Rath, og det er helt fint, for jeg har lige så dårlig tid som dig. Jeg ved også, at din sag hos Økokrim er henlagt, men det tager mig nøjagtig én telefonopringning at få den genåbnet. Det er ikke sikkert, at de finder noget denne gang, men jeg lover dig, at den dokumentation, de vil forlange, at du fremlægger ..."

Rath lukkede øjnene. "Åh herregud ..."

"... kommer til at holde dig travlt beskæftiget, længere end det tog at bygge den hytte for din kollega, kammerat og skæbneven Tony Leike. Eller hvad?"

Jens Raths eneste talent var, at han hurtigere og med større nøjagtighed end de fleste kunne kalkulere, hvad der lønnede sig. Det regnestykke, som han lige var blevet præsenteret for, tog det ham derfor cirka et sekund at finde svaret på.

"Fint."

"Vi rejser derop klokken ni i morgen tidlig."

"Hvordan ..."

"På samme måde som I fragtede materialet derop. Med helikopter." Politimanden rejste sig.

"Bare et enkelt spørgsmål. Tony har altid været ekstremt nøjeregnende med, at absolut ingen skal have kendskab til den hytte. Jeg tror ikke engang, at Lene, hans forlovede, kendte til den. Så hvordan ...?"

"En faktura på byggematerialet fra Geilo plus billedet af jer tre i arbejdstøj siddende på en stabel planker foran en helikopter."

Jens Rath nikkede kort. "Selvfølgelig. *Billedet.*"

"Hvem tog det for resten?"

"Piloten. Før vi rejste fra Geilo. Og det var Andreas' idé at udsende det sammen med pressemeddelelsen, da vi åbnede kontorfællesskabet. Han mente, at det var mere cool med et billede af os i arbejdstøj end i jakkesæt og slips. Og Tony sagde ja, fordi han mente, at det så ud, som om vi *ejede* den helikopter. Nå, men under alle omstændigheder bruger finanspressen det billede hele tiden."

"Hvorfor sagde du og Andreas ikke noget om hytten, da Tony blev meldt savnet?"

Jens Rath trak på skuldrene. "I må ikke misforstå det. Vi er lige så opsatte som jer på, at Tony snart dukker op. Vi har et projekt i Congo, som går belly up, hvis han ikke snart dukker op med ti friske millioner kroner. Men når Tony forsvinder, er det altid, fordi han selv vil. Han skal nok klare sig. Husk på, at han var lejesoldat. Jeg gætter på, at lige nu sidder Tony et eller andet sted med en drink i den ene hånd, den anden arm rundt om et eksotisk vilddyr af en dame, mens han griner, fordi han har udtænkt løsningen."

"Javel," sagde Harry. "Men så vil jeg gå ud fra, at det er vilddyret, som har bidt langfingeren af ham. Fornebu Lufthavn klokken ni i morgen."

Jens Rath blev stående og så efter politimanden, mens han spekulerede på, hvorfor han ikke bare svedte, men svedte som en gris og var ved at smelte.

Da Harry kom tilbage til Rikshospitalet, sad Søs der stadigvæk. Hun bladede i et magasin og spiste et æble. Han så ud over gribbeflokken. Der var kommet flere blomster.

"Du ser træt ud, Harry," sagde hun. "Du burde gå hjem."

Harry brummede. "Du kan gå. Du har siddet her længe nok alene."

"Jeg har ikke været alene," smilede hun skælmsk tilbage. "Gæt, hvem der har været her?"

Harry sukkede. "Jeg beklager, Søs, jeg tilbringer rigeligt af min tid hver dag med at gætte."

"Øystein!"

"Øystein Eikeland?"

"Ja! Han havde en plade flødechokolade med. Ikke til far, men til mig. Jeg er ked af det, men der er ikke mere tilbage." Hun lo, så øjnene forsvandt i hendes kinder.

Da hun rejste sig og gik ud et smut, så Harry på telefonen. To mistede opkald fra Kaja. Han skubbede stolen ind mod væggen og lagde hovedet tilbage.

Kapitel 77

Aftryk

Klokken ti minutter over ti om formiddagen landede helikopteren på et højdedrag lige vest for Hallingskarvet. Klokken elleve var hytten lokaliseret.

Den lå så godt skjult i terrænet, at selv om de havde vidst så nogenlunde, hvor hytten var, havde de næppe fundet den, hvis ikke Jens Rath havde været med. Hytten var bygget i sten højt oppe på den østlige side af fjeldet på læsiden, for højt til at den kunne blive ramt af sneskred. Stenene var blevet båret dertil fra de omkringliggende områder og var blevet muret sammen op mod to kampesten, som dannede henholdsvis sidevæg og bagvæg. Der var ingen iøjnefaldende rette vinkler. Vinduerne lignede skydeskår og lå så dybt inde i stenvæggen, at solen ikke blev reflekteret i dem.

"Det kalder jeg en ordentlig hytte," sagde Bjørn Holm, spændte skiene af og sank straks i til knæene i sneen.

Harry forklarede Jens, at fra nu af havde de ikke længere brug for hans assistance, og at han skulle gå tilbage til helikopteren og vente der sammen med piloten.

Sneen var ikke så dyb foran døren.

"En eller anden har ryddet sne her for ikke så længe siden," sagde Harry.

Døren havde et beslag med en enkel hængelås, som uden særlige protester gav efter for Bjørns koben.

Før de åbnede, tog de vanterne af, tog latexhandsker på og trak blå plasticposer uden på skistøvlerne. Så gik de ind.

"Halløjsa," sagde Bjørn lavt.

Hele hytten bestod af et enkelt rum på cirka fem gange tre meter, og det mindede mest af alt om en gammeldags kaptajnskahyt med koøjelignende vinduer og kompakte, pladsbesparende løsninger. Gulv, vægge og loft var beklædt med grove, ubehandlede planker, som havde fået et par strøg hvid maling for at udnytte den smule lys, som slap ind. Den korte væg til højre var okkuperet af et enkelt køkkenbord med en vask og et underskab. En divan samme sted fungerede tydeligvis også som seng. Midt i rummet stod et spisebord med en – én – pindestol med malerpletter på. Foran det ene vindue stod et godt brugt skrivebord med initialer og halvkvædede viser skåret ind i træværket. Til venstre på den lange væg, hvor den bageste kampesten lå blottet, stod en sort ovn. For at udnytte varmen bedre fulgte ovnens rør en omvej uden om stenen til højre, før det fortsatte lige op. Brændekurven var fyldt med birkeved og aviser til optænding. På væggene hang kort over området, men også et over Afrika.

Bjørn kiggede ud ad vinduet over skrivebordet.

"Og det kalder jeg en ordentlig udsigt. For fanden da, man kan se det halve af Norge herfra."

"Lad os komme i gang," sagde Harry. "Piloten gav os to timer. Der er skyer på vej ind fra kysten."

Mikael Bellman var som sædvanlig stået op klokken seks og havde løbet sig vågen på løbebåndet i kælderen. Han havde drømt om Kaja igen. Hun havde siddet bag på en motorcykel med armene rundt om en mand, som bare bestod af hjelm og visir. Hun havde smilet så lykkeligt med de spidse tænder og havde vinket, idet de kørte fra ham. Men havde de ikke stjålet motorcyklen, var det ikke hans? Han kunne ikke vide det med sikkerhed, for hendes flagrende hår var så langt, at det skjulte nummerpladen.

Efter turen på løbebåndet havde Mikael taget brusebad og var gået op til morgenbordet.

Han havde gjort sig mentalt parat, da han snuppede morgenavisen, som Ulla, også som sædvanlig, havde lagt ved siden af hans tallerken.

I mangel af billeder af Sigurd Altman alias Kavaleren, havde de bragt et billede af lensmanden. Skai. Han stod uden for sit lensmandskontor med armene over kors, iført en grøn kasket med lang skygge, som en fandens bjørnejæger. Overskriften lød: 'Kavaleren anholdt?'

Og ved siden af, over billedet af en gul, smadret snescooter: 'Nyt lig fundet i Ustaoset'.

Bellman havde ladet blikket køre hurtigt ned over teksten, mens han ledte efter ordet 'Kripos' eller, i værste fald, sit eget navn. Ingenting på forsiden. Godt.

Han havde slået op på de sider, der var henvist til, og der havde det været, med billede og det hele:

Leder af Kripos' efterforskning, Mikael Bellman, siger i en kort kommentar, at han ikke vil udtale sig, før Kavaleren er blevet afhørt, og at han ikke har nogen speciel kommentar til, at det lige var lensmandskontoret i Ytre Enebakk, som pågreb den mistænkte.

"Generelt kan jeg sige, at alt politiarbejde er teamwork. I Kripos lægger vi ikke vægt på, hvem der får æren."

Det sidste burde han ikke have sagt. Det var løgn og ville blive opfattet som løgn og stank langt væk af en dårlig taber.

Men det var ikke så slemt endda. For hvis det, Johan Krohn, forsvarsadvokaten, havde fortalt ham i telefonen dagen før, var sandt, havde Bellman en gylden mulighed for at rette op på alting. Ja, mere end det: til selv at tage æren. Han vidste, at den pris, som Krohn ville forlange, var høj, men også, at det ikke blev ham selv, som skulle betale den, men den skide bjørnejæger. Og Harry Hole og Drabsafdelingen.

En fængselsbetjent holdt døren til besøgslokalet åben, og Mikael Bellman lod Johan Krohn gå først ind. Krohn havde insisteret på, at eftersom det her var en samtale og altså ikke en formel afhøring, skulle den foregå på så neutralt et område som muligt. Da det var udelukket at slippe Kavaleren ud fra Oslo Kretsfengsel, hvor han sad i et celleafsnit, var Krohn og Bellman blevet enige om et af besøgslokalerne, som blev brugt til private møder mellem indsatte og deres familier. Ingen kameraer, ingen mikrofoner, bare et almindeligt rum uden vinduer, hvor man havde gjort et halvhjertet forsøg på at gøre det rart med en hæklet dug på bordet og en klokkestreng på væggen. Som regel var det kærester, som blev bevilget møder her, og fjedrene i den sædplettede sofa var så slidte, at Bellman kunne se, hvordan Krohn sank ned i stoffet, da han satte sig.

Sigurd Altman sad på en stol for enden af bordet. Bellman satte sig på den anden stol, så han og Altman kom til at sidde i næsten samme højde. Altmans ansigt var magert og havde dybtliggende øjne og et markeret mundparti med et fremstående tandsæt, som fik Bellman til at tænke på billeder af udmagrede jøder i Auschwitz. Og monsteret i 'Alien'.

"Samtaler som den her er ikke efter bogen," sagde Bellman. "Jeg må derfor insistere på, at der hverken bliver taget notater, eller at noget af det, vi siger her, bliver bragt videre."

"Samtidig må vi bede om en garanti for, at betingelserne for en tilståelse opfyldes fra anklagemyndighedens side," sagde Krohn.

"Du har mit ord," sagde Bellman.

"Og det takker jeg ydmygt for. Hvad har du mere?"

"Mere?" sagde Bellman og smilede tyndt. "Hvad vil du have, jeg skal gøre? Underskrive en skriftlig aftale?" Den forbandede, arrogante forsvarsskiderik.

"Gerne," sagde Krohn og skubbede et ark over bordet.

Bellman stirrede på arket. Hans blik hoppede ned over sætning efter sætning.

"Det vil selvfølgelig ikke blive vist til nogen, hvis det ikke bliver nødvendigt," sagde Krohn. "Og dokumentet tilbageleveres til dig, når betingelserne er blevet opfyldt. Og det her ..." Han rakte en pen over mod Bellman, "... er en S.T. Dupont, det bedste skriveværktøj, som kan opdrives."

Bellman tog imod pennen og lagde den på bordet ved siden af sig.

"Jeg skriver under, hvis historien er god nok," sagde han.

"Hvis det her skulle være et gerningssted, har vedkommende ryddet godt op efter sig."

Bjørn Holm satte hænderne i siden og så sig omkring i lokalet. De havde søgt højt og lavt, i skuffer og skabe, lyst efter blod og taget fingeraftryk. Han havde sat sin bærbare på skrivebordet og tilkoblet en fingeraftryksscanner på størrelse med en tændstikæske af den slags, man var begyndt at bruge i visse lufthavne til passageridentifikation. Indtil videre havde alle fingeraftrykkene matchet én person i sagen, nemlig Tony Leike.

"Fortsæt," sagde Harry, som lå på knæ under vasken og skruede plasticrør fra hinanden. "Det er her et sted."

"Hvilket?"

"Det ved jeg ikke. Et eller andet."

"Hvis vi skal fortsætte, bør vi i hvert fald skaffe os lidt varme."

"Så tænd op."

Bjørn Holm satte sig på hug ved ovnen, åbnede lugen og begyndte at rive sider ud af aviser fra brændekurven og krølle dem sammen.

"Hvad tilbød du egentlig Skai for at få ham til at sige ja til at deltage i dit lille spil? Han risikerer trods alt lidt af hvert, hvis sandheden skulle komme frem."

"Han risikerer ingenting," sagde Harry. "Han har ikke sagt et ord, som ikke er sandt, bare se på hans udtalelser. Det er medierne, som har truffet konklusioner, der er fejlagtige. Og der findes ingen politiinstruks, som siger noget om, hvem der skal anholde og ikke anholde en mistænkt. Jeg behøvede ikke at tilbyde noget for hjælpen. Han sagde, at han brød sig endnu mindre om Bellman, end han brød sig om mig, og at det var grund nok."

"Var det det hele?"

"Tja, han fortalte mig om datteren, Mia. Det er ikke gået så godt for hende. I sådanne tilfælde leder alle forældre efter en årsag, noget konkret de kan pege på. Og Skai mener, at det skyldes den nat uden for forsamlingshuset, at den mærkede Mia for livet. Blandt folk blev historien til, at Mia og Ole havde været kærester, og at der slet ikke kun var tale om uskyldigt kysseri i skovbrynet, da Ole greb hende og Tony på fersk gerning. I Skais øjne er det Ole og Tony, som har skylden for datterens problemer."

Bjørn rystede på hovedet. "Ofre, ofre, hvor man end vender og drejer sig."

Harry var kommet hen til Bjørn og holdt hånden frem. I hans håndflade lå små stykker af noget, som lignede en metaltråd, der var blevet skåret af et hegn. "Det her lå under afløbet. Ved du, hvad det er?"

Bjørn tog imod metalstykkerne og studerede dem.

"Hov!" udbrød Harry. "Hvad er det der?"

"Hvad?"

"Avisen. Se, det er fra den pressekonference, hvor vi lancerede Iska Peller."

Bjørn Holm så ned på billedet af Bellman, som var blevet synligt, da han havde revet den foregående side ud. "Ja, for fanden."

"Den avis er kun nogle dage gammel. Nogen har været her for nylig."

"Ja, for fanden."

"Måske er der fingeraftryk på forsid..." Harry så ind i ovnen, hvor de første sider netop gik op i flammer.

"Sorry," sagde Bjørn. "Men jeg kan tjekke de andre sider."

"Okay. Jeg spekulerer for resten på det her brænde."

"Ja?"

"Der er ikke et træ i kilometers omkreds. Han må have en stor stabel brænde et sted. Tjek avisen, så tager jeg en tur rundt udenfor."

Mikael Bellman så på Sigurd Altman. Han brød sig ikke om hans kolde blik, om den benede krop, tandsættet som pressede mod indersiden af læberne, staccatobevægelserne eller den ubehjælpsomme læspen. Men han behøvede ikke at kunne lide Sigurd Altman for at se ham som sin frelser og velgører. For hvert ord Altman sagde, var Bellman et skridt nærmere sin sejr.

"Jeg går ud fra, at du har læst Harry Holes rapport med fremstillingen af det formodede hændelsesforløb," sagde Altman.

"Du mener lensmand Skais rapport?" sagde Bellman. "Med Skais fremstilling?"

Altman smilede skævt. "Det kan vi godt kalde det, hvis du vil. Den historie, Harry fortalte, var i hvert fald forbløffende korrekt. Problemet med den er, at den kun indeholder et eneste håndgribeligt bevis.

Mine fingeraftryk hjemme hos Tony Leike. Okay, lad os antage, at jeg siger, at jeg var der og besøgte ham. At vi snakkede om gode, gamle dage."

Bellman trak på skuldrene. "Og det mener du, at et nævningeting vil tro på?"

"Jeg kan godt lide at tro, at jeg er en tillidsvækkende fyr. Men ..." Altmans læber trak sig op og blottede tandkødet. "Nu bliver jeg jo aldrig stillet for et nævningeting, eller hvad?"

Harry fandt brændestabelen under en grøn presenning under et klippefremspring. En økse stod begravet i en huggeblok, og ved siden af den sad der en kniv. Harry så sig omkring og sparkede i sneen. Der var ikke meget af interesse her. Hans støvle ramte noget. En tom, hvid plastpose. Han bøjede sig ned. Varedeklarationen stod på siden. Ti meter gazebind. Hvad lavede det her?

Harry lagde hovedet på skrå og så på huggeblokken et stykke tid, så på det sorte, som var trukket ned i træet. På kniven. På skæftet. Gult, glat. Hvad lavede en kniv på en huggeblok? Der kunne selvfølgelig være mange grunde, men alligevel ...

Han lagde sin venstre hånd ned på blokken, så den tilbageværende stub af hans langfinger blev liggende oven på den, og de andre fingre pressede ned langs siden.

Harry løsnede forsigtigt kniven med to fingre øverst på skæftet. Bladet var særdeles skarpt med spor efter det stof, han altid kiggede efter i sit arbejde. Så løb han som en elg på lange ben i den dybe sne.

Bjørn kiggede op fra computeren, da Harry kom brasende ind. "Udelukkende mere Tony Leike," sukkede han.

"Der er blod på knivsbladet," sagde Harry forpustet. "Tjek skæftet for aftryk."

Bjørn tog forsigtigt imod kniven. Han dryssede sort pulver på det glatlakerede, gule træ og blæste forsigtigt på det.

"Der er kun et sæt fingeraftryk her, men det er til gengæld nydeligt," sagde han. "Måske er der også epitelceller her."

"Yes!" sagde Harry.

"Hvad handler det om?"

"Den, som satte det fingeraftryk, skar fingeren af Tony Leike."

"Jaså? Hvad får dig ..."

"Der er blod på huggeblokken. Og han havde stillet gazebind klar til at forbinde såret. Og der er noget, der siger mig, at jeg har set den kniv før. På et grynet foto af Adele Vetlesen."

Bjørn Holm fløjtede lavt, pressede fingeraftryksfolie mod skæftet, så pulveret fæstnede sig. Så lagde han folien på scanneren.

"Sigurd Altman, du kunne måske have fået en god advokat til at bortforklare fingeraftrykkene på Leikes skrivebord," hviskede Harry, mens Bjørn trykkede på søg-knappen, og de begge fulgte den blå stribe, som i stødvise ryk krøb mod højre i det vandrette rektangel. "Men ikke aftrykket på den her kniv."

Ready ...

Found 1 matches.

Bjørn Holm trykkede på *vis.*

Harry stirrede på navnet, som dukkede op.

"Tror du stadigvæk, at det er fingeraftrykket fra den, der skar fingeren af Tony?" spurgte Bjørn Holm.

Kapitel 78
Aftalen

"Efter at jeg så Adele og Tony stå der og kneppe som et par hunde ude foran udedasset, kom det hele tilbage. Alt det, som det var lykkedes mig at grave ned, alt det, som psykologen havde sagt, jeg havde lagt bag mig. Men det var det stik modsatte. Det var som et dyr, der havde været lænket, men var blevet fodret og havde vokset sig stærkere end nogen sinde. Og nu var det sluppet løs. Harry havde helt ret. Jeg planlagde en hævn, som gik ud på at ydmyge Tony Leike, præcis sådan som han havde ydmyget mig."

Sigurd Altman så ned på sine hænder og smilede.

"Men derfra og frem tog Harry fejl. Jeg planlagde ikke, at Adele skulle dø. Jeg ville bare ydmyge Tony i alles påsyn, og ikke mindst foran dem, han håbede skulle blive hans svigerfamilie, malkekoen Galtung, som skulle finansiere hele hans eventyr i Congo. Hvorfor skulle en som Tony ellers gide gifte sig med sådan en grå mus som Lene Galtung?"

"Sandt nok," smilede Mikael Bellman for at vise, at han var med.

"Så jeg skrev et brev til Tony, hvor jeg udgav mig for at være Adele. Jeg skrev, at han havde gjort mig gravid, og at jeg ville have barnet, men at jeg som vordende alenemor måtte sørge for økonomien, og at jeg derfor ville have penge for at holde kæft med, at barnet var hans. Fire hundrede tusind i første omgang, og han skulle troppe op med pengene i parkeringshuset bag Lefdal i Sandvika ved midnat to dage senere. Så sendte jeg et brev til Adele, udgav mig for at være Tony og spurgte, om vi kunne mødes samme tid og sted til et stævnemøde. Jeg vidste jo, at stedet ville være efter Adeles smag, og jeg regnede med, at de ikke havde udvekslet navn og telefonnummer, for at sige det på den måde, så bedraget ville ikke blive afsløret, før det var for sent, før jeg havde det, jeg ville have. Klokken elleve var jeg selv på plads og sad i en bil med mit kamera. Planen var at tage billeder af stævnemødet, hvad enten det endte med, at de skændtes eller bollede, og at sende dem med den afslørende historie til Anders Galtung. Det var det hele."

Sigurd så på Bellman og gentog. "Det var det hele."

Bellman nikkede, og Sigurd Altman fortsatte: "Tony kom før tiden. Han parkerede, steg ud og så sig omkring, før han forsvandt ind i skyggerne under træerne ved elven. Jeg krøb ned bag rattet. Så kom Adele. Jeg rullede vinduet ned for at kunne høre. Hun stod der og ventede, så sig omkring, kiggede på uret. Jeg så Tony stå lige bag hende så tæt på, at det var utroligt, at hun ikke opdagede ham. Jeg så ham tage en stor samekniv op og derpå lægge armen rundt om hendes hals. Hun sprællede, mens han bar hende ind i sin egen bil. Det var, da døren gik op, at jeg så, at bilsæderne var blevet overdækket med plastic. Jeg hørte ikke, hvad Tony sagde til hende, men jeg løftede kameraet, fik zoomet ind på dem. Jeg så, at han havde presset en pen ind i hånden på hende, at han tydeligvis dikterede noget, som hun skrev på et kort."

"Postkortet fra Kigali," sagde Bellman. "Han havde planlagt alting på forhånd. Hun skulle forsvinde."

"Jeg tog billeder og tænkte ikke på andet. Ikke før jeg pludselig så ham løfte hånden og jage kniven ind i halsen på hende. Jeg troede ikke mine egne øjne. Blodet sprøjtede ud og ramte indersiden af forruden."

De to mænd ænsede ikke Krohn, som snappede efter luft.

"Tony ventede et stykke tid. Han lod bare kniven sidde i halsen, som om han ville lade hende blive tømt for blod først. Så løftede han hende, bar hende om bag sin bil og lempede hende ned i bagagerummet. Da han skulle til at sætte sig ind i bilen igen, stoppede han op og ligesom vejrede ud i luften. Han stod under lyset fra en lygtepæl, og da så jeg det: De samme vidt opspærrede øjne, det samme grin om munden, som han havde haft, da han sad oven på mig uden for danselokalet og tvang kniven ind i min mund. Længe efter, at Tony var kørt væk med Adele, sad jeg der stiv af skræk og magtede ikke at røre mig. Jeg indså, at jeg ikke kunne sende noget afslørende brev til Anders Galtung. Eller noget andet sted hen, fordi jeg lige var blevet medskyldig i mord."

Sigurd tog en lille, behersket slurk af vandglasset, som stod foran ham, og kiggede hen på Johan Krohn, som nikkede tilbage.

Bellman rømmede sig. "Teknisk set var du nok ikke medskyldig i mord. I værste fald i pengeafpresning eller bedrageri. Du kunne have stoppet der. Det ville naturligvis have været voldsomt ubehageligt for dig, men du kunne være gået til politiet. Du havde jo til og med taget billeder, som kunne bevise det."

"Jeg ville under alle omstændigheder være blevet tiltalt og dømt. De ville have påstået, at jeg bedre end nogen anden ved, at Tony Leike reagerer med vold, når han bliver udsat for pres, at jeg havde sat det hele i gang med overlæg."

"Havde du da ikke tænkt den tanke, at det kunne ske?" spurgte Bellman og overså det advarende blik fra Krohn.

Sigurd Altman smilede. "Er det ikke underligt, kommissær, at det ofte er vores egne overlagte handlinger, som er de sværeste at gennemskue? Eller huske? Jeg husker ærligt talt ikke helt, hvad jeg selv troede, at der ville ske."

Fordi du ikke vil huske det, tænkte Bellman og nikkede og brummede som i taknemlighed over, at Altman havde givet ham en ny indsigt i menneskesjælen.

"Jeg tænkte mig om i flere dage," sagde Altman. "Så tog jeg tilbage til Håvasshytten og rev den side af gæstebogen ud, hvor navn og adresse på alle dem, som havde været der den nat, stod. Så skrev jeg et nyt brev til Tony, hvor jeg sagde, at jeg vidste, hvad han havde gjort, at jeg havde set ham bolle Adele Vetlesen ved Håvasshytten, og at jeg vidste hvorfor. At jeg ville have penge. Underskrevet Borgny Stem-Myhre. Fem dage senere læste jeg i aviserne, at hun var blevet fundet dræbt i en kælder. Det skulle have stoppet der. Politiet skulle have efterforsket sagen og afsløret Tony. Det var det, I burde have gjort. Have taget ham."

Sigurd Altman havde hævet stemmen, og Bellman kunne sværge på, at han så tårer vælde op i hans øjne bag de runde brilleglas.

"Men I havde ikke engang et spor, I ravede rundt i mørke. Så jeg måtte fortsætte med at made ham med flere ofre, true ham med nye navne fra listen fra Håvasshytten. Jeg klippede billeder af ofrene ud fra aviserne og hængte dem op på væggen i klipperummet på Kadokfabrikken sammen med kopier af de breve, jeg havde skrevet i ofrenes navn. Efterhånden som Tony dræbte én person, kom der brev fra en ny, som påstod, at det var *dem*, der havde sendt de foregående, at de nu vidste, at han havde to eller tre og efterhånden fire liv på samvittigheden, og at prisen for deres tavshed var hævet tilsvarende." Altman lænede sig frem, stemmen lød forpint. "Jeg gjorde det jo for at give jer muligheden for at tage ham. En drabsmand begår fejl, gør han ikke? Jo flere drab, desto større chance for, at han bliver taget."

"Og desto bedre bliver han til det, han er i gang med," sagde Bellman. "Og husk, at Tony Leike ikke var nogen novice, når det handler om vold. Man er ikke lejesoldat i Afrika så længe som ham uden at have blod på hænderne. Sådan som du selv har."

"Blod på hænderne?" skreg Altman, pludselig rasende. "Jeg brød ind hos Tony og ringede til Elias Skog, for at I skulle kunne spore opringningen. Det er jer, som ikke gjorde jeres arbejde, det er jer, der har blod på hænderne! Ludere som Adele og Mia, mordere som Tony. Hvis ikke ..."

"Stop nu, Sigurd." Johan Krohn havde rejst sig. "Vi tager en lille pause, er det i orden?"

Altman lukkede øjnene, løftede hænderne og rystede på hovedet. "Jeg er okay, jeg er okay. Lad os få det overstået."

Johan Krohn så på sin klient, på Bellman og satte sig igen.

Altman trak vejret dybt og skælvende. Så fortsatte han: "Efter det tredje drab eller deromkring forstod Tony naturligvis, at det næste brev ikke nødvendigvis var fra den, det gav sig ud for at være fra. Alligevel fortsatte han med at dræbe dem, på stadig mere grusom vis. Det var, som om han ville skræmme mig, få mig til at trække mig, vise mig, at han kunne dræbe alt og alle og til sidst også ville dræbe mig."

"Eller han ville skaffe sig af med potentielle vidner, som havde set ham og Adele," sagde Bellman. "Han vidste, at der kun havde været syv personer i Håvasshytten, han havde bare ingen mulighed for at skaffe sig en oversigt over hvem."

Altman lo. "Nej, tænk engang! Jeg kan garantere dig for, at han tog op til Håvasshytten for at se i gæstebogen. Og så finder han bare margenen af et udrevet ark. Tony Pony!"

"Hvad med dit eget motiv til at fortsætte?"

"Hvad mener du?" spurgte Altman, pludselig vagtsom.

"Du kunne have givet politiet et anonymt tip meget tidligere i sagen. Måske ville du også have, at alle vidnerne skulle forsvinde?"

Altman lagde hovedet på skrå, så øret næsten berørte skulderen. "Som sagt, kommissær: Det kan være vanskeligt at holde rede på alle grundene til, at man gør det, man gør. Underbevidstheden er styret af overlevelsesinstinktet og er derfor ofte mere rationel end den bevidste tanke. Måske forstod min underbevidsthed, at det også ville blive mere sikkert for mig, hvis Tony ryddede vidnerne af vejen. Så ville ingen jo kunne fortælle, at jeg havde været der, eller pludselig en dag genkende mig på gaden. Men det spørgsmål vil vi jo aldrig få svar på, vel?"

Det buldrede og bragede i ovnen.

"Men hvorfor i al verden skulle Tony Leike skære sin egen langfinger af?" spurgte Bjørn Holm.

Han havde sat sig på divanen, mens Harry gennemgik medicinkassen, som han havde fundet inderst i en køkkenskuffe. Den indeholdt flere ruller med gazebind og blødningshæmmende salve, som får blod til at koagulere hurtigere. Produktionsdatoen på tuben viste, at den kun var to måneder gammel.

"Altman tvang ham til det," sagde Harry og drejede en lille, brun flaske uden etiket. "Leike skulle ydmyges."

"Du lyder ikke, som om du selv tror på det."

"Gu fanden tror jeg på det," sagde Harry, skruede proppen af flasken og snusede til indholdet.

"Såh? Der er ikke et eneste fingeraftryk her, som ikke er Leikes, ikke et hår, som ikke har Leikes ravnsorte farve, ikke et skoaftryk, som er andet end Leikes størrelse femogfyrre. Sigurd Altman er askeblond og bruger størrelse toogfyrre, Harry."

"Han har ryddet godt op efter sig. Mind mig om, at vi skal have den her analyseret." Harry lod den brune flaske glide ned i jakkelommen.

"Ryddet *så* godt op? På noget, som sandsynligvis ikke engang er et gerningssted? Den samme mand, som var ligeglad med, om han afsatte store fede fingeraftryk på Leikes skrivebord på Holmenveien? Som du selv sagde havde ryddet for dårligt op efter sig i turisthytten, hvor han dræbte Utmo? Jeg tror ikke på det, Harry. Og det gør du heller ikke."

"Fandens også!" råbte Harry. "Fandens ...! Fandens!" Han lagde panden i hænderne og stirrede ned i bordpladen.

Bjørn Holm holdt et af de små metalstykker fra afløbet op i luften og skrabede gul belægning af med pegefingerneglen. "Jeg tror for resten, at jeg ved, hvad det her er."

"Hvad?" sagde Harry uden at løfte hovedet.

"Jern, krom, nikkel og titan."

"Hvad?"

"Jeg fik reguleret mine tænder, da jeg var lille. Når en ny bøjle skulle tilpasses, måtte den bøjes og klippes til."

Harry løftede pludselig hovedet og stirrede på kortet over Afrika. Han så på landene, som føjede sig ind i hinanden som stykker fra et puslespil, på Madagaskar, som lå for sig selv som et stykke, der ikke passede ind.

"Hos tandlægen ..."

"Shh!" sagde Harry og holdt en hånd op. Nu vidste han det. Noget var lige nu faldet på plads. Den eneste lyd, der kunne høres, var ovnen og vindstødene, der var begyndt at blive kraftigere udenfor. To stykker af et puslespil, der havde ligget langt fra hinanden, på hver sin side af brættet. En morfar ved Lyseren. Far til mor. Og fotografiet i skuffen i turisthytten. Familiebilledet. Ikke Tony Leikes billede, men *hans*, Odd Utmos. Leddegigt. Hvad var det, Tony havde sagt til ham? Ikke smitsomt, men arveligt. Drengen med de store, blottede tænder. Og den voksne mand med den hårdt sammenknebne mund, som om han gemte på en mørk hemmelighed. Han gemte sine egne, rådne tænder og tandbøjlen.

Stenen. Den brune og sorte sten, han havde fundet på badeværelsesgulvet i turisthytten. Han stak hånden i lommen. Den lå der stadigvæk. Han kastede den hen til Bjørn.

"Sig mig lige," sagde han og sank noget. "Jeg har spekuleret over den her. Tror du, at det kan være en tand?"

Bjørn holdt den op mod lyset. Skrabede i den med neglen. "Det kan det godt være."

"Vi må se at komme tilbage," sagde Harry og kunne mærke, at hårene rejste sig i nakken på ham. "Nu. Det er fandeme ikke Altman, som har dræbt dem."

"Ikke?"

"Det er Tony Leike."

"Du har selvfølgelig læst i aviserne, at Tony Leike blev løsladt efter først at have været anholdt," sagde Bellman. "Han havde nemlig en fin, lille ting, som hedder et alibi. Han befandt sig bevisligt et andet sted, både da Borgny og Charlotte døde."

"Det ved jeg ikke noget om," sagde Sigurd Altman og lagde armene over kors. "Jeg ved bare, at jeg så ham stikke kniven i Adele, og at de breve, som jeg sendte til ham, medførte, at de angivelige afsendere blev dræbt lige efter modtagelsen."

"Du er klar over, at i hvert fald dét gør dig medskyldig i mord?"

Johan Krohn rømmede sig. "Og du er klar over, at du har indgået en handel her, som serverer den virkelige drabsmand på et sølvfad til dig og Kripos? Du får løst alle dine interne problemer, Bellman. Du får al æren, og du får et vidne, som i retssalen vil sige, at han så Tony Leike dræbe Adele Vetlesen. Hvad der skete ud over det, forbliver mellem os."

"Og din klient går fri?"

"Det er aftalen."

"Hvad nu hvis Leike har beholdt brevene, og de skulle dukke op i retssagen?" spurgte Bellman. "Så har vi et problem."

"Netop derfor har jeg en fornemmelse af, at de *ikke* vil dukke op," smilede Krohn. "Eller hvad, kommissær?"

"Hvad med de fotografier, som du tog af Adele og Tony?"

"De gik op i røg ved branden på Kadok," sagde Altman. "Den helvedes Hole."

Mikael Bellman nikkede langsomt. Så løftede han pennen. S.T. Dupont. Bly og stål. Den var tung at løfte. Men da han først havde sat den til arket, var det, som om hans underskrift skrev sig selv.

"Tak," sagde Harry. "Ovre og slut."

Han fik en skrattende lyd til svar, og så var der stille og kun helikoptermotorens monotone støj uden for høreværnene. Harry bøjede mikrofonen på headsettet væk og kiggede ud.

For sent.

Han havde lige afsluttet en samtale over radioen med kontroltårnet i Gardermoen Lufthavn. De havde af sikkerhedsgrunde adgang til det meste, også passagerlister, og kunne bekræfte, at Odd Utmo dagen før var rejst til København på sin forudbestilte billet.

Landskabet flyttede sig langsomt under dem.

Harry kunne se ham for sig, hvordan han stod med passet tilhørende den mand, han havde torteret og dræbt. Manden eller kvinden bag skranken, som rutinemæssigt tjekkede, at navnet i passet stemte med det registrerede passagernavn, og som, hvis de i det hele taget kastede et blik på billedet, tænkte, at det var da fandens til tandbøjle på en voksen mand, kiggede op, registrerede den samme tandbøjle på de måske kunstigt brunfarvede tænder foran sig, en tandbøjle som Tony Leike havde måttet bøje til og klippe op for at få trukket nogenlunde ned over sine egne porcelænsspir af nogle tænder.

De fløj ind i en regnbyge, som eksploderede på boblen af plexiglas, løb ud til siderne i dirrende vandstriber og forsvandt. Sekunder senere var det, som om de aldrig havde været der.

Fingeren.

Tony Leike havde skåret sin egen finger af og sendt den til Harry som en sidste afledningsmanøvre for at vise, at Tony Leike måtte regnes for død. At han kunne glemmes, afskrives, henlægges. Var det tilfældigt, at han havde valgt den samme finger, som Harry manglede, at han havde gjort sig mage til ham?

Men hvad med alibiet, hans vandtætte alibi?

Harry havde haft tanken før, men havde slået den ud af hovedet, fordi koldblodige mordere er sjældenheder, afvigere, perverterede sjæle i ordets egentlige forstand. Men kunne der alligevel findes én til? Kunne det være så enkelt, som at Tony Leike havde haft en medsammensvoren?

"Fandens!" sagde Harry, højt nok til, at den lydaktiverede mikrofon rundsendte den sidste del af stavelsen til de tre andre headset i helikopteren. Han kunne mærke, at Jens Rath stirrede på ham fra siden. Måske havde Rath fået ret alligevel. Måske sad Tony Leike i dette øjeblik med en drink, en arm om et eksotisk vilddyr af en dame og grinede, fordi han havde udtænkt løsningen.

Kapitel 79

Forgæves opkald

Klokken kvart over to landede helikopteren i Fornebu, den nedlagte lufthavn, der lå tolv minutters kørsel fra centrum. Da Harry og Bjørn Holm gik ind gennem døren til Kripos, og Harry spurgte receptionisten, hvorfor hverken Bellman eller nogen anden i efterforskningsledelsen besvarede deres telefoner, fik han besked om, at de alle sad i samme møde.

"Hvorfor fanden er vi ikke indkaldt?" mumlede Harry, mens han satte det lange ben foran ned gennem korridoren med Bjørn småløbende bag sig.

Han puffede døren op uden at banke på. Syv hoveder vendte sig om mod dem. Det ottende, Mikael Bellmans, behøvede ikke at vende sig om, fordi han sad for enden af det lange bord, der stod over for døren, og det var ham, alle de andre havde set på.

"Gøg og Gokke," sagde Bellman muntert, og Harry forstod på de tilstedeværendes mumlen, at de var blevet omtalt in absentia. "Hvor har I været?"

"Tja, mens I har siddet her og leget Snehvide og de syv små dværge, har vi været i Tony Leikes hytte," sagde Harry og smed sig ned på en ledig stol ved den modsatte bordende. "Og vi har nyheder. Det er ikke Altman. Vi har taget den forkerte mand. Det var Tony Leike."

Harry vidste ikke, hvilken reaktion han havde forventet, men i hvert fald ikke denne: ingen reaktion overhovedet.

Kommissæren lænede sig tilbage i stolen med et venligt spørgende smil.

"*Vi* har taget den forkerte mand? Så vidt jeg husker, var det lensmand Skai, som fandt det passende at anholde Sigurd Altman. Og når det gælder nyhedsværdien, er den temmelig begrænset. Vi må vel hellere sige 'velkommen tilbage', når det gælder Tony Leike."

Harrys blik sprang fra Ærdal til Pelikanen og tilbage til Bellman, mens hans hjerne kørte på højeste gear og konkluderede det eneste mulige.

"Altman," sagde Harry. "Altman har fortalt, at det var Leike. Han har vidst det hele tiden."

"Han har ikke alene vidst det," sagde Bellman. "På samme måde som Leike satte sneskreddet i gang ved Håvasshytten, satte Altman uden at være klar over det gang i hele denne drabssag. Skai anholdt en uskyldig mand, Harry."

"Uskyldig?" Harry rystede på hovedet. "Jeg *så* de billeder på Kadokfabrikken, Bellman. Altman er indblandet i den her sag. Jeg ved bare ikke helt hvordan endnu."

"Men det gør vi," sagde Bellman. "Så hvis du foreløbig overlader det til os ..."

Harry kunne næsten høre ordet 'voksne' blive formet i Bellmans mund, men det kom ud som:

"... som er i besiddelse af fakta, så kan du jo deltage, når du er mere opdateret, Harry. Okay? Også Bjørn? Så fortsætter vi. Jeg var altså i gang med at sige, at vi ikke kan udelukke, at Leike havde en medskyldig, en som udførte mindst to af drabene, de to som Leike har et alibi for. Vi ved, at både da Borgny og da Charlotte døde, sad Leike i forretningsmøder med flere vidner til stede."

"En smart djævel," sagde Ærdal. "Leike vidste naturligvis, at politiet ville sætte alle drabene i forbindelse med hinanden, så hvis han skaffede sig et vandtæt alibi for et eller to af dem, ville han automatisk blive fritaget for mistanke for de øvrige."

"Ja," sagde Bellman. "Men hvem er den medskyldige?"

Harry hørte forslag, kommentarer og spørgsmål fra de andre i lokalet flimre forbi.

"Tony Leikes motiv for at dræbe Adele Vetlesen var næppe afpresningsbeløbet på fire hundrede tusind," sagde Pelikanen. "Men frygten for, at hvis det blev kendt, at han havde gjort en kvinde gravid, ville Lene Galtung gøre det forbi mellem dem, og han kunne vinke farvel til Galtung-millionerne til sit projekt i Congo. Så det spørgsmål, vi bør stille os selv, er, hvem der havde et sammenfaldende motiv."

"De andre investorer i Congo," råbte den kronragede. "Hvad med de der finanskammerater, han har i kontorfællesskabet?"

"Tony Leike står og falder med det Congo-projekt," sagde Bellman. "Men der er ingen af de andre finanshvalpe, som ville dræbe to mennesker for at sikre sin tiprocentsandel i et projekt. De gutter er vant til at vinde og tabe penge. Desuden måtte Leike samarbejde med nogen, han kunne stole på både personligt og professionelt. Husk også på, at drabsvåbenet var det samme for både Borgny og Charlotte. Hvad var det, du kaldte det, Harry?"

"Leopolds æble," sagde Harry tonløst, stadig ør i hovedet.

"Er du venlig at tale højere."

"Leopolds æble."

"Tak. Fra Afrika. Samme sted, hvor Leike havde været lejesoldat. Det er derfor nærliggende at antage, at Leike brugte en af sine tidligere kolleger, og jeg synes, vi skal begynde der."

"Hvis han har brugt en lejemorder til drab nummer to og tre, hvorfor så ikke til dem alle sammen?" spurgte Pelikanen. "Så havde han haft et alibi hele vejen igennem."

"Han havde sikkert også fået en god mængderabat," sagde Nansenskægget. "Lejemorderen kan under alle omstændigheder ikke få mere end livsvarigt fængsel."

"Der kan have været overvejelser, vi ikke ser," sagde Bellman. "Banale grunde, såsom at vedkommende ikke havde tid, eller at Leike ikke havde råd. Eller den mest sædvanlige grund i kriminalsager: at sådan blev det bare."

Der blev nikket i enighed bordet rundt, og selv Pelikanen virkede tilfreds med svaret.

"Andre spørgsmål? Nej? Så vil jeg benytte anledningen til at takke Harry Hole, som har været med os indtil nu. Eftersom vi ikke længere har brug for hans ekspertise, vil han vende tilbage til Drabsafdelingen med øjeblikkelig virkning. Det var interessant med et andet syn på, hvordan man arbejder med drabsefterforskning, Harry. Du fik måske ikke løst nogen sag denne gang, men hvem ved? Om ikke lige drab, så kan det jo være, at der venter nogle interessante voldssager på dig dernede i Grønland. Så tak igen. Jeg har en pressekonference, som venter, folkens."

Harry så på Bellman. Han kunne ikke andet end beundre ham, sådan som man beundrer en kakerlak, man har skyllet ned i lokummet, men som kommer krybende op igen. Og igen. Og til sidst har arvet Jorden.

Ved sengen på Rikshospitalet gik minutterne, kvartererne og efterhånden timerne i en sagte, bølgende monotoni. En plejer kom og gik, Søs var der og gik. Blomsterne rykkede umærkeligt nærmere.

Harry havde set, hvordan mange pårørende ikke kunne udholde ventetiden, når deres kæres sidste åndedrag nærmede sig, hvordan de til sidst bad, tryglede om, at døden måtte komme og befri dem. I betydningen dem selv. Men for Harry var det omvendt. Han havde aldrig følt sig nærmere faderen end nu, her i denne ordløse sygestue, hvor alt handlede om vejrtrækning og næste hjerteslag. For at se Olav Hole være der var som at være der selv, i den fredfyldte eksistens mellem liv og intethed.

Efterforskerne på Kripos havde set og forstået meget, men ikke den åbenbare sammenhæng, den som gjorde det hele så meget mere klart, sammenhængen mellem Leike-gården og Ustaoset, mellem rygterne om genfærdet af en savnet dreng fra Utmo-gården og en mand, der kaldte de store vidder for 'sit landskab', mellem Tony Leike og drengen på fotografiet sammen med sin grimme far og smukke mor.

Af og til kiggede Harry på mobiltelefonen og noterede sig nogle mistede opkald. Hagen. Øystein. Kaja. Kaja igen. Han måtte snart besvare hendes opkald. Han ringede til hende.

"Må jeg komme hjem til dig i nat?" spurgte hun.

Kapitel 80

Rytmen

Regnen hamrede mod plankerne på flydebroen. Harry gik hen imod ryggen, som stod ude for enden af den.

"Godmorgen, Skai."

"Godmorgen, Hole," sagde lensmanden uden at vende sig om. Spidsen på fiskestangen var bøjet ned mod snøren, som forsvandt ind mellem sivene på den modsatte bred.

"Har du fanget noget?"

"Niks," sagde Skai. "Den sidder fast i de helvedes siv."

"Det er jeg ked af at høre. Har du læst aviserne i dag?"

"De kommer ikke før lidt op ad formiddagen herude i periferien."

Harry vidste, at det ikke var sandt, men nikkede alligevel.

"Men de skriver vel, at jeg er en landsbytosse," sagde Skai. "At der skulle bybetjente fra Kripos til for at få ryddet op i sagen."

"Som sagt: Jeg beklager."

Skai trak på skuldrene. "Der er ikke noget at beklage. Du fortalte mig det, som det var. Jeg vidste, hvad jeg gik ind til. Og det var jo også lidt sjovt. Der sker ikke så meget herude, ved du."

"Næ. De skriver ikke så meget om dig. De er mest optaget af, at det var Tony Leike, som var drabsmanden alligevel. Bellman bliver citeret meget."

"Det gør han vel."

"De finder også snart ud af, hvem der er far til Tony."

Skai vendte sig om og så på Harry.

"Jeg burde have tænkt tanken noget før og især efter, at vi havde været gennem det der med at skifte navn."

"Nu kan jeg ikke følge dig, Hole."

"Det var oven i købet dig, som sagde det til mig, Skai. At Tony boede hos morfaderen på Leike-gården. Leike. Mors far. Tony havde taget sin mors efternavn."

"Det er der ikke noget usædvanligt i."

"Måske ikke. Men i det her tilfælde var der en god grund til det. Tony gemte sig hos bedstefaderen. Hans mor sendte ham derhen."

"Hvad får dig til at tro det?"

"En kollega," sagde Harry, og et øjeblik var det, som om han havde nattens lugt af hende i næseborene igen. "Hun fortalte mig noget, som lensmanden i Ustaoset havde fortalt hende. Om familien Utmo. Om en far og en søn, som hadede hinanden så intenst, at det kunne ende med drab."

"Drab?"

"Jeg har tjekket Odd Utmos strafferegister. Han var som sin søn kendt for sin vrede natur. Som ung afsonede han otte år for et jalousidrab. Efter det flyttede han ud i ødemarken. Han giftede sig med Karen Leike, og de fik en søn. Sønnen kom i puberteten og var allerede da flot, høj og charmerende. To mænd og en kvinde i næsten total isolation, en mand som tidligere har dræbt i jalousi. Det ser ud, som om Karen Leike forsøgte at forhindre en tragedie ved at sende sønnen bort i al hemmelighed og samtidig lagde en af hans sko ud et sted, hvor der lige havde været et stort sneskred."

"Det vidste jeg ikke noget om, Hole."

Harry nikkede langsomt. "Desværre lykkedes det kun for hende at udsætte tragedien. Liget af hende er lige blevet fundet i en klippekløft med en kugle gennem panden. Nogle meter derfra blev hendes mand og morder knust under en snescooter. Inden styrtet var han blevet torteret, havde fået brændt det meste af huden på ryggen og armene af, og tænderne var trukket ud. Gæt af hvem?"

"Åh gud ..."

Harry satte en cigaret mellem læberne.

"Hvordan kom du på sporet af sammenhængen?" spurgte Skai.

"Ligheden, arvematerialet." Han tændte cigaretten. "Far og søn. Man kan prøve at flygte fra det, men det vil alligevel altid være der. Jeg tror, at Odd Utmo forstod, at drabene i Håvasshytten betød, at han selv blev jagtet, at det var genfærdet af hans egen omkomne søn, som var ude efter ham. Så han stak af fra gården op til den der turisthytte, som lå mere sikkert gemt blandt fjeldvæggene. Han tog et fotografi af sin familie med sig, den familie han selv havde ødelagt. Prøv at forestille dig det, en skrækslagen, måske angrende drabsmand alene med sine tanker."

"Ja, han havde allerede fået sin straf."

"Jeg fandt det fotografi. Tony havde været heldig. Han lignede mest sin mor. Det var vanskeligt at se noget af den voksne Tony i drengen på billedet. Men han havde allerede dengang de store, hvide tænder, mens faderen gemte sine. Lige præcis på det område var de forskellige."

"Jeg synes, du sagde, at det var ligheden, som afslørede dem?"

Harry nikkede. "De havde den samme sygdom."

"De var drabsmænd."

Harry rystede på hovedet. "Sygdom er bare et ord, Skai. Jeg mente, at de begge havde leddegigt. Slægtskabet blev bekræftet her til morgen. Dna-analysen af kødstumperne på ovnen og Tony Leikes hår viser, at de er far og søn."

Skai nikkede.

"Nå," sagde Harry. "Jeg kom under alle omstændigheder for at takke for hjælpen og beklage udfaldet. Bjørn Holm beder dig hilse din kone og sige, at det er de bedste frikadeller med stuvet kål, han nogen sinde har smagt."

Skai smilede lidt. "Det synes de fleste. Selv Tony kunne lide dem."

"Jaså?"

Skai trak på skuldrene, mens han trak en kniv op af skeden i bæltet.

"Jeg fortalte dig jo, at Mia blev betaget af fyren. Det var lige efter, at han havde brugt kniven på Ole. Hun havde ham med hjem til middag en dag. Hun vidste, jeg ikke var der. Konen sagde ingenting, da de dukkede op, men der blev ballade, da jeg hørte om det, naturligvis. Det fik jeg ikke meget tak for. Du ved, hvordan piger i den alder er, når de er blevet forelsket. Jeg prøvede at forklare, at Tony var en voldsmand, dum som jeg var. Jeg burde jo have vidst, at jo værre ting den elskede beskyldes for, desto mere opsat bliver de på at holde fast på fyren. For der skete det, at de ligesom tog parti mod resten af verden.

Ja, du har jo selv set det med kvindfolk, som begynder at brevveksle med dømte mordere."

Harry nikkede.

"Mia ville stikke af hjemmefra, ville følge ham til verdens ende. Der var ingen grænser," sagde Skai, skar snøren over og begyndte at trække den ind.

Harry fulgte den slappe snøres retræte. "Ja. Verdens ende?"

"Netop."

"Jeg er med."

Skai holdt pludselig op med at trække snøren ind og så på Harry. "Nej," sagde han med eftertryk.

"Nej til hvad?"

"Nej til det, du tænker."

"Som er?"

"At Mia og Tony har mødt hinanden igen her på det sidste. Han brød med hende, og siden har de aldrig mødtes igen. Hendes liv fortsatte uden ham. Hun har ikke noget med den her sag at gøre, forstået? Du har mit ord. Hun er ved at få tingene til at fungere igen, så vær så venlig ikke at ..."

Harry nikkede og tog cigaretten, som regnen havde slukket, ud af munden.

"Jeg er ikke på sagen længere," sagde han. "Men dit ord havde under alle omstændigheder været godt nok."

Da Harry kørte fra parkeringspladsen, så han i spejlet, at Skai pakkede fiskeudstyret sammen.

Rikshospitalet. Han var kommet ind i rytmen nu. Tiden blev ikke hakket op af begivenheder, men flød i en jævn strøm. Han havde tænkt på at bede om at få en madras. Det ville blive næsten som på Chungking Mansion.

Kapitel 81
Lyskeglerne

Tre dage gik. Han levede. Alle levede.

Ingen vidste, hvor Tony Leike var, sporene efter den falske Odd Utmo endte i København. Et billede af Lene Galtung med sjal over hovedet og store solbriller i bedste Greta Garbo-stil prægede én avis. Overskriften var: 'Ingen kommentar'. Og nu havde ingen set hende i to dage, efter at hun var gået i skjul, angiveligt i faderens hus i London. Billedet af Tony i arbejdstøj foran helikopteren var blevet vist i flere aviser. 'Kavalerens forsvindingsnummer' havde der stået i dag. Han havde overtaget øgenavnet, sandsynligvis fordi det havde bidt sig fast i folk og desuden passede bedre på Leike end på Altman. Mærkeligt nok var det endnu ikke lykkedes for nogen i pressen at forbinde Tony Leike med Utmo-gården. Moderen og senere Tony selv havde tydeligvis skjult de spor godt.

Mikael Bellman gav dagligt pressekonferencer. I et talkshow på fjernsynet viste han både sine pædagogiske evner og sit vindende smil, da han forklarede, hvordan sagen var blevet løst. Hans version af historien, selvfølgelig. Og han fik det til at virke som en injurie, at drabsmanden ikke var blevet fanget, at det vigtigste i første omgang var, at Tony 'Kavaleren' Leike var blevet afsløret, neutraliseret, sat ud af spillet.

Mørket kom nogle minutter senere hver aften. Alle ventede på forår eller kulde, én af delene, men begge udeblev.

Lyskeglerne gled hen over loftet.

Harry lå på siden og stirrede på røgen fra cigaretten, som sejlede op i mørket i indviklede og altid uforudsigelige mønstre.

"Du er så stille," sagde Kaja og krøb ind mod hans ryg.

"Jeg bliver her til efter begravelsen," sagde han. "Så tager jeg af sted."

Han tog et sug mere af cigaretten. Hun svarede ikke. Så mærkede han til sin forbavselse, at hans skulderblad blev varmt og vådt. Han lagde cigaretten på kanten af askebægeret og vendte sig om mod hende. "Græder du?"

"Næsten ikke," sagde hun, lo og snøftede. "Jeg ved ikke, hvad der går af mig."

"Vil du have en smøg?"

Hun rystede på hovedet og tørrede tårerne bort. "Mikael ringede i dag og ville have, at vi skulle mødes."

"Javel."

Hun lagde hovedet mod hans bryst. "Vil du ikke vide, hvad jeg svarede?"

"Kun, hvis du vil fortælle mig det."

"Jeg sagde nej. Så sagde han, at det ville jeg komme til at fortryde. Han sagde, at du ville trække mig med ned, at det ikke ville være første gang, at du gjorde det med nogen."

"Tja. Han har ret."

Hun løftede hovedet. "Men det betyder ikke noget, forstår du ikke det? Jeg vil med dig derhen, hvor du rejser." Hendes tårer begyndte at trille igen. "Og hvis det er ned, så vil jeg også med derhen."

"Men der er ingenting der," sagde Harry. "Jeg er der heller ikke, jeg bliver væk. Du så mig i Chungking. Det ville blive som lige efter sneskreddet. I samme hytte, men alene og forladt."

"Men du fandt mig og fik mig ud. Jeg kan gøre det samme for dig."

"Hvad nu hvis jeg ikke vil ud? Du har ikke flere døende fædre at lokke med."

"Men du elsker mig, Harry. Jeg ved jo, at du elsker mig. Det er grund nok, er det ikke? *Jeg* er grund nok."

Harry strøg hende over håret, over kinderne, fangede hendes tårer på sine fingre, førte dem til sin mund og kyssede dem.

"Ja," sagde han og smilede bedrøvet. "Du er grund nok."

Hun tog hans hånd, kyssede den der, hvor han havde kysset den.

"Nej," hviskede hun. "Det må du ikke sige. Du må ikke sige, at det netop er derfor, du rejser, at du ikke vil trække mig ned. Jeg vil følge dig til verdens ende, forstår du det?"

Han trak hende ind til sig og mærkede i det samme, at der blev løsnet op for noget, som for en muskel, der længe havde stået dirrende spændt, uden at han havde været klar over det. Han gav slip, gav op, lod sig falde. Og smerten, som havde været der, smeltede, blev til noget varmt, som fulgte med blodstrømmen rundt i kroppen, blødte den op, gav den fred. Følelsen af frit fald var så befriende, at han kunne mærke, at han fik en klump i halsen. Og han vidste, at en del af ham havde ønsket det, det her, også oppe i snetågen over kløften.

"Til verdens ende," hviskede hun og åndede allerede hurtigere.

Lyskeglerne gled og gled hen over loftet.

Kapitel 82

Rød

Det var stadig mørkt, da Harry satte sig ved faderens seng. En sygeplejerske kom ind med en kop kaffe, spurgte, om han havde spist morgenmad, og lod et sladderblad falde ned i skødet på ham.

"Du bliver *nødt* til at tænke på noget andet indimellem, ved du," sagde hun, lagde hovedet på skrå og så ud, som om hun havde lyst til at stryge ham over kinden.

Harry bladrede pligtskyldigst i bladet, mens hun gjorde faderen i stand. Men han slap heller ikke for sagen i kendispressen. Der var billeder af Lene Galtung fra premierer, gallamiddage, i sin nye Porsche. 'Savner Tony' lød overskriften, og påstanden var underbygget af udtalelser, ikke fra Lene selv, men fra kendisvenner. Der var billeder taget uden for døren til et hus i London, men heller ikke der havde nogen set Lene. I hvert fald ikke genkendt hende. Der var et kornet billede taget på afstand, som viste en rødhåret kvinde foran Crédit Suisse i Zürich, og som bladet påstod var Lene Galtung, fordi de kunne citere Lenes stylist, som Harry antog havde fået en klækkelig betaling for at udtale: "Hun bad mig krølle hendes hår og farve det murstensrødt." Tony selv blev omtalt som 'mistænkt' i noget, der fremstod som en mellemstor society-skandale og ikke en af landets værste drabssager nogen sinde.

Harry rejste sig, gik ud på gangen og ringede til Katrine Bratt. Klokken var endnu ikke syv, men hun var oppe. Hun skulle flytte i dag og begynde hos politiet i Bergen efter weekenden. Han håbede, at hun ville tage det roligt til at begynde med, selv om det var vanskeligt at forestille sig Katrine Bratt tage noget som helst roligt.

"Et sidste job," sagde han.

"Og efter det?" spurgte hun.

"Så forsvinder jeg."

"Ingen vil savne dig."

"... mere end mig?"

"Der var nok et punktum der, min skat."

"Det drejer sig om Crédit Suisse i Zürich. Om Lene Galtung kan have en konto der. Hun skal have modtaget en del i arveforskud. Schweiziske banker er umedgørlige, så du kommer sandsynligvis til at bruge lidt tid på det."

"Det er okay, jeg er ved at få taget på det."

"Godt. Og så er der en kvinde, hvis adfærd jeg vil have, at du skal tjekke."

"Lene Galtung?"

"Nej."

"Nå, ikke? Hvad hedder dyret så?"

Harry stavede det for hende.

Klokken kvart over otte parkerede Harry uden for gården fra folkeeventyret i Voksenkollen. Et par biler stod parkeret der, og bag regndråberne på ruderne kunne Harry se trætte ansigter og paparazziernes lange fotolinser. De så ud, som om de havde været der hele natten. Harry ringede på ved porten og og gik ind.

Kvinden med de turkisfarvede øjne stod ved døren og ventede. "Lene er her ikke," sagde hun.

"Hvor er hun?"

"Et sted, hvor de ikke kan få fat i hende," sagde hun og nikkede ud mod bilerne uden for porten. "Og I lovede, at I ville lade hende være i fred efter den sidste afhøring. Tre timer holdt det løfte."

"Jeg ved det," løj Harry. "Men det var dig, jeg ville snakke med."

"Mig?"

"Må jeg komme ind?"

Han fulgte efter hende ud i køkkenet. Hun nikkede hen imod en stol, vendte ryggen til ham og skænkede kaffe op fra en kande på køkkenbordet.

"Hvad er historien?" spurgte Harry.

"Hvilken historie?"

"Den om, at du er mor til Lene."

Kaffekoppen ramte gulvet og gik i tusind stykker. Hun støttede sig ind mod bordet, og han kunne se hendes ryg hæve og sænke sig. Harry tøvede et øjeblik, men så trak han vejret og sagde det, han havde bestemt sig for:

"Vi har dna-testet det."

Hun snurrede rundt, rasende: "Hvordan det? I har jo ikke ..." Hun holdt brat inde.

Harrys blik mødte hendes turkisfarvede. Hun var hoppet på hans bluf. Han følte et vagt ubehag, som kunne skyldes skam. Men det gik over igen.

"Kan du så se at komme ud!" hvæsede hun.

"Ud til dem?" spurgte Harry og nikkede ud mod paparazzierne. "Jeg er ved at slutte som politiansat. Jeg skal rejse. Jeg trænger til lidt kapital. Når en stylist bliver betalt tyve tusind kroner for at fortælle, hvilken hårfarve Lene har bedt om, hvor meget tror du så, man får for at fortælle dem, hvem hendes virkelige mor er?"

Kvinden tog et skridt frem, hævede højre hånd som til slag, men så vældede tårerne frem, slukkede det rasende lys i hendes øjne, og hun sank kraftesløs ned på en af køkkenstolene. Harry bandede indvendigt, fordi han vidste, at han havde været unødvendigt brutal. Men tiden tillod ikke finjustering af virkemidlerne.

"Undskyld," sagde han. "Men jeg prøver at redde din datter. Og for at gøre det, har jeg brug for din hjælp. Forstår du det?"

Han lagde en hånd oven på hendes hånd, men hun trak den til sig.

"Han er drabsmand," sagde Harry. "Men det er hun ligeglad med, er hun ikke? Hun vil gøre det alligevel."

"Gøre hvad?" snøftede kvinden.

"Følge ham til verdens ende."

Hun svarede ikke, rystede bare på hovedet og græd stille.

Harry ventede. Han rejste sig, skænkede kaffe i en kop, rev et stykke af køkkenrullen, lagde det på bordet foran hende, satte sig og ventede. Tog en slurk. Ventede.

"Jeg sagde, at hun ikke skulle gøre som mig," sagde hun og snøftede. "Hun skulle ikke blive glad for en mand, bare fordi han ... fordi han fik hende til at føle sig *smuk*, smukkere end hun er. Man tror, at det er en velsignelse, når det sker, men det er en forbandelse."

Harry ventede.

"Når man har set sig selv blive smuk i hans blik én gang, så er det som ... som trolddom. Og derfor bliver man. Bliver og bliver, fordi man tror, at man kommer til at se det én gang til."

Harry ventede.

"Jeg voksede op i en campingvogn. Vi rejste rundt. Jeg kunne ikke gå på nogen skole. Da jeg var otte, kom børneværnet og hentede mig. Da jeg var seksten, begyndte jeg at gøre rent på Galtungs rederi. Anders var forlovet, da han gjorde mig gravid. Det var ikke ham, der havde pengene, det var hende. Han havde satset på aktiemarkedet, men tankskibskurserne var faldet, og han havde ikke noget valg. Han sendte mig væk. Men hun opdagede det. Og det var *hende*, som bestemte, at jeg skulle have barnet, at jeg skulle fortsætte som hushjælp, at min lille pige skulle opdrages som datteren i huset. Selv kunne hun ikke få børn, så Lene blev en slags adoptivdatter. De tog hende fra mig. De spurgte, hvilken opvækst jeg kunne give Lene. Jeg, en alenemor, uden uddannelse, uden nogen familie til at støtte mig, havde jeg virkelig samvittighed til at tage muligheden for et godt liv fra barnet, mit barn? Jeg var så ung og bange. Jeg troede, de havde ret, at det var bedst på den måde."

"Og ingen har vidst noget om det?"

Hun tog papiret på bordet og tørrede næsen. "Det er mærkeligt, hvor let det er at narre folk, når de vil narres. Og hvis de ikke lod sig narre, lod de sig ikke mærke med det. Det betød ikke så meget. Jeg havde bare fungeret som livmor for Galtungs arving, og hvad så?"

"Var det det hele?"

Hun trak på skuldrene. "Nej. Jeg havde jo Lene. Ammede hende, madede hende, skiftede ble på hende, sov sammen med hende. Lærte hende at tale, opdrog hende. Men vi vidste alle, at det var midlertidigt, at jeg en dag måtte give slip på hende."

"Gjorde du det?"

Hun lo bittert. "*Kan* en mor nogen sinde give slip? En datter kan give slip. Lene foragter mig for det, jeg har gjort. For det jeg *er*. Men se bare, nu gør hun det samme."

"Følger den forkerte mand til verdens ende?"

Hun trak på skuldrene.

"Ved du, hvor hun er?"

"Nej, kun at hun er taget af sted for at være sammen med ham."

Harry tog en slurk til af koppen. "Jeg ved, hvor verdens ende er," sagde han.

Hun svarede ikke.

"Jeg kan tage af sted og prøve at hente hende for dig."

"Hun vil ikke hentes."

"Jeg kan prøve. Med din hjælp." Harry trak et ark frem og lagde det foran hende. "Hvad siger du til det?"

Hun læste. Så løftede hun blikket. Sminken var løbet fra de turkisfarvede øjne og ned på de hule kinder.

"Sværg på, at du får min pige hel hjem igen, Hole. Sværg på det. Hvis du gør det, så er det i orden."

Harry så længe på hende.

"Jeg sværger," sagde han.

Da han stod udenfor igen og tændte en cigaret, tænkte han på det, hun havde sagt. *Kan en mor nogen sinde give slip?* På Odd Utmo, som havde taget et billede af sin søn med. *Men en datter kan give slip.* Kan hun? Han blæste cigaretrøgen ud. Kunne han selv?

Gunnar Hagen stod ved grøntsagsdisken i sin foretrukne pakistanske dagligvarebutik. Han så vantro på sin vicekommissær. "Du skal tilbage til Congo? For at finde Lene Galtung? Og det har ingenting med drabssagen at gøre?"

"Samme som sidst," sagde Harry og tog en grøntsag op, som han ikke engang kendte navnet på. "Vi leder efter en savnet person."

"Lene Galtung er ikke meldt savnet af andre end den kulørte presse, så vidt jeg ved."

"Det er hun nu." Harry trak et stykke papir op af frakkelommen og viste Hagen underskriften. "Af sin biologiske mor."

"Jaså? Og hvordan skal jeg forklare ministeriet, at vi begynder eftersøgningen i Congo?"

"Vi har et spor."

"Som er?"

"Jeg læste i Se og Hør, at Lene Galtung havde bedt om at få farvet håret murstensrødt. Jeg ved ikke engang, om det er en farvebetegnelse, vi bruger her i landet, det var vel derfor, at jeg huskede den."

"Huskede hvad?"

"At det var den farve, som stod under 'hårfarve' i passet tilhørende Juliana Verni fra Leipzig. Jeg bad i sin tid Günther tjekke, om der var et stempel fra Kigali i hendes pas. Men politiet fandt det ikke, passet var væk, og jeg er sikker på, at Tony Leike tog det."

"Passet? Og?"

"Og nu har Lene Galtung det."

Hagen lagde et bundt bok choy i indkøbskurven, mens han langsomt rystede på hovedet. "Du baserer en rejse til Congo på noget, du har læst i et sladderblad?"

"Jeg baserer det på, at jeg, eller rettere sagt Katrine Bratt, har tjekket, hvad Juliana Verni har foretaget sig her på det sidste."

Hagen begyndte at gå hen imod manden ved kasseapparatet, hvor han sad på et podium op mod højre væg. "Verni er død, Harry."

"Døde mennesker tager med fly for tiden. Det viser sig, at Juliana Verni, eller lad os antage en kvinde med krøllet, murstensrødt hår, har købt en flybillet fra Zürich til verdens ende."

"Verdens ende?"

"Goma, Congo. I morgen tidlig."

"Så vil de anholde hende der, når de opdager, at hun har et pas, der tilhører en person, som har været død i over to måneder."

"Jeg tjekkede med ICAO. De siger, at det kan tage op til et år, før en død persons pasnummer slettes i registrene, hvilket vil sige, at nogen kan være kommet til Congo på Odd Utmos pas også. Uanset hvad har vi ingen samarbejdsaftale med Congo. Og det er næppe noget uoverkommeligt problem at købe sig fri fra en anholdelse."

Hagen lod kassemanden slå varerne ind, mens han masserede sine tindinger som for at komme en uundgåelig hovedpine i forkøbet. "Så find hende i Zürich. Send det schweiziske politi til lufthavnen."

"Vi skygger hende. Lene Galtung vil føre os direkte til Tony Leike, chef."

"Hun vil lede os direkte i fortabelse, Harry." Hagen betalte, tog sine varer og marcherede ud gennem døren til et regnvådt, forblæst Grønlandsleiret, hvor folk hastede forbi med opslåede kraver og nedslåede blikke.

"Du forstår det ikke. Det lykkedes for Bratt at finde ud af, at for nogle dage siden tømte Lene Galtung sin konto i Zürich. To millioner euro. Ikke noget svimlende beløb og definitivt ikke nok til at finansiere et helt mineprojekt, men nok til at bære det gennem en kritisk fase."

"Spekulationer."

"Hvad fanden skal hun ellers med to millioner euro i kontanter? Kom nu, chef, det her er den eneste chance, vi får." Harry skridtede ud for at holde trit med sin chef. "I Congo finder man ikke mennesker, som ikke vil findes. Det forpulede land er lige så stort som Vesteuropa og består stort set af skov, som ingen hvid mand har set. Slå til nu. Leike vil hjemsøge dig i dine mareridt, chef."

"Jeg har ikke mareridt, sådan som du har, Harry."

"Har du fortalt de pårørende, hvor godt du sover om natten, chef?"

Gunnar Hagen stoppede brat op.

"Sorry, chef," sagde Harry. "Den var over stregen."

"Det var den. Og egentlig forstår jeg ikke, hvorfor du presser sådan på efter min tilladelse. Den har aldrig været vigtig før."

"Jeg tænkte, det ville være dejligt for dig at have en følelse af, at det er dig, der bestemmer, chef."

Hagen så advarende på ham. Harry trak på skuldrene: "Lad mig gøre det her, chef. Bagefter kan du fyre mig for at nægte at parere ordre. Jeg tager hele skylden, det er helt okay."

"Er det okay?"

"Jeg siger alligevel op bagefter."

Hagen så længe på Harry. "Okay," sagde han. "Så tag af sted." Så begyndte han at gå igen.

Harry skyndte sig efter ham. "Er det i orden?"

"Ja. Egentlig var det i orden helt fra begyndelsen."

"Nå? Hvorfor sagde du det så ikke med det samme?"

"Jeg syntes, det kunne være hyggeligt at have en følelse af, at det var mig, der bestemte."

Del IX

Kapitel 83

Verdens ende

Hun drømte, at hun stod foran en lukket dør og hørte et ensomt, koldt fugleskrig fra skoven, og at det lød så underligt, fordi solen skinnede og skinnede. Hun drømte, at hun åbnede døren ...

Hun vågnede med hovedet mod Harrys skulder og tørt spyt i mundvigene. Kaptajnens stemme forkyndte, at de havde påbegyndt indflyvningen til Goma.

Hun så ud ad flyets vindue. En grå stribe i øst varslede den nye dags komme. Det var tolv timer siden, de havde forladt Oslo. Om seks timer ankom flyet fra Zürich med Juliana Vernis navn på passagerlisten.

"Jeg spekulerer på, hvorfor Hagen syntes, at det var helt i orden, at vi skygger Lene," sagde Harry.

"Han syntes vel, at dine argumenter var gode," gabte Kaja.

"Hm. Han virkede lidt for afslappet. Jeg tror, han har noget i ærmet, noget som gør ham helt sikker på, at de ikke kan tage ham for det her."

"Måske har han noget på en eller anden, som bestemmer i ministeriet," sagde Kaja.

"Ja. Eller på Bellman. Måske ved han, at du og Bellman har haft et forhold?"

"Det tvivler jeg på," sagde Kaja og spejdede ud i mørket. "Der er næsten ingen lys her."

"Det ser ud, som om strømmen er gået," sagde Harry. "Lufthavnen har vel sin egen generator."

"Der er lys derovre," sagde hun og pegede mod et rødt skær nord for byen. "Hvad er det?"

"Nyiragongo," sagde Harry. "Det er lavaen, som lyser op på himlen."

"Er det sandt?" sagde hun og trykkede næsen mod vinduet.

Harry tømte vandglasset. "Skal vi gennemgå planen én gang til?"

Hun nikkede og rettede sin stoleryg op.

"Du bliver i ankomsthallen og følger med i flyankomsterne, at alt går, som det skal. Imens tager jeg ud og køber ind. Det tager kun femten minutter at komme fra lufthavnen til centrum, så jeg er tilbage i god tid, før Lenes fly lander. Du holder øje, ser, om nogen henter hende, og følger hende tæt. Eftersom Lene kender mit ansigt, sidder jeg i en taxa udenfor og venter på jer. Og skulle der ske noget uventet, ringer du til mig med det samme. Okay?"

"Okay. Og du føler dig sikker på, at hun skal overnatte i Goma?"

"Jeg er ikke sikker på noget som helst. Der er kun to hoteller i Goma, som stadig fungerer, og ifølge Katrine er der ikke foretaget nogen booking der, hverken i Vernis eller Galtungs navn. På den anden side kontrollerer guerillaen vejen både mod vest og nord, og den nærmeste by mod syd er otte timers kørsel derfra."

"Tror du virkelig, at den eneste grund til, at Tony har fået Lene herned, er at malke hende for penge?"

"Ifølge Jens Rath er situationen for projektet kritisk. Kan du se nogen anden grund?"

Kaja trak på skuldrene. "Hvad nu hvis selv en drabsmand er i stand til at elske nogen så meget, at han simpelthen bare vil være sammen med hende? Er det så utænkeligt?"

Harry nikkede. Som i "Ja, du har ret" eller "Ja, det er utænkeligt".

Det summede og klikkede som fra et kamera i slowmotion, da landingsstellet blev sænket.

Kaja stirrede ud gennem vinduet.

"Og jeg bryder mig ikke om det her indkøb, Harry. Jeg kan ikke lide våben."

"Leike er en voldsmand."

"Og jeg kan ikke lide at være her inkognito. Jeg forstår godt, at vi ikke kan smugle vores egne våben ind i Congo, men vi kunne bare have fortalt det congolesiske politi, at vi er her, og have bedt dem om hjælp til at foretage anholdelsen."

"Vi har som sagt ingen udleveringsaftale. Og det er ikke usandsynligt, at en finansmand som Leike har lokale politifolk på sin lønningsliste, som ville advare ham."

"Konspirationsteori."

"Ja. Og simpel matematik. En politimands løn i Congo er ikke nok til at brødføde en familie. Slap af, van Boorst har en fin lille isenkrambutik, og han er professionel nok til at holde kæft."

Hjulene gav et lille skrig fra sig, da de ramte landingsbanen.

Kaja kiggede ud ad vinduet. "Hvorfor er der så mange soldater her?"

"Det er FN, som flyver forstærkninger ind. Guerillaen er rykket nærmere de sidste par dage."

"Hvilken guerilla?"

"Hutuguerillaen, tutsiguerillaen, mai-mai-guerillaen. Hvem ved?"

"Harry?"

"Ja."

"Lad os få det her job overstået og komme hjem."

Han nikkede.

Det var allerede blevet lyst, da Harry gik ned langs rækken af taxachauffører udenfor. Han vekslede nogle ord med dem alle sammen, indtil han fandt en, som talte godt engelsk. Udmærket engelsk, faktisk. Han var en lille mand med et opvakt blik, gråt hår og tykke blodårer hen over tindingerne og siderne på den høje, blanke pande. Hans engelsk var uden tvivl originalt: en slags opstyltet Oxford-variant med bred congolesisk accent. Harry forklarede, at han ville hyre ham for hele dagen. De blev hurtigt enige om en pris og udvekslede håndtryk, en tredjedel af det aftalte beløb i dollar og navn: Harry og dr. Duigame.

"Engelsk litteratur," forklarede manden og talte åbenlyst pengene. "Men siden vi skal være sammen hele dagen, må du godt kalde mig Saul."

Han åbnede bagdøren til en skrammet Hyundai. Harry forklarede, hvor Saul skulle køre hen, til vejen neden for den nedbrændte kirke.

"Det lyder, som om du har været her før," sagde Saul og styrede bilen langs en jævn asfaltstribe, som, da den nåede hovedvejen, øjeblikkelig blev til et månelandskab af kratere og sprækker.

"Én gang."

"Så skal du være forsigtig," smilede han. "Hemingway skrev, at når man først har åbnet sin sjæl for Afrika, vil man ikke være noget andet sted."

"Skrev Hemingway det?" spurgte Harry tvivlende.

"Javist, men Hemingway skrev jo den slags romantisk pis hele tiden. Skød løver i fuldskab og pissede den der søde whiskyurin ud over deres døde kroppe. Sandheden er, at ingen kommer tilbage til Congo, hvis de ikke er nødt til det."

"Jeg var nødt til det," smilede Harry. "Hør lige her, jeg prøvede at få fat i den chauffør, jeg havde her sidste gang, Joe hos Flygtningehjælpen. Men der blev ikke svaret på hans nummer."

"Joe er rejst," sagde Saul.

"Rejst?"

"Han samlede hele sin familie, stjal bilen og kørte mod Uganda. Goma er under belejring. Alle vil blive dræbt. Jeg tager også snart af sted. Joe havde en god bil, så måske lykkedes det for ham."

Harry kunne genkende kirketårnet, som ragede op over ruinerne af det, som Nyiragongo havde spist. Han holdt godt fast, mens Hyundaien kantede sig forbi hullerne. Det skrabede og bankede grimt i undervognen et par gange.

"Vent her," sagde Harry. "Jeg går resten af vejen. Jeg er tilbage om lidt."

Harry steg ud og inhalerede gråt støv og lugten af krydderier og rådden fisk.

Så begyndte han at gå. En tydeligt beruset mand prøvede at puffe til Harry med skulderen, men fejlede og vaklede ud på kørebanen. Harry fik et par gloser med på vejen og gik videre, ikke for hurtigt, ikke for langsomt. Da han var kommet til det eneste murede hus, som lå på pladsen mellem butikkerne, gik han hen til døren, bankede hårdt på og ventede. Han hørte hurtige skridt indenfor, lidt for hurtige til at være van Boorst. Døren blev åbnet på klem, og et halvt sort ansigt og et øje kom til syne.

"*Is van Boorst home?*" spurgte Harry.

"*No.*" Det glimtede i den store guldtand i overmunden.

"*I want to buy some handguns, Miss van Boorst.* Kan du hjælpe mig?"

Hun rystede på hovedet. "*Sorry. Goodbye.*"

Harry skyndte sig at sætte foden i døråbningen. "Jeg betaler godt."

"*No guns. Van Boorst not here.*"

"Hvornår er han tilbage, Miss van Boorst?"

"Det ved jeg ikke. Jeg har ikke tid nu."

"Jeg leder efter en mand fra Norge. Tony. *Tall. Handsome. You've seen him around?*"

Kvinden rystede på hovedet.

"Kommer van Boorst hjem i aften? Det her er vigtigt, miss."

Hun så på ham, målte ham dvælende fra top til tå. Og tilbage igen. Hendes bløde læber gled fra hinanden over tænderne. "*You a rich man?*"

Harry svarede ikke. Hun blinkede søvnigt, og det skinnede mat i de sorte øjne. Så smilede hun skævt. "*Thirty minutes. Come back then.*"

Harry gik tilbage til bilen, satte sig på forsædet, bad Saul køre til banken og ringede til Kajas telefon.

"Jeg sidder i ankomsthallen," sagde hun. "Der er ingen anden besked end, at flyet fra Zürich er på vej."

"Jeg tjekker os ind på hotellet, før jeg tager tilbage til van Boorst og køber det, vi har brug for."

Hotellet lå øst for centrum på vejen mod grænsen til Rwanda. Foran receptionen var der en parkeringsplads af lavasten omkranset af træer.

"De blev plantet efter det sidste vulkanudbrud," sagde Saul, som om han havde læst Harrys tanke om, at der næsten ikke var nogen træer i Goma. Dobbeltværelset lå på første sal i en lav bygning helt nede ved søen og havde en altan, som hang ud over vandet. Harry røg en cigaret, mens han iagttog morgensolen glimte i vandoverfladen og blinke i boreriggen langt derude. Han så på uret og gik tilbage til parkeringspladsen.

Det var, som om Sauls væremåde havde tilpasset sig den sejtflydende trafik, han bevægede sig i: Han kørte langsomt, snakkede langsomt, bevægede hænderne langsomt. Han parkerede uden for kirkemurene et godt stykke fra van Boorsts hus, slukkede for motoren, vendte sig om mod Harry og bad høfligt, men bestemt om en tredjedel mere af beløbet.

"Stoler du ikke på mig?" spurgte Harry med et hævet øjenbryn.

"Jeg stoler på din oprigtige vilje til at betale," sagde Saul. "Men i Goma er pengene mere sikre hos mig end hos dig, mister Harry. Synd, men sandt."

Harry nikkede til ræsonnementet, talte resten af beløbet op og spurgte, om Saul havde noget tungt og kompakt på størrelse med en pistol i bilen, noget i retning af en lommelygte. Saul nikkede og åbnede handskerummet. Harry tog lygten ud, stak den ned i inderlommen på sin jakke og så på uret. Der var gået femogtyve minutter.

Han gik hurtigt gennem gaden og så lige frem. Men ud af øjenkrogen registrerede han mænd, som vendte sig om efter ham med blikke, der vurderede hans højde og tyngde, spændstigheden i hans skridt, jakken som hang lidt skævt og bulen ved inderlommen. Og han ignorerede dem.

Han gik hen til døren og bankede på.

De samme lette skridt.

Døren gik op. Hun så kort på ham, før hendes blik vandrede forbi ham, ud på gaden.

"Skynd dig," sagde hun, tog ham i armen og trak ham indenfor.

Harry gik over dørtærsklen og blev stående i halvmørket indenfor. Alle gardinerne var trukket for, undtagen dem foran vinduet over sengen, hvor han havde set hende ligge halvnøgen, første gang han var her.

"Han er ikke kommet endnu," sagde hun på sit enkle, effektive engelsk. "Men snart."

Harry nikkede og så på sengen og prøvede at forestille sig hende der, med tæppet over hofterne og lyset, der var faldet på hendes hud. Men det lykkedes ikke for ham, for der var noget andet, der prøvede at fange hans opmærksomhed, noget der ikke stemte, som manglede, eller var der, og ikke skulle være der.

"Er du her alene?" spurgte hun, gik forbi ham og satte sig på sengen foran ham. Hun satte højre hånd mod madrassen, så den ene skulderstrop på kjolen gled ned.

Harry lod blikket glide rundt for at lede efter fejlen og fandt den. Koloniherren og udbytteren kong Leopold.

"Ja," sagde han automatisk uden endnu helt at vide hvorfor. "*Alone.*"

Billedet af kong Leopold, som havde hængt på væggen over sengen, var væk. Næste tanke fulgte øjeblikkeligt efter: at van Boorst ikke kom. At også han var væk.

Harry tog et halvt skridt hen i retning mod hende. Hun vendte ansigtet op mod ham, fugtede de fyldige, sortrøde læber. Og nu var han nær nok til at se det, se, hvad det var, der havde erstattet billedet af den belgiske konge. Sømmet, som billedet havde hængt på, var spiddet af en pengeseddel. Ansigtet, som prægede sedlen, var følsomt og havde en nydeligt plejet moustache. Edvard Munch.

Harry forstod, hvad der var ved at ske, og var i færd med at vende sig om, men et eller andet sagde ham, at også det allerede var for sent, at han befandt sig lige præcis der, hvor instruktøren havde planlagt det.

Han mere ænsede end så bevægelsen bag sig og mærkede ikke det præcise stik i halsen, bare åndedraget mod sin tinding, at hans nakke frøs til is, at lammelsen løb op over hans ryg og op i hovedbunden, at benene svigtede under ham, idet stoffet nåede hjernen og bevidstheden forsvandt. Hans sidste tanke, før mørket lukkede sig om ham, var, hvor forbløffende hurtigt ketanominen virkede.

Kapitel 84

Genforeningen

Kaja bed sig i underlæben. Der var noget galt.

Hun ringede til Harry endnu en gang.

Og fik endnu en gang hans telefonsvarer.

I næsten tre timer havde hun siddet i ankomsthallen, der for så vidt også var afgangshallen, og plasticstolen gnavede i alle de kropsdele, den kom i berøring med.

Hun hørte suset fra et fly. Straks efter viste den eneste monitor i hallen, en bulet kasse, som hang ned fra to rustne wirer fra loftet, at flight KJ337 fra Zürich var landet.

Hun havde scannet personerne i hallen hvert andet minut og slået fast, at ingen af de fremmødte var Tony Leike.

Hun ringede endnu en gang, men afbrød forbindelsen, da det gik op for hende, at det bare var for at gøre noget, at det ikke var en handling, men ren apati.

De elektroniske døre ind til bagagebåndene gled op, og de første passagerer, som kun havde håndbagage, kom ud. Kaja rejste sig og gik hen til væggen ved siden af dørene, så hun kunne se navnene på de plasticskilte og papirstykker, som taxachaufførerne holdt frem mod de ankomne. Ingen Juliana Verni eller Lene Galtung.

Hun gik tilbage til sin udkigspost ved stolen, satte sig på sine håndflader og mærkede, at de var våde af sved. Hvad skulle hun gøre? Hun skubbede de store solbriller ned og stirrede hen imod dørene.

Sekunderne gik. Der skete ingenting.

Lene Galtung var næsten skjult bag et par violette solbriller og en stor sort mand, som gik lige foran hende. Hendes hår var rødt og krøllet, og hun var iført cowboyjakke, khakibukser og solide vandresko. Hun trak en kuffert på hjul efter sig, der var tilpasset de maksimale mål for håndbagage. Hun havde ingen taske, men bar en lille, blank metalkuffert.

Ingenting skete. Alting skete. Parallelt og samtidigt i fortid og nutid, og på en mærkelig måde forstod Kaja, at anledningen endelig var her. Den anledning hun havde ventet på, muligheden for at gøre det rigtige.

Kaja så ikke direkte på Lene Galtung, sørgede bare for at have hende til venstre i sit synsfelt. Hun rejste sig roligt, da hun var gået forbi, tog sin taske og begyndte at gå efter hende ud i det blændende sollys. Endnu havde ingen henvendt sig til Lene, og ud fra hendes hurtige, bestemte gang antog Kaja, at hun var blevet instrueret i detaljer om, hvad hun skulle gøre. Hun gik forbi taxaerne, krydsede vejen og satte sig ind på bagsædet af en mørkeblå Range Rover. Døren blev holdt åben af en sort mand i jakkesæt. Efter at have smækket den i efter hende gik han rundt om bilen hen imod førersædet. Kaja smuttede ind på bagsædet af den taxa, der holdt forrest i køen, lænede sig frem mellem sæderne, tænkte sig grundigt om, men indså, at der i grunden ikke var nogen anden måde at formulere det på: "*Follow that car.*"

Hun mødte chaufførens blik og hævede øjenbryn i bakspejlet. Hun pegede på bilen foran dem, og chaufføren nikkede, at han godt forstod hende, men lod stadigvæk bilen gå i tomgang.

"*Double pay,*" sagde Kaja.

Chaufføren nikkede kort og slap håndbremsen.

Kaja ringede til Harry. Stadig ikke noget svar.

De sneglede sig mod vest ad hovedvejen. Gaderne var fulde af lastbiler, kærrer og biler med kufferter bundet fast på taget. På hver side af vejen gik mennesker, der bar store bylter med tøj og ejendele på hovedet. Nogle steder stoppede trafikken helt op. Chaufføren havde tydeligvis forstået situationen og sørgede for at holde mindst én bil mellem dem og Lene Galtungs taxa.

"Hvor skal alle hen?" spurgte Kaja.

Chaufføren rystede smilende på hovedet, at han ikke forstod. Kaja gentog spørgsmålet på fransk uden at få noget svar. Til sidst pegede hun bare spørgende på menneskene, som slæbte sig forbi bilen.

"*Re-fu-gee,*" sagde chaufføren. "*Go away. Bad people coming.*"

Kaja nikkede.

Kaja sendte endnu en sms til Harry og prøvede at holde panikken nede.

Midt i Goma delte hovedvejen sig i to. Range Roveren svingede til venstre. Et lille stykke længere nede foretog den et nyt sving til venstre og trillede så ned mod søen. De var kommet til en helt anderledes del af byen, som havde store villaer bag høje hegn og var omgivet af velplejede haver med træer, som gav skygge og forhindrede folk i at kigge ind.

"*Old*," sagde chaufføren. "*The Bel-gium. Co-lo-nist.*"

Der var ingen trafik i villaområdet, og Kaja signalerede, at de skulle holde større afstand, selv om hun tvivlede på, at Lene Galtung havde nogen øvelse i at afsløre, at hun blev skygget. Da Range Roveren stoppede hundrede meter foran dem, gav Kaja besked om, at de også skulle stoppe.

En jernport blev åbnet af en mand i grå uniform, bilen kørte ind, og porten blev lukket igen.

Lene Galtung kunne mærke, hvordan hendes hjerte slog og slog. Sådan havde det gjort, lige siden telefonen havde ringet, og hun havde hørt hans stemme. Han havde sagt, at han var i Afrika, og at hun skulle komme, at han havde brug for hende, at kun hun kunne hjælpe ham, kunne redde det fine projekt, som ikke kun var hans, men nu også ville blive hendes. Så han kunne have et arbejde. Mænd havde brug for at have et arbejde. De havde brug for en fremtid, et trygt liv, et sted, hvor børn kunne vokse op.

Chaufføren åbnede døren for hende, og Lene Galtung steg ud. Solen var slet ikke så stærk, som hun havde frygtet. Villaen, som lå foran hende, var pragtfuld. Den var gammel, bygget i hånden. Sten på sten. For gamle penge. Sådan som de selv ville gøre det. Da hun og Tony havde truffet hinanden, havde han været så optaget af hendes slægtstræ. Galtung var en norsk adelsslægt, en af de yderst få, som ikke var importeret, et faktum, som Tony gentog og gentog. Måske var det derfor, hun havde bestemt sig for at udsætte det med at fortælle ham, at hun var som ham: af almindelig beskeden herkomst, en grå sten blandt de andre i kløften, en opkomling.

Men nu skulle de lave deres egen adel. De skulle lyse og skinne blandt alle de grå sten i kløften. De skulle bygge.

Chaufføren gik foran hende op ad stentrappen til døren, hvor en bevæbnet mand i camouflageuniform åbnede for dem. En gedigen krystallysekrone hang ned fra loftet i hallen, de kom ind i. Lenes hånd knugede svedigt om håndtaget på metalkufferten med pengene. Hendes hjerte føltes, som om det skulle sprænge sig ud af hendes bryst. Sad hendes hår nu rigtigt? Kunne søvnmanglen og den lange rejse ses på hende? Nogen kom gående ned ad den brede trappe fra første sal. Nej, det var en sort kvinde, sikkert en af tjenerne. Lene sendte hende et venligt, men ikke overdrevent imødekommende smil og så det glimte i en guldtand, da kvinden kvitterede med et ugenert, næsten frækt smil og forsvandt ud gennem døren bag hende.

Der var han.

Han stod ved gelænderet på første sal og så ned på dem.

Han var høj, mørk og iført en silkeslåbrok. Hun kunne se det smukke, tykke ar lyse hvidt mod huden på hans bryst. Så smilede han. Hun hørte sit eget åndedrag blive hurtigere. Smilet. Det lyste hans ansigt op, og hendes hjerte strålede mere end nogen krystallysekrone kunne.

Han skred ned ad trappen.

Hun satte kufferten fra sig og stormede ham i møde. Han åbnede armene og tog imod hende. Og så var hun hos ham. Hun kunne mærke hans lugt, stærkere end nogen sinde. Blandet med en anden, krydret, stærk lugt. Den måtte komme fra slåbrokken, for hun så nu, at den elegante silkekåbe både var for kort på ærmerne og slet ikke ny. Først da hun mærkede, at han gjorde sig fri, gik det op for hende, at hun havde klamret sig til ham, og hun slap ham hastigt.

"Men kæreste, du græder jo," lo han og strøg en finger hen over hendes kind.

"Gør jeg?" lo hun, tørrede sig under øjnene og håbede, at sminken ikke løb.

"Jeg har en overraskelse til dig," sagde han og tog hendes hånd. "Kom."

"Jamen ..." sagde hun, vendte sig om og så, at metalkufferten allerede var blevet fjernet.

De gik op ad trappen og ind gennem døren til et stort, lyst soveværelse. Lange, florlette gardiner duvede sagte i brisen fra terrassedøren.

"Sov du?" spurgte hun og nikkede mod den uopredte himmelseng.

"Nej," smilede han. "Sæt dig her. Og luk øjnene."

"Jamen ..."

"Bare gør, som jeg siger, Lene."

Hun syntes, hun kunne høre en antydning af irritation i hans stemme og skyndte sig at gøre, som han sagde.

"De kommer snart op med champagnen, og så vil jeg spørge dig om noget. Men først vil jeg fortælle dig en historie. Er du klar?"

"Ja," sagde hun og vidste, at det her var det øjeblik, som hun havde ventet på så længe. Det øjeblik hun ville komme til at huske resten af sit liv.

"Den historie, jeg vil fortælle dig, er om mig selv. Der er nemlig en del ting, som jeg synes, du bør vide om mig, før du svarer på mit spørgsmål."

"Javel." Det var, som om hun allerede havde champagneboblerne i blodet og måtte koncentrere sig for ikke bare at le.

"Jeg har fortalt dig, at jeg voksede op hos min bedstefar, at mine forældre var døde. Det, jeg ikke fortalte dig, er, at jeg boede hos dem, til jeg var femten."

"Jeg vidste det!" udbrød hun.

Tony hævede et øjenbryn. Så fornemt formet, så smukt et øjenbryn, tænkte hun.

"Jeg har hele tiden vidst, at du havde en hemmelighed, Tony," lo hun. "Men jeg har også en hemmelighed. Jeg vil have, at vi skal vide alt, *alt!* om hinanden."

Tony smilede skævt. "Så lad mig fortsætte uden flere afbrydelser, kære Lene. Min mor var dybt religiøs og mødte min far i kirken. Han var lige blevet løsladt efter at have afsonet en dom for et jalousidrab og havde mødt Jesus i fængslet. For min mor var det som noget, der var hentet ud af Bibelen, en angrende synder, en mand hun kunne hjælpe til frelse og evigt liv, samtidig med at hun sonede sine egne synder. Det var sådan, hun forklarede for mig, hvorfor hun havde giftet sig med det svin."

"Hvad ..."

"Shh! Min far kompenserede for drabet ved at stemple alt, som ikke gik ud på at prise Gud, som synd. Jeg fik ikke lov til at gøre nogen af de ting, som de andre børn foretog sig. Hvis jeg sagde ham imod, fik jeg tæv med hans bælte. Han plejede at provokere mig, at sige, at solen gik rundt om Jorden, at det stod i Bibelen. Hvis jeg protesterede, bankede han mig. Da jeg var tolv, var jeg ude på udedasset sammen med min mor. Det plejede vi. Da vi kom ud, tævede han mig med en spids spade, fordi han mente, at det var en synd, at jeg var for gammel til at gå på lokum med min egen mor. Han mærkede mig for livet."

Lene sank noget, mens Tony løftede en forvreden, gigtplaget pegefinger og trak den hen langs den øverste del af arret på brystet. Og det var først nu, at hun opdagede hans manglende langfinger.

"Tony! Hvad er ..."

"Shh! Den sidste gang, min far bankede mig, var jeg femten år gammel, og han brugte bæltet i treogtyve minutter i træk. Et tusind tre hundrede og tooghalvfems sekunder. Jeg talte dem. Han slog hvert fjerde sekund, som en maskine. Slog og slog, stadig mere rasende, fordi jeg ikke begyndte at græde. Til sidst var han så udmattet i armen, at han måtte give op. Tre hundrede og otteogfyrre slag. Den nat ventede jeg, indtil jeg hørte hans snorken, sneg mig ind i deres soveværelse og hældte en dråbe syre i hans ene øje. Han skreg og skreg, mens jeg holdt ham og hviskede i hans øre, at hvis han rørte mig igen, ville jeg slå ham ihjel. Og jeg kunne mærke ham stivne i mine arme, vidste, at han kunne mærke det, at jeg var blevet stærkere end ham. Og at han forstod, at jeg havde det i mig."

"Havde hvad i dig, Tony?"

"Ham. Drabsmanden."

Lenes hjerte stoppede. Det var ikke sandt. *Kunne* ikke være sandt. Han havde jo fortalt hende, at det ikke var ham, at de tog fejl.

"Efter den dag gik vi rundt og vogtede på hinanden som dyr. Og mor vidste det, at det var ham eller mig. Og en dag kom hun til mig og sagde, at han havde været i Geilo og købt ny ammunition til sin riffel, at jeg måtte sørge for at komme væk, at hun havde aftalt med bedstefar, hvad vi skulle gøre. Han var enkemand og boede ved Lyseren og vidste, at han måtte holde mig skjult, for ellers ville far komme efter mig. Så jeg tog af sted. Mor fik det til at se ud, som om jeg var blevet taget af et sneskred. Min far undgik andre mennesker, så det var altid mor, som ordnede alle de ting, der krævede kontakt med fremmede. Han troede, at hun havde meldt mig savnet, men i virkeligheden havde hun kun informeret én person om, hvad hun havde gjort og hvorfor. Hun og lensmandsbetjent Roy Stille, de ... ja, de kendte hinanden særdeles godt. Stille var klog nok til at vide, at politiet ikke kunne gøre noget for at beskytte mig mod far og omvendt, så han hjalp med at dække sporene efter mig. Jeg havde det godt hos bedstefar. Lige indtil beskeden kom om, at mor var forsvundet oppe i fjeldet."

Lene strakte hånden frem. "Stakkels, stakkels Tony."

"Jeg sagde: Luk øjnene!"

Det gav et sæt i hende på grund af snerten i hans stemme, så hun trak hånden til sig og kneb øjnene i igen.

"Jeg kunne ikke komme med til begravelsen, sagde min bedstefar. Ingen måtte få at vide, at jeg var i live. Da han kom hjem, fortalte han mig ord for ord, hvad præsten havde sagt om hende i sin tale. Tre sætninger. Tre sætninger om verdens smukkeste, stærkeste kvinde. Den sidste var 'Karen trådte let på jorden'. Resten handlede om Jesus og syndernes forladelse. Tre sætninger og forladelse for synder, hun aldrig havde begået."

Lene kunne høre Tony ånde tungt nu.

"'Trådte let'. Den skiderik til en præst stod der på prædikestolen og sagde, at hun ikke havde sat nogen spor, at hun var forduftet lige så sporløst, som hun levede. Og så videre til næste bibelvers. Bedstefar fortalte det uden omsvøb, og ved du hvad, Lene? Det var den vigtigste dag i mit liv. Forstår du det?"

"Øh ... nej, Tony."

"Jeg vidste, at han sad der, svinet som havde dræbt hende. Og jeg svor på, at jeg ville hævne mig, at jeg nok skulle vise ham, at jeg nok skulle vise dem alle. Det var den dag, jeg besluttede, at uanset hvad der skete, så ville jeg ikke ende som ham. Eller som hende. Som tre sætninger. Og hverken jeg eller svinet, som sad der, havde brug for syndernes forladelse, for vi skulle begge brænde i helvede. Hellere dét end dele paradis med sådan en Gud." Han sænkede stemmen: "Ingen, ingen skulle få lov til at stå i vejen for mig. Forstår du det nu?"

"Ja," smilede Lene. "Og du har fortjent det, Tony. Alt sammen. Du har arbejdet så hårdt!"

"Jeg er glad for, at du forstår det hele, søde. For nu kommer resten. Er du klar?"

"Ja," sagde Lene og slog hænderne sammen. Hun skulle få at se, skulle hun, hende, som sad derhjemme, misundelig, ensom og bitter og ikke undte sin egen datter at opleve kærligheden.

"Jeg havde det alt sammen i min hule hånd," sagde Tony, og Lene kunne mærke hans hånd mod sit knæ. "Dig, din fars penge, projektet hernede. Jeg troede ikke, at noget kunne gå galt. Lige indtil jeg kneppede det liderlige kvindfolk i Håvasshytten. Jeg kunne ikke engang huske, hvad hun hed, før jeg fik et brev fra hende, hvor der stod, at hun var gravid og ville have penge. Hun stillede sig i vejen, Lene. Jeg planlagde det hele meget nøje. Jeg dækkede bilen af med plastic, tog et blankt postkort fra Congo med, som jeg havde liggende, og tvang hende til at skrive en tekst, der ville forklare hendes forsvinden. Så stak jeg kniven ind i halsen på hende. Lyden af blod mod plastic, Lene ... det er noget helt specielt."

Kapitel 85
Munch

Det føltes, som om en eller anden havde banket en istap ned i Lenes kranium. Alligevel kneb hun øjnene sammen. "Du ... du ... dræbte hende? En kvinde som du ... du var *sammen* med deroppe i fjeldet?"

"Min libido er stærkere end din, Lene. Når du ikke vil gøre det for mig, det jeg beder dig om, får jeg andre til at gøre det."

"Men du ... du ville have, at jeg skulle ..." Gråden flåede i hendes stemmebånd, "... det er jo ikke naturligt!"

Tony lo kort. "Hun havde ikke noget imod det, Lene. Heller ikke Juliana, selv om hun tog sig godt betalt for det."

"Juliana? Hvad snakker du om, Tony? Tony?" Lene famlede foran sig som en blind.

"En tysk luder fra Leipzig, som jeg regelmæssigt var sammen med. Hun vil gøre hvad som helst for penge. Gjorde."

Lene kunne mærke tårerne løbe ned ad sine kinder. Hans stemme var så rolig, og det var det, som gjorde det så uvirkeligt.

"Sig ... sig, at det ikke er sandt, Tony. Vær nu sød, stop nu."

"Shh. Jeg fik et nyt brev. Med et billede. Du kan måske forestille dig, hvor chokeret jeg blev, da jeg så, at det indeholdt et billede af Adele i min bil med min kniv i halsen. Brevet var underskrevet med navnet Borgny Stem-Myhre. Hun skrev, at hun ville have penge for ikke at anmelde mig for drabet på Adele Vetlesen. Så jeg forstod, at jeg var nødt til at rydde hende af vejen, men også, at jeg havde brug for et alibi for drabstidspunktet i tilfælde af, at det lykkedes for politiet at knytte mig til Borgny og forsøget på pengeafpresning. Egentlig havde jeg tænkt mig at sende Adeles lille postkort fra Afrika næste gang, jeg var her, men så fik jeg en endnu bedre idé. Jeg kontaktede Juliana og sendte hende herned til Goma. Hun rejste i Adeles navn, sendte postkortet fra Kigali, tog ud til van Boorst og købte et æble med hjem, som jeg havde tænkt mig at servere for Borgny. Da Juliana kom tilbage, mødtes vi i Leipzig, hvor jeg lod hende være den første, der fik lov til at smage på æblet." Tony lo kort. "Hun troede, at det var et stykke nyt sexlegetøj, den stakkel."

"Du ... du dræbte også hende?"

"Ja. Og derpå Borgny. Jeg fulgte efter hende. Hun var i færd med at låse porten op ind til den ejendom, hvor hun boede, da jeg gik hen til hende med kniven. Jeg tog hende med ned i kælderen, hvor jeg havde gjort alting klart, både hængelås og æble. Jeg gav hende en sprøjte med ketanomin i halsen, og så tog jeg til Skien til et investormøde, hvor alle mine vidner ventede. Alibiet. Jeg vidste, at mens jeg skålede i hvidvin, ville Borgny gøre arbejdet med æblet selv. Det gør de altid til sidst. Så tog jeg tilbage, smuttede inden om kælderen, tog min egen hængelås, som jeg havde låst Borgny inde med, pillede æblet ud af munden på hende og tog hjem. Til dig. Vi elskede. Du lod, som om du kom. Kan du huske det?"

Lene rystede på hovedet, ude af stand til at sige noget.

"Luk øjnene, sagde jeg."

Hun kunne mærke, at han lod sine fingre glide ned over hendes pande og trykke hendes øjenlåg i som en bedemand. Hørte hans stemme messe som til sig selv:

"Han kunne lide at slå mig. Det forstår jeg nu. Det gav ham den følelse af magt, som ligger i at påføre smerte, at se et andet menneske føje sig, lad din vilje ske i himlen som også på Jorden."

Hun kunne mærke hans lugt, lugten af sex, af kvindekøn. Så var hans stemme der igen, og nu var den lige ved hendes øre: "Efterhånden som jeg dræbte dem, skete der noget. Det var, som om deres blod vandede et frø, der havde ligget der hele tiden. Jeg begyndte at forstå det, jeg havde set i min fars blik dengang. Genkendelsen. For ligesom han så sig selv i mig, begyndte jeg at se ham, når jeg så mig selv i spejlet. Jeg kunne lide magten. *Og* afmagten. Jeg kunne lide spillet, risikoen, afgrunden og de øverste tinder på samme tid, for når man står på fjeldet med hovedet i en sky og hører paradisets englekor, må man også høre helvedes spruttende ild under sig, for at det skal betyde noget. Det var det, min far vidste. Og nu ved jeg det også."

Lene så røde pletter danse på indersiden af sine øjenlåg.

"Jeg forstod ikke, hvor meget jeg hadede ham, før et par år senere, da jeg stod sammen med en pige i et skovbryn uden for et danselokale. En fyr overfaldt mig. Jeg kunne se jalousien lyse i hans øjne. Jeg så min far komme farende med spaden mod mor og mig. Jeg skar tungen ud på den fyr. De tog mig, og jeg fik en dom. Og jeg opdagede, hvad et fængsel gør ved en, og hvorfor far aldrig havde nævnt sin egen afsoning med ét eneste ord. Det var en kort dom, jeg fik. Alligevel var jeg ved at blive sindssyg derinde. Og det var, mens jeg sad indespærret, at jeg forstod, hvad jeg måtte gøre. Jeg måtte få ham i fængsel for drabet på mor, ikke dræbe ham, men få ham buret inde, få ham levende begravet. Men først skulle jeg finde beviset, mors jordiske rester. Så jeg byggede en hytte deroppe i fjeldet, langt fra folk, så jeg ikke risikerede, at nogen skulle genkende den unge mand, som var forsvundet femten år tidligere. Hvert år gennemsøgte jeg området, kvadratkilometer for kvadratkilometer. Jeg begyndte, så snart det meste af sneen var væk, helst om natten, når ingen andre var ude, ledte i kløfter og ved sneskred. Hvis det var nødvendigt, overnattede jeg i turisthytter, hvor der alligevel kun kom fremmede. Men nogle af de lokale må alligevel have set mig, for der begyndte i hvert fald at gå rygter om genfærdet af den unge dreng fra Utmo." Tony kluklo. Lene åbnede øjnene, men Tony opdagede det ikke, fordi han var optaget af at se på et cigaretrør, han lige havde taget op af lommen på slåbrokken. Lene skyndte sig at lukke øjnene igen.

"Efter drabet på Borgny kom der et brev underskrevet Charlotte, som skrev, at det var hende, der havde stået bag det forrige brev. Jeg indså, at jeg var fanget i et spil, at det kunne være et nyt nummer, at det kunne være hvem som helst af dem, som havde været i Håvasshytten den nat. Så jeg tog derop for at kigge i gæstebogen, men siden for den nat var blevet revet ud. Så jeg dræbte Charlotte og ventede på et nyt brev. Det kom. Jeg dræbte Marit. Og så Elias. Efter det blev der stille. Så læste jeg i avisen, at politiet bad folk, som havde været i Håvasshytten samme nat som drabsofrene, om at melde sig. Jeg vidste naturligvis, at ingen kunne vide, at jeg havde været der, men også, at hvis jeg meldte mig, kunne jeg få at vide af politiet, hvem der ellers havde været der, hvem det var, der var ude efter mig, hvem jeg manglede at tage livet af. Så jeg meldte mig direkte til den, som jeg antog vidste mest, ham der efterforskeren Harry Hole. Jeg prøvede at udfritte ham om de andre gæster, uden at det hjalp noget. I stedet kom ham Mikael Bellman fra Kripos og anholdt mig. En eller anden havde ringet fra min telefon til Elias Skog, fortalte han mig. Og så forstod jeg det: at det ikke handlede om penge, men at en eller anden prøvede at få mig anholdt og smidt i fængsel. Hvem kunne koldblodigt se mennesker blive dræbt og alligevel bare fortsætte det der ... det korstog mod mig? Hvem kunne hade mig så meget? Så kom det sidste brev. Denne gang oplyste han ikke sin identitet, skrev bare, at han havde været i Håvasshytten den nat, usynlig som et genfærd, at jeg udmærket kendte ham, og at han kom for at tage mig. Og så vidste jeg det. Han havde omsider fundet mig. Far."

Tony trak vejret dybt.

"Han havde planlagt det samme for mig, som jeg havde planlagt for ham: at blive levende begravet, at blive buret inde på livstid. Men hvordan var det lykkedes for ham? Jeg tænkte, at han måske havde opsyn med Håvasshytten. Det kunne være kommet ham for øre, hvad der var sket der. Måske vidste han, at jeg var i live, måske havde han fulgt mig på afstand et stykke tid. Efter at jeg var blevet forlovet med dig, begyndte sladderpressen jo at bringe billeder af mig, og selv far kiggede i de blade en gang imellem. Men han måtte samarbejde med nogen. Det kunne for eksempel ikke have været ham, som var taget ind til Oslo og havde begået indbruddet, og som havde taget billedet af Adele med kniven i halsen. Eller kunne det? Jeg fandt ud af, at han havde forladt gården, det glatte svin. Hvad han ikke vidste, var, at jeg var blevet mere stedkendt i området end ham selv i løbet af alle de år, jeg havde ledt efter mors lig. Jeg fandt ham i en turisthytte ude i Kjeften. Jeg glædede mig som et lille barn, men det blev et antiklimaks."

Silken fra hans slåbrok raslede.

"Jeg havde mindre glæde af at tortere ham, end jeg havde håbet på. Han kunne ikke engang genkende mig, den blinde idiot, og det var da også helt fint. Jeg ville jo have, at han skulle se mig som det, det aldrig lykkedes for ham selv at blive: en succes. Jeg ville ydmyge ham. I stedet fik han mig at se som sig selv: drabsmanden." Han sukkede. "Og det begyndte også at gå op for mig, at han ikke havde samarbejdet med nogen. Han havde ikke kapacitet til at gøre sådan noget alene. Han var for skrøbelig, for bange og for fej. Jeg udløste sneskreddet ved Håvass-hytten, nærmest i panik, for nu vidste jeg det: Der var en anden. En usynlig jæger, som jeg ikke kunne høre, og som stod i mørket et sted og åndede i takt med mig. Jeg måtte se at komme væk, ud af landet, til et sted, hvor jeg ikke kunne blive fundet. Så her er vi, min søde. I udkanten af en jungle på størrelse med Vesteuropa."

Lene rystede ukontrolleret over hele kroppen. "Hvorfor gør du det her, Tony? Hvorfor fortæller du mig ... den her historie?"

Hun kunne mærke hans hånd mod sin kind. "Fordi du fortjener det, kæreste. Fordi du hedder Galtung og vil få en lang nekrolog, når du dør. Fordi jeg synes, det er rigtigt, at du får alt at vide om mig, før du giver mig dit svar."

"Svar på hvad?"

"Om du vil gifte dig med mig."

Det hele snurrede rundt inde i hovedet på hende nu. "Om jeg vil ... vil ..."

"Åbn øjnene, Lene."

"Jamen jeg ..."

"Åbn dem, sagde jeg."

Hun gjorde, som han sagde.

"Det her er til dig," sagde han.

Lene Galtung gispede.

"Det er af guld," sagde Tony. Sollyset blinkede mat i det guldbrune metal, som lå på et stykke papir på sofabordet mellem dem. "Jeg vil have, at du skal tage det på."

"På?"

"Selvfølgelig først efter, at du har underskrevet vores ægtepagt."

Lene blinkede og blinkede, mens hun forsøgte at vække sig selv fra mareridtet. Hånden med de forvredne fingre kom op over bordet, lagde sig oven på hendes. Hun så ned, så på mønsteret i den burgunderrøde silke i hans slåbrok.

"Jeg ved, hvad du tænker," sagde han. "At de penge, som du havde med, kun holder et stykke tid, men at en ægtepagt giver mig visse arverettigheder, når du dør. Du spekulerer på, om jeg har tænkt mig at tage livet af dig, ikke sandt?"

"Har du det?"

Tony lo stille og klemte hendes hånd. "Har du tænkt dig at stå i vejen for mig, Lene?"

Hun rystede på hovedet. Det eneste, hun havde villet, var at være der for nogen. For ham. Som i trance tog hun imod den pen, han rakte hende, og førte den ned til papiret. Hendes tårer faldt ned på hendes underskrift og fik blækket til at flyde ud. Han rev arket til sig.

"Det går jo nok," sagde han, blæste på det og nikkede hen imod sofabordet. "Lad os så tage det på."

"Hvad mener du, Tony? Det er jo ingen ring."

"Jeg mener, at du skal åbne munden på vid gab, Lene."

Harry blinkede. En enlig, tændt lyspære hang ned fra loftet. Han lå på ryggen på en madras. Han var nøgen. Det var den samme drøm. Der var bare det, at han ikke drømte. Over ham stak et søm ud af væggen, og på sømmet var Edvard Munchs hoved spiddet fast. En norsk pengeseddel. Han gabte, så det føltes, som om den ødelagte kæbe skulle revne, og alligevel pressede det på og føltes, som om hans hoved skulle sprænges. Han drømte ikke. Ketanominen var holdt op med at virke, og smerterne tillod ingen drømme længere. Hvor længe havde han ligget her? Hvor længe ville der gå, før smerterne drev ham til vanvid? Han drejede forsigtigt hovedet og så sig omkring i stuen. Han var stadigvæk hos van Boorst, og han var alene. Han var ikke bundet og kunne rejse sig, hvis han ville.

Hans blik fulgte tråden, som var bundet til håndtaget på indgangsdøren og i stram linje gik tværs gennem stuen og hen til væggen bag ham. Han drejede forsigtigt hovedet den anden vej. Tråden gik gennem U-bolten i murvæggen lige bag hans hoved. Og derfra op til hans egen mund. Leopolds æble. Han var tøjret fast. Døren svingede udad, så den første, der åbnede den, ville udløse piggene, der ville spidde hans hoved indefra. Og hvis han bevægede sig for meget, ville det også udløse piggene.

Harry stak tommel- og pegefinger ind i hver sin side af munden, mærkede på piggene og forsøgte forgæves at presse fingrene ind under en af dem. Han fik et hosteanfald, og det sortnede for hans øjne, da han ikke længere kunne få vejret. Det gik op for ham, at piggene havde fået vævet rundt om luftrøret til at hæve, at han risikerede snart at blive kvalt. Wiren til dørhåndtaget. Den afskårne finger. Var det bare tilfældigt, eller havde Tony Leike kendskab til Snemanden? Og ville han overgå ham?

Harry sparkede ind i væggen og spændte sine stemmebånd, men metalkuglen kvalte skriget. Han gav op og lænede sig ind mod væggen, forberedte sig på smerterne og pressede munden sammen. Han havde læst et sted, at et menneskes bid ikke er så meget svagere end den hvide hajs, men alligevel kunne hans kæbemuskulatur kun lige presse piggene tilbage i kuglen, før de igen pressede hans mund op. Det føltes, som om det bankede, som om han havde et levende metalhjerte i munden. Han følte på tråden, der hang ud af hans mund. Alle hans instinkter skreg, at han skulle trække i den, rykke kuglen ud. Men han havde fået demonstreret, hvad der så ville ske, han havde set billederne fra gerningsstedet. Hvis han ikke havde set ...

Og i samme øjeblik vidste Harry det. Han vidste ikke bare, hvordan han selv skulle dø, men også hvordan de andre var døde. Og hvorfor det var blevet gjort sådan. Han følte en absurd trang til at le. Det var så djævelsk enkelt. Så djævelsk enkelt, at kun en djævel kunne have fundet på det.

Tony Leikes alibi. Han havde ikke haft nogen medhjælper. Det vil sige, hans medhjælpere havde været ofrene selv. Da Borgny og Charlotte var vågnet op alene efter at have været bedøvet, havde de ikke anet, hvad det var, de havde i munden. Borgny havde bare været låst inde i en kælder. Charlotte havde været ude i det fri, men tråden fra hendes mund havde været fastgjort til bagagerummet på bilvraget foran hende, og uanset hvor meget hun havde prøvet at hive og flå i bagsmækken, var og blev den låst. Ingen af dem havde haft nogen mulighed for at slippe væk fra det sted, hvor de opholdt sig, og da smerterne var blevet store nok, havde de gjort det forudsigelige: De havde trukket i tråden. Havde de anet, hvad der ville ske? Havde smerterne medført, at mistanken havde måttet vige for håbet, håbet om, at hvis de trak i tråden, ville piggene trække sig ind i den mystiske kugle igen? Og mens pigerne langsomt, men sikkert havde tvivlet og troet sig frem til den uundgåelige handling, var Tony Leike kommet flere kilometer væk til en forretningsmiddag eller et foredrag i tryg forvisning om, at pigerne ville gøre den sidste del af arbejdet selv og samtidig give ham det bedst tænkelige alibi for dødstidspunktet. Strengt taget havde han ikke engang myrdet dem.

Harry bevægede hovedet for at se, hvilken aktionsradius han havde uden at stramme stålwiren.

Han måtte gøre et eller andet. Et eller andet. Han stønnede, syntes, at wiren strammede til, holdt op med at trække vejret og stirrede hen imod døren. Ventede på, at den skulle svinge op, på at ...

Der skete ingenting.

Han prøvede at huske van Boorsts demonstration af æblet. Hvor langt piggene stod ud, når de ikke mødte modstand. Hvis han bare havde kunnet gabe endnu højere, hvis bare hans kæber ...

Harry lukkede øjnene. Det, der slog ham, var, hvor mærkeligt normal og indlysende idéen virkede, hvor lidt modstand han følte over for den. Tværtimod følte han lettelse, lettelse over at skulle påføre sig selv endnu mere smerte, om nødvendigt tage sit eget liv i forsøget på at overleve. Det var logisk og enkelt, tvivlens tusmørke var fortrængt af en klar, lys og sindssyg tanke. Harry vred sig rundt på maven med hovedet helt tæt ind til U-bolten, således at wiren blev lidt slappere. Så kom han forsigtigt op på knæ. Han følte efter på sin kæbe og fandt punktet. Det punkt, hvor det hele sad: smerten, kæbeleddet, knuden, koncentrationen af nerver og muskler, som holdt hans kæbe sammen efter det, der var sket i Hongkong. Han ville ikke kunne slå sig selv hårdt nok, der måtte kropstyngde bag. Han strøg prøvende pegefingeren hen over sømmet. Det stak cirka fire centimeter ud fra væggen. Et almindeligt søm med et stort, bredt hoved. Det ville knuse alt, som kom i vejen for det, hvis det kom med tilstrækkelig tyngde. Harry sigtede, lagde prøvende kæben ind mod sømmets hoved, løftede sig op for at beregne, i hvilken vinkel han var nødt til at falde, hvor dybt sømmet skulle ind, og hvor dybt det *ikke* måtte gå ind. Nakke, nerver, lammelse. Kalkulerede. Ikke koldt og roligt, men dog kalkulerende. Han tvang sig til det. Hovedet på sømmet sad ikke som toppen på et T, i stedet skrånede det ned mod sømmets krop, sådan at hovedet ikke nødvendigvis ville trække alt med på vej ud igen. Til sidst prøvede han at finde ud af, om der var noget, han ikke havde tænkt på, indtil han forstod, at det var hjernens forsøg på at få udsættelse.

Harry trak vejret dybt.

Kroppen ville ikke. Den protesterede, strittede imod, ville ikke lade hovedet falde.

"Idiot!" prøvede Harry at råbe, men det blev kun til en hvislen. Han kunne mærke en varm tåre bane sig vej ned over kinden.

Ikke flere tårer, tænkte han. Det var på tide at dø en lille smule nu.

Så lod han hovedet falde.

Sømmet tog imod ham med et dybt suk.

Kaja famlede efter mobiltelefonen. Carpenters havde akkurat råbt et trestemmigt "*Stop!*", og Karen Carpenter svarede "*Oh, yeah wait a minute.*" Sms-tonen.

Uden for bilen var mørket faldet på pludseligt og brutalt. Hun havde sendt tre beskeder til Harry og fortalt, hvad der var sket, at hun holdt parkeret oppe i gaden ved villaen, hvor Lene Galtung var gået ind, at hun afventede videre besked og bad ham give livstegn fra sig.

Fint arbejde. Kom og hent mig i gaden syd for kirken. Det er let at finde, for det er det eneste murede hus. Gå bare lige ind, døren er åben. Harry.

Hun oplyste adressen til taxachaufføren, som nikkede, gabte og startede motoren.

Kaja tastede '*På vej*', mens de kørte mod nord gennem oplyste gader. Vulkanen lyste aftenhimlen op som en glødelampe, udviskede stjernerne og gav alting et næsten umærkeligt, blodrødt skær.

Et kvarter senere befandt de sig i et mørklagt bombekrater af en gade. Et par petroleumslamper hang uden for en butik. Enten var strømmen gået igen, eller også havde kvarteret ikke noget strøm.

Chaufføren stoppede bilen og pegede. Van Boorst. Det var ganske rigtigt et lille murstenshus. Kaja så sig omkring. Længere oppe ad gaden så hun to Range Rovere. To larmende knallerter kørte forbi med blinkende lys. Fra en dør strømmede tung, afrikansk discomusik ud. Hist og her kunne hun se det gløde i cigaretter og hvide øjne.

"*Wait here*," sagde Kaja, skubbede håret op under kasketten og overhørte chaufførens advarende udråb, da hun åbnede døren og smuttede ud.

Hun gik hurtigt op til huset. Hun havde ingen naive forestillinger om, hvilke chancer en enlig hvid kvinde havde i en by som Goma efter mørkets frembrud, men lige nu var mørket hendes bedste ven.

Hun skimtede døren med sorte blokke af lavasten på hver side, kunne mærke, at hun måtte skynde sig, at det var på vej, at hun måtte komme det i forkøbet. Hun var lige ved at snuble, men hastede videre, trak vejret med åben mund. Så var hun der. Hun lagde hånden på dørhåndtaget. Til trods for at temperaturen var faldet overraskende hurtigt, efter at solen var gået ned, løb sveden i kaskader mellem hendes skulderblade og bryster. Hun tvang hånden til at skubbe håndtaget ned. Lyttede. Der var så mærkeligt stille. Lige så stille som dengang ...

Gråden føltes som en tyktflydende betonblanding i halsen på hende.

"Kom nu," hviskede hun. "Ikke nu."

Hun lukkede øjnene. Koncentrerede sig om sit åndedræt. Tømte hjernen for tanker. Hun ville klare det her. Tankerne forsvandt. *Delete, delete*. Sådan. Der manglede blot én lille tanke, så kunne hun åbne døren.

Harry vågnede ved, at det nappede i mundvigen. Han åbnede øjnene.

Det var blevet mørkt. Han måtte være besvimet. Så blev han opmærksom på, at det trak i metaltråden til kuglen, som stadig befandt sig inde i hans mund. Hans hjerte gav et hop, accelererede og hamrede voldsomt i hans bryst. Han skubbede munden helt ind til bolten, men han var helt på det rene med, at det ikke ville hjælpe den mindste smule, hvis en eller anden åbnede døren.

En stribe lys udefra ramte væggen over ham. Den glinsede i blod. Han førte fingrene ind i munden, lagde dem på tænderne i underkæben og pressede nedad. Smerterne fik det til at sortne et øjeblik, men han kunne mærke kæben vippe ned. Den var gået af led! Mens han pressede kæben ned med den ene hånd, fik han fat i kuglen med den anden og prøvede at trække den ud.

Han hørte lyde uden for døren. Fandens også, fandens! Han kunne stadig ikke få kuglen ud mellem tænderne. Han pressede kæben endnu længere ned. Lyden af knogler og væv, der knasede og revnede, lød, som om det kom fra selve øret. Måske kunne det lykkes for ham at trække kæben så langt ned i den ene side, at han kunne få kuglen ud sidelæns, men der var kinden i vejen. Han kunne svagt se, at dørhåndtaget bevægede sig. Der var ikke tid. Tiden sluttede her.

Den sidste lille tanke. Sms. Gaden. Gata. Kirken. Kirka. Harry brugte a-endelser. Kaja åbnede øjnene. Hvad var det, han havde sagt på hendes veranda, da de havde snakket om titlen på den der Fante-bog? At han aldrig sendte sms'er, fordi han ikke ville miste sin sjæl, fordi han foretrak ikke at efterlade sig spor, når han forsvandt. Hun havde aldrig modtaget en eneste sms fra ham. Ikke før nu. Han kunne have ringet. Der var noget her, der ikke stemte. Det her var ikke hendes hjerne, som fandt på undskyldninger for ikke at åbne døren. Det var en fælde.

Kaja slap forsigtigt dørhåndtaget. Hun kunne mærke en varm luftstrøm mod sin nakke, som om nogen åndede på hende. Hun strøg 'som om' og vendte sig.

Der var to. Deres ansigter gik i ét med mørket.

"*Looking for someone, lady?*"

Følelsen af deja-vu slog hende, allerede før hun havde svaret: "*Wrong door, that's all.*"

I det samme hørte hun en bilmotor starte, vendte sig om og så baglygterne på sin taxa slingre hen ad gaden.

"*Don't worry, lady,*" sagde stemmen. "*We paid him.*"

Hun vendte sig om igen og så ned på pistolen, som pegede på hende.

"*Let's go.*"

Kaja overvejede alternativerne. Det var hurtigt gjort. Der var ingen.

Hun gik foran dem op mod de to Range Rovere. Bagdøren på den ene svingede op, da de nærmede sig. Hun satte sig ind. Der lugtede krydret af barbersprit og nyt læder. Døren smækkede i bag hende. Han smilede. Tænderne var store og hvide, og stemmen blød, munter:

"Hej, Kaja."

Tony Leike var klædt i en gul og grå camouflageuniform. Han holdt en rød mobiltelefon i hånden. Det var Harrys.

"Du fik besked på at gå lige ind. Hvorfor gjorde du ikke det?"

Hun trak på skuldrene.

"Fascinerende," sagde han og lagde hovedet på skrå.

"Hvad?"

"Du ser ikke den mindste smule bange ud."

"Hvorfor skulle jeg det?"

"Fordi du snart skal dø. Har du virkelig ikke forstået det?"

Kaja kunne mærke halsen snøre sig sammen. Selv om en del af hendes hjerne skreg, at det var en tom trussel, at hun var fra politiet, at han selvfølgelig aldrig ville tage den chance, lykkedes det ikke for stemmen at overdøve den anden, den som sagde, at Tony Leike sad foran hende og vidste præcis, hvordan situationen var: at hun og Harry var to kamikazeidioter, som var vældigt langt hjemmefra uden autorisation, uden backup, uden juridiske muligheder. Uden en chance.

Leike trykkede på en knap, og sideruden gled ned.

"*Go finish him and bring him up there,*" sagde han til de to mænd og lod ruden glide op igen.

"Jeg synes, det ville have givet et anstrøg af klasse, hvis du havde åbnet den dør," sagde Leike. "Jeg synes ligesom, at vi skylder Harry en poetisk død. Men som situationen forholder sig nu, må vi hellere satse på et poetisk farvel." Han bøjede sig frem og så op på himlen. "Smuk rød farve, er det ikke?" Hun kunne se det på ham nu, kunne høre det. Og hendes indre stemme, den som talte sandt, fortalte hende det: at hun virkelig skulle dø.

Kapitel 86

Kaliber

Kinzonzi pegede på van Boorsts murstenshus og sagde, at Oudry skulle køre Range Roveren helt op til døren. Han kunne se, at der var lys bag gardinerne, og huskede, at Mister Tony havde bestemt, at det skulle være tændt, så den hvide mand kunne se, hvad der ventede ham. Kinzonzi steg ud og ventede på, at Oudry skulle få nøglen ud af tændingen og følge efter. Ordren var enkel: De skulle dræbe og bringe. Det vakte ingen følelser, ingen frygt, ingen glæde, ikke engang spænding. Det var arbejde.

Kinzonzi var nitten år. Han havde kæmpet, siden han var elleve. Det var da PDLA, People's Democratic Liberation Army, havde stormet hans landsby. De havde knust broderens hoved med bagsiden af en Kalashnikov og voldtaget hans to søstre, mens de tvang faderen til at se på. Bagefter havde kommandanten sagt, at hvis ikke faderen gennemførte et samleje med den yngste søster, mens de så på, ville de dræbe Kinzonzi og den ældste søster. Men før kommandanten havde fuldført sætningen, var faderen løbet direkte på en af deres macheter. Latteren havde runget.

Da de tog derfra, havde Kinzonzi for første gang i flere måneder fået et ordentligt måltid og en baret, som kommandanten sagde var hans uniform. To måneder senere havde han en Kalashnikov og havde skudt sit første menneske, en mor i en landsby, som nægtede at give familiens uldtæpper til People's Democratic Liberation Army. Han var fyldt tolv, da han stod i køen af soldater, som voldtog en ung pige ikke så langt fra det sted, hvor han selv var blevet rekrutteret. Da det blev hans tur, slog det ham pludselig, at pigen kunne være hans søster, aldersmæssigt kunne det godt stemme. Men da han så på hendes ansigt, var det gået op for ham, at han ikke længere kunne huske deres ansigter. Mor, far, søskende. Det var væk, slettet.

Da han og to kammerater fire måneder senere huggede armene af kommandanten og så ham bløde ihjel, var det ikke af hævnlyst eller had, men fordi CFF, Congo Freedom Front, havde lovet at betale bedre. I fem år havde han levet af det, som CFF-togterne i den nordlige del af Kivus jungle indbragte, men de havde hele tiden måtte vogte sig for de andre guerillaer, og de landsbyer, de stødte på, var efterhånden blevet så udplyndrede af andre, at de knap nok kunne brødføde dem. Et stykke tid havde CFF ligget i forhandlinger med regeringshæren om at nedlægge våbnene til gengæld for amnesti og ansættelse. Men det var strandet på lønforhandlingerne.

Af ren og skær sult og desperation havde CFF angrebet et af mineselskaberne, der udvandt coltan, selv om de vidste, at mineselskaberne både havde bedre våben og flere soldater end dem. Kinzonzi havde aldrig haft nogen forestilling om, at han ville komme til at leve længe, eller at han skulle dø på nogen anden måde end i kamp. Derfor havde han ikke engang blinket, da han var kommet til bevidsthed og stirrede ind i mundingen på en hvid mands gevær. Han havde talt til ham på et ukendt sprog. Kinzonzi havde bare nikket for at vise, at han ville have det overstået. To måneder senere var skaderne helet, og mineselskabet var hans nye arbejdsgiver.

Den hvide mand var Mister Tony. Mister Tony betalte godt, men viste ingen nåde, hvis han så det mindste tegn på illoyalitet. Han snakkede med dem og var den bedste chef, Kinzonzi havde haft. Kinzonzi ville ikke have nølet et sekund med at skyde ham, hvis det havde kunnet betale sig. Men det betalte sig ikke.

"Skynd dig," sagde Kinzonzi til Oudry og ladede sin pistol. Han vidste, at det kunne tage tid at dø af metalkuglen, som ville blive udløst i munden på den hvide politimand, når de åbnede døren, så derfor ville han skyde ham straks, så de kunne komme op til Nyiragongo, hvor Mister Tony og damerne ventede.

En mand, som havde siddet på en stol og røget uden for butikken lige ved siden af, rejste sig, mumlede rasende og forsvandt i mørket.

Kinzonzi så på dørhåndtaget. Første gang han havde været her, var, da de havde hentet van Boorst. Det var også første gang, han havde set den sagnomspundne Alma. På det tidspunkt havde van Boorst brugt alle sine penge på Singapore Sling, beskyttelse og Alma, som næppe var billig i drift. Så van Boorst havde i desperation begået sit livs sidste fejltagelse: at afpresse Mister Tony for penge ved at true med at gå til politiet med det, han vidste. Belgieren havde set mere resigneret end overrasket ud, da de kom efter ham, og havde skyndt sig at drikke ud. De havde parteret ham i passende store stykker, som de havde fodret de paradoksalt nok fede grise uden for flygtningelejren med. Mister Tony havde overtaget Alma. Alma med hofterne, guldtanden og det der liderlige søvngængeragtige blik, som godt kunne give Kinzonzi endnu en grund til at skyde Mister Tony en kugle for panden. Hvis det havde kunnet betale sig.

Kinzonzi trykkede håndtaget ned og trak hårdt i døren. Den svingede op, men blev stoppet, da den var halvvejs åben, af en tynd stålwire, som gik fra indersiden af døren. I samme øjeblik den blev strammet, lød der et højt og tydeligt klik og lyden af metal mod metal, som lyden af en bajonet, der bliver trukket op af en metalskede. Døren gled knirkende ud mod dem.

Kinzonzi gik ind, trak Oudry ind efter sig og smækkede døren i bag dem. Den bitre lugt af opkast stak dem i næsen.

"Tænd lygten."

Oudry gjorde, som han fik besked på.

Kinzonzi stirrede hen imod enden af stuen. Fra et nøgent søm på væggen over sengen hang en pengeseddel, gennemblødt af blod, der også var løbet ned over væggen. På sengen, i en sø af gult opkast, lå en blodig metalkugle med lange pigge, som stak ud, ligesom solstråler. Men ingen hvid politimand.

Døren. Kinzonzi hvirvlede rundt med pistolen klar.

Der var ingen.

Han lagde sig på knæ og så under sengen. Ingen.

Oudry åbnede døren til det eneste skab i rummet. Tomt.

"Han er flygtet," sagde Oudry til Kinzonzi, som stod ved sengen og trykkede en finger ned i madrassen.

"Hvad er det?" spurgte Oudry, som var kommet nærmere.

"Blod." Han tog lygten fra Oudry, lyste på gulvet og fulgte blodsporet til det sted, hvor det stoppede midt på gulvet. En lem med jernring. Han gik hen til lemmen, flåede den op og lyste ned i mørket under dem. "Hent dit gevær, Oudry."

Kammeraten forsvandt og kom tilbage med sit AK47-gevær.

"Dæk mig," sagde Kinzonzi og gik ned ad stigen.

Han nåede gulvet og samlede pistolen og lygten i et dobbeltgreb, mens han drejede rundt. Lyskeglen gled over skabe og hylder langs væggen og fortsatte hen over en fritstående reol midt på gulvet med hvide, groteske masker på hylderne. Én havde nagler til øjenbryn, en anden havde en livagtig rødmalet, asymmetrisk mund, som gik helt op til øret i den ene side, en havde tomme øjne og spyd tatoveret på begge kinder. Lyskeglen for hen over hylden på den modsatte væg og stoppede brat. Kinzonzi stivnede. Våben. Geværer. Ammunition. Hjernen er en fantastisk computer. På brøkdele af et sekund kan den registrere tonsvis af data, kombinere og ræsonnere sig frem til et rigtigt svar. Så da Kinzonzi svingede lygten tilbage mod maskerne, havde hans hjerne allerede det rigtige svar. Lyset faldt på den hvide maske med den asymmetriske mund. Man kunne se fortænderne indenfor. Det glinsede rødt på samme måde, som det havde glinset i blodet på væggen under sømmet.

Kinzonzi havde aldrig haft nogen forestilling om, at han skulle leve længe, eller at han skulle dø på nogen anden måde end i kamp.

Hjernen gav besked til fingeren om at trykke på pistolens aftrækker. Hjernen er en fantastisk computer.

I løbet af et mikrosekund trykkede fingeren, samtidig med at hjernen allerede havde ræsonneret færdig, havde svaret og vidste, hvad udfaldet ville blive.

Harry havde vidst, at der kun var én løsning, og at der ikke var tid til at vente længere. Derfor havde han banket hovedet ind mod sømmet, lidt højere denne gang. Han havde knap nok mærket det, da sømmet havde perforeret kinden og ramt metalkuglen inde i munden. Så havde han skubbet sig ned over i sengen, havde tvunget hovedet ind mod væggen og lænet sig tilbage med fuld vægt, mens han prøvede at stramme musklerne i kinden. Først var der ikke sket noget, så var kvalmen kommet. Og panikken. Hvis han kastede op nu, med Leopolds æble i munden, ville han drukne. Men det var ikke muligt at stoppe, han kunne allerede mærke maven trække sig sammen for at sende den første ladning op gennem spiserøret. Desperat løftede Harry hovedet og hofterne og lod sig falde hårdt ned. Han kunne mærke vævet i kinden give efter, revne, blive flået op af sømmet. Han mærkede blodet strømme ind i munden, ned i luftrøret, aktivere hosterefleksen og sømmet slå ind mod fortænderne. Harry stak en hånd ind i munden, men kuglen var glat af blod, fingrene gled på metallet. Han skubbede fingrene ind bag kuglen og puffede til den, mens han trak kæben ned med den anden hånd. Han kunne høre noget skrabe mod tænderne. Og så, med et voldsomt tryk, kastede han op.

Måske var det det, der havde fået metalæblet ud. Harry lå med hovedet ind mod væggen og så på den blanke helvedesmaskine, som lå badet i hans opkast på madrassen under bolten.

Så rejste han sig, nøgen og på vaklende ben. Han var fri.

Han vaklede hen imod døren, da han kom i tanker om, hvorfor han var kommet til huset. Først i tredje forsøg fik han lemmen op. Han gled i sit eget blod på vej ned ad stigen og faldt ned i det buldrende mørke. Mens han lå på betongulvet og hev efter vejret, hørte han en bil komme og standse. Han hørte stemmer, og bildøre blev smækket i. Harry kom på benene, famlede sig frem i mørket, tog stigen i to lange skridt, fik en hånd på lemmen og lukkede den, idet han hørte døren svinge op og det ru klik fra æblet.

Harry gik forsigtigt ned igen, indtil han kunne mærke det kolde betongulv mod sine fodbalder. Så lukkede han øjnene og prøvede at genkalde sig omgivelserne. Han fremmanede billeder, fra da han havde været der sidste gang. Hylden til venstre. Kalashnikov. Glock. Smith & Wesson. Kufferten med Märklin-riflen. Ammunition. I den rækkefølge. Han famlede sig frem. Fingrene gled hen over et geværløb. Det glatte stål på en Glock. Og der, de velkendte former på en Smith & Wesson .38, samme type som hans egen tjenesterevolver. Han tog den op og famlede sig videre mod kasserne med ammunition. Han kunne mærke træet mod sine fingerspidser. Han hørte rasende stemmer og skridt over sig. Han skulle bare have låget af. Og så lidt held nu, tak. Han stak hånden ned og klemte rundt om en af kartonæskerne og kunne mærke konturerne af patronerne. Pokkers også, for store! Idet han løftede låget af næste trækasse, gik lemmen op. Han nappede hurtigt en æske og måtte bare tage chancen for, at de var af den rette kaliber. I det samme trængte der lys ned i kælderen, en ring som fra et spotlight lyste gulvet op omkring stigen. Den gav også lys nok til, at Harry kunne læse på etiketten på æsken: 7.62 millimeter. Fandens, fandens! Harry så på hylden. Der. Kassen ved siden af. Kaliber .38. Lyset forsvandt fra gulvet og skælvede hen over loftet. Harry så silhuetten af en Kalashnikov i åbningen og en mand på vej ned ad stigen.

Hjernen er en fantastisk computer.

I det øjeblik Harry åbnede låget på kassen og fik fat i en æske, havde den allerede regnet det ud. At det var for sent.

Kapitel 87

Kalashnikov

"Der ville ikke have været en vej her, hvis vi ikke havde drevet minedrift," sagde Tony Leike, mens bilen vuggede langs den smalle grusvej. "Entreprenører som mig er det eneste håb for, at folk i et land som Congo kan komme på benene og blive civiliserede. Alternativet er at overlade dem til sig selv, så de kan fortsætte med det, de altid har gjort: at tage livet af hinanden. Alle på dette kontinent er jægere og bytte i én og samme person. Glem ikke det, når du ser ind i de bedende øjne på et sultende, afrikansk barn. Hvis du giver det lidt mad, vil de øjne snart se på dig igen omme bag et automatvåben. Og så er der ingen nåde."

Kaja svarede ikke. Hun stirrede på det røde hår på kvinden på passagersædet. Lene Galtung havde hverken rørt sig eller sagt noget, hun sad der bare med lige ryg og tilbagetrukne skuldre.

"Alt i Afrika er en cyklus," fortsatte Tony. "Regntid og tørke, nat og dag, spise og blive spist, leve og dø. Naturens gang er alt, ingenting kan forandres, svøm med strømmen, overlev så længe du kan, tag det, der bliver tilbudt, det er det eneste, du kan gøre. For dine forfædres liv er dit liv, du kan ikke udvirke nogen forandring, udvikling er ikke muligt. Det er ikke afrikansk filosofi, bare generationernes erfaring. Og det er *erfaringen,* vi må forandre. Det er erfaringen, som forandrer måden at tænke på, ikke omvendt."

"Og hvis erfaringen er, at hvide mennesker udbytter dem?" sagde Kaja.

"Idéen om udbytning er plantet af hvide mennesker," sagde Tony. "Men begrebet har vist sig nyttigt for afrikanske ledere, som har brug for at kunne pege på en fælles fjende for at kunne samle folket bag sig. Helt tilbage fra afviklingen af kolonistyret i tresserne har de brugt de hvides skyldfølelse til at skaffe sig selv magt, så den *virkelige* udbytning af folket kunne begynde. De hvides skyldfølelse over at have koloniseret Afrika er latterlig. Den virkelige forbrydelse var at overlade afrikanerne til deres egen morderiske og destruktive natur. Tro mig, Kaja, de fleste congolesere har aldrig haft det bedre end under belgierne. Oprørene havde aldrig noget fundament i folkets vilje, men i enkeltpersoners magtbegær. De bestod af små grupperinger, som stormede belgiernes huse her ved Kivu-søen, fordi husene var så fine, at de regnede med at finde noget der, som de havde lyst til at eje. Sådan var det, og sådan er det. Det er derfor, ejendommene altid har mindst to porte, én i hver sin ende. Én som tyvene kan storme ind gennem, og én som beboerne kan flygte ud ad."

"Så det var sådan, I slap væk fra ejendommen, uden at jeg så jer?"

Tony lo. "Troede du virkelig, at det var *dig*, der skyggede *os*? Jeg har holdt øje med jer, lige siden I ankom. Goma er en lille by med få penge og et overskueligt magtapparat. Det var voldsomt naivt af dig og Harry at komme alene."

"Hvem er naiv?" sagde Kaja. "Hvad tror du, der vil ske, når det bliver opdaget, at to norske politifolk er forsvundet i Goma?"

Tony trak på skuldrene. "Kidnapning er relativt almindeligt i Goma. Det skulle ikke undre mig, hvis det lokale politi snart modtager et brev fra en oprørsguerilla med besked om at betale en uhørt sum i løsepenge for jer to samt at løslade navngivne fanger, som er kendte modstandere af præsident Kabilas regime. Forhandlingerne vil stå på i nogle dage, men ikke føre til noget, da kravene selvfølgelig vil være umulige at opfylde. Og siden har ingen set jer. Det er hverdagskost, Kaja."

Kaja prøvede at fange Lene Galtungs blik i spejlet, men det var bortvendt.

"Hvad med hende?" sagde Kaja højt. "Ved hun, at du har dræbt alle de mennesker, Tony?"

"Det gør hun nu," sagde Tony. "Og hun forstår mig. Sådan er ægte kærlighed, Kaja. Og derfor skal Lene og jeg giftes nu i aften. I er inviteret." Han lo. "Vi er på vej til kirken. Jeg tror, at det bliver en særdeles stemningsfuld ceremoni, når vi skal sværge hinanden evig troskab, ikke også, Lene?"

I det samme lænede Lene sig frem i sædet, og Kaja kunne se grunden til de tilbagetrukne skuldre: Hendes hænder var låst på ryggen med et par rosafarvede håndjern. Tony lænede sig frem, greb Lene i skulderen og trak hende hårdt tilbage. I det samme vred Lene sig om mod dem, og det gav et spjæt i Kaja. Lene Galtung var næsten uigenkendelig. Ansigtet var grimet af gråd, hun havde hævelser rundt om det ene øje, og munden var tvunget åben, så hendes læber formede et O. Inde i O'et glimtede det mat i metal. Fra guldkuglen hang der en kort, rød snor.

Og for Kaja var ordene, som Tony sagde, et ekko fra et andet frieri på dødens tærskel, en begravelse i sne: "Til døden os skiller."

Harry gled ind bag hylden med masker, idet skikkelsen nåede bunden af stigen, vendte sig om og svingede med lygten. Der var ingen steder at gemme sig, kun nedtællingen til, at han ville blive set. Harry lukkede øjnene for ikke at blive blændet, mens han åbnede æsken med patroner med venstre hånd og greb fire patroner. Fingrene vidste præcis, hvordan fire patroner føltes. Han svingede revolvertromlen ud til venstre med højre hånd, prøvede at lade de automatiserede bevægelser komme af sig selv, sådan som de havde gjort, da han sad alene i Cabrini Green og af ren og skær kedsomhed trænede hurtigladning. Men det her var ikke ensomt nok. Og ikke kedeligt nok. Fingrene rystede. Han så den røde inderside af sine egne øjenlåg, da lyset faldt på hans ansigt. Han forberedte sig. Men skuddene kom ikke. Lyset forsvandt. Han var ikke død, ikke endnu. Fingrene lystrede. De skød patronerne ind i fire af de seks ledige kamre, afslappet, hurtigt, med én hånd. Tromlen smækkede på plads. Harry åbnede øjnene, idet lyset ramte ham i ansigtet. Blændet fyrede han løs ind i solen.

Lyset svingede opad, hen over loftet og forsvandt. Ekkoet af skuddene hang stadig i luften, mens der lød en metallisk rumlen af lommelygten, der trillede rundt om sin egen akse og som et fyrtårn sendte lavt lys rundt på væggene.

"Kinzonzi! Kinzonzi!"

Lygten stoppede med front mod hylden. Harry styrtede frem, greb den, smed sig på ryggen på gulvet, holdt lygten med strakt arm ud til siden, så langt væk fra kroppen som muligt, stemte benene mod hylden og skubbede sig ind mod stigen, således at han fik lemmen lige over sig. Så kom projektilerne. Det lød som piskesmæld, og han kunne føle regnen af betongrus mod armen og brystet, da de borede sig ned i gulvet rundt om lygten. Harry sigtede og skød op på den oplyste skikkelse, som stod skrævende over lemmen. Tre hurtige skud.

Kalashnikoven kom først. Den ramte gulvet ved siden af Harrys hoved med et højt smæld. Så kom manden. Harry nåede lige at rulle sig ud til siden, før kroppen ramte gulvet. Uden modstand. Kød. Dødvægt.

Der var stille i et par sekunder. Så hørte Harry Kinzonzi, hvis det var det, han hed, stønne lavt. Harry kom på benene, stadig med lygten ude til siden, så en Glock-pistol ligge på gulvet ved siden af Kinzonzi og sparkede den væk. Han greb Kalashnikoven.

Så slæbte han den anden mand hen til væggen længst muligt væk fra Kinzonzi og lyste på ham. Han havde forudsigeligt nok reageret præcist som Harry: Han blev blændet og fyrede direkte ind i solen. Harrys drabsefterforskerblik registrerede automatisk, at mandens bukseskridt var gennemblødt af blod, at kuglen sandsynligvis var fortsat op i maven, men næppe havde taget livet af ham. Den ene skulder var blodig, så et projektil var sandsynligvis gået op i armhulen. Det forklarede, at Kalashnikoven var kommet først. Harry satte sig på hug. Men det forklarede ikke, at manden ikke trak vejret.

Han lyste på hans ansigt. At *drengen* ikke trak vejret.

Kuglen var gået ind under hagen. På grund af den vinkel, de havde haft i forhold til hinanden, var blyet sandsynligvis fortsat ind i munden, gennem ganen og op i hjernen. Harry trak vejret dybt. Drengen kunne ikke være stort mere end seksten eller sytten år gammel. En direkte smuk dreng. Bortkastet skønhed. Harry rejste sig, satte geværmundingen mod den dødes hoved og råbte højt: "*Where are they? Mister Leike. Tony. Where?*"

Han ventede lidt.

"*What? Louder. I can't hear you. Where? Three seconds. One-two ...*"

Harry trykkede på aftrækkeren. Våbnet var tydeligvis indstillet på fuldautomatisk, for det havde affyret mindst fire skud, før han nåede at slippe igen. Harry havde lukket øjnene, da han mærkede, hvordan det sprøjtede mod hans ansigt, og da han åbnede dem igen, så han, at drengens smukke ansigt var væk. Harry registrerede, at noget varmt og vådt løb ned ad hans egen nøgne krop.

Harry gik hen til Kinzonzi. Han skrævede over ham, rettede lyset mod hans ansigt, geværmundingen mod hans pande og gentog spørgsmålet ordret.

"*Where are they? Mister Leike. Tony. Where? Three seconds ...*"

Kinzonzi åbnede øjnene. Harry så det dirre i de hvide øjenæbler. Rædslen for at dø er en forudsætning for at ville leve. Det måtte det være, i hvert fald her i Goma.

Kinzonzi svarede, langsomt og tydeligt.

Kapitel 88

Kirken

Kinzonzi lå helt stille. Den høje, hvide mand havde sat lygten på gulvet, så den lyste op i loftet. Kinzonzi så ham tage Oudrys tøj på, så ham rive hans T-shirt i strimler og snurre dem under hagen og over hovedet, så de dækkede det gabende sår, der løb fra mundvigen og op til øret. Han strammede til, så underkæben ikke længere hang ned på den ene side. Blodet gennemvædede bomuldsstoffet, mens Kinzonzi så på.

Han havde svaret manden på de få spørgsmål, han havde stillet. Hvor. Hvor mange. Hvilke våben de havde.

Nu gik den hvide mand hen til reolen og trak en sort kuffert frem, åbnede den og tjekkede indholdet.

Kinzonzi vidste, at han skulle dø. Ungt og voldsomt. Men måske ikke helt endnu, måske ikke i nat. Hans mave sved, som om nogen havde hældt syre på ham. Men han kunne godt holde det ud.

Den hvide mand rejste sig og greb Oudrys Kalashnikov. Han tog nogle skridt hen imod Kinzonzi, stod bøjet over ham med lyset i ryggen, en vældig stor skikkelse med hovedet surret ind i hvidt, ligesom de plejede at binde hagen op på de døde, før de skulle begraves. Hvis Kinzonzi skulle skydes, ville det ske nu. Manden lod de strimler fra T-shirten, han ikke havde brugt, falde ned på Kinzonzi.

"*Help yourself.*"

Kinzonzi hørte ham stønne, da han gik op ad stigen.

Kinzonzi lukkede øjnene. Hvis han ikke ventede for længe, kunne han nå at stoppe den værste blødning, før han besvimede af blodtabet, komme op fra kælderen, krybe over vejen, finde folk. Og han kunne være heldig, det *kunne* være, at de ikke tilhørte gribbearten fra Goma. Han kunne finde Alma. Han kunne gøre hende til sin. For hun havde ikke længere nogen mand nu. Og Kinzonzi havde ikke længere nogen arbejdsgiver. Han havde nemlig set, hvad der var i den kuffert, som den store, hvide mand havde taget med sig.

Harry stoppede Range Roveren foran de lave mure rundt om kirken, lige foran den bulede Hyundai, som stadig holdt der.

En cigaret glødede inde i bilen.

Harry slukkede for lygterne, rullede vinduet ned og stak hovedet ud.

"Saul!"

Harry så cigaretgløden bevæge sig. Taxachaufføren steg ud.

"Harry. Hvad er der sket? Dit ansigt ..."

"Tingene gik ikke helt efter planen. Jeg regnede ikke med, at du stadigvæk var her."

"Hvorfor ikke? Du har betalt mig for hele dagen." Saul strøg hånden hen over motorhjelmen på Range Roveren. "God bil. Stjålet?"

"Lånt."

"Lånt bil. Også lånt tøj?"

"Ja."

"Rødt af blod. Den tidligere ejers?"

"Vi lader din bil stå, Saul."

"Vil jeg have denne her tur, Harry?"

"Sandsynligvis ikke. Er det til nogen hjælp, hvis jeg siger, at jeg er en af de gode?"

"Beklager, men i Goma har vi glemt, hvad det betyder, Harry."

"Javel. Vil et hundrede dollar hjælpe på sagen?"

"To hundrede," sagde Saul.

Harry nikkede.

"... og halvtreds," sagde Saul.

Harry steg ud og lod Saul overtage rattet.

"Er du sikker på, at det er der, de er?" spurgte Saul og drejede ud på vejen.

"Ja," sagde Harry fra bagsædet. "En eller anden fortalte mig engang, at det er det eneste sted, hvor folk i Goma kan komme i himlen."

"Jeg kan ikke lide det sted," sagde Saul.

"Ikke?" sagde Harry og åbnede kassen ved siden af sig. Märklin. Anvisningen for, hvordan riflen skulle skrues sammen, var limet på indersiden af låget. Harry begyndte på arbejdet.

"Onde dæmoner. Ba-Toye."

"Du har studeret ved Oxford, sagde du?" Der lød matte, olierede klik fra delene, som villigt lod sig samle.

"Jeg kan forstå, at du ikke kender til ilddæmonen."

"Nej, men jeg kender til dem her," svarede Harry og tog en af patronerne, som lå i deres eget rum i kassen. "Og jeg sætter mine penge på dem mod Ba-Toye."

Det sparsomme gule lys i loftet fik det til at glimte i de guldfarvede patronhylstre. Blykuglen indeni havde en diameter på seksten millimeter. Verdens kraftigste kaliber. Da han arbejdede med rapporten efter sagen om Rødhals, havde en ballistikekspert fortalt ham, at kaliberen på Märklin lå godt over grænsen for det, der var klogt, selv når man skulle skyde elefanter, og at den var mere egnet til at fælde træer med.

Harry klikkede kikkertsigtet på plads. "Giv den gas, Saul."

Han lagde løbet over ryggen på det tomme passagersæde og prøvede aftrækkeren, mens han holdt øjet et stykke fra kikkertsigtet på grund af bilens stødvise bevægelser. Det var nødvendigt at justere, kalibrere og finindstille sigtet, men der ville ikke blive lejlighed til det.

De var fremme. Kaja så ud gennem bilruden. De spredte lys under dem var Goma. Længere ude så hun lyset fra boreriggen på Kivu-søen. Månen skinnede i det grønne og sorte vand. Den sidste del af vejen havde bare været en sti, som snoede sig rundt om toppen, og billygterne havde fejet hen over det sorte, nøgne månelandskab. Da de var nået helt op til det øverste plateau, en stentallerken, flad som en pandekage og med en diameter på cirka hundrede meter, var chaufføren kørt over til den anden ende af plateauet gennem skyer af hvid, drivende røg, som blev farvet rød lige over Nyiragongos krater.

Chaufføren slukkede for motoren.

"Må jeg spørge dig om en ting?" sagde Tony. "Det er en ting, som jeg har tænkt en del på de sidste par uger. Hvordan føles det at vide, at du skal dø? Jeg mener ikke at være bange, fordi du er i livsfare, det har jeg selv været flere gange. Men det at have fuld og komplet vished for, at her, netop nu, skal livet høre op. Kan du klare at ... formidle det?" Tony lænede sig lidt frem for at få øjenkontakt med hende. "Bare tag dig tid til at finde de rigtige ord."

Kaja så på ham. Hun havde ventet på panikken. Den kom bare ikke. Hun var lige så forstenet som landskabet rundt om dem.

"Jeg føler ingenting," sagde hun.

"Kom nu," sagde han. "De andre var så rædselsslagne, at de ikke engang kunne svare, de kunne kun vrøvle. Charlotte Lolles stirrede bare som i chok. Elias Skog magtede ikke at tale rent. Min far græd. Er det bare kaos, eller findes der eftertanke? Føler du sorg? Anger? Eller lettelse over, at du ikke behøver at stritte imod længere? Se på Lene for eksempel, hun har givet op, og hun går ind til det her som det villige offerlam, hun er. Hvordan forholder det sig med dig, Kaja? Hvor meget længes du efter at opgive kontrollen?"

Kaja blev klar over, at der var oprigtig nysgerrighed i hans blik.

"Lad mig hellere spørge dig, hvor meget du længtes efter at *få* kontrollen, Tony," sagde hun og kørte tungen rundt i munden på jagt efter væde, "da du blev styret til at dræbe den ene efter den anden af en usynlig person, som viste sig at være den knægt, du engang havde skåret tungen ud på? Kan du fortælle mig det?"

Tony kiggede ud i luften og rystede langsomt på hovedet som svar på et andet spørgsmål.

"Tanken havde slet ikke strejfet mig, før jeg læste på nettet, at gode, gamle Skai havde anholdt en tidligere indbygger i bygden. Ole-drengen. Hvem skulle have troet, at han havde så meget mod?"

"Så meget had, mener du?"

Tony tog en pistol op af jakkelommen og så på uret.

"Harry er sent på den."

"Han kommer nok."

Tony lo. "Men desværre for dig uden puls. Jeg kunne for resten godt lide Harry. Virkelig. Han var morsom at lege med. Jeg ringede til ham fra Ustaoset. Han havde givet mig sit nummer. Jeg hørte telefonsvareren sige, at han var uden for dækningsområdet et par dage. Jeg kunne ikke lade være med at grine. Han var selvfølgelig i Håvasshytten, den luskebuks." Tony havde lagt pistolen i den ene håndflade, mens han strøg hen over det sortlakerede stål med den anden hånd. "Jeg kunne se det på ham, da jeg mødte ham i Politihuset, at han er som mig."

"Det tvivler jeg på."

"Åh jo. En jaget mand. En junkie. Han er en mand, som gør det, han er nødt til for at få det, han vil have, og som går over lig, hvis det er nødvendigt. Stemmer det ikke?"

Kaja svarede ikke.

Tony så på uret igen. "Jeg tror næsten, at vi må begynde uden ham."

Han kommer, tænkte Kaja. Jeg må bare skaffe ham tid.

"Så du stak af," sagde hun. "Med din fars pas og tandregulering?"

Tony så på henne.

Hun vidste, at han vidste, hvad hun foretog sig. Men også, at han kunne lide det, at fortælle, hvordan han havde narret dem. Det kunne de alle sammen.

"Ved du hvad, Kaja? Jeg ville ønske, at min far havde været her og set mig nu. Her, på toppen af mit fjeld. Set og forstået det hele, før jeg dræbte ham. Sådan som Lene forstår, at hun skal dø, sådan som jeg håber, at du også forstår det, Kaja."

Nu mærkede hun den. Angsten. Den var mere som en fysisk smerte end en panik, som fik rationel tænkning til at kollapse. Hun så klart, hørte klart, tænkte klart. Ja, klarere end nogen sinde, syntes hun.

"Du begyndte at dræbe for at skjule, at du havde været utro," sagde hun, hæsere i stemmen nu. "For at sikre dig Galtung-familiens millioner. Men hvad med de millioner, du har narret ud af Lene nu, er de virkelig nok til at redde dit projekt hernede?"

"Det ved jeg ikke," smilede Tony og greb om pistolskæftet. "Vi må se. Ud."

"Er det det værd, Tony? Er alt det her virkelig alle disse menneskeliv værd?"

Kaja gispede, da pistolløbet blev stukket ind i ribbenene på hende. Tonys stemme hvæsede ind i hendes øre:

"Se dig omkring, Kaja. Du befinder dig i menneskehedens vugge. Se, hvad et menneskeliv er værd. Nogle dør, og endnu flere bliver født, i et eneste rasende væddeløb, rundt og rundt, og det ene giver ikke mere mening end det andet. Men *spillet* giver mening. Passionen, lidenskaben. Spillegalskaben, som nogle idioter kalder det. Det er det hele. Det er som Nyiragongo. Det slukker alt, udsletter alt, men er også forudsætningen for alt liv. Ingen passion, ingen mening. Hvis der ingen kogende lava var dernede, ville alt herude ligge stendødt, stivfrossent. Lidenskaben, Kaja, har du den? Eller er du en død vulkan, et menneskefnug, som skal opsummeres i tre sætninger i en begravelsestale?"

Kaja rykkede sig løs, og Tony lo skrattende.

"Er du klar til vielsen, Kaja? Klar til, at der bliver fyret op under dig?"

Hun kunne lugte stanken af svovl. Chaufføren havde åbnet døren for Kaja, kiggede på hende med et ligegyldigt blik, pegede på hende med et kortløbet gevær. Selv her, inde i bilen, ti meter fra kanten til krateret, kunne hun mærke varmen. Hun rørte sig ikke. Den sorte mand lænede sig ind og greb fat i hendes arm. Hun lod ham trække sig ud uden at gøre modstand, sørgede bare for at gøre sig tung nok til, at han ikke havde den fulde balance, så da hun pludselig styrtede ud, vaklede han overrumplet baglæns. Manden var overraskende spinkel og sandsynligvis lidt lavere end hende selv. Hun slog med albuen, fordi hun vidste, at den har overlegen kraft i forhold til en knyttet næve, fordi hun vidste, at halsen, tindingen, næsen var gode steder at ramme. Albuen ramte noget, der knasede, manden faldt, mistede våbnet. Kaja løftede foden. Hun havde lært, at den mest effektive måde at uskadeliggøre en liggende person på, er at trampe på låret. Kombinationen af et tryk med fuld kropsvægt på oversiden og presset fra underlaget på undersiden vil umiddelbart udløse så store blødninger i den store lårmuskulatur, at personen aldrig vil kunne rejse sig og forfølge en. Alternativet er at trykke mod bryst og hals med et muligt fatalt udfald. Hun havde blikket rettet mod den blottede hals, idet månelyset faldt på mandens ansigt. Hun tøvede i en brøkdel af et sekund. Han kunne ikke være ældre, end Even havde været.

Så mærkede hun armene, som blev slået rundt om hendes krop

bagfra, og som trykkede hendes egne arme ind til siden og pressede luften ud af hendes lunger, idet hun blev løftet op fra jorden og sprællede hjælpeløst med benene. Tonys stemme, tæt ved hendes øre, lød munter: "Godt, Kaja. Lidenskab. Du vil leve. Jeg skal sørge for, at han bliver trukket i løn, det lover jeg."

Knægten, der lå foran hende, kom på benene og greb sit våben. Nu var ligegyldigheden væk, og et hvidt raseri lyste i hans blik.

Tony trak hendes hænder om bag ryggen på hende, og hun kunne mærke, at tynde plasticstrips blev fæstnet stramt om hendes håndled.

"Så," sagde Tony. "Tør jeg bede Dem være min og Lenes forlover, frøken Solness?"

Og så, endelig, kom den. Panikken. Den tømte hendes hjerne for alt andet, viskede alt blankt, rent. Grusomt. Enkelt. Hun skreg.

Kapitel 89

Vielsen

Kaja stod på kanten og kiggede ned. Den opvarmede luft steg op, stod som en hed brise mod hendes ansigt. Den giftige røg havde allerede gjort hende svimmel, men måske var det bare den dirrende varme luft, som gjorde billedet uklart, som fik lavaen til at skælve dernede i afgrunden, hvor den skinnede i nuancer af gult og rødt. En hårtjavs var gledet ned i ansigtet på hende, men hendes hænder var bundet sammen på ryggen med plasticstrips. Hun stod skulder ved skulder med Lene Galtung, som Kaja antog måtte være dopet, sådan som hun stod og stirrede søvngængeragtigt frem for sig. En hvidklædt, levende død, som kun rummede kulde og ødemark inde i sig, en udstillingsfigur klædt i hvidt i et vindue i et rebslageri.

Tony stod lige bag dem. Hun kunne mærke hans hånd mod sin lænd.

"Tager du ham, som ved din side står, lover du at elske og ære ham i medgang såvel som i modgang ..." hviskede han.

Det var ikke af grusomhed, havde han forklaret. Det var bare så praktisk. Der ville ikke være nogen spor efter dem. Knap nok nogle spørgsmål. Og folk forsvinder i Congo hver eneste dag.

"Så erklærer jeg jer hermed for rette ægtefolk at være."

Kaja mumlede en bøn. Hun mente, at det var en bøn, lige indtil hun hørte ordene, "... fordi det er umuligt for mig og den, jeg vil have, at være sammen."

Ordene fra Evens afskedsbrev.

En bilmotor brølede i lavt gear, og et par billygter fejede hen over himlen. Range Roveren dukkede op på den anden side af krateret.

"Der har vi jo de andre," sagde Tony. "Vink pænt farvel, piger."

Harry vidste ikke, hvilket syn der ville møde ham, da de svingede op på plateauet ved krateret. Kinzonzi havde sagt, at bortset fra pigerne havde Mister Tony kun chaufføren med, men at han og Mister Tony begge var bevæbnede med automatvåben.

Lige før toppen havde Harry tilbudt Saul at blive sat af, men det havde han afslået: "Jeg har ingen familie tilbage, Harry. Måske er det sandt, at du er på det godes side. Desuden har du betalt for hele dagen."

De standsede med skridende dæk.

Deres billygter pegede tværs over krateret, på klyngen med tre mennesker, som stod på kanten. Så forsvandt de tre i en sky, men Harry havde allerede set dem og opsummeret: én mand med et kortløbet gevær bag de tre, én parkeret Range Rover, og ingen tid. Så gled skyen bort, og Harry så, at både Tony og den anden mand skyggede for øjnene og så over mod bilen, som om de ventede på noget.

"Sluk for motoren," sagde Harry fra bagsædet og lagde løbet på Märklin-riflen op på ryggen af forsædet. "Men lad lygterne være tændt."

Saul gjorde, som han fik besked på.

Manden i camouflageuniformen gik ned på det ene knæ, lagde geværet til skulderen og sigtede mod dem.

"Blink et par gange med lygterne," sagde Harry og lagde øjet mod kikkertsigtet. "De venter på et eller andet signal."

Harry kneb det venstre øje sammen, lukkede den halve verden ude, lukkede de blege ansigter ude, at det var Kaja, han så gennem kikkertsigtet, at det var Lene med udspilede kinder og øjne sorte af chok, at der kun var disse få sekunder. Han lukkede de turkisfarvede øjne ude, som havde set på ham, da han sagde ordene: "Jeg sværger." Han lukkede af for den poppende lyd af et skud, som fortalte ham, at det var et forkert signal, lukkede af for det dunk, det gav, da kuglen ramte karosseriet, efterfulgt af et dunk til. Han lukkede af for alt, der ikke handlede om lysbrydningen i forruden, lysbrydningen i luften, der sitrede af varme over krateret, kuglens sandsynlige afdrift mod højre, samme vej som skyerne drev. Han vidste, at han på nuværende tidspunkt kun blev holdt oppe af én ting: adrenalin. At det var en kort rus, at den kunne løbe tør hvert sekund. Men så længe hans hjerte stadig pumpede blod til hjernen, var det sekund alt, hvad han havde brug for. For hjernen er en fantastisk computer. Tony Leikes hoved var halvt skjult af Lenes, men ragede lidt op over det.

Harry sigtede på Kajas spidse tænder. Flyttede det til den blinkende kugle mellem Lenes læber. Flyttede sigtet lidt op. Ingen finjustering. Tilfældigheder. Læg indsatserne, sidste løb.

En sky af damp var på vej ind fra venstre.

Snart ville de være indhyllet i den, og som om han var blevet skænket et øjebliks klarsyn, så Harry det: at når skyen var drevet forbi, ville der ikke længere stå nogen der. Harry trak fingeren tilbage. Så Kaja blinke lige over korset i sigtet.

Jeg sværger.

Han var fortabt. Endelig.

Inde i bilen føltes det, som om den skulle sprænges af larmen, og skulderen, som om den var ved at gå af led. Forruden havde fået et frosthvidt, lille hul. Den blodrøde sky dækkede alt på den anden side af krateret. Harry trak skælvende vejret og ventede.

Kapitel 90
Marlon Brando

Harry lå på ryggen og flød. Flød væk. Sank. Sank ned i Kivu-søen, mens blodet, hans eget og de andres, blandede sig med søen, indgik i helheden, forsvandt i universets store søvn, mens stjernerne over ham forsvandt i det sorte, kolde vand. Freden i afgrunden, stilheden, intetheden, indtil han igen steg op til overfladen på en boble af metangas, et lig sort som natten med kød, der var inficeret af guineaorm, kød, som kogte og bevægede sig under huden. Og han måtte ud af Kivusøen for at leve videre. For at vente.

Harry åbnede øjnene. Han kunne se hotelbalkonen over sig. Han vendte sig om på siden og svømmede de få meter ind til bredden, steg op af vandet.

Snart ville morgenen gry, snart ville han sidde på flyet tilbage til Oslo, snart ville han stå på Gunnar Hagens kontor og sige, at det var overstået, at de var væk, borte for altid, at det var mislykkedes for dem. Så ville han igen prøve at forsvinde.

Harry hyllede sig rystende ind i det store hvide håndklæde og gik hen imod trappen op til hotelværelset.

Da skyen drev væk, havde der ikke længere stået nogen ved kanten til krateret.

Harrys kikkertsigte havde automatisk søgt efter skytten, havde fundet ham og været lige ved at trykke på aftrækkeren, men havde så opdaget, at han kiggede på hans ryg, at han var på vej hen imod bilen. Lige efter havde han startet Range Roverens motor, havde kørt forbi dem og var forsvundet.

Han havde flyttet kikkertsigtet tilbage til det sted, hvor han havde set Kaja, Tony og Lene, havde skruet på optikken, havde set fodsåler. Tre par.

Så havde han kastet riflen fra sig, var hoppet ud af bilen og var løbet rundt om krateret med tjenesterevolveren foran sig. Havde løbet og bedt, var gledet ned på knæ ved siden af dem og vidste allerede, før han så efter, at han havde tabt.

Harry låste døren ind til sit hotelværelse op, gik ud på badeværelset, trak den våde bandage af hovedet og lagde en ny på, som han havde fået i receptionen. De midlertidige sting holdt kinden sammen. Det var værre med kæben. Kufferten stod færdigpakket ved siden af sengen. Tøjet, han skulle rejse i, hang over stolen. Han tog cigaretpakken ud af bukselommen, gik ud på balkonen og satte sig i en af plasticstolene. Kulden dulmede smerterne i kæben og kinden. Han så ud på den sølvskinnende sø, som han aldrig skulle se igen, så længe han levede.

Hun var død. Blykuglen med en diameter på halvanden centimeter var passeret gennem hendes højre øje, havde taget højre del af baghovedet med sig, havde taget Tony Leikes store, hvide fortænder med ind i hans hovedskal, havde åbnet et krater på bagsiden og spredt det hele ud over et område på hundrede kvadratmeter med lavasten.

Harry havde brækket sig, havde spyttet grøn slim på stenene og var vaklet bagover.

Han fiskede to cigaretter op af pakken, stak dem mellem læberne og mærkede, at de hoppede mod hans klaprende tænder. Flyet gik om fire timer. Han havde aftalt med Saul, at han skulle køre dem til lufthavnen. Harry var så udmattet, at han knap nok magtede at holde øjnene åbne. Alligevel hverken kunne eller ville han sove. Spøgelserne havde besøgsforbud den første nat.

"Marlon Brando," sagde hun.

"Hvad?" sagde Harry, tændte cigaretterne og rakte hende den ene.

"Machoskuespilleren, hvis navn jeg ikke kunne komme på. Han har jo den mest feminine stemme af dem alle sammen. Også en kvindemund. Har du for resten lagt mærke til, at han læspede? Det var ikke så tydeligt, men det er der som en overtone, øret ikke opfatter som lyd, men som hjernen alligevel registrerer."

"Jeg forstår, hvad du mener," sagde Harry, inhalerede og så på hende.

Hun havde været oversprøjtet af blod, kødstumper, knoglesplinter, hjernemasse. Han havde brugt lang tid på at gennemskære de plasticstrips, der bandt hendes hænder sammen. Hans fingre ville simpelthen ikke lystre ham. Da hun endelig var fri, havde hun rejst sig op, mens han var blevet liggende tilbage på jorden på alle fire.

Og han havde ikke gjort noget for at stoppe hende, da hun havde taget fat i Tonys jakkekrave og bælte og havde rullet liget ud over kanten af krateret. Harry havde ikke hørt en lyd, bare vinden som hviskede og hviskede. Han havde set på hende, mens hun stod der og kiggede ned i krateret, indtil hun havde vendt sig om mod ham.

Han nikkede. Hun behøvede ikke at forklare noget. Det måtte gøres på den måde.

Hun havde nikket spørgende hen imod liget af Lene Galtung. Men Harry havde rystet på hovedet. Han havde afvejet tingene mod hinanden, det praktiske mod det moralske, de diplomatiske konsekvenser mod, at en mor fik en grav at besøge, sandheden mod en løgn, som måske gjorde livet mere udholdeligt at leve. Så var han kommet på benene, havde løftet Lene Galtung, var ved at segne under vægten af den lille, unge pige, havde stillet sig på kanten af afgrunden, havde lukket øjnene, mærket længslen og svajet et øjeblik. Og så havde han sluppet hende, havde åbnet øjnene og set ned efter hende. Hun var allerede en prik. Så var den blevet opslugt af røgen.

"Folk forsvinder i Congo hver eneste dag," havde Kaja sagt, mens Saul kørte ned fra bjerget, og han sad på bagsædet og holdt om hende.

Han vidste, at det ville blive en kort rapport. Ingen spor. Forsvundet. At de kunne være hvor som helst. Og at svaret på alle spørgsmål, de ville blive stillet, måtte blive det her: Folk forsvinder i Congo hver eneste dag. Også når hun spurgte, kvinden med de turkisfarvede øjne, fordi det ville være det enkleste for dem. Ingen lig, ingen intern efterforskning, hvilket var rutine, når politifolk havde løsnet skud. Ingen international pinlig hændelse. Ingen henlæggelse, i hvert fald ikke officielt, men den videre eftersøgning efter Leike ville bare være for syns skyld. Lene Galtung ville blive meldt savnet. Hun havde hverken haft flybillet til eller var blevet registreret af immigrationsmyndighederne i Congo. Det var bedst på den måde, ville Hagen sige. For alle parter. I hvert fald de parter, som betød noget.

Og kvinden med de turkisfarvede øjne ville nikke, ville acceptere det, han fortalte, men måske alligevel vide besked, hvis hun lyttede til det, han ikke sagde. Hun kunne vælge, vælge at høre ham fortælle, at hendes datter var død, at han havde sigtet midt mellem Lenes øjne i stedet for det, han antog ville være rigtigt, lidt længere til højre. Men at han havde villet være sikker på, at kuglen ikke drev så langt til højre, at den kunne skade hans kollega, hende som var der for at arbejde sammen med ham. Hun kunne vælge det eller løgnen, som skubbede lydbølgerne foran sig, dem som gav håb i stedet for en grav.

De skiftede fly i Kampala.

De sad på hvert sit hårde plasticsæde ved gaten og så ud på flyene, der landede og lettede, indtil Kaja faldt i søvn, og hendes hoved gled ned på Harrys skulder.

Hun vågnede igen ved, at der var sket noget. Hun vidste ikke hvad, men der var noget, som havde forandret sig. Temperaturen i lufthavnen, rytmen i Harrys hjerteslag, eller rynkerne i hans blege, udmattede ansigt. Hun så, at hans hånd lige i det øjeblik lagde mobiltelefonen tilbage i jakkelommen.

"Hvad er der?" spurgte hun.

"Det var fra Rikshospitalet," sagde Harry, og hans blik gled forbi hende, fortsatte, forsvandt ud gennem de store vinduer, ud mod horisonten dækket af beton og en stærkt lyseblå himmel.

"Han er død."

Del X

Kapitel 91

Afsked

Det regnede den dag, Olav Hole blev begravet. Fremmødet var, som Harry havde forventet, ikke så stort som til moderens begravelse, men heller ikke pinligt lille.

Bagefter stod Harry og Søs uden for kirken og modtog kondolencer fra gamle slægtninge, de ikke havde hørt om, gamle lærerkolleger, som de aldrig havde set, og gamle naboer, hvis navne de kunne genkende, men ikke deres ansigter. De eneste, der ikke så ud, som om de selv stod for tur, var Harrys kolleger fra politiet, Gunnar Hagen, Beate Lønn, Kaja Solness og Bjørn Holm. Øystein Eikeland så afgjort ud, som om han var nær ved at tjekke ud, men bortforklarede det med, at han havde været udsat for mødet med en rigtig drukmås, og han hilste fra Træsko, som ikke kunne komme, men sendte sin kondolence. Harry spejdede efter de to, som han havde set på bageste kirkebænk, men de var tydeligvis gået, før kisten var blevet båret ud.

Harry inviterede på karbonadesmørrebrød og øl på Schrøder. De få, som mødte op, havde meget at sige om det usædvanligt tidlige forår, men lidt om Olav Hole. Harry drak resten af sin æblemost, forklarede, at han havde en aftale, takkede for fremmødet og gik.

Han prajede en taxa og gav chaufføren en adresse på Holmenkollen.

Der lå stadigvæk lidt sne i haverne deroppe i højderne.

Da Harry gik op ad indkørslen til det sortbejdsede bjælkehus, slog hans hjerte tungt. Og det slog endnu tungere, da han stod foran den velkendte dør, havde ringet på og hørte skridt nærme sig. Også de lød velkendte.

Hun så ud, som hun altid havde gjort, som hun altid ville gøre med det mørke hår, blidheden i de brune øjne, den slanke hals. Fanden tage hende. For ham var hun så smuk, at det gjorde ondt.

"Harry," sagde hun.

"Rakel."

"Dit ansigt. Jeg så det i kirken. Hvad er der sket?"

"Ingenting. De siger, det kommer til at se helt fint ud igen," løj han. "Kom ind, så laver jeg kaffe."

Harry rystede på hovedet. "Jeg har en taxa, der venter nede på vejen. Er Oleg her?"

"Han er oppe på sit værelse. Vil du snakke med ham?"

"En anden dag. Hvor længe bliver I?"

"Tre dage. Måske fire. Eller fem. Vi får se."

"Så vil jeg gerne snart se jer. Vil det passe jer?"

Hun nikkede. "Jeg ved ikke, om jeg gjorde det rigtige."

Harry smilede. "Nej, hvem ved egentlig det?"

"I kirken, mener jeg. Vi gik, før vi ... forstyrrede. Du havde andre ting at tænke på. Desuden kom vi jo for Olavs skyld. Du ved, at Oleg og han ... ja, de fandt sammen. To reserverede mennesker. Det er ingen selvfølge."

Harry nikkede.

"Oleg snakker vældig meget om dig, Harry. Du betyder mere for ham, end du måske har været klar over." Hun så ned. "Måske også mere, end jeg har været klar over."

Harry rømmede sig. "Så alting her er urørt siden ..."

Rakel nikkede hurtigt, så han slap for at fuldføre den umulige sætning. Siden Snemanden havde forsøgt at tage livet af dem i netop det her hus.

Harry så på hende. Han havde bare villet se hende, høre hendes stemme, mærke hendes blik på sig. Han havde ikke villet spørge hende. Han rømmede sig igen. "Der er en ting, jeg må spørge dig om."

"Hvad er det?"

"Kan vi lige gå ind i køkkenet et minuts tid?"

De gik ind. Han satte sig ved bordet over for hende og forklarede langsomt og udførligt. Hun lyttede uden at afbryde.

"Han ønsker, at du skal besøge ham på hospitalet. Han vil bede dig om tilgivelse."

"Hvorfor skulle jeg gå med til det?"

"Det må du selv svare på, Rakel. Men han har ikke langt igen."

"Jeg har læst, at man kan leve længe med den sygdom."

"Han har ikke langt igen," gentog Harry. "Tænk over det. Du behøver ikke svare nu."

Han ventede, så hende blinke, så hendes øjne blive fyldt med tårer, hørte den næsten lydløse gråd. Hun trak vejret i stød:

"Hvad ville du have gjort, Harry?"

"Jeg ville have svaret nej. Men nu er jeg også et ret dårligt menneske."

Hendes latter blandede sig med gråden. Og Harry undrede sig over, hvor meget det er muligt at savne en lyd, en bestemt svingning i luften, hvor længe man kan længes efter en latter.

"Jeg må af sted nu," sagde han.

"Hvorfor det?"

"Jeg har tre møder tilbage."

"Tilbage? Før hvad?"

"Jeg ringer til dig i morgen."

Harry rejste sig. Han havde hørt musik oppe fra første sal. Slayer. Slipknot.

Da han satte sig ind i taxaen og angav den næste adresse, tænkte han over hendes spørgsmål. Før hvad? Før han ville være færdig. Være fri. Måske.

Det var en kort køretur.

"Det her besøg tager muligvis lidt længere tid," sagde han.

Han trak vejret dybt, åbnede porten og gik hen imod døren ind til huset fra folkeeventyret.

Han syntes, at han kunne se de turkisfarvede øjne følge ham fra køkkenvinduet.

Kapitel 92

Frit fald

Mikael Bellman stod ved indersiden af udgangsdøren ved Oslo Kretsfengsel og så Sigurd Altman og en fængselsbetjent komme gående hen imod skranken.

"Tjekker du ud?" spurgte betjenten bag skranken.

"Ja," sagde Altman og gav ham et stykke papir.

"Har du taget noget i minibaren?"

Den anden betjent fnisede af det, som utvivlsomt måtte være standardvitsen ved løsladelser.

Ejendelene blev låst ud af et skab og overleveret med et bredt smil: "Vi håber, at opholdet har svaret til forventningerne, hr. Altman, og at vi *ikke* ses igen snarligt."

Bellman holdt døren for Altman. De gik sammen ned ad trapperne.

"Pressen står udenfor," sagde Bellman. "Så vi tager bagvejen. Krohn venter på dig i en bil på bagsiden af Politihuset."

"Finteeksperten," sagde Altman med et syrligt smil.

Bellman spurgte ikke, hvem af dem han tænkte på. Han havde andre spørgsmål. De sidste. Og fire hundrede meter til at få dem besvaret. Dørlåsen summede, og han skubbede døren til tunnelen op: "Når nu handelen er indgået, tænkte jeg, at du kunne fortælle mig et par ting."

"Skyd, kommissær."

"Såsom hvorfor du ikke korrigerede Harry med det samme, da du indså, at han var i gang med at anholde dig?"

Altman trak på skuldrene: "Jeg syntes jo, at misforståelsen var underholdende at høre på. Den var jo fuldt ud forståelig. Det, der ikke var forståeligt, var, at anholdelsen skulle finde sted i Ytre Enebakk. Hvorfor der? Og når der er noget, man ikke forstår, er det bedst at holde kæft. Så jeg holdt kæft, indtil det dæmrede for mig, indtil jeg så det store billede."

"Og hvad fortalte det store billede dig?"

"At jeg var i vippeposition."

"Hvad mener du med det?"

"Jeg kendte jo til konflikten mellem Kripos og Drabsafdelingen. Og jeg kunne se, at den gav mig en mulighed. At være i vippeposition betyder, at man sidder på noget, som kan vippe vægtskålen i den ene eller den anden retning."

"Men hvorfor prøvede du ikke at indgå den samme handel med Harry, som du gjorde med mig?"

"I vippeposition skal man altid henvende sig til den part, som er ved at tabe. Det er den part, som er mest desperat, og som er villig til at betale mest for det, man har at tilbyde. Det er simpel spilleteori."

"Hvorfor var du så sikker på, at det ikke var Harry, som var ved at tabe?"

"Jeg var ikke sikker, men der var én anden faktor. Jeg var begyndt at lære Harry at kende. Han er ikke som dig en kompromisets mand, Bellman. Han er ligeglad med personlig prestige, han vil bare fange de slemme drenge. *Alle* de slemme drenge. Han ville have set det på den måde, at hvis Tony var hovedrolleindehaveren, så var jeg instruktøren, og at jeg derfor ikke skulle slippe billigere. Jeg regnede med, at en karrieremand som dig ville se det anderledes. Og Johan Krohn var enig med mig. At du ville se den personlige gevinst ved at være den, der fangede selve morderen. At du vidste, at det, folk er optaget af, er, hvem der *gjorde* det, hvem der fysisk dræbte, ikke hvem der *udtænkte* det. Hvis en film bliver en fiasko, er det fint for instruktøren, hvis Tom Cruise har hovedrollen, for så er det ham, folk er optaget af at slagte. Folk og presse vil have det enkelt, og min forbrydelse er indirekte, kompliceret. En domstol ville utvivlsomt have givet mig livsvarigt fængsel, men den her sag handler ikke om domstole, men om politik. Hvis pressen og offentligheden er tilfreds, er Justitsministeriet tilfreds, og alle kan gå nogenlunde glade hjem. At jeg slipper med en kort og måske oven i købet betinget straf, er en billig pris at betale."

"Ikke for alle," sagde Bellman.

Altman lo kort. Ekkoet overdøvede deres skridt. "Tag et råd fra en, som ved bedre. Lad det ligge. Lad det ikke æde dig op. Uretfærdighed er som vejret. Hvis man ikke magter at leve med det, må man flytte. Uretfærdighed er ikke en del af maskineriet. Det *er* maskineriet."

"Jeg snakker ikke om mig, Altman. Jeg kan leve med det."

"Og jeg snakker heller ikke om dig, Bellman. Jeg snakker om den, der ikke kan leve med det."

Bellman nikkede. Selv kunne han ganske afgjort leve med situationen. Der havde været telefonopringninger fra Justitsministeriet. Ikke fra ministeren personligt, selvfølgelig, men tilbagemeldingen kunne kun tolkes på én måde: at de var tilfredse, at det ville få positive konsekvenser, både for Kripos og for ham selv.

De gik op ad trapperne og ud i dagslyset.

Johan Krohn steg ud af sin blå Audi og rakte en hånd frem mod Sigurd Altman, idet de skråede over vejen.

Bellman blev stående og så efter den løsladte og forsvarsadvokaten, indtil Audien forsvandt rundt om hjørnet mod Tøyen.

"Kommer du ikke og hilser på, når du aflægger visit, Bellman?"

Bellman vendte sig om. Det var Gunnar Hagen. Han stod på fortovet på den anden side, uden jakke og med korslagte arme.

Bellman krydsede gaden, og de gav hinanden hånden.

"Er der nogen, der har sladret om mig?" spurgte Bellman.

"Her hos os kan intet skjules," sagde Hagen, mens han rystende af kulde gned hænderne mod hinanden og smilede bredt. "Apropos det. Jeg skal til møde med Justitsministeriet i slutningen af næste måned."

"Jaså," sagde Bellman let. Han vidste godt, hvad det møde ville komme til at handle om: omorganisering, nedskæring, overdragelse af ansvaret for drabssager. Det, han ikke vidste, var, hvad Hagen mente med det der apropos til, at intet kan skjules.

"Men det møde ved du jo alt om," sagde Hagen. "Vi er jo begge blevet bedt om at indsende en anbefaling af den fremtidige organisationsform af drabsefterforskning. Deadline nærmer sig."

"De lægger næppe særlig vægt på vores partsindlæg," sagde Bellman og så på Hagen, mens han prøvede at tolke, hvor han ville hen. "Vi skal vel bare sige det, vi mener, sådan i al fordragelighed."

"Medmindre vi begge mener, at den nuværende organisationsform er at foretrække frem for, at al drabsefterforskning placeres ét sted," sagde Hagen med hakkende tænder.

Bellman lo kort. "Du har for lidt tøj på, Hagen."

"Det er muligt. Men jeg ved også, hvad jeg ville synes om, at en ny drabsafdeling eventuelt skulle ledes af en politimand, som i sin tid har benyttet sin stilling til at lade sin kommende kone gå fri for narkotikasmugling, selv om vidner havde udpeget hende."

Bellman holdt op med at trække vejret, kunne mærke sit greb om tingene glide, kunne mærke tyngdekraften trække i ham, hårene rejse sig. Og mærkede suget i maven. Det var det mareridt, han havde haft, pirrende i søvne, nådesløst i virkeligheden. Det var et fald uden tov. Det var soloklatrerens fald.

"Det ser ud, som du selv synes, det er lidt koldt, Bellman."

"Fanden tage dig, Hagen."

"Mig?"

"Hvad er det, du vil?"

"Vil og vil. I det lange løb vil jeg naturligvis have, at korpset skal skånes for endnu en offentlig skandale, som bidrager til at drage den almindelige politimands integritet i tvivl. Hvad angår omorganiseringen ..." Hagen trak hovedet ned mellem skuldrene og stampede med fødderne i jorden. "Nu kan det selvfølgelig være, at Justitsministeriet uafhængigt af ledelsesspørgsmålet vil have ressourcerne til drabsefterforskning samlet på ét sted. Hvis jeg skulle blive bedt om at lede sådan en enhed, ville jeg selvfølgelig overveje det. Men alt i alt synes jeg egentlig, at tingene fungerer godt, som det er. Mordere får stort set deres straf, ikke? Så hvis min modpart i den her sag deler den vurdering, vil jeg være indstillet på, at vi fortsætter med drabsefterforskning både i Bryn og her i huset. Hvad mener du, Bellman?"

Mikael Bellman mærkede rykket, da tovet alligevel holdt, mærkede selen stramme, at han var ved at blive revet i to dele, mærkede, at ryggen ikke kunne klare belastningen og brækkede, blandingen af smerte og lammelse. Han dinglede, hjælpeløs og svimmel et sted mellem himmel og jord. Men han var i live.

"Lad mig tænke over det, Hagen."

"Ja, tænk over det, men brug ikke for lang tid på det. Deadline, du ved. Vi må samarbejde."

Bellman blev stående og så efter Hagens ryg, da han småløb tilbage mod indgangen til Politihuset. Så vendte han sig om og stirrede ud over hustagene i Grønland. Så på byen. Sin by.

Kapitel 93

Svaret

Harry stod på gulvet midt i stuen og så sig omkring, da telefonen ringede.

"Det er Rakel. Hvad laver du?"

"Ser på, hvad der bliver tilbage," sagde han. "Når en person dør."

"Og?"

"Det er meget. Og alligevel ikke så meget. Søs har sagt, hvad hun vil have, og i morgen kommer der en eller anden fyr, som opkøber dødsboer. Han antydede, at han vil betale halvtreds tusind for hele indboet. Så gør han også rent efter sig. Det er ... er ..." Harry kunne ikke finde ordet.

"Jeg kender det," sagde hun. "Sådan var det også for mig, da far døde. De ting, der havde været så vigtige, så umistelige, de mistede ligesom deres betydning. Det var, som om det var ham alene, der havde givet dem værdi."

"Eller måske er det os, som er tilbage, der føler, at vi må rydde op. Brænde alt. Starte på en frisk." Harry gik ud i køkkenet, så på fotografiet, han havde hængt op under køkkenskabet. Fotografiet fra Sofies Gate. Oleg og Rakel.

"Jeg håber, at I fik taget ordentlig afsked," sagde Rakel. "Afsked er vigtigt. Specielt for dem, som ikke tager af sted."

"Jeg ved det ikke," sagde Harry. "Vi fik jo aldrig sagt ordentligt goddag, han og jeg. Jeg svigtede ham."

"Hvordan det?"

"Han bad mig om dødshjælp. Jeg nægtede ham det."

Der blev stille lidt. Harry lyttede til lydene i baggrunden. Lyde fra en lufthavn.

Så var hendes stemme der igen: "Synes du, at du burde have gjort det?"

"Ja," sagde Harry. "Det synes jeg. Det synes jeg nu."

"Tænk ikke på det. Det er for sent."

"Er det?"

"Ja, Harry. Det er for sent."

Der blev stille igen. Harry kunne høre en nasal stemme annoncere boarding til en afgang til Amsterdam.

"Så du ville ikke møde ham?"

"Jeg kan ikke, Harry. Jeg er vist også et dårligt menneske."

"Så må vi prøve at blive bedre til næste gang."

Han kunne høre hende smile "Kan vi det?"

"Det er aldrig for sent at prøve. Kan du hilse Oleg fra mig og sige det?"

"Harry ..."

"Ja?"

"Ingenting."

Harry blev stående og så ud gennem køkkenvinduet, efter at hun havde lagt på.

Så gik han op ad trappen og begyndte at pakke.

Lægen ventede på Harry, da han kom ud fra toilettet. De fortsatte ned ad det sidste stykke af gangen hen til fængselsbetjenten.

"Hans tilstand er stabil," sagde hun. "Muligvis kan vi sende ham tilbage til fængslet. Hvad gælder besøget denne gang?"

"Jeg vil takke ham for, at han hjalp os i en sag, og give ham en tilbagemelding vedrørende et ønske, han havde."

Harry tog jakken af, gav den til betjenten og holdt armene ud til siden, mens han lod sig kropsvisitere.

"Fem minutter. Ikke mere. Okay?"

Harry nikkede.

"Vi går med dig ind," sagde fængselsbetjenten, som ikke kunne tage blikket fra Harrys skamferede kind.

Harry hævede et øjenbryn.

"Regler for civilt besøg," sagde betjenten. "Det er kommet os for øre, at du har sagt op som politimand."

Harry trak på skuldrene.

Manden var stået op af sengen og sad på en stol ved vinduet.

"Vi fandt ham," sagde Harry og trak en stol hen til ham. Fængselsbetjenten blev stående ved døren, men var godt inden for hørevidde. "Tak for hjælpen."

"Jeg holdt min del af aftalen," sagde manden. "Hvad med dig?"

"Rakel ville ikke komme."

Manden fortrak ikke en mine, men krympede sig som for et iskoldt vindpust.

"Vi fandt en flaske i medicinskabet i Kavalerens hytte," sagde Harry. "Jeg fik analyseret en dråbe af indholdet i går. Det var ketanomin, det samme som han brugte på sine ofre. Kender du til stoffet? Dødeligt i store doser."

"Hvorfor fortæller du mig det?"

"Jeg fik en sprøjte af det for nylig. Jeg kunne for så vidt godt lide det, men nu kan jeg jo godt lide al slags rus. Men det ved du. Jeg fortalte dig jo om, hvad jeg foretog mig på toilettet på Landmark-centeret i Hongkong."

Snemanden så på Harry. Kiggede forsigtigt hen på fængselsbetjenten og så igen på Harry.

"Åh, ja," sagde han tonløst. "I det aflukke, som lå længst til ..."

"Højre," sagde Harry. "Men som sagt. Tak. Undgå spejlet."

"Også du," sagde manden og rakte en hvid, knoklet hånd frem.

Harry så lidt på den. Så tog han den.

Da Harry blev låst ud for enden af gangen, vendte han sig om og nåede lige at se Snemanden stavre hen imod dem sammen med fængselsbetjenten. Før de drejede ind på toilettet.

Kapitel 94

Glasnudler

"Hej, Hole," sagde Kaja og smilede op til ham.

Hun sad i baren på en lav stol oven på sine hænder. Blikket var intenst, læberne blodrøde, kinderne glødede. Det slog ham, at han ikke havde set hende med makeup før nu, og at det ikke er sandt, som han engang i sin naivitet havde troet, at en smuk kvinde ikke kan forskønnes af kosmetik. Hun var iført en enkel, sort kjole. En kort halskæde med flødefarvede perler hvilede mod hendes kraveben, og når hun trak vejret, bevægede de sig og reflekterede et blødt lys.

"Har du ventet længe?" spurgte Harry.

"Nej," sagde hun og rejste sig, før han nåede at sætte sig, trak ham ind til sig og lagde hovedet mod hans skulder og holdt ham lidt sådan. "Jeg fryser bare lidt."

Hun var ligeglad med blikkene fra de andre i baren. Hun slap ham ikke, men stak i stedet begge hænder ind under hans jakke og strøg dem op og ned over skjorteryggen for at varme dem. Harry hørte en diskret rømmen, kiggede op og fik et venligt nik fra en mand med et kropssprog, der sagde overtjener.

"Vores bord er klar," smilede hun.

"Bord? Jeg troede, vi bare skulle have en drink."

"Vi må jo fejre, at sagen er ovre. Jeg har bestilt mad på forhånd. Noget helt specielt."

De fik plads ved et af vinduesbordene i den stuvende fulde restaurant. En tjener tændte stearinlysene, hældte æblecider i glassene, satte flasken tilbage i isspanden og forsvandt.

Hun løftede glasset. "Skål."

"For?"

"For at Drabsafdelingen kommer til at fortsætte som før, for at du og jeg skal fange slemme folk, for at vi er her nu. Sammen."

De drak. Harry satte glasset ned på dugen. Flyttede det lidt rundt.

Foden havde lavet et vådt mærke. "Kaja ..."

"Jeg har noget til dig, Harry. Sig mig, hvad du ønsker dig mest af alt lige nu."

"Hør nu her, Kaja ..."

"Hvad?" sagde hun åndeløst og lænede sig ivrigt frem.

"Jeg sagde, at jeg ville rejse igen. Jeg tager af sted i morgen."

"I morgen?" lo hun, og smilet visnede, mens tjeneren foldede deres servietter ud, så de dalede tunge og hvide ned i deres skød. "Hvorhen?"

"Væk."

Kaja stirrede ned i bordet uden at sige et ord. Harry ville lægge en hånd oven på hendes, men lod være.

"Så jeg var ikke nok?" hviskede hun. "*Vi* var ikke nok."

Harry ventede, indtil han fik fanget hendes blik. "Nej," sagde han. "Vi var ikke nok. Ikke nok for dig, ikke nok for mig."

"Hvad ved du om, hvad der er nok?" Hendes stemme var allerede tyk af gråd.

"Ret så meget," sagde Harry.

Kaja trak vejret tungt, prøvede at kontrollere sin stemme: "Er det Rakel?"

"Ja."

"Det har altid været Rakel, har det ikke?"

"Jo. Det har altid været Rakel."

"Men du har jo selv sagt, at hun ikke vil have dig."

"Hun vil ikke have mig sådan, som jeg er nu. Så jeg må reparere mig selv. Jeg må blive pæn igen. Forstår du det?"

"Nej, jeg forstår det ikke." To bitte små tårer klamrede sig skælvende til vipperne under øjnene. "Du *er* jo helt pæn. De ar er bare ..."

"Du ved godt, at det ikke er *de* ar, jeg snakker om."

"Får jeg dig nogen sinde at se igen?" spurgte hun og fangede en af tårerne med pegefingerneglen.

Hun greb hans hånd, klemte den så hårdt, at knoerne blev hvide. Harry så på hende. Så slap hun ham.

"Jeg kommer ikke og henter dig én gang til," sagde hun.

"Det ved jeg godt."

"Du vil ikke kunne klare dig."

"Sandsynligvis ikke," smilede han. "Men hvem kan egentlig det?"

Hun lagde hovedet på skrå. Så smilede hun med de små spidse tænder.

"Det kan jeg," sagde hun.

Harry blev siddende, indtil han hørte en bildør smække blidt ude i mørket og dieselmotoren blive startet. Han så ned i dugen og skulle til at rejse sig, da en suppetallerken gled ind i hans synsfelt, og han hørte overtjenerens stemme forkynde:

"Specialbestilt efter damens anvisninger og sendt med fly fra Hongkong. Li Yuans glasnudler."

Harry stirrede ned i tallerkenen. Hun sidder stadig i stolen, tænkte han. Restauranten er en sæbeboble, og nu river den sig løs, svæver ind over byen og væk. Køkkenet løber aldrig tør for mad, og vi vil aldrig lande.

Han rejste sig og ville til at gå. Men ombestemte sig. Satte sig. Løftede spisepindene.

Kapitel 95

De allierede

Harry gik fra danserestauranten, som ikke længere var en danserestaurant, ned ad bakken til Sjømannskolen, som ikke længere var sømandsskole, fortsatte ned mod bunkerne, som havde forsvaret landets erobrere. Under ham lå fjorden og byen skjult af tågen. Biler listede sig forsigtigt frem med gule katteøjne. En sporvogn gled ud af tågen som et spøgelse med skærende tænder.

En bil stoppede foran ham, og Harry sprang ind på forsædet. Over stereoanlægget øste Katie Melua ud af sin honningdryppende lidelse, og Harry slog desperat ud efter tænd og sluk-knappen på radioen.

"Fy for fanden, hvor du ser ud!" sagde Øystein forfærdet. "Den kirurg der dumpede vist i håndarbejde, hvad! Men du sparer i hvert fald nogle kroner på en halloweenmaske. Nu må du ikke grine, for så revner dit fjæs vist igen."

"Det lover jeg," sagde Harry.

"Apropos," sagde Øystein. "Jeg har fødselsdag i dag."

"Åh, for fanden. Tillykke. Her er en smøg. Fra mig til dig."

"Lige det, jeg ønskede mig."

"Nå. Ingen store ønsker?"

"Som hvad for eksempel?"

"Verdensfred."

"Den dag, man vågner op til verdensfred, vågner man ikke, Harry. For så har de detoneret the big one."

"Okay. Ingen private ønsker?"

"Ikke de store. En ny samvittighed, måske."

"En *ny* samvittighed?"

"Den gamle er så dårlig. Pænt jakkesæt. Jeg troede, du kun havde det andet."

"Det her er min fars."

"Hold da op, du må være krympet."

"Ja," sagde Harry og rettede på slipset. "Jeg er krympet."

"Hvordan er Ekebergrestauranten?"

Harry lukkede øjnene. "Fin."

"Kan du huske den utætte rønne, vi sneg os ind i dengang. Hvor gamle var vi? Seksten?"

"Sytten."

"Dansede du ikke med Killer Queen her engang?"

"Mon ikke."

"Det er skræmmende at tænke på, at vor ungdoms MILF er havnet på plejehjemmet."

"MILF?"

Øystein sukkede. "Slå det op."

"Javel. Øystein?"

"Ja."

"Hvorfor blev du og jeg venner?"

"Velsagtens fordi vi voksede op ved siden af hinanden."

"Er det hele grunden? En demografisk tilfældighed. Ikke noget åndeligt fællesskab?"

"Ikke efter hvad jeg har bemærket. Så vidt jeg ved, havde vi kun én ting til fælles."

"Og hvad var det?"

"At ingen andre ville være venner med os."

De snoede sig gennem de næste sving i tavshed.

"Bortset fra Træsko," sagde Harry.

Øystein snøftede. "Som stank så forfærdeligt af fodsved, at ingen andre orkede at sidde ved siden af ham."

"Ja," sagde Harry. "Men det var vi gode til."

"Det fiksede vi," sagde Øystein. "Men fy for fanden, hvor det stank."

De lo sammen. Stille, let. Trist.

Øystein havde parkeret bilen på det brune græs med dørene åbne. Harry klatrede op på taget af bunkeren og satte sig yderst på kanten med dinglende ben. Fra højttalerne på indersiden af bildørene sang Springsteen om blodsbrødre en vinternat og om løftet, der måtte holdes.

Øystein rakte Harry flasken med Jim Beam. En ensom sirene fra byen steg og sank, indtil den helt mistede kraften og forsvandt. Giften sved i Harrys hals og mave, og han brækkede sig. Den anden slurk gik bedre. Den tredje helt fint.

Max Weinberg lød, som om han prøvede at ødelægge trommeskindet.

"Det slår mig ret tit, at jeg ville ønske, at jeg i hvert fald *fortrød* mere," sagde Øystein. "Men det gør jeg sgu ikke engang. Jeg tror, jeg bare accepterede det fra første vågne sekund, at jeg var fandens doven. Hvad med dig?"

Harry tænkte sig om. "Jeg fortryder som en fortvivlet køter. Men det er måske bare, fordi jeg har for høje tanker om mig selv. Jeg bilder mig faktisk ind, at jeg kunne have valgt anderledes."

"Men det kunne du for fanden ikke."

"Ikke dengang. Men næste gang, Øystein. Næste gang."

"Er det nogen sinde sket, Harry? En eneste gang i menneskehedens forpulede historie?"

"At noget ikke er sket, betyder ikke, at det ikke kan komme til at ske. Jeg *ved* ikke, at den her flaske vil falde, hvis jeg slipper den. For fanden, hvilken filosof var det nu? Hobbes? Hume? Heidegger? En af de der ustyrlige personer, hvis navn begynder med H."

"Svar mig."

Harry trak på skuldrene. "Jeg tror, det er muligt at lære. Problemet er, at vi lærer så pokkers *langsomt*, at når tingene går op for os, så er det for sent. For eksempel kan der ske det, at en, man er glad for, beder en om en tjeneste, en kærlighedshandling som at hjælpe ham til at dø, hvilket man siger nej til, fordi man ikke har lært noget, fordi man ikke er nået frem til indsigten. Når man endelig forstår det, er det for sent." Harry tog en slurk til. "Så i stedet begår man en kærlighedshandling over for en anden. Måske oven i købet over for en, som man hader."

Øystein tog imod flasken. "Jeg aner ikke, hvad du snakker om, men det lyder sgu fucked up."

"Ikke nødvendigvis. Det er aldrig for sent med okay gerninger, er det vel?"

"Det er *altid* for sent, mener du vel?"

"Nej! Jeg har altid ment, at vi hader for meget til, at det er muligt at adlyde andre impulser. Men min far mente noget andet. Han sagde, at had og kærlighed er samme valuta, at alt starter med kærlighed, at hadet bare er bagsiden."

"Amen."

"Men så må det betyde, at man kan gå den modsatte vej også, fra had til kærlighed, at had må være et godt udgangspunkt for at lære, for at forandre, for at gøre det anderledes næste gang."

"Nu er du så optimistisk, at jeg må overveje at kaste op, Harry."

Orgelet satte ind på refrænet, hvinende og skærende som en rundsav.

Øystein lagde hovedet lidt på skrå, mens han slog aske af cigaretten. Og Harry fik lyst til at græde. Ganske enkelt fordi han så årene, som var blevet deres liv, som var blevet dem, i måden hvorpå kammeraten slog asken af sin cigaret, sådan som han altid havde gjort, lænet lidt til siden, som om cigaretten var for tung, som om han bedre kunne lide verden i et skævere perspektiv, asken ned på jorden i et rygeskur på skolen, ned i en tom ølflaske til en fest, de havde gatecrashet, ned på en bunkers kolde, rå beton.

"Desuden begynder du at blive gammel, Harry."

"Hvorfor siger du det?"

"Når mænd begynder at citere deres far, er de gamle. Så er løbet kørt."

Og så huskede Harry det. Svaret på hendes spørgsmål om, hvad han ønskede sig allermest lige nu. Han ønskede sig et panserhjerte.

EPILOG

Blåsorte skyer hang over Hongkongs højeste punkt, Victoria Peak, men det var endelig holdt op med at regne efter at have dryppet sammenhængende siden begyndelsen af september måned. Solen brød igennem, og en vældig regnbue skabte en bro mellem Hongkong Island og Kowloon. Harry lukkede øjnene og lod solen varme sit ansigt. Opholdsvejret var kommet lige i tide til væddeløbssæsonen, som skulle starte på Happy Valley senere i aften.

Harry hørte en summen af japanske stemmer nærme sig og derpå passere forbi den bænk, han sad på. De kom fra kabelbanen, som siden 1888 havde trukket turister og lokale herop til den friskere luft over byen. Harry åbnede øjnene igen og bladede i væddeløbsprogrammet.

Harry havde kontaktet Herman Kluit, så snart han var ankommet til Hongkong. Han havde tilbudt Harry et job som debitorfinder, hvilket ville sige at opspore folk, som prøvede at stikke af fra deres gæld. På den måde slap Kluit for både at sælge gælden med en betydelig rabat til Triaden og at tænke på de brutale indkrævningsmetoder, som de benyttede.

Det ville være en overdrivelse at sige, at Harry brød sig om jobbet, men det var ukompliceret og godt betalt. Han skulle ikke indkræve gælden, bare lokalisere skyldnerne. Imidlertid viste det sig, at hans blotte fremtoning, en meter og treoghalvfems centimeter samt et skinnende ar fra mundvig til øre, ofte var nok til, at de afregnede på stedet. Og det var kun undtagelsesvis, at han benyttede en søgemaskine, der lå på en server i Tyskland.

Kunsten var under alle omstændigheder at holde sig væk fra narko og alkohol, sådan som det var lykkedes ham indtil videre. Der havde ligget to breve og ventet på ham i receptionen i dag. Hvordan de havde fundet frem til ham, anede han ikke, blot at Kaja måtte have haft noget med det at gøre. Det ene brev havde logoet for Oslo Politidistrikt på konvolutten, og Harry havde gættet på Gunnar Hagen. Det andet havde han ikke behøvet at gætte på. Han havde straks genkendt Olegs stejle og stadig barnlige håndskrift. Harry havde lagt begge breve i jakkelommen uden at træffe nogen beslutning om, hvornår eller om han overhovedet ville læse dem.

Harry foldede væddeløbsprogrammet sammen, lagde det ved siden af sig på bænken og kiggede over mod det kinesiske fastland, hvor den gule smog blev tykkere og tykkere for hvert år. Men heroppe på bjergtoppen føltes luften stadigvæk næsten frisk. Han så ned på Happy Valley, på kirkegårdene vest for Wong Nai Chung-vejen, som var inddelt i adskilte afdelinger for protestanter, katolikker, muslimer og hinduer. Han kunne se hestevæddeløbsbanen, hvor han vidste, at jockeyerne og hestene allerede var ude og blive testet før aftenens løb. Snart ville publikum begynde at strømme til, de håbefulde, de håbløse, de heldige, de uheldige. De som kom for at få opfyldt drømmen, og de som bare kom for at drømme. Taberne som tog ukalkulerede risici, og dem som tog kalkulerede risici, men tabte alligevel. De havde været der før, og de kom alle tilbage, også genfærdene fra kirkegårdene dernede, de mange hundrede, som var døde under den store brand på The Happy Valley Racecourse i 1918. For i aften var det helt sikkert deres tur til at lure oddsene, betvinge tilfældighederne, stoppe lommerne fulde af knitrende Hongkong dollar, slippe af sted med mord. Om et par timer fra nu ville de være kommet inden for portene, have læst væddeløbsprogrammet, have udfyldt bonerne med dagens double, quinellas, exactas, trippel, superfectas, eller hvad deres gamblinggud nu ellers hed. De ville have stillet sig i kø ved spillelugerne med indsatserne klar. De fleste af dem ville dø lidt ved hvert mål, men frelsen ville ligge kun femten minutter væk, når startboksene åbnede for næste løb. Medmindre man var en *bridge jumper* selvfølgelig, en som satsede alt, hvad han ejede, på én hest i ét løb. Men ingen beklagede sig. Alle kendte oddsene.

Men der er dem, der kender oddsene, og så er der dem, der kender udfaldet. På en væddeløbsbane i Sydafrika havde man for nylig fundet nedgravede rør i startboksene. Rørene indeholdt komprimeret luft og minidartpile med et beroligende stof, som kunne blive skudt op i maven på hestene med et tryk på en fjernkontrol.

Katrine Bratt havde oplyst ham om, at Sigurd Altman var registreret på et hotel i Shanghai. Det var en flyvetur på knap en time.

Harry kastede et sidste blik på programmets forside.

De der kender udfaldet.

"Det er bare et spil," som Herman Kluit plejede at udtrykke det. Måske fordi han plejede at vinde.

Harry så på uret, rejste sig op og begyndte at gå hen imod kabelbanen. Han havde fået et tip om en lovende hest i tredje løb.